EN UIT DE BERGEN KWAM DE ECHO

KHALED HOSSEINI BIJ DE BEZIGE BIJ

De vliegeraar
Duizend schitterende zonnen

Khaled Hosseini

En uit de bergen kwam de echo

Vertaald door W. Hansen

2015
DE BEZIGE BIJ
AMSTERDAM | ANTWERPEN

Eerste druk mei 2013
Twintigste druk maart 2015
Oorspronkelijke titel *And the Mountains Echoed*
Oorspronkelijke uitgever Riverhead Books, New York
Omslagontwerp b'IJ Barbara
Omslagillustratie © Rob Bartee/Alamy
Foto auteur Elena Seibert
Vormgeving binnenwerk Peter Verwey, Heemstede
Druk Koninklijke Wöhrmann, Zutphen
ISBN 978 90 234 8990 0
NUR 302

www.khaledhosseini.com
www.khaledhosseinifoundation.org
www.debezigebij.nl

Voor Elaine

Ik draag dit boek op aan Haris en Farah,
beiden de *noor* van mijn ogen,
en aan mijn vader, die trots zou zijn geweest

Voorbij ideeën
van goed en kwaad
is er een land.
Daar zal ik je ontmoeten.

Jelaluddin Rumi, dertiende eeuw

EEN

Najaar 1952

Vooruit dan maar. Als jullie een verhaal willen horen, zal ik er een vertellen. Maar daar blijft het bij. Geen van jullie moet me om meer verhalen vragen. In de eerste plaats is het al laat, en morgen, Pari, hebben we een lange tocht voor de boeg, jij en ik. Je hebt je slaap vannacht hard nodig. Jij ook, Abdullah. Ik reken op je, jongen, als jouw zusje en ik weg zijn. En je moeder ook. Goed dan. Eén verhaal dan. Luister, jullie beiden, luister goed en onderbreek me niet.

Ooit, in een tijd dat er demonen en djinns en reuzen door het land zwierven, leefde er een boer die baba Ayub heette. Hij woonde met zijn gezin in het dorpje Maidan Sabz. Omdat hij een groot gezin te onderhouden had, moest baba Ayub hard werken. Elke dag beulde hij zich van de vroege ochtend tot de late avond af, hij ploegde zijn land, woelde de aarde om en verzorgde zijn schriele pistacheboompjes. Je kon hem altijd gebukt op zijn akker aantreffen, zijn rug even krom als de zeis die hij hanteerde. Zijn handen waren altijd vereelt en bloedden vaak, en elke avond viel hij als een blok in slaap zodra zijn wang het kussen raakte.

In dat opzicht, kan ik zeggen, stond hij eigenlijk niet alleen. In Maidan Sabz was het leven hard voor elke inwoner. Meer naar het noorden waren rijkere dorpen, gelegen in valleien vol vruchtbomen en bloemen en een aangename lucht, en rivieren vol koel, helder water. Maar Maidan Sabz was een troosteloze plek, het leek niet in het minst op het beeld dat je je bij de naam, Groene Weide, zou voorstellen. Het lag in een stoffige vlakte, omringd door steile bergen. De wind was er warm en waaide stof in je ogen. Het was een dagelijkse marteling om water te vinden, want zelfs de diepste bronnen in het dorp vielen vaak bijna droog. Er was wel een rivier, maar het kostte de dorpsbewoners een halve dag om er te komen, en het water ervan was trouwens het hele jaar troebel. Na tien jaar droogte stond er nu bijna geen water meer in de rivier. Laten we maar zeggen dat de mensen in Maidan Sabz twee keer zo hard als elders moesten werken om een half kostje bij elkaar te scharrelen.

Toch vond baba Ayub dat hij gelukkig was, omdat hij een gezin had dat hij boven alles liefhad. Hij hield van zijn vrouw en verhief nooit zijn stem tegen haar, laat staan zijn hand. Hij waardeerde haar oordeel en vond het een waar genoegen bij haar te zijn. Wat de kinderen betreft, hij had er evenveel als een hand vingers telt, drie zonen en twee dochters, van wie hij stuk voor stuk zielsveel hield. Zijn dochters waren plichtsgetrouw en aardig, ze hadden een goed karakter en een goede naam. Hij had zijn zonen al de deugden bijgebracht van eerlijkheid, moed, vriendschap, en hard werken zonder klagen. Ze gehoorzaamden hem zoals het zonen betaamt, en ze hielpen hun vader bij de oogst.

Hoewel hij van al zijn kinderen hield, was baba Ayub heimelijk extra dol op een van hen, zijn jongste, Qais, drie jaar oud. Qais was een jongetje met donkerblauwe ogen. Iedereen die hem ontmoette werd vertederd door zijn ondeugende lach. Hij was ook een jongetje dat zo vol energie zat dat anderen er moe van werden. Toen hij leerde lopen, vond hij dat zo verrukkelijk dat hij het de hele dag deed, zolang hij wakker was, en zorgwekkend genoeg later ook 's nachts in zijn slaap. Vanuit het lemen huis van het gezin ging hij uit slaapwandelen, de duisternis in, waar alleen de maan te zien was. Wat als hij in een put zou vallen, of zou verdwalen, of, het ergste van al, zou worden aangevallen door een van de dieren die 's nachts over de vlakte sluipen? Ze probeerden van alles en nog wat, maar het haalde niets uit. Ten slotte was de oplossing die baba Ayub vond een simpele, zoals zo vaak het geval is met de beste oplossingen: hij haalde een belletje van de nek van een van zijn geiten en hing het om de hals van Qais. Het belletje zou vast wel iemand wekken als Qais midden in de nacht op zou staan. Na een tijdje slaapwandelde Qais niet meer, maar hij was gehecht geraakt aan het belletje en wilde het niet meer kwijt. En hoewel het dus zijn oorspronkelijke doel verloren had, bleef het belletje bevestigd aan het bandje om de hals van de jongen. Als baba Ayub na een lange dag werken thuiskwam, rende Qais hem altijd buiten al tegemoet, terwijl het belletje rinkelde bij elk dribbelstapje dat hij zette. Baba Ayub tilde hem dan op en nam hem op zijn arm mee naar huis, en Qais keek aandachtig toe hoe zijn vader zich waste, en hij zat bij het avondeten naast baba Ayub. Na het eten dronk baba Ayub zijn thee, keek naar zijn gezin en stelde zich voor dat al zijn kinderen ooit getrouwd zouden zijn en hem kleinkinderen zouden schenken, en dat hij een trotse patriarch kon zijn van een nog groter kroost.

Helaas, Abdullah en Pari, er kwam een einde aan de gelukkige dagen van baba Ayub.

Op een dag kwam er een demon in Maidan Sabz. Toen hij het dorp vanuit de bergen naderde, beefde de aarde bij elke dreunende stap die hij zette. De dorpsbewoners lieten hun schoppen en schoffels en bijlen vallen en zetten het op een lopen. Ze sloten zich op in hun huizen en kropen bij elkaar. Toen de doffe geluiden van de voetstappen van het monster verstomden, werd Maidan Sabz verduisterd door zijn schaduw. Er werd gezegd dat er gebogen hoorns uit zijn hoofd groeiden en dat er op zijn schouders en krachtige staart ruw zwart haar zat. Ze zeiden dat zijn ogen rood schitterden. Niemand wist het zeker, in elk geval geen levend iemand: zij die ook maar één blik op hem waagden te werpen, werden door het monster ter plekke opgegeten. Omdat ze dat wisten, waren de dorpsbewoners verstandig genoeg hun ogen strak op de grond gericht te houden.

Iedereen in het dorp wist waarom het monster opgedoken was. Ze hadden de verhalen gehoord over zijn bezoek aan andere dorpen en vroegen zich enkel nog maar af hoe Maidan Sabz zo lang aan zijn aandacht had weten te ontsnappen. Misschien, redeneerden ze, had het arme, schrale leven dat ze in Maidan Sabz leidden in hun voordeel gewerkt, omdat hun kinderen niet zo doorvoed waren en niet veel vlees op hun botten hadden. Maar dan nog – aan het geluk was nu een eind gekomen.

Maidan Sabz beefde van angst en hield zijn adem in. De gezinnen baden dat het monster aan hun huis voorbij zou gaan, want ze wisten dat als het monster op hun dak klopte ze een van hun kinderen moesten afstaan. Het monster zou het kind in een zak stoppen en teruggaan langs de weg die hij gekomen was. Niemand zou het arme kind ooit nog terugzien. En als een gezin weigerde, nam het monster alle kinderen uit het huis mee.

Waar nam het monster de kinderen mee naartoe? Naar zijn burcht, op de top van een steile berg. De burcht lag heel ver van Maidan Sabz vandaan. Je moest valleien en woestijnen door en twee bergketens over voor je er was. En wie wilde dat, tenzij hij dood wilde? Er werd gezegd dat de burcht vol kerkers zat, waar hakmessen aan de muur hingen. Aan de zolders zouden vleeshaken bungelen. Er werd gezegd dat er reusachtige vleespennen waren, en vuurpotten. Er werd gezegd dat als het monster een voorbijganger te pakken kreeg, het zijn weerzin tegen volwassen vlees overwon.

Ik denk dat je nu wel weet op wiens dak het gevreesde kloppen van het monster neerkwam. Toen baba Ayub het hoorde, ontsnapte er een gekwelde kreet aan zijn lippen en zijn vrouw viel flauw van schrik. De kinderen huilden van angst en ook van verdriet, want ze wisten nu zeker dat een van hen verloren zou gaan. Het gezin had tot de volgende ochtend tijd om zijn keuze te maken.

Wat kan ik vertellen over het leed dat baba Ayub en zijn vrouw die nacht moesten doorstaan? Geen enkele ouder zou ooit zo'n keuze moeten hoeven maken. Buiten het gehoor van de kinderen spraken baba Ayub en zijn vrouw over de vraag wat te doen. Ze praatten en huilden en praatten en huilden. De hele nacht liepen ze heen en weer, en toen de ochtend naderde, moesten ze nog steeds een beslissing nemen – en misschien wilde het monster dat wel, want hun onzekerheid kon ertoe leiden dat het niet één maar alle vijf kinderen meenam. Uiteindelijk haalde baba Ayub buiten vijf stenen van dezelfde grootte en vorm. Hij krabbelde op elk ervan de naam van een kind, en toen hij daarmee klaar was, deed hij ze in een jutezak. Toen hij de zak aan zijn vrouw gaf, deinsde ze terug alsof er een giftige slang in zat.

'Dat kan ik niet,' zei ze tegen haar man, en ze schudde heftig haar hoofd. 'Ik kan niet kiezen. Ik zou het niet kunnen verdragen.'

'Ik ook niet,' wilde baba Ayub zeggen, maar door het raam zag hij hoe de zon over een paar seconden boven de heuvels in het oosten zou verrijzen. De tijd raakte op. Hij keek vol droefheid naar zijn vijf kinderen. Hij moest een vinger afsnijden om de hand te redden. Hij sloot zijn ogen en haalde een steen uit de zak.

Ik veronderstel dat jullie nu ook weten welke steen baba Ayub uit de zak haalde. Toen hij de naam las, hief hij zijn hoofd ten hemel en slaakte een kreet. Met een gebroken hart tilde hij zijn jongste zoon op en nam hem in zijn armen, en Qais, die zijn vader blindelings vertrouwde, sloeg zijn armpjes blij om de hals van baba Ayub. Pas toen zijn vader hem buitenzette en de deur sloot, begreep het jongetje dat er iets mis was, en baba Ayub stond met dichtgeknepen ogen, waar de tranen uit stroomden, met zijn rug tegen de deur, terwijl zijn geliefde Qais er met zijn knuistjes op sloeg en huilend riep dat baba hem weer binnen moest laten, en baba Ayub mompelde: 'Vergeef me, vergeef me,' terwijl de grond trilde van de voetstappen van het monster, en zijn zoontje krijste, en de aarde bleef dreunen toen het monster Maidan Sabz verliet, tot het eindelijk verdwenen was, tot de aarde niet langer bewoog, tot alles stil was, behalve baba Ayub, die Qais nog steeds huilend vroeg hem te vergeven.

Abdullah. Je zusje is in slaap gevallen. Bedek haar voeten met de deken. Zo ja. Goed. Misschien kan ik maar beter stoppen met het verhaal? Nee? Wil je het verder horen? Weet je het zeker, jongen? Goed dan.

Waar was ik gebleven? O ja. Er volgde een rouwperiode van veertig dagen. Buren kookten elke dag eten voor het gezin en waakten met hen. Mensen brachten geschenken zoveel ze konden, thee, snoep, brood, amandelen, en ze brachten ook hun condoleances en deelneming. Baba Ayub kon zich er zelf nauwelijks toe brengen een woord van dank te spreken. Hij zat in een hoekje te huilen, de tranen stroomden over zijn wangen, alsof hij een einde wilde maken aan de vele opeenvolgende droogtes van het dorp. Je zou je ergste vijand nog niet toewensen zo veel pijn en lijden te moeten ondergaan.

Er verstreken jaren. De droogte hield aan en Maidan Sabz verviel tot nog grotere armoede. Baby's stierven in hun wieg van dorst. Het peil van het water in de bronnen daalde nog meer en de rivier droogde op, in tegenstelling tot baba Ayubs verdriet, een rivier die met de dag steeds sterker zwol. Hij was voor zijn gezin van geen nut meer. Hij werkte en bad niet en at amper. Zijn vrouw en kinderen smeekten hem het wel te doen, maar het hielp niet. De resterende zonen moesten zijn werk overnemen, want baba Ayub zat de hele dag maar aan de rand van zijn akker, een eenzame, deerniswekkende man die naar de bergen staarde. Hij sprak niet langer met de dorpsbewoners, omdat hij meende dat ze achter zijn rug om over hem mompelden. Zij zeiden dat hij een lafaard was omdat hij zijn zoon zonder slag of stoot had weggegeven. Dat hij als vader ongeschikt was. Een echte vader zou het monster bestreden hebben. Die zou zijn leven gegeven hebben om zijn gezin te verdedigen.

Dat vertelde hij op een avond aan zijn vrouw.

'Dat zeggen ze helemaal niet,' antwoordde zijn vrouw. 'Niemand denkt dat je een lafaard bent.'

'Ik kan ze het horen zeggen,' zei hij.

'Je hoort je eigen stem, mijn man,' zei ze. Ze vertelde hem niet dat de dorpsbewoners wél achter zijn rug om over hem fluisterden. En wat ze fluisterden was dat hij misschien gek geworden was.

En op een goede dag gaf hij hun het bewijs. Hij stond bij dageraad op. Zonder zijn vrouw en kinderen te wekken stopte hij een paar hompen brood in een jutezak, trok zijn schoenen aan, bond zijn zeis om zijn middel en vertrok.

Hij liep vele, vele dagen. Hij liep tot de zon een zwakke rode gloed in de verte was. 's Nachts sliep hij in grotten, terwijl buiten de wind floot. Of hij sliep bij rivieren en onder bomen of rotsen. Hij at zijn brood, en toen dat op was at hij wat hij kon vinden, wilde bessen, paddenstoelen, vis die hij met zijn blote handen in rivieren ving, en soms at hij een hele dag niets en bleef hij lopen. Als voorbijgangers hem vroegen waarheen hij onderweg was, vertelde hij het hun, en sommige moesten lachen, andere maakten zich uit de voeten uit angst dat hij gek was, en weer andere baden voor hem, omdat zij ook een kind aan het monster verloren hadden. Baba Ayub liep met gebogen hoofd voort. Toen zijn schoenen uiteenvielen, bond hij ze met touwtjes aan zijn voeten, en toen de touwtjes kapotgingen, liep hij verder op blote voeten. Zo trok hij door woestijnen, door dalen, over bergen.

Ten slotte bereikte hij de berg waarop de burcht van het monster stond. Hij was zo begerig zijn zoektocht te voltooien dat hij niet rustte en onmiddellijk aan de beklimming begon, zijn kleren aan flarden, zijn voeten bebloed, zijn haar onder het stof, maar met een ongebroken wil. De scherpe rotsen reten zijn voetzolen open. Haviken pikten in zijn wangen als hij langs hun nesten klom. Heftige windvlagen vaagden hem zowat van de berghelling. Maar hij bleef klimmen, van de ene rots naar de andere, tot hij eindelijk voor de zware poort van de burcht van het monster stond.

Welke waaghals is daar? dreunde de stem van het monster, toen baba Ayub een steen tegen de poort gooide.

Baba Ayub noemde zijn naam. 'Ik kom uit het dorp Maidan Sabz,' zei hij.

Wil je soms dood? Dat moet wel, anders zou je me niet in mijn huis komen storen. Wat wil je?

'Ik ben hier gekomen om jou te doden.'

Het was even stil aan de andere kant van de poort. Toen ging die knarsend open, en daar stond het monster, dreigend hoog boven baba Ayub uit torenend, in al zijn nachtmerrieachtige glorie.

O ja? zei het monster, met een stem die zwaar was als onweer.

'Ja,' zei baba Ayub. 'Een van ons beiden gaat vandaag sterven, hoe dan ook.'

Even leek het erop dat het monster baba Ayub van zijn sokken zou maaien en een eind aan zijn leven zou maken met één enkele beet van zijn tanden, scherp als dolken. Maar er was iets wat het monster deed aarzelen. Zijn ogen vernauwden zich. Misschien waren het de krankzinnige woorden van de oude man. Misschien was het het uiterlijk van de oude man, met zijn kapotte kleren, zijn bebloed gelaat, het stof dat hem van top tot teen bedekte, de etterende zweren op zijn huid. Of misschien was het wel dat het monster in de ogen van de oude man geen spoor van angst ontwaarde.

Waar kwam je ook alweer vandaan, zei je?

'Maidan Sabz,' zei baba Ayub.

Dat moet ver weg liggen, dat Maidan Sabz, gezien je uiterlijk.

'Ik kom hier niet voor een babbel, ik kom hier om...'

Het monster hief een van zijn klauwen. Ja. Ja. Je komt me doden. Dat weet ik. Maar ik mag vast nog wel een paar woorden zeggen voor je me doodslaat.

'Goed,' zei baba Ayub. 'Maar niet veel.'

Dank je. Het monster grijnsde. Mag ik vragen wat voor kwaads ik jou heb aangedaan dat mijn dood zou rechtvaardigen?

'Je hebt mijn jongste zoon van me afgepakt,' antwoordde baba Ayub. 'Hij was het dierbaarste wat ik op aarde had.'

Het monster gromde en tikte tegen zijn kin. Ik heb heel veel kinderen van heel veel vaders afgepakt.

Baba Ayub trok kwaad zijn zeis. 'Dan zal ik ook namens hen wraak nemen.'

Ik moet zeggen dat er een zekere bewondering voor je moed in me opkomt.

'Jij weet niet wat moed is,' zei baba Ayub. 'Voor moed moet er iets op het spel staan. Ik heb hier niets te verliezen.'

Je hebt je leven te verliezen, zei het monster.

'Dat heb je me al afgepakt.'

Het monster gromde opnieuw en keek peinzend naar baba Ayub. Na een korte stilte zei het: Goed. Ik gun je jouw duel. Maar eerst vraag ik je mij te volgen.

'Maar wel snel,' zei baba Ayub, 'mijn geduld is op.' Het monster was al op weg naar een gigantische hal, en baba Ayub had geen andere keuze dan te volgen. Hij liep achter het monster aan door een labyrint van gangen, het plafond, gedragen door enorme zuilen, raakte de wolken. Ze kwamen door vele trappenhuizen, en ruimtes groot genoeg om heel Maidan Sabz te herbergen. Ze vervolgden hun weg tot het monster hem uiteindelijk een enorm vertrek in leidde, waar aan het andere eind een gordijn hing.

Kom wat dichterbij. Het monster wenkte hem.

Baba Ayub kwam naast het monster staan.

Het monster trok het gordijn open. Er was een raam met glas. Door het raam keek baba Ayub neer op een enorme tuin. Aan weerszijden stonden rijen cipressen, en aan hun voeten bloemen in allerlei kleuren. Er waren blauw betegelde zwembaden en marmeren terrassen en frisgroene gazons. Baba Ayub zag prachtig vormgegeven heggen, en waterfonteinen die klaterden in de schaduw van granaatappelbomen. Hij had aan drie levens niet genoeg gehad om zo'n mooie plek bij elkaar te fantaseren.

Maar waar baba Ayub voor door de knieën ging, was de aanblik van kinderen die onbekommerd in de tuin renden en speelden. Ze zaten elkaar op de paden en rond de bomen achterna. Ze speelden verstoppertje achter de heggen. De ogen van baba Ayub zochten tussen de kinderen, en ten slotte vond hij naar wie hij op zoek was. Daar was hij! Zijn zoon Qais, levend, en meer dan gezond. Hij was groter geworden en zijn haar was langer dan baba Ayub zich kon herinneren. Hij had een prachtig wit overhemd aan boven een mooie broek. Hij lachte blij, terwijl hij achter een paar vrienden aan rende.

'Qais,' fluisterde baba Ayub, en het glas besloeg van zijn adem. En toen schreeuwde hij de naam van zijn zoon.

Hij kan je niet horen, zei het monster. En je ook niet zien.

Baba Ayub sprong op en neer en zwaaide met zijn armen en bonsde op het glas, totdat het monster het gordijn dichttrok.

'Ik begrijp het niet,' zei baba Ayub, 'ik dacht...'

Dit is je beloning, zei het monster.

'Leg het me uit,' riep baba Ayub.

Ik heb je op de proef gesteld.

'Op de proef gesteld.'

Een liefdesproef. Een wrede beproeving, dat geef ik toe, en ik ben me bewust van de zware tol die jij ervoor betaalt. Maar je hebt het doorstaan. Dit is je beloning. En de zijne.

'Wat was er gebeurd als ik niet gekozen had?' schreeuwde baba Ayub. 'Wat als ik niet was ingegaan op je beproeving?'

Dan waren al je kinderen ten onder gegaan, zei het monster, want ze zouden toch al zijn gestraft met een vader die een zwakkeling is. Een lafaard, die ze liever allemaal zou zien sterven dan zijn geweten te belasten. Je zegt dat je geen moed hebt, maar ik zie die wel in je. Er was moed nodig voor wat je gedaan hebt, voor de last die je bereid was te dragen. Daar spreek ik mijn respect voor uit.

Baba Ayub trok weifelend zijn zeis tevoorschijn, maar die glipte uit zijn handen en kletterde op de marmeren vloer. Zijn knieën knikten en hij moest gaan zitten.

Je zoon kan zich jou niet herinneren, vervolgde het monster. Dit is nu zijn leven, en je hebt zelf gezien hoe gelukkig hij is. Hij krijgt hier het beste eten en de mooiste kleren, vriendschap en genegenheid. Hij krijgt les in kunsten en talen en wetenschappen, en in wijsheid en naastenliefde. Hij wil niets anders. Op een dag, als hij een man zal zijn geworden, mag hij vertrekken als hij wil, er wordt hem geen strobreed in de weg gelegd. Ik denk dat hij vele levens zal beroeren met zijn vriendelijke aard en dat hij mensen die in verdriet gedompeld zijn geluk zal brengen.

'Ik wil hem zien,' zei baba Ayub. 'Ik wil hem mee naar huis nemen.'

Wil je dat echt?

Baba Ayub keek op naar het monster.

Het creatuur liep naar een kast bij het gordijn en haalde een zandloper uit een van de laden. Weet je wat dat is, Abdullah, een zandloper? Dat weet je dus. Goed. Nu dan. Het monster nam de zandloper, draaide hem om en zette hem aan de voeten van baba Ayub.

Je mag hem met je mee naar huis nemen, zei het monster. Als je daarvoor kiest, kan hij hier nooit meer terugkeren. Als je daar niet voor kiest, kun *jij* hier nooit meer terugkeren. Als al het zand weggelopen is, zal ik je vragen wat je besloten hebt.

En met die woorden verliet het monster de kamer en liet baba Ayub achter met opnieuw een pijnlijke keuze.

Ik neem hem mee naar huis, dacht baba Ayub meteen.

Dat verlangde hij het meest van al, met elke vezel van zijn lichaam. Had hij zich dat niet voorgesteld in wel duizend dromen? Kleine Qais weer vasthouden, zijn wang kussen en zijn zachte handjes weer in de zijne voelen. En toch... Als hij hem mee naar huis nam, wat voor leven stond Qais dan in Maidan Sabz te wachten? Het harde leven van een boer, op zijn hoogst, net als het zijne, en weinig meer. Dat wil zeggen, als Qais niet zou sterven als gevolg van de droogtes, net als zo veel kinderen in het dorp. Zou je jezelf dat kunnen vergeven, vroeg baba Ayub zich af. In de wetenschap dat je hem uit egoisme hebt weggehaald uit een luxeleven vol met kansen? Aan de andere kant, als hij Qais hier achterliet, hoe zou hij dat kunnen verdragen terwijl hij wist dat zijn zoon leefde, waar hij was en dat hij hem toch niet mocht zien? Hoe zou hij dat kunnen verdragen? Baba Ayub huilde. Hij werd zo wanhopig dat hij de zandloper pakte en tegen de muur gooide, waar die in duizend stukjes brak en het fijne zand op de grond viel.

Het monster kwam het vertrek weer binnen en zag baba Ayub met ingezakte schouders bij het gebroken glas staan.

'Je bent een wreed beest,' zei baba Ayub.

Als je even lang als ik had geleefd, antwoordde het monster, dan wist je dat wreedheid en goedheid schakeringen zijn van een en dezelfde kleur. Heb je een beslissing genomen?

Baba Ayub veegde zijn tranen af, pakte zijn zeis op en bond hem om zijn middel. Hij liep langzaam met gebogen hoofd naar de deur.

Je bent een goede vader, zei het monster, toen baba Ayub hem passeerde.

'Moge je in het hellevuur branden voor wat je mij hebt aangedaan,' zei baba Ayub vermoeid.

Hij liep het vertrek uit, in de richting van de hal, toen het monster hem terugriep.

Neem dit mee, zei het monster. Het creatuur reikte baba Ayub een flesje aan met een donkere vloeistof. Drink het onderweg naar huis op. Vaarwel.

Baba Ayub nam het flesje aan en liep weg zonder iets te zeggen.

Vele dagen later zat zijn vrouw aan de kant van de akker die aan het gezin toebehoorde naar hem uit te kijken, zoals baba Ayub er had gezeten in de hoop er Qais ooit te zullen zien aankomen. Met elke dag die voorbijging verdween haar hoop hem ooit terug te zien. De mensen in het dorp spraken al in de verleden tijd over baba Ayub. Op een dag zat ze opnieuw in het zand en prevelde een gebed, toen ze een magere gestalte uit de bergen zag komen, in de richting van Maidan Sabz. Eerst zag ze hem aan voor een verdwaalde derwisj, een magere man gehuld in oude vodden, met holle ogen en ingevallen slapen, en pas toen hij vlakbij was herkende ze haar man. Haar hart sprong op van vreugde en ze slaakte een gil van opluchting.

Toen hij zich had gewassen en te eten en te drinken had gehad, lag baba Ayub in zijn huis, terwijl dorpsbewoners om hem heen stonden en hem de ene vraag na de andere stelden.

Waar ben je geweest, baba Ayub?

Wat heb je gezien?

Wat is er met je gebeurd?

Baba Ayub kon ze niet beantwoorden, want hij kon zich niet herinneren wat er met hem was gebeurd. Hij kon zich niets van zijn tocht herinneren, van de beklimming van de berg van het monster, van zijn gesprek met het monster, van het prachtige paleis of het grote vertrek met het gordijn. Het was alsof hij was ontwaakt uit een al vergeten droom. Hij herinnerde zich de afgesloten tuin niet, de kinderen, en het meest van al herinnerde hij zich niet dat hij zijn zoon Qais had zien spelen met zijn vriendjes tussen de bomen. Als iemand Qais' naam noemde, knipperde baba Ayub verward met zijn ogen. Wie, zei hij. Hij wist niet meer dat hij ooit een zoon had gehad die Qais heette.

Begrijp je, Abdullah, dat het een daad van barmhartigheid was? Het drankje, dat zijn herinneringen had gewist?

Het was baba Ayubs beloning voor het feit dat hij de tweede proef van het monster had doorstaan.

Dat voorjaar brak de lucht eindelijk open boven Maidan Sabz. Wat er naar beneden kwam, was niet het gemiezer van voorbije jaren, maar weldadige regenval. Er viel een volle regen uit de lucht en de dorpsbewoners rekten dorstig hun hals ernaar uit. De hele dag door roffelde de regen op de daken van Maidan Sabz en dempte al het andere geluid van de wereld. Zware, gezwollen druppels rolden van de toppen van de bladeren. De bronnen raakten weer vol en de rivier steeg. De heuvels in het oosten werden groen. Wilde bloemen bloeiden, en voor het eerst in jaren speelden kinderen op het gras en konden koeien er weer grazen. Iedereen was blij.

Toen de regen ophield, had het dorp enig werk te verrichten. Diverse lemen muren waren ingezakt, een paar daken waren door gaan hangen en hele stukken grond waren veranderd in moerassen. Maar na de ellende van de verwoestende droogte waren de mensen uit Maidan Sabz niet van plan te gaan klagen. Muren werden herbouwd, daken gerepareerd en irrigatiekanalen drooggelegd. Dat najaar oogstte baba Ayub de meeste pistaches in zijn leven, en het jaar daarna en het daaropvolgende jaar nam zijn oogst in omvang en kwaliteit toe. In de grote steden waar hij zijn waren verkocht, zat baba Ayub trots achter zijn pistachepiramides en straalde hij als de gelukkigste man op aarde. In Maidan Sabz zou er nooit meer droogte heersen.

Verder valt er weinig te zeggen, Abdullah. Maar je zou kunnen vragen of er nooit een knappe jongeman op een paard door het dorp is gereden, op weg naar grootse avonturen. Is hij er dan misschien gestopt om wat water te drinken, waar het dorp nu zoveel van had, en zat hij neer om het brood te breken met de dorpsbewoners, misschien wel met baba Ayub zelf? Ik zou het niet kunnen zeggen, jongen. Wat ik wel kan zeggen is dat baba Ayub een hoge leeftijd heeft bereikt. Ik kan je vertellen dat zijn kinderen allemaal tijdens zijn leven zijn getrouwd, zoals hij altijd had gehoopt, en dat zijn kinderen zelf vele kinderen kregen, en ieder van hen bracht baba Ayub groot geluk.

En ik kan je ook vertellen dat er weleens nachten waren dat baba Ayub, zonder speciale reden, niet kon slapen. Hoewel hij nu een heel oude man was, waren zijn benen nog altijd goed, als hij maar op een stok kon leunen. En in die slapeloze nachten gleed hij uit bed zonder zijn vrouw wakker te maken, pakte zijn stok en verliet het huis. Hij wandelde door het duister, zette zijn stok telkens met een tik voor zich neer, terwijl een nachtbriesje langs zijn gezicht streek. Er lag een platte rots naast zijn akker, en hij ging erop zitten. Daar zat hij vaak langer dan een uur naar de sterren te staren, de wolken dreven voor de maan langs. Dan dacht hij na over zijn lange leven, en hij sprak zijn dank uit voor de gulle gaven en de vreugde die hem vergund waren geweest. Het zou verachtelijk zijn geweest meer te willen, nog meer. Hij zuchtte tevreden en luisterde naar de wind die uit de bergen kwam en naar het tjilpen van de vogels.

Maar eens in de zoveel tijd meende hij ook een ander geluid te horen. Het was altijd hetzelfde, het rinkelen van een bel. Hij begreep niet waarom hij zo'n geluid zou moeten horen, alleen in het duister, terwijl alle schapen en geiten sliepen. Soms zei hij bij zichzelf dat hij het niet had gehoord, en soms was hij zo overtuigd van het tegendeel dat hij in de duisternis riep: 'Is daar iemand? Wie is daar? Kom tevoorschijn.' Maar er kwam nooit enig antwoord. Baba Ayub begreep het niet. Zoals hij niet begreep waarom er altijd een golf door hem heen sloeg als hij het rinkelen hoorde, iets als het einde van een trieste droom, dat hem onverhoeds trof, als een onverwachte windvlaag. Maar dat ging voorbij, zoals alle dingen voorbijgaan. Het ging voorbij.

Dat was het, jongen. Zo eindigde het. Er valt niets meer te zeggen. En het is nu echt laat en ik ben moe, en je zusje en ik moeten vroeg op, als de zon opkomt. Blaas je kaars dus uit. Leg je hoofd te ruste en sluit je ogen. Welterusten, jongen. We nemen in de ochtend afscheid van elkaar.

TWEE

Najaar 1952

Vader had Abdullah nooit eerder geslagen. Dus toen hij het wel deed, toen hij de zijkant van Abdullahs hoofd raakte, vlak boven het oor, hard en onverhoeds en met de vlakke hand, sprongen er tranen van verbazing in Abdullahs ogen. Hij knipperde ze snel weg.

'Naar huis,' zei vader knarsetandend.

Abdullah hoorde boven zich Pari in snikken uitbarsten.

Toen sloeg vader hem opnieuw, harder, ditmaal op zijn linkerwang. Abdullahs hoofd kantelde opzij. Zijn gezicht schroeide, en er kwamen meer tranen. Zijn linkeroor suisde. Vader bukte zich zo ver voorover dat zijn donkere, gerimpelde gezicht de woestijn en de bergen en de lucht helemaal verduisterde.

'Ik zei je dat je naar huis moest gaan, jongen,' zei hij met een gepijnigde blik.

Abdullah gaf geen kik. Hij slikte luid en gluurde naar zijn vader, terwijl hij met zijn ogen knipperde achter de hand die de zon afschermde.

Vanaf de kleine, rode kar gilde Pari zijn naam, terwijl ze beefde van angst. 'Abollah!'

Vader hield hem met een strenge blik op afstand en sjokte terug naar de kar. Op de bodem ervan strekte Pari haar handen uit naar Abdullah. Abdullah gaf hun een voorsprong. Toen veegde hij zijn ogen af met de muis van zijn hand en volgde hen.

Even later gooide vader een steen naar hem, zoals kinderen in Shadbagh stenen gooiden naar Shuja, de hond van Pari – zij het dat de kinderen Shuja wilden raken om hem pijn te doen. De steen van vader kwam een meter van Abdullah op de grond terecht, machteloos. Hij wachtte, en toen vader en Pari zich weer in beweging zetten, ging Abdullah opnieuw achter hen aan.

Ten slotte, toen de zon net over zijn hoogste punt heen was, bleef vader weer staan. Hij draaide zich in de richting van Abdullah, leek even na te denken en maakte toen een beweging met zijn hand.

'Je geeft het toch niet op,' zei hij.

Vanaf de kar gleed Pari's hand snel in die van Abdullah. Ze keek naar hem met vochtige ogen, en met haar uiteenstaande tanden glimlachte ze alsof haar nooit iets slechts zou kunnen overkomen zolang hij aan haar zijde was. Hij sloot zijn vingers om haar hand zoals hij elke nacht deed als hij en zijn zusje in hun bed lagen, hun hoofden tegen elkaar, hun benen verstrengeld.

'Je had eigenlijk thuis moeten blijven,' zei vader. 'Bij je moeder en Iqbal. Dat heb ik je gezegd.'

Abdullah dacht: *het is jouw vrouw. Mijn moeder hebben we begraven*. Maar hij wist die woorden in te slikken voor hij ze uitsprak.

'Nou goed dan. Kom maar mee,' zei vader. 'Maar we gaan niet huilen. Begrepen?'

'Ja.'

'Ik waarschuw je. Dat zal ik niet dulden.'

Pari glimlachte breed naar Abdullah, hij keek naar haar bleke ogen en ronde roze wangen en glimlachte terug.

Vanaf dat ogenblik liep hij naast de kar die over de woestijngrond vol kuilen en gaten hotste, en hij hield Pari's hand vast. Ze wisselden gelukkige steelse blikken, broer en zus, maar ze zeiden niet veel, uit angst vaders stemming te bederven en hun geluk te verspelen. Heel vaak waren ze alleen, zij met hun drieën, niemand in de verste verte te zien, alleen de roodkoperen bergketens en de grote zandstenen rotsen. De woestijn strekte zich voor hen uit, open en weids, alsof die voor hen was geschapen, alleen voor hen, de lucht roerloos en snikheet, de hemel hoog en blauw. Rotsblokken schitterden op de gebarsten grond. De enige geluiden die Abdullah hoorde waren zijn eigen ademhaling en het ritmisch gepiep van de wielen, terwijl vader de rode kar trok, in noordelijke richting.

Een poosje later rustten ze uit in de schaduw van een zwerfsteen. Kreunend liet vader de boom van de kar op de grond vallen. Er ging een rilling door hem heen toen hij zijn rug strekte en zijn gezicht naar de zon hief.

'Hoe ver is het nog naar Kabul?' vroeg Abdullah.

Vader keek omlaag naar hen. Hij heette Saboor. Zijn huid was donker en zijn gezicht hard en hoekig en knokig, zijn neus was gebogen als de snavel van een woestijnhavik, zijn ogen lagen diep in hun kassen. Vader was mager als riet, maar een leven lang werken had zijn spieren sterk gemaakt, strak als bundels rotan om de armleuning van een rieten stoel. 'Morgenmiddag,' zei hij, terwijl hij de leren waterzak naar zijn lippen bracht. 'Als we opschieten.' Hij nam een diepe teug, zijn adamsappel ging op en neer.

'Waarom kon oom Nabi ons niet rijden?' zei Abdullah. 'Hij heeft een auto.'

Vader richtte zijn blik op hem.

'Dan hadden we deze hele weg niet hoeven lopen.'

Vader zei niets. Hij nam zijn vuile pet van zijn hoofd en veegde met de mouw van zijn hemd het zweet van zijn voorhoofd.

Pari's vinger schoot uit. 'Kijk, Abollah!' riep ze opgewonden. 'Weer een.'

Abdullah volgde haar vinger naar een plek in de schaduw van de zwerfsteen, waar een lange veer lag, grijs als verbrand houtskool. Abdullah liep erheen en pakte hem op bij de schacht. Hij blies er het stof af. Een valk, dacht hij, terwijl hij hem ronddraaide. Misschien een duif of een woestijnleeuwerik. Hij had er die dag al meer gezien. Nee, een valk. Hij blies nogmaals en gaf hem aan Pari, die hem met een gelukkige blik in haar ogen uit zijn handen griste.

Thuis in Shadbagh lag onder haar kussen een oud tinnen theeblik dat ze van Abdullah had gekregen. Er zat een roestig slotje op, en op het deksel stond de afbeelding van een Indiase man met baard, tulband en lange rode tuniek, die een dampend kopje thee met beide handen omhooghield. In dat theeblik bewaarde Pari alle veren die ze had verzameld. Het was haar dierbaarste bezit. Donkergroene en dieprode hanenveren, een witte veer uit de staart van een duif, een grijsbruine mussenveer met donkere vlekken, en een iriserende groene pauwenveer met een prachtig groot oog aan het eind, waar Pari het meest trots op was.

Die laatste veer had ze twee maanden eerder gekregen van Abdullah. Hij had iets gehoord over een jongen in een naburig dorp wiens familie een pauw had. Op een dag dat vader weg was om sloten te graven in een stad ten zuiden van Shadbagh, was Abdullah naar dat dorp gelopen, had de jongen gevonden en hem om een veer van de vogel gevraagd. Er volgden onderhandelingen, en ten slotte was Abdullah ermee akkoord gegaan zijn schoenen te ruilen voor de veer. Tegen de tijd dat hij in Shadbagh terug was met de pauwenveer onder zijn overhemd net boven zijn broek, waren zijn hielen gescheurd en lieten ze bloedvlekken op de grond achter. De huid van zijn voetzolen zat vol doornen en splinters. Elke stap die hij zette joeg pijnscheuten door zijn voeten.

Toen hij thuiskwam zag hij zijn stiefmoeder Parwana gehurkt buiten de hut zitten, bij de *tandoor*, waar ze de dagelijkse naan maakte. Hij dook snel weg achter de reusachtige eikenboom vlak bij hun huis en wachtte tot ze klaar was. Glurend vanachter de stam zag hij haar bezig, een vrouw met sterke schouders en lange armen, ruwe handen en plompe vingers, een vrouw met een opgeblazen rond hoofd, die niets had van de gratie van de vlinder waarnaar ze was vernoemd.

Abdullah had zo graag van haar willen houden. Zoals hij van zijn eigen moeder had gehouden. Moeder, die was doodgebloed toen ze drieënhalf jaar voordien Pari had gebaard, op het moment dat Abdullah zeven was. Moeder, wier gezicht hij zich bijna niet meer kon herinneren, moeder, die elke avond voor het slapengaan zijn hoofd in beide handen had genomen en het tegen haar borst had gevlijd en zijn wang had gestreeld, terwijl ze een slaapliedje voor hem zong:

Ik vond een kleine droeve fee
In de schaduw van een boom.
Ik ken een kleine droeve fee
Die 's nachts werd weggeblazen door de wind.

Hij zou ook graag zo van zijn nieuwe moeder houden. En misschien, dacht hij, wilde Parwana stiekem wel hetzelfde, dat zij van *hem* hield. Zoals ze van Iqbal hield, haar zoontje van één jaar oud, wiens gezicht ze altijd kuste en over wie ze zich meteen zorgen maakte zodra hij hoestte of niesde. Of zoals ze van haar eerste baby had gehouden, Omar. Ze had hem aanbeden. Maar hij was in de voorlaatste winter gestorven van de kou. Twee weken oud. Parwana en vader hadden amper een naam voor hem bedacht. Hij was een van de drie baby's in Shadbagh geweest die de strenge winter niet hadden overleefd. Abdullah herinnerde zich hoe Parwana Omars omzwachtelde lijfje krampachtig had vastgehouden, hoe ze bij vlagen verteerd werd door verdriet. Hij herinnerde zich de dag dat ze hem op de heuvel hadden begraven, een hoopje aarde op de bevroren grond onder een loodgrijze hemel, mullah Shekib die de gebeden uitsprak, de wind die sneeuw en ijs in ieders ogen blies.

Abdullah vreesde dat Parwana later woedend zou zijn als ze hoorde dat hij zijn enige paar schoenen had versjacherd voor een pauwenveer. Vader had onder de hete zon moeten ploeteren om ze te kunnen betalen. Er zou wat voor hem zwaaien, als ze het ontdekte. Ze zou hem zelfs weleens kunnen slaan, dacht Abdullah. Ze had hem al een paar keer eerder geslagen. Ze had flinke, grove handen – omdat ze jarenlang haar invalide zus had moeten tillen, veronderstelde Abdullah – en die wisten hoe een bezem te hanteren en een welgemikte klap uit te delen.

Maar het sprak in haar voordeel dat Parwana er geen vreugde aan leek te ontlenen als zij hem sloeg. En ze kon ook wel enige genegenheid jegens haar stiefkinderen tonen. Op een keer had ze voor Pari een zilvergroene jurk genaaid van een rol stof die vader uit Kabul had meegebracht. Ooit had ze Abdullah met verrassend geduld geleerd hoe in één keer twee eieren te breken en de dooiers heel te laten. En ooit had ze hun laten zien hoe van het kaf van koren poppetjes te draaien, zoals ze dat gedaan had samen met haar zusje toen ze klein waren. Ze demonstreerde hoe ze poppenkleertjes konden maken van zowat niets, van vodden.

Maar Abdullah wist dat dat uiterlijkheden waren, plichtmatige handelingen, afkomstig uit een bron die veel ondieper was dan de bron waaruit ze voor Iqbal putte. Als op een nacht hun huis vlam zou vatten, dan wist Abdullah nu al welk kind Parwana het eerst zou meegrissen. Ze zou niet aarzelen. Uiteindelijk was het heel eenvoudig: zij waren haar kinderen niet, Pari en hij. De meeste mensen hielden van hun eigen kinderen. Niemand kon er iets aan doen dat zijn zus en hij niet van haar waren. Zij waren van een andere vrouw.

Hij wachtte tot Parwana het brood naar binnen bracht en weer uit de hut kwam met onder de ene arm Iqbal en onder de andere een hoop wasgoed. Ze liep rustig in de richting van de rivier en hij wachtte tot ze uit het zicht was verdwenen voor hij het huis in glipte, waarbij zijn voetzolen schrijnden elke keer als ze de grond raakten. Binnen schoot hij in zijn oude plastic sandalen, het enige andere schoeisel dat hij had. Abdullah wist dat het niet verstandig was geweest wat hij had gedaan. Maar toen hij naast Pari neerknielde, haar zachtjes uit een slaapje wakker schudde en de veer van achter zijn rug tevoorschijn toverde, als een goochelaar, was het allemaal de moeite waard geweest om de manier waarop haar gezicht openbrak, eerst van verbazing en toen van verrukking, om de manier waarop ze zijn wangen onder kussen bedolf, en om de manier waarop ze giechelde toen hij haar kin met het zachte einde van de veer kietelde – en plotseling deden zijn voeten helemaal geen pijn meer.

Vader veegde nogmaals met zijn mouw over zijn gezicht. Ze dronken om beurten uit de waterzak. Daarna zei vader: 'Je bent moe, jongen.'

'Nee,' zei Abdullah, hoewel hij het wel was. Hij was uitgeput. En zijn voeten deden pijn. Het viel niet mee op sandalen door een woestijn te lopen.

Vader zei: 'Klim op de kar.'

Daar ging Abdullah achter Pari zitten met zijn rug tegen de planken, de knobbeltjes van de ruggengraat van zijn zus drukten tegen zijn buik en borstbeen. Terwijl vader de kar trok, keek Abdullah naar de hemel, de bergen, de dicht opeengepakte ronde heuveltoppen, glooiend in de verte. Hij keek naar de rug van zijn vader terwijl die hen voorttrok, zijn hoofd gebogen, zijn voeten wolkjes roodbruin zand opwerpend. Een karavaan Kuchi-nomaden passeerde hen, een stoffige stoet rinkelende bellen en kreunende kamelen, en een vrouw met zwartomrande ogen en haar in de kleur van koren glimlachte naar Abdullah.

Haar haren deden Abdullah denken aan die van zijn moeder, en hij hunkerde weer naar haar, naar haar tederheid, haar aangeboren tevredenheid, haar verbijstering over de wreedheid van de mensen. Hij herinnerde zich haar hikkende lach en de verlegen manier waarop ze soms haar hoofd hief. Zijn moeder was een tere persoon geweest, zowel van karakter als van statuur, een spichtige vrouw met een smalle taille, en met een sliert haar die altijd onder haar sjaal uit stak. Hij was vroeger altijd verbaasd geweest dat er in zo'n breekbaar lijfje zo veel vreugde en goedheid kon huizen. Het kon ook niet. Het stróómde uit haar, het kwam uit haar ogen. Vader was anders. Vader had een hardheid over zich. Zijn ogen zagen dezelfde wereld als zijn moeder, maar ze zagen alleen maar ongevoeligheid. Eindeloos geploeter. De wereld van vader was onbarmhartig. Je kreeg niks voor niets. Zelfs geen liefde. Je moest voor alles betalen, en als je arm was, was lijden je deel. Abdullah keek naar de slordige scheiding in het haar van zijn zusje, naar haar smalle pols die over de zijkant van de kar hing, en hij wist dat er iets van hun moeder bij haar sterven was overgegaan op Pari. Iets van haar opgewekte toewijding, haar ongekunsteldheid, haar onbevangen hoop. Pari was de enige op de hele wereld die hem geen pijn zou doen, geen pijn kón doen. Er waren dagen dat Abdullah het gevoel had dat zij de enige ware familie van hem was.

De kleuren van de dag losten langzaam op in grijs, en de verre toppen van de bergen werden vage silhouetten van ineengedoken reuzen. Eerder die dag waren ze door verschillende dorpen gekomen, de meeste rommelig en stoffig als Shadbagh. Vierkante lemen huisjes, soms tegen een berghelling aan, met rookslierten die uit de daken kwamen. Waslijnen, vrouwen gehurkt bij vuurtjes waarop ze kookten. Een paar populieren, een paar kippen, wat koeien en geiten, en altijd een moskee. Bij het laatste dorp waar ze doorheen gekomen waren, was een papaverveld, waar een oude man die er werkte naar hen zwaaide. Hij riep iets wat Abdullah niet verstond. Vader zwaaide terug.

Pari zei: 'Abollah?'

'Ja.'

'Denk je dat Shuja verdrietig is?'

'Ik denk dat het goed met hem gaat.'

'Zal niemand hem pijn doen?'

'Het is een grote hond, Pari. Hij kan zichzelf verdedigen.'

Shuja was inderdaad een grote hond. Vader zei dat hij ooit een vechthond geweest moest zijn, omdat zijn oren en staart toegetakeld waren. Of hij zich kon of wilde verdedigen, was een andere zaak. Toen de zwerfhond voor het eerst in Shadbagh werd gezien, hadden de kinderen stenen naar hem gegooid en hem geprikt met boomtakken of verroeste rijwielspaken. Shuja vocht nooit terug. Op den duur kregen de dorpskinderen er genoeg van hem te kwellen en lieten ze hem met rust, al bleef Shuja op zijn hoede, achterdochtig, alsof hij niet was vergeten hoe lelijk ze in het verleden tegen hem hadden gedaan.

Hij meed iedereen in Shadbagh, behalve Pari. Tegenover Pari verloor Shuja al zijn beheersing. Zijn liefde voor haar was groot en onbegrensd. Zij vormde zijn universum. Als hij Pari 's ochtends uit het huis zag komen, sprong Shuja op en zijn hele lichaam beefde. Het stompje staart dat er na de verminking nog over was, sloeg wild heen en weer en hij huppelde alsof hij op hete kolen liep. Hij sprong vrolijk om haar heen. De hele dag volgde Shuja Pari en snuffelde aan haar enkels, en als 's avonds hun wegen scheidden, ging hij buiten bij de deur liggen, eenzaam, wachtend op de ochtend.

'Abollah?'

'Ja.'

'Als ik groot ben, gaan we dan bij elkaar wonen?'

Abdullah keek naar de laagstaande oranje zon, die de horizon al raakte. 'Als je wilt. Maar dat zul je niet willen.'

'Jawel!'

'Je wilt een huis voor jezelf.'

'Maar dan kunnen we naast elkaar gaan wonen.'

'Misschien.'

'Je woont vlakbij.'

'En wat als je genoeg van me krijgt?'

Ze porde hem met haar elleboog in zijn zij. 'Ik niet!'

Abdullah glimlachte stilletjes. 'Oké, mooi.'

'Dan zit je dicht bij me.'

'Ja.'

'Tot we oud zijn.'

'Heel oud.'

'Voor altijd.'

'Ja, voor altijd.'

Ze keek achterom naar hem. 'Beloof je dat, Abollah?'

'Voor altijd en altijd.'

Later tilde vader Pari op zijn rug, en Abdullah trok de kar achter hen aan. Terwijl ze zo liepen, raakte hij in een gedachteloze trance. Hij was zich alleen bewust van zijn op- en neergaande knieën, van de zweetdruppels die langs zijn hoofd liepen. Pari's voetjes, die tegen vaders heupen sloegen. Zich alleen bewust van de schaduwen van zijn vader en zijn zus, die steeds langer werden op de grauwe woestijnbodem en zich van hem verwijderden als hij even wat langzamer liep.

❋

Het was oom Nabi geweest die vader zijn laatste baantje had bezorgd – oom Nabi was de oudste broer van Parwana, en hij was dus Abdullahs aangehuwde oom. Oom Nabi was kok en chauffeur in Kabul. Eens per maand reed hij met de auto van Kabul naar Shadbagh om hen te bezoeken, hij kondigde zijn aankomst aan met getoeter, en een hele horde kinderen uit het dorp rende schreeuwend achter de grote, blauwe auto met het geelbruine dak en de glinsterende wieldoppen aan. Ze sloegen op de bumper en de ramen totdat hij de motor uitzette en breed glimlachend uitstapte, knappe oom Nabi met zijn lange bakkebaarden en zijn golvende lange haar dat hij achterover had gekamd, gekleed in een te groot olijfgroen pak met een chic wit overhemd en met bruine instappers aan zijn voeten. Iedereen kwam zijn huis uit om hem te zien, want hij reed auto, al was die auto dan van zijn baas, en hij droeg een pak en werkte in de grote stad Kabul.

Bij zijn laatste bezoek had oom Nabi over het baantje verteld. De rijke mensen voor wie hij werkte wilden een klein gastenverblijf achter hun huis bouwen, inclusief badkamer – en oom Nabi had de suggestie gedaan om vader daarvoor in te huren, want die had verstand van bouwen. Hij zei dat er goed betaald zou worden, het was een maand werk, en het was graag of niet.

Vader had inderdaad verstand van bouwen. Hij had het vaak genoeg gedaan. Zolang Abdullah zich kon herinneren, was vader op zoek naar werk en klopte hij her en der aan om voor één dag werk te vinden. Hij had vader op een keer tegen de dorpsoudste, mullah Shekib, horen zeggen: *Als ik als dier was geboren, mullah sahib, dan zweer ik je dat ik een muilezel zou zijn geweest.* Soms nam vader Abdullah mee naar zijn werk. Ze hadden ooit appels geplukt in een stad op een hele dag lopen van Shadbagh. Abdullah herinnerde zich hoe zijn vader tot zonsondergang op de ladder had gestaan, gekromde schouders, gerimpelde nek in de volle zon, de ruwe huid van zijn onderarmen, zijn dikke vingers die de appels van de takken draaiden, één voor één. In een andere stad hadden ze stenen gebakken voor een moskee. Vader had Abdullah laten zien hoe je goede aarde ervoor moest vinden, donkere aarde, maar niet te donker. Ze hadden die aarde samen gezeefd en er stro aan toegevoegd, en vader had hem geduldig geleerd er langzaam water bij te gieten zodat het mengsel niet te dun werd. Het laatste jaar had vader stenen gesjouwd. Hij had grond geschept, hij had geprobeerd of hij kon ploegen. Hij had met anderen aan een weg gewerkt, asfalt aanleggen.

Abdullah wist dat vader zich de dood van Omar aantrok. Als hij meer werk had kunnen vinden, of beter werk, had hij betere winterkleren en dikkere dekens voor de baby kunnen kopen, misschien zelfs een fatsoenlijke kachel om het huis te verwarmen. Dat dacht vader. Hij had sinds de begrafenis geen woord over Omar gezegd tegen Abdullah, maar Abdullah wist het.

Hij herinnerde zich hoe hij zijn vader een paar dagen na de

dood van Omar alleen onder de reusachtige eikenboom had zien staan. De eik torende hoog boven alles in Shadbagh uit, het was het oudste levende ding in het dorp. Vader zei dat het hem niet zou verbazen als de boom er nog getuige van was geweest hoe keizer Babur zijn leger aanvoerde op weg naar Kabul om dat te veroveren. Hij zei dat hij zijn halve jeugd had doorgebracht in de schaduw van de machtige kruin of had rondgeklommen op de verreikende takken. Zijn eigen vader, de grootvader van Abdullah, had lange touwen aan een van de dikke takken gebonden en er een schommel van gemaakt, een ding dat talloze strenge winters en de oude man zelf had overleefd. Vader zei dat Parwana en haar zus Masooma en hij er vroeger, als kind, om beurten in hadden geschommeld.

Maar als Pari vader nu aan zijn mouw trok en vroeg of hij met haar ging schommelen, was vader altijd te moe van zijn werk.

Misschien morgen, Pari.

Heel even maar, baba. Kom, opstaan.

Niet nu. Een andere keer.

Ten slotte gaf ze het op, liet zijn mouw los en liep teleurgesteld weg. Soms zakte vaders smalle gezicht in als hij haar weg zag lopen. Hij rolde zich in zijn bed op zijn andere zij, trok de deken over zich heen en sloot zijn vermoeide ogen.

Abdullah kon zich niet voorstellen dat vader ooit geschommeld had. Hij kon zich niet voorstellen dat vader, net als hij, ooit een jongen was geweest. Een jongen. Zorgeloos, lichtvoetig. Onbesuisd met zijn vriendjes het open veld in rennend. Vader, wiens handen onder de schrammen zaten, wiens gezicht getekend was door diepe rimpels. Vader, die wel geboren had kunnen zijn met een schop in zijn hand en modder onder zijn nagels.

❋

Die nacht moesten ze in de woestijn slapen. Ze aten het brood en de laatste gekookte aardappelen die Parwana voor hen had ingepakt. Vader maakte vuur en zette een ketel op de vlammen voor de thee.

Abdullah lag naast het vuur onder de wollen deken opgekruld, achter Pari, die haar koude voeten tegen hem aandrukte.

Vader boog zich over de vlammen en stak een sigaret op.

Abdullah rolde zich op zijn rug, Pari paste zich aan en legde haar wang op het vertrouwde plekje onder zijn sleutelbeen. Hij ademde de koperachtige geur van het woestijnzand in en keek naar de hemel, die bezaaid was met sterren als ijskristallen, trillend en flikkerend. Een fijn, wassend maantje wiegde de vage, spookachtige omtrek van de vollemaan.

Abdullah dacht terug aan de voorlaatste winter. De wereld was donker, de wind blies door de kieren van de deur, floot langzaam en lang en hard, floot door elke reet van het dak. Buiten was het hele dorp verdwenen onder de sneeuw. De nachten waren lang en sterreloos, de dagen kort en somber, en als de zon zich al liet zien, dan speelde hij een piepklein gastrolletje, voor hij weer verdween. Hij herinnerde zich hoe Omar gekweld huilde, daarna de stilte, en toen vader, die ontmoedigd in een houten plank een sikkelvormige maan kerfde, precies als de maan die nu boven hen stond, en de plank in de diepbevroren grond sloeg, aan het hoofdeind van het smalle graf.

En nu kwam het einde van de herfst opnieuw in zicht. De winter lag al op de loer, hoewel vader noch Parwana erover spraken, alsof het uitspreken van het woord de komst ervan zou bespoedigen.

'Vader?' zei hij.

Van de andere kant van het vuur kwam zacht gegrom.

'Mag ik je helpen? Met het bouwen van dat gastenverblijf, bedoel ik?'

Er kringelde rook van vaders sigaret omhoog. Hij staarde de duisternis in.

'Vader?'

Vader schoof op de steen waarop hij zat heen en weer. 'Ik denk dat je wel mortel kunt helpen mengen.'

'Ik weet niet hoe dat moet.'

'Ik zal het je laten zien. Je leert het wel.'

'En ik dan?' vroeg Pari.

'Jij?' zei vader langzaam. Hij nam een trekje van zijn sigaret en pookte met een stok in het vuur. Vonkjes dansten de zwarte nacht in. 'Jij moet voor het water zorgen. We mogen nooit dorst krijgen, want een man kan niet werken als hij dorst heeft.'

Pari was stil.

'Vader heeft gelijk,' zei Abdullah. Hij voelde dat Pari ook haar handen vuil wilde maken, in de modder wilde banjeren, en dat ze teleurgesteld was over de taak die vader haar had toebedeeld. 'Als jij geen water voor ons haalt, komt dat gastenverblijf nooit af.'

Vader schoof de stok onder het handvat van de ketel en tilde hem van het vuur. Hij zette hem opzij om af te koelen.

'Weet je wat,' zei hij. 'Jij laat me zien dat jij dat karweitje met het water aankunt, en dan zal ik een ander klusje voor je bedenken.'

Pari hief haar hoofd en keek breed glimlachend naar Abdullah.

Hij herinnerde zich de tijd dat ze nog een baby was en altijd boven op zijn borst sliep, en soms opende hij midden in de nacht zijn ogen en zag haar naar hem lachen met diezelfde gezichtsuitdrukking als nu.

Hij was degene die haar opvoedde. Zo was het. Ook al was hij zelf nog maar een kind. Tien jaar oud. Toen Pari een baby was, was hij het geweest die zij 's nachts had gewekt met haar gepiep en gepruttel, hij was het geweest die met haar in het duister was gaan lopen en haar in zijn armen wiegde. Hij had haar vieze luiers verwisseld. Hij was degene geweest die Pari waste. Dat was niet vaders taak – hij was een man – en hij was bovendien altijd te uitgeput van zijn werk. En Parwana, die al zwanger was van Omar, kon er maar moeilijk toe komen in te gaan op Pari's behoeften. Ze had er nooit het geduld en de energie voor. Dus was die zorg Abdullah toegevallen, maar dat vond hij helemaal niet erg. Hij deed het graag. Hij vond het prachtig dat hij haar met haar eerste stapjes kon helpen en paf stond van haar eerste woordje. Dat was zijn doel, dacht hij, de reden waarom God hem had geschapen: hij moest er zijn om voor Pari te zorgen, toen Hij zijn moeder wegnam.

'Baba,' zei Pari. 'Vertel je een verhaaltje?'

'Het is al laat,' zei vader.

'Alsjeblieft.'

Vader was van nature gesloten. Hij sprak zelden meer dan twee zinnen achter elkaar. Maar soms, om redenen die Abdullah niet kende, ging er in vader iets open en stroomden er plotseling verhalen uit hem. Soms zei hij tegen Abdullah en Pari dat ze bij hem moesten gaan zitten en goed luisteren, terwijl Parwana in de keuken luid met potten en pannen in de weer was, en hij vertelde hun dan verhalen die hij van zijn oma had gehoord toen hij een jongen was, en hij nam ze mee naar landen vol sultans en djinns en kwaadaardige demonen en wijze derwisjen. Een andere keer verzon hij zelf verhalen. Hij verzon ze ter plekke, en zijn verhalen toonden een talent voor fantaseren en dromen waarover Abdullah zich altijd weer verbaasde. Vader was volgens Abdullah nooit méér aanwezig, levendiger, opener, waarachtiger dan wanneer hij verhalen vertelde, alsof de verhalen gaatjes waren waardoorheen je in zijn ondoorgrondelijke, raadselachtige wereld kon kijken.

Maar Abdullah kon aan vaders gelaatsuitdrukking zien dat er die avond geen verhaal zou komen.

'Het is al laat,' herhaalde vader. Hij tilde de ketel op met de punt van de das die om zijn nek hing en schonk zichzelf een kop thee in. Hij blies erin en nam een slokje, zijn gezicht gloeide door de vlammen oranje op. 'Tijd om te gaan slapen. Het is een lange dag morgen.'

Abdullah trok de deken over hun hoofden. Hij zong in Pari's nek:

Ik vond een kleine droeve fee
In de schaduw van een boom.

Pari, slaperig al, zong traag haar deel:

Ik ken een kleine droeve fee
Die 's nachts werd weggeblazen door de wind.

Bijna op hetzelfde moment begon ze zachtjes te snurken.

Na een poosje werd Abdullah wakker en zag dat zijn vader weg was. Hij schrok. Het vuur was nagenoeg uitgegaan, er waren alleen nog een paar stukjes roodgloeiend hout te zien. Abdullahs ogen schoten naar links en naar rechts, maar hij kon niets onderscheiden in het duister dat tegelijk uitgestrekt en verstikkend leek. Hij voelde het bloed uit zijn hoofd stromen. Zijn hart ging tekeer, hij spitste zijn oren en hield zijn adem in.

'Vader?' fluisterde hij.

Stilte.

In zijn borst begon razendsnel paniek te ontstaan. Hij zat roerloos stil, zijn lichaam opgericht en gespannen, en hij luisterde lange tijd. Hij hoorde niets. Ze waren alleen, Pari en hij, en de duisternis was om hen heen. Ze waren in de steek gelaten. Vader had hen in de steek gelaten. Abdullah voelde voor het eerst de ware onmetelijkheid van de woestijn en van de wereld. Hoe makkelijk kon je erin verdwalen. Niemand om je te helpen, niemand die je de weg kon wijzen. Toen diende er zich een nog ergere gedachte aan. Vader was dood. Iemand had zijn keel doorgesneden. Bandieten. Ze hadden hem vermoord, en nu kwamen ze naar hem en Pari toe, op hun gemak, voor hun plezier, een spelletje.

'Vader?' Dit keer was zijn stem harder en scheller.

Geen antwoord.

'Vader?'

Hij riep zijn vader steeds weer, en een klauw klemde zich steeds meer om zijn luchtpijp. Hij wist niet meer hoe vaak en hoe lang hij zijn vaders naam noemde, maar er kwam geen antwoord uit het duister. Hij stelde zich gezichten voor die verscholen gingen in de bergen, die uit de aarde oprezen en kwaadaardig grijnzend op Pari en hem neerkeken. Paniek overviel hem en verschrompelde zijn ingewanden. Hij begon te rillen en jankte tussen zijn ademhaling door. Hij stond op het punt het op een gillen te zetten.

Toen voetstappen. Iets nam in de duisternis gestalte aan.

'Ik dacht dat je weggegaan was,' zei Abdullah zachtjes.

Vader ging bij de resten van het vuur zitten.

'Waar ben je geweest?'

'Ga slapen, jongen.'

'Je laat ons niet alleen. Dat zou je niet doen, vader.'

Vader keek hem aan, maar in het donker loste zijn gezicht zich op in een uitdrukking die Abdullah niet kon onderscheiden. 'Je maakt je zus wakker.'

'Laat ons niet alleen.'

'Nu is het wel genoeg geweest.'

Abdullah ging weer liggen, zijn zusje dicht tegen zich aan, zijn hart bonsde in zijn keel.

*

Abdullah was nog nooit in Kabul geweest. Wat hij over de stad wist, had hij gehoord van zijn oom Nabi. Hij had wel een paar kleinere steden bezocht met zijn vader, als die ergens werk had, maar nooit een grote stad, en niets van wat oom Nabi hem had verteld had hem kunnen voorbereiden op de onrust en de herrie van de grootste en drukste stad van allemaal. Hij zag overal verkeerslichten en theehuizen en restaurants en winkels met etalages met kleurrijke borden. Auto's die lawaaierig door de overvolle straten denderden, toeterden, rakelings langs bussen, voetgangers en fietsers schoten. *Gari's*, getrokken door paarden, reden rinkelend over de brede wegen en hun wielen met ijzeren banden stuiterden over de rijbaan. Op de trottoirs waar hij met Pari en vader liep, wemelde het van de sigaretten- en kauwgomverkopers, krantenstalletjes, smeden die op hoefijzers sloegen. Op kruispunten bliezen verkeersagenten in slecht zittende uniformen op hun fluitje en maakten gebiedende gebaren waar niemand zich iets van aan leek te trekken.

Met Pari op schoot zat Abdullah op een trottoirbankje bij een slagerij en deelde met haar een blikken bordje witte bonen in tomatensaus en korianderchutney, die vader voor hen bij een stalletje had gekocht.

'Kijk, Abollah,' zei Pari, en ze wees naar een winkel aan de andere kant van de straat. In het raam stond een jonge vrouw, gekleed in een prachtig geborduurde groene jurk met spiegeltjes en kralen. Ze droeg een lange, bijpassende sjaal met zilveren juwelen en een donkerrode broek. Ze stond roerloos en staarde onaangedaan naar voorbijgangers zonder met haar ogen te knipperen. Terwijl Abdullah en Pari hun bonen opaten verroerde zij geen vin, en dat hield ze ook erna vol. Een eindje verderop zag Abdullah een enorme poster hangen aan de voorgevel van een gebouw. Er stond een jong, mooi Indiaas meisje op in een tulpenveld, in de gietende regen, terwijl ze speels wegdook achter een soort huisje. Ze glimlachte verlegen, er hing een sari losjes om haar heen. Abdullah vroeg zich af of dat nu was wat oom Nabi een bioscoop had genoemd, waar mensen heen gingen om een film te zien, en hij hoopte dat oom Nabi met hem en Pari ergens in de komende maand naar een film zou gaan. Hij glimlachte bij de gedachte.

Het was vlak na de oproep tot gebed, die van een blauw

betegelde moskee een eind verderop in de straat schalde, dat Abdullah oom Nabi zag stoppen aan de kant van de straat. Oom Nabi, gekleed in zijn olijfkleurige pak, stapte zwierig uit en miste op een haar na een jonge fietser in een *chapan*, die net op tijd kon uitwijken.

Oom Nabi liep snel om de voorkant van de auto heen en omhelsde vader. Toen hij Abdullah en Pari zag, kwam er een brede glimlach op zijn gezicht. Hij hurkte bij hen neer.

'Hoe vinden jullie Kabul, jongens?'

'Veel lawaai,' zei Pari, en oom Nabi lachte.

'Dat klopt. Kom, stap in. Vanuit de auto zul je er nog veel meer van zien. Even je voeten afvegen voor je instapt. Saboor, jij zit voorin.'

De achterbank was koel en hard, en lichtblauw om bij de buitenkant te passen. Abdullah schoof naar de andere kant, achter de stoel van de chauffeur, en trok Pari op zijn schoot. Hij zag hoe voorbijgangers jaloerse blikken wierpen op de auto. Pari draaide haar hoofd naar hem toe en ze glimlachten naar elkaar.

Ze zagen de stad voorbijglijden, terwijl oom Nabi reed. Hij zei dat hij zou omrijden, zodat ze een beetje van Kabul konden zien. Hij wees naar een bergkam die Tapa Maranjan heette, en naar het koepelvormige mausoleum op de top ervan, waar je de hele stad kon overzien. Hij zei dat Nader Shah er begraven lag, de vader van koning Zahir Shah. Hij liet hun de Bala Hissar-vesting zien boven op de berg Koh-e-Shirdarwaza, waarover hij vertelde dat de Britten er gebruik van hadden gemaakt tijdens hun tweede oorlog tegen Afghanistan.

'Wat is dat, oom Nabi?' Abdullah tikte tegen het raampje en wees naar een groot, rechthoekig geel gebouw.

'Dat is de Silo. De nieuwe broodfabriek.' Oom Nabi reed met één hand aan het stuur, hij draaide zijn hoofd om en knipoogde tegen hem. 'Met de hartelijke groeten van onze vrienden, de Russen.'

Een fabriek die brood maakt, dacht Abdullah verbaasd, en hij zag Parwana in Shadbagh plakken deeg tegen de zijkant van hun lemen tandoor slaan.

Uiteindelijk draaide oom Nabi een schone, brede straat in vol cipressen die op regelmatige afstand van elkaar stonden. De huizen zagen er mooi uit en waren groter dan Abdullah ooit had gezien. Ze waren wit, geel, lichtblauw. De meeste hadden een paar verdiepingen, er stonden hoge muren omheen die waren afgesloten met dubbele metalen poorten. Abdullah zag diverse auto's langs de kant van de weg staan die leken op die van oom Nabi.

Oom Nabi stopte bij een oprit die omzoomd werd door keurig bijgehouden struiken. Aan het eind van de oprit doemde er een vreselijk groot huis van twee verdiepingen op, met witte muren.

'Wat hebt u een groot huis,' zuchtte Pari. Ze keek haar ogen uit.

Het hoofd van oom Nabi kantelde achterover van het lachen. 'Dat zou nog eens wat zijn. Nee, dit is het huis van de mensen bij wie ik werk. Jullie gaan hen dadelijk ontmoeten. Ik zou me maar netjes gedragen.'

❋

Het huis maakte nog meer indruk toen oom Nabi Abdullah, Pari en vader eenmaal mee naar binnen had genomen. Abdullah schatte dat het zo groot was dat minstens de helft van de huizen van Shadbagh erin pasten. Hij kreeg het gevoel dat hij het paleis van de demon was binnengegaan. De tuin, helemaal aan het eind, was prachtig verzorgd, met rijen bloemen in allerlei kleuren, netjes gesnoeide kniehoge struiken, en veel vruchtbomen – Abdullah herkende kers, appel, abrikoos en granaatappel. Een overdekt portiek leidde vanuit het huis naar de tuin – oom Nabi zei dat het een veranda heette – en werd omsloten door een laag hek, overdekt met ranken van groene druiven. Op weg naar de kamer waar meneer en mevrouw Wahdati op hen wachtten, zag Abdullah een badkamer met het porseleinen toilet waar oom Nabi over had verteld, en een glinsterende wasbak met bronzen kranen. Abdullah, die elke week uren bezig was om emmers water te halen bij de gezamenlijke waterput in Shadbagh, was verbijsterd over een leven waar water een kwestie van een handomdraai was.

Ze zaten nu op een grote bank met gouden kwastjes, Abdullah, Pari en vader. Op de zachte kussens in hun rug zaten overal achthoekige spiegeltjes. Tegenover de bank nam één enkel schilderij bijna de hele muur in beslag. Er was een oude steenhouwer op te zien, die gebogen stond over zijn werkbank en met een houten hamer op een brok steen sloeg. Aan weerszijden van de grote ramen, die uitkwamen op een balkon met een halfhoge ijzeren leuning, hingen geplooide bordeauxrode gordijnen. Alles in het vertrek glansde, er lag nergens stof.

Nog nooit in zijn leven was Abdullah er zich zo bewust van geweest hoe vuil hij was.

De baas van oom Nabi, meneer Wahdati, zat met zijn armen over elkaar in een leren stoel. Hij keek naar hen met een uitdrukking die niet echt onvriendelijk was, maar in elk geval wel gereserveerd, ontoegankelijk. Hij was groter dan vader; dat had Abdullah meteen gezien toen hij was opgestaan om hen te verwelkomen. Hij had smalle schouders, dunne lippen en een hoog, glanzend voorhoofd. Hij droeg een getailleerd wit pak en een groen overhemd waarvan de manchetten bijeen werden gehouden door ovale hemelsblauwe edelstenen. Hij sprak de hele tijd niet meer dan een paar woorden.

Pari keek naar de schaal met koekjes op de glazen tafel voor hen. Abdullah had nooit kunnen bevroeden dat er zo'n grote variëteit bestond. Vingerlange chocoladekoekjes met roomkrullen, kleine ronde met een oranje vulling, groene koekjes in de vorm van bladeren, en nog heel veel andere soorten.

'Wil je er een?' zei mevrouw Wahdati. Zij was het die het woord voerde. 'Pak maar. Jullie allebei. Ik heb ze voor jullie klaargezet.'

Abdullah keerde zich naar zijn vader om toestemming te vragen, en Pari deed hetzelfde. Dit leek mevrouw Wahdati erg leuk te vinden, haar wenkbrauwen gingen even omhoog, ze hield haar hoofd schuin en begon te glimlachen.

Vader knikte licht. 'Ieder van jullie een,' zei hij zachtjes.

'O, dat is niet genoeg,' zei mevrouw Wahdati. 'Ik heb Nabi naar een bakkerij aan de andere kant van de stad gestuurd om ze te halen.'

Vader bloosde en wendde zijn ogen af. Hij zat aan het eind van de bank en hield met zijn beide handen zijn versleten pet vast. Hij had zijn knieën weggedraaid van mevrouw Wahdati en hield zijn blik gericht op haar man.

Abdullah pakte snel twee koekjes en gaf er een aan Pari.

'Neem er nog maar een. We willen niet dat alle moeite van Nabi voor niks is geweest,' zei mevrouw Wahdati op quasi-verwijtende toon. Ze glimlachte naar oom Nabi.

'Het was geen enkele moeite,' zei oom Nabi blozend.

Oom Nabi stond bij de deur naast een grote houten kast met dikke glazen deuren. Op de planken zag Abdullah foto's van meneer en mevrouw Wahdati in zilveren lijsten staan. Daar stonden ze samen met een ander paar, gekleed in dikke sjaals en zware jassen, en er stroomde een wilde rivier achter hen langs. Op een andere foto hield mevrouw Wahdati een glas in haar hand, terwijl ze haar andere arm om het middel had geslagen van een man die, onbegrijpelijk voor Abdullah, niet meneer Wahdati was. Er stond ook een trouwfoto, hij groot en keurig in een zwart pak, zij in een golvende witte jurk, beiden met gesloten mond glimlachend.

Abdullah keek even stiekem naar haar, naar haar smalle taille, haar mooie mond en volmaakt gewelfde wenkbrauwen, haar roze teennagels en bijpassende lippenstift. Hij herinnerde zich haar nu van een paar jaar eerder, toen Pari bijna twee was. Oom Nabi had haar meegebracht naar Shadbagh, omdat ze had gezegd dat ze zijn familie wilde ontmoeten. Ze had een perzikkleurige jurk zonder mouwen aangehad – hij herinnerde zich de verbaasde blik van vader – en een donkere zonnebril met een dik, wit montuur. Ze had de hele tijd geglimlacht en vragen over het dorp gesteld, over hun leven, over de namen en leeftijden van de kinderen. Ze deed alsof ze er thuishoorde, in hun lage lemen huisje, ze zat met haar rug tegen de muur die zwart was van het roet, naast het raam vol vliegenpoep en het donkere plastic gordijn, dat de afscheiding vormde tussen de kamer en de keuken, waar Abdullah en Pari ook sliepen. Ze had een hele show van haar bezoek gemaakt, ze stond erop haar schoenen met hoge hakken bij de deur uit te doen en was op de vloer gaan zitten, hoewel vader haar netjes een stoel had aangeboden. Alsof ze een van hen was. Hij was toen pas acht geweest, maar Abdullah had haar doorzien.

Wat Abdullah zich het best herinnerde van het bezoek was de manier waarop Parwana – die toen in verwachting was van Iqbal – een figuur op de achtergrond was gebleven, doodstil in een hoekje gezeten, ineengekrompen tot een bal. Ze had haar schouders ingetrokken en haar voeten onder haar gezwollen buik gestoken, alsof ze probeerde in de muur te verdwijnen. Haar gezicht ging schuil achter een vuile sluier, die ze onder haar kin had dichtgebonden. Abdullah kon de schaamte bijna van haar af zien komen, als stoom, het ongemak, hoe klein ze zich voelde, en hij had even een wonderlijke sympathie voor zijn stiefmoeder gevoeld.

Mevrouw Wahdati nam het pakje naast de schaal met koekjes en stak een sigaret op.

'We hebben een flinke omweg gemaakt om ze de stad een beetje te laten zien,' zei oom Nabi.

'Heel goed,' zei mevrouw Wahdati. 'Ben je ooit eerder in Kabul geweest, Saboor?'

'Een of twee keer, bibi sahib,' zei vader.

'Wat vond u ervan, als ik zo vrij mag zijn?'

Vader haalde zijn schouders op. 'Het is hier erg druk.'

'Ja.'

Meneer Wahdati plukte een stofje van de mouw van zijn colbert en keek naar het vloerkleed.

'Vol, ja, en soms ook vermoeiend,' zei zijn vrouw.

Vader knikte, alsof hij het begreep.

'Kabul is echt een eiland. Er zijn mensen die zeggen dat de stad zich ontwikkelt, en misschien is dat wel zo. Ik denk het wel, maar Kabul valt uit de toon bij de rest van het land.'

Vader keek naar de pet in zijn handen en knipperde met zijn ogen.

'Begrijp me niet verkeerd,' zei ze. 'Ik zou elk ontwikkelingsplan vanuit de stad van harte steunen. Dat kan ons land heel erg goed gebruiken. Maar de stad is voor mijn gevoel soms iets te ingenomen met zichzelf. Ik bedoel, de pretenties hier.' Ze zuchtte. 'Die worden wel vermoeiend. Ik ben zelf altijd dol geweest op het platteland. Ik heb er een grote liefde voor. De verafgelegen provincies, de *qaria's*, de dorpjes. Het *echte* Afghanistan, zal ik maar zeggen.'

Vader knikte onzeker.

'Ik mag het misschien niet eens zijn met alle of de meeste stammentradities, maar ik heb wel het gevoel dat de mensen daar authentieker leven. Er zit een grote kracht in hen. Een verfrissende deemoed. Hartelijkheid ook. En veerkracht. Een gevoel van trots. Is dat het juiste woord, Suleiman? Trots?'

'Hou daarmee op, Nila,' zei haar man heel kalm.

Er viel een diepe stilte. Abdullah zag meneer Wahdati met zijn vingers op de armleuning van zijn stoel tikken en zijn vrouw zuinigjes glimlachen, hij zag het roze puntje van haar sigaret, haar voeten die ze over elkaar had gelegd, haar elleboog die op de armleuning rustte.

'Waarschijnlijk niet het juiste woord,' doorbrak ze de stilte. 'Waardigheid, misschien.' Ze glimlachte, waarbij haar regelmatige witte tanden zichtbaar werden. Zulke tanden had Abdullah nog nooit gezien. 'Dat is het. Veel beter. Mensen op het platteland hebben een gevoel van waardigheid over zich. Dat dragen ze met zich mee, denk ik. Als een onderscheiding. Ik meen het echt. Ik zie het in jou, Saboor.'

'Dank u, bibi sahib,' mompelde vader. Hij schoof op de bank heen en weer terwijl hij nog steeds naar zijn pet keek.

Mevrouw Wahdati knikte. Ze richtte haar blik nu op Pari. 'Je ziet er zo lief uit, als ik zo vrij mag zijn.' Pari schoof dichter tegen Abdullah aan.

Langzaam begon mevrouw Wahdati aan een citaat: 'Vandaag heb ik de charme, de schoonheid, de onpeilbare gratie van een gezicht gezien waar ik naar zocht.' Ze glimlachte. 'Rumi. Heb je weleens van hem gehoord? Je zou zeggen dat hij het speciaal voor jou heeft geschreven, schatje.'

'Mevrouw Wahdati is een talentvolle dichteres,' zei oom Nabi.

Aan de andere kant van de kamer pakte meneer Wahdati een koekje van de schaal, brak het doormidden en nam een hapje.

'Nabi is zo aardig,' zei mevrouw Wahdati, en ze wierp hem een warme blik toe. Abdullah zag opnieuw een blos op de wangen van oom Nabi verschijnen.

Mevrouw Wahdati doofde haar sigaret door met het topje een paar keer flink tegen de asbak te tikken. 'Misschien kan ik met de kinderen ergens naartoe gaan?' zei ze.

Meneer Wahdati zuchtte geprikkeld, sloeg beide handen op de armleuningen van zijn stoel en leek op te willen staan, maar hij deed het niet.

'Ik neem ze mee naar de bazaar,' zei mevrouw Wahdati nu tegen vader. 'Als je het goedvindt, Saboor. Nabi rijdt ons. Suleiman kan je even de plek achter in de tuin laten zien, voor het werk. Dan kun je het met eigen ogen bekijken.'

Vader knikte.

Langzaam sloot meneer Wahdati zijn ogen.

Ze stonden op om te gaan.

Plotseling overviel Abdullah de wens dat vader deze mensen zou bedanken voor hun koekjes en thee, Pari en hem bij de hand zou nemen en dit huis met zijn schilderijen en draperieën en overdadige luxe en comfort zou verlaten. Ze konden hun waterzak vullen en brood en een paar gekookte eieren kopen, en terugkeren naar waar ze vandaan gekomen waren. Terug door de woestijn, langs de zwerfstenen en door de heuvels, terwijl vader verhalen vertelde. Ze zouden om beurten de kar met Pari erin trekken. En binnen twee, misschien drie dagen zouden ze terug zijn in Shadbagh, ook al zat het stof dan in hun longen en de vermoeidheid in hun ledematen. Shuja zou ze van verre al zien aankomen en naar ze toe rennen en om Pari heen huppelen. Dan zouden ze thuis zijn.

Vader zei: 'Toe maar, jongens.'

Abdullah deed een stap naar voren om iets te zeggen, maar toen lag de zware hand van oom Nabi al op zijn schouder. Hij draaide hem om en leidde hem naar de hal: 'Wacht maar eens tot je de bazaars hier in de stad hebt gezien. Zoiets hebben jullie nog nooit beleefd.'

*

Mevrouw Wahdati zat samen met hen op de achterbank, in de auto hing de zware geur van haar parfum en van iets wat Abdullah niet kon thuisbrengen, iets zoets, een beetje scherp. Ze bestookte hen met vragen, terwijl oom Nabi reed. Wie waren hun vrienden? Gingen ze naar school? Vragen over hun huishoudelijke klusjes, hun buren, spelletjes die ze speelden. De zon viel op de rechterkant van haar gezicht. Abdullah kon de donzige haartjes op haar wang zien, en de vage lijn onder haar kaak waar de make-up eindigde.

'Ik heb een hond,' zei Pari.

'O ja?'

'Een prachthond,' zei oom Nabi vanaf de voorbank.

'Hij heet Shuja. Hij weet wanneer ik verdrietig ben.'

'Zo zijn honden,' zei mevrouw Wahdati. 'Ze zijn daar beter in dan sommige mensen die ik ken.'

Ze passeerden drie schoolmeisjes die over het trottoir huppelden. Ze droegen zwarte uniformen met witte dassen die onder hun kin waren dichtgeknoopt.

'Ik besef wat ik zojuist over Kabul heb gezegd, maar het is hier nog niet zo slecht.' Mevrouw Wahdati speelde afwezig met haar ketting. Ze keek uit het raam, er kwam een ernstige trek op haar gezicht. 'Ik vind het hier het prettigst aan het eind van de lente, na de regens. De lucht is dan zo schoon. Die eerste uitbarsting van de zomer. De manier waarop de zon dan op de bergen valt.' Ze glimlachte flets. 'Het is leuk om een kind in huis te hebben. Een beetje rumoer, voor de verandering. Een beetje leven.'

Abdullah keek naar haar en vermoedde grote onrust in de vrouw, onder haar make-up en haar parfum en haar pogingen om aardig gevonden te worden – iets diep versplinterds. Hij moest denken aan de rook als Parwana kookte, aan de plank in de keuken waarop haar pannen stonden en niet bij elkaar passende borden en potten vol vlekken. Hij miste de matras die hij met Pari deelde, hoewel die smerig was en de vele veren er steeds doorheen dreigden te steken. Hij miste het allemaal. Hij had nog nooit van zijn leven zo hevig naar huis verlangd.

Mevrouw Wahdati zakte zuchtend terug op de bank en hield haar tasje vast zoals een zwangere vrouw haar gezwollen buik.

Oom Nabi stopte langs een druk trottoir. Aan de overkant van de straat, naast een moskee met hoge minaretten, was de bazaar, een overvol labyrint van zowel overwelfde als open steegjes. Ze zwierven door gangen vol winkeltjes waar leren jassen te koop waren, ringen met fleurige juwelen en stenen, allerlei kruiden, oom Nabi liep achter mevrouw Wahdati en hen tweeën aan. Nu ze buiten waren, droeg mevrouw Wahdati een bril met donkere glazen, waardoor haar gezicht er vreemd uitzag, als van een kat.

Overal galmde de stem van pingelaars. Muziek schalde uit zowat elk stalletje. Ze liepen langs open winkels die boeken, radio's, lampen en zilverkleurige kookpotten verkochten. Abdullah zag een paar soldaten in stoffige laarzen en donkerbruine overjassen, die een sigaret deelden en met verveelde onverschilligheid iedereen in de gaten hielden.

Ze stopten bij een schoenenwinkel. Mevrouw Wahdati zocht in rijen schoenen die op dozen waren uitgestald. Oom Nabi liep met zijn handen op de rug naar het volgende winkeltje en keek laatdunkend naar een paar oude munten.

'Hoe vind je deze?' zei mevrouw Wahdati tegen Pari. Ze hield een nieuw paar gele gymschoenen omhoog.

'Zo mooi,' zei Pari, die er vol ongeloof naar keek.

'Probeer ze eens.'

Mevrouw Wahdati hielp Pari de schoenen aantrekken, strikte de veters en maakte de gesp vast. Over haar bril heen keek ze naar Abdullah. 'Jij kunt ook wel nieuwe schoenen gebruiken, denk ik. Ongelooflijk dat jullie op die sandalen helemaal vanuit jullie dorp hiernaartoe zijn komen lopen.'

Abdullah schudde zijn hoofd en keek een andere kant uit. Verderop in het steegje bedelde een oude man met een ruige baard en twee klompvoeten om geld.

'Kijk, Abollah!' Pari tilde eerst de ene voet op, en toen de andere. Ze stampte met haar voeten op de grond en maakte sprongetjes. Mevrouw Wahdati riep oom Nabi en vroeg hem met Pari een eindje te lopen om te kijken of de schoenen goed zaten. Oom Nabi nam Pari bij de hand en liep het steegje in.

Mevrouw Wahdati keek naar Abdullah.

'Jij denkt dat ik slecht ben,' zei ze. 'Zoals ik daarstraks praatte.'

Abdullah zag Pari en oom Nabi langs de oude bedelaar met de klompvoeten lopen. De oude man zei iets tegen Pari, Pari draaide haar gezicht omhoog naar oom Nabi en zei iets, en oom Nabi gooide de oude man een munt toe.

Abdullah begon geluidloos te huilen.

'O, jongetje,' zei mevrouw Wahdati geschrokken. 'Arme schat.' Ze haalde een zakdoek uit haar tasje en wilde hem die geven.

Abdullah sloeg haar hand weg. 'Alstublieft niet,' zei hij met gebroken stem.

Ze ging op haar hurken bij hem zitten en schoof haar bril in haar haren. Haar ogen waren ook vochtig, en toen zij ze depte met de zakdoek, kwamen daar zwarte vlekken op. 'Ik neem het je niet kwalijk als je me haat. Dat is je goed recht. Maar hoewel ik niet verwacht dat je het begrijpt, tenminste nu niet, is dit voor later het beste. Echt, Abdullah. Het is voor later het beste. Ooit zul je dat inzien.'

Abdullah keek naar de hemel en huilde, juist op het moment dat Pari naar hem terughuppelde. Haar ogen vloeiden over van dankbaarheid en haar gezicht straalde van geluk.

*

Die winter haalde vader op een ochtend zijn bijl tevoorschijn en hakte de enorme eik om. Hij werd geholpen door de zoon van mullah Shekib, Baitullah, en een paar andere mannen. Niemand probeerde tussenbeide te komen. Abdullah stond met enkele andere jongens toe te kijken. Het eerste wat vader deed, was de schommel verwijderen. Hij klom in de boom en sneed de touwen met een mes door. Daarna hakten hij en de andere mannen erop los tot laat in de middag, toen de oude boom ten slotte met een luide kreun omviel. Vader vertelde aan Abdullah dat ze het hout nodig hadden voor de winter. Maar hij had zijn bijl zo woedend op de oude stam laten neerkomen, zijn kaken verbeten op elkaar en met een sombere trek op zijn gezicht, dat het leek dat hij die hele boom een onverteerbare aanblik vond.

Onder een loodgrijze hemel hakten de mannen nu in op

de gevelde stam, hun neuzen en wangen gloeiden in de kou, en hun bijlen galmden hol als ze het hout raakten. Hoger in de boom brak Abdullah takjes van grotere takken af. Twee dagen tevoren was de eerste sneeuw gevallen. Niet veel nog, niet meer dan een aankondiging van wat zou gaan komen. De winter zou spoedig over Shadbagh neerdalen, de winter en de ijskegels en de wekenlange sneeuwstormen en de wind, die de huid op de rug van je hand binnen een minuut deed barsten. Op dit moment was de sneeuwlaag nog dun, hij werd van hier tot aan de steile berghellingen onderbroken door vaalbruine plekken aarde.

Abdullah nam een armvol dunne takken en bracht ze naar een stapel die maar bleef groeien. Hij droeg zijn nieuwe sneeuwlaarzen, handschoenen en een winterjas. Die was tweedehands, maar behalve de kapotte ritssluiting die vader had gemaakt was hij zo goed als nieuw, gewatteerd, donkerblauw, met oranje bont gevoerd. Er zaten vier diepe zakken in die gesloten konden worden met drukknoopjes, en de gewatteerde capuchon kon Abdullah met een koordje strak om zijn gezicht trekken. Hij schoof de capuchon nu van zijn hoofd en ademde een lange mistvlaag uit.

De zon zakte weg achter de horizon. Abdullah kon nog net de oude windmolen onderscheiden, die zich kaal en grijs aftekende boven de lemen muren van het dorp. De wieken kreunden knarsend als er een windvlaag vanuit de heuvels kwam. De windmolen bood in de zomer voornamelijk onderdak aan blauwe reigers, maar nu het winter was, waren de reigers verdwenen en waren de kraaien erin getrokken. Elke ochtend werd Abdullah gewekt door hun gekrijs en harde gekras.

Iets trok zijn aandacht, rechts van hem, op de grond. Hij liep ernaartoe en knielde neer.

Een veer. Klein. Geel.

Hij trok een van zijn handschoenen uit en pakte hem op.

Vanavond gingen ze naar een feestje, hij, zijn vader en zijn halfbroertje Iqbal. Baitullah had weer een kind erbij, een jongetje. Een *motreb* zou voor de mannen zingen en iemand zou op de tamboerijn slaan. Er zou thee zijn en warm, versgebakken brood, en *shorwa*-soep met aardappelen. Daarna zou mullah Shekib zijn vinger in een kom gesuikerd water dopen en de baby erop laten zuigen. Hij zou dan zijn glimmende zwarte steen en zijn gewette scheermes tevoorschijn halen en het kleed van het jongetje tot diens middel optillen. Een gebruikelijk ritueel. Zo is het leven in Shadbagh.

Abdullah draaide de veer in zijn hand rond.

Ik wil geen gehuil horen, had vader gezegd. *Geen gehuil. Ik wil het niet.*

En er was geen gehuil geweest. Niemand in het dorp vroeg naar Pari. Niemand noemde zelfs haar naam maar. Abdullah stond er versteld van hoe grondig zij uit hun leven verdwenen was.

Alleen bij Shuja vond Abdullah een weerspiegeling van zijn eigen verdriet. De hond kwam elke dag aan hun deur. Parwana bekogelde hem met stenen. Vader ging met een stok op hem af. Maar hij bleef terugkomen. Je kon hem elke nacht zacht horen janken, verdrietig, en ze vonden hem elke ochtend bij de deur liggen, met zijn kin op zijn voorpoten, en zijn melancholieke, niet-verwijtende ogen keken op naar zijn aanvallers. Dat ging weken zo door, tot Abdullah hem op een ochtend zag wegstrompelen in de richting van de heuvels, kop omlaag. Niemand in Shadbagh heeft hem ooit teruggezien.

Abdullah stopte de veer in zijn zak en liep naar de windmolen.

Op onbewaakte momenten zag hij vaders gezicht soms betrekken, overweldigd als hij werd door verwarrende emoties. Vader leek aangetast, alsof hem iets wezenlijks was afgepakt. Hij liep lusteloos door het huis of zat bij de grote, nieuwe, gietijzeren kachel met de kleine Iqbal op zijn schoot, en staarde wezenloos in de vlammen. Zijn stem was slepend geworden op een manier die Abdullah zich niet kon herinneren, alsof elk woord dat hij uitsprak zwaar woog. Hij verviel in lange stiltes, zijn gezicht gesloten. Hij vertelde geen verhalen meer, hij had er niet één meer verteld sinds hij en Abdullah uit Kabul waren teruggekeerd. Misschien, dacht Abdullah, heeft vader ook zijn muze aan de Wahdati's verkocht.

Weg.

Verdwenen.

Niets achtergebleven.

Niets uitgesproken.

Behalve dan deze woorden van Parwana: *Het kon niet anders. Het spijt me, Abdullah. Het kon niet anders.*

De vinger afgesneden om de hand te redden.

Hij knielde neer op de grond achter de windmolen, bij de stenen toren die in verval was geraakt. Hij trok zijn handschoenen uit en groef in de grond. Hij dacht aan haar zware wenkbrauwen en haar brede, ronde voorhoofd, haar glimlach en haar uiteenstaande tanden. Hij hoorde in zijn hoofd haar tinkelende lach die door het huis ging, zoals vroeger. Hij dacht aan de schermutseling die uitgebroken was toen ze van de bazaar waren teruggekeerd. Pari in paniek. Gillend. Oom Nabi, die haar snel meenam. Abdullah groef tot zijn vingers op metaal stuitten. Hij manoeuvreerde zijn vingers eronder en tilde het tinnen theeblik uit het gat. Hij veegde de koude aarde van het deksel.

De laatste tijd dacht hij vaak aan het verhaal dat vader hun had verteld op de avond voor de tocht naar Kabul, over de oude boer baba Ayub en de demon. Abdullah zag zichzelf dan op een plek waar Pari ooit had gestaan, haar afwezigheid steeg als een geur uit de aarde onder zijn voeten op, en zijn benen wankelden, en zijn hart zonk, en hij verlangde naar een slok van het magische drankje dat de demon aan baba Ayub had gegeven, zodat ook hij kon vergeten.

Maar hij kon niet vergeten. Pari zwierf ongenood aan de randen van Abdullahs geest, waar hij ook ging. Ze was als het stof dat aan zijn overhemd hing. Ze was aanwezig in de stiltes die nu zo vaak in huis vielen, stiltes die opborrelden tussen hun woorden door, soms koud en hol, soms zwanger van dingen die niet uitgesproken werden, als een wolk vol regen die nooit viel. Soms droomde hij 's nacht dat hij weer alleen in de woestijn was, omringd door de bergen, en dat hij in de verte een kleine schittering zag, licht dat flikkerde – aan uit, aan uit. Als een boodschap.

Hij opende het theeblik. Ze waren er allemaal nog, Pari's veren, uitgevallen bij hanen, eenden, duiven, en ook de pauwenveer. Hij gooide de gele veer in het blik. Ooit, dacht hij.

Hoopte hij.

Zijn dagen in Shadbagh waren geteld, net als die van Shuja. Dat zag hij nu in. Hij had hier niets meer te zoeken. Hij had hier geen thuis. Hij zou wachten tot de winter voorbij was en de lente begon, en hij zou op een ochtend opstaan en de deur uit gaan. Hij zou een richting kiezen en gaan lopen. Hij zou even ver van Shadbagh weglopen als zijn benen hem zouden kunnen dragen. En als hij op een dag door een uitgestrekt landschap zwierf en de wanhoop bezit van hem zou nemen, zou hij stilstaan en zijn ogen sluiten, en hij zou aan de veer van de valk denken die Pari ooit in de woestijn had gevonden. Hij zou zich voorstellen hoe de veer loskwam van de vogel, ergens hoog in de wolken, een kilometer boven de aarde, hoe die zou draaien en tollen in heftige luchtstromingen, voortgejaagd door stormachtige windvlagen over kilometers woestijn en bergen, en ten slotte zou landen, onwaarschijnlijk genoeg, aan de voet van die ene zwerfkei waar zijn zusje hem had gevonden. Het zou hem met verbazing slaan, op dat moment, en met de hoopvolle verwachting dat zoiets altijd kon. En hoewel hij beter wist, zou hij er moed uit putten en zijn ogen openen en weer gaan lopen.

DRIE

Voorjaar 1949

Parwana ruikt het al, nog voor ze de deken weghaalt en het ziet. Masooma's billen zitten helemaal onder, ook haar dijen, ook de lakens en het matras en de deken. Masooma kijkt haar over haar schouder aan, met een verlegen blik smekend om vergiffenis, vol schaamte – nog steeds schaamte, na al die tijd, na al die jaren.

'Sorry,' fluistert Masooma.

Parwana kan wel janken, maar ze dwingt zichzelf te glimlachen, hoe zwak ook. In tijden als deze kost het heel veel moeite om één onwrikbare waarheid niet uit het oog te verliezen: het is haar eigen schuld, deze troep, niets van wat haar overkomt is onrechtvaardig of onbehoorlijk. Dit is wat ze verdient. Ze zucht, overziet het vuile beddengoed en ziet op tegen het werk dat haar te wachten staat. 'Ik ga je dadelijk verschonen,' zegt ze.

Masooma begint te huilen zonder enig geluid te maken, zonder zelfs maar een verandering in haar gelaatsuitdrukking. Alleen tranen die opwellen en omlaag biggelen.

Buiten maakt Parwana in de kille ochtend een vuur in het kookgat. Als de vlammen goed branden, vult ze een emmer met water uit de gemeenschappelijke put van Shadbagh en zet hem op het vuur. Ze houdt haar handen bij de vlammen. Van hieraf kan ze de windmolen zien, en de dorpsmoskee, waar mullah Shekib Masooma en haar heeft leren lezen toen ze klein waren, en ook mullah Shekibs huis, onder aan een glooiende helling. Als later de zon op is, zal het dak tegen de achtergrond van het zand een prachtig rood vierkant vormen door de tomaten die zijn vrouw in de zon te drogen heeft gelegd. Parwana staart naar de wegstervende ochtendsterren, die onverschillig naar haar knipperen. Ze herpakt zich.

Binnen draait ze Masooma op haar buik. Ze dompelt een washandje in het water en wrijft de billen van Masooma schoon, veegt de ontlasting van haar rug en van het slappe vlees van haar benen.

'Waarom warm water?' zegt Masooma in het kussen. 'Waarom zo veel moeite? Dat hoeft niet. Ik voel het verschil toch niet.'

'Misschien niet. Maar ik wel,' zegt Parwana, die een vies gezicht trekt vanwege de stank. 'Nu even niet meer praten, dan kan ik het afmaken.'

Vanaf dat moment verstrijkt Parwana's dag zoals altijd al in de vier jaar dat hun ouders gestorven zijn. Ze voedert de kippen. Ze hakt hout en sleept emmers water aan vanaf de waterput. Ze maakt deeg en bakt brood in de tandoor buiten bij hun lemen huisje. Ze veegt de vloer. 's Middags zit ze samen met andere vrouwen uit het dorp gehurkt bij de rivier en wast kleren op de rotsen. Omdat het vrijdag is bezoekt ze daarna de graven van haar ouders op het kerkhof en zegt een kort gebed voor ieder van hen. En de hele dag, tussen al die karweitjes door, maakt ze tijd vrij om Masooma van de ene zijde op de andere te draaien, en telkens een kussen onder een andere heup te stoppen.

Die dag ziet ze Saboor tweemaal.

Ze ziet hem gehurkt zitten buiten zijn lemen huisje, terwijl hij een vuur in de kookgat aanwakkert waarbij hij zijn ogen vanwege de rook dichtknijpt, en zijn jongen, Abdullah, zit naast hem. Ze ziet hem later met andere mannen praten, mannen die net als Saboor zelf een gezin hebben, maar die vroeger de dorpsjongens waren met wie Saboor ruziemaakte, vliegers opliet, honden opjoeg en verstoppertje speelde. Nu rust er een last op Saboor, een tragedie, een overleden vrouw en twee kinderen zonder moeder, van wie een nog een peuter is. Zijn stem klinkt vermoeid en is nauwelijks verstaanbaar. Hij sjokt door het dorp als een afgepeigerde en verschrompelde versie van zichzelf.

Parwana kijkt vanuit de verte naar hem, met een verlangen dat haar zowat verlamt. Ze probeert een andere kant op te kijken als zij hem passeert. En als hun blikken elkaar per ongeluk toch ontmoeten, knikt hij gewoon naar haar, en het bloed schiet naar haar hoofd.

Als Parwana die avond wil gaan slapen, kan ze haar armen amper nog optillen. Haar hoofd duizelt van vermoeidheid. Ze ligt in haar bed op de slaap te wachten.

Dan, in de duisternis: 'Parwana.'

'Ja.'

'Weet je nog dat we vroeger samen op die fiets zaten?'

'Hmm.'

'Wat gingen we toen snel! De heuvel af. De honden zaten achter ons aan.'

'Ik weet het nog.'

'We gilden allebei. En toen we tegen die rots knalden...' Parwana kan haar zus in de duisternis bijna horen glimlachen. 'Moeder was zo kwaad op ons. En Nabi ook. Zijn fiets was helemaal kapot.'

Parwana sluit haar ogen.

'Parwana?'

'Ja.'

'Kun je vannacht bij mij komen liggen?'

Parwana schopt de deken van zich af, loopt naar Masooma aan de andere kant van de kamer en glijdt onder de deken naast haar. Masooma legt haar hoofd op de schouder van Parwana en slaat haar arm over de borst van haar zus.

Masooma fluistert: 'Je verdient iemand die beter is dan ik.'

'Niet weer beginnen,' fluistert Parwana terug. Ze aait lang en geduldig over Masooma's haar, zoals Masooma dat prettig vindt.

Ze praten een poosje zachtjes over koetjes en kalfjes, terwijl de adem van de een het gezicht van de ander verwarmt. Dit zijn betrekkelijk gelukkige minuten voor Parwana. Het herinnert haar aan de tijd dat ze kleine meisjes waren en behaaglijk opgerold met hun neuzen tegen elkaar onder de deken lagen, zachtjes giechelden en fluisterend geheimen en roddels uitwisselden. Masooma valt al snel in slaap, haar tong maakt lawaaierige geluiden bij een droom, en Parwana staart uit het raam naar een pikzwarte hemel. Haar geest stuitert van de ene onaffe gedachte naar de andere, glijdt uiteindelijk naar een foto die ze ooit in een oud tijdschrift heeft gezien, Siamese tweelingbroers met ongelukkige gezichten, die bij hun borst met elkaar waren verbonden. Twee wezens onlosmakelijk met elkaar verbonden, bloed dat gevormd werd in het merg van de een en in de aders van de ander liep; hun band was blijvend. Parwana voelt een enorme beklemming, een wanhoop die zich als een vuist in haar borst balt. Ze ademt diep in. Ze probeert haar gedachten weer te concentreren op Saboor, maar in plaats daarvan begint ze te piekeren over de geruchten die ze in het dorp heeft gehoord. Dat hij een nieuwe vrouw zoekt. Ze bant zijn gezicht uit haar geest. Ze verjaagt de dwaze gedachte.

*

Parwana was een complete verrassing.

Masooma was al naar buiten gekomen en lag stil kronkelend in de armen van de vroedvrouw, toen hun moeder begon te gillen en de kruin van een ander hoofd haar een tweede keer uiteenscheurde. Masooma's komst was heel rustig. Ze had zichzelf gebaard, de engel, zou de vroedvrouw later zeggen. Parwana's geboorte duurde lang, en was een kwelling voor de moeder en verraderlijk voor het kind. De vroedvrouw moest haar bevrijden van de streng die om Parwana's nek zat gedraaid, als in een moordlustige vlaag van scheidingsangst. Op haar slechtste momenten, als ze wordt overvallen door een diepe walging van zichzelf, denkt Parwana dat de streng het misschien beter geweten heeft. Mogelijk dat die wist wat de beste helft was.

Masooma dronk op tijd en sliep regelmatig. Ze huilde alleen als ze honger had of schoongemaakt wilde worden. Eenmaal wakker was ze vrolijk, goedgehumeurd, snel verrukt, een ingezwachteld pakje gegiechel en gekraai. Ze zoog graag op haar rammelaar.

Wat een levendig kind, zeiden de mensen.

Parwana was een tiran. Ze vierde al haar autoriteit bot op haar moeder. Hun vader, volledig van streek door het theatrale gedoe van het kind, vluchtte met haar oudere broer Nabi naar het huis van zijn eigen broer om er te gaan slapen. Voor de moeder van het meisje was de nacht een kwelling van epische proporties, slechts onderbroken door een paar ogenblikken van ongedurige rust. Ze liep de hele nacht, elke nacht, met het kind op haar arm heen en weer. Ze wiegde haar en zong voor haar. Ze kromp ineen als Parwana in haar pijnlijk gezwollen borst beet en zich aan haar tepel vastzoog alsof ze de melk uit haar botten wilde halen. Maar de borstvoeding was geen tegengif: zelfs met een volle maag zwaaide Parwana wild met haar armpjes en krijste ze, ongevoelig voor de smeekbeden van haar moeder.

Masooma lag het vanuit een hoek van de kamer met een peinzende blik machteloos aan te kijken, alsof ze medelijden had met haar moeder, die in zo'n lastig parket zat.

Nabi was helemaal niet zo, zei hun moeder op een dag tegen hun vader.

Iedere baby is weer anders.

Ze wordt nog eens mijn dood, dat kind.

Het gaat wel voorbij, zei hij. *Net als slecht weer.*

En het ging voorbij. Een koliek misschien, of een andere onschuldige aandoening. Maar het was te laat. Parwana had haar stempel al gedrukt.

Op een namiddag laat in de zomer, toen de tweeling tien maanden oud was, kwamen de dorpsbewoners van Shadbagh na een bruiloft bijeen. Vrouwen vormden koortsachtig op platte schalen piramides van zachte witte rijst met hier en daar wat saffraan. Ze sneden brood, schraapten rijstkorsten van de bodem van de pannen, en gaven borden gebakken aubergines met yoghurt en gedroogde munt door. Nabi speelde buiten met een paar jongens. De moeder van de meisjes zat samen met buren op een tapijt onder de enorme dorpseik. Af en toe keek ze naar haar dochters, die naast elkaar in de schaduw lagen te slapen.

Bij de thee na de maaltijd werden de baby's wakker, en iemand pakte bijna meteen Masooma op. Ze werd vrolijk doorgegeven, van neef naar tante naar oom. Wippend op de ene schoot en wiebelend op de andere knie. Vele handen kietelden haar zachte buik. Vele neuzen wreven over de hare. Ze schaterlachten toen Masooma vrolijk in de baard van mullah Shekib greep. Ze stonden versteld van haar gemakkelijke, sociale instelling. Ze tilden haar op en bewonderden de roze gloed op haar wangen, haar saffierblauwe ogen, de elegante welving van haar wenkbrauwen, voorboden van de opzienbarende schoonheid die haar over een paar jaar zou onderscheiden.

Parwana bleef op de schoot van haar moeder zitten. Terwijl Masooma haar voorstelling gaf, keek Parwana rustig toe, hoewel enigszins in de war, het enige lid van een verder bewonderend publiek dat niet begreep waar al die ophef voor nodig was. Af en toe keek haar moeder naar haar en stak haar hand uit om een hapje eten voor haar fijn te wrijven, voorzichtig, bijna verontschuldigend. Toen iemand opmerkte dat Masooma twee nieuwe tandjes kreeg, zei Parwana's moeder zachtjes dat Parwana er al drie had. Maar niemand schonk daar aandacht aan.

Toen de meisjes negen waren, kwam de familie bijeen ten huize van Saboor voor een *iftar* vroeg in de avond, om de vastentijd te beëindigen, na de ramadan. De volwassenen zaten op kussens tegen de muren van de kamer luidruchtig te praten. Thee, goede wensen en roddel werden gelijkelijk gewisseld. De oude mannen lieten hun gebedssnoer door hun vingers glijden. En Parwana zat er stilletjes bij, gelukkig omdat ze dezelfde lucht als Saboor inademde en in de buurt was van zijn wijze, donkere ogen. In de loop van de avond keek ze verschillende keren zijn kant op. Ze zag hem in een suikerklontje bijten, over zijn gladde voorhoofd strijken, of hartelijk lachen over iets wat een bejaarde oom had gezegd. En als hij er haar op betrapte dat zij naar hem keek, zoals een of twee keer voorkwam, keek ze snel de andere kant op, dodelijk verlegen. Haar knieën begonnen te knikken. Haar mond werd zo droog dat ze amper nog kon praten.

Parwana dacht aan het aantekeningenboekje dat ze thuis onder een hoop spullen van zichzelf verborgen hield. Saboor vertelde altijd verhalen vol met djinns en feeën en demonen en monsters; vaak schaarden dorpskinderen zich om hem heen en luisterden roerloos toe hoe hij verhalen voor hen verzon. En zo'n zes maanden geleden had Parwana Saboor horen vertellen aan Nabi dat hij ooit die verhalen hoopte op te schrijven. Korte tijd later, toen Parwana met haar moeder in een bazaar in een andere stad was, zag ze bij een stalletje dat tweedehandsboeken verkocht een prachtig aantekeningenboekje, met gelinieerde bladzijden en een dikke, donkerbruine leren band met versiersels aan de randen. Toen ze het in haar hand nam, wist ze al dat haar moeder het zich niet kon veroorloven het voor haar te kopen. Parwana wachtte tot de winkelier even niet keek en liet het aantekeningenboekje onder haar trui verdwijnen.

Maar in de zes maanden die daarna verstreken waren, had Parwana het nog niet aangedurfd het aantekeningenboekje aan Saboor te geven. Ze was doodsbang dat hij haar zou uitlachen of dat hij zou zien wat erachter stak en het haar terug zou geven. En elke nacht dat ze in haar bed lag, pakte ze het aantekeningenboekje stiekem onder de deken vast en gingen haar vingers zachtjes over de gravures op het leer. *Morgen*, beloofde ze zichzelf elke nacht. *Morgen ga ik het hem brengen.*

Later die avond renden alle kinderen na de iftar naar buiten om te gaan spelen. Parwana, Masooma en Saboor gingen om beurten op de schommel zitten die Saboors vader had opgehangen aan een sterke tak van de enorme eik. Toen het Parwana's beurt was om te gaan schommelen, vergat Saboor aldoor haar aan te duwen, omdat hij druk was met het vertellen van weer een verhaal. Ditmaal ging het over de enorme eik, waarvan hij zei dat die magische krachten had. Als je een wens had, zei hij, moest je bij de boom neerknielen en de wens fluisteren, en als de boom de wens wilde vervullen, zou hij precies tien blaadjes op je hoofd laten vallen.

Toen de schommel bijna stil hing, draaide Parwana zich om, ze wilde Saboor vragen te blijven duwen, maar de woorden stokten in haar keel. Saboor en Masooma glimlachten naar elkaar, en in Saboors hand zag Parwana het aantekeningenboekje. *Haar* aantekeningenboekje.

Ik heb het in huis gevonden, zei Masooma later. *Was het van jou dan? Ik betaal het je ooit terug, dat beloof ik je. Je vindt het toch niet erg? Ik dacht dat hij het heel goed zou kunnen gebruiken. Voor zijn verhalen. Heb je gezien hoe hij keek? Heb je dat gezien, Parwana?*

Parwana zei dat het niet erg was, maar inwendig verkruimelde ze. Steeds weer zag ze voor haar geestesoog hoe haar zus en Saboor naar elkaar geglimlacht hadden, de blik die ze hadden gewisseld. Parwana had evengoed in lucht kunnen opgaan, als een djinn uit een van Saboors verhalen, zo weinig waren ze zich bewust geweest van haar aanwezigheid. Het sneed haar door de ziel. Die nacht lag ze in haar bed stilletjes te huilen.

Toen zij en haar zus elf waren had Parwana al enig vroegrijp inzicht verworven in het vreemde gedrag van jongens tegenover meisjes die ze stiekem leuk vonden. Ze zag dat vooral als Masooma en zij van school naar huis liepen. De school was eigenlijk een achterkamer van de dorpsmoskee, waar mullah Shekib naast het onderwijs in de Koran ieder kind van het dorp had leren lezen en schrijven en poëzie uit het hoofd had laten leren. Shadbagh was bevoorrecht dat het zo'n wijze man als *malik* had, zei de vader van de meisjes tegen hen. Op weg naar huis kwam de tweeling vaak langs een groepje jongens die op een muurtje zaten. Als de meisjes passeerden zeiden de jongens soms spottende dingen of gooiden met kiezelsteentjes. Parwana schreeuwde meestal iets terug en gooide met grotere stenen, terwijl Masooma haar altijd bij haar arm pakte en op beheerste toon zei sneller te gaan lopen, om erger te voorkomen. Maar Masooma vatte het verkeerd op. Parwana was niet kwaad omdat de jongens met kiezelsteentjes gooiden, maar omdat ze die alleen naar Masooma gooiden. Parwana wist: hoe groter de vertoning was die ze van hun plagerijtjes maakten, hoe dieper hun verlangen. Ze zag hoe hun ogen van haar afgleden en zich op Masooma richtten, in hopeloze bewondering, niet in staat hun blik af te wenden. Ze wist dat ze onder hun botte grappen en wulpse glimlachjes doodsbang voor Masooma waren.

Op een dag gooide een van hen geen steentje, maar een flinke kei. Die rolde tot voor de voeten van de zussen. Toen Masooma hem opraapte, begonnen de jongens zachtjes te grinniken en stootten ze elkaar met hun elleboog aan. Er zat een elastiek met een stukje papier om de steen gewikkeld. Op veilige afstand haalde Masooma het eraf. Ze lazen beiden het briefje.

Ik zweer dat sinds ik jouw gezicht zag
de wereld slechts bedrog is en illusie.
De tuin is in de war, wat is blad en wat is bloesem.
De zinneloze vogels kunnen vogelzaad en valstrik
niet meer onderscheiden.

Een gedicht van Rumi, uit een van de lessen van mullah Shekib.

Ze worden steeds geraffineerder, zei Masooma gnuivend.

Onder het gedicht had de jongen geschreven: *Ik wil met je trouwen.* En daaronder had hij in kriebelschrift nog toegevoegd: *Voor je zus heb ik nog een neef. Hij past precies bij haar. Ze kunnen samen de wei van mijn oom afgrazen.*

Masooma scheurde het blaadje doormidden. *Trek het je niet aan, Parwana*, zei ze. *Het zijn imbecielen.*

Stomkoppen, zei Parwana instemmend.

Het kostte haar grote moeite haar gezicht van een glimlach te voorzien. Het briefje was al erg genoeg, maar wat Parwana echt verbijsterde was de reactie van Masooma. De jongen had het briefje niet persoonlijk gericht aan een van hen, maar Masooma had onwillekeurig aangenomen dat hij het gedicht voor haar had bestemd en de neef voor Parwana. Voor het eerst zag Parwana zichzelf door de ogen van haar zus. Ze zag haar zus naar haar kijken. Op dezelfde manier als ieder ander het ook deed. Ze was er kapot van, van wat Masooma had gezegd. Het was een vernedering.

Bovendien, voegde Masooma er schouderophalend en glimlachend aan toe, *ik heb al iemand.*

❋

Nabi is er voor zijn maandelijkse bezoek. Hij is het succesverhaal van de familie, misschien wel van het hele dorp, door zijn werk in Kabul en tijdens zijn intocht in Shadbagh in de grote glanzend blauwe auto van zijn baas, waarvan de kap is versierd met een blinkende adelaar, wanneer iedereen komt kijken en de kinderen schreeuwen en met de auto mee rennen.

'Hoe gaat het hier?' vraagt hij.

Ze zitten met zijn drieën in hun huisje thee te drinken en amandelen te eten. Parwana vindt Nabi een heel mooie man, met zijn fijn gebeeldhouwde jukbeenderen, zijn lichtbruine ogen, zijn bakkebaarden en zijn zwarte, achterovergekamde haar. Hij is gekleed in zijn gewone olijfkleurige pak dat een paar maten te groot lijkt. Nabi is trots op het pak, weet Parwana, hij trekt altijd aan de mouwen ervan, strijkt de revers glad en plooit de vouw van zijn broek, hoewel hij er nooit in is geslaagd de hardnekkige lichte geur van verbrande uien te verjagen.

'Koningin Homaira was hier gisteren op bezoek voor thee met koekjes,' zegt Masooma. 'Ze heeft ons gecomplimenteerd met onze fraaie inrichting.' Ze glimlacht beminnelijk naar haar broer, waardoor haar gele tanden zichtbaar worden, en Nabi lacht ook en kijkt naar zijn kopje. Voordat hij werk in Kabul vond, hielp hij Parwana voor Masooma te zorgen. Of hij had het tenminste een tijdje geprobeerd. Maar hij kon het niet aan. Het was te veel voor hem. Kabul was voor Nabi de mogelijkheid om te vluchten. Parwana is jaloers op haar broer, maar ze neemt het hem niet echt kwalijk, zelfs als hij dat wel doet – ze weet dat er meer dan alleen maar boetedoening zit in het geld dat hij haar maandelijks komt brengen.

Masooma heeft haar haren geborsteld en haar ogen opgemaakt met een beetje koolzwart, zoals ze altijd doet als Nabi komt. Parwana weet dat ze dat slechts gedeeltelijk doet om hem te plezieren, en veel meer omdat hij haar band is met Kabul. Voor Masooma vormt hij de verbinding met een wereld vol schittering en luxe, met een stad van auto's en lichten en mooie restaurants en koninklijke paleizen, hoe vaag die band ook is. Parwana herinnert zich dat Masooma vroeger vaak zei dat ze een meisje uit de stad was dat opgesloten zat in een dorp.

'En jij? Heb je al een vrouw gevonden?' vraagt Masooma schalks.

Nabi maakt lachend een wegwerpgebaar, net als vroeger, als zijn ouders dezelfde vraag stelden.

'Wanneer laat je me Kabul weer eens zien, broer?' zegt Masooma.

Een jaar eerder heeft Nabi hen een keer meegenomen naar Kabul. Hij had hen in Shadbagh opgehaald en was naar Kabul gereden. Hij had hun daar alle moskeeën laten zien, de winkelstraten, de bioscopen, de restaurants. Hij had Masooma naar het Bagh-e-Bala-paleis met zijn koepels gebracht, op een heuvel, vanwaar je de hele stad kon overzien. In de tuinen van Babur had hij Masooma uit de auto getild en haar in zijn armen naar de tombe van de mogolkeizer gedragen. Daar hadden ze met zijn drieën gebeden in de Shah Jahan-moskee en daarna hadden ze aan de rand van een blauw betegeld zwembad de maaltijd gegeten die Nabi voor hen had ingepakt. Misschien is dat de gelukkigste dag in Masooma's leven geweest sinds haar ongeluk, en daar was Parwana haar oudere broer dankbaar voor.

'Binnenkort, insjallah,' zegt Nabi, en hij tikt met zijn vinger tegen het kopje.

'Kun jij dit kussen even onder mijn knieën leggen, Nabi? Ja, dat is veel beter zo. Dank je.' Masooma zucht. 'Ik vond Kabul prachtig. Als ik zou kunnen, dan ging ik er morgen meteen heen, desnoods te voet.'

'Dat doen we snel weer eens,' zegt Nabi.

'Wat, ik te voet?'

'Nee,' stottert hij, 'ik bedoel...' En hij glimlacht als Masooma in lachen uitbarst.

Buiten geeft Nabi het geld aan Parwana. Hij leunt tegen de muur en steekt een sigaret op. Masooma doet binnen haar middagdutje.

'Ik heb Saboor gezien,' zegt hij terwijl hij aan zijn vinger trekt. 'Vreselijk. Hij heeft me de naam van de baby verteld. Die ben ik nu kwijt.'

'Pari,' zegt Parwana.

Hij knikt. 'Ik heb er niet naar gevraagd, maar hij vertelde me dat hij weer wil gaan trouwen.'

Parwana kijkt de andere kant op en probeert te doen alsof het haar niet kan schelen, maar haar hart bonst tot in haar oren. Ze voelt hoe het zweet haar uitbreekt.

'Zoals ik al zei, ik heb er niet naar gevraagd. Saboor heeft het vanuit zichzelf gezegd. Hij nam me terzijde. Hij nam me terzijde om het me te vertellen.'

Parwana denkt dat Nabi weet wat zij al die jaren voor Saboor heeft gevoeld. Masooma is haar tweelingzus, maar het is Nabi die haar altijd begrepen heeft. Maar Parwana snapt niet waarom hij haar zo graag dat nieuwtje vertelt. Waar is het goed voor? Wat Saboor nodig heeft, is een vrouw die niet gebonden is, een vrouw die niet klein zal worden gehouden, die vrij is om zich aan hem te wijden, aan zijn jongen, aan zijn pasgeboren dochter. Parwana's dagen zijn voorbij. Geteld. Haar hele leven is dat.

'Ik weet zeker dat hij iemand vindt,' zegt Parwana.

Nabi knikt. 'Ik kom volgende maand weer langs.' Hij trapt zijn sigaret onder zijn voet uit en vertrekt.

Als Parwana het huisje binnengaat, ziet ze tot haar verbazing dat Masooma wakker is. 'Ik dacht dat je lag te slapen.'

Masooma draait haar hoofd naar het raam en knippert langzaam met haar ogen, vermoeid.

*

Toen de meisjes dertien waren, gingen ze voor hun moeder soms naar de drukke bazaars in naburige steden. De geur van pas gesproeid water steeg op van de ongeplaveide wegen. Met zijn tweeën dwaalden ze door de stegen en kwamen langs stalletjes met waterpijpen, zijden sjaals, koperen potten, oude horloges. Geslachte kippen hingen aan hun poten traag rondjes te draaien boven lams- of runderbouten.

In elke steeg zag Parwana dat mannen die Masooma zagen passeren meteen een en al aandacht waren. Ze zag hun pogingen om te doen of er niets aan de hand was, maar hun blik bleef aan haar hangen, niet in staat om een andere kant op te kijken. Als Masooma in hun richting keek, was het alsof ze vreselijk vereerd waren. Ze stelden zich voor dat ze een moment met haar hadden gedeeld. Ze was er de oorzaak van dat gesprekken midden in de zin bleven steken, en rokers halverwege een trekje. Ze deed knieën knikken en theekopjes overstromen.

Er waren dagen dat het Masooma te veel werd, alsof ze bijna beschaamd was, en dan vertelde ze Parwana dat ze de hele dag binnen wilde blijven, niet aangestaard wilde worden. Op die dagen dacht Parwana dat het was alsof haar zus, ergens diep in zichzelf, vaag begreep dat haar schoonheid een wapen was. Een geladen geweer waarvan de loop op haar eigen hoofd gericht was. Maar op de meeste dagen leek de aandacht haar aangenaam te zijn. Op de meeste dagen koesterde zij haar macht om de gedachten van een man in de war te brengen met één enkel kort en strategisch glimlachje, om woorden in gestamel te veranderen.

Een schoonheid als de hare schroeide de ogen.

En Parwana slofte naast haar mee, met haar platte borsten en haar vale huidskleur. Haar kroeshaar, haar zware, trieste gezicht, haar dikke polsen en mannelijke schouders. Een zielige schim, heen en weer getrokken tussen haar jaloezie en de sensatie in het gezelschap van Masooma gezien te worden, delend in de aandacht, zoals onkruid dat water opslorpt dat bestemd is voor de lelie stroomafwaarts.

Haar hele leven had Parwana angstvallig vermeden samen met haar zus voor een spiegel te gaan staan. Haar gezicht naast dat van Masooma te zien, zo overduidelijk te zien wat haar was onthouden, beroofde haar van alle hoop. Maar buitenshuis was het oog van elke vreemde een spiegel. Er was geen ontsnappen aan.

*

Ze draagt Masooma naar buiten. Ze gaan met zijn tweeën zitten op de *charpoy* die Parwana heeft klaargezet. Ze stapelt kussens op, zodat Masooma gerieflijk achterover kan leunen tegen de muur. Op de tsjirpende krekels na is het stil, en ook donker, er is alleen het licht van een paar lantaarns in wat ramen en het papierwitte schijnsel van de bijna volle maan.

Parwana vult de waterpijp met water. Ze pakt twee ongeveer gelijke porties opium met een snuifje tabak en gooit het mengsel in het kommetje van de waterpijp. Ze steekt het kooltje op het metalen rooster aan en geeft de waterpijp aan haar zus. Masooma inhaleert diep door de slang, zakt in de kussens en vraagt of ze haar benen op Parwana's schoot kan leggen. Parwana tilt de slappe benen op en legt ze over haar eigen benen.

Als ze rookt, verslappen de gezichtsspieren van Masooma. Haar oogleden zakken iets. Haar hoofd valt opzij en haar stem wordt traag en zwak. Er komt een vage glimlach rond haar mondhoeken, vreemd, indolent, eerder zelfvoldaan dan tevreden. Als Masooma in die toestand verkeert, zeggen ze weinig tegen elkaar. Parwana luistert naar de bries en het gorgelende water in de waterpijp. Ze kijkt naar de sterren en de rook die over haar heen drijft. De stilte is aangenaam en zij noch Masooma voelt de aandrang die te vullen met nutteloze woorden.

Tot Masooma zegt: 'Wil je iets voor me doen?'

Parwana kijkt haar aan.

'Ik wil dat je me naar Kabul brengt.' Masooma ademt langzaam uit, de rook kringelt omhoog, beelden die telkens vervloeien als ze met haar ogen knippert.

'Meen je dat echt?'

'Ik wil het Darulaman-paleis zien. Daar hebben we de laatste keer geen gelegenheid voor gehad. En misschien Baburs tombe nogmaals bezoeken.'

Parwana buigt zich naar voren om Masooma's gezichtsuitdrukking te kunnen zien. Ze zoekt naar een aanwijzing dat haar zus een grap maakt, maar in het maanlicht bespeurt ze alleen de rustige, doffe glans in Masooma's ogen.

'Dat is minstens twee dagen lopen. Misschien wel drie.'

'Stel je Nabi's gezicht eens voor als we plotseling voor zijn deur staan.'

'We weten niet eens waar hij woont.'

Masooma maakt een loom handgebaar. 'Hij heeft ons verteld in welke buurt. We kloppen wel op wat deuren om navraag te doen. Zo moeilijk kan het niet zijn.'

'Hoe moeten we daar komen, Masooma, in jouw toestand?'

Masooma haalt de slang van de waterpijp uit haar mond. 'Toen jij vandaag was gaan werken, kwam mullah Shekib langs en ik heb lang met hem gesproken. Ik heb hem verteld dat we een paar dagen naar Kabul gaan. Jij en ik. Uiteindelijk gaf hij zijn zegen. En zijn muilezel. Zie je, alles is geregeld.'

'Je bent gek,' zegt Parwana.

'Dit wil ik nu eenmaal. Het is mijn wens.'

Parwana leunt tegen de muur en schudt haar hoofd. Haar blik gaat omhoog, naar de donkere, bewolkte hemel.

'Ik ga hier dood van verveling, Parwana.'

Parwana zucht diep en kijkt haar zus aan.

Masooma brengt de slang van de waterpijp naar haar lippen. 'Alsjeblieft. Gun me dat.'

*

Toen de zussen zeventien waren, zaten ze op een vroege ochtend op een tak hoog boven in de eik, en lieten hun voeten bungelen.

Saboor gaat me vragen! Masooma zei dat op een hoge fluistertoon.

Jou vragen? zei Parwana, die het niet begreep, althans niet meteen.

Nou, niet hijzelf natuurlijk. Masooma lachte in haar hand. *Natuurlijk niet. Zijn vader gaat het vragen.*

Nu begreep Parwana haar. Het hart zonk haar in de schoenen. *Hoe weet je dat*, zei ze met verstijfde lippen.

Masooma begon te praten, de woorden stroomden in een waanzinnig tempo uit haar mond, maar Parwana hoorde ze nauwelijks. In plaats daarvan stelde ze zich voor hoe de trouwpartij van haar zus met Saboor zou verlopen. Kinderen in nieuwe kleren, met *shahnai*- en *dohol*-spelers achter zich aan, dragen hennamandjes vol bloemen. Saboor opent de hand van Masooma, legt henna in haar hand en bindt er een wit lint omheen. Er wordt gebeden, de verbintenis wordt gezegend. Giften worden aangeboden. De twee kijken elkaar aan van onder een sluier, geborduurd met gouddraad, en geven elkaar met een lepel zoete sorbet en *malida*.

En zij, Parwana, zou onder de gasten zijn om het allemaal mee te maken. Er werd van haar verwacht dat ze zou glimlachen, applaudisseren, gelukkig zijn, zelfs terwijl haar hart versplinterde en uiteenviel.

Een windvlaag woei door de boom, deed de takken om hen heen trillen en de bladeren knisperen. Parwana moest zich goed vasthouden om niet te vallen.

Masooma zei even niets. Ze glimlachte en beet op haar onderlip. *Je vroeg me hoe ik het wist dat hij me zou vragen. Ik zal het je vertellen. Nee. Ik zal het je laten zien.*

Ze draaide zich af van Parwana en ging met haar hand in haar zak.

En toen gebeurde er iets waar Masooma zich niets meer van kon herinneren. Terwijl haar zus de andere kant op keek en in haar zak zocht, zette Parwana haar handen op de tak, kwam met haar achterste omhoog en plofte toen neer. De tak schudde. Masooma hapte naar adem en verloor haar evenwicht. Haar armen zwaaiden wild heen en weer. Ze sloeg voorover. Parwana zag haar eigen handen bewegen. Wat ze deed was niet echt *duwen*, maar er was wel contact tussen Masooma's rug en de kussentjes van haar vingertoppen, en er kwam heel even een zetje aan te pas. Maar het duurde niet meer dan een fractie van een seconde, voordat Parwana haar zus probeerde te grijpen, de zoom van haar hemd, voordat Masooma paniekerig haar naam riep en zij die van haar. Parwana greep het hemd, en het zag er even naar uit dat ze Masooma gered had. Maar toen scheurde de stof en verloor ze haar greep.

Masooma viel uit de boom. De val leek eindeloos te duren. Haar romp sloeg tegen takken aan, schrikte vogels op en schudde bladeren los, haar lichaam tolde, stuiterde, raakte kleinere takken, tot ze met haar onderrug op een laaghangende, dikke tak terechtkwam, de tak waaraan de schommel was gehangen, en er een akelige krak te horen was. Haar lichaam sloeg achterwaarts bijna dubbel.

Een paar minuten later had er zich een kring om haar heen gevormd. Nabi en de vader van de meisjes bogen zich schreeuwend over haar en probeerden haar wakker te schudden. Gezichten die omlaag staarden. Iemand pakte haar hand. Een gesloten vuist. Toen ze de vingers losmaakten, vonden ze precies tien verkruimelde blaadjes in haar hand.

*

Masooma zegt met licht trillende stem: 'Je moet het nu doen. Als je tot de ochtend wacht, heb je de moed er niet meer toe.'

Overal om hen heen, buiten de vage gloed van het vuur dat Parwana heeft gemaakt van struiken en onkruid, heerst de desolate, eindeloze uitgestrektheid van zand en bergen, verzwolgen door de duisternis. Bijna twee dagen zijn ze nu al onderweg door de miezerige vlakte in de richting van Kabul, Parwana lopend naast de muilezel, Masooma vastgebonden aan het zadel, terwijl ze elkaars hand vasthouden. Ze hebben zich langs steile paden geploeterd, bochtig, stijgend en dalend, zich slingerend van links naar rechts over rotsachtige bergkammen, de grond onder hun voeten bezaaid met okerkleurig en roestbruin onkruid, vol lange verraderlijke scheuren die alle kanten op gaan.

Parwana staat nu vlak bij het vuur en kijkt naar Masooma, die een hoopje aarde is onder een deken aan de andere kant van de vlammen.

'En Kabul dan?' zegt Parwana, hoewel ze nu weet dat het een afleidingsmanoeuvre was.

'O, je bent toch slim?'

Parwana zegt: 'Je kunt dit niet van me vragen.'

'Ik ben moe, Parwana. Dit is geen leven voor mij. Mijn bestaan is een straf voor ons beiden.'

'Laten we gewoon teruggaan,' zegt Parwana, wier keel wordt dichtgesnoerd. 'Ik kan dit niet aan. Ik kan je niet laten gaan.'

'*Jij* hoeft dat ook niet.' Masooma huilt nu. 'Ik laat *jou* gaan. Ik bevrijd je.'

Parwana denkt terug aan een avond heel lang geleden, Masooma op de schommel, zij duwde haar. Terwijl Masooma haar benen strekte en haar hoofd achterover liet zakken als ze weer op weg was naar het hoogste punt van de zwaai opwaarts en haar lange haren als lakens aan een waslijn bewogen, had zij toegekeken. Ze herinnert zich alle poppetjes die ze samen van maïsbladeren hadden weten te maken en die ze hadden gekleed in bruidsjurken, gemaakt van oude kleren.

'Vertel me eens, zus.'

Parwana knippert met haar ogen om de tranen te verjagen die haar zicht vertroebelen en ze veegt haar neus af met de rug van haar hand.

'Die jongen van hem, Abdullah. En dat kleine meisje. Pari. Denk je dat je van hen zou kunnen houden alsof het je eigen kinderen zijn?'

'Masooma.'

'Ja of nee?'

'Ik zou het kunnen proberen,' zegt Parwana.

'Goed. Trouw dan met Saboor. Zorg voor zijn kinderen. Krijg zelf kinderen.'

'Hij hield van jou. Hij houdt niet van mij.'

'Dat komt met de tijd wel goed.'

'Het is allemaal mijn schuld,' zegt Parwana. 'Mijn fout. Alles.'

'Ik weet niet wat dat moet betekenen en ik wil het ook niet weten. Op dit moment is dit het enige wat ik wil. De mensen zullen het wel begrijpen, Parwana. Mullah Shekib zal het hun hebben verteld. Hij zal ze vertellen dat hij mij zijn zegen heeft gegeven voor wat ik doe.'

Parwana heft haar hoofd en kijkt naar de donkere hemel.

'Word gelukkig, Parwana, alsjeblieft, word gelukkig. Doe het voor mij.'

Parwana voelt hoe ze op het punt staat alles te vertellen, aan Masooma te vertellen dat ze het helemaal bij het verkeerde eind heeft, hoe weinig ze weet van de zus met wie ze de moederschoot deelde, hoe Parwana's leven nu al jarenlang een onuitgesproken verontschuldiging is. Maar welk doel zou ermee zijn gediend? Zou het voor haar eigen opluchting zijn, en opnieuw ten koste gaan van Masooma? Ze slikt haar woorden in. Ze heeft haar zus genoeg pijn bezorgd.

'Ik wil nu roken,' zegt Masooma.

Parwana sputtert tegen, maar Masooma snijdt haar de pas af. 'Het wordt tijd,' zegt ze, harder nu, onontkoombaar.

Parwana haalt de waterpijp uit de zak die aan het zadel hangt. Met bevende vingers stelt ze het gebruikelijke mengsel samen in het kommetje van de waterpijp.

'Meer,' zegt Masooma. 'Doe er veel meer in.'

Sniffend, met betraande wangen, voegt Parwana nog een snuifje toe, en nog een, en nog een. Ze steekt het kooltje aan en zet de waterpijp naast haar zus.

'Nu dan,' zegt Masooma. De oranje gloed van de vlammetjes glimt op haar wangen, in haar ogen. 'Als je ooit van me gehouden hebt, Parwana, als je ooit waarlijk mijn zus bent geweest, ga dan nu weg. Geen kussen. Geen afscheid. Laat me er niet om smeken.'

Parwana wil iets zeggen, maar Masooma stoot een gepijnigd, verstikt geluid uit en draait haar hoofd weg.

Langzaam komt Parwana overeind. Ze loopt naar de muilezel en bindt het zadel vast. Ze pakt de teugels van het dier. Ze beseft plotseling dat ze misschien niet weet hoe ze zonder Masooma verder moet. Ze weet niet of ze dat kan. Hoe komt ze de dagen door als Masooma's afwezigheid veel zwaarder lijkt te wegen dan haar aanwezigheid ooit heeft gedaan? Hoe zal ze kunnen leven met het grote gapende gat dat Masooma ooit vulde?

Wees moedig, hoort ze Masooma bijna zeggen.

Parwana geeft een ruk aan de teugels, draait de muilezel om en begint te lopen.

Ze loopt, ze snijdt het donker in tweeën, terwijl een koude avondwind om haar gezicht waait. Ze houdt haar hoofd omlaag. Ze kijkt slechts eenmaal om, even later. Door haar betraande ogen is het kampvuur een verre, vage, gele vlek. Ze stelt zich voor hoe haar tweelingzus alleen bij het vuur ligt, in het duister. Het vuur zal spoedig gedoofd zijn en Masooma zal het koud krijgen. Instinctmatig wil ze terug om haar zus onder een deken te leggen en bij haar te kruipen.

Parwana dwingt zich om te draaien en weer te gaan lopen.

En dan hoort ze iets. Een gedempt geluid, veraf, als een jammerklacht. Parwana staat meteen stil. Ze heft haar hoofd en hoort het weer. Haar hart bonst in haar borst. Ze vraagt zich ontzet af of het Masooma is die zich bedacht heeft en haar terugroept. Of misschien is het gewoon een jakhals of een woestijnvos, die ergens in het donker huilt. Parwana weet het niet zeker. Misschien is het wel de wind, denkt ze.

Laat me niet in de steek, zus. Kom terug.

De enige manier om erachter te komen is terug te gaan langs de weg die ze gekomen is; ze keert om en zet een paar stappen in Masooma's richting. Dan stopt ze. Masooma had gelijk. Als ze nu teruggaat, heeft ze bij zonsopgang niet meer het lef het nog eens te doen. Dan zal ze haar moed verliezen en blijven. Dan zal ze voor altijd blijven. Dit is haar enige kans.

Parwana sluit haar ogen. De wind waait het eind van haar das in haar gezicht.

Niemand hoeft erachter te komen. Niemand zal erachter komen. Het zal haar geheim zijn, een geheim dat ze alleen met de bergen hoeft te delen. De vraag is of het een geheim is waarmee ze kan leven, en Parwana meent het antwoord te weten. Ze leeft haar hele leven al met geheimen.

Ze hoort het jammerende geluid opnieuw, in de verte.

Iedereen hield van jou, Masooma.

Niemand van mij.

En waarom, zus? Wat had ik misdaan?

Parwana blijft een hele tijd roerloos in het duister staan.

Eindelijk maakt ze haar keuze. Ze draait zich om, laat haar hoofd zakken en loopt een horizon tegemoet die ze niet kan zien. Ze kijkt niet meer achterom. Ze weet dat ze slappe knieen zou krijgen als ze dat zou doen. Ze raakt dan kwijt wat ze nu aan vastberadenheid heeft, want dan zal ze een oude fiets een heuvel af zien komen, die over stenen en kiezels boldert, het ijzer slaat tegen hun beider achterwerk aan, stofwolken waaien op bij elke plotseling schuiver. Zij zit op de stang en Masooma zit op het zadel, zij is degene die de haarscherpe bochten maakt en de fiets scheef doet hangen. Maar Parwana is niet bang. Ze weet dat haar zus haar niet over het stuur zal laten vliegen, dat ze haar geen pijn zal doen. De wereld wordt een vlekkerige mallemolen en de wind suist in hun oren, en Parwana kijkt over haar schouders naar haar zus en haar zus kijkt terug en ze lachen samen als zwerfhonden die achter iets aan zitten.

Parwana blijft doorlopen, haar nieuwe leven tegemoet. Ze blijft voortgaan, en de duisternis om haar heen is als een moederschoot, en als die optrekt, als ze opkijkt en de nevelige dageraad ziet en een streepje bleek licht in het oosten vlak naast een rots, voelt het alsof ze net geboren is.

VIER

In de Naam van Allah, de Meest Barmhartige, de Meest Genadige.

Ik weet dat ik er niet meer zal zijn als u deze brief leest, meneer Markos, want toen ik hem aan u gaf, heb ik u gevraagd hem niet te openen voordat ik dood zou zijn. Laat me hier en nu verklaren hoe prettig het is geweest u de laatste zeven jaar gekend te hebben, meneer Markos. Terwijl ik dit schrijf, denk ik met genoegen terug aan ons jaarlijkse ritueel van het tomaten planten in de tuin, uw ochtendbezoekjes aan mijn onderkomen om thee te drinken en grappen te maken, onze onvoorbereide uitwisseling van lessen Farsi en Engels. Ik dank u voor uw vriendschap, voor uw zorgzaamheid en voor het werk dat u in dit land hebt gedaan, en ik vertrouw erop dat u mijn dankbaarheid wilt overbrengen aan uw aardige collega's, vooral aan mijn vriendin mevrouw Amra Ademovic, die zo'n enorm talent heeft voor compassie, en aan haar dappere en lieftallige dochter Roshi.

Ik moet opmerken dat ik deze brief niet alleen voor u bedoeld heb, meneer Markos, maar ook voor iemand anders, en ik hoop dat u deze brief aan haar door zult geven, zoals ik later zal uitleggen. Vergeef me als ik een paar dingen zal herhalen die u misschien al weet. Ik vertel ze uit noodzaak, ter wille van haar. Zoals u zult zien, bevat deze brief meer dan een bekentenis, meneer Markos, maar er zijn ook pragmatische dingen die me tot deze brief bewegen. Ik vrees dat ik daarvoor een beroep zal moeten doen op uw hulp, waarde vriend.

Ik heb er lang over nagedacht waarmee deze brief te beginnen. Geen gemakkelijke taak voor een man die midden tachtig moet zijn. Mijn exacte leeftijd is een mysterie voor me, zoals voor zo veel Afghanen van mijn generatie, maar ik vertrouw op mijn inschattingsvermogen, omdat ik me levendig een vuistgevecht kan herinneren met mijn vriend Saboor, mijn latere zwager, op de dag dat we hoorden dat Nabir Shah neergeschoten en gedood was en dat zijn zoon, de jonge Zahir, de troon had bestegen. Dat was in 1933. Ik zou daar wel kunnen beginnen, denk ik. Of ergens anders. Een verhaal is als een rijdende trein; het doet er niet toe waar je erop springt, je zult vroeg of laat je bestemming bereiken. Maar ik denk dat ik dit verhaal moet beginnen met hetzelfde als waarmee het zal eindigen. Ja, het spreekt vanzelf dat Nila Wahdati begin- en eindpunt is.

*

Ik heb haar in 1949 ontmoet, het jaar waarin ze met meneer Wahdati trouwde. Op dat moment werkte ik al twee jaar voor Suleiman Wahdati, nadat ik van Shadbagh, het dorp waar ik ben geboren, verhuisd was naar Kabul, in 1946 – ik had een jaar lang bij een andere familie in dezelfde buurt gewerkt. De omstandigheden van mijn vertrek uit Shadbagh zijn niet iets waar ik trots op ben, meneer Markos. Beschouw het maar als de eerste van mijn bekentenissen, als ik zeg dat ik me verstikt voelde door het leven dat ik in mijn dorp leidde met mijn twee zussen, van wie er een invalide was. Niet dat het me vrijspreekt, meneer Markos, maar ik was een jongeman, ik was erop gebrand uit te vliegen, vol dromen, hoe bescheiden en vaag misschien ook, en ik zag mijn jeugd wegebben, ik zag mijn verwachtingen steeds meer beknot worden. Dus ik vertrok. Om voor mijn zussen geld te verdienen, o zeker. Maar vooral ook om te ontsnappen.

Omdat ik voltijds voor meneer Wahdati werkte, woonde ik

ook voltijds in zijn huis. In die dagen vertoonde het huis weinig gelijkenis met de betreurenswaardige staat waarin u het aantrof toen u in 2002 in Kabul arriveerde, meneer Markos. Het was een prachtige, luisterrijke residentie. Het huis was in die dagen glinsterend wit, alsof het bezet was met diamanten. Als de poorten opengingen zag je een brede, geasfalteerde oprit. Je kwam binnen in een hoge hal met grote porseleinen vazen en een ronde spiegel in een lijst van kunstig bewerkt notenhout, op de plek waar een poos de oude, door u zelf genomen foto van uw jeugdvriendin aan het strand heeft gehangen. De marmeren vloer van de woonkamer glansde en er lag een donkerrood Turkmeens tapijt. Dat tapijt is verdwenen, net als de leren banken, de handgesneden salontafel, de lazuurstenen schaakstukken en de grote mahoniehouten kast. Weinig van het voorname interieur is behouden gebleven, en ik vrees dat het niet in de conditie is waarin het ooit verkeerde.

Toen ik voor het eerst de betegelde keuken betrad, viel mijn mond open van verbazing. Hij leek groot genoeg om er het eten voor mijn hele dorp Shadbagh te maken. Ik had een fornuis met zes pitten tot mijn beschikking, een koelkast, een broodrooster, en een overvloed aan potten, pannen, messen en andere hulpmiddelen. De badkamers, alle vier, hadden kunstig bewerkte tegels en porseleinen wasbakken. En die vierkante gaten in dat blad in uw badkamer boven, meneer Markos? Daar zat vroeger lazuursteen in.

Dan was er de tuin achter het huis. U zou eens op uw kantoor boven moeten gaan zitten, meneer Markos, de tuin in kijken en u proberen voor te stellen hoe die ooit is geweest. Je kwam er via een halvemaanvormige veranda met een hek met groene druiven. Het gazon was in die dagen sappig groen met hier en daar een bloemperkje, jasmijn, egelantier, geraniums, tulpen, en aan weerszijden vruchtbomen. Je kon er onder een kersenboom gaan liggen, meneer Markos, je ogen sluiten, luisteren naar het briesje dat door de bladeren ging, en denken dat er geen mooiere plek op aarde was.

Mijn woonruimte was een schuurtje helemaal achter in de tuin. Het had een raam, schone, witgeverfde muren en genoeg ruimte voor een ongehuwde jongeman die niet veel nodig had. Ik had een bed, een tafel en een stoel, en genoeg plaats om vijfmaal per dag mijn bidkleedje uit te rollen. Het was heel geschikt voor mij, en dat is het nog steeds.

Ik kookte voor meneer Wahdati, een vaardigheid die ik aanvankelijk heb opgedaan door naar mijn inmiddels overleden moeder te kijken en later naar een oude Oezbeekse kok, die werkte bij het gezin in Kabul waar ik een jaar lang als zijn hulpje in dienst ben geweest. Ik was ook de chauffeur van meneer Wahdati, en daar was ik erg blij mee. Hij had een Chrevolet, een model uit het midden van de jaren veertig, blauw met een bruin dak, bijpassende blauwe stoelen van vinyl en verchroomde wielen, een mooie auto die steeds weer de aandacht trok, waar we ook heen gingen. Ik mocht van hem rijden, omdat ik had bewezen een voorzichtige en kundige chauffeur te zijn, en bovendien was hij een man van de zeldzame soort die er geen plezier aan beleefde een auto te besturen.

Denkt u alstublieft niet dat ik me graag van mijn beste kant wil laten zien als ik zeg dat ik een goede bediende was. Door goed op te letten had ik me vertrouwd gemaakt met wat meneer Wahdati leuk en niet leuk vond, zijn grillen, zijn nukken. Ik kende zijn gewoonten en rituelen goed. Elke ochtend na het ontbijt maakte hij bijvoorbeeld graag een ommetje. Maar hij hield er niet van om dan alleen te gaan en hij verwachtte dus van mij dat ik hem vergezelde. Ik schikte me, natuurlijk, maar ik zag de zin van mijn aanwezigheid niet. Tijdens zo'n wandelingetje zei hij amper iets tegen me, hij leek almaar op te gaan in zijn eigen gedachten. Hij stapte flink door, handen op zijn rug, knikte naar voorbijgangers, zijn keurig gepoetste leren instappers tikten op het trottoir. En omdat hij met zijn lange benen grote stappen zette, kon ik het tempo niet bijhouden, ik raakte steeds achterop en moest hem dan inhalen. De rest van de dag trok hij zich meestal terug in zijn studeerkamer, waar hij las of tegen zichzelf schaakspeelde. Hij hield van tekenen en hoewel ik nooit getuige kon zijn van zijn talent omdat hij zijn kunst nooit met mij deelde, althans toen nog niet, verraste ik hem weleens in zijn studeerkamer bij het raam, of op de veranda, als hij met zijn potlood lussen en cirkels maakte in zijn schetsblok en daarbij geconcentreerd zijn voorhoofd fronste.

Om de paar dagen maakte ik ritjes met hem door de stad. Eens per week ging hij naar zijn moeder. Er waren ook familiebijeenkomsten, en hoewel meneer Wahdati de meeste ervan niet bezocht, ging hij er nu en dan heen, en dan reed ik hem naar een begrafenis, een verjaarspartijtje of een bruiloft. Eens per maand reed ik hem naar een kunstwinkel, waar hij zijn kleur- en houtskoolpotloden, zijn gummetjes en slijpers en schetsboeken aanvulde. Soms wilde hij, gezeten op de achterbank, ook gewoon lukraak een eindje rijden. Ik zei dan: *Waarheen, sahib*, en hij haalde zijn schouders op, en ik zei: *Goed, sahib*, en ik zette de auto in de eerste versnelling en we reden weg. Ik reed door de stad, urenlang, doelloos, van de ene wijk naar de andere, langs de Kabul-rivier naar de Bala Hissar, en soms naar het Darulaman-paleis buiten de stad. Op sommige dagen reed ik van Kabul naar het Ghargha-meer, waar ik de auto parkeerde aan de oever. Ik zette de motor af, meneer Wahdati zat roerloos op de achterbank en zei geen woord tegen me, hij leek er tevreden mee het raampje omlaag te draaien en naar de vogels te kijken die van boom naar boom hipten en naar de zonnestralen die op het meer vielen en op het water versplinterden tot duizenden dobberende vlekjes. Ik keek naar hem in mijn achteruitkijkspiegel, en hij leek mij de eenzaamste man ter wereld.

Eens per maand mocht ik van meneer Wahdati heel genereus zijn auto lenen zodat ik naar Shadbagh kon rijden, mijn geboortedorp, om mijn zus Parwana en haar man Saboor te bezoeken. Als ik het dorp binnenreed, werd ik begroet door hele horden schreeuwende kinderen, die met de auto mee renden terwijl ze op de bumpers sloegen en tegen de raampjes tikten. Sommigen van die kleintjes probeerden zelfs op het dak te klimmen, en dan moest ik ze wegjagen uit angst dat ze krassen op de verflaag zouden veroorzaken of een deuk in de bumper.

Kijk nou, Nabi, zei Saboor tegen me. *Je bent een beroemdheid.*

Omdat zijn kinderen, Abdullah en Pari, hun echte moeder verloren hadden (Parwana was hun stiefmoeder), probeerde ik altijd zo attent mogelijk voor ze te zijn, vooral voor de oudste, de jongen, die dat het meest nodig leek te hebben. Ik bood aan om hem alleen mee te nemen voor ritjes met de auto, maar hij wilde altijd dat zijn kleine zusje meeging, dat hij dan dicht tegen zich aan op zijn schoot hield als we over de wegen in en om Shadbagh reden. Ik liet hem de ruitenwissers bedienen en claxonneren, ik liet hem zien hoe je de koplampen van gewoon licht op groot licht zette.

Als dan al het gedoe over de auto achter de rug was, dronk ik thee met mijn zus en Saboor, en ik vertelde ze dan altijd over mijn leven in Kabul. Ik zorgde ervoor niet te veel te vertellen over meneer Wahdati. Ik was in werkelijkheid erg op hem gesteld omdat hij me zo goed behandelde, en achter zijn rug om over hem praten leek me een vorm van verraad. Als ik minder discreet was geweest, dan had ik verteld dat Suleiman Wahdati me een mysterieuze persoon leek, een man die kennelijk tevreden was met het vooruitzicht de rest van zijn dagen te leven van zijn grote erfenis, een man zonder beroep, zonder duidelijke passie, en kennelijk zonder een drijfveer om iets van zichzelf na te laten. Ik zou hun hebben verteld dat hij een leven leidde zonder doel en zonder richting. Net als die zinloze ritjes die ik met hem maakte. Een leven op een achterbank, gezien terwijl het in een flits voorbijschiet. Een onaangedaan leven.

Dat zou ik hebben gezegd, maar ik deed het niet. En maar goed ook. Want ik zou het helemaal bij het verkeerde eind hebben gehad.

❋

Op een dag kwam meneer Wahdati de tuin in, gekleed in een mooi krijtstreeppak, dat ik hem nog nooit had zien dragen, en hij vroeg me hem naar een welgestelde buurt van de stad te rijden. Toen we er arriveerden, zei hij me aan de kant van de straat te parkeren bij een mooi, hoogommuurd huis, en ik zag hem aanbellen bij de poort en naar binnen gaan toen een bediende hem had opengedaan. Het was een heel groot huis, groter dan dat van meneer Wahdati, en zelfs mooier nog. Grote, ranke ceders sierden de oprit, samen met dicht op elkaar staande struiken met bloemen die ik niet kende. De achtertuin was minstens tweemaal zo groot als die van meneer Wahdati, en de muren waren zo hoog dat als een man op de schouders van een ander zou gaan staan hij nog steeds maar amper een blik naar binnen zou kunnen werpen. Dit was rijkdom van een andere orde, zag ik wel.

Het was een heldere dag aan het begin van de zomer, en de hemel was een en al zon. De warme lucht dreef naar binnen door de raampjes die ik omlaag had gedraaid. Hoewel het de taak van een chauffeur is om te rijden, is hij in feite de meeste tijd kwijt aan wachten. Wachten bij winkels met draaiende motor, wachten bij een zaal waar een bruiloft wordt gevierd en intussen luisteren naar het gedempte geluid van de muziek. Om die dag de tijd door te komen speelde ik een paar spelletjes kaart. Toen ik er genoeg van had, stapte ik uit en liep een beetje op en neer. Ik stapte weer in en dacht dat ik snel even een tukje kon doen voor meneer Wahdati terugkwam.

Op dat moment ging de poort open en kwam er een jonge vrouw met zwart haar naar buiten. Ze droeg een zonnebril en een mandarijnkleurige jurk met korte mouwen die tot vlak boven haar knieën reikte. Ze had blote benen en voeten. Ik wist niet of ze me in de auto had zien zitten, en als dat wel zo was, gaf ze daar geen blijk van. Ze zette de hiel van een van haar voeten tegen de muur achter zich, waardoor de zoom van de jurk een beetje omhoogschoof en er een stukje van haar dij te zien was. Ik voelde me van mijn wangen tot in mijn nek blozen.

Staat u me toe dat ik weer een bekentenis doe, meneer Markos, een van een ietwat onaangename aard, die weinig ruimte laat voor een elegante behandeling. Ik was in die tijd een jongeman van eind twintig, op het hoogtepunt dus van zijn verlangen naar het gezelschap van een vrouw. Anders dan de mannen met wie ik in mijn dorp opgroeide – jongemannen die nooit de blote dij van een volwassen vrouw hadden gezien en deels trouwden om eindelijk eens de aanblik ervan te mogen aanschouwen – had ik enige ervaring. Ik had in Kabul etablissementen ontdekt, en bij gelegenheid bezocht, waar discreet en gemakkelijk in de behoeften van een jongeman kon worden voorzien. Ik breng dit alleen te berde om duidelijk te maken dat geen enkele hoer met wie ik gemeenschap heb gehad vergeleken zou kunnen worden met het prachtige, gracieuze wezen dat zojuist uit dat grote huis gekomen was.

Tegen de muur geleund stak ze een sigaret aan en rookte die in alle rust betoverend gracieus op, ze hield hem tussen de toppen van haar vingers en maakte van haar hand een kom telkens als ze de sigaret naar haar lippen bracht. Ik keek verrukt toe. De manier waarop haar hand boog bij haar slanke pols deed me denken aan een illustratie die ik ooit in een chique dichtbundel had gezien, van een vrouw met lange wimpers en loshangend zwart haar, die met haar minnaar in het gras lag en hem een bekertje wijn aanbood met haar bleke, broze vingers. Op zeker moment leek iets op straat de aandacht van de vrouw te trekken, een eind verderop, en ik maakte van de kortstondige gelegenheid gebruik om snel even met mijn vingers door mijn haar te gaan, dat door de hitte verward was geraakt. Toen ze weer mijn kant op keek, verstijfde ik opnieuw. Ze nam nog een paar trekjes, drukte de sigaret uit tegen de muur en slenterde naar binnen.

Ik kon eindelijk ademhalen.

Die avond riep meneer Wahdati me bij zich in zijn woonkamer en zei: 'Ik heb nieuws, Nabi. Ik ga trouwen.'

Ik leek zijn voorliefde voor eenzaamheid toch te hebben overschat.

Het nieuws over de verloving verspreidde zich snel. En de geruchten ook. Ik hoorde ze van de andere mensen die nu en dan bij meneer Wahdati werkten. De welbespraaktste was Zahid, een tuinman die drie dagen per week langskwam om het gazon bij te houden en bomen en struiken te snoeien, een onaangename vent met de weerzinwekkende gewoonte na elke zin zijn tong snel even uit te steken, een tong waarmee hij even laconiek geruchten vertelde als zijn hand kunstmest uitstrooide. Hij was deel van een groep van arbeiders die in de buurt werkten als kok, tuinman en boodschappenjongen. Een of twee avonden in de week kwamen ze na werktijd in mijn schuurtje om thee te drinken. Ik weet niet meer hoe dit een gewoonte geworden is, maar toen het dat eenmaal was, was ik niet bij machte ermee te stoppen, op mijn hoede als ik was om ongemanierd en ongastvrij te lijken, en erger: mezelf superieur te achten aan mensen van mijn eigen soort.

Op een avond vertelde Zahid bij de thee dat de familie van meneer Wahdati niet instemde met het huwelijk, omdat zijn aanstaande bruid een slecht karakter had. Hij zei dat heel Kabul wist dat ze geen *nang* en *namoos* had, geen eergevoel, en dat hoewel ze nog maar twintig was, ze 'de hele stad bereden had', net als de auto van meneer Wahdati. Het ergst van al was, zei hij, dat ze niet alleen geen enkele poging deed die beschuldigingen te ontkennen, maar er ook nog gedichten over schreef. Er ging afkeurend gemompel door het vertrek toen hij dat zei. Een van de mannen merkte op dat in zijn dorp haar keel allang doorgesneden zou zijn.

Dat was het moment waarop ik opstond om te zeggen dat ik nu genoeg had gehoord. Ik gaf ze een uitbrander omdat ze als een stelletje ouwe wijven hadden zitten roddelen, en ik herinnerde hen eraan dat zonder personen als meneer Wahdati mensen van ons slag allang weer terug in onze dorpen zouden zijn om koemest te verzamelen. *Waar is jullie loyaliteit, jullie respect?* vroeg ik indringend.

Het was even stil, en ik dacht dat ik indruk had gemaakt op de sufferds, maar toen barstten ze in lachen uit. Zahid zei dat ik een kontlikker was, en misschien zou de aanstaande vrouw des huizes een gedicht schrijven met als titel: 'Ode aan Nabi, likker van vele konten'. Ik banjerde verontwaardigd het huisje uit, terwijl iedereen gnuifde en ginnegapte.

Maar ik liep niet ver weg. Hun geroddel deed me walgen, maar fascineerde me ook. En ondanks mijn vertoon van rechtschapenheid door al mijn gepraat over fatsoen en discretie bleef ik binnen gehoorsafstand. Ik wilde voor geen geld enig sensationeel detail missen.

De verlovingsperiode duurde maar een paar dagen en liep niet uit op een groot feest met zangers en dansers en vrolijkheid alom, maar op een kort bezoekje van een mullah, een getuige, en twee handtekeningen op een vel papier. En daarmee, minder dan twee weken nadat ik haar voor het eerst had gezien, trok mevrouw Wahdati in het huis.

*

Staat u me toe dat ik mezelf hier even onderbreek, meneer Markos, om te zeggen dat ik van nu af aan de echtgenote van meneer Wahdati zal aanduiden met Nila. Overbodig om te zeggen dat ik die vrijheid vroeger niet had, en het is een vrijheid die ik toen ook niet zou hebben geaccepteerd, ook al zou ze me aangeboden zijn. Ik noemde haar altijd bibi sahib, met alle eerbied die van mij werd verwacht. Maar omwille van de opzet van deze brief zie ik af van de etiquette en zal ik naar haar verwijzen op de manier waarop ik altijd aan haar *dacht*.

Nu dan. Ik wist van meet af aan dat het huwelijk ongelukkig was. Ik zag het paar zelden een tedere blik wisselen en hoorde hen evenmin een hartelijk woord uiten. Het waren twee mensen die in hetzelfde huis woonden, maar wier paden zich zelden kruisten.

Elke ochtend diende ik meneer Wahdati zijn gebruikelijke ontbijt op, een stuk geroosterde naan, een half kopje walnoten, groene thee met een vleugje kardemom en zonder suiker, en één gekookt ei – hij wilde dat het geel er vanzelf uit liep als hij het dopje van het ei sloeg, en mijn eerste mislukte pogingen om die speciale consistentie te verkrijgen waren voor mij een bron van aanzienlijke angst geweest. Terwijl ik meneer Wahdati begeleidde op zijn dagelijkse ochtendwandeling, sliep Nila nog, vaak tot de middag of zelfs nog later. Tegen de tijd dat ze uit bed kwam, stond ik al bijna op het punt om meneer Wahdati zijn lunch te serveren.

Elke ochtend, als ik met mijn werk bezig was, hunkerde ik naar het moment waarop Nila de deur zou openen die de woonkamer scheidde van de veranda. Ik speelde spelletjes in mijn hoofd en probeerde te raden hoe ze er die dag uit zou zien. Zou ze haar haren opgestoken hebben, vroeg ik me af, in een knotje in haar nek, of zou ik het ditmaal los over haar schouders zien hangen? Zou ze een zonnebril ophebben? Zou ze voor sandalen hebben gekozen? Zou haar oog gevallen zijn op de blauwe zijden jurk met de ceintuur, of op de rode, met de grote ronde knopen?

Als ze dan eindelijk verscheen, was ik bezig in de tuin en deed ik of het dak van de auto dringend aan een poetsbeurt toe was, of anders was er wel een egelantier die water nodig had, maar ik keek de hele tijd. Ik keek als ze haar zonnebril omhoogduwde om in haar ogen te wrijven, of wanneer ze het elastiekje uit haar haren verwijderde en haar hoofd achterovergooide om het donkere, weelderige haar los te schudden, en ik keek als ze haar kin op haar knieën liet rusten en de tuin in staarde, terwijl ze loom een trekje nam van haar sigaret, of als ze haar benen kruiste en met een voet op en neer wipte, een beweging waarvan ik dacht dat die verveling of rusteloosheid uitdrukte, of misschien wel achteloze guitigheid, die ze ternauwernood in bedwang wist te houden.

Af en toe was meneer Wahdati bij haar, maar niet vaak. Hij bracht de meeste dagen door zoals hij vroeger had gedaan, met lezen in zijn studeerkamer boven, tekenen, zijn dagelijkse gewoonten die min of meer hetzelfde gebleven waren ondanks het huwelijk. Nila zat meestal in de woonkamer of op de veranda te schrijven, pen in haar hand, vellen papier die van haar schoot vielen, en altijd die sigaretten. 's Avonds diende ik het diner op en ze zwegen nadrukkelijk als ik de borden voor hen neerzette, ze keken naar hun rijst, en de stilte werd enkel verbroken door een gemompeld *Dank je* en het getinkel van lepel en vork tegen het porselein.

Een- of tweemaal per week moest ik Nila rijden, als ze een slof sigaretten nodig had, of een nieuw stel pennen, een nieuw notitieblok, make-up. Als ik van tevoren wist dat ik haar moest rijden, zorgde ik ervoor mijn haren te kammen en mijn tanden te poetsen. Ik waste mijn gezicht, wreef een schijfje citroen tussen mijn vingers om de geur van uien kwijt te raken, klopte het stof van mijn pak en poetste mijn schoenen. Het pak, olijfkleurig, was in feite een afdankertje van meneer Wahdati, en ik hoopte dat hij dat Nila niet had verteld – al vermoedde ik dat hij het wel gedaan had, niet om kwaadaardig te zijn, maar omdat mensen op het niveau van meneer Wahdati vaak niet doorhebben hoe kleine, triviale dingen schaamte kunnen veroorzaken bij mensen als ik. Soms droeg ik zelfs de muts van lamsvacht die ooit van mijn vader was geweest. Dan stond ik vaak voor de spiegel en zette de muts telkens weer anders op mijn hoofd en was er zo mee bezig mezelf tegenover Nila presentabel te maken dat als er een wesp op mijn neus zou zijn geland, hij me had moeten steken om me te laten merken dat hij er was.

Als we eenmaal onderweg waren zocht ik als het maar even kon steeds kleine omwegen naar onze bestemming, omwegen die bedoeld waren om onze tocht met een minuut te verlengen – of misschien wel met twee minuten, maar niet meer, anders werd ze achterdochtig – en daarmee mijn tijd met haar te verlengen. Ik hield het stuur met beide handen vast, mijn ogen waren strak op de weg gericht. Ik deed aan strenge zelfbeheersing en keek haar niet aan via de achteruitkijkspiegel, behalve als ze me aansprak. Ik was tevreden met het enkele feit dat ze aanwezig was en op de achterbank zat, dat ik haar vele geuren inademde, dure zeep, lotion, parfum, kauwgom, de rook van haar sigaret. Dat was meestal voldoende om vleugels te geven aan mijn gemoedsgesteldheid.

Het was in de auto dat we ons eerste gesprek voerden. Ons eerste echte gesprek bedoel ik, niet de talloze keren dat ze me vroeg dit of dat te halen of iets voor haar te dragen. Ik bracht haar naar een apotheek om medicijnen te halen en zij zei: 'Hoe ziet dat dorp van jou eruit, Nabi? Hoe heet het ook weer?'

'Shadbagh, bibi sahib.'

'Ach ja, Shadbagh. Hoe ziet het eruit? Vertel me eens.'

'Ik kan er weinig over zeggen, bibi sahib. Het is een doorsneedorp.'

'Maar er moet toch iets zijn wat het van andere onderscheidt?'

Uiterlijk bleef ik kalm, maar vanbinnen was het chaos, ik wilde wanhopig iets te berde brengen, een vreemde eigenaardigheid die haar belangstelling zou kunnen wekken, haar zou amuseren. Het had geen zin. Wat kon een man als ik, een dorpsbewoner, een kleine man met een klein leven, zeggen dat een vrouw als zij zou kunnen boeien?

'De druiven zijn er uitstekend,' zei ik, en ik had het nog niet gezegd of ik had mezelf het liefst een draai om de oren gegeven. *Druiven?*

'O ja,' zei ze vlak.

'Heel zoet.'

'Aha.'

Ik stierf duizend doden. Ik voelde hoe mijn oksels vochtig werden.

'Er is één speciale druif,' zei ik. Mijn mond was plotseling kurkdroog. 'Ze zeggen dat die alleen in Shadbagh wil groeien. Hij is heel breekbaar, heel kwetsbaar. Als je hem in een andere plaats probeert te kweken, zelfs in het dorp vlakbij, verlept hij en sterft. Hij zal er wegkwijnen. Hij sterft van verdriet, zeggen de mensen in Shadbagh, maar dat is natuurlijk niet waar. Het is een kwestie van grond en water. Maar dat zeggen ze dan, bibi sahib. Verdriet.'

'Schattig, Nabi.'

Ik keek even vlug in de achteruitkijkspiegel en zag haar uit het raampje kijken, maar ik ontdekte ook tot mijn grote opluchting dat de hoeken van haar mond heel licht krulden, een aanzet tot een glimlach. Daardoor aangemoedigd hoorde ik mezelf zeggen: 'Mag ik u nog een verhaal vertellen, bibi sahib?'

'Zeker.' De aansteker klikte en er dreef rook van de achterbank mijn richting uit.

'We hebben een mullah in Shadbagh. Elk dorp heeft natuurlijk een mullah. De onze heet mullah Shekib en hij zit vol verhalen. Ik zou niet kunnen zeggen hoeveel hij er wel niet kent. Maar er was één ding dat hij ons altijd vertelde: wanneer je kijkt naar de handpalmen van moslims, waar ook ter wereld, zul je iets verbazingwekkends zien. Ze hebben allemaal dezelfde lijnen. Wat betekent dat? Dat betekent dat de lijnen in de linkerhand van een moslim samen het Arabische getal eenentachtig vormen, en de lijnen van de rechterhand het getal achttien. Trek achttien af van eenentachtig, en wat krijg je dan? Drieënzestig. De leeftijd van de Profeet toen hij stierf. Vrede zij met Hem.'

Ik hoorde een lachje op de achterbank.

'Op een dag kwam er een reiziger door ons dorp, die 's avonds natuurlijk met mullah Shekib at, zoals de gewoonte is. De reiziger hoorde dat verhaal en dacht erover na, en hij zei: Maar mullah sahib, met alle respect, ik heb ooit een jood ontmoet die precies dezelfde lijnen in de palmen van zijn hand had, ik zweer het. Hoe legt u dat dan uit? En de mullah zei: Dan was die jood in zijn hart een moslim.'

Haar plotselinge luide lach betoverde me voor de rest van de dag. Het was – God vergeve me deze blasfemie – alsof die rechtstreeks vanuit de hemel op mij was neergedaald, de tuin van de rechtschapenen, zoals het boek zegt, waar rivieren stromen en er altijd fruit en schaduw is.

Begrijp me goed, het was niet uitsluitend haar schoonheid, meneer Markos, die me zo biologeerde – ook al was dat al genoeg geweest. Ik had nooit in mijn leven een jonge vrouw als Nila ontmoet. Alles wat ze deed – haar manier van praten, haar manier van lopen, van kleden en van glimlachen – was nieuw voor mij. Nila gedroeg zich heel anders dan ik altijd had gedacht dat een vrouw zich moest gedragen, en ik wist dat haar houding scherp zou worden afgewezen door mensen als Zahid – en ook door Saboor, en door elke man in mijn dorp, en ook door elke vrouw – maar voor mij voegde dat juist iets toe aan haar toch al enorme aantrekkingskracht en geheimzinnigheid.

En haar lach was dus de hele dag nog in mijn oren, en toen de andere arbeiders later op de thee kwamen, dempte ik glimlachend hun gekakel met de zoete tinkeling van haar lach, en ik was er trots op te weten dat mijn verhaal haar voor heel even had bevrijd van haar ontevredenheid over haar huwelijk. Ze was een buitengewone vrouw, en ik ging die nacht naar bed met het gevoel dat ik zelf misschien wel iets meer dan gewoon was. Dat was de invloed die zij op mij had.

*

Weldra spraken we dagelijks met elkaar, Nila en ik, gewoonlijk laat in de ochtend als ze haar koffie dronk op de veranda. Onder het voorwendsel dat ik er iets moest verrichten slenterde ik naderbij, en al snel stond ik bij haar te praten, leunend op een schop, of een kopje groene thee drinkend. Ik voelde me uitverkoren. Ik was per slot van rekening niet de enige bediende. Ik heb Zahid al genoemd, die gewetenloze kwal, en er was nog een Hazara-vrouw met dubbele onderkin, die tweemaal in de week de was kwam doen. Maar ze koos mij uit. Ik denk dat ik de enige was, haar man niet uitgezonderd, die haar eenzaamheid een beetje kon verdrijven. Meestal voerde zij het woord, wat ik prima vond; ik was gelukkig dat ik het vat mocht zijn waarin ze haar verhalen goot. Ze vertelde me bijvoorbeeld over een jachtpartij in Jalalabad met haar vader, en hoe ze wekenlang last had gehad van nachtmerries over dode herten met glazen ogen. Ze zei dat ze als kind, voor de Tweede Wereldoorlog, met haar moeder naar Frankrijk was geweest. Om daar te komen hadden ze per trein en per boot moeten reizen. Ze beschreef me hoe ze het gebons van de wielen van de trein in haar ribben had gevoeld, en ze kon zich nog goed de gordijnen herinneren die aan haakjes hingen, en de gescheiden compartimenten, en de ritmisch uitgestoten rookwolken en sisgeluiden. Ze vertelde over de zes weken die ze een jaar eerder met haar vader in India had doorgebracht, toen ze ernstig ziek was geweest.

Als ze zich af en toe omdraaide om haar as op een schoteltje af te tikken, wierp ik een steelse blik op de roodglanzende teennagels, op de goudgetinte schittering van haar geschoren kuiten, haar hooggewelfde voet, en altijd op haar volle, prachtig gevormde borsten. Er liepen mannen op aarde rond, stelde ik dan verbaasd vast, die deze borsten hadden aangeraakt en gekust terwijl ze de liefde met haar bedreven. Als je dat in je leven had bereikt, wat moest je dan verder nog? Waar moest je naartoe als je het hoogste op aarde had bereikt? Alleen met grote wilsinspanning wist ik mijn ogen een veilige richting uit te sturen, als zij haar gezicht weer naar me toe draaide.

Toen ze zich meer op haar gemak begon te voelen, gaf ze tijdens die ochtendgesprekjes ook uiting aan haar klachten over meneer Wahdati. Ze zei eens dat ze hem koel vond, en vaak arrogant.

'Hij is tegenover mij heel genereus,' zei ik.

Ze maakte een afwijzend gebaar met haar hand. 'Alsjeblieft, Nabi. Dat hoeft niet per se.'

Beleefd keek ik naar de grond. Wat ze zei was niet geheel onwaar. Meneer Wahdati had inderdaad de gewoonte mijn manier van praten te corrigeren met een air van superioriteit die kon worden geïnterpreteerd, en misschien niet ten onrechte, als arrogant. Soms kwam ik zijn kamer binnen, zette een schaaltje met zoetigheden voor hem neer, schonk thee bij en veegde zijn kruimels van tafel, en nam hij niet méér notie van mij dan hij zou hebben gedaan van een vlieg op de hordeur, iets onbeduidends waarvoor hij zelfs zijn ogen niet verhief. Maar tenslotte was dit een wissewasje, vergeleken met mensen die in dezelfde buurt woonden – mensen voor wie ik had gewerkt – die hun bedienden sloegen met stokken en riemen.

'Hij heeft geen gevoel voor plezier of avontuur,' zei ze, terwijl ze lusteloos in haar koffie roerde. 'Suleiman is een sombere oude man die gevangenzit in het lichaam van een jongere man.'

Ik was lichtelijk in de war door haar laconieke vrijmoedigheid. 'Het is waar dat meneer Wahdati bijzonder gesteld is op zijn eenzaamheid,' zei ik voorzichtig en diplomatiek.

'Misschien moet hij bij zijn moeder gaan wonen. Wat denk je, Nabi? Ze passen goed bij elkaar.'

De moeder van meneer Wahdati was een zware, nogal pretentieuze vrouw, die in een ander deel van de stad woonde met het obligate aantal bedienden en haar twee geliefde honden. Ze was dol op die honden en behandelde ze niet als evenwaardig aan haar bedienden maar als superieur aan hen, en dan ook nog in hoge mate. Het ware kleine, afzichtelijke mormels, om het minste of geringste uit hun doen, angstig, en geneigd irriterend schel te blaffen. Ik verfoeide ze, want ze waren het huis nog niet binnen of ze sprongen tegen me op en probeerden als dwazen langs mijn benen omhoog te klimmen.

Ik merkte duidelijk dat elke keer als ik Nila en meneer Wahdati naar het huis van de oude vrouw bracht, de spanning op de achterbank te snijden was, en ik kon aan de gepijnigde rimpel op Nila's voorhoofd zien dat ze ruzie hadden gehad. Als mijn ouders onenigheid hadden, hielden ze pas op als er een duidelijke winnaar was. Dat was hun manier om een eind te maken aan een onaangename situatie, haar beslechten met een vonnis, zodat ze niet kon doorlekken naar het gewone leven van de volgende dag. Maar zo ging het bij de Wahdati's niet. Hun ruzies kenden geen afronding, ze verspreidden zich als een druppel inkt in een kom met water, dat blijvend een andere kleur aanneemt.

Er was geen intellectuele acrobatiek voor nodig om te vermoeden dat de oude vrouw de verbintenis niet had goedgekeurd, en dat Nila dat wist.

Terwijl we die gesprekken voerden, Nila en ik, kwam er telkens weer een vraag over haar in mij opborrelen. Waarom was ze met meneer Wahdati getrouwd? Ik had niet de moed het te vragen. Het paste niet bij mijn natuur zo onfatsoenlijk te zijn. Ik kon alleen maar concluderen dat voor sommige mensen, vooral vrouwen, het huwelijk – zelfs een ongelukkig huwelijk als het onderhavige – een ontsnapping is uit een nog groter ongeluk.

In de herfst van 1950 riep Nila me op een dag bij zich.

'Ik wil dat je me naar Shadbagh brengt,' zei ze. Ze wilde

mijn familie leren kennen, kijken waar ik vandaan kwam. Ze zei dat ik nu al een jaar lang haar maaltijden had opgediend en haar in Kabul had rondgereden zonder dat ze eigenlijk iets over mij wist. Ik raakte nogal in de war door haar verzoek, om het voorzichtig te zeggen, want het was ongebruikelijk dat iemand van haar stand vroeg ergens heen gebracht te worden om de familie van een bediende te leren kennen. Maar in even grote mate was ik vereerd door het feit dat Nila zo'n levendige belangstelling voor me had, en ook ongerust, want ik voorvoelde hoe ongemakkelijk en zelfs beschamend het zou zijn als ik haar de armoedige omstandigheden toonde waarin ik was geboren.

We vertrokken op een bewolkte ochtend. Ze droeg hoge hakken en een perzikkleurige jurk zonder mouwen, maar ik vond niet dat ik het recht had haar te adviseren iets anders aan te doen. Onderweg stelde ze vragen over het dorp, de mensen die ik kende, mijn zus en Saboor, hun kinderen.

'Hoe heten ze?'

'Nou,' zei ik, 'de een heet Abdullah, hij is bijna negen. Zijn moeder is vorig jaar overleden, dus hij is nu de stiefzoon van mijn zus Parwana. Zijn zusje, Pari, is bijna twee. Parwana heeft afgelopen winter een kind gekregen, Omar, maar die is gestorven toen hij twee weken oud was.'

'Wat is er gebeurd dan?'

'De winter, bibi sahib. Die valt het dorp binnen en pikt er elk jaar willekeurig een of twee kinderen uit. Je kunt alleen maar hopen dat hij aan jouw deur voorbij zal gaan.'

'Mijn god,' fluisterde ze.

'Vrolijker nieuws,' zei ik, 'is dat mijn zus weer in verwachting is.'

In het dorp werden we begroet door de gebruikelijke massa kinderen op blote voeten die met de auto mee renden, maar toen Nila eenmaal was uitgestapt, werden de kinderen kalmer en hielden zich in, misschien uit angst dat ze hen zou uitschelden. Maar Nila spreidde een groot geduld tentoon en was heel vriendelijk. Ze knielde glimlachend bij ieder van hen neer en praatte met hen, gaf hun een hand, streelde hun vuile wangen en kroelde in hun ongewassen haar. Gênant genoeg kwamen allerlei mensen haar bekijken. Baitullah bijvoorbeeld, een jeugdvriend van me, staarde naar haar vanaf de nok van een dak waar hij had plaatsgenomen en met zijn broers als een stel kraaien *naswar*-tabak zat te pruimen. Ook zijn vader, mullah Shekib zelf, en drie mannen met witte baarden, die in de schaduw van een muur zaten en lusteloos hun gebedssnoer door hun vingers lieten gaan, richtten hun leeftijdloze ogen met een afkeurende blik op Nila en haar blote armen.

Ik stelde Nila aan Saboor voor en we liepen naar zijn lemen huisje met een stel toeschouwers achter ons aan. Bij de deur wilde Nila per se haar schoenen uittrekken, al vertelde Saboor haar dat het niet nodig was. Toen we het vertrek binnenkwamen, zag ik Parwana stilletjes in een hoek zitten, verstijfd ineengedoken als een bal. Ze groette Nila met een stem die nauwelijks meer was dan een fluistering.

Saboor trok even zijn wenkbrauwen op tegen Abdullah. 'Haal eens thee, jongen.'

'O nee, dank u wel,' zei Nila, terwijl ze naast Parwana op de grond ging zitten. 'Dat is niet nodig.' Maar Abdullah was het vertrek ernaast al in gelopen, waarvan ik wist dat het dienstdeed als keuken en als slaapkamer van Abdullah en Pari. Een donker, plastic gordijn dat was vastgespijkerd aan het kozijn vormde de afscheiding met de kamer waar we zaten. Ik speelde wat met de autosleutels terwijl ik dacht dat het goed zou zijn geweest als ik mijn zus eerst hadden kunnen waarschuwen, zodat ze een beetje had kunnen schoonmaken. De lemen wanden vol scheuren waren zwart van de rook, de opengereten matras onder Nila was stoffig, en het enige raam van de kamer zat onder de vliegenpoep.

'Dit is een prachtig vloerkleed,' zei Nila opgewekt, terwijl ze met haar vingers over het kleed ging. Het was helderrood met een patroon van voetsporen van een olifant. Het was het enige waardevolle voorwerp dat Saboor en Parwana bezaten – het bleek diezelfde winter verkocht te moeten worden.

'Het is van mijn vader geweest,' zei Saboor.

'Is het een Turkmeens vloerkleed?'

'Ja.'

'Ik vind de schapenwol die ze gebruiken mooi. Ongelooflijk vakmanschap.'

Saboor knikte. Hij keek haar niet één keer aan, zelfs niet als hij tegen haar sprak.

Het plastic gordijn flapperde toen Abdullah met een blad met theekopjes terugkwam en het voor Nila op de grond bezette. Hij schonk haar een kopje in en ging met gekruiste benen tegenover haar zitten. Nila probeerde met hem te praten door hem een paar eenvoudige vragen te stellen, maar Abdullah schudde alleen zijn geschoren hoofd, mompelde een heel kort antwoord en keek haar voorzichtig aan. Ik nam me voor met de jongen te praten en hem zachtaardig te berispen over zijn gedrag. Dat zou ik vriendelijk doen, want ik was gesteld op de jongen, die van nature serieus en handig was.

'In de hoeveelste maand bent u?' vroeg Nila aan Parwana.

Met haar ogen op de grond gericht zei mijn zus dat ze in de winter moest bevallen.

'Je bent gezegend,' zei Nila. 'Je bent in verwachting. En je hebt een beleefd stiefzoontje.' Ze glimlachte naar Abdullah, wiens gezicht uitdrukkingsloos bleef.

Parwana mompelde iets, wellicht een 'dank u wel'.

'En er is ook nog een meisje, als ik het me goed herinner?' zei Nila. 'Pari?'

'Ze slaapt,' zei Abdullah kort.

'Aha. Ik hoorde dat ze schattig is.'

'Ga je zusje eens halen,' zei Saboor.

Abdullah keek aarzelend van zijn vader naar Nila en kwam toen met zichtbare tegenzin overeind.

Als ik mezelf zou willen vrijpleiten, zelfs nu het al te laat is, dan zou ik wensen dat de band tussen Abdullah en zijn zusje normaal was geweest. Maar dat was niet zo. Niemand behalve God weet waarom die twee zo voor elkaar gekozen hadden. Het was een mysterie. Ik heb nooit zo'n verwantschap tussen mensen gezien als tussen die twee wezens. In feite was Abdullah voor Pari niet alleen een broer maar ook een vader. Toen ze nog een baby was en ze 's nachts huilde, was hij het die uit bed sprong om met haar te gaan lopen. Hij was het die het op zich nam om haar te verschonen, haar in te wikkelen, haar weer in slaap te wiegen. Zijn geduld met haar was eindeloos. Hij nam haar op zijn arm mee het dorp in om met haar te pronken, alsof ze de meest begeerde trofee ter wereld was.

Toen hij met de nog versufte Pari de kamer in kwam, vroeg Nila of zij haar vast mocht houden. Abdullah gaf haar het meisje aan met een scherpe, achterdochtige blik in zijn ogen, alsof er in hem ergens een alarmbel was gaan rinkelen.

'O, wat een schatje!' riep Nila uit, en haar onhandige gewiebel verraadde dat ze geen ervaring had met kleine kinderen. Pari staarde verward naar Nila, keek toen naar Abdullah en begon te huilen. Hij trok haar snel uit Nila's armen.

'Moet je die ogen zien!' zei Nila. 'O, en die wangetjes! Is het geen schatje, Nabi?'

'Dat is ze zeker, bibi sahib,' zei ik.

'En ze heeft een schitterende naam, Pari. Ze is inderdaad even mooi als een fee.'

Abdullah keek naar Nila terwijl hij Pari in zijn armen wiegde, en zijn gezicht betrok.

Op de terugweg naar Kabul zakte Nila op de achterbank weg, haar hoofd rustte tegen het raampje. Lange tijd zei ze niets. En toen begon ze plotseling te huilen.

Ik zette de auto stil aan de kant van de weg.

Ze sprak een hele tijd geen woord. Haar schouders schokten terwijl ze zat te snikken met haar handen voor haar gezicht. Ten slotte snoot ze haar neus in een zakdoek. 'Dank je, Nabi,' zei ze.

'Waarvoor, bibi sahib?'

'Dat je me daarnaartoe gebracht hebt. Het was een voorrecht je familie te leren kennen.'

'Het voorrecht was geheel het hunne. En het mijne. We waren vereerd.'

'De kinderen van je zus zijn prachtig.' Ze nam haar zonnebril af en veegde de tranen uit haar ogen.

Ik dacht even na over de vraag wat te doen en wilde eerst niets zeggen. Maar ze had in mijn aanwezigheid gehuild en de intimiteit van het ogenblik vroeg om vriendelijke woorden. Zachtjes zei ik: 'U zult zelf een zoontje krijgen, bibi sahib. Insjallah, God zal ervoor zorgen. Wacht maar af.'

'Ik denk niet dat Hij dat zal doen. Zelfs Hij kan er niet voor zorgen.'

'Natuurlijk kan Hij dat wel, bibi sahib. U bent nog zo jong. Als Hij het wil, gebeurt het.'

'Je begrijpt me niet,' zei ze vermoeid. Ik had haar nog nooit zo uitgeput gezien, zo geradbraakt. 'Het is weg. Ze hebben het er in India allemaal uitgehaald. Ik ben hol vanbinnen.'

Ik wist er niet op te reageren. Ik was graag op de achterbank gaan zitten en had haar in mijn armen genomen en haar gekust om haar lot te verzachten. Voor ik wist wat ik deed, had ik mijn hand naar achteren gebracht en haar hand in de mijne genomen. Ik dacht dat ze die terug zou trekken, maar haar vingers pakten mijn hand dankbaar vast en zo zaten we in de auto, we keken niet naar elkaar, we keken naar de vlakte om ons heen, geel en verdord van horizon tot horizon, doorploegd met opgedroogde irrigatiekanalen, vol met struiken en stenen en hier en daar een teken van leven. Met Nila's hand in de mijne keek ik naar de heuvels en de elektriciteitspalen. Mijn ogen zagen een traag rijdende vrachtwagen die een stofwolk achterliet, en ik was er graag blijven zitten tot de duisternis zou zijn gevallen.

'Breng me naar huis,' zei ze ten slotte, en ze liet mijn hand los. 'Ik ga vanavond vroeg naar bed.'

'Ja, bibi sahib.' Ik schraapte mijn keel en zette de auto met een enigszins onvaste hand in de eerste versnelling.

*

Ze ging naar haar slaapkamer en liet zich dagen niet meer zien. Dat was niet voor het eerst. Af en toe trok ze een stoel naar het raam van de slaapkamer boven en ging daar sigaretten zitten roken, met een voet wippen, uitdrukkingsloos naar buiten staren. Ze zei niets. Ze trok haar nachtjapon niet uit. Ze nam geen douche, poetste haar tanden niet en kamde haar haren niet. Ditmaal at ze ook niet, en bij wijze van uitzondering raakte meneer Wahdati door die bijzondere gang van zaken gealarmeerd.

Op de vierde dag werd er op de poort voor het huis gebonsd. Ik deed open. Er stond een grote, oudere man in een onberispelijk gestreken pak en op glanzende lage schoenen. Hij had iets imponerends en nogal dreigends over zich, door de manier waarop hij niet zozeer stond als wel opdoemde, door de manier waarop hij dwars door me heen keek, door de manier waarop hij zijn glimmende wandelstok met beide handen vasthield, alsof die een scepter was. Hij had nog geen woord gezegd, maar ik had meteen het gevoel dat hij een man was die verwachtte dat hij gehoorzaamd werd.

'Ik heb gehoord dat mijn dochter niet goed in orde is,' zei hij.

Hij was dus haar vader. Ik had hem nooit eerder gezien. 'Ja, sahib. Ik ben bang dat u gelijk hebt,' zei ik.

'Ga dan maar eens even opzij, jongeman.' Hij banjerde langs me heen.

In de tuin ging ik een houtblok hakken voor de open haard, om ergens mee bezig te zijn. Van de plek waar ik aan het werk was kon ik het slaapkamerraam van Nila goed in de gaten houden. Ik zag de vader over Nila gebogen staan, met één hand op haar schouder. Op Nila's gezicht stond de uitdrukking te lezen die mensen hebben als ze schrikken van een onverwacht en hard geluid, een zevenklapper of een deur die door een windvlaag dichtslaat.

Die avond at ze wel.

Een paar dagen later liet Nila me bij haar komen en zei dat ze een feestje wilde geven. Toen meneer Wahdati nog alleen was, waren er zelden of nooit feestjes in het huis. Nadat Nila bij hem was ingetrokken, organiseerde ze er twee of drie per maand. Op de dag vóór zo'n feestje gaf Nila me gedetailleerde instructies voor de aperitiefjes en de maaltijd die ik moest klaarmaken, en ik reed dan naar de markt om de noodzakelijke dingen te kopen. Het belangrijkste was daarbij de alcohol, die ik nooit eerder had gehaald, omdat meneer Wahdati niet dronk – al had de reden daarvoor niets met godsdienst te maken; hij hield gewoon niet van de gevolgen. Maar Nila kende bepaalde zaken, 'apotheken' zoals zij ze schertsend noemde, waar voor een bedrag gelijk aan tweemaal mijn maandsalaris een fles 'medicijn' onder de toonbank werd verkocht. Ik had gemengde gevoelens als ik die speciale boodschap deed, ik voelde me als iemand die de zonde mogelijk maakte, maar zoals altijd werd alles verdrongen door de wens Nila te behagen.

U moet begrijpen, meneer Markos, dat als wij in Shadbagh een feestje hadden, of het nu een bruiloft of de viering van een besnijdenis was, zo'n feestje in twee verschillende huizen werd gehouden, een voor vrouwen en een voor ons mannen. Op Nila's feestjes was het gezelschap gemengd, mannen én vrouwen. De meeste vrouwen kleedden zich als Nila, in jurken die hun blote armen lieten zien, en ook een flink deel van hun benen. Ze rookten en dronken, hun glazen half gevuld met kleurloze of rode of koperkleurige alcohol, en ze vertelden elkaar grappen en raakten vrijelijk de armen aan van mannen van wie ik wist dat ze getrouwd waren met iemand anders in datzelfde vertrek. Ik ging rond met schaaltjes *bolani* en *lola kabob*, van het ene eind van de rokerige kamer naar het andere, van het ene groepje gasten naar het andere, terwijl er een plaat op de draaitafel lag. De muziek was niet Afghaans, maar iets wat Nila 'jazz' noemde, een soort muziek waar ook u waardering voor hebt, meneer Markos, zoals ik tientallen jaren later te horen kreeg. In mijn oren was het willekeurige getingel van de piano en het vreemde gejammer van toeters een onwelluidende chaos. Maar Nila was er dol op, en ik hoorde haar steeds weer tegen gasten zeggen dat ze echt deze of gene plaat eens moesten beluisteren. De hele avond had ze een glas in haar hand, ze vond dat veel belangrijker dan het eten waarmee ik rondging.

Meneer Wahdati deed weinig moeite zich met zijn gasten in te laten. Hij mengde zich plichtmatig onder hen, maar de meeste tijd sloeg hij ze gade vanuit een hoek van de kamer, draaide met zijn glas sodawater denkbeeldige rondjes en glimlachte minzaam maar zuinig als iemand hem aansprak. En zoals gewoonlijk excuseerde hij zich als de gasten Nila vroegen om poëzie voor te dragen.

Dat was veruit mijn favoriete deel van de avond. Als ze begon, zorgde ik ervoor een taak te hebben die me in haar buurt hield. Dan stond ik daar aan de grond genageld, met een doek in mijn handen, en ik deed alle moeite het goed te horen. Nila's gedichten leken totaal niet op de gedichten waarmee ik was opgegroeid. Zoals u weet, houden wij Afghanen erg van onze poëzie; zelfs de minst ontwikkelde mensen onder ons kunnen verzen van Hafez of Khayyám of Saadi voordragen. Weet u nog, meneer Markos, dat u me vorig jaar vertelde hoeveel u van de Afghanen hield? En ik vroeg u waarom, en u zei lachend: *Omdat zelfs jullie graffitikunstenaars nog regels van Rumi op de muren sprayen.*

Maar de gedichten van Nila tartten de traditie. Ze volgden niet een bepaald metrum of een rijmschema. En ze gingen ook niet over de gewone dingen, bomen en lentebloesems en nachtegalen. Nila schreef over de liefde, en met liefde bedoel ik niet de soefihunkering van Rumi of Hafez, maar lichamelijke liefde. Zij schreef over geliefden die op hun kussens lagen te fluisteren en elkaar aanraakten. Ze schreef over genot. Ik had zo'n taal nog nooit van een vrouw gehoord. Daar stond ik dan met gesloten ogen en rode oortjes te luisteren hoe Nila's rokerige stem door de hal zweefde, en ik fantaseerde dat ze mij voorlas, dat *wij* de geliefden in het gedicht waren, totdat iemand om thee of gebakken eieren riep en mijn ban brak, en dan riep Nila altijd mijn naam en haastte ik me.

Die avond was ik totaal niet voorbereid op het gedicht dat ze had gekozen om voor te lezen. Het ging over een man en een vrouw in een dorp, die rouwden om de dood van het kind dat ze door de koude winter hadden verloren. De gasten leken het gedicht mooi te vinden als ik afging op de knikjes en het goedkeurende gemompel in het vertrek en op hun warme applaus toen Nila van het papier opkeek. Toch voelde ik enige verbazing en teleurstelling dat ze het ongeluk van mijn zus had gebruikt om haar gasten te vermaken, en ik raakte het gevoel niet kwijt dat ze op de een of andere manier verraad had gepleegd.

Een paar dagen na het feest zei Nila dat ze nodig een nieuw tasje moest hebben. Meneer Wahdati zat de krant te lezen aan de tafel waar ik hem een lunch van linzensoep en naan had geserveerd.

'Heb jij nog iets nodig, Suleiman?' vroeg Nila.

'Nee, *aziz*. Dank je,' zei hij. Voor zover ik hoorde, sprak hij haar zelden anders aan dan met 'aziz', wat 'liefje' of 'schat' betekent, en toch leek het paar nooit verder van elkaar verwijderd dan als hij dat zei, en dat lieve woordje leek nooit zo stijf dan als het uit zijn mond kwam.

Op weg naar de winkel zei Nila dat ze een vriendin op wilde pikken en ze gaf me aanwijzingen hoe te rijden. Ik parkeerde langs de kant van de weg en zag haar over het trottoir lopen naar een huis van twee verdiepingen met roze muren. Eerst liet ik de motor stationair draaien, maar toen er vijf minuten waren verstreken en Nila nog niet terug was, zette ik de motor uit. Dat was maar goed ook, want pas twee uur later zag ik haar slanke figuurtje over de stoep aan komen zweven. Ik opende het achterportier en toen ze soepel instapte, rook ik naast haar eigen vertrouwde parfum een tweede geur, iets als van cederhout en misschien een vleugje gember, een aroma waarvan ik me kon herinneren dat ik het twee avonden eerder op het feestje had geroken.

'Ik heb niets moois gevonden,' zei Nila vanaf de achterbank, terwijl ze een nieuw laagje lippenstift opbracht.

Ze ving mijn vragende blik op in de achteruitkijkspiegel. Ze liet de lippenstift even zakken en staarde me van onder haar wimpers aan. 'Je hebt me naar twee verschillende winkels gebracht, maar ik kon nergens een tasje vinden dat me aanstond.'

Haar ogen hechtten zich aan de mijne in de spiegel en ze wachtte, en ik begreep dat ik in een geheim was ingewijd. Ze stelde mijn loyaliteit op de proef. Ze vroeg me te kiezen.

'Ik denk dat u zelfs in drie winkels bent geweest,' zei ik week.

Ze glimlachte. '*Parfois je pense que tu es mon seul ami, Nabi.*'

Ik knipperde met mijn ogen.

'Dat betekent: soms denk ik dat je mijn enige vriend bent.'

Ze lachte stralend naar me, maar dat kon mijn neerslachtigheid niet verlichten.

De rest van de dag deed ik mijn klusjes op halve snelheid en met slechts een deel van mijn gebruikelijke enthousiasme. Toen de mannen die avond op de thee kwamen, zong een van hen voor ons, maar zijn lied kon me niet opbeuren. Ik had het gevoel dat ik de man was die bedrogen was. En ik was er zeker van dat de macht die ze over me had eindelijk was gebroken.

Maar toen ik 's ochtends opstond, was die er weer, en vulde opnieuw mijn schuurtje, van de vloer tot aan het dak, hij sijpelde langs de muren en verzadigde de lucht die ik inademde, als wasem. Het had geen zin, meneer Markos.

*

Ik kan u niet vertellen wanneer het idee postvatte.

Misschien was het wel die winderige ochtend in de herfst waarop ik Nila thee bracht en voorovergebogen een stukje *roat*-cake afsneed, en via de radio in haar vensterbank een bericht te horen was dat de daaropvolgende winter van 1952 misschien nog wel strenger zou worden dan de vorige. Misschien was het ook eerder al, de dag dat ik haar naar het huis met de roze muren had gebracht, of misschien nog eerder, die keer dat ik in de auto haar hand had vastgehouden en zij zat te snikken.

Wanneer het ook is geweest, toen het idee in mij was geboren, kreeg ik het niet meer uit mijn hoofd.

Staat u me toe op te merken, meneer Markos, dat ik aanvankelijk vanuit een voornamelijk zuiver geweten handelde, en vanuit de overtuiging dat mijn voorstel voortkwam uit welwillendheid en oprechte bedoelingen. Iets wat, hoe pijnlijk ook op de korte termijn, voor alle betrokkenen zou leiden naar een groter goed op de lange termijn. Maar ik had ook minder eerbare, zelfzuchtige motieven. Het belangrijkste motief was dit: ik zou Nila iets geven wat geen andere man haar kon geven – niet haar echtgenoot en ook niet de eigenaar van dat grote roze huis.

Ik heb eerst met Saboor gepraat. Te mijner verdediging moet ik zeggen dat als ik had gedacht dat Saboor geld van mij zou accepteren ik het hem graag zou hebben gegeven, in plaats van dat voorstel te doen. Ik wist dat hij geld nodig had, want hij had me verteld dat hij moeilijk werk kon vinden. Ik zou meneer Wahdati om een voorschot op mijn salaris hebben gevraagd, zodat Saboor met zijn gezin de winter door zou komen. Maar net als velen van mijn landgenoten leed Saboor aan de kwaal van de trots, een kwaal die zowel rampzalig als hardnekkig is. Toen hij met Parwana trouwde, maakte hij zelfs een eind aan de kleine bedragen die ik haar deed toekomen. Hij was een man, en hij wou zelf voor zijn gezin zorgen. Met die instelling is hij gestorven toen hij nog geen veertig was, op een dag zakte hij in elkaar toen hij ergens in de buurt van Baghlan suikerbieten aan het oogsten was. Ik hoorde dat hij overleed met de bietenvork nog in zijn handen, die bloedden van de blaren.

Ik was geen vader en ik wil dus niet de valse indruk wekken dat ik de kwellende overwegingen begreep die tot Saboors beslissing hebben geleid. En ik was ook niet betrokken bij de discussies tussen de Wahdati's. Toen ik het idee eenmaal aan Nila had verteld, vroeg ik haar alleen om in de discussies met meneer Wahdati te doen alsof het haar idee was, niet het mijne. Ik wist dat meneer Wahdati zich zou verzetten. Ik heb in hem nooit een spoor van enig vaderinstinct kunnen ontdekken. Ik heb zelfs weleens gedacht dat het feit dat Nila geen kinderen kon krijgen de doorslag gegeven had bij zijn beslissing om met haar te trouwen. Hoe dan ook, ik onttrok me aan de gespannen sfeer tussen die twee. Als ik 's avonds ging slapen, zag ik alleen maar de plotselinge tranen in Nila's ogen toen ik het haar voorstelde, en hoe ze mijn beide handen pakte en me dankbaar aankeek, met iets als liefde – daar was ik zeker van. Ik dacht alleen maar aan het feit dat ik haar een geschenk gaf dat mannen die in hun leven veel grotere verwachtingen konden koesteren dan ik, niet konden geven. Ik dacht er alleen maar aan hoe toegewijd ik haar was, en hoe gelukkig ik was dat ik haar van dienst kon zijn. En ik dacht, hoopte, dwaas genoeg uiteraard, dat ze me misschien zou gaan zien als iemand die meer was dan een bediende.

Toen meneer Wahdati uiteindelijk door de knieën ging – het verbaasde me niet, Nila was een vrouw met een formidabele wil – lichtte ik Saboor in en bood hem aan hem en Pari met de auto naar Kabul te brengen. Ik zal nooit helemaal begrijpen waarom hij ervoor koos samen met zijn dochter de weg vanuit Shadbagh te voet af te leggen. Of waarom hij toestond dat Abdullah meekwam. Misschien klampte hij zich vast aan de geringe hoeveelheid tijd die hij nog met zijn dochter kon doorbrengen. Misschien zocht hij een soort boetedoening in de ontberingen van de tocht. Of misschien was het zijn trots: Saboor zou niet in de auto stappen van de man die zijn dochter kocht. Maar ze kwamen ten slotte aan, met zijn drieën, onder het stof, wachtend bij de moskee, zoals afgesproken. Toen ik ze naar het huis van de Wahdati's reed, deed ik mijn best opgewekt te lijken ter wille van de kinderen, de kinderen die geen weet hadden van hun lot en van het verschrikkelijke tafereel dat spoedig zou volgen.

Het heeft niet veel zin om het tot in de details te gaan beschrijven, meneer Markos, het tafereel dat zich inderdaad precies zo afspeelde als ik had gevreesd. Maar al die jaren later voel ik mijn hart nog steeds verschrompelen als de herinnering eraan zich opdringt. Hoe kon het ook anders? Ik had die twee weerloze kinderen bij me, in wie een liefde van het simpelste en zuiverste soort leefde, en ik rukte ze uit elkaar. Ik zal nooit de overrompelende emotionele uitbarsting vergeten. Pari, die, toen ik snel met haar wegliep, over mijn schouders heen wilde gebaren maakte, in paniek was, met haar benen schopte, *Abollah, Abollah* gilde. Abdullah, die zijn zus bij haar naam riep en probeerde zich langs zijn vader te wurmen. Nila, die met wijd open ogen toekeek, beide handen voor haar mond, misschien om haar eigen gegil te onderdrukken. Ik ga eronder gebukt. Na al die tijd ga ik er nog steeds onder gebukt, meneer Markos.

*

Pari was in die dagen bijna vier jaar oud, maar ondanks haar jonge leeftijd waren er krachten in haar leven die nieuwe vorm moesten krijgen. Haar werd bijvoorbeeld verteld mij niet langer kaka Nabi te noemen, maar gewoon Nabi, en haar fouten werden vriendelijk gecorrigeerd, ook door mij, telkens weer, totdat ze ging geloven dat er geen verwantschap tussen ons bestond. Voor haar werd ik Nabi de kok en Nabi de chauffeur. Nila werd 'maman' en meneer Wahdati 'papa'. Nila ging haar Frans leren, dat haar eigen moedertaal was geweest.

De kille ontvangst van Pari door meneer Wahdati duurde maar even, en toen ontwapenden de angst van de kleine huilende Pari en haar heimwee hem, wellicht tot zijn eigen verbazing. Weldra ging Pari mee op onze ochtendwandeling. Meneer Wahdati zette haar in een wandelwagentje en duwde haar door de buurt. Of hij zette haar op zijn schoot achter het stuur van zijn auto en glimlachte geduldig als ze op de claxon drukte. Hij liet een timmerman voor Pari een bed op wieltjes maken met drie laden, een essenhouten kast voor speelgoed, en een kleine klerenkast. Hij liet alle meubels in Pari's kamer geel verven toen hij ontdekt had dat het haar favoriete kleur was. En op een dag trof ik hem in kleermakerszit aan voor de klerenkast, met Pari naast zich, terwijl hij met opmerkelijke vaardigheid giraffen en apen met lange staarten op de deuren schilderde. Het spreekt boekdelen over zijn natuur, meneer Markos, dat ik voor het eerst in al die jaren dat ik hem heb zien tekenen iets van zijn kunst onder ogen kreeg.

Een van de gevolgen van Pari's komst was dat het huishouden van de Wahdati's voor het eerst op een echt familieleven leek. Omdat Nila en haar man nu een band hadden door hun genegenheid voor Pari, aten ze altijd samen. Ze gingen met Pari in een park in de buurt wandelen en zaten tevreden naast elkaar op een bank naar haar te kijken als ze speelde. Als ik 's avonds na het afruimen van de tafel thee serveerde, las een van hen Pari soms voor uit een kinderboek, terwijl zij op hun schoot hing en elke dag meer vergat van haar vroegere leven in Shadbagh en de mensen daar.

Het andere gevolg van Pari's komst had ik niet voorzien:

ik verdween naar de achtergrond. Wees mild in uw oordeel, meneer Markos, en bedenk dat ik een jongeman was, maar ik geef toe dat ik hoop had gekoesterd, hoe dwaas ook. Ik was per slot van rekening degene geweest die ervoor had gezorgd dat Nila moeder was geworden. Ik had de bron van haar ongeluk blootgelegd en een tegengif geleverd. Dacht ik dan dat we nu minnaars zouden worden? Ik had graag gezegd dat ik niet zo dwaas was, meneer Markos, maar dat zou niet helemaal conform de waarheid zijn geweest – ik vrees dat de waarheid is dat we allemaal voor onszelf op iets buitengewoons zitten te wachten, hoe onwaarschijnlijk ook.

Wat ik niet had voorzien, was dat ik intussen wegkwijnde. Nila's tijd werd nu volledig in beslag genomen door Pari. Lessen, spelletjes, slaapjes, wandelingen, nog meer spelletjes. Aan onze dagelijkse gesprekken kwam een eind. Als zij met zijn beiden met blokken speelden of zaten te puzzelen, merkte Nila nauwelijks dat ik koffie had gebracht, dat ik nog in de kamer was en vlak bij haar stond. Als we wel praatten, leek ze afwezig, altijd eropuit het gesprek kort te houden. In de auto was haar gezichtsuitdrukking gereserveerd. Hoewel ik me ervoor schaam het te zeggen, geef ik toe dat ik een soort wrok koesterde jegens mijn nichtje.

Deel van de overeenkomst met de Wahdati's was dat de familie van Pari niet op bezoek mocht komen. Ze mochten helemaal geen contact met haar hebben. Ik reed op een dag naar Shadbagh, even nadat Pari bij de Wahdati's was gaan wonen. Ik had een cadeautje bij me voor Abdullah en voor het jongetje van mijn zus, Iqbal, die toen een peuter was.

Saboor zei bits: 'Je hebt je cadeautjes afgeleverd, je kunt weer vertrekken.'

Ik zei hem dat ik niet begreep waarom hij me zo koel ontving en zo'n norse houding aannam.

'Dat begrijp je wel,' zei hij. 'En je kunt maar beter niet meer bij ons op bezoek komen.'

Hij had gelijk, ik begreep het inderdaad. Er was een kilte

tussen ons gekomen. Mijn bezoek was ongemakkelijk geweest, gespannen, en zelfs ruzieachtig. Het voelde onnatuurlijk aan om bij elkaar thee te gaan zitten drinken en over het weer en de druivenoogst van dat jaar te praten. We deden alsof alles normaal was, Saboor en ik, en dat was niet langer zo. Wat de reden ook was, uiteindelijk was ik degene geweest die het gezin gebroken had. Saboor wilde me niet meer zien, en ik begreep dat. Ik stopte met mijn maandelijkse bezoekjes. Ik heb geen van hen ooit teruggezien.

*

Op een dag in de vroege lente van 1955, meneer Markos, veranderde het leven van ieder van ons binnen het huishouden voorgoed. Ik herinner me nog dat het regende. Geen gietende regen, waarvan kikkers gaan kwaken, maar gemiezer dat de hele ochtend af en aan was doorgegaan. Ik herinner het me omdat tuinman Zahid er was en weer lui rondhing, hij leunde op een hark en zei dat het weer eens een dag was die verknald werd door het vieze weer. Ik stond op het punt naar mijn huisje te gaan, al was het alleen maar om aan zijn gewauwel te ontsnappen, toen ik Nila vanuit het huis mijn naam hoorde gillen.

Ik rende door de tuin naar het huis. Haar stem kwam van boven, uit de richting van de grootste slaapkamer.

Ik trof Nila aan in een hoek van die kamer, met haar rug tegen de muur, haar hand voor haar mond. 'Er is iets mis met hem,' zei ze, terwijl ze haar hand voor haar mond bleef houden.

Meneer Wahdati zat in een wit onderhemd op het bed. Er kwamen vreemde keelklanken uit zijn mond. Zijn gezicht was bleek en vertrokken, zijn haar zat in de war. Hij probeerde herhaaldelijk, zonder succes, iets met zijn rechterarm te doen, en ik zag tot mijn schrik dat er spuug uit de hoek van zijn mond liep.

'Nabi! Doe iets!'

Pari, die toen zes was, was de kamer binnengekomen, ze holde meteen naar meneer Wahdati en begon aan zijn onderhemd te trekken. 'Papa? Papa?' Hij keek naar haar met wijd open ogen, terwijl zijn mond open- en dichtging. Ze begon te gillen.

Ik pakte haar snel op en gaf haar aan Nila. Ik zei tegen Nila dat ze het kind mee moest nemen naar een andere kamer, omdat ze haar vader beter niet in deze toestand kon zien. Nila knipperde met haar ogen, alsof ze bijkwam uit een trance, en keek van mij naar Pari, voordat ze haar van mij overnam. Ze bleef me maar vragen wat er met haar man aan de hand was. Ze bleef maar zeggen dat ik iets moest doen.

Ik riep Zahid vanuit het raam, en voor één keer bewees de nietsnut dat hij nog ergens goed voor was. Hij hielp me om meneer Wahdati een pyjamabroek aan te trekken. We tilden hem uit bed, droegen hem de trap af, en legden hem op de achterbank van de auto. Nila ging naast hem zitten. Ik zei tegen Zahid dat hij moest blijven en op Pari moest passen. Hij wilde protesteren, en ik gaf hem een harde klap om zijn oren. Ik zei tegen hem dat hij een ezel was, hij moest doen wat ik zei.

En ik reed achteruit de oprit af en scheurde weg.

Het duurde twee volle weken voor we meneer Wahdati weer naar huis brachten. Chaos was het gevolg. Familie kwam met hordes tegelijk het huis binnenvallen. Ik zette thee en kookte bijna vierentwintig uur per dag voor oom, nicht, oude tante. De hele dag door rinkelde de poortbel, tikten er hakken op het marmer van de woonkamer en klonk er gefluister in de hal als er mensen binnenkwamen. De meesten van hen had ik zelden in het huis gezien, en ik begreep dat ze meer hun gezicht lieten zien uit respect voor de bazige moeder van meneer Wahdati dan om de zieke man te bezoeken die eenzaam in zijn bed lag en met wie ze slechts oppervlakkig contact hadden. Zij kwam natuurlijk ook vaak, zijn moeder, maar niet met haar honden, godzijdank. Ze kwam het huis binnen met een zakdoek in elke hand om haar rode ogen en lopende neus te drogen. Ze ging naast het bed zitten huilen. Ze ging altijd in het zwart gekleed, wat ik weerzinwekkend vond, alsof haar zoon al dood was.

En dat was hij in zekere zin ook. Althans de oude versie van hem. De helft van zijn gezicht was nu een masker. Zijn benen dienden bijna nergens meer toe. Zijn linkerarm kon hij nog wel bewegen, maar de rechter was alleen bot en slap vlees. Hij uitte een schor gegrom en gekreun waar niemand wijs uit kon worden.

De dokter vertelde dat meneer Wahdati net als voor zijn beroerte emoties kende en dat hij de dingen wel begreep, maar wat hij niet kon, althans voorlopig niet, was dingen doen als vervolg op wat hij voelde en begreep.

Maar dat was niet helemaal waar. Na de eerste week of zo kon hij wel zijn gevoelens duidelijk maken over bezoekers, inclusief zijn moeder. Zelfs bij die extreme ziekte was hij een fundamenteel solitaire persoon. En hij kon niets met hun medelijden, hun treurige blikken, al dat wanhopig schudden van het hoofd bij het zien van de stakker die hij was geworden. Als ze zijn kamer binnenkwamen, maakte hij met zijn nog functionerende arm een kwaad wegwerpgebaar. Als ze tegen hem spraken, wendde hij zijn hoofd af. Als ze naast hem zaten, graaide hij grommend in het laken en sloeg zijn vuist tegen zijn zij, totdat ze vertrokken waren. Bij Pari was zijn afwijzing niet geringer, maar wel vriendelijker. Ze kwam met haar poppen naast zijn bed spelen, en hij keek me smekend met waterige ogen en trillende kin aan, tot ik haar meenam de kamer uit – hij probeerde niet met haar te praten, want hij wist dat zijn manier van praten haar van streek maakte.

De grote exodus van bezoekers kwam als een opluchting voor Nila. Als het hele huis vol was van mensen, trok Nila zich met Pari terug in Pari's slaapkamer, zeer tot ongenoegen van haar schoonmoeder, die ongetwijfeld – en wie zou het haar kwalijk nemen – verwachtte dat zij aan de zijde van haar zoon zou blijven, al was het alleen maar om de schijn op te houden. Natuurlijk had Nila lak aan die schijn en aan wat er over haar zou kunnen worden gezegd. En er kon veel worden gezegd. 'Wat is dat voor vrouw?' hoorde ik de schoonmoeder meer dan eens uitroepen. Ze klaagde tegenover iedereen die het wilde horen dat Nila harteloos was en haar ziel een gapend gat. Waar was ze, nu haar echtgenoot haar nodig had? Welke vrouw liet haar trouwe, liefhebbende man in de steek?

Er zat natuurlijk wel een grond van waarheid in de woorden van de oude vrouw. Ik was degene die het meest trouw naast het bed van meneer Wahdati te vinden was, ik gaf hem zijn pillen en groette de mensen die de kamer binnenkwamen. Ik was degene met wie de dokter het meeste sprak en ik was dus degene, en niet Nila, die de mensen op de hoogte bracht van het laatste nieuws over de toestand van meneer Wahdati.

De afwijzing van bezoekers door meneer Wahdati bevrijdde Nila van het ene ongemak, maar confronteerde haar met een ander. Door zich achter een gesloten deur schuil te houden in Pari's kamer, had ze zich niet alleen op afstand gehouden van haar onaangename schoonmoeder, maar ook van het zielige hoopje dat haar man geworden was. Nu er geen bezoekers meer kwamen, werd ze geconfronteerd met haar echtelijke verplichtingen, waarvoor ze bij uitstek ongeschikt was.

Ze kon ze niet aan.

En ze deed dus niets.

Ik zeg niet dat ze wreed of gevoelloos was. Ik leef al heel lang, meneer Markos, en een van de dingen die ik heb geleerd is dat iemand baat heeft bij een zekere mate van nederigheid en naastenliefde als hij de werking van andermans hart wil beoordelen. Wat ik wil zeggen is dat ik op een dag de kamer van meneer Wahdati binnenliep en dat Nila op zijn buik lag te snikken, terwijl ze nog steeds een lepel in haar hand hield.

Fijngeprakte linzen-*daal* droop van zijn kin op het slabbetje dat om zijn nek was geknoopt.

'Laat mij het maar doen, bibi sahib,' zei ik vriendelijk. Ik nam de lepel uit haar hand, veegde zijn mond schoon en begon hem te eten te geven, maar hij kreunde, kneep zijn ogen dicht en draaide zijn hoofd af.

Niet veel later zeulde ik een paar koffers de trap af en gaf ze aan een chauffeur, die ze verstouwde in de kofferbak van zijn auto, waarvan de motor nog aan stond. Ik hielp Pari, die haar favoriete gele jas droeg, op de achterbank.

'Nabi, kom je ons met papa in Parijs opzoeken, zoals maman heeft beloofd?' vroeg ze, en ze glimlachte, waarbij ze haar uiteenstaande tanden liet zien.

Ik zei haar dat ik dat zeker zou doen, zodra haar vader zich beter zou voelen. Ik drukte een kus op haar beide kleine handen. 'Bibi Pari, ik wens je alle goeds en veel geluk,' zei ik.

Ik kwam Nila tegen bij de voordeur, ze had dikke ogen en haar eyeliner was uitgelopen. Ze was in de kamer van meneer Wahdati geweest om afscheid te nemen.

Ik vroeg haar hoe het met hem ging.

'Opgelucht, denk ik,' zei ze, en toen voegde ze eraan toe: 'Al is dat misschien alleen maar mijn wens.' Ze sloot de ritssluiting van haar tasje en hing het aan haar schouder.

'Vertel maar niemand waar ik naartoe ga. Dat is het beste.'

Ik beloofde haar dat niet te doen.

Ze zei me dat ze me snel zou schrijven. Ze keek me langdurig in de ogen en ik meende echte genegenheid te zien. Ze raakte mijn gezicht aan met de palm van haar hand.

'Ik ben blij, Nabi, dat jij bij hem blijft.'

Ze kwam dichterbij en omhelsde me, haar wang tegen de mijne. Mijn neus vulde zich met de geur van haar haren, haar parfum.

'Jij was het, Nabi,' zei ze in mijn oor. 'Jij bent het altijd geweest. Heb je dat nooit geweten?'

Ik begreep het niet. Ze maakte zich los van me voordat ik

het haar kon vragen. Met haar hoofd omlaag haastte ze zich de oprit af, waarbij de hakken van haar laarzen op het asfalt tikten. Ze gleed op de achterbank naast Pari, keek nog eenmaal naar mij om en drukte haar hand tegen het glas. Haar hand, wit achter het raam, was het laatste wat ik van haar zag toen de auto wegreed.

Ik keek haar na en wachtte tot de auto om de hoek van de straat was verdwenen, voordat ik de poort sloot. Ik leunde ertegenaan en huilde als een kind.

❋

Ondanks de wens van meneer Wahdati druppelden soms nog bezoekers binnen, althans nog een tijdje. Uiteindelijk kwam alleen zijn moeder hem nog bezoeken. Ze kwam eenmaal per week of zo. Ze knipte met haar vingers in mijn richting en ik trok een stoel voor haar dichterbij, en ze was er nog niet in geploft of ze begon aan een monoloog, een tirade tegen zijn vrouw, die haar hielen had gelicht. Ze was een hoer. Een leugenaarster. Een zuipster. Een lafaard die God weet waar naartoe was gegaan, terwijl haar man haar meer dan ooit nodig had. Meneer Wahdati verdroeg het in stilte, hij keek zonder enige emotie over haar schouder naar het raam. Daarna volgde er een onstuitbare stroom berichten en laatste nieuwtjes, de meeste zo banaal dat ze lichamelijke pijn veroorzaakten. Een nicht die ruzie had gemaakt met zijn zus, omdat de zus het lef had gehad dezelfde salontafel te kopen als zij had. Die en die had afgelopen vrijdag een lekke band gekregen op weg van Paghman naar huis. En die en die had een nieuw kapsel. Enzovoort enzovoort. Af en toe gromde meneer Wahdati iets, en zijn moeder wendde zich dan tot mij.

'Hé, jij daar. Wat zei hij?' Zo sprak ze me altijd aan, kortaf en ruw.

Omdat ik min of meer de hele dag bij hem was, begon ik

langzaam het raadsel van zijn spraak te ontcijferen. Ik boog me over hem heen, en wat voor anderen een onbegrijpelijk gebrom en gemompel was, herkende ik als een vraag om water of om de ondersteek, of als een verzoek om te worden omgedraaid. Ik was feitelijk zijn tolk geworden.

'Uw zoon zegt dat hij wil slapen.'

De oude vrouw zuchtte dan en zei dat het best was, ze moest toch al weg. Ze boog zich over haar zoon, kuste zijn voorhoofd en beloofde snel weer langs te komen. Als ik haar naar de poort had gebracht, waar haar chauffeur op haar wachtte, ging ik terug naar de kamer van meneer Wahdati en nam plaats op een krukje naast zijn bed, en we genoten samen van de stilte. Soms ving zijn blik de mijne en schudde hij zijn hoofd en glimlachte met zijn vertrokken gezicht.

Omdat ik nu veel minder werk had dan waarvoor ik was ingehuurd – ik ging met de auto maar een- of tweemaal per week boodschappen doen en ik hoefde maar voor twee mensen te koken – had het volgens mij weinig zin de andere bedienden te betalen voor werk dat ik zelf wel kon verrichten. Ik vertelde dit aan meneer Wahdati en hij maakte een beweging met zijn hand. Ik boog me naar hem over.

'Dan moet je veel te hard werken.'

'Nee, sahib, ik doe het graag.'

Hij vroeg of ik het zeker wist, en ik bevestigde dat.

Zijn ogen werden vochtig en zijn vingers sloten zich zwakjes om mijn pols. Hij was de meest stoïcijnse man geweest die ik ooit was tegengekomen, maar sinds zijn beroerte raakte hij door de triviaalste dingen geprikkeld of ongerust of sentimenteel.

'Nabi, luister.'

'Ja, sahib.'

'Betaal jezelf zo veel salaris als je wilt.'

Ik vertelde hem dat het niet nodig was daarover te praten.

'Je weet waar mijn geld ligt.'

'Ga maar slapen, sahib.'

'Het kan me niet schelen hoeveel.'

Ik zei dat ik van plan was shorwa-soep voor hem te maken. 'Klinkt dat goed, shorwa? Ik heb er zelf wel zin in. En u?'

Ik maakte een eind aan de avondbijeenkomsten met de andere arbeiders. Het kon me niet meer schelen wat ze van mij dachten; ik zou hen niet meer naar Wahdati's huis laten komen om zich op zijn kosten te vermaken. Ik had het grote genoegen Zahid te kunnen ontslaan. Ik stuurde ook de Hazara-vrouw die de was deed de laan uit. Ik deed nu zelf de was en hing die aan de waslijn te drogen; ik besteedde aandacht aan de bomen, snoeide de struiken, maaide het gras, en plantte nieuwe bloemen en groente. Ik onderhield het huis, verving roestige leidingen, repareerde lekke emmers, boende de vloeren, lapte de ramen, sloeg het stof uit de gordijnen en klopte de vloerkleden uit.

Op een dag was ik in de kamer van meneer Wahdati bezig spinnenwebben te verjagen, terwijl hij lag te slapen. Het was zomer, en het was snikheet en droog. Ik had alle dekens en lakens van meneer Wahdati afgehaald en de pijpen van zijn pyjamabroek opgerold. Ik had de ramen opengezet en de ventilator aan het plafond draaide knarsend in het rond, maar het hielp niet veel; de hitte kwam van alle kanten binnen.

Er stond een grote kast in de kamer, die ik al langer had willen schoonmaken, en ik besloot het die dag te gaan doen. Ik schoof de deuren open en begon met de kostuums, die ik stuk voor stuk afstofte, hoewel ik wel zag dat meneer Wahdati zeer waarschijnlijk geen ervan ooit nog zou dragen. Er lagen stapels boeken waar zich stof op had verzameld, en ook die stofte ik af. Ik poetste zijn schoenen met een doekje en zette ze netjes in een rij naast elkaar. Ik trof een grote kartonnen doos aan, die nagenoeg aan het zicht onttrokken was door de lange winterjassen die erboven hingen. Ik trok hem naar me toe en opende hem. De doos zat vol oude schetsboeken van meneer Wahdati, allemaal keurig op elkaar gelegd, elk een triest overblijfsel van zijn vroegere leven.

Ik nam het bovenste schetsboek en sloeg het op een willekeurige pagina open. Mijn knieën begonnen te knikken. Ik bladerde het hele schetsboek door. Ik legde het neer en pakte een ander, en nog een, en nog een, en nog een. De bladzijden wapperden voor mijn ogen, elke bladzijde zorgde voor een beetje koelte in mijn gezicht, en elke bladzijde had hetzelfde onderwerp, getekend met houtskool. Op de ene pagina maakte ik het spatbord van de auto schoon, gezien vanuit de hoge slaapkamer op de eerste verdieping. Op de andere leunde ik op de schop bij de veranda. Ik kon me op die bladzijden aantreffen terwijl ik de veters van mijn schoenen knoopte, een tukje deed, hout hakte, thee schonk, bad, of de struiken sproeide. Op weer een andere tekening stond de auto geparkeerd langs de oevers van het Ghargha-meer met mij achter het stuur, raampje open, mijn arm leunend op het portier, een vaag getekende figuur op de achterbank, vogels die erboven cirkelden.

Jij was het, Nabi.

Jij bent het altijd geweest.

Heb je dat nooit geweten?

Ik keek naar meneer Wahdati. Hij lag op zijn zij, diep in slaap. Ik legde de schetsboeken zorgvuldig terug in de doos, sloot hem en duwde hem terug in de hoek onder de winterjassen. Ik verliet de kamer en sloot de deur zachtjes om hem niet te wekken. Ik liep de halfduistere gang door, de trap af. Ik ging de hitte van die zomerse dag in, over de oprit, duwde de poort open, beende de straat uit, sloeg de hoek om en bleef lopen zonder achterom te kijken.

Hoe kon ik bij hem in dienst blijven, vroeg ik me af. Ik walgde niet van de ontdekking die ik had gedaan, en ik was ook niet gevleid, meneer Markos, maar ik was wel degelijk van streek. Ik probeerde me voor te stellen hoe ik kon blijven, wetende wat ik nu wist. Wat ik in de doos had gevonden, wierp een schaduw over alles. Zoiets kon niet worden genegeerd en terzijde geschoven. Maar hoe kon ik weggaan, terwijl hij in zo'n hulpeloze toestand verkeerde? Dat kon ik niet, ik moest eerst iemand vinden die mijn taak naar behoren kon overnemen. Dat was wel het minste wat ik meneer Wahdati verschuldigd was, want hij was altijd goed voor me geweest, terwijl ik aan de andere kant achter zijn rug om de gunsten van zijn vrouw had trachten te winnen.

Ik liep naar de eetkamer en ging met gesloten ogen aan de glazen tafel zitten. Ik kan niet zeggen, meneer Markos, hoe lang ik daar roerloos gezeten heb, maar op zeker moment hoorde ik boven enige geluiden, ik knipperde met mijn ogen en zag dat het licht veranderd was, en toen stond ik op om thee te maken.

*

Op een dag liep ik naar boven, naar zijn kamer en vertelde hem dat ik een verrassing had. Het was ergens aan het eind van de jaren vijftig, lang voordat de televisie haar intrede had gedaan in Kabul. Hij en ik doodden de tijd met kaarten, en de laatste tijd met schaken, dat hij me had bijgebracht en waarvoor ik wel enig talent had. We besteedden ook heel wat tijd aan lessen in lezen. Hij bleek een geduldige leraar te zijn. Hij sloot zijn ogen als hij naar me luisterde en schudde vriendelijk zijn hoofd als ik een fout maakte. *Opnieuw*, zei hij dan. Zijn spraak was in de loop van de tijd behoorlijk verbeterd. *Opnieuw lezen, Nabi.* Toen hij me in 1947 in dienst nam, kon ik min of meer lezen en schrijven, dankzij mullah Shekib, maar het kwam door Suleimans privélessen dat mijn lezen er flink op vooruitging, en als gevolg daarvan ook mijn schrijven. Hij deed het natuurlijk om me te helpen, maar er zat ook een element van eigenbelang in zijn lessen, want nu kon ik hem boeken voorlezen waarvan hij hield – hij had ze natuurlijk zelf kunnen lezen, maar hij werd altijd snel moe.

Als ik druk was met een karweitje en niet bij hem kon zijn,

had hij niet veel om zichzelf mee bezig te houden. Hij luisterde naar platen. Soms moest hij zich tevreden stellen met het uitzicht uit het raam, met vogels die waren neergestreken in de bomen, met de hemel en de wolken, met luisteren naar de spelende kinderen op straat, de fruitverkopers die hun ezels voortdreven, terwijl ze riepen: *Kersen! Verse kersen!*

Toen ik hem van die verrassing vertelde, vroeg hij me wat het was. Ik schoof mijn arm onder zijn nek door en zei dat we eerst naar beneden zouden gaan. In die dagen kostte het me weinig moeite hem te dragen, want ik was nog jong en sterk. Ik tilde hem met gemak op en droeg hem naar de woonkamer, waar ik hem voorzichtig neerlegde op de bank.

'Nou?' zei hij.

Ik duwde de rolstoel vanuit de hal de kamer in. Ruim een jaar had ik druk op hem uitgeoefend er een te nemen, maar hij had koppig geweigerd. Ik had nu het initiatief genomen en er gewoon een gekocht. Hij schudde meteen zijn hoofd.

'Is het vanwege de buren?' zei ik. 'Voelt u zich ongemakkelijk bij wat de mensen zullen zeggen?'

Hij vroeg me hem weer naar boven te brengen.

'Het kan mij geen donder schelen wat de buren denken of zeggen,' zei ik. 'We gaan vandaag dus een wandelingetje maken. Het is een prachtige dag en we gaan een wandelingetje maken, u en ik, en daarmee basta. Want als we af en toe niet het huis uit gaan, word ik gek, en wat moet er van u terechtkomen als ik krankzinnig zou worden? En echt, Suleiman, nu even stoppen met huilen. U lijkt wel een oud wijf.'

Nu huilde *en* lachte hij tegelijkertijd, maar hij zei nog steeds nee, nee, zelfs toen ik hem optilde, in de rolstoel zette, een deken over zijn knieën legde en hem door de voordeur naar buiten duwde.

Ik moet hier wel vermelden dat ik in eerste instantie wel naar een vervanger voor mezelf had gezocht. Dat had ik Suleiman niet verteld; ik dacht dat het beter was eerst de juiste persoon te vinden en hem dan het nieuws te vertellen.

Er kwamen ook wel mensen om te zien wat voor werk het was. Ik ontmoette hen buitenshuis, om geen verdenking te wekken bij Suleiman. Maar de zoektocht bleek aanzienlijk ingewikkelder dan verwacht. Sommige kandidaten waren uit hetzelfde hout gesneden als Zahid, en die stuurde ik meteen weg – omdat ik een levenslange ervaring met dat soort mensen heb, wist ik snel wat voor vlees ik in de kuip had. Anderen konden niet koken, want Suleiman was pietluttig als het om eten ging, zoals ik al eerder heb gezegd. Of ze konden niet autorijden. Velen van hen konden niet lezen, wat een serieuze belemmering was, nu ik Suleiman altijd in de namiddag voorlas. Enkelen van hen vond ik ongeduldig, een ander schoot ernstig tekort in de verzorging van Suleiman, die onuitstaanbaar kon zijn en soms humeurig als een kind. Van weer anderen vond ik dat ze niet het noodzakelijke temperament hadden voor de moeilijke taken die moesten worden uitgevoerd.

Drie jaar later was ik er nog steeds en ik zei nog steeds bij mezelf dat ik weg wilde zodra ik er zeker van was dat het lot van Suleiman in handen lag van iemand die ik kon vertrouwen. Drie jaar later was ik nog steeds degene die elke dag zijn lichaam waste met een nat washandje, zijn haar en zijn nagels knipte en zijn gezicht schoor. Ik gaf hem te eten en hielp hem op de ondersteek en ik veegde hem schoon zoals je dat bij een peuter doet, en ik waste de vuile luiers die ik hem had omgedaan. In die tijd hadden we tussen ons beiden een ongesproken taal ontwikkeld, voortkomend uit familiariteit en routine, en er was onvermijdelijk iets van een vroeger ondenkbare ongedwongenheid in onze relatie geslopen.

Toen ik hem zover had dat hij instemde met de rolstoel werd de oude gewoonte van de ochtendwandeling hersteld. Ik reed hem in zijn rolstoel het huis uit en liep de straat af, en we zeiden de buren gedag als we ze passeerden. Een van hen was meneer Bashiri, een jongen die net afgestudeerd was aan de universiteit van Kabul en nu op het ministerie van Buitenlandse Zaken werkte. Hij, zijn broer en hun vrouwen waren verhuisd naar een groot huis van twee verdiepingen, drie huizen bij ons vandaan, aan de overkant van de straat. Soms liepen we hem tegen het lijf als hij 's ochtends met zijn auto naar het werk wilde gaan, en ik stopte altijd om een paar grapjes te maken. Ik duwde Suleiman vaak in zijn rolstoel naar het Shar-e-Nau-park en we zaten in de schaduw van de iepen naar het verkeer te kijken, taxichauffeurs die met hun vlakke hand de claxon indrukten, het rinkelen van fietsbellen, het balken van ezels, voetgangers die als zelfmoordenaars voor bussen langs schoten. Suleiman en ik werden een vertrouwde aanblik in de straten in de omgeving en in het park. Op de terugweg voerden we vaak opgewekte gesprekken met krantenverkopers en slagers of wisselden geanimeerd een paar woorden met jonge verkeersagenten. We maakten grappen met taxichauffeurs die tegen hun spatborden geleund op passagiers wachtten.

Soms zette ik hem op de achterbank van de Chevrolet, borg de rolstoel op in de kofferbak en reed met de oude auto naar Paghman, waar ik altijd een mooi groen weilandje en een bruisend beekje vond in de schaduw van een paar bomen. Na de lunch probeerde hij wat te tekenen, maar dat was een moeizame onderneming, want de beroerte had zijn rechterhand aangetast. Maar met zijn linkerhand slaagde hij erin om bomen en heuvels en bosjes wilde bloemen na te tekenen en hij deed het veel kundiger dan ik het als gezonde man kon. Na een tijdje sukkelde Suleiman vermoeid in slaap en gleed het potlood uit zijn hand. Ik bedekte zijn benen met een deken en ging naast de stoel op het gras liggen. Ik luisterde naar het briesje dat door de bomen ging, en staarde naar de hemel, waar wolken voorbijgleden.

Vroeg of laat gingen mijn gedachten steeds uit naar Nila, die nu een heel continent van me verwijderd was. Ik stelde me haar zachtglanzende haar voor, de manier waarop ze met haar voet kon zitten wippen, de sandaal die tegen haar hiel sloeg, terwijl haar sigaret zachtjes knetterde. Ik dacht aan de curve van haar rug en de zwelling van haar borsten. Ik hunkerde ernaar bij haar te zijn, te zwelgen in haar geur, de vertrouwde opwinding te voelen als ze mijn hand aanraakte. Ze had beloofd me te schrijven, en hoewel er jaren waren verstreken en ze me waarschijnlijk volkomen was vergeten, kan ik nu niet liegen en ontkennen dat ik hoop voelde opvlammen telkens als er in het huis een brief werd bezorgd.

Op een dag zat ik in Paghman op het gras een schaakstelling te bekijken. Dat was jaren later, in 1968, het jaar waarin de moeder van Suleiman overleed, en ook het jaar waarin zowel meneer Bashiri als zijn broer vader werd, ze kregen allebei een zoontje dat ze respectievelijk Idris en Timur noemden. Ik zag de kleine baby's in hun wandelwagens, als hun moeders hen meenamen voor een wandelingetje door de buurt. We waren die dag aan een partijtje begonnen voordat hij was ingesluimerd, en ik probeerde een manier te vinden om mijn positie te verbeteren na zijn agressieve openingsgambiet, toen hij zei: 'Vertel eens, Nabi, hoe oud ben je?'

'Nou, ouder dan veertig,' zei ik. 'Dat weet ik wel.'

'Je moest eens aan trouwen gaan denken,' zei hij. 'Voor je lelijk wordt. Je wordt al grijs.'

We glimlachten naar elkaar. Ik vertelde hem dat mijn zus Masooma dat ook altijd tegen me zei.

Hij vroeg me of ik me nog de dag kon herinneren, in 1947, eenentwintig jaar geleden, dat hij me in dienst had genomen.

Natuurlijk kon ik dat. Ik was ongelukkig geweest in mijn werk als hulpkok in een huis niet ver van de villa van meneer Wahdati. Toen ik hoorde dat hij een kok zocht – zijn eigen kok was getrouwd en verhuisd – was ik op een middag gewoon naar zijn huis gegaan en had bij de poort aangebeld.

'Je was een bar slechte kok,' zei Suleiman. 'Nu verricht je wonderen, Nabi, maar die eerste maaltijd? Mijn god. En de eerste keer dat je in mijn auto reed dacht ik dat ik een rolberoerte zou krijgen.' Hij pauzeerde even en gniffelde, verbaasd over zijn eigen onbedoelde grap.

Dat kwam als een volslagen verrassing voor mij, meneer Markos, het was echt een schok, want Suleiman had nooit ook maar één klacht geuit over mijn koken of mijn rijden. 'Waarom hebt u me dan in dienst genomen?' vroeg ik.

Hij wendde zijn gezicht naar me toe. 'Omdat je aan kwam lopen en ik bij mezelf dacht dat ik nog nooit iemand had gezien die zo mooi was.'

Ik sloeg mijn ogen neer en keek naar het schaakbord.

'Toen we elkaar voor het eerst zagen, wist ik dat jij en ik niet hetzelfde waren, dat wat ik wilde iets onmogelijks was. Maar we gingen steeds wandelen en ritjes met de auto maken, en ik zal niet zeggen dat het genoeg voor me was, maar het was beter dan helemaal niet bij je te zijn. Ik leerde genoegen te nemen met je nabijheid.' Hij pauzeerde even en zei toen: 'En ik denk dat je wel iets begrijpt van wat ik je nu vertel, Nabi. Ik weet het wel zeker.'

Ik kreeg het niet voor elkaar mijn ogen op te slaan om in die van hem te kijken.

'Ik moet je vertellen, al is het alleen maar deze ene keer, dat ik al heel, heel lang van je houd, Nabi. Word alsjeblieft niet kwaad.'

Ik schudde mijn hoofd. Minutenlang zei geen van ons beiden een woord. Wat hij had gezegd, hing tussen ons in, de pijn van een onderdrukt leven, van een geluk dat nooit gekomen was.

'En ik vertel je dit nu,' zei hij, 'om je te laten begrijpen waarom ik wil dat je weggaat. Ga een vrouw zoeken. Begin een gezin, Nabi, net als iedereen. Het kan nu nog.'

'Nou,' zei ik ten slotte in een poging de spanning te breken, 'wie weet doe ik dat een dezer dagen wel. Daar zult u nog spijt van krijgen. En ook de arme drommel die uw luiers moet wassen.'

'Jij bent altijd in voor een grapje.'

Ik keek naar een kever die vederlicht over een groengrijs blad kroop.

'Je hoeft niet om mij te blijven. Dat wil ik je nog even zeggen, Nabi. Je hoeft niet om mij te blijven.'

'U slaat zichzelf te hoog aan.'

'Weer een grapje,' zei hij vermoeid.

Ik zei niets, hoewel hij het bij het verkeerde eind had. Ik maakte geen grapje. Ik bleef niet langer omwille van hem. In het begin wel. Ik was aanvankelijk gebleven omdat Suleiman me nodig had, omdat hij volledig van mij afhankelijk was. Ik was ooit eerder bij iemand weggelopen die me nodig had gehad, en het berouw erover zal me tot in mijn graf achtervolgen. Dat kon ik niet nogmaals aan. Maar langzaam en haast onmerkbaar veranderden mijn motieven om te blijven. Ik kan u niet vertellen wanneer en hoe die verandering plaatsvond, meneer Markos, alleen dat ik nu om mijzelf bleef. Suleiman zei dat ik moest trouwen, maar als ik naar mijn leven keek, besefte ik dat ik alles al had wat mensen in een huwelijk zochten. Ik leidde een comfortabel bestaan, ik had gezelschap, en ik had een huis waarin ik altijd welkom was, waar ik geliefd was, en waar ik nodig was. De lichamelijke driften die ik als man had – en die had ik natuurlijk nog steeds, maar wel minder frequent en minder dringend nu ik ouder was – konden nog steeds bevredigd worden op de manier die ik eerder heb genoemd. Wat kinderen betreft: ik had nooit een sterke behoefte gevoeld om vader te worden, al had ik altijd van kinderen gehouden.

'Als je koppig wilt zijn en niet wilt trouwen,' zei Suleiman, 'dan heb ik een verzoek aan je. Maar op voorwaarde dat je het accepteert voor ik het vraag.'

Ik zei hem dat hij dat niet van me kon eisen.

'En toch doe ik het.'

Ik keek naar hem omhoog.

'Je kunt nee zeggen,' zei hij.

Hij kende me goed. Hij glimlachte gewiekst. Ik beloofde het hem en hij deed zijn verzoek.

❋

Wat kan ik u vertellen, meneer Markos, over de jaren die volgden? U bent goed op de hoogte van de recente geschiedenis van dit zwaar op de proef gestelde land. Ik hoef uw geheugen over die donkere dagen niet op te frissen. Ik ben al moe bij de gedachte erover te moeten schrijven, en het leed en de pijn van dit land is bovendien al voldoende beschreven, door pennen die veel geleerder en welbespraakter zijn dan die van mij.

Ik kan het in één woord samenvatten: oorlog. Of liever: oorlogen. Niet een, niet twee, maar vele oorlogen, grote en kleine, rechtvaardige en onrechtvaardige, oorlogen met telkens weer een andere rolverdeling tussen vermeende helden en schurken, en bij elke nieuwe held werd ons verlangen naar de ouwe schurk sterker. De namen veranderden, net als de gezichten, en ik kan ze allemaal wel uitkotsen vanwege de bomaanvallen, de raketten, de landmijnen, de sluipschutters, de kleingeestige vetes, de verkrachtingen, de plunderingen en de moorden. Ach. Genoeg. Die taak zou te groot en te onaangenaam zijn. Ik heb die dagen al aan den lijve meegemaakt, en ik wil ze daarom op deze bladzijden niet uitgebreider beschrijven dan nodig is. Het enige goede dat ik uit die tijd heb overgehouden, was een zekere rechtvaardiging van mijn gedrag jegens de kleine Pari – die op dat moment al moest zijn uitgegroeid tot een jonge vrouw. Het stelde mijn geweten gerust dat ze veilig was, ver van alle moordpartijen.

Zoals u weet, meneer Markos, waren de jaren tachtig in Kabul niet zo heel erg, want de meeste gevechten vonden plaats op het platteland. Toch was het de tijd van de exodus, en vele families uit onze buurt pakten hun spullen en vertrokken naar Pakistan of Iran, in de hoop zich later ergens in het Westen te kunnen vestigen. Ik kan me levendig de dag herinneren waarop meneer Bashiri afscheid van ons kwam nemen. Ik gaf hem een hand en wenste hem alle goeds. Ik nam ook afscheid van zijn zoon Idris, die was uitgegroeid tot een grote, slungelachtige jongen van veertien jaar oud met lange haren en wat perzikdons op zijn bovenlip. Ik zei tegen Idris dat ik het erg zou missen hem en zijn neefje Timur op straat vliegers te zien oplaten en voetbal te zien spelen – misschien herinnert u zich, meneer Markos, dat wij de neefjes vele jaren later weer zijn tegengekomen, toen het volwassen mannen waren, op een feestje dat u in de lente van 2003 gaf.

Het was in de jaren negentig dat de oorlog ook binnen de stadsgrenzen ging woeden. Kabul viel ten prooi aan mannen die eruitzagen alsof ze geboren waren met een kalasjnikov in hun hand, stuk voor stuk schurken, dieven met geweren en zelfgekozen pompeuze namen. Toen ze met de raketten begonnen, bleef Suleiman binnenshuis en wilde hij niet meer naar buiten. Vastberaden weigerde hij informatie tot zich te nemen over wat er buiten de muren van zijn huis gebeurde. Hij trok de stekker uit de televisie. Hij dankte de radio af. Kranten, daar had hij een broertje dood aan. Hij vroeg me niets te vertellen van wat ik op straat over de gevechten had gehoord. Hij wist amper wie wie aan het bestrijden was, wie er aan de winnende hand was en wie aan de verliezende hand, alsof hij hoopte dat door een hardnekkige ontkenning van de oorlog diezelfde oorlog hem een wederdienst zou bewijzen.

Natuurlijk deed de oorlog dat niet. De straat waar we woonden, eens zo rustig en ongerept en fraai, werd oorlogsgebied. Elk huis werd getroffen door kogels. Raketten gierden over. Granaten kwamen overal op straat terecht en sloegen kraters in het asfalt. 's Nachts vlogen er links en rechts lichtspoorkogels, tot aan de vroege ochtend. Er waren dagen dat we even respijt kregen, een paar uur stilte, en dan barstte het vuur weer los, schoten die van alle kanten kwamen, gillende mensen op straat.

Het was in die jaren, meneer Markos, dat het huis de schade opliep waarvan u voor het eerst in 2002 getuige bent geweest. Toegegeven, een deel ervan moet worden toegeschreven aan de tijd die zijn werk doet, en aan verwaarlozing – ik was toen al een oude man geworden en beschikte niet langer over de middelen om voor het huis te zorgen. De bomen waren toen al dood, ze hadden al jaren geen vrucht meer gedragen, het gazon was vergeeld en de bloemen waren verdwenen. Maar de oorlog was meedogenloos voor het eens zo fraaie huis. De ramen waren verbrijzeld door granaatinslagen. Een raket verpulverde de muur aan de oostkant van de tuin en de halve veranda, waar Nila en ik zo vaak met elkaar hadden zitten praten. Een granaat bracht schade aan het dak toe. Kogels sloegen littekens in de muren.

En dan de plunderingen, meneer Markos. Milities liepen zomaar huizen binnen en namen alles mee wat ze maar leuk vonden. Ze haalden de meeste meubels weg, de schilderijen, de Turkmeense kleden, de beelden, de zilveren kandelaars, de kristallen vazen. Ze beitelden de lazuurstenen tegels uit de wastafels in de badkamer. Op een ochtend werd ik wakker van het kabaal van mensen in de hal. Ik zag hoe een bende Oezbeekse milities het kleed uit het trappenhuis rukte en daarbij gebruikmaakte van een stel kromme messen. Ik stond ernaar te kijken. Maar wat kon ik doen? Nog een oude man met een kogel in zijn kop – één meer of minder maakte voor hen niet uit.

Net als het huis gingen Suleiman en ik achteruit. Mijn gezichtsvermogen werd minder en mijn knieën deden meestal pijn. Sorry dat ik even vulgair word, meneer Markos, maar zelfs plassen werd een beproeving. Zoals was te voorzien, kwam het ouder worden bij Suleiman harder aan dan bij mij. Hij verschrompelde en werd mager en schrikbarend broos. Hij is tweemaal bijna gestorven, één keer in de dagen dat de gevechten tussen de mannen van Ahmad Shah Massoud en die van Gulbuddin Hekmatyar op zijn hevigst waren en er dagenlang lijken op straat lagen zonder dat ze werden weggehaald. Suleiman had in die tijd longontsteking, de dokter zei dat het kwam doordat hij zijn eigen speeksel opzoog. Hoewel doktoren en de medicijnen die ze voorschreven schaars waren, slaagde ik erin Suleiman door een goede verpleging weg te halen van wat het randje van de dood moet zijn geweest.

In die dagen hadden we vaak ruzie, Suleiman en ik, misschien omdat we zo afgesloten waren van de buitenwereld en op elkaars lip zaten. We hadden ruzie op de manier van echtparen, koppig, verhit, over onbenullige dingen.

Je hebt deze week al een keer bonen gemaakt.

Nee, dat heb ik niet.

Wel waar. Maandag!

Onenigheid over het aantal schaakpartijen de vorige dag. Waarom zette ik altijd zijn glas water op de vensterbank, terwijl ik wist dat het dan warm werd door de zon?

Waarom heb je niet om de steek gevraagd, Suleiman?

Dat heb ik wel honderd keer gedaan!

Hoe noem je me dan, doof of lui?

Ik hoef niet te kiezen. Allebei!

Voor iemand die de hele dag in bed ligt, heb je wel lef om me lui te noemen.

Enzovoort.

Hij draaide zijn hoofd opzij als ik hem eten probeerde te geven. Dan ging ik weg en sloeg de deur hard achter me dicht. Ik geef toe dat ik hem af en toe opzettelijk ongerust maakte. Ik ging het huis uit. Hij schreeuwde dan: *Waar ga je naartoe*, en ik antwoordde niet. Ik deed alsof ik voorgoed wegging. Natuurlijk ging ik dan alleen maar de straat op om te roken, een nieuwe gewoonte die ik laat in mijn leven heb aangenomen, hoewel ik alleen rookte als ik boos was. Soms bleef ik uren weg, en als hij het me echt lastig had gemaakt, bleef ik weg tot het donker was. Maar ik kwam altijd terug. Dan ging ik zijn kamer binnen zonder een woord te zeggen, ik draaide hem op zijn andere zij en schudde zijn kussen op, terwijl we beiden onze ogen afwendden, onze lippen stijf op elkaar hielden en wachtten op een vredesvoorstel van de tegenpartij.

Met de komst van de Taliban, die jongemannen met scherpe gezichten, donkere baarden, zwartomrande ogen en zwepen, kwam er eindelijk een einde aan de gevechten. Hun wreedheid en hun excessen zijn ook goed gedocumenteerd en opnieuw zie ik weinig reden om die voor u op te sommen, meneer Markos. Ik moet wel zeggen dat hun jaren in Kabul ironisch genoeg voor mij een opluchting betekenden. Het leeuwendeel van hun minachting en fanatisme ging uit naar jonge vrouwen, en dan vooral de armen onder hen. Ik was een oude man. Mijn belangrijkste concessie aan hun regime was dat ik mijn baard liet staan, wat me eerlijk gezegd bevrijdde van de tijdrovende taak me dagelijks te scheren.

'Het is nu officieel, Nabi,' fluisterde Suleiman vanuit zijn bed. 'Je hebt je schoonheid verloren. Je lijkt wel een profeet.'

Op straat passeerden de Taliban mij alsof ik een grazende koe was. Ik probeerde expres geen aandacht te trekken door een rundachtige expressie op mijn gezicht te leggen en door te zwijgen. Ik huiver als ik eraan denk wat Nila bij hen zou zijn overkomen – wat haar zou zijn aangedaan. Als ik haar soms terugriep in mijn herinnering, zij lachend op een feestje met een glas champagne in haar hand, haar blote armen, haar lange slanke benen, leek het wel of ik haar had bedacht. Alsof ze nooit echt had bestaan. Alsof niets van dat alles ooit werkelijkheid was geweest – niet alleen zij niet, maar ook ik niet, Pari niet, en een jonge, gezonde Suleiman niet, en zelfs de tijd niet en het huis, waar we samen hadden gewoond.

Op een ochtend in de zomer van 2000 liep ik met thee en versgebakken brood op een dienblad de kamer van Suleiman in. Ik zag meteen dat er iets mis was. Hij ademde moeilijk. Zijn gezicht was plotseling veel schever gezakt, en toen hij probeerde te praten, kwamen er alleen maar hese geluiden uit zijn mond, nauwelijks meer dan gefluister. Ik zette het dienblad neer en snelde naar hem toe.

'Ik haal een dokter, Suleiman,' zei ik. 'Blijf even rustig liggen. Je wordt weer beter, zoals altijd.'

Ik wilde me omdraaien, maar hij schudde wild met zijn hoofd. Hij maakte een gebaar met de vingers van zijn linkerhand.

Ik boog voorover tot mijn oor vlak bij zijn mond was.

Hij probeerde een paar keer iets te zeggen, maar ik kon er niets van maken.

'Het spijt me, Suleiman,' zei ik. 'Ik ga even een dokter halen. Ik ben maar heel even weg.'

Hij schudde zijn hoofd, nu heel langzaam, en er kwamen tranen in zijn ogen, die te lijden hadden onder grauwe staar. Zijn mond ging open en weer dicht. Hij maakte een gebaar met zijn hoofd in de richting van het nachtkastje. Ik vroeg hem of er iets in zat wat hij nodig had. Hij sloot zijn ogen en knikte.

Ik opende de bovenste la. Ik zag alleen maar zijn pillen, zijn leesbril, een oud flesje eau de cologne, een schetsblok en potloden die hij al jaren niet meer had gebruikt. Ik wilde hem net vragen wat ik dan zou moeten zoeken, toen ik het vond, weggestopt onder het schetsblok. Een envelop met daarop mijn naam, gekriebeld in Suleimans onbeholpen handschrift. Er zat een vel papier in waarop hij één alinea had geschreven. Ik las de woorden.

Ik keek naar hem, naar zijn ingevallen slapen, zijn magere wangen, zijn holle ogen.

Hij maakte opnieuw een gebaar en ik boog me voorover. Ik voelde zijn koude, wilde, onregelmatige ademhaling op mijn wang. Ik hoorde in zijn droge mond zijn tong, die vocht om iets verstaanbaars te kunnen zeggen. Op de een of andere manier, misschien uitsluitend door zijn wilskracht, slaagde hij erin iets in mijn oor te fluisteren.

Alle lucht schoot uit mij weg. Ik forceerde me om mijn woorden langs het brok in mijn keel krijgen.

'Nee, alstublieft, Suleiman.'

Je hebt het beloofd.

'Nog niet. Ik zorg dat je weer beter wordt. Wacht maar af. We komen hierdoorheen, zoals altijd.'

Je hebt het beloofd.

Hoe lang heb ik daar bij hem gezeten? Hoe lang heb ik proberen te onderhandelen? Ik zou het niet kunnen zeggen, meneer Markos. Ik weet nog wel dat ik ten slotte opstond, om het bed heen liep en naast hem ging liggen. Ik rolde hem om, zodat hij me in de ogen kon kijken. Hij voelde licht aan, als een droom. Ik kuste hem op zijn droge, gebarsten lippen. Ik plaatste een kussen tussen zijn gezicht en mijn borst en legde mijn hand achter zijn hoofd. Ik drukte hem tegen me aan, één lange innige omhelzing.

Het enige wat ik me er later van kon herinneren, was hoe zijn pupillen waren verwijd.

Ik ging in het raam zitten, Suleimans kopje met thee stond nog op het dienblad bij mijn voeten. Ik herinner me nog dat het een zonnige ochtend was. De winkels zouden spoedig opengaan, als ze dat al niet hadden gedaan. Jongetjes waren onderweg naar school. De stofwolken stegen alweer op. Er slenterde een hond over straat, vergezeld van een zwarte wolk muggen die om zijn hoofd cirkelde. Ik zag twee mannen op een bromfiets passeren. De passagier achterop hield een computermonitor op zijn ene schouder en een watermeloen op zijn andere.

Ik legde mijn voorhoofd tegen het warme glas.

*

De aantekening in Suleimans la was een testament, waarin hij mij alles naliet. Het huis, zijn geld, zijn persoonlijke bezittingen, zelfs de auto, al verkeerde die allang in een deplorabele staat. Het metalen karkas stond nog in de achtertuin, met lege banden, weggezakt, onttakeld, verroest.

Een tijdlang wist ik me geen raad met mezelf. Ruim een halve eeuw lang had ik voor Suleiman gezorgd. Mijn dagelijkse leven had vorm gekregen door zijn behoeften, zijn gezelschap. Nu kon ik doen en laten wat ik wilde, maar ik vond die vrijheid bedrieglijk, want wat mij het dierbaarst was, was me afgepakt. Ze zeggen altijd dat je een doel in het leven moet hebben en dat je je daarop moet richten. Maar soms besef je pas aan het eind van je leven dat je leven een doel had, waarschijnlijk een doel waarvan je je nooit bewust bent geweest. En nu ik aan het mijne had beantwoord, voelde ik me losgeslagen, mijn leven had geen zin meer.

Ik was van mening dat ik niet langer in dat huis kon slapen. Ik hield het er amper uit. Nu Suleiman weg was, vond ik het veel te groot. En elk hoekje en gaatje en spleetje riep levendige herinneringen op. Ik verhuisde weer naar mijn huisje helemaal achter in de tuin. Ik nam enkele arbeiders in dienst om er elektriciteit aan te leggen, zodat ik bij kunstlicht kon lezen en een ventilator in de zomer voor koelte zou zorgen. Ik had niet veel ruimte nodig. Mijn bezittingen waren weinig meer dan een bed, wat kleren, en de doos met Suleimans tekeningen. Misschien vindt u dat eigenaardig, meneer Markos. Ja, wettelijk waren het huis en alles wat erin stond van mij, maar ik voelde me er niet echt de eigenaar van, en ik wist dat dat ook nooit zou gebeuren.

Ik las veel, boeken die ik uit Suleimans oude studeervertrek haalde. Als ik er een uit had, zette ik het netjes terug. Ik plantte tomaten en wat munt. Ik maakte wandelingen in de buurt, maar mijn knieën deden vaak al pijn voor ik nog maar twee straten ver was, en dan moest ik wel terugkeren. Soms zette ik een stoel in de tuin en zat er niets te doen. Ik was Suleiman niet. Eenzaamheid paste niet bij me.

Toen, op een dag in 2002, belde u bij de poort aan.

De Taliban waren op dat moment al verdreven door de

Noordelijke Alliantie, en de Amerikanen zaten al in Afghanistan. Duizenden hulpverleners trokken van overal uit de wereld Kabul binnen om ziekenhuizen en scholen te bouwen, wegen en irrigatiekanalen te repareren en voor onderdak, voedsel en banen te zorgen.

De tolk die u bij zich had, was een jonge Afghaan uit Kabul, die een lichtpaars jasje droeg en een donkere zonnebril. Hij vroeg de eigenaar van het huis te spreken. Toen ik vertelde dat hij al met de eigenaar sprak, wisselden u beiden snel een blik. Hij glimlachte zelfgenoegzaam en zei: 'Nee, kaka, de eigenaar.' Ik nodigde u beiden uit om binnen thee te komen drinken.

Het gesprek dat volgde op het nog intacte deel van de veranda, onder het genot van groene thee, voerden we in het Farsi – zoals u weet, meneer Markos, heb ik sindsdien in de zeven jaar die verstreken zijn Engels geleerd, vooral onder uw leiding en dankzij uw welwillendheid. Via uw tolk zei u dat u van Tinos kwam, een Grieks eiland. U was chirurg en maakte deel uit van een medisch team dat naar Kabul gekomen was om er kinderen te opereren die verwondingen in hun gezicht hadden opgelopen. U liet me weten dat u en uw collega's een groot huis zochten, een *guesthouse*, zoals het nu heet.

U informeerde naar de huur die ik vroeg.

Ik zei: 'Niets.'

Ik zie u nog met uw ogen knipperen toen de jongeman in het paarse jasje mijn woorden had vertaald. U herhaalde uw vraag, misschien omdat u dacht dat ik de vraag niet goed had begrepen.

De tolk ging op het puntje van zijn stoel zitten en boog zich naar me over. Hij sprak op vertrouwelijke toon. Hij vroeg of ik wel goed snik was, of ik enig idee had wat uw team bereid was te betalen, of ik enige kennis had van hoe de huurprijzen in Kabul de pan uit rezen. Hij zei dat ik op rozen zat.

Ik zei hem dat hij beter zijn zonnebril af kon zetten als

hij met een oudere persoon sprak. Daarna liet ik hem weten dat hij zijn werk moest doen, namelijk vertalen, geen advies geven, en ik wendde me tot u en noemde van de vele redenen die ik had de enige reden die niet persoonlijk was. 'U hebt uw land verlaten, uw vrienden, uw familie,' zei ik, 'en u bent naar deze godverlaten stad gekomen om mijn vaderland en mijn landgenoten te helpen. Hoe zou ik het over mijn hart kunnen verkrijgen van u te gaan profiteren?'

De jonge tolk, die ik later nooit meer samen met u heb gezien, gooide zijn armen in de lucht en lachte wanhopig. Dit land is veranderd. Het is niet altijd zo geweest als nu, meneer Markos.

Soms lig ik 's nachts in mijn donkere onderkomen te kijken naar de lichten die in het huis branden. Ik kijk naar u en uw vrienden – vooral de moedige mevrouw Amra Ademovic, wier ruime hart ik eindeloos bewonder – op de veranda of in de tuin, terwijl jullie zitten te eten, sigaretten roken en wijn drinken. Ik kan ook de muziek horen, en soms is het jazz, wat me aan Nila doet denken.

Ik weet dat ze dood is. Ik hoorde het van mevrouw Amra. Ik had haar over de Wahdati's verteld en had haar er deelgenoot van gemaakt dat ze dichteres was. Vorig jaar vond ze op haar computer een Franse publicatie. Ze hadden een bloemlezing met hun beste werk van de laatste veertig jaar online gezet. Eén stuk ging over Nila. Er werd in verteld dat ze in 1974 was overleden. Ik dacht aan de vergeefsheid van al die jaren waarin ik op een brief van een vrouw had gehoopt die al heel lang dood was. Ik was niet echt verbaasd te vernemen dat ze zelf een eind aan haar leven had gemaakt. Ik weet nu dat sommige mensen het ongeluk voelen zoals anderen de liefde: persoonlijk, diep en zonder ontsnapping.

Ik ga deze brief beëindigen, meneer Markos.

Mijn tijd is gekomen. Ik word elke dag zwakker. Het zal niet lang meer duren. Godzijdank. Dank ook aan u, meneer Markos, niet alleen voor uw vriendschap, maar ook voor het feit dat u de tijd hebt genomen me dagelijks op te zoeken en samen thee te drinken en me deelgenoot te maken van nieuwtjes over uw moeder op Tinos en uw jeugdvriendin Thalia, maar ook voor uw mededogen met mijn volk en de onschatbare dienst die u kinderen hier verleent.

Dank ook voor de herstelwerkzaamheden die u aan het huis verricht. Ik heb het grootste deel van mijn leven hier doorgebracht, het is mijn thuis, en ik ben er zeker van dat ik hier binnenkort mijn laatste adem zal uitblazen. Ik ben getuige geweest van het verval ervan, tot mijn wanhoop en mijn diepe teleurstelling. Maar ik heb met grote vreugde gezien hoe het opnieuw werd geverfd, hoe de tuinmuur werd gerepareerd, de ramen vervangen en de veranda, waar ik talloos veel gelukkige uren heb doorgebracht, werd gerestaureerd. Dank u, beste vriend, voor de bomen die u hebt geplant en voor de bloemen die nu weer in de tuin bloeien. Als ik op de een of andere manier heb bijgedragen aan de hulp die u de mensen in deze stad verleent, dan is wat u zo welwillend hebt gedaan voor dit huis meer dan genoeg beloning voor me.

Maar op het gevaar af dat ik hebzuchtig lijk, neem ik de vrijheid u om twee dingen te vragen, een voor mij en een voor iemand anders. Het eerste is dat u me laat begraven op de begraafplaats Ashuqan-Arefan, hier in Kabul. Ik weet zeker dat u die kent. Ga vanaf de hoofdingang naar het noordelijke deel ervan, en als u even zoekt, zult u het graf vinden van Suleiman Wahdati. Zoek een plek in zijn buurt en begraaf me daar. Dat is alles wat ik voor mezelf vraag.

Het tweede is dat u, nadat ik gestorven ben, mijn nicht Pari probeert te vinden. Als ze nog in leven is, moet dat niet al te moeilijk zijn – internet is een wonderbaarlijk middel. In de envelop waarin ook deze brief zat, zult u mijn testament aantreffen, waarin ik het huis, mijn geld en mijn paar bezittingen aan haar nalaat. Ik vraag u haar zowel deze brief te geven als het testament. En zeg haar alstublieft dat ik niet de talloze gevolgen heb kunnen overzien van wat ik in gang heb gezet.

Zeg haar dat ik alleen troost gevonden heb in hoop. De hoop dat zij, waar ze nu ook is, wellicht alle vrede, goedertierenheid, liefde en geluk gevonden heeft die in deze wereld mogelijk zijn.

Dank u, meneer Markos. Moge God u beschermen.

Uw vriend,

Nabi.

VIJF

Voorjaar 2003

De verpleegster, Amra Ademovic, had Idris en Timur gewaarschuwd. Ze had hen apart genomen en gezegd: 'Als jullie reactie vertonen, hoe klein ook, zij raakt in war en ik schop jullie uit.'

Ze staan aan het eind van een lange, slecht verlichte gang in de mannenvleugel van het Wazir Akbar Khan Ziekenhuis. Amra had gezegd dat het enige familielid dat het meisje nog had – of de enige die nog bij haar op bezoek kwam – haar oom was, en als ze was ondergebracht in de vrouwenvleugel zou hij haar niet mogen bezoeken. Dus het personeel had haar in de mannenvleugel ondergebracht, niet in een kamer – het zou onoorbaar voor het meisje zijn om een kamer te delen met mannen die geen familie van haar waren – maar hier aan het eind van de gang, waar de ruimte noch aan mannen noch aan vrouwen was toebedeeld.

'Ik dacht dat de Taliban de stad hadden verlaten,' zegt Timur.

'Gek, hè?' zegt Amra, en ze grinnikt verbijsterd. In de week die Idris nu terug is in Kabul, heeft hij die toon van luchthartige wrevel aangetroffen bij veel buitenlandse hulpverleners die hun weg proberen te vinden te midden van alle belemmerende regels en eigenaardigheden van de Afghaanse cultuur. Hij is licht beledigd door die vanzelfsprekende houding van vrolijke spot, die aanmatigende hooghartigheid, hoewel de plaatselijke bevolking er geen aandacht aan lijkt te besteden of dat gedrag niet als een belediging opvat, en hij denkt dat híj dat dan misschien ook maar niet moet doen.

'Maar ze lieten *jullie* hier. Jullie komen en gaan,' zegt Timur.

Amra trekt haar wenkbrauw op. 'Ik tel niet mee. Ik ben niet Afghaan. Ik ben dus niet echte vrouw. Dat weet je toch wel?'

Timur grijnst onaangedaan. 'Amra. Is dat Pools?'

'Bosnisch. Geen reactie dus. Dit is ziekenhuis, niet dierentuin. Beloven?'

Timur zegt: 'Ik beloven.'

Idris kijkt naar de verpleegster en is bang dat dit plagerijtje, een beetje roekeloos en onnodig, haar misschien beledigd heeft, maar Timur lijkt ermee weg te komen. Idris is zowel kwaad als jaloers op zijn neef vanwege dat talent. Hij heeft Timur altijd grof gevonden, omdat hij fantasie en subtiliteit mist. Hij weet dat Timur zijn vrouw en de belasting bedriegt. In de Verenigde Staten heeft Timur een hypotheekadviesbureau, en Idris vermoedt dat Timur tot aan zijn nek in corrupte zaakjes zit. Maar Timur is erg prettig in de omgang, zijn tekortkomingen maakt hij steeds weer goed met zijn humor, een overrompelende vriendelijkheid en een innemende naïviteit, die hem geliefd maken bij de mensen die hij ontmoet. Zijn knappe uiterlijk werkt ook niet in zijn nadeel, evenmin als zijn gespierde lichaam, zijn groene ogen en zijn glimlach, die hem kuiltjes in zijn wangen bezorgt.

'Goed,' zegt Amra. 'Oké dan.' Ze schuift het beddenlaken dat aan het plafond is gespijkerd en dienstdoet als een gordijn opzij en laat hen passeren.

Het meisje – Roshi, zoals Amra haar noemde, een afkorting voor Roshana – lijkt zo'n negen jaar oud, misschien tien. Ze zit op een ijzeren bed met haar rug tegen de muur en heeft haar knieën opgetrokken. Idris slaat meteen zijn ogen neer. Hij onderdrukt een snik voordat die hem kan ontsnappen. Zoals te verwachten was is een dergelijke terughoudendheid te veel gevraagd voor Timur. Hij klakt met zijn tong en zegt: *O, o, o,* steeds weer, hij fluistert het luid en gekweld. Idris kijkt even snel naar Timur en is niet verbaasd als hij ziet dat er dikke, theatrale tranen in zijn ogen blinken.

Het meisje maakt een krampachtige beweging en gromt even.

'Oké, klaar, we gaan,' zegt Amra bits.

Buiten, op de bouwvallige trap, haalt de verpleegster een pakje Marlboro Red uit het borstzakje van haar vaalblauwe jasje. Timur, wiens tranen even snel verdwenen zijn als ze zijn opgekomen, neemt een sigaret en geeft haar en zichzelf een vuurtje. Idris voelt zich misselijk en licht in het hoofd. Hij heeft een droge mond. Hij is bang dat hij moet overgeven en zich te schande zal maken en daarmee het beeld zal bevestigen dat Amra heeft van hen beiden, de rijke, naïeve ballingen, die zijn teruggekeerd om naar het bloedbad in hun geboorteland te gaan staan gapen nu de boemannen vertrokken zijn.

Idris verwachtte dat Amra een hartig woordje met hen wil spreken, althans met Timur, maar haar gedrag is eerder flirterig dan kwaad. Dat is het effect dat Timur op vrouwen heeft.

'Zo,' zegt ze koket. 'Wat zeg je ervan, Timur?'

In de Verenigde Staten heet Timur Tim. Hij veranderde zijn naam na 9/11 en zegt dat zijn omzet sindsdien verdubbeld is. Dat verlies van twee letters, zei hij tegen Idris, heeft al meer voor zijn carrière betekend dan een universitaire titel – als hij aan een universiteit zou hebben gestudeerd, wat niet zo is; Idris is de academicus van de familie Bashiri. Maar sinds hun aankomst in Kabul stelt hij zichzelf voortdurend voor als Timur. Het is een dubbelhartigheid die nogal onschuldig is, en misschien wel noodzakelijk. Maar het steekt wel.

'Sorry van zo-even, daarbinnen,' zegt Timur.

'Misschien geef ik je nog wel straf.'

'Ga je gang, liefje.'

Amra richt haar blik op Idris. 'Nou. Hij is cowboy, en jij,

jij ben rustig, gevoelig iemand. Jij ben… hoe heet dat? Introvert?'

'Hij is dokter,' zegt Timur.

'O ja? Dan moet het een schok voor je zijn. Dit ziekenhuis.'

'Wat is er met haar gebeurd?' zegt Idris. 'Met Roshi? Wie heeft haar dat aangedaan?'

Amra's gezicht betrekt. Als ze praat, doet ze het met iets als moederlijke vastberadenheid. 'Ik vecht voor haar. Ik vecht tegen regering, ziekenhuisbureaucratie, die klootzak van neurochirurg. Met elke stap vecht ik voor haar. En ik stop niet. Zij heeft niemand.'

Idris zegt: 'Ik meende dat er een oom in het spel was.'

'Dat is ook klootzak.' Zij tikt de as van haar sigaret. 'Waarom zijn jullie hier, jongens?'

Timur steekt meteen van wal. In grote lijnen is wat hij zegt juist. Dat ze neven zijn, dat hun families gevlucht zijn toen de Russen binnenvielen, dat ze een jaar in Pakistan hebben gezeten voordat ze zich aan het begin van de jaren tachtig in Californië hebben gevestigd. Dat dit voor hen beiden de eerste keer is dat ze terug zijn in Afghanistan, na twintig jaar. Maar dan voegt hij eraan toe dat ze zijn teruggekomen om 'contacten weer aan te halen', zichzelf 'op de hoogte te stellen', 'getuige te zijn' van de nasleep van al die jaren van oorlog en destructie. Ze willen terug naar de Verenigde Staten, zegt hij, om de mensen bewust te maken van de toestand hier, om geld op te halen, om iets 'terug te geven'.

'We willen iets teruggeven,' zegt hij, en hij spreekt de afgezaagde frase zo serieus uit dat Idris zich er ongemakkelijk bij voelt.

Natuurlijk heeft Timur niet gezegd wat de echte reden is van hun terugkeer naar Kabul: ze zijn gekomen om het eigendom op te eisen dat hun vaders had toebehoord, het huis waar hij en Idris de eerste veertien jaar van hun leven hadden gewoond. De waarde van het huis is spectaculair aan het stijgen nu duizenden buitenlandse hulpverleners naar Kabul zijn gekomen en er een plek zoeken om te wonen. Ze waren er eerder op de dag, in dat huis, waarin nu ruw volk zit, een groep vermoeid ogende soldaten van de Noordelijke Alliantie. Bij hun vertrek hadden ze een man van middelbare leeftijd ontmoet die drie huizen verder aan de overkant woonde, een Griekse plastisch chirurg, Markos Varvaris. Hij had hen voor de lunch uitgenodigd en had aangeboden hun een rondleiding te geven in het Wazir Akbar Kahn Ziekenhuis, waar de ngo waarvoor hij werkte een kantoor had. Hij nodigde hen ook uit voor een feestje diezelfde avond. Ze hadden pas over het meisje gehoord toen ze in het ziekenhuis aankwamen – twee ziekenbroeders hadden op de trap voor het ziekenhuis over haar gepraat – en Timur had Idris aangestoten en gezegd: *Dat moeten we even natrekken, broer.*

Amra lijkt niet geïnteresseerd in Timurs verhaal. Ze gooit haar sigaret weg en maakt het elastieken bandje dat haar blonde krullen bijeenhoudt wat vaster. 'Dus. Dan zie ik jullie vanavond op feestje, boys?'

*

Het was de vader van Timur, de oom van Idris, die hen naar Kabul had gestuurd. In de laatste twee decennia van de oorlog was het huis van de familie Bashiri een aantal keren in andere handen overgegaan. Het terugkrijgen van het eigendom zou tijd en geld kosten. De rechtbanken in het land zaten tot over hun oren in de geschillen over bezittingen, het waren er duizenden en duizenden. Timurs vader had gezegd dat ze door de schandelijk trage en logge Afghaanse bureaucratie moesten zien te 'manoeuvreren' – een eufemisme voor de juiste ambtenaren vinden om ze om te kopen.

'Dat is mijn specialiteit,' had Timur gezegd, alsof een dergelijke mededeling nog nodig was.

De vader van Idris was negen jaar eerder na een lange strijd aan kanker overleden. Hij was thuis gestorven, met zijn vrouw, zijn twee dochters en Idris aan zijn bed. De dag waarop hij stierf kwam er een hele meute het huis binnenvallen; ooms, tantes, neven en nichten, vrienden en kennissen bezetten alle banken en stoelen, en toen die allemaal in beslag genomen waren, de vloer en de trap. Vrouwen verzamelden zich in de eetkamer en de keuken. Ze zetten de ene thermoskan thee na de andere. Idris moest als enige zoon alle papieren tekenen, papieren voor de lijkschouwer, die zijn vader officieel dood moest verklaren, papieren voor de gedienstige jongemannen van de begrafenisonderneming, die met een brancard het lichaam van zijn vader kwamen ophalen.

Timur week niet van zijn zijde. Hij hielp Idris met het beantwoorden van telefoontjes. Hij verwelkomde alle mensen die hun deelneming kwamen betuigen. Hij bestelde rijst en lamsvlees bij Abe's Kabob House – een plaatselijk Afghaans restaurant, dat werd gerund door een vriend van Timur, Abdullah, die door Timur plagerig oom Abe werd genoemd. Toen het begon te regenen, zocht Timur een parkeerplaats voor de auto's van de gasten die al op leeftijd waren. Hij belde een maat van hem op bij een van de plaatselijke Afghaanse televisiestations – anders dan Idris had Timur veel kennissen in de Afghaanse gemeenschap; hij vertelde Idris ooit dat hij ruim driehonderd namen en nummers op zijn mobieltje had. Hij regelde dat er die avond een mededeling zou komen op een Afghaans televisiekanaal.

Vroeg in de middag reed Timur Idris naar de rouwkamer in Hayward. Het stortregende en het verkeer stroomde traag over de rijstroken van de 680 in noordelijke richting.

'Je pa, dat was zó'n vent, broer. Een man van de oude stempel.' Timurs stem klonk hees toen hij de afrit Mission nam. Hij veegde aldoor zijn tranen weg met de binnenkant van zijn hand.

Idris knikte melancholiek. Zijn hele leven al was hij niet in staat geweest in de aanwezigheid van andere mensen te huilen bij gebeurtenissen waar het wenselijk was, zoals bij begrafenissen. Hij zag dat als een kleine handicap, net als kleurenblindheid. Toch voelde hij zich enigszins ontstemd over Timur – en hij wist dat het niet rationeel van hem was – die thuis de show had gestolen te midden van al die door elkaar rennende en dramatisch snikkende mensen. Alsof *zijn* vader was overleden.

Ze werden naar een schaars verlichte, stille kamer gebracht met zware, donkere meubels. Een man van middelbare leeftijd in een zwart colbert en met een scheiding in zijn haar die midden over zijn schedel liep, begroette hen. Hij rook naar dure koffie. Op professionele toon sprak hij tegenover Idris zijn deelneming uit en liet hem de opdracht voor de teraardebestelling en de volmacht tekenen. Hij vroeg hoeveel kopieën van de overlijdensakte de familie wenste te ontvangen. Toen alle formulieren getekend waren, legde hij kies een brochure voor Idris neer, waarop stond: Algemene Prijslijst. Idris opende de brochure.

De directeur van de begrafenisonderneming schraapte zijn keel. 'Deze prijzen zijn natuurlijk niet van toepassing als uw vader lid was van de Afghaanse moskee in Mission. Daar zijn wij partners van. Zij betalen dan voor de grond en de dienst. Die kosten zijn gedekt.'

'Ik heb geen flauw idee of hij lid was,' zei Idris. Zijn vader was een godsdienstig man geweest, zoveel wist hij wel, maar niet in het openbaar. Hij ging zelden naar het vrijdagsgebed.

'Zal ik u even de gelegenheid geven om de moskee te bellen?'

'Nee, man, geen behoefte aan,' zei Timur. 'Hij was geen lid.'

'Weet u het zeker?'

'Ja. Ik herinner me een gesprek met hem erover.'

'Juist ja,' zei de begrafenisondernemer.

Buiten deelden ze een sigaret bij de SUV. Het regende niet meer.

'Afzetterij,' zei Idris.

Timur spuwde in een plas donker regenwater. 'Maar wel een ijzersterke business, de dood. Dat moet je toegeven. Daar is altijd behoefte aan. Shit, dat levert nog meer op dan auto's verkopen.'

In die dagen was Timur mede-eigenaar van een bedrijf in tweedehandsauto's. Dat was bijna failliet geweest, tot Timur de zaak samen met een vriend had overgenomen. In minder dan twee jaar had hij er een winstgevende onderneming van gemaakt. Een selfmade man, zei Idris' vader graag over zijn neef. Intussen verdiende Idris een hongerloontje met de afronding van zijn tweede jaar interne geneeskunde aan de universiteit van Californië in Davis. Nahil, de vrouw met wie hij sinds een jaar was getrouwd, werkte dertig uur per week als secretaresse op een advocatenkantoor, terwijl ze rechten studeerde.

'Dit is wel een lening,' zei Idris. 'Dat moet je begrijpen, Timur. Ik betaal je terug.'

'Geen zorgen, broer. Je kunt het krijgen zoals je het hebben wilt.'

Dat was niet de eerste of de laatste keer dat Timur voor Idris over de brug was gekomen. Toen Idris trouwde, had Timur hem een nieuwe Ford Explorer gegeven als huwelijksgeschenk. Timur was medeondertekenaar van een lening voor een koopflatje in Davis. In de familie was hij veruit de meest favoriete oom van elk kind. Als Idris ooit op een politiebureau maar één telefoontje zou mogen plegen, dan zou hij bijna zeker Timur bellen.

En toch.

Idris ontdekte bijvoorbeeld dat iedereen in de familie ervan op de hoogte was dat Timur de lening mede had ondertekend. Hij had het hun verteld. En op het huwelijksfeest liet Timur de muziek stopzetten en nam hij het woord, en de overhandiging van de sleutel voor de Explorer was een hele ceremonie geworden, de sleutel was op een serveerblaadje aangeboden zelfs, voor een geïnteresseerd publiek. Flitsende camera's. Daar had Idris zo zijn twijfels over, de ophef, het vertoon, de ongegeneerde aandachttrekkerij, het lef. Hij dacht niet graag zo over zijn neef, die voor Idris het dichtst in de buurt kwam van een broer, maar Timur leek hem een man die zijn eigen persmap samenstelde, en zijn generositeit, dacht Idris wantrouwig, was een weloverwogen deel van een ingewikkeld geconstrueerde rol.

Idris en Nahil hadden op een avond ruzie over hem gehad, terwijl ze hun bed aan het verschonen waren.

Iedereen wil aardig gevonden worden, zei Nahil. *Jij toch ook?*

Ja, ik ook, maar ik betaal er niet voor.

Ze zei tegen hem dat hij oneerlijk was en ook nog eens ondankbaar, na alles wat Timur voor hen had gedaan.

Daar gaat het niet om, Nahil. Ik wil alleen maar zeggen dat het nogal lomp is om je goede daden op een reclamebord te kalken. Er is veel voor te zeggen om zoiets in alle stilte te doen, waardig. Er zijn ook andere manieren om aardig gevonden te worden dan door in het openbaar cheques te tekenen.

Nou, zei Nahil, terwijl ze het laken liet wapperen, *daar kun je het wel ver mee brengen, schat.*

❋

'Man, ik ken dit nog,' zegt Timur, als hij het huis ziet. 'Hoe heette de eigenaar ook weer?'

'Iets met Wahdati, geloof ik,' zegt Idris. 'Ik ben zijn voornaam kwijt.' Hij denkt aan de talloze keren dat zij daar als kinderen hadden gespeeld, op straat, voor die poorten, en nu pas, decennia later, lopen ze voor het eerst naar binnen.

'De ondoorgrondelijke wegen Gods,' mompelt Timur.

Het is een gewoon huis van twee verdiepingen, dat in de wijk van San Jose waar Idris woont de toorn zou hebben gewekt van de vereniging van huiseigenaren. Maar voor Kabul is het een royaal onderkomen, met een brede oprit, metalen poorten en hoge muren. Terwijl Timur en hij worden binnengelaten door een gewapende bewaker, ziet Idris dat ook dit huis, zoals zo veel dingen in Kabul, nog iets vertoont van zijn luisterrijke verleden ondanks de verwoesting waaraan het heeft blootgestaan – waar ruimschoots bewijzen van voorhanden zijn: kogelgaten en zigzagscheuren in de beroete muren, stenen die achter de grote weggeslagen stukken pleister zichtbaar zijn geworden, dode struiken langs het tuinpad, bladerloze bomen, een gelig gazon. Meer dan de helft van de veranda die over de achtertuin uitziet, is verdwenen. Maar, zoals bij zo veel dingen in Kabul, zijn er ook bewijzen van een langzame, aarzelende wedergeboorte. Iemand is aan de slag gegaan om het huis opnieuw in de verf te zetten en heeft rozenstruiken in de tuin geplant, een ontbrekend stuk tuinmuur aan de oostkant is vervangen, zij het wat amateuristisch. Er staat een ladder tegen de voorkant van het huis, waaruit Idris concludeert dat het dak wordt hersteld. De reparatie van het ontbrekende deel van de veranda is kennelijk aangevat.

Ze ontmoeten Markos in de hal. Hij heeft dun grijs haar en lichtblauwe ogen. Hij draagt grijze Afghaanse kleren en een zwart-witgeruite *kaffiya*, die hij elegant om zijn hals heeft geslagen. Hij brengt hen naar een lawaaierige kamer waar veel rook hangt.

'Ik heb thee, wijn en bier. Of misschien wilt u iets sterkers?'

'U wijst aan en ik schenk in,' zegt Timur.

'O, leuk. Daar, bij de stereo. Het ijs is trouwens veilig. Gemaakt van spa.'

'Godzijdank.'

Op bijeenkomsten als deze is Timur in zijn element, en Idris kan hem alleen maar bewonderen om het gemak waarmee hij zich beweegt, de moeiteloze kwinkslagen, de zelfbewuste charme. Hij volgt Timur naar de bar, waar Timur inschenkt uit een robijnkleurige fles.

Zo'n twintig gasten zitten op kussens door de kamer verspreid. Op de vloer ligt een bordeauxrood Afghaans vloerkleed. De inrichting is eenvoudig, smaakvol, Idris herkent daarin wat hij is gaan beschouwen als 'de verfijning van expats'. Zachtjes klinkt er een cd van Nina Simone. Iedereen drinkt, bijna iedereen rookt en praat over de pas begonnen oorlog in Irak en wat die zal gaan betekenen voor Afghanistan. Op de televisie in de hoek staat CNN aan, het geluid is uitgeschakeld. In het avondlijke Kabul, in de ban van *Shock and Awe*, schieten voortdurend groene lichtflitsen op.

Markos en een paar serieus ogende jonge Duitsers die werken voor het Wereldvoedselprogramma, komen met een wodka in hun hand bij hen staan. Net als veel van de hulpverleners die hij in Kabul heeft ontmoet, vindt Idris ook deze mensen lichtelijk intimiderend en blasé, niet van hun stuk te brengen.

Hij zegt tegen Markos: 'Dit is een mooi huis.'

'Dat kun je beter direct aan de eigenaar vertellen.' Markos loopt de kamer door en komt terug met een magere, oude man. Hij heeft een flinke bos achterovergekamd haar, zout-en-peperkleurig. Hij draagt een klein baardje en zijn wangen zijn ingevallen, zoals bij mensen die bijna geen tanden meer hebben. Hij is gekleed in een te groot pak, olijfkleurig, misschien dat het in de jaren veertig in de mode is geweest. Markos glimlacht naar de oude man, hij is duidelijk op hem gesteld.

'Nabi jan?' roept Timur uit, en plotseling herinnert Idris zich hem ook.

De oude man glimlacht verlegen terug. 'Neem me niet kwalijk, maar hebben we elkaar eerder ontmoet?'

'Ik ben Timur Bashiri,' zegt Timur in het Farsi. 'Mijn familie woonde een eindje verderop in de straat, hier vlakbij!'

'Goeie god.' De oude man ademt zwaar. 'Timur jan? En dan ben jij Idris jan?'

Idris knikt glimlachend.

Nabi omhelst hen beiden. Hij kust hun wangen en kijkt hen glimlachend aan, met een ongelovige blik in zijn ogen. Idris herinnert zich dat Nabi zijn baas, meneer Wahdati, altijd in een rolstoel over straat duwde. Soms zette hij de rolstoel stil op het trottoir, en de twee mannen keken dan toe hoe hij en Timur voetbalden met de kinderen uit de buurt.

'Nabi jan heeft sinds 1947 altijd in dit huis gewoond,' zegt Markos met zijn arm om Nabi's schouder.

'Is dit huis dan nu uw *eigendom*?' zegt Timur.

Nabi glimlacht om de verbaasde uitdrukking op Timurs gezicht. 'Ik ben bij meneer Wahdati in dienst geweest van 1947 tot 2000, het jaar dat hij stierf. Hij was zo vriendelijk mij het huis na te laten, ja.'

'Hij heeft het u *gegeven*?' vraagt Timur ongelovig.

Nabi knikt. 'Ja.'

'Dan bent u wel een steengoede kok geweest!'

'En u, als ik me zo mag uitdrukken, u was een beetje een lastpost.'

Timur grinnikt. 'Ik heb nooit zin gehad in het smalle rechte pad, Nabi jan. Dat is meer iets voor mijn neef hier.'

Markos, die zijn glas wijn in zijn hand ronddraait, zegt tegen Idris: 'Nila Wahdati, de vrouw van de vorige eigenaar, was dichteres. Ze had een bescheiden roem, zoals later bleek. Hebt u ooit van haar gehoord?'

Idris schudt zijn hoofd. 'Het enige wat ik weet is dat zij het land al had verlaten op het moment dat ik werd geboren.'

'Ze heeft in Parijs gewoond met haar dochter,' zegt Thomas, een van de Duitsers. 'Ze is in 1974 gestorven. Zelfmoord, geloof ik. Ze had een drankprobleem, dat heb ik althans gelezen. Iemand heeft me zo'n twee jaar geleden een Duitse vertaling van een van haar vroege bundels gegeven, en ik vond die eigenlijk heel goed. Verbazingwekkend erotisch, als ik me wel herinner.'

Idris knikt, en hij voelt zich opnieuw een beetje ongemakkelijk, ditmaal omdat een buitenlander hem iets over een Afghaanse kunstenaar bijbrengt. Vlakbij hoort hij hoe Timur in een geanimeerd gesprek is met Nabi over huurprijzen. In het Farsi, uiteraard.

'Hebt u enig idee wat u voor een huis als dit kunt vragen, Nabi jan?' zegt hij tegen de oude man.

'Ja,' zegt Nabi lachend. 'Ik ben op de hoogte van de huurprijzen in de stad.'

'Je kunt deze lieden het vel over de oren halen!'

'Zeker.'

'En u laat ze hier vrij wonen.'

'Ze zijn hiernaartoe gekomen om ons land er weer bovenop te helpen, Timur jan. Ze hebben eigen huis en haard verlaten en zijn hiernaartoe gekomen. Ik geloof niet dat het goed is om ze, zoals u het uitdrukt, het vel over hun oren te halen.'

Timur kreunt even en drinkt zijn glas leeg. 'Nou, beste vriend, een van de twee: u haat geld of u bent een veel beter mens dan ik.'

Amra komt de kamer binnen, gekleed in een saffierkleurige Afghaanse tuniek boven een vale spijkerbroek. 'Nabi jan!' roept ze uit. Hij lijkt een beetje in de war als ze zijn wang kust en een arm om hem heen slaat. 'Ik hou van deze man,' zegt ze tegen het groepje mensen. 'En ik hou ervan hem verlegen te maken.' Daarna zegt ze het in het Farsi, tegen Nabi. Hij knikt lachend en begint licht te blozen.

'Jij maakt mij ook verlegen,' zegt Timur.

Amra tikt hem op zijn borst. 'Dit is een echte deugniet.' Zij en Markos kussen elkaar op Afghaanse wijze drie keer op de wang, en de Duitsers begroeten haar op dezelfde manier.

Markos legt een arm om haar heupen. 'Amra Ademovic. De hardst werkende vrouw van Kabul. Je kunt deze meid beter niet tegenkomen. En ze drinkt je ook nog eens onder de tafel.'

'Dat zullen we even testen,' zegt Timur, en hij pakt een glas van de bar achter zich.

De oude man, Nabi, excuseert zich.

De daaropvolgende uren mengt Idris zich onder de mensen, of hij probeert het althans. Terwijl de hoeveelheid alcohol in de flessen afneemt, worden de gesprekken luider. Idris hoort Duits, Frans, en iets wat Grieks moet zijn. Hij neemt nog een wodka en laat er een lauw biertje op volgen. In een van de groepjes raapt hij al zijn moed bijeen en maakt een grap over mullah Omar die hij in Californië in het Farsi heeft gehoord. Maar de grap is moeilijk in het Engels te vertalen, en heeft geen effect. Hij loopt verder en luistert naar een gesprek over een Ierse pub die binnenkort geopend gaat worden in Kabul. De algemene mening is dat die geen lang leven beschoren zal zijn.

Hij loopt de kamer door met een warm bierblikje in zijn hand. Bij dit soort bijeenkomsten voelt hij zich nooit op zijn gemak. Hij probeert afleiding te vinden door het decor nader te bekijken. Er hangen posters van de Boeddhabeelden van Bamiyan, van een *buzkashi*-spel, en een van een haven in Griekenland, Tinos. Hij heeft nooit van Tinos gehoord. Hij ziet een ingelijste foto in de hal, zwart-wit, een beetje onscherp, alsof die met een zelfgemaakt toestel is geschoten. Het is een foto van een jong meisje met lang, zwart haar. Ze zit met haar rug naar de camera op een rots aan het strand, en kijkt uit over de zee. De linkerbenedenhoek van de foto lijkt wel verbrand.

Het diner bestaat uit lamsbout met rozemarijn en knoflook. Er is een salade van geitenkaas, en pasta met pesto. Idris haalt wat salade en neemt zijn bord mee naar een hoek van de kamer. Hij ziet Timur bij twee jonge, aantrekkelijke Nederlandse vrouwen zitten. Hij houdt hof, denkt Idris. Er klinkt gelach en een van de vrouwen raakt Timurs knie aan.

Idris loopt met zijn glas wijn naar buiten, de veranda op, en gaat op een houten bank zitten. Het is nu donker, en de veranda wordt alleen verlicht door een paar gloeilampen die aan de zoldering bungelen. Van hieruit kan hij de vage omtrek zien van wat een huisje lijkt, helemaal achter in de tuin, en aan de rechterkant het silhouet van een auto, lang, groot, oud, te oordelen naar de vorm waarschijnlijk Amerikaans. Een model uit de jaren veertig, misschien begin jaren vijftig; Idris kan het niet goed zien, en bovendien is hij nooit een autofanaat geweest. Hij weet zeker dat Timur het wel zou weten. Hij zou het model, het jaar, motorvermogen en alle andere kenmerken zo opdreunen. Het lijkt wel alsof de vier banden van de auto lek zijn. Een hond in de buurt begint staccato te blaffen. In het huis heeft iemand een cd opgezet van Leonard Cohen.

'Quiet and Sensitive.'

Amra komt naast hem zitten, ijsklontjes tinkelen in haar glas. Ze heeft haar schoenen uitgedaan.

'Je neef Cowboy is middelpunt van feest.'

'Verbaast me niets.'

'Hij is mooie man. Is hij getrouwd?'

'Drie kinderen.'

'Jammer, dan ik ga me gedragen.'

'Hij zou het vast jammer vinden dat te horen.'

'Ik heb regels,' zegt ze. 'Jij mag hem niet erg.'

Idris vertelt haar, naar waarheid, dat Timur nagenoeg een broer voor hem is.

'Maar hij breng je in verlegenheid.'

Dat is waar. Timur heeft hem inderdaad in verlegenheid gebracht. Hij heeft zich gedragen als de typische, nare Amerikaanse Afghaan, denkt Idris. Hij struint door de verscheurde stad alsof hij hier thuishoort, slaat de plaatselijke bevolking joviaal op de schouder en noemt iedereen broer, zus en oom, geeft bedelaars met veel poeha geld dat hij tevoorschijn trekt uit wat hij het *baksjisj*-bundeltje noemt, maakt grappen met oude vrouwen die hij aanspreekt met 'moeder' en weet hen zover te krijgen dat ze hun verhaal vertellen voor zijn camcorder terwijl hij een triest gezicht opzet en doet alsof hij een van hen is, alsof hij hier al die tijd is geweest, alsof hij niet aan het gewichtheffen was bij Gold's in San Jose om zijn borst- en buikspieren te ontwikkelen, terwijl deze mensen hier werden beschoten, vermoord, verkracht. Het is hypocriet en onsmakelijk. En het verbaast Idris dat niemand Timur doorziet.

'Wat hij je heeft verteld is niet waar,' zegt Idris. 'We zijn hiernaartoe gekomen om het huis terug te vorderen dat van onze vaders is geweest. Dat is alles. Verder niets.'

Amra snuift verachtelijk. 'Natuurlijk weet ik dat. Denk je dat ik ben gek? Ik heb in dit land zaken gedaan met krijgsheren en de Taliban. Ik heb alles meegemaakt. Niets kan mij nog schok geven. Niks en niemand houdt mij voor de gek.'

'Dat zou weleens kunnen kloppen.'

'Jij bent eerlijk,' zegt ze. 'Jij bent tenminste eerlijk.'

'Ik geloof dat we die mensen, na alles wat ze hebben meegemaakt, met respect moeten behandelen. Met "we" bedoel ik lui als Timur en ik. Wij die geluk hebben gehad, die er niet waren toen hier de hele zaak naar de verdommenis werd gebombardeerd. Wij zijn niet zoals die mensen. We moeten niet doen alsof we dat wel zijn. De verhalen die deze mensen te vertellen hebben, daar kunnen wij geen aanspraak op maken. Ik raaskal.'

'Raaskal?'

'Ik klets maar wat.'

'Nee, nee, ik begrijp wel,' zegt ze. 'Jij zegt dat hun verhalen, het is een geschenk dat ze aan je geven.'

'Een geschenk. Ja.'

Ze nippen nog wat aan hun wijn. Ze praten een tijdje met elkaar, voor Idris is dit het eerste echte gesprek dat hij sinds zijn aankomst in Kabul voert, vrij van de subtiele spot, het lichte verwijt dat hij voelt in de woorden van de plaatselijke bevolking, de ambtenaren, mensen van de hulporganisaties. Hij vraagt naar haar beroep en ze vertelt hem dat ze in Kosovo heeft gewerkt bij de VN, in Rwanda na de genocide, in Colombia, en ook in Burundi. Ze heeft met kindprostituees gewerkt in Cambodja. Ze zit nu een jaar in Kabul, ze is aan haar derde opdracht bezig, ditmaal bij een kleine ngo die in het ziekenhuis werkt en op maandagen met een mobiel consultatiebureau rondtrekt. Tweemaal getrouwd geweest, tweemaal gescheiden, geen kinderen. Idris vindt het moeilijk Amra's leeftijd te schatten, hoewel ze waarschijnlijk jonger is dan ze eruitziet. Afgezien van de gelige tanden en de vermoeide wallen onder haar ogen, is er altijd nog iets te bespeuren van haar schoonheid, een elementair sexappeal. Over vier of vijf jaar zal ook dat verdwenen zijn, denkt Idris.

Dan zegt ze: 'Wil je weten wat met Roshi gebeurd is?'

'Dat hoeft niet per se,' zegt hij.

'Jij denkt dat ik dronken ben?'

'Ben je dat dan?'

'Beetje,' zegt ze. 'Maar jij bent eerlijke vent.' Ze tikt hem zachtjes op zijn schouder, een beetje speels. 'Jij vraagt om te weten juiste redenen. Voor andere Afghanen als jij, Afghanen die uit Westen komen, is het alsof, hoe zeggen jullie dat, ze zich gapen.'

'Zich vergapen.'

'Ja.'

'Net als bij pornografie.'

'Maar misschien ben jij goede vent.'

'Als jij het zegt,' zegt hij. 'Ik accepteer het als een geschenk.'

Dus vertelt ze het hem.

Roshi woonde bij haar ouders, twee zussen en haar jongste broertje, een baby nog, in een dorp tussen Kabul en Bagram. Afgelopen maand kwam haar oom, de oudere broer van haar vader, op bezoek. Bijna een jaar lang hadden Roshi's vader en de oom onenigheid gehad over het huis waar Roshi met haar familie woonde, een huis waarvan de oom vond dat het zijn wettige eigendom was, als oudste broer, maar dat door hun vader gegeven was aan de jongste broer, van wie hij meer hield. De dag waarop hij kwam, ging alles goed.

'Hij zegt dat hij aan strijd eind wil maken.'

Ter voorbereiding had Roshi's moeder twee kippen geslacht, een grote pan met rijst en rozijnen gemaakt en verse granaatappels op de markt gekocht. Toen de oom arriveerde, kusten en omhelsden hij en Roshi's vader elkaar. Roshi's vader nam zijn broer zo hartstochtelijk in zijn armen dat diens voeten loskwamen van de vloer. Roshi's moeder huilde van opluchting. De familie ging zitten eten. Iedereen schepte twee of drie keer op. Ze aten de granaatappels. Daarna waren er groene thee en toffeetjes. De oom excuseerde zich, hij moest even buiten naar de wc.

Toen hij terugkwam, had hij een bijl in zijn hand.

'Zo een om boom mee om te hakken,' zegt Amra.

De eerste die eraan moest geloven was Roshi's vader. 'Roshi vertelde me dat haar vader nooit geweten wat er gebeurde. Hij niets gezien.'

Eén enkele houw in de nek, van achteren. Hij werd bijna onthoofd. Toen was Roshi's moeder aan de beurt. Roshi zag hoe haar moeder probeerde de bijl af te weren, maar er volgden een aantal uithalen naar haar gezicht en haar borst en toen bewoog ze niet meer. De kinderen renden schreeuwend weg. De oom ging achter hen aan. Roshi zag een van haar zussen naar de gang rennen, maar de oom greep haar bij het haar en drukte haar tegen de grond. Haar andere zus bereikte de gang wel. De oom joeg haar achterna en Roshi hoorde hem de deur van de slaapkamer dichtslaan, het gegil, daarna de stilte.

'Roshi, zij wil met haar kleine broertje vluchten. Ze rennen het huis uit, ze rennen naar voordeur, maar die zit dicht. De oom, die had het natuurlijk gedaan.'

Ze renden uit paniek en wanhoop het erf op en vergaten misschien dat daar geen poort was, geen weg naar buiten, en dat de muren te hoog waren om overheen te klimmen. Toen de oom het huis uit stormde om hen te zoeken, zag Roshi hoe haar broertje, vijf jaar oud, op de tandoor viel, waar zijn moeder pas een uur eerder brood op gebakken had. Roshi kon hem in de vlammen horen gillen, toen struikelde zij en viel. Ze draaide zich op haar rug, net op tijd om de blauwe lucht te zien en de bijl, die naar beneden kwam suizen. Toen niets meer.

Amra zwijgt even. Binnen zingt Leonard Cohen een live versie van 'Who By Fire'.

Zelfs als hij zou kunnen spreken, wat hij op dit moment niet kan, zou Idris niet iets kunnen zeggen wat gepast is. Als dit het werk was geweest van de Taliban of van Al Qaida of van een megalomane commandant van de moedjahedien, zou hij misschien wel iets kunnen zeggen, iets waaruit onmachtige verontwaardiging bleek. Maar dit was niet de schuld van Hekmatyar, of van mullah Omar, of van Bin Laden, of van Bush en zijn War on Terror. De alledaagse, uiterst platvloerse reden achter dat bloedbad maakt het op de een of andere manier verschrikkelijker, en veel deprimerender. Het woord 'zinloos' komt bij Idris op en hij verzet zich ertegen. Dat zeggen mensen altijd. *Zinloos geweld. Een zinloze moord.* Alsof je ook een zinvolle moord kunt plegen.

Hij denkt aan het meisje Roshi, in het ziekenhuis, ineengezakt tegen de muur, haar verstrengelde voeten, de kinderlijke blik in haar gezicht. De barst boven op haar geschoren hoofd, de vuistgrote massa glanzend hersenweefsel die eruit hangt en lijkt op de knoop in een tulband van een sikh.

'Heeft ze je dit verhaal zelf verteld?' vraagt hij ten slotte.

Amra knikt zwaar. 'Ze herinnert zich precies. Elk detail. Ze kan elk detail je vertellen. Ik hoop dat ze kan vergeten, vanwege boze dromen.'

'Hoe is het met die broer afgelopen?'

'Te veel brandwonden.'

'En de oom?'

Amra haalt haar schouders op.

'Ze zeggen: wees voorzichtig,' zegt ze. 'In mijn beroep zeggen ze: wees voorzichtig, wees professioneel. Het is niet goed idee als je te betrokken raakt. Maar Roshi en ik...'

Plotseling valt de muziek weg. Weer een stroomstoring.

Even is alles duister, op het maanlicht na. Idris hoort mensen in het huis kankeren. Er duiken meteen halogeenzaklantaarns op.

'Ik vecht voor haar,' zegt Amra. Ze kijkt almaar naar de grond. 'Ik geef niet op.'

*

De volgende dag gaat Timur per auto met de Duitsers naar de stad Istalif, beroemd om haar aardewerk. 'Waarom ga je niet mee?'

'Ik blijf thuis, ik wil lezen,' zegt Idris.

'Je kunt toch in San Jose lezen, broer.'

'Ik heb rust nodig. Ik heb gisteravond misschien iets te veel gedronken.'

Als de Duitsers Timur hebben opgehaald, blijft Idris nog een tijdje in bed liggen staren naar een verschoten advertentieposter uit de jaren zestig die aan de muur hangt, met vier glimlachende blonde toeristen die langs het Band-e-Amirmeer fietsen, een overblijfsel uit zijn eigen jeugd in Kabul, vóór de oorlogen, vóórdat het land uiteenviel. Aan het begin van de middag maakt hij een wandeling. Hij eet kebab in een restaurantje. Het valt niet mee om te genieten van de maaltijd, met al die groezelige jonge gezichtjes die door het raam gluren en hem zien eten. Het is vreselijk. Idris moet bekennen dat Timur hier beter in is dan hij. Timur maakt er een spelletje van. Hij geeft als een sergeant-instructeur een fluitsignaal, zet de bedelende kinderen op een rij en haalt vliegensvlug een paar bankbiljetten uit het baksjisj-bundeltje. Als hij de biljetten één voor één overhandigt, klakt hij zijn hakken tegen elkaar en salueert. De kinderen vinden het prachtig. Ze noemen hem kaka. Soms klampen ze zich aan zijn been vast.

Na de lunch neemt Idris een taxi en vraagt de chauffeur hem naar het ziekenhuis te brengen.

'Maar stop onderweg even bij een bazaar,' zegt hij.

*

Met de doos in zijn armen loopt hij de gang door langs muren die beklad zijn met graffiti, langs kamers waar stukken plastic dienstdoen als deuren, langs een oude man die rondschuifelt op blote voeten en een ooglapje draagt, langs patiënten die in snikhete kamers liggen waar in de fittingen geen lampen meer zitten. Overal de zure stank van lichamen. Aan het eind van de gang staat hij even stil bij het gordijn, voordat hij het opentrekt. Hij voelt hoe zijn hart zich samenknijpt als hij het meisje op de rand van het bed ziet zitten. Amra zit op haar knieën voor haar en poetst de tanden van het meisje.

Aan de andere kant van het bed zit een uitgemergelde man, bruin van de zon, met een baard als een rattennest en borstelig donker haar. Als Idris binnenkomt, staat de man snel op, legt zijn hand op zijn borst en maakt een buiging. Het verrast Idris opnieuw hoe makkelijk de plaatselijke bevolking kan zien dat hij een verwesterde Afghaan is, hoe de zweem van geld en macht hem in deze stad ongerechtvaardigde privileges geeft. De man zegt tegen Idris dat hij een oom van Roshi is, van moederskant.

'Je bent terug,' zegt Amra, terwijl ze de tandenborstel in een kom met water steekt.

'Ik hoop dat je er geen bezwaar tegen hebt.'

'Nee,' zegt zij.

Idris schraapt zijn keel. 'Salaam Roshi.'

Het meisje kijkt Amra aan om toestemming te vragen. Haar stem is aarzelend, zacht, hoog. 'Salaam.'

'Ik heb een cadeautje voor je meegebracht.' Idris zet de doos neer en opent hem. Roshi's ogen komen tot leven als Idris er een tv met videorecorder uithaalt. Hij laat haar de vier films zien die hij heeft gekocht. De meeste video's in de winkel waren Indiase films, of anders actiefilms, oorlogsfilms met Jet Li, Jean Claude Van Damme en alle films van Steven Seagal. Maar hij vond er ook *E.T.*, *Babe*, *Toy Story* en *The Iron Giant*. Die heeft hij allemaal met zijn eigen kinderen thuis gezien.

In het Farsi vraagt Amra aan Roshi welke ze wil zien. Roshi kiest *The Iron Giant*.

'Die zul je heel mooi vinden,' zegt Idris. Hij vindt het moeilijk haar zomaar aan te kijken. Zijn blik gaat meteen naar de knoeiboel op haar hoofd, de glinsterende klont met hersenweefsel, al die door elkaar heen lopende bloed- en haarvaten.

Er is geen stopcontact aan het eind van de gang en het kost Amra enige tijd om een verlengsnoer te vinden, maar als Idris het snoer in de contactdoos steekt en er iets in beeld verschijnt, vormt zich een glimlach om de mond van Roshi. Door haar glimlach begrijpt Idris hoe weinig hij, zelfs op achtendertigjarige leeftijd, van de wereld weet, van de barbaarsheid, de wreedheid, de grenzeloze gewelddadigheid ervan.

Als Amra zich excuseert om andere patiënten te bezoeken, gaat Idris op een stoel naast Roshi's bed zitten en kijkt met haar naar de film. Haar oom is een stille, ondoorgrondelijke aanwezigheid. Halverwege de film valt de stroom uit. Roshi begint te huilen, en haar oom buigt zich uit zijn stoel naar voren en pakt ruw haar hand. Hij fluistert snel en kortaf een paar woorden in het Pashto, een taal die Idris niet verstaat. Roshi krimpt ineen en probeert zich los te rukken. Idris kijkt naar haar kleine hand, die in de greep zit van de sterke vingers met witte knokkels van haar oom.

Idris trekt zijn jas aan. 'Ik kom morgen terug, Roshi, dan kunnen we een andere film zien, als je wilt. Wil je dat?'

Roshi krimpt ineen tot een bal onder de dekens. Idris kijkt naar haar oom en stelt zich voor hoe Timur die man zou aanpakken, Timur die, anders dan hij, niet in staat is om zelfs maar een lichte emotie te onderdrukken. *Laat me even tien minuten met hem alleen zijn*, zou hij zeggen.

De oom gaat met hem mee naar buiten. Op de trap hoort

Idris hem tot zijn stomme verbazing zeggen: 'Het echte slachtoffer hier, dat ben ik, sahib.' Hij moet de blik op Idris' gezicht hebben gezien, want hij corrigeert zichzelf meteen: 'Natuurlijk is zij het slachtoffer. Maar ik bedoel, ik ben ook slachtoffer. Dat weet jij natuurlijk ook wel, jij bent Afghaan. Maar die buitenlanders, die begrijpen dat niet.'

'Ik moet gaan,' zegt Idris.

'Ik ben een *mazdoor*, een eenvoudige arbeider. Ik verdien één dollar per dag, of misschien twee, als het meezit, sahib. En ik heb al vijf kinderen. Een van hen is blind. En nu dit.' Hij zucht. 'God moge het mij vergeven, maar ik denk weleens dat Allah Roshi misschien beter had kunnen... U begrijpt me wel. Dat was misschien beter geweest. Want ik vraag u, sahib, welke jongen wil nu nog met haar trouwen? Ze zal nooit meer een man vinden. En wie zorgt er dan voor haar? Dat zal ik dan wel moeten doen. Ik zal dat in het vervolg altijd moeten doen.'

Idris weet dat hij in een hoek is gedreven. Hij haalt zijn portemonnee tevoorschijn.

'Wat u maar kunt missen, sahib. Niet voor mij natuurlijk. Voor Roshi.'

Idris geeft hem een paar bankbiljetten. De oom knippert met zijn ogen en kijkt op. Hij zegt: 'Twee...' en klemt dan zijn kaken op elkaar, alsof hij bang is dat hij Idris op de gedachte zou kunnen brengen dat hij een vergissing heeft gemaakt.

'Koop een paar fatsoenlijke schoenen voor haar,' zegt Idris terwijl hij de trap af loopt.

'Allah zegene u, sahib,' roept de oom hem na. 'U bent goed. U bent aardig en goed.'

*

Idris komt ook de volgende en de daaropvolgende dag op bezoek. Het wordt al snel een gewoonte, hij is elke dag bij Roshi. Hij leert de namen van de ziekenbroeders, de mannelijke verplegers die op de benedenverdieping werken, de portier, de ondervoede, vermoeid ogende bewakers bij de poorten van het ziekenhuis. Hij houdt zijn bezoekjes zo veel mogelijk geheim. In zijn telefoongesprekken met Amerika heeft hij tegen Nahil niets gezegd over Roshi. Hij vertelt ook Timur niet waar hij naartoe gaat, waarom hij niet met hem meegaat naar Paghman of naar een afspraak met een ambtenaar op het ministerie van Binnenlandse Zaken. Maar Timur komt er toch achter.

'Goed voor jou,' zegt hij. 'Mooi wat je doet.' Hij pauzeert even voor hij eraan toevoegt: 'Maar wees voorzichtig.'

'Je bedoelt: houd op met die bezoekjes.'

'We vertrekken over een week, broer. Je kunt beter niet te veel betrokken raken bij haar lot.'

Idris knikt. Hij vraagt zich af of Timur niet een beetje jaloers is op zijn relatie met Roshi, misschien zelfs ontstemd dat hij, Idris, hem een spectaculaire mogelijkheid ontnomen heeft om de held uit te hangen. Timur, die in slow motion opduikt uit een brandend gebouw met een baby in zijn armen. De menigte, die in gejuich uitbarst. Idris is vastbesloten Timur niet op die manier met Roshi te koop te laten lopen.

Maar Timur heeft wel gelijk. Ze gaan over een week naar huis en Roshi is hem al kaka Idris gaan noemen. Als hij te laat bij haar komt, is ze geërgerd. Ze slaat haar armen om zijn middel, terwijl er opluchting op haar gezicht te zien is. Ze heeft hem verteld dat ze het meest van al uitziet naar zijn bezoekjes. Soms grijpt ze, als ze samen naar een video kijken, met beide handen zijn hand vast. Als hij niet bij haar is, denkt hij vaak aan de lichtgele haartjes op haar arm, haar smalle bruine ogen, haar mooie voeten, haar ronde wangen, de manier waarop ze haar kin in haar handen legt als hij uit een van de kinderboeken voorleest die hij heeft gekocht in een boekwinkel vlak bij het Franse lyceum. Een paar keer heeft hij zichzelf toegestaan heel even na te denken over hoe het zou zijn haar mee te nemen naar de Verenigde Staten, en of ze zou kunnen opschieten met zijn jongens, Zabi en Lemar. In het laatste jaar hebben hij en Nahil gepraat over de mogelijkheid van een derde kind.

'En nu?' zegt Amra op de dag voor zijn geplande vertrek.

Eerder op die dag had Roshi aan Idris een tekening gegeven die ze met potlood op ziekenhuispapier had gemaakt, twee figuurtjes die televisie zitten te kijken. Hij had het figuurtje met het lange haar aangewezen. *Ben jij dat?*

En dat ben jij, kaka Idris.

Heb jij lang haar gehad? Voor die tijd?

Mijn zus borstelde het elke avond. Ze wist hoe dat moest, zodat het geen pijn deed.

Ze moet een goede zus voor je zijn geweest.

Als het weer aangroeit, kun jij het borstelen.

Dat zou ik wel leuk vinden, denk ik.

Ga niet weg, kaka. Ga niet weg.

'Ze is een lief meisje,' zegt hij tegen Amra. En zo is het. Goed gemanierd, en bescheiden. Met enig schuldgevoel denkt hij aan Zabi en Lemar in San Jose, die al lang geleden hebben toegegeven dat ze een hekel hebben aan hun Afghaanse namen en aan het veranderen zijn in kleine tirannen, in heerszuchtige Amerikaanse kinderen, hoewel hij en Nahil elkaar beloofd hadden ze nooit als zodanig op te voeden.

'Ze is overlever,' zegt Amra.

'Ja.'

Amra leunt tegen de muur. Een stel ziekenbroers rent langs hen heen met een brancard. Er ligt een jongen op met een met bloed doordrenkt verband om zijn hoofd en iets als een open wond op zijn dij.

'Andere Afghanen uit Amerika, of uit Europa,' zegt Amra, 'komen foto van haar maken. Ze maken video. Ze maken beloften. Dan ze gaan naar huis en laten hun familie zien. Alsof ze dier in dierentuin is. Ik sta dat toe omdat ik denk dat ze misschien zullen helpen. Maar ze vergeten. Ik hoor nooit meer iets van ze. Dus ik vraag het nogmaals: en nu?'

'De operatie die ze nodig heeft?' zegt hij. 'Ik wil die mogelijk maken.'

Ze kijkt hem aarzelend aan.

'Er is bij ons een neurochirurgische kliniek. Ik ga met mijn baas praten. We gaan regelen dat ze naar Californië komt voor een operatie.'

'Ja, maar het geld.'

'We werven fondsgelden. En als dat niet lukt, dan betaal ik zelf.'

'Uit zak.'

Hij lacht. 'De uitdrukking is: uit eigen zak, maar inderdaad.'

'Dan we hebben toestemming van oom nodig.'

'Als die ooit nog komt opdagen.' Sinds de dag dat Idris hem tweehonderd dollar heeft gegeven, heeft de oom zich niet meer laten zien of horen.

Amra glimlacht naar hem. Hij heeft iets als dit nog nooit gedaan. Het heeft iets opbeurends, iets bedwelmends, zelfs iets euforisch, deze onbesuisde toezegging. Hij voelt zich gesterkt. Even moet hij bijna naar adem happen. Tot zijn eigen verbazing staan er tranen in zijn ogen.

'*Hvala*,' zegt ze. 'Dank je.' Ze gaat op haar tenen staan en kust hem op zijn wang.

*

'Ik heb een van die Nederlandse meiden geneukt,' zegt Timur. 'Van het feestje.'

Idris maakt zijn hoofd los van het raampje. Hij heeft zich zitten verbazen over de zachtbruine, dicht opeengepakte toppen van de Hindu Kush, ver onder hen. Hij kijkt naar Timur, die in de stoel naast het gangpad zit.

'Die brunette. Ik heb een vitaminepilletje genomen en heb

haar aan één stuk door genaaid, tot aan de oproep voor het ochtendgebed.'

'Jezus. Word jij ook nog eens volwassen?' zegt Idris geïrriteerd. Timur valt hem weer eens lastig met informatie over zijn ontrouw, zijn wangedrag, zijn corpsbalcapriolen.

Timur glimlacht zelfgenoegzaam. 'Denk eraan, neef, wat er gebeurt in Kabul...'

'Alsjeblieft, je hoeft die zin niet af te maken.'

Timur lacht. Ergens achter in het vliegtuig is er een feestje aan de gang. Iemand zingt in het Pashto, iemand tikt op piepschuim als op een *tambura*.

'Ik kan nog niet geloven dat we die ouwe Nabi zijn tegengekomen,' mompelt Timur. 'Jezus.'

Idris vist de slaappil die hij had bewaard uit zijn borstzakje en slikt hem zo door, zonder er iets bij te drinken.

'Ik ga komende maand dus weer terug,' zegt Timur en hij legt zijn armen over elkaar en sluit zijn ogen. 'En daarna moet ik er misschien nog een paar keer naartoe, maar we moeten het voor elkaar krijgen.'

'Vertrouw je die man, die Farooq?'

'Voor geen cent. Waarom zou ik anders teruggaan?'

Farooq is de advocaat die Timur in de arm heeft genomen. Hij is gespecialiseerd in hulp aan Afghanen die in ballingschap zijn gegaan en nu hun verloren bezittingen in Kabul opeisen. Timur vertelt over alle papieren die Farooq zal indienen en over de rechter die de rechtszaak zal voorzitten, een achterneef van de vrouw van Farooq. Idris legt zijn slaap weer tegen het raampje en wacht tot de pil gaat werken.

'Idris?' zegt Timur zacht.

'Ja.'

'Het is een trieste bende, hè?'

Je zit vol verrassende inzichten, broer. 'Ja,' mompelt Idris.

'Duizend drama's op elke vierkante kilometer, man.'

Idris hoofd begint te gonzen en zijn zicht vervaagt. Als hij in slaap sukkelt, denkt hij aan zijn afscheid van Roshi. Hij had de hand van Roshi vastgehouden en gezegd dat ze elkaar snel terug zouden zien, en zij had zachtjes op zijn buik liggen snikken, bijna zonder geluid te maken.

*

Tijdens de rit van het vliegveld van San Francisco naar huis denkt Idris met een gevoel van vertedering terug aan de chaos van het verkeer in Kabul. Vreemd om in zijn Lexus naar het zuiden te rijden, over de keurige egale rijstroken van de 101, met de altijd behulpzame snelwegborden, en de hoffelijke mensen, die signalen geven en inschikkelijk zijn. Hij moet glimlachen bij de herinnering aan al die jeugdige, roekeloze taxichauffeurs aan wie Timur en hij hun leven in Kabul toevertrouwden.

Op de stoel naast hem vuurt Nahil de ene vraag na de andere af. Was Kabul veilig, hoe was het eten, is hij ziek geweest, heeft hij overal foto's en video's van gemaakt? Hij doet zijn best. Hij beschrijft haar de scholen die door granaten verwoest zijn, de mensen die in gebouwen zonder dak hokken, de modder, de bedelaars, de gebrekkige stroomvoorziening, maar het is net als muziek beschrijven. Hij kan het niet tot leven wekken. De boeiende en levendige details van Kabul – de sportschool midden tussen de puinhopen bijvoorbeeld, met een afbeelding van Schwarzenegger voor het raam – zulke details ontsnappen hem nu en zijn beschrijvingen klinken bloedeloos, algemeen, net als die in een bericht van een persbureau.

Op de achterbank doen de jongens hun best belangstelling te tonen, ze luisteren een poosje, of doen alsof. Idris voelt dat ze zich vervelen. Dan vraagt Zabi, die acht jaar is, aan Nahil om de film te starten. Lemar, die twee jaar ouder is, probeert wat langer te luisteren, maar al snel hoort Idris het geronk van een raceauto uit zijn Nintendo DS.

'Wat is er met jullie aan de hand, jongens?' moppert Nahil.

'Jullie vader is net terug uit Kabul. Zijn jullie niet nieuwsgierig? Hebben jullie hem niets te vragen?'

'Laat maar,' zegt Idris. 'Laat ze maar.' Maar hij stoort zich wel degelijk aan hun gebrek aan belangstelling, hun zorgeloze onwetendheid over de genetische toevalstreffer die hun dit bevoorrechte leventje heeft bezorgd. Hij voelt plotseling hoe er een breuk loopt tussen hemzelf en zijn gezin, zelfs tussen hem en Nahil, die vooral vragen stelt over restaurants en het gebrek aan sanitaire voorzieningen. Hij kijkt haar en de jongens nu verwijtend aan, zoals zijn voormalige landgenoten hem moeten hebben aangekeken toen hij in Afghanistan arriveerde.

'Ik heb honger,' zegt hij.

'Wat wil je eten?' zegt Nahil. 'Sushi, Italiaans? Er zit een nieuwe afhaal bij Oakbridge.'

'Laten we Afghaans gaan eten.'

Ze gaan naar Abe's Kabob House, in het oosten van San Jose, bij de oude rommelmarkt in Berryessa. De eigenaar, Abdullah, is een grijsharige man van net in de zestig, met een hangsnor en stevige handen. Hij is, net als zijn vrouw, een van Idris' patiënten. Abdullah zwaait vanachter de kassa als Idris en zijn gezin het restaurant binnenkomen. Abe's Kabob is een kleine familiezaak. Er zijn maar acht tafeltjes – met vaak plakkerige vinylkleedjes – geplastificeerde menukaarten, posters van Afghanistan aan de muren, een oude frisdrankautomaat in de hoek. Abdullah begroet zijn gasten, zit achter de kassa en maakt schoon. Zijn vrouw werkt achterin; zij is verantwoordelijk voor de toverkunsten. Idris kan haar nu in de keuken zien staan, gebogen over iets, ogen samengeknepen tegen de damp, haar haren verborgen onder een muts. Zij en Abdullah zijn in Pakistan getrouwd, aan het eind van de jaren zeventig, nadat de communisten de macht in hun vaderland hadden overgenomen. In 1982, het jaar dat hun dochter Pari werd geboren, kregen ze asiel in Amerika.

Pari is degene die nu de bestelling opneemt. Zij is vriendelijk en beleefd, zij heeft de gladde huid van haar moeder en dezelfde vastberaden schittering in haar ogen. Haar lichaam is vreemd geproportioneerd, slank en bevallig van boven, maar naar beneden toe wijd uitlopend: brede heupen, forse dijen en dikke enkels. Zoals zo vaak draagt ze nu een van haar wijde rokken.

Idris en Nahil bestellen lamsvlees met rijst en *bolani*. De jongens kiezen voor *chapli kabob*, het gerecht op de menukaart dat het dichtst bij een hamburger komt. Terwijl ze op hun eten zitten te wachten, vertelt Zabi aan Idris dat zijn voetbalteam de finale heeft gehaald. Hij speelt rechtsbuiten. De wedstrijd is zondag. Lemar zegt dat hij zaterdag een gitaarrecital heeft.

'Wat ga je spelen?' vraagt Idris lusteloos; hij voelt de jetlag opkomen.

'"Paint It Black".'

'Mooi.'

'Volgens mij heb je niet genoeg geoefend,' zegt Nahil op licht verwijtende toon.

Lemar laat het papieren servetje vallen dat hij aan het oprollen was. 'Mama! Moet dit nou? Weet je wel wat ik elke dag moet doen? Ik heb het zo druk!'

Halverwege de maaltijd komt Abdullah naar hen toe om even te groeten, terwijl hij zijn handen afveegt aan de schort die hij om zijn middel heeft geknoopt. Hij vraagt of het smaakt en of ze nog iets nodig hebben.

Idris vertelt hem dat Timur en hij net terug zijn uit Kabul.

'Wat voert Timur jan in zijn schild?'

'Niets goeds, zoals altijd.'

Abdullah grijnst. Idris weet dat hij dol is op Timur.

'En hoe staan de zaken ervoor met de Kabob?'

Abdullah zucht. 'Dokter Bashiri, als ik ooit iemand zou willen vervloeken, dan zou ik zeggen: God geve hem een restaurant.'

Ze schieten allebei in de lach.

Als ze later het restaurant verlaten en in de SUV stappen, zegt Lemar: 'Papa, geeft hij iedereen gratis eten?'

'Natuurlijk niet,' zegt Idris.

'Waarom wilde hij dan geen geld van jou?'

'Omdat we Afghanen zijn en ik zijn dokter ben,' zegt Idris, wat slechts een deel van de waarheid is. Een belangrijkere reden, denkt hij, is dat hij de neef van Timur is, en het was Timur die jaren voordien aan Abdullah geld heeft geleend om het restaurant te openen.

Thuis is Idris eerst even verbaasd als hij ziet dat de vloerkleden uit de woonkamer en de hal zijn gehaald en dat je de spijkers en de planken kunt zien. Dan herinnert hij zich dat ze hun huis zouden vernieuwen, vloerkleden vervangen door brede planken van kersenhout met een kleur die de aannemer 'koper' had genoemd. De kastdeurtjes in de keuken zijn geschuurd, en waar vroeger de magnetron stond, gaapt de leegte hem tegemoet. Nahil zegt dat ze maandag maar een halve dag gaat werken, zodat ze 's ochtends de vloerlieden en Jason kan opvangen.

'Jason?' Dan herinnert hij zich Jason Speer, de man van de huisbioscoop.

'Hij komt maten opnemen. Hij heeft de subwoofer en de projector al met korting geleverd. Hij stuurt woensdag drie mensen om met het werk te beginnen.'

Idris knikt. De huisbioscoop is zijn idee geweest, iets wat hij altijd al had gewild. Maar nu voelt hij zich er ongemakkelijk bij. Hij heeft er niets meer mee, niets met Jason Speer, niets met de nieuwe kastjes en de koperkleurige vloeren, niets met de hoge schoenen voor zijn kinderen van 160 dollar, niets met de fluwelen beddensprei in zijn kamer, niets met de energie die Nahil en hij in die dingen hebben gestoken. De vruchten van zijn ambitie lijken nu lichtzinnig. Ze herinneren hem aan het extreme verschil tussen zijn leven en wat hij in Kabul heeft aangetroffen.

'Wat is er, schat?'

'Jetlag,' zegt Idris. 'Ik moet even een dutje doen.'

Op zaterdag worstelt hij zich door het gitaarrecital heen, en op zondag door een groot deel van de voetbalwedstrijd van Zabi. In de tweede helft moet hij even wegsluipen naar het parkeerterrein om een halfuurtje te slapen. Tot zijn opluchting merkt Zabi niets. Op zondagavond komen er een paar buren eten. Ze geven foto's door van Idris' reis en zitten beleefd de één uur durende video uit over Kabul die Nahil, tegen Idris' wens in, per se wilde laten zien. Tijdens het diner vragen ze Idris naar zijn reis en naar zijn visie op de situatie in Afghanistan. Hij nipt aan zijn mojito en geeft korte antwoorden.

'Ik kan me niet voorstellen hoe het daar is,' zegt Cynthia. Cynthia is pilateslerares op de sportschool waar Nahil traint.

'Kabul is...' Idris zoekt naar de juiste woorden. 'Duizend drama's op één vierkante kilometer.'

'Zal wel een flinke cultuurschok geweest zijn.'

'Jazeker.' Idris vertelt er niet bij dat de echte cultuurschok zijn thuiskomst in Californië was.

Aan het slot van de avond komt het gesprek op een reeks diefstallen van de post waardoor de buurt onlangs is opgeschrikt.

Als Idris 's avonds in bed ligt, zegt hij: 'Vind je dat we dit allemaal nodig hebben?'

'Wat bedoel je met: dit allemaal?' zegt Nahil. Hij ziet haar in de spiegel, terwijl ze haar tanden poetst boven de wasbak.

'Al die spullen.'

'Nee, *nodig* hebben we het niet, als je dat bedoelt,' zegt ze. Ze spuugt in de wasbak en gorgelt.

'Vind je niet dat het allemaal wat te veel van het goede is?'

'We hebben er hard voor gewerkt, Idris. Studie geneeskunde, studie rechten, de jarenlange vervolgopleidingen. We hebben het niet gratis gekregen. We hoeven ons nergens voor te excuseren.'

'Voor de prijs van die huisbioscoop hadden we een school kunnen bouwen in Afghanistan.'

Ze komt de slaapkamer binnen en gaat op bed zitten om haar contactlenzen uit te doen. Ze heeft een prachtig profiel. Hij houdt van de manier waarop de lijn van haar voorhoofd vrijwel zonder onderbreking overgaat in die van haar neus, haar sterke jukbeenderen, haar slanke hals.

'Doe het dan allebei,' zegt ze terwijl ze zich naar hem toe draait en de oogdruppels wegknippert. 'Waarom zou je niet?'

Een paar jaar eerder had Idris ontdekt dat Nahil een Colombiaans jongetje steunde, Miguel. Ze had hem er niets over verteld, en aangezien zij de post en hun financiën deed, had Idris er jaren niets van geweten, totdat hij haar op een dag een brief zag lezen van Miguel. De brief was door een non uit het Spaans vertaald. Er zat ook een foto bij van een grote, pezige jongen die bij een strohut stond met een voetbal in zijn handen, en achter hem niets dan uitgemergelde koeien en groene heuvels. Nahil was Miguel gaan steunen toen ze rechten studeerde. Elf jaar lang hadden Nahils cheques en Miguels foto's en dankbare, door de non vertaalde brieven elkaar gekruist.

Ze doet haar ringen af. 'Wat betekent dit? Heb je ginds een schuldgevoel opgelopen omdat je het hebt overleefd?'

'Ik zie de dingen nu in een iets ander licht.'

'Goed. Doe daar dan wat mee. Maar stop met dat navelstaren.'

De jetlag berooft hem die nacht van zijn slaap. Hij leest een poosje, kijkt beneden naar een deel van de herhaling van een aflevering van *West Wing*, en belandt uiteindelijk achter de computer in de logeerkamer die door Nahil is veranderd in een werkkamer. Hij treft een e-mail aan van Amra. Ze hoopt dat hij veilig en wel is thuisgekomen en dat zijn gezin het goed maakt. Het heeft in Kabul 'kwaad' geregend, schrijft ze, en de modder op straat reikt tot aan de enkels. De regen heeft overstromingen veroorzaakt en in Shomali, ten noorden van

Kabul, moesten zo'n tweehonderd gezinnen per helikopter worden geëvacueerd. De beveiliging is strenger geworden vanwege de steun van Kabul aan de oorlog van Bush in Irak en de verwachte represailles van de kant van Al Qaida. Haar laatste zin luidt: '*Heb je je baas al gesproken?*'

Onder Amra's e-mail hangt een kleine tekst van Roshi, die Amra heeft uitgetikt. Er staat:

Salaam kaka Idris,
Insjallah bent u veilig in Amerika aangekomen. Ik weet zeker dat uw gezin heel blij is u te zien. Ik denk elke dag aan u. Ik zie elke dag de films die u voor mij hebt gekocht. Ik vind ze allemaal mooi. Ik ben verdrietig omdat u niet hier bent om er met mij naar te kijken. Ik voel me goed en Amra jan zorgt goed voor me. Zegt u alstublieft Salaam tegen uw gezin. Insjallah zien we elkaar snel in Californië.
Hartelijke groet,
Roshana

Hij antwoordt Amra, bedankt haar en schrijft dat het hem spijt van die overstromingen. Hij hoopt dat de regen snel ophoudt. Hij vertelt haar dat hij deze week nog met zijn baas zal praten over Roshi. Eronder schrijft hij:

Salaam Roshi jan,
Dank je voor je aardige brief. Ik ben erg blij van je te horen. Ik denk ook veel aan jou. Ik heb mijn gezin alles over je verteld en zij willen je heel graag ontmoeten, vooral mijn zoons, Zabi jan en Lemar jan, die veel vragen stellen over je. We zien allemaal uit naar je komst. Alle liefs,
Kaka Idris

Hij logt uit en gaat naar bed.

*

Als hij op maandag zijn kantoor binnenkomt, ligt er een hele stapel doorgebelde berichten op hem te wachten. Een bakje puilt uit van de verzoeken om een herhalingsrecept, die hij moet goedkeuren. Hij heeft ruim honderdzestig e-mails om door te nemen, en zijn voicemail zit vol. Hij loopt zijn agenda op de computer door en is verbijsterd te zien dat hij veel te veel afspraken heeft – hij zit 'klem', zoals artsen dat noemen – die allemaal in zijn spreekuur gefrommeld zijn. Nog erger, hij zal vanmiddag die vreselijke mevrouw Rasmussen moeten ontvangen, een bijzonder onaangename, agressieve vrouw die al jaren rondloopt met vage symptomen waartegen geen enkele behandeling helpt. Het zweet breekt hem uit bij de gedachte aan haar vijandige hulpbehoevendheid. En dan is er tot overmaat van ramp ook nog een voicemail van zijn baas, Joan Schaeffer, die hem vertelt dat een patiënt bij wie hij vlak voor zijn reis naar Kabul een longontsteking had vastgesteld, een hartverlamming bleek te hebben gehad. De kwestie zal volgende week worden behandeld tijdens het vakgenotenoverleg, een maandelijkse videoconferentie waaraan alle afdelingen deelnemen en waar fouten van artsen, die anoniem blijven, onder de loep worden genomen om van te leren. Idris is ervan doordrongen dat de anonimiteit te wensen overlaat; minstens de helft van de deelnemers weet wie de boosdoener is.

Hij voelt hoofdpijn opkomen.

Hij loopt die ochtend al snel jammerlijk achter op zijn schema. Een astmapatiënt komt zonder afspraak binnenlopen en heeft een ademtherapie nodig en een nauwkeurig onderzoek naar de hoogste uitademingssnelheid en de zuurstofverzadiging. Een directeur van een bedrijf, een man van middelbare leeftijd, die drie jaar geleden voor het laatst door Idris is onderzocht, komt binnen met een zich ontwikkelend myocardiaal infarct. Idris kan pas ver na het middaguur aan zijn lunch beginnen. In de kantine verslindt hij een halve kalkoensandwich en probeert hij wat aantekeningen te maken. Hij beantwoordt steeds dezelfde vragen van zijn collega's. Was Kabul veilig? Wat denken de Afghanen ginds van de aanwezigheid van Amerika? Hij geeft korte antwoorden en denkt intussen aan mevrouw Rasmussen, aan de voicemails die hij moet beantwoorden, aan de herhaalrecepten die hij nog moet goedkeuren, de drie ingeschoven afspraken van die middag, de aanstaande videoconferentie, de werklui die aan het zagen en boren en timmeren zijn in zijn huis. Over Afghanistan praten – en hij is verbaasd hoe snel en onmerkbaar dat is gegaan – voelt plotseling als discussiëren over een pas bekeken, van emoties druipende film, waarvan de uitwerking aan het verdwijnen is.

De week blijkt een van de moeilijkste uit zijn loopbaan. Hoewel hij het wel van plan was, vindt hij niet de tijd om met Joan Schaeffer over Roshi te praten. Hij is de hele week slechtgehumeurd. Hij doet kortaf tegen de jongens thuis, ergert zich aan de arbeiders die zijn huis maar in en uit lopen, en aan het kabaal. Zijn slaappatroon is nog lang niet normaal. Hij krijgt nog twee e-mails van Amra, waarin hij wordt bijgepraat over de situatie in Kabul. Rabia Balkhi, het vrouwenziekenhuis, is heropend. De regering-Karzai zal kabeltelevisiemaatschappijen toestaan programma's uit te zenden, tegen de wil van de islamitische hardliners in. In een postscriptum aan het eind van de tweede e-mail schrijft ze dat Roshi sinds zijn vertrek stil en teruggetrokken is en ze vraagt opnieuw of hij met zijn baas heeft gesproken. Hij laat het toetsenbord even voor wat het is. Hij keert er later naar terug, beschaamd over de mate waarin Amra's vraag hem heeft geïrriteerd, hoe hij heel even in de verleiding was gekomen om haar in hoofdletters te antwoorden: *Ik zal het doen. Te zijner tijd.*

*

'Ik hoop dat je het niet erg vond.'

Joan Schaeffer zit achter haar bureau met haar handen in haar schoot. Ze is een opgewekte, energieke vrouw met een rond gezicht en stekelig wit haar. Zij kijkt hem doordringend aan over de kleine leesbril die op de rug van haar neus staat. 'Je begrijpt dat het niet mijn bedoeling was je capaciteiten in twijfel te trekken.'

'Natuurlijk,' zegt Idris. 'Ik begrijp het.'

'En trek het je niet al te zeer aan. Het kan ieder van ons overkomen. Een hartaanval en een longontsteking zijn op een röntgenfoto soms moeilijk uit elkaar te houden.'

'Dank je, Joan.' Hij staat op om weg te gaan, maar stopt bij de deur. 'O, en dan nog iets wat ik met je wilde bespreken.'

'Tuurlijk, tuurlijk. Ga zitten.'

Hij gaat weer zitten. Hij vertelt haar over Roshi, beschrijft haar verwondingen en het gebrek aan middelen in het Wazir Akbar Khan Ziekenhuis. Hij vertelt haar in vertrouwen dat hij een toezegging heeft gedaan aan Amra en Roshi. Nu hij het hardop uitspreekt, voelt hij zich gebukt gaan onder de belofte, terwijl hij daar in Kabul geen last van had, op de gang bij Amra, toen zij hem op zijn wang kuste. Hij stelt met bezorgdheid vast dat het voelt alsof hij spijt heeft van een aankoop.

'Mijn god, Idris,' zegt Joan en ze schudt haar hoofd. 'Ik kan je alleen maar prijzen. Maar wat verschrikkelijk. Dat arme kind. Ik kan het me amper voorstellen.'

'Ik weet het,' zegt hij. Hij vraagt haar of het ziekenhuis bereid zou zijn de operatie financieel mogelijk te maken. 'Of operaties. Ik heb het idee dat ze er meer dan één nodig heeft.'

Joan zucht. 'Ik zou willen van wel. Maar eerlijk gezegd betwijfel ik of de raad van bestuur het zal goedkeuren, Idris. Ik betwijfel het zeer. Je weet dat we de laatste vijf jaar met verlies draaien. En er zullen ook gecompliceerde juridische problemen zijn.'

Ze wacht even, ze denkt misschien dat hij er iets tegen in zal brengen, maar dat doet hij niet.

'Ik begrijp het,' zegt hij.

'Je zou een humanitaire organisatie moeten kunnen vinden die dat soort dingen doet, toch? Het kost wel wat moeite, maar...'

'Ik zal eens kijken. Dank je, Joan.' Hij staat weer op en is verbaasd dat hij zich nu lichter voelt, dat hij bijna opgelucht is door haar antwoord.

❋

Het duurt nog een maand voordat de huisbioscoop klaar is, maar dan ziet hij er fantastisch uit. Het beeld dat door de projector aan het plafond wordt weergegeven, is haarscherp, en de bewegingen op het scherm met een diagonaal van drie meter zijn vloeiend. De 7.1 channel surround sound, de equalizers en de bass traps die ze in de vier hoeken hebben gezet, zorgen voor een wonderbaarlijke akoestiek. Ze kijken naar *Pirates of the Caribbean*, de jongens, verrukt over de technologie, zitten aan weerszijden van hem en eten uit de bak met popcorn op zijn schoot. Voor de laatste, lang aanhoudende gevechtsscène zijn ze al ingeslapen.

'Ik breng ze naar bed,' zegt Idris tegen Nahil.

Hij tilt ze om beurten op. De tengere lichamen van de jongens worden met een alarmerende snelheid langer. Terwijl hij ieder van hen in bed stopt, breekt bij hem het besef door van het hartzeer dat de twee jongens hem zullen bezorgen. Binnen een of hoogstens twee jaar zal hij opzij worden gezet. De jongens zullen van andere dingen gecharmeerd zijn, van andere mensen, en ze zullen zich ongemakkelijk voelen bij Nahil en hem. Idris denkt verlangend terug aan de tijd dat ze klein en hulpeloos waren, volkomen afhankelijk van hen. Hij herinnert zich hoe bang Zabi was voor rioolputten toen hij klein was, hij liep er in een wijde, onhandige boog omheen. Bij het zien van een oude film had Lemar aan Idris gevraagd of hij al had geleefd in de tijd dat de wereld nog zwart-wit was. De herinnering doet hem glimlachen. Hij drukt een kus op de wangen van de jongens.

Hij zit in het duister, wat achterovergeleund, en kijkt naar de slapende Lemar. Hij heeft over zijn zonen overhaast en oneerlijk geoordeeld, ziet hij nu in. En ook over zichzelf is hij te onbarmhartig geweest. Hij is geen crimineel. Alles wat hij bezit, heeft hij met zijn eigen handen verdiend. In de jaren negentig, toen de helft van de jongens die hij kende ging stappen en meiden versieren, begroef hij zich in zijn studieboeken, sleepte zich om twee uur 's nachts voort door de ziekenhuisgangen en offerde slaap, vrije tijd en een prettig leven op. Tussen zijn twintigste en zijn dertigste heeft hij al zijn tijd en energie aan de studie medicijnen besteed. Hij heeft zijn tol betaald. Waarom zou hij zich slecht moeten voelen? Dit is zijn gezin. Dit is zijn leven.

De laatste maand is Roshi iets abstracts voor hem geworden, een figuur in een toneelstuk. Hun contact is verstoord. De onverwachte intimiteit waarop hij in dat ziekenhuis toevallig was gestuit, urgent en acuut, is uitgehold en afgevlakt. De kracht van die ervaring is verloren gegaan. Hij ziet in dat zijn ferme besluit, dat hem geheel in beslag nam, in werkelijkheid een illusie is geweest, een begoocheling. Hij was onder invloed geraakt van iets, net als bij drugs. De afstand tussen hem en het meisje lijkt nu heel erg groot. Onafzienbaar, onoverbrugbaar, en zijn belofte aan haar lijkt ondoordacht, een roekeloze vergissing, een vreselijk verkeerde inschatting van zijn macht en zijn wil en zijn karakter. Hij kan het maar beter vergeten. Hij is niet bij machte iets te doen. Zo simpel is het. De laatste week heeft hij nog drie e-mails van Amra gekregen. Hij heeft de eerste gelezen en hem niet beantwoord. De andere twee heeft hij gewist zonder ze te lezen.

⁂

De rij in de boekhandel bestaat uit twaalf of dertien mensen en loopt van het geïmproviseerde podium naar het tijdschriftenvak. Een grote vrouw met een dik gezicht reikt geeltjes uit aan de mensen die in de rij staan, zodat ze er hun naam op kunnen schrijven en een persoonlijke boodschap die ze graag in het boek genoteerd willen zien. Een juffrouw van de verkoop helemaal aan het begin van de rij helpt mensen met het zoeken van de titelpagina.

Idris is bijna aan de beurt en houdt een exemplaar van het boek in zijn hand. De vrouw voor hem, in de vijftig en met kort, stekelig blond haar, draait zich om en zegt tegen hem: 'Hebt u het gelezen?'

'Nee,' zegt hij.

'We gaan het volgende maand voor onze leesclub lezen. Het is mijn beurt om een boek uit te kiezen.'

'Aha.'

Ze fronst haar voorhoofd en legt een hand op haar borst. 'Zo'n ontroerend verhaal. Zo inspirerend. Wedden dat er een film van wordt gemaakt?'

Het is waar wat hij haar heeft verteld. Hij heeft het boek niet gelezen en betwijfelt of hij het ooit zal doen. Hij denkt niet dat hij er zin in heeft zijn oude ik weer te ontmoeten. Maar anderen lezen het wel. En als ze het doen, staat hij te kijk. Mensen zullen het weten. Nahil, zijn zonen, zijn collega's. Hij voelt zich beroerd als hij eraan denkt.

Hij opent het boek weer en bladert door het dankwoord en de biografie van de coauteur, die het eigenlijke schrijfwerk heeft verricht. Hij kijkt weer naar de foto op de flap. De wond is niet te zien. Als ze een litteken heeft, en dat moet wel, dan gaat het schuil onder het golvende, lange zwarte haar. Roshi draagt een bloes met gouden kraaltjes, een ketting met het symbool van Allah eraan en blauwe oorknopjes.

Ze staat tegen een boom geleund, glimlacht en kijkt recht de camera in. Hij denkt aan de houterige figuurtjes die ze voor hem getekend had. *Ga niet weg. Ga niet weg, kaka.* In deze jonge vrouw kan hij geen spoor terugvinden van het sidderende hoopje mens dat hij zes jaar eerder achter een gordijn had aangetroffen.

Idris kijkt even op de pagina met de opdracht.

Voor de twee engelen in mijn leven: mijn moeder Amra en mijn kaka Timur. Jullie zijn mijn redders. Ik heb alles aan jullie te danken.

De rij komt in beweging. De vrouw met het korte blonde haar krijgt haar gesigneerde exemplaar terug. Ze loopt weg, en Idris doet met bonzend hart een stap naar voren. Roshi kijkt op. Ze draagt een Afghaanse sjaal boven een oranje bloes met lange mouwen, en kleine ovale zilveren oorbellen. Haar ogen zijn donkerder dan hij zich kan herinneren en haar lichaam heeft volle, vrouwelijke rondingen. Ze kijkt hem aan zonder met haar ogen te knipperen, en hoewel ze niet openlijk laat merken dat ze hem herkend heeft en haar glimlach beleefd blijft, zit er iets geamuseerds en afstandelijks in haar gelaatsuitdrukking, iets schalks, iets plagerigs, iets vrijmoedigs. Het verplettert hem, en plotseling drogen alle woorden op die hij had ingestudeerd – zelfs opgeschreven en geoefend op weg hiernaartoe. Hij slaagt er niet in om iets te zeggen. Hij staat daar maar, lichtelijk dwaas.

De winkeljuffrouw schraapt haar keel. 'Meneer, als u mij uw boek geeft, sla ik het wel open op de titelpagina en zal Roshi het voor u signeren.'

Het boek. Idris kijkt naar beneden en ziet dat zijn handen het boek stevig omklemmen. Hij is hier niet gekomen om het te laten signeren, natuurlijk niet. Dat zou bitter zijn, op een groteske manier bitter, na alles wat er gebeurd is. Maar hij ziet zichzelf het boek uit handen geven, hij ziet hoe de winkeljuffrouw het vakkundig openslaat op de juiste pagina en hoe Roshi's hand iets onder de titel schrijft. Hij heeft nog enkele seconden om iets te zeggen, niet omdat dat wat onvergeeflijk is zou worden uitgewist, maar omdat hij denkt dat hij het haar verschuldigd is. Maar als de juffrouw hem het boek teruggeeft, kan hij de woorden niet vinden. Hij zou willen dat hij nu een tikkeltje van Timurs moed had. Hij kijkt weer naar Roshi. Ze kijkt al langs hem heen naar de volgende persoon in de rij.

'Ik ben...' begint hij.

'De rij moet in beweging blijven, meneer,' zegt de juffrouw.

Hij laat zijn hoofd zakken en loopt weg.

Zijn auto staat op de parkeerplaats achter de winkel. De wandeling erheen lijkt de langste van zijn hele leven te zijn. Hij opent het portier en wacht even voor hij instapt. Met handen die nog steeds beven, slaat hij het boek weer open. Het gekriebel is geen handtekening. Zij heeft in het Engels twee zinnen voor hem genoteerd.

Hij sluit het boek en dan zijn ogen. Hij had nu eigenlijk opgelucht moeten zijn. Maar er is iets in hem wat iets heel anders wil. Misschien als zij een lelijk gezicht had getrokken en iets kinderachtigs had gezegd, vol walging en haat. Een uitbarsting van wrok. Dat was misschien beter geweest. Maar in plaats daarvan een correcte, diplomatieke afwijzing. En deze aantekening. *Maakt u zich geen zorgen. U komt er niet in voor.* Een vriendelijke daad. Of misschien nauwkeuriger: een barmhartige daad. Hij zou opgelucht moeten zijn. Maar het doet pijn. Hij voelt de klap ervan, als een bijl op zijn hoofd.

Vlakbij staat een bank onder een olm. Hij loopt erheen, legt het boek erop neer, gaat terug naar zijn auto en kruipt achter het stuur. Het duurt even voor hij zichzelf vertrouwt, de sleutel omdraait en wegrijdt.

ZES

Februari 1974

Opmerking van de uitgever,
Parallaxe, *nr. 84, p. 5, winter 1974.*

Geachte lezers,
Vijf jaar geleden, toen we in ons driemaandelijkse tijdschrift interviews met weinig bekende dichters gingen publiceren, konden we niet voorzien hoe populair ze zouden worden. Velen van u hebben om meer gevraagd, en het zijn uw enthousiaste brieven geweest die de weg hebben vrijgemaakt voor een jaarlijkse traditie in *Parallaxe.* Ook de redactie is nu zeer gesteld geraakt op die portretten. De nummers hebben geleid tot de ontdekking, of herontdekking, van enkele waardevolle dichters, en tot een (te) late waardering van hun werk.

Helaas valt er een schaduw over het huidige nummer. De schrijver die in dit nummer centraal staat is Nila Wahdati, een Afghaanse dichteres, die afgelopen winter in Courbevoie, een stadje bij Parijs, werd geïnterviewd door Etienne Boustouler. U zult het met ons eens zijn dat mevrouw Wahdati een van de meest onthullende en openhartige interviews heeft gegeven die we ooit hebben gepubliceerd. Met grote droefenis hebben we kennisgenomen van haar te vroege dood, niet lang nadat dit interview was afgenomen. Binnen de gemeenschap van dichters zal ze worden gemist. Ze laat een dochter na.

*

De timing is griezelig. De deur van de lift gaat open op hetzelfde moment dat de telefoon begint te rinkelen. Pari kan het geluid horen omdat het uit Juliens appartement komt, dat zich bevindt aan het begin van de amper verlichte, smalle gang, en dus het dichtst bij de lift is. Intuïtief weet ze wie er belt. De uitdrukking op Juliens gezicht verraadt dat ook hij het weet.

Julien, die al in de lift is gestapt, zegt: 'Laat maar bellen.'

Achter hem staat de weinig toeschietelijke vrouw van boven, als altijd met een rood aangelopen hoofd. Ze kijkt ongeduldig naar Pari. Julien noemt haar *la chèvre* omdat haar kin zo behaard is als die van een geit.

Hij zegt: 'We gaan, Pari. We zijn al te laat.'

Hij heeft voor zeven uur gereserveerd in een nieuw restaurant in het zestiende arrondissement, dat voor enige ophef heeft gezorgd vanwege zijn *poulet braisé*, zijn *sole cardinale* en zijn kalfslever in sherryazijn. Ze gaan eten met Christian en Aurélie, oude universiteitsvrienden van Julien – nog uit zijn studententijd, niet uit zijn docententijd. Ze hadden om halfzeven afgesproken voor een aperitiefje en het is nu al kwart over zes. Ze moeten nog naar het metrostation lopen, met de metro naar Muette reizen en dan nog zes straten lopen naar het restaurant.

De telefoon blijft rinkelen.

De geitenvrouw kucht.

Julien zegt nu iets dringender: 'Pari?'

'Misschien is het maman,' zegt Pari.

'Ja, dat zou kunnen.'

Het is absurd, maar Pari denkt dat maman – met haar flair voor drama – juist dit moment heeft uitgekozen om te bellen, alsof ze haar met opzet voor deze keuze wil plaatsen. Met Julien in de lift stappen of de telefoon opnemen.

'Misschien is het belangrijk,' zegt ze.

Julien zucht.

Terwijl de liftdeuren zich achter hem sluiten, leunt hij tegen de muur van de gang. Hij steekt zijn handen diep in de zakken van zijn regenjas en kijkt even als een personage uit een *policier* van Melville.

'Eén minuutje maar,' zegt Pari.

Julien kijkt haar sceptisch aan.

Het appartement van Julien is klein. Zes snelle passen en ze is de hal al door, ze loopt door de keuken, gaat op de rand van het bed zitten en pakt de telefoon van het enige nachtkastje waarvoor in de kamer nog plaats is. Maar het uitzicht is spectaculair. Het regent nu, maar op een heldere dag kan ze vanuit het raam op het oosten het grootste deel van het negentiende en twintigste arrondissement zien.

'*Oui, allo?*' zegt ze in de hoorn.

Een mannenstem antwoordt. '*Bonsoir.* Spreek ik met mademoiselle Pari Wahdati?'

'Met wie spreek ik?'

'Bent u de dochter van madame Nila Wahdati?'

'Ja.'

'Ik ben dokter Delaunay. Ik bel vanwege uw moeder.'

Pari sluit haar ogen. Even is er iets als schuldgevoel, maar dan overheerst als vanouds de angst. Ze heeft al eerder dit soort telefoontjes gehad, te veel om ze te tellen, al in de tijd dat ze nog een puber was en zelfs daarvoor – in de zesde klas van de basisschool had de onderwijzer haar tijdens een proefwerk aardrijkskunde moeten vragen mee te komen naar de gang, daar had hij haar fluisterend gezegd wat er was gebeurd. Pari kent dit soort telefoontjes wel, maar de herhaling ervan heeft haar er niet onverschillig voor gemaakt. Elke keer denkt ze: nu, nu wel, en elke keer hangt ze op en haast ze zich naar maman. Redenerend als de econoom die hij is heeft Julien weleens tegen Pari gezegd dat de vraag om aandacht wellicht zou ophouden als ze het aanbod ervan zou stopzetten.

'Ze heeft een ongeluk gehad,' zegt dokter Delaunay.

Pari staat bij het raam en luistert naar de uitleg van de

dokter. Ze draait het snoer van de telefoon om haar vingers, als hij uitvoerig vertelt over het ziekenhuisbezoek van haar moeder, de snee in haar voorhoofd, de hechtingen, de preventieve tetanusinjectie, de nabehandeling met peroxide, de antibiotica, het verband. Pari moet denken aan de tijd dat ze tien was, toen ze op een keer thuiskwam van school en op de keukentafel vijfentwintig franc aantrof met een handgeschreven briefje. *Ik ben met Marc naar Alsace. Je weet wie hij is. Over een paar dagen terug. Pas goed op jezelf. (Niet te laat opblijven!) Je t'aime. Maman.* Pari had trillend in de keuken gestaan, met tranen in de ogen, en ze had bij zichzelf gezegd dat twee dagen niet zo heel erg was, niet zo heel lang.

De dokter stelt haar een vraag.

'Pardon?'

'Ik vroeg of u haar komt ophalen, mademoiselle? De verwonding is niet ernstig, maar misschien is het beter als ze niet in haar eentje naar huis gaat. Anders moeten we een taxi voor haar regelen.'

'Nee. Dat hoeft niet. Ik kan er over een halfuur zijn.'

Ze zit op het bed. Julien zal wel geïrriteerd zijn, en waarschijnlijk zal hij zich schamen tegenover Christian en Aurélie, aan wier opinies hij veel belang lijkt te hechten. Pari heeft geen zin om de gang in te lopen en Julien onder ogen te komen. Ze wil ook niet naar Courbevoie gaan en haar moeder onder ogen komen. Ze wil het liefst op bed gaan liggen, ze wil luisteren naar de regendruppels die de wind tegen het raam slaat, tot ze in slaap valt.

Ze steekt een sigaret op, en als achter haar Julien de kamer binnenkomt en zegt: 'Je gaat zeker niet mee, hè?' geeft ze geen antwoord.

❋

Uit 'Afghaanse zangvogel', een interview
met Nila Wahdati, door Etienne Boustouler,
Parallaxe, *nr. 84, p. 33, winter 1974.*

EB: U bent dus half Afghaans en half Frans?
NW: Mijn moeder was Française. Ja. Ze kwam uit Parijs.
EB: Maar ze heeft uw vader in Kabul ontmoet. Daar bent u ook geboren.
NW: Ja. Ze hebben elkaar daar in 1927 ontmoet. Bij een officieel diner in het koninklijk paleis. Mijn moeder was meegegaan met haar vader, mijn grootvader, die naar Kabul was gestuurd om koning Amanullah te adviseren over zijn hervormingen. Hebt u weleens van koning Amanullah gehoord?

We zitten in de woonkamer van Nila Wahdati's kleine appartement op de dertigste verdieping van een flatgebouw in de stad Courbevoie, iets ten noordwesten van Parijs. De kamer is klein, schaars verlicht en spaarzaam gemeubileerd: een saffraankleurige bank, een salontafel en twee grote boekenrekken. Ze zit met haar rug naar het raam, dat openstaat om de rook te verjagen van de sigaretten waarvan ze de een met de ander aansteekt.

Nila zegt dat ze vierenveertig jaar oud is. Het is een opvallend aantrekkelijke vrouw, misschien net over het hoogtepunt van haar schoonheid heen, maar nog niet erg lang. Hoge, koninklijke jukbeenderen, smalle taille. Ze heeft intelligente, flirtzieke ogen en een doordringende blik, die je tegelijkertijd taxeren, testen, betoveren en bespelen. Ik denk dat ze een geducht verleidingswapen vormen. Ze heeft geen make-up op, behalve lippenstift, die een beetje is uitgelopen. Ze draagt een bandana om haar voorhoofd, een lichtpaarse bloes boven een spijkerbroek, geen sokken, geen schoenen. Het is pas elf uur in de ochtend, maar ze schenkt wijn in uit een ongekoelde fles chardonnay. Ze heeft me gul een glas aangeboden, maar dat heb ik afgewezen.

NW: De beste koning die ze ooit hebben gehad.

Ik vind de opmerking interessant door de keuze van het persoonlijk voornaamwoord.

EB: Ze? Beschouwt u zichzelf niet als een Afghaanse?
NW: Laten we zeggen dat ik me heb laten scheiden van mijn meer problematische helft.
EB: Nu word ik nieuwsgierig. Waarom?
NW: Als hij in zijn onderneming was geslaagd, ik bedoel koning Amanullah, dan had ik uw vraag misschien anders beantwoord.

Ik vraag haar dat uit te leggen.

NW: Weet u, op een ochtend werd hij wakker, de koning, en hij kondigde aan dat hij het land wilde hervormen, desnoods razend en tierend, en er een nieuwe en meer verlichte natie van wilde maken. Goeie god! Geen sluiers meer, zei hij onder andere. Stelt u zich voor, meneer Boustouler, een vrouw in Afghanistan die werd gearresteerd, omdat ze een boerka droeg! En toen zijn vrouw, koningin Soraya, ongesluierd in het openbaar verscheen? O là là! De longen van de mullahs vulden zich met zo veel adem dat je er duizend zeppelins mee in de lucht had kunnen houden. En geen polygamie meer, zei hij! En dat, moet u weten, in een land waar koningen talloze concubines hadden en nooit enige aandacht besteedden aan het merendeel van de kinderen die ze zo lichtzinnig hadden verwekt. Van nu af aan, zei hij, kan geen man je meer tot een huwelijk dwingen. En geen bruidsprijzen meer, dappere vrouwen van Afghanistan, en geen kinderhuwelijken, en dan nog iets: jullie gaan allemaal naar school.
EB: Hij was dus een idealist.
NW: Of een idioot. De scheidslijn is gevaarlijk dun, vind ik.
EB: Wat is er met hem gebeurd?

NW: Het antwoord is even ergerlijk als voorspelbaar, meneer Boustouler. Jihad natuurlijk. Ze riepen de jihad tegen hem uit, de mullahs, de stamhoofden. Stelt u zich duizend vuisten voor die allemaal de lucht in gaan! De koning had de aarde doen beven, maar hij werd omringd door een oceaan van fanatiekelingen, en u weet wat er gebeurt als de bodem van de oceaan gaat beven, meneer Boustouler. Een tsunami van bebaarde rebellie sloeg op de koning neer en voerde de arme man mee, die hulpeloos met zijn armen zwaaide, en spuugde hem uit op de kust van India, daarna Italië, en ten slotte Zwitserland, waar hij uit het slijk kroop en als een gedesillusioneerde oude man in ballingschap is gestorven.
EB: En het herrezen land? Ik krijg de indruk dat u er niet goed bij paste.
NW: Het tegendeel is ook waar.
EB: En daarom bent u in 1955 naar Frankrijk verhuisd?
NW: Ik ben naar Frankrijk verhuisd omdat ik mijn dochter een bepaald soort leven wilde besparen.
EB: Welk leven?
NW: Ik wilde niet dat ze tegen haar wil en tegen haar natuur in een van die trieste, toegewijde vrouwen zou worden die zich een leven lang voegen in sobere onderworpenheid, altijd bang om iets verkeerds te doen, te zeggen of te tonen. Vrouwen die door sommigen in het Westen bewonderd worden, hier in Frankrijk bijvoorbeeld, vrouwen die als heldinnen worden gezien om hun harde leven, op afstand bewonderd door mensen die het niet zouden kunnen verdragen ook maar één dag in hun schoenen te staan. Vrouwen die hun verlangens gedood hebben en hun dromen afgezworen en die toch – en dat is het ergste, meneer Boustouler – glimlachen als je hen tegenkomt, en doen alsof ze geen twijfels hebben. Alsof ze benijdenswaardige levens leiden. Maar kijk eens wat beter, en je ziet hun hulpeloze blik, hun radeloosheid, en hoe die al hun vertoon van gemoedsrust logenstraft. Het is heel zielig, meneer Boustouler. Dat wilde ik niet voor mijn dochter.

EB: Ik neem aan dat ze dit begrijpt.

Ze steekt weer een sigaret op.

NW: Nou ja. Kinderen zijn nooit precies waarop je hebt gehoopt, meneer Boustouler.

⁕

Op de Spoedeisende Hulp zegt een slechtgehumeurde verpleegster tegen Pari dat ze bij de balie moet wachten, bij een molenrek met folders. Het verbaast Pari dat er mensen zijn die in hun jeugd vrijwillig een opleiding volgen voor een beroep waardoor ze op een plek als deze belanden. Ze begrijpt er helemaal niets van. Ze walgt van ziekenhuizen. Ze haat het mensen op hun slechtst te zien, de misselijkmakende stank, de piepende brancards, de gangen met de nietszeggende schilderijen, de onophoudelijke mededelingen uit luidsprekers in het plafond.

Dokter Delaunay blijkt jonger te zijn dan Pari had verwacht. Hij heeft een ranke neus, een kleine mond en dikke blonde krullen. Hij loopt met haar vanuit de Spoedeisende Hulp door de openzwaaiende deuren naar de grote hal.

'Toen uw moeder hier aankwam,' zegt hij op vertrouwelijke toon, 'was ze behoorlijk aangeschoten... Dat verbaast u kennelijk niet.'

'Nee.'

'Een deel van de verplegers en verpleegsters ook niet. Ze zeggen dat ze hier zo'n beetje een abonnement heeft. Ikzelf ben hier nieuw, dus ik heb uiteraard nog niet het genoegen gehad.'

'Hoe slecht was ze eraan toe?'

'Ze was behoorlijk koppig,' zegt hij. 'En laat ik maar zeggen: nogal theatraal.'

Ze wisselen een glimlach.

'Komt ze er weer bovenop?'

'Op de korte termijn wel,' zegt dokter Delaunay. 'Maar ik moet haar nadrukkelijk aanraden, en ik zeg het met de nodige klem, haar drankgebruik drastisch te reduceren. Ze heeft ditmaal nog geluk gehad, maar wie zal zeggen wat er de volgende keer...'

Pari knikt. 'Waar is ze nu?'

Hij leidt haar weer naar de Spoedeisende Hulp en ze slaan een hoek om. 'Bed nummer drie. Ik kom dadelijk langs voor de laatste aanwijzingen voor ze naar huis kan.'

Pari bedankt hem en loopt naar het bed van haar moeder.

'*Salut*, maman.'

Maman glimlacht vermoeid. Haar haar is in de war en ze heeft twee verschillende sokken aan. Haar voorhoofd zit in het verband en er druppelt een kleurloze vloeistof door een infuusslangetje in haar linkerarm. Ze draagt een ziekenhuishemd, maar verkeerd om, en niet goed dichtgeknoopt. Het hemd hangt aan de voorkant halfopen, en Pari kan een deel van de dikke, donkere, verticale streep zien van de oude keizersnede van haar moeder. Ze had haar moeder een paar jaar eerder gevraagd waarom ze niet het gebruikelijke horizontale litteken had, en maman had verteld dat de doktoren haar toentertijd een of andere technische reden hadden gegeven die ze nu vergeten was. *Het belangrijkste*, zei ze, *was dat ze jou eruit gekregen hebben*.

'Ik heb je avond verpest,' fluistert maman.

'Kan gebeuren. Ik kom je halen.'

'Ik kan wel een week achterelkaar slapen.'

Haar oogleden vallen dicht, hoewel ze traag en hortend blijft praten. 'Ik zat gewoon tv te kijken. Ik kreeg honger. Ik ging naar de keuken voor een boterham met jam. Ik gleed uit. Ik weet niet hoe of wat, maar ik kwam met mijn hoofd op de handgreep van de ovendeur terecht. Ik denk dat ik een minuut of twee weg ben geweest. Ga zitten, Pari. Je ziet er zo dreigend groot uit als je staat.'

Pari gaat zitten. 'De dokter zegt dat je gedronken had.'

Maman doet één oog halfopen. De regelmaat van haar bezoekjes aan doktoren wordt alleen overtroffen door haar afkeer van hen. 'Die jongen? Heeft hij dat gezegd? *Le petit salaud*. Wat weet hij ervan? Zijn adem ruikt nog naar de tepel van zijn moeder.'

'Altijd grapjes maken, jij. Telkens als ik het onderwerp aansnijd.'

'Ik ben moe, Pari. Ga een volgende keer maar op me zitten vitten. Een pak slaag kan ik nu niet gebruiken.'

Ze valt in slaap. Ze snurkt onaangenaam, zoals ze alleen maar doet na veel drank.

Pari zit op het krukje naast het bed en wacht op dokter Delaunay. Ze stelt zich voor hoe Julien aan een tafeltje met schemerlicht zit met de menukaart in zijn hand, en boven grote glazen bordeaux de penibele situatie uitlegt aan Christian en Aurélie. Hij had aangeboden met haar mee te gaan naar het ziekenhuis, maar op een plichtmatige toon. Het was louter een formaliteit. Hoe dan ook, het zou een ramp zijn geweest als hij mee was gekomen. Als dokter Delaunay dacht dat hij daarnet iets theatraals had meegemaakt, dan... En toch, zelfs als hij niet met haar mee kon, had Pari graag gewild dat hij niet zonder haar naar het restaurant was gegaan. Ze is nog steeds een beetje verbaasd dat hij het toch deed. Hij had het makkelijk kunnen uitleggen aan Christian en Aurélie. Dan hadden ze een andere avond uitgekozen en de reservering veranderd. Maar Julien was toch gegaan. Dat was niet zomaar gedachteloos gebeurd. Nee. Er zat iets gemeens in die manoeuvre, iets opzettelijks, iets bijtends. Pari weet sinds enige tijd dat hij die eigenschap heeft. Ze vraagt zich de laatste tijd af of hij daar genoegen aan beleeft.

Het was op een afdeling Spoedeisende Hulp als deze dat maman Julien voor het eerst had ontmoet. Dat was tien jaar geleden, in 1963, toen Pari veertien jaar oud was. Hij had er een collega heen gebracht, die een migraineaanval had.

Maman had Pari, die toen de patiënt was geweest, erheen gebracht omdat ze tijdens de gymles op school haar enkel had verstuikt. Pari lag op een brancard toen Julien zijn stoel de kamer in schoof en een gesprek met maman begon. Pari herinnert zich niet waarover ze hadden gesproken. Ze weet nog wel dat Julien zei: '*Paris*, net als de stad?' En maman had zoals gewoonlijk geantwoord: 'Nee, zonder s. Het betekent fee in het Farsi.'

Later die week gingen ze op een regenachtige avond met hem eten in een kleine bistro in de buurt van de boulevard Saint-Germain. Daarvoor had maman in hun appartement een hele show opgevoerd rond de vraag wat ze aan zou doen, en ze koos uiteindelijk voor een pastelblauwe, getailleerde jurk, glacés en puntschoenen met naaldhakken. En zelfs toen had ze nog in de lift tegen Pari gezegd: 'Het is toch niet té Jackie Kennedy, hè? Wat vind je?'

Voor het eten rookten ze alle drie, en maman en Julien dronken bier uit bovenmaatse kroezen. Na het eerste rondje bestelde Julien een tweede, en ook nog een derde. Julien, gekleed in een wit overhemd, een das en een geruite blazer, had de beheerste, hoffelijke manieren van een welopgevoede man. Hij glimlachte veel en ook het lachen ging hem moeiteloos af. Hij was al een beetje grijs aan zijn slapen, iets wat Pari niet had gezien in het schemerlicht van de Spoedeisende Hulp, en ze schatte dat hij ongeveer even oud was als haar moeder. Hij was goed op de hoogte van actuele gebeurtenissen, en praatte een tijdje over De Gaulles veto over toelating van Engeland tot de Europese Gemeenschap, en tot Pari's verrassing wist hij daar een interessant verhaal van te maken. Pas toen maman het vroeg, onthulde hij dat hij net begonnen was economie te doceren aan de Sorbonne.

'Universitair docent? Indrukwekkend.'

'Ach, amper,' zei hij. 'Je zou eens een tijdje college moeten volgen. Dan zou je snel van dat idee genezen zijn.'

'Misschien doe ik dat wel.'

Pari wist dat maman al een beetje dronken was.

'Misschien glip ik op een dag stiekem binnen. Kan ik jou in actie zien.'

'Actie? Ik zal even herhalen dat ik economietheorie geef, Nila. Als je ooit zou komen, zou je ontdekken dat de studenten me een saaie piet vinden.'

'Dat waag ik te betwijfelen.'

Pari ook. Ze veronderstelde dat veel van Juliens studenten graag met hem naar bed wilden. Tijdens het eten deed ze haar best niet te laten merken dat ze naar hem keek. Hij had een gezicht als uit een *film noir*, een gezicht dat geknipt was om in zwart-wit gefotografeerd te worden, terwijl er de schaduw van een zonnescherm overheen viel en ernaast een sliert sigarettenrook opkringelde. Een haarlok hing golvend over zijn voorhoofd, heel gracieus, misschien wel te gracieus. Misschien hing die lok daar zonder dat het zo bedoeld was, maar Pari constateerde dat hij geen enkele keer probeerde hem weer in het gareel te brengen.

Hij vroeg maman naar de boekwinkel die zij runde en waarvan ze de eigenaresse was. Die lag op de andere oever van de Seine, aan de andere kant van de Pont d'Arcole.

'Hebt u ook boeken over jazz?'

'*Bah oui*,' zei maman.

Buiten regende het pijpenstelen en het werd lawaaierig in de bistro. Terwijl de kelner kaasbolletjes en hambrochettes serveerde, voerden maman en Julien een lang gesprek over Bud Powell, Sonny Stitt, Dizzy Gillespie en Juliens lieveling Charlie Parker. Maman vertelde Julien dat zij meer hield van de stijl van de westkust, Chet Baker en Miles Davis. Had hij ooit 'Kind of Blue' gehoord? Pari was verbaasd toen ze hoorde dat maman zo veel van jazz hield en dat ze zo veel verschillende musici goed kende. Ze werd, en niet voor het eerst, getroffen door zowel een kinderlijke bewondering voor maman als door een verwarrend gevoel dat ze haar eigen moeder eigenlijk niet helemaal kende. Wat haar niet verraste, was mamans rigoureuze en moeiteloze poging Julien te verleiden. Maman was bij zulke gelegenheden in haar element. Ze had nooit enige moeite gehad de aandacht van mannen te trekken. Ze overweldigde mannen.

Pari keek toe hoe maman schalks fluisterde, om Juliens grapjes giechelde, haar hoofd hief en afwezig een haarlok om haar vinger draaide. Ze verwonderde zich er opnieuw over hoe jong en mooi maman was. Maman was maar twintig jaar ouder dan zijzelf. Haar lange donkere haar, haar volle borsten, haar opzienbarende ogen, een gezicht dat glansde door de indrukwekkende pracht van klassieke, vorstelijke gelaatstrekken. Pari verwonderde zich verder over de geringe gelijkenis die ze met maman had, zij met haar bleke, ernstige ogen, haar lange neus, haar glimlach waardoor haar uiteenstaande tanden zichtbaar werden, haar kleine borsten. Als ze al enige schoonheid bezat, dan was het er een van een bescheidener en aardser soort. Wanneer ze in de buurt van haar moeder was, wist Pari weer dat haar eigen uiterlijk maar heel gewoontjes was. Af en toe herinnerde maman haar daar zelf aan, hoewel dat altijd verborgen was in een Trojaans paard vol complimenten.

Ze zei vaak: *Je hebt geluk, Pari. Je hoeft niet zo hard te werken bij mannen om serieus genomen te worden. Ze besteden aandacht aan je. Te veel schoonheid corrumpeert.* Ze lachte. *Luister. Ik zeg niet dat ik uit ervaring spreek. Natuurlijk niet. Het is niet meer dan een observatie.*

Je wilt zeggen dat ik geen schoonheid ben.

Ik wil zeggen dat je dat niet hoeft te zijn. Bovendien ben je leuk om te zien, en dat is genoeg, je t'assure, ma chérie. Het is zelfs beter.

Ze leek ook al niet erg op haar vader, dacht Pari. Dat was een grote man geweest met een serieus gezicht, dunne lippen, een smalle kin en een hoog voorhoofd. Pari had een paar foto's van hem op haar kamer, uit haar jeugd in Kabul. Hij was in 1955 ziek geworden – toen maman en zij naar Parijs waren verhuisd – en was spoedig daarna overleden. Soms zat Pari naar een van zijn oude foto's te staren, vooral een zwart-witfoto van hen tweeën, zij en haar vader, staand voor een oude Amerikaanse auto. Hij leunde tegen de motorkap en hield haar op zijn arm, en ze glimlachten allebei. Ze herinnerde zich dat ze op een keer naast hem had gezeten terwijl hij voor haar giraffen en apen met lange staarten tekende op de zijkant van een kledingkast. Hij had haar een van de apen laten inkleuren; hij hield haar hand vast en hielp haar met de streken van de kwast.

Als ze het gezicht van haar vader op die foto's zag, kwam er een oude emotie in Pari naar boven, een gevoel dat ze al had zover haar geheugen reikte. Dat er in haar leven iets of iemand *niet* was, wat van enorm belang was voor haar eigen bestaan. Soms was het vaag, als een boodschap die over een grote afstand en via allerlei schimmige zijwegen was verzonden, een zwak signaal via de radio, ver weg, trillend. Op andere tijden voelde die afwezigheid zo duidelijk, zo dichtbij, dat haar hart ervan begon te bonzen. Bijvoorbeeld op een dag in de Provence, twee jaar eerder, toen Pari een grote eik had gezien bij een boerderij. Of op een keer in de Jardin des Tuileries, toen ze een jonge moeder haar zoon op een rood Radio Flyer-wagentje had zien zetten. Pari begreep het niet. Ze had ooit een verhaal gelezen over een Turkse man van middelbare leeftijd die plotseling in een diepe depressie was weggezakt toen zijn tweelingbroer, van wiens bestaan hij nooit had geweten, een noodlottige hartaanval had gekregen tijdens een kanotocht in het regenwoud van het Amazonegebied. Dit kwam het dichtst in de buurt van wat zij voelde.

Ze had er ooit met maman over gepraat.

Nou, dat is nauwelijks een geheim, mon amour, had maman gezegd. *Je mist je vader. Hij is uit je leven verdwenen. Het is heel natuurlijk dat je je zo voelt. Uiteraard is dat het. Kom hier. Geef maman een kus.*

Het antwoord van haar moeder was volkomen logisch geweest, maar ook onbevredigend. Pari geloofde inderdaad dat ze zich vollediger zou voelen als haar vader nog had geleefd, als hij nog bij haar zou zijn geweest. Maar ze herinnerde zich ook dat ze zich als kind al zo voelde, terwijl ze met haar beide ouders in het grote huis in Kabul woonde.

Kort nadat ze klaar waren met eten, excuseerde maman zich even om naar de wc van de bistro te gaan, en Pari was een paar minuten met Julien alleen. Ze praatten over een film die Pari een week eerder had gezien, met Jeanne Moreau als een gokster, en ze praatten ook over school en muziek. Als zij sprak zette hij zijn ellebogen op tafel en leunde iets naar voren, en hij luisterde met grote belangstelling, nu eens fronsend en dan weer glimlachend, terwijl hij op geen enkel moment zijn ogen van haar afwendde. Dat is theater, zei Pari bij zichzelf, hij doet alleen alsof. Een perfecte show die hij voor vrouwen opvoerde, iets waar hij nu impulsief voor had gekozen om een beetje met haar te spelen en zichzelf ten koste van haar te vermaken. En toch voelde ze, of ze het nu wilde of niet, onder zijn onverbiddelijke blik haar hartslag versnellen en haar buik samenkrimpen. Tot haar verbazing sprak ze op een kunstmatig deftige, belachelijke toon, die niets te maken had met de manier waarop ze normaal praatte. Ze wist dat ze dat deed, maar kon er niet mee ophouden.

Hij vertelde haar dat hij korte tijd getrouwd was geweest.

'Echt waar?'

'Een paar jaar geleden. Toen ik dertig was. Ik woonde toentertijd in Lyon.'

Hij was met een oudere vrouw getrouwd. Het had niet lang geduurd, want zij was erg dominant geweest. Julien had dit niet verteld toen maman aan tafel zat. 'Het was eigenlijk een lichamelijke relatie,' zei hij. '*C'était complètement sexuel.* Ze wilde me bezitten.' Hij keek haar aan terwijl hij dat zei, en hij lachte er een beetje subversief bij, en wachtte haar reactie behoedzaam af. Pari stak een sigaret op en deed of ze er koel onder bleef, net als Bardot, alsof het dingen waren die mannen haar voortdurend vertelden. Maar innerlijk beefde ze als een rietje. Ze wist dat er aan tafel een kleine daad van verraad was gepleegd. Iets lichtelijk ongeoorloofds, niet helemaal onschuldig, maar ook onmiskenbaar opwindend. Toen maman terugkeerde, haar haren opnieuw gekamd en met een nieuw laagje lippenstift op, was hun stiekeme moment voorbij en Pari nam het maman even kwalijk dat ze hen stoorde, waar ze meteen spijt van had.

Een week of wat later zag ze hem opnieuw. Het was nog ochtend en ze was met een pot koffie onderweg naar de kamer van maman. Ze zag hem op de rand van mamans bed zitten, terwijl hij zijn polshorloge opwond. Ze wist niet dat hij de nacht bij maman had doorgebracht. Ze zag hem vanuit de gang, door een kier van de deur. Ze stond als aan de grond genageld met de pot koffie in haar hand, haar mond voelde aan alsof ze op een droog stuk modder had gezogen, en ze keek naar hem, de vlekkeloze huid van zijn rug, zijn buikje, de donkere plek tussen zijn benen, gedeeltelijk verhuld door de verkreukelde lakens. Hij deed zijn horloge om, pakte een sigaret van het nachtkastje, stak hem aan en draaide zijn hoofd als terloops in haar richting. Alsof hij geweten had dat ze daar al heel lang had gestaan. Hij glimlachte naar haar. Toen zei maman iets vanuit de douche en Pari keerde zich om. Het was een wonder dat ze zich niet brandde aan de koffie.

Maman en Julien waren zes maanden lang elkaars minnaars. Ze gingen vaak naar de bioscoop, naar musea, naar kleine galerieën waar werk te zien was van obscure, met zichzelf worstelende kunstenaars met buitenlandse namen. Tijdens een weekend reden ze naar het strand van Arcachon, bij Bordeaux, en kwamen thuis met gebruinde gezichten en een kistje rode wijn. Julien nam haar mee naar bijeenkomsten op de universiteit en maman nodigde hem uit voor schrijverslezingen in boekhandels. Pari ging aanvankelijk slaafs mee – Julien vroeg het haar, en dat leek maman wel leuk te vinden – maar ze begon zich weldra te excuseren, ze wilde thuisblijven. Ze wilde niet mee, kon niet mee. Ze kon er niet tegen. Ze was te moe, zei ze, of ze voelde zich niet goed. Ze ging naar Collette, een vriendin van haar, om te studeren zei ze. Collette, een oude vriendin uit de tweede klas van de basisschool, was een pezig en toch broos ogend meisje met lang, slap haar en een neus als de snavel van een kraai. Ze schokte graag mensen door ongehoord schandalige dingen te zeggen.

'Ik wil wedden dat hij teleurgesteld is,' zei Collette. 'Dat je niet met hen uitgaat.'

'Als dat zo is, laat hij het niet merken.'

'Hij zou het niet willen laten merken, toch? Wat zou je moeder ervan denken?'

'Waarvan?' zei Pari, hoewel ze het natuurlijk wist. Ze wist het, en ze wilde dat het gezegd werd.

'Waarvan?' Collettes toon was plagerig, opgewonden. 'Dat hij met haar is om jou te krijgen. Dat hij jou wil.'

'Dat is weerzinwekkend,' zei Pari zenuwachtig.

'Of misschien wil hij jullie allebei wel. Misschien wil hij met een heel stel vrouwen naar bed. In dat geval mag je best een goed woordje voor me doen.'

'Walgelijk, Collette.'

Soms, als maman en Julien uit waren, kleedde Pari zich in de gang uit en bekeek zichzelf in de grote spiegel. Ze ontdekte allerlei onvolkomenheden aan haar lichaam. Het was te gewoontjes, dacht ze, te groot, te vormeloos, te... utilitair. Ze had niets geërfd van de betoverende welvingen van haar moeder. Soms liep ze zo, in haar blootje, naar de kamer van haar moeder en ging op het bed liggen waar Maman en Julien met elkaar sliepen. Pari lag er spiernaakt, met gesloten ogen en met bonzend hart, genietend van haar roekeloosheid, terwijl er zich een soort gegons over haar borsten en haar buik verspreidde, en ook verder naar beneden nog.

Er kwam een eind aan, uiteraard. Ze maakten een eind aan

hun verhouding, maman en Julien. Pari was opgelucht, maar niet verbaasd. Mannen faalden bij maman uiteindelijk. Ze schoten aldoor rampzalig tekort ten opzichte van elk ideaal waarmee zij hen vergeleek. Wat uitbundig en hartstochtelijk begon, eindigde altijd met vreselijke beschuldigingen en lelijke woorden, met woede en huilbuien en het gooien van keukengerei en een instorting. Groot drama. Maman was niet in staat een relatie te beginnen of te eindigen zonder excessief gedrag.

Daarna de voorspelbare periode, waarin maman plotseling graag alleen wilde zijn. Ze bleef in bed, waarbij ze een oude winterjas droeg over haar pyjama, een vermoeide, sombere persoon bij wie er geen lachje af kon. Pari wist dat ze haar alleen moest laten. Haar pogingen om haar moeder te troosten en gezelschap te houden waren niet welkom. Dat duurde weken, die naargeestige stemming. Na Julien duurde het aanmerkelijk langer.

'*Ah merde!*' zegt maman nu.

Ze zit rechtop in bed, nog steeds in haar ziekenhuishemd. Dokter Delaunay heeft Pari de papieren gegeven en de verpleegster haalt het infuus uit mamans arm.

'Wat is er?'

'Ik bedenk net dat ik over een paar dagen een interview moet geven.'

'Een interview?'

'Voor een poëzietijdschrift.'

'Fantastisch, maman.'

'Daar moet een foto bij.' Ze wijst op de hechtingen op haar voorhoofd.

'Je weet vast wel een elegante manier te bedenken om die te verbergen,' zegt Pari.

Maman zucht en kijkt even de andere kant op. Als de verpleegster de naald eruit trekt, rilt maman even en blaft ze de vrouw onvriendelijk en onverdiend af.

Uit 'Afghaanse zangvogel', een interview met Nila Wahdati, door Etienne Boustouler, Parallaxe, *nr. 84, p. 36, winter 1974.*

Ik kijk het appartement weer eens rond en zie nu een ingelijste foto op een van de boekenrekken. Een klein meisje zit gehurkt op een veld met wilde struiken, en al haar aandacht is gericht op iets wat ze plukt, een bes of zo. Ze draagt een lichtgele jas die tot aan haar hals is dichtgeknoopt, de jas contrasteert zeer met de geheel bewolkte, donkergrijze lucht erboven. Op de achtergrond staat een bakstenen boerderij met gesloten luiken en een houten dak. Ik stel een vraag over die foto.

NW: Mijn dochter Pari. Net als de stad, maar dan zonder s. De naam betekent fee. Die foto is gemaakt toen we met ons tweeën een tochtje maakten naar Normandië. In 1957, geloof ik. Ze moet toen een jaar of acht zijn geweest.
EB: Woont ze in Parijs?
NW: Ze studeert wiskunde aan de Sorbonne.
EB: U zult wel trots op haar zijn.

Ze glimlacht en haalt haar schouders op.

EB: Ik ben lichtelijk verbaasd over haar beroepskeuze. Omdat u zich aan de kunst wijdt.
NW: Ik weet niet waar ze dat talent vandaan heeft. Al die onbegrijpelijke formules en theorieën. Ik veronderstel dat ze voor haar niet onbegrijpelijk zijn. Ik kan zelf amper vermenigvuldigen.
EB: Misschien is het haar vorm van rebellie. Ik geloof dat u wel het een en ander van rebellie af weet.
NW: Ja, maar ik heb die op een normale manier beoefend. Ik

ging drinken en roken, en ik had vriendjes. Wie rebelleert er nu met wiskunde?

Ze lacht.

NW: Bovendien zou ze de spreekwoordelijke *rebel without a cause* zijn. Ik heb haar elke denkbare vrijheid gegeven. Ze komt niets tekort, mijn dochter. Ze heeft wat haar hartje begeert. Ze woont samen. Hij is een stuk ouder. Uiterst charmant, belezen, onderhoudend. Een eersteklas narcist, dat natuurlijk wel. Een ego met de omvang van heel Polen.
EB: U lijkt er niet erg achter te staan.
NW: Of ik er al dan niet achter sta, is irrelevant. Dit is Frankrijk, meneer Boustouler, niet Afghanistan. Jonge mensen hebben hier niet het stempel van ouderlijke goedkeuring nodig.
EB: Heeft uw dochter geen band met Afghanistan?
NW: We zijn er weggegaan toen zij zes was. Ze heeft maar weinig herinneringen aan de tijd daar.
EB: Maar u natuurlijk wel.

Ik vraag haar om over haar vroegere leven te vertellen. Ze excuseert zich en loopt even de kamer uit. Ze komt terug met een oude, verkreukelde zwart-witfoto, die ze aan me geeft. Een streng kijkende man, zwaargebouwd, gebrild, glanzend haar met een kaarsrechte scheiding erin. Hij zit achter een bureau een boek te lezen. Hij draagt een pak met puntige revers, een vest met twee rijen knopen, een wit overhemd met een hoge kraag en een vlinderdas.

NW: Mijn vader. In 1929. Mijn geboortejaar.
EB: Hij ziet er zeer gedistingeerd uit.
NW: Hij behoorde tot de Pashtun-aristocratie in Kabul. Zeer ontwikkeld, onberispelijke manieren, aangenaam in de omgang. Een groot causeur ook. Althans in het openbaar.
EB: En privé?

NW: Waag maar eens een gokje, meneer Boustouler.

Ik pak de foto op en kijk opnieuw.

EB: Afstandelijk, zou ik zeggen. Ernstig. Ondoorgrondelijk. Onwrikbaar.
NW: U moet echt een glas met mij drinken. Ik haat het, nee, ik verafschuw het om in mijn eentje te drinken.

Ze schenkt me een glas chardonnay in. Uit beleefdheid neem ik een slokje.

NW: Mijn vader had koude handen. Wat voor weer het ook was. Zijn handen waren altijd koud. En hij droeg altijd een pak, opnieuw: wat voor weer het ook was. Perfect van snit, scherpe vouwen. Ook een gleufhoed, en gaatjesschoenen, natuurlijk, tweekleurig. Hij was een elegante man, denk ik, zij het op een plechtstatige manier. En ik heb later pas begrepen ook op een enigszins ridicule, gekunstelde, quasi-Europese manier, uiteraard compleet met wekelijkse kegelpartijen en polo en de begeerde Franse vrouw, dat allemaal met grote instemming van de jonge, progressieve koning.

Ze peutert aan haar nagel en zegt een poosje niets. Ik draai het bandje in mijn recorder om.

NW: Mijn vader sliep in zijn eigen kamer, mijn moeder en ik in de onze. Meestal lunchte hij met ministers en adviseurs van de koning. Of hij reed paard, of speelde polo, of hij was op jacht. Hij was dol op jagen.
EB: U zag hem dus niet veel. Hij was vaak afwezig.
NW: Maar niet altijd. Hij vond het belangrijk om eens in de paar dagen een paar minuten bij mij te zijn. Dan kwam hij mijn kamer binnen en ging op het bed zitten, wat voor mij het signaal was om op zijn schoot te klimmen. Hij liet me dan even

op zijn knie paardjerijden, geen van ons beiden zei daar veel bij, en ten slotte maakte hij er een eind aan met de woorden: Wat zullen we nu eens gaan doen, Nila? Soms liet hij me zijn zakdoek uit zijn borstzak halen, die ik dan mocht opvouwen. Natuurlijk frommelde ik de zakdoek dan zo'n beetje in elkaar en stopte hem in zijn zak terug, en hij deed dan spottend of hij verrast was, wat ik hoogst komisch vond, dat deden we altijd tot hij er genoeg van had, wat al snel het geval was, en dan streek hij met zijn koude handen over mijn haar en zei: Papa moet nu weer gaan, mijn hertje. Kom.

Ze brengt de foto terug naar de andere kamer en als ze terugkomt haalt ze een nieuw pakje sigaretten uit een la en steekt er een op.

NW: Dat was zijn koosnaampje voor mij. Ik was er dol op. Ik hinkelde altijd door de tuin, we hadden een heel grote tuin, en ik riep dan: Ik ben papa's hertje! Ik ben papa's hertje! Ik ben er pas veel later achter gekomen dat het een heel akelig koosnaampje was.
EB: Hoe bedoelt u?

Ze glimlacht.

NW: Mijn vader schoot herten, meneer Boustouler.

❋

Ze zouden naar het appartement van maman kunnen lopen, het is maar een paar straten verderop, maar het is behoorlijk hard gaan regenen. In de taxi zit maman in elkaar gedoken op de achterbank, met de regenjas van Pari om haar schouders, ze staart naar buiten zonder iets te zeggen. Ze ziet er op dat ogenblik oud uit, vindt Pari, veel ouder dan vierenveertig jaar, oud en breekbaar en mager.

Pari is een tijdlang niet in mamans appartement geweest. Als ze de sleutel in het slot omdraait en met maman naar binnen gaat, ziet ze in de keuken dat het aanrecht één grote rotzooi is, vuile wijnglazen, geopende zakken chips en ongekookte pasta, borden met vastgeklonterd voedsel, oud en onherkenbaar. Op tafel staat een zak met lege wijnflessen gevaarlijk dicht bij de rand. Pari ziet kranten op de vloer liggen, een ervan is doordrenkt met het bloed van eerder op die dag, en er ligt één roze wollen sok op. Pari vindt het angstaanjagend mamans woonruimte in deze staat te zien. En ze voelt zich ook schuldig. Ze kent maman, en misschien is dat dus het beoogde effect. En dan vindt ze die laatste gedachte weer vreselijk van haarzelf. Het is er een die meer bij Julien past. *Ze wil dat jij je rot voelt.* Het laatste jaar heeft hij dat diverse keren tegen haar gezegd. *Ze wil dat jij je rot voelt.* Toen hij dat de eerste keer zei, voelde ze zich opgelucht, ze voelde zich begrepen. Ze was hem dankbaar omdat hij had geformuleerd wat zij niet onder woorden kon of wilde brengen. Ze dacht dat ze een bondgenoot gevonden had. Maar daar zet ze nu vraagtekens bij. Ze ziet in die woorden nu iets laaghartigs. Een zorgwekkend gebrek aan goedheid.

De vloer van de slaapkamer is bezaaid met kleren, langspeelplaten, boeken, nog meer kranten. Op de vensterbank staat een glas, half gevuld met water dat geel geworden is door de sigarettenpeuken die erin drijven. Ze veegt boeken en oude tijdschriften van het bed en helpt maman onder de dekens.

Maman kijkt naar haar terwijl ze de rug van haar hand op haar verbonden voorhoofd legt. Door die pose lijkt ze op een actrice in een stomme film, die op het punt staat flauw te vallen.

'Zal het allemaal wel lukken, maman?'

'Ik denk het niet,' zegt ze. Het lijkt geen smeekbede om aandacht. Maman zegt het op een vlakke, verveelde toon. Het klinkt vermoeid en oprecht en definitief.

'Je maakt me bang, maman.'

'Ga je weg?'

'Wil je dat ik blijf?'

'Ja.'

'Dan blijf ik.'

'Doe het licht uit.'

'Maman?'

'Ja.'

'Neem je je pillen nog wel? Of ben je ermee gestopt? Ik geloof dat je ermee gestopt bent. Daar maak ik me zorgen over.'

'Ga niet zitten vitten. Doe het licht uit.'

Pari doet het. Ze zit op de rand van het bed en ziet hoe haar moeder in slaap valt. Dan loopt ze naar de keuken om de hele zaak te gaan opruimen. Ze vindt huishoudhandschoenen en begint met de vaat. Ze wast glazen af die stinken naar zure melk, kommen met oude, aangekoekte cornflakes, borden met eten vol groene, donzige schimmelvlekken. Ze moet denken aan de eerste keer dat ze in Juliens appartement de afwas deed, de ochtend nadat ze voor het eerst met elkaar geslapen hadden. Julien had omelet gemaakt. Wat had ze genoten van die eenvoudige, huiselijke handeling, borden wassen in zijn gootsteen, terwijl hij een plaat had opgezet van Jane Birkin.

Ze had een jaar eerder weer contact met hem gekregen, in 1973, voor het eerst sinds bijna tien jaar. Ze was hem tegen het lijf gelopen tijdens een demonstratie bij de Canadese ambassade, een studentenprotest tegen de zeehondenjacht. Pari had niet willen gaan, ze moest nog een scriptie over meromorfische functies afmaken, maar Collette drong aan. Ze woonden in die tijd bij elkaar, een regeling die voor hen beiden steeds onprettiger werd. Collette rookte joints. Ze droeg hoofdbanden en ruimvallende rode jurken met borduursels van vogels en vlinders. Ze kwam met langharige, slonzige jongens thuis die Pari's eten opaten en slecht gitaar speelden. Collette ging aldoor de straat op, schreeuwend, en klaagde van alles aan: racisme, dierenmishandeling, slavernij, Franse kernproeven in de Stille Oceaan. Er was in het appartement altijd een dringende kwestie aan de orde, het was een komen en gaan van mensen die Pari niet kende. En als ze alleen waren, voelde Pari dat er een niet eerder aanwezige spanning tussen hen beiden heerste, een hooghartigheid aan de kant van Collette, een onuitgesproken veroordeling van haar.

'Ze liegen,' zei Collette geagiteerd. 'Ze zeggen dat hun methoden humaan zijn. Humaan! Heb je gezien hoe ze die dieren doodknuppelen? Die *hakapiks*? De helft van de tijd zijn die arme dieren nog niet eens dood of die schoften zetten die haak erin en slepen ze naar hun boot. Ze villen ze levend, Pari. Levend!' Door de manier waarop Collette dat laatste zei, door de manier waarop ze het benadrukte, had Pari zowat haar excuses willen aanbieden. Ze wist niet helemaal waarvoor, maar de aanwezigheid van Collette en haar verwijten en vele woedeaanvallen benamen haar in die dagen de adem.

Er waren niet meer dan zo'n dertig mensen komen opdagen. Er ging het gerucht dat Brigitte Bardot haar opwachting zou maken, maar meer dan een gerucht werd het niet. Collette was teleurgesteld door de lage opkomst. Ze ging een geagiteerde discussie aan met een magere, bleke, gebrilde jongeman die Eric heette en die de demonstratie had georganiseerd, zo vermoedde Pari. Arme Eric. Pari had medelijden met hem. Nog steeds ziedend van woede nam Collette de leiding. Pari schuifelde achteraan mee, naast een meisje met platte borsten dat nerveus en opgewonden slogans schreeuwde. Pari hield haar blik op het wegdek gericht en deed haar best niet op te vallen.

Op de hoek van een straat tikte een man haar op de schouder.

'Je ziet eruit alsof je dolgraag gered wilt worden.'

Hij droeg een tweedjas met een wollen sjaal, en daaronder een trui en jeans. Zijn haar was langer dan vroeger, en hij was wat ouder geworden, maar wel elegant, op een manier die sommige vrouwen van zijn leeftijd oneerlijk vonden, zelfs om razend van te worden. Nog steeds slank en fit, een paar kraaienpootjes, wat meer grijze haren bij de slapen, en op zijn gezicht stond maar een heel lichte vermoeidheid te lezen.

'Dat wil ik ook,' zei ze.

Ze kusten elkaar op de wang, en toen hij vroeg of ze een kopje koffie met hem wilde drinken, zei ze ja.

'Je vriendin lijkt kwaad te zijn. Moordzuchtig kwaad.'

Pari keek achterom en zag Collette bij Eric staan, nog steeds met haar vuist in de lucht, scanderend, maar ze staarde absurd genoeg ook naar hen beiden. Pari onderdrukte een lach – die zou onherstelbare schade hebben aangericht. Ze haalde verontschuldigend haar schouders op en smeerde 'm.

Ze gingen in een cafeetje aan een tafel bij het raam zitten. Hij bestelde koffie en twee tompoezen. Pari zag hem tegen de kelner praten, opgewekt en met gezag, zoals ze zich dat van vroeger herinnerde, en ze voelde dezelfde kramp in haar darmen als vroeger, wanneer hij maman kwam ophalen. Ze voelde zich plotseling onbehaaglijk, vanwege haar afgebeten nagels, haar onopgemaakte gezicht, haar haren die in lange slierten om haar hoofd hingen – had ze die maar geföhnd na het douchen, maar ze was te laat geweest en Collette had al heen en weer lopen banjeren als een dier in de dierentuin.

'Ik heb jou nooit ingeschat als een typische demonstrante,' zei Julien tegen haar, terwijl hij haar een vuurtje gaf.

'Dat ben ik ook niet. Het was meer schuldgevoel dan overtuiging.'

'Schuldgevoel? Over de jacht op zeehonden?'

'Over Collette.'

'O. Ja. Ik ben een beetje bang voor haar, denk ik.'

'Dat zijn we allemaal.'

Ze lachten. Hij reikte met zijn hand over het tafeltje en raakte haar sjaal aan. Hij liet zijn hand zakken. 'Het zou banaal klinken als ik zou zeggen dat je nu helemaal volwassen bent, dus dat doe ik niet. Maar je ziet er verrukkelijk uit, Pari.'

Ze pakte de revers van haar regenjas. 'Wat, in deze Clouseau-outfit?' Collette had haar gezegd dat het een stomme gewoonte was, die kleinerende grappen waarmee Pari haar nervositeit trachtte te maskeren tegenover mannen die ze aantrekkelijk vond. Vooral als ze haar een complimentje gaven. Niet voor het eerst en zeker niet voor het laatst benijdde ze maman om haar natuurlijke, zelfverzekerde manier van doen.

'Dadelijk ga je nog zeggen dat ik mijn naam eer aandoe.'

'*Ah non*. Alsjeblieft, zeg. Dat ligt te veel voor de hand. Een vrouw een complimentje geven is nog een hele kunst, weet je.'

'Nee, dat wist ik niet. Maar jij vast en zeker wel.'

De kelner bracht de taartjes en de koffie. Pari concentreerde zich op de handen van de kelner, terwijl hij de kopjes en de borden op het tafeltje zette, de palmen van haar eigen handen glommen van het zweet. In haar hele leven had ze nog maar vier minnaars gehad – een bescheiden aantal, zeker vergeleken met maman op haar leeftijd, zelfs met Collette. Ze was te zeer op haar hoede, te rationeel, te inschikkelijk en meegaand, over het geheel genomen evenwichtiger en minder vermoeiend dan maman en Collette. Maar dat waren geen kwaliteiten die mannen in drommen deden toestromen. En ze had van geen van hen gehouden, al had ze tegen een van hen gelogen door te zeggen dat ze het wel deed, maar vastgeprikt onder ieder van hen had ze aan Julien gedacht, aan hem en aan zijn prachtige gezicht, dat een innerlijk licht scheen uit te stralen.

Terwijl ze de taartjes aten, vertelde hij over zijn werk. Hij zei dat hij was opgehouden met zijn onderwijsbaan. Hij had een paar jaar bij het IMF gewerkt en zich er beziggehouden met *debt sustainability*. Het mooiste ervan was het reizen geweest, zei hij.

'Waarheen?'

'Jordanië, Irak. Daarna heb ik een paar jaar gewerkt aan een boek over informele economie.'

'Is dat gepubliceerd?'

'Het gerucht gaat van wel.' Hij glimlachte. 'Ik werk nu voor een adviesbureau, hier in Parijs.'

'Ik wil ook reizen,' zei Pari. 'Collette blijft maar zeggen dat we naar Afghanistan moeten.'

'Ik vermoed dat ik wel weet waarom *zij* erheen wil.'

'Ik heb er wel over nagedacht. Over teruggaan, bedoel ik. Die hasjiesj interesseert me niet, maar ik wil wel het land zien waar ik ben geboren. Misschien het oude huis terugvinden waar mijn ouders en ik hebben gewoond.'

'Ik wist niet dat je die aandrang had.'

'Ik ben nieuwsgierig. Ik bedoel, ik kan me er zo weinig van herinneren.'

'Je hebt ooit eens iets gezegd over de huiskok.'

Pari voelde zich gevleid dat hij zich iets herinnerde van wat zij hem zo veel jaar eerder had verteld. In de tussenliggende tijd moest hij aan haar hebben gedacht. Ze moest in zijn gedachten zijn geweest.

'Ja. Hij heette Nabi. Hij was ook onze chauffeur. Hij reed in de auto van mijn vader, een grote Amerikaanse slee, blauw met een bruine kap. Ik weet nog dat er een adelaarskop op de motorkap stond.'

Later stelde hij vragen en ze vertelde hem over haar studie en haar specialiteit, complexe variabelen. Hij luisterde op een manier die maman nooit had kunnen opbrengen, maman, die zich leek te vervelen bij het onderwerp en niets begreep van de passie van Pari. Maman was zelfs niet in staat interesse voor te wenden. Ze maakte luchthartige grappen die oppervlakkig gezien de draak leken te steken met haar eigen onwetendheid. O *là là*, zei ze grijnzend. *Mijn hoofd! Mijn hoofd! Dat tolt helemaal! We sluiten een deal, Pari, ik schenk thee in en jij zorgt dat je weer met beide benen op de grond komt te staan, d'accord?* Dan gniffelde ze en Pari schikte zich, maar voor haar gevoel zat er iets kwaadaardigs in die grappen, een slinkse vorm van afkeuring, alsof haar moeder suggereerde dat haar kennis esoterisch was en dat ze zich bezighield met iets wat zij onbeduidend vond. Onbeduidend. Dat was nogal wat als het uit de mond van een dichter kwam, dacht Pari, al zou ze dat nooit tegen haar moeder zeggen.

Julien vroeg wat haar in de wiskunde aantrok, en ze zei dat ze het troostend vond.

'Ik zou eerder "intimiderend" zeggen, dat lijkt me een geschikter adjectief,' zei hij.

'Dat is het óók.'

Ze zei dat ze troost vond in de onwrikbaarheid van wiskundige waarheden, in de afwezigheid van willekeur en ambiguïteit. In de wetenschap dat de antwoorden misschien moeilijk op te sporen waren, maar dat ze wel gevonden konden worden. Ze waren er wel degelijk, ze wachtten ergens in het krijt van de getallen en de symbolen.

'Met andere woorden: tegengesteld aan het leven,' zei hij. 'Daar hebben de vragen geen antwoorden, of alleen rommelige.'

'Ben ik zo transparant?' Ze lachte en verborg haar gezicht achter een servet. 'Ik moet wel als een idioot klinken.'

'Helemaal niet,' zei hij. Hij rukte de servet weg. 'Helemaal niet.'

'Net als een van je studenten. Ik zal jou wel doen denken aan je studenten.'

Hij stelde meer vragen, waardoor Pari erachter kwam dat hij actieve kennis had van de analytische getallentheorie en dat hij op zijn minst vluchtig bekend was met Gauss en Bernhard Riemann. Ze praatten met elkaar tot de avond begon te vallen. Ze dronken koffie en daarna bier, en dat leidde weer tot wijn. En toen het niet langer kon worden uitgesteld, boog Julien zich naar haar over en vroeg op beleefde en plichtmatige toon: 'En, vertel eens, hoe is het met Nila?'

Pari zoog haar wangen vol lucht en ademde langzaam uit.

Julien knikte veelbetekenend.

'Ze raakt de boekhandel misschien kwijt,' zei Pari.

'Wat jammer.'

'De zaak gaat de laatste jaren achteruit. Misschien moet ze sluiten. Ze zal het niet toegeven, maar het zou een klap zijn. Het zou haar heel hard raken.'

'Schrijft ze nog?'

'Al een tijd niet meer.'

Hij veranderde snel van onderwerp. Pari was opgelucht. Ze wilde niet over maman praten en over haar drankzucht en het gevecht om haar haar pillen te laten slikken. Pari herinnerde zich alle ongemakkelijke blikken, al die keren dat ze alleen waren, Julien en zij, terwijl maman zich aankleedde in de kamer ernaast, Julien die naar Pari keek en zij, zoekend naar iets wat ze zou kunnen zeggen. Maman moest dat hebben aangevoeld. Zou dat de reden zijn geweest dat ze het met Julien had uitgemaakt? Als dat zo was, vermoedde Pari dat ze dat meer had gedaan als een jaloerse minnares dan als een beschermende moeder.

Een paar weken later vroeg Julien aan Pari om bij hem in te trekken. Hij woonde in een appartementje op de linkeroever, in het zevende arrondissement. Pari stemde ermee in – Collettes stekelige vijandigheid zorgde voor een onhoudbare sfeer in haar appartement.

Pari herinnert zich goed haar eerste zondag in het appartement van Julien. Ze lagen op zijn bank, dicht tegen elkaar aan. Pari doezelde wat en Julien dronk thee, zijn lange benen rustten op de salontafel. Hij las een opiniestuk op de achterpagina van de krant. Jacques Brel lag op de draaitafel. Af en toe verschoof Pari haar hoofd op zijn borst, en Julien boog dan voorover en kuste haar even op haar ooglid, of op haar oor, of op haar neus.

'We moeten het maman vertellen.'

Ze voelde hem ineenkrimpen. Hij vouwde de krant op, zette zijn leesbril af en legde die op de leuning van de bank.

'Ze moet het weten.'

'Waarschijnlijk wel,' zei hij.

'Waarschijnlijk wel, denk je.'

'Nee, je hebt natuurlijk gelijk. Je moet haar bellen. Maar wees wel voorzichtig. Vraag niet om haar toestemming of om haar zegen, want die krijg je geen van beide. Vertel het haar gewoon. En maak meteen duidelijk dat er niet over valt te onderhandelen.'

'Jij hebt makkelijk praten.'

'Misschien wel. Maar bedenk wel dat Nila een rancuneuze vrouw is. Het spijt me dat ik dat moet zeggen. Maar daarom is het tussen ons ook misgegaan. Zij is verbazingwekkend rancuneus. Ik kan het weten. Het zal niet gemakkelijk voor je zijn.'

Pari zuchtte en sloot haar ogen. De gedachte alleen al maakte dat haar maag zich samentrok.

Julien streelde met zijn hand over haar rug. 'Niet bang zijn.'

Pari belde haar de volgende dag. Maman wist het al.

'Wie heeft je dat verteld?'

'Collette.'

Natuurlijk, dacht Pari. 'Ik wilde het je juist vertellen.'

'Ik weet dat je dat wilde. Dat je het wilt. Je kunt zoiets toch niet verbergen.'

'Ben je boos?'

'Doet dat ertoe?'

Pari stond bij het raam. Met haar vinger ging ze afwezig over de blauwe rand van Juliens oude, gehavende asbak. Ze sloot haar ogen. 'Nee, maman, het doet er niet toe.'

'Ik wou dat ik kon zeggen dat het me geen pijn doet.'

'Het was niet mijn bedoeling je pijn te doen.'

'Dat is hoogst discutabel, denk ik.'

'Waarom zou ik je pijn willen doen, maman?'

Maman lachte. Een leeg en lelijk geluid.

'Ik kijk soms naar jou en dan kan ik me niet in jou terugvinden. Natuurlijk niet. Ik denk ook niet dat het uiteindelijk verbazingwekkend is. Ik weet niet wat voor persoon jij bent, Pari. Ik weet niet wie jij bent, waartoe jij in staat bent, met jouw bloed. Je bent een vreemde voor mij.'

'Ik weet niet wat dat te betekenen heeft,' zei Pari.

Maar haar moeder had al opgehangen.

❋

Uit 'Afghaanse zangvogel', een interview met
Nila Wahdati, door Etienne Boustouler,
Parallaxe, *nr. 84, p. 38, winter 1974.*

EB: Hebt u hier Frans geleerd?

NW: Mijn moeder heeft het me in Kabul geleerd, toen ik klein was. Ze sprak alleen Frans tegen mij. Ik kreeg elke dag les. Ik had het heel moeilijk toen zij Kabul verliet.

EB: Ging ze naar Frankrijk?

NW: Ja. Mijn ouders zijn in 1939 gescheiden, ik was toen tien. Ik was het enige kind van mijn vader. Er kon geen sprake van zijn dat hij me met haar mee liet gaan. Ik bleef, en zij ging in Parijs wonen bij haar zus Agnes. Mijn vader probeerde voor mij het verlies te verzachten door een privéleraar, paardrijlessen en lessen kunstgeschiedenis te regelen. Maar een moeder is onvervangbaar.

EB: Wat is er met haar gebeurd?

NW: O, ze is overleden. Toen de nazi's Parijs binnentrokken. Ze hebben haar niet vermoord. Ze hebben Agnes wel vermoord. Mijn moeder is aan een longontsteking gestorven. Mijn vader heeft het me niet verteld voordat de geallieerden Parijs hadden bevrijd, maar toen wist ik het al. Ik wist het gewoon.

EB: Dat moet wel moeilijk zijn geweest.

NW: Het was verschrikkelijk. Ik was dol op mijn moeder. Ik was van plan na de oorlog bij haar in Frankrijk te gaan wonen.

EB: Ik neem aan dat dat betekent dat uw vader en u niet goed met elkaar overweg konden.
NW: Er waren spanningen tussen ons. We maakten ruzie. Heel wat ruzie, en dat was nieuw voor hem. Hij was het niet gewend om tegengesproken te worden, en al helemaal niet door een vrouw. We maakten ruzie over wat ik droeg, wat ik zei, hoe ik het zei, tegen wie ik het zei, waar ik naartoe ging. Ik was brutaal en avontuurlijk geworden, en hij nóg ascetischer en strenger. We waren natuurlijke vijanden geworden.

Ze glimlacht en legt achter op haar hoofd een nieuwe knoop in haar bandana.

NW: En toen maakte ik er een gewoonte van verliefd te worden. Vaak op het verkeerde soort mannen, tot mijn eigen wanhoop en tot ontzetting van mijn vader. Op de zoon van een huisbewaker, op een lagere ambtenaar die wat zaken afhandelde voor mijn vader. Onbezonnen, grillige verliefdheden, stuk voor stuk, van meet af aan gedoemd te mislukken. Ik maakte stiekeme afspraakjes en glipte het huis uit, en natuurlijk vertelde iemand aan mijn vader dat ik ergens op straat was gezien. Ze vertelden hem dat ik de bloemetjes buitenzette. Zo zeiden ze het altijd, de bloemetjes buitenzetten. Of ze zeiden dat ik opzichtig over straat liep. Mijn vader stuurde dan mannen de straat op om mij te zoeken en weer thuis te brengen. Dan sloot hij me op. Dagenlang. Hij zei dan aan de andere kant van de deur: *Je vernedert me. Waarom verneder je me zo? Wat moet ik met je aan?* En soms beantwoordde hij die vraag met zijn riem of met de volle vuist. Hij zat me in de kamer achterna. Ik veronderstel dat hij dacht dat hij me met de knoet tot onderwerping kon dwingen. In die tijd schreef ik veel – lange, aanstootgevende gedichten, waar de puberale passie vanaf droop. Ook behoorlijk melodramatische en theatrale, vrees ik. Gekooide vogels en geketende geliefden, en dat soort dingen. Ik ben er niet trots op.

Ik begrijp dat valse bescheidenheid niet bij haar past, en daarom kan ik alleen maar aannemen dat dit haar eerlijke oordeel over haar vroege poëzie is. Als dat zo is, dan is haar oordeel meedogenloos. Haar werk uit die tijd is in werkelijkheid prachtig, zelfs in vertaling, vooral als je rekening houdt met de leeftijd waarop ze de gedichten schreef. Ze zijn ontroerend, rijk aan emoties, inzichten, fantasie, en ze zijn opmerkelijk fraai. Ze spreken schitterend over eenzaamheid en onvatbaar verdriet. Ze zijn een kroniek van haar teleurstellingen, de hoogte- en dieptepunten van liefde op jeugdige leeftijd, met alle glans en verwachting en hinderlagen van dien. En er is vaak een besef van transcendente claustrofobie, van een beperkende horizon, en altijd een besef van de worsteling met de tirannie van de omstandigheden – vaak voorgesteld in de vorm van een nooit met name genoemde, sinistere, mannelijke figuur, die dreigend opdoemt. Een niet erg bedekte verwijzing naar haar vader, zou je denken. Dat vertel ik haar allemaal.

EB: En in die gedichten breekt u met het ritme, het rijm en het metrum, die horen bij de klassieke poëzie in het Farsi, naar ik begrepen heb. U maakt vrijelijk gebruik van allerlei beelden. U brengt het willekeurige, alledaagse detail op een hoger plan. Dat was behoorlijk baanbrekend, begrijp ik. Is het fair om te zeggen dat u, als u in een welvarender land geboren was – Iran bijvoorbeeld –, bijna zeker zou zijn beschouwd als een literaire pionier?

Ze glimlacht wrang.

NW: Stel je voor.
EB: Maar ik ben toch getroffen door wat u zojuist zei. Dat u niet trots was op die gedichten. Bent u eigenlijk wel tevreden over welk gedicht dan ook?
NW: Een hachelijke vraag. Ik ben geneigd de vraag bevesti-

gend te beantwoorden, als ik ze maar los zou kunnen zien van het creatieve proces zelf.
EB: U bedoelt: scheiding van doel en middelen.
NW: Ik zie het creatieve proces als een noodzakelijk roofzuchtige onderneming. Dring diep door in een prachtig literair werk, meneer Boustouler, en je vindt allerlei vormen van oneervol gedrag. Iets creëren betekent het leven van andere mensen plunderen, onwillige en onwetende deelnemers van hen maken. Je steelt hun verlangens, gaat met hun gebreken aan de haal, rooft hun dromen en hun leed. Je neemt hun iets af wat niet van jou is. Dat doe je willens en wetens.
EB: En u was daar erg goed in.
NW: Dat heb ik niet gedaan omwille van een hoog en verheven idee van de kunst, maar omdat ik niet anders kon. De drang was veel te sterk. Als ik me er niet aan zou overgeven, was ik gek geworden. U vraagt of ik er trots op ben. Ik vind het moeilijk te geuren met iets wat ik heb verkregen via moreel twijfelachtige middelen. Ik laat de beslissing om me al dan niet te prijzen aan anderen over.

Ze drinkt haar glas wijn leeg en vult het opnieuw met het restant uit de fles.

NW: Wat ik wel kan zeggen, is dat niemand me prees in Kabul. Niemand in Kabul beschouwde me als een pionier van iets anders dan slechte smaak, lichtzinnigheid en immoreel gedrag. En mijn vader nog het allerminst. Hij zei dat mijn schrijfsels de grillen waren van een hoer. Dát woord gebruikte hij. Hij zei dat ik de naam van zijn familie onherroepelijk te schande had gemaakt. Hij zei dat ik hem had verraden. Hij bleef me maar vragen waarom ik het zo moeilijk vond om fatsoenlijk te zijn.
EB: Wat antwoordde u daarop?
NW: Ik vertelde hem dat zijn idee van fatsoen mij niet interesseerde. Ik vertelde hem dat ik geen zin had om de leiband waaraan ik moest lopen om mijn eigen nek te hangen.

EB: Dat zal hem nog meer geërgerd hebben.
NW: Uiteraard.

Ik aarzel om het volgende te zeggen.

EB: Ik begrijp zijn boosheid wel.

Ze trekt een wenkbrauw op.

NW: O ja?
EB: Hij was een patriarch, dat is duidelijk, en u tartte zonder omwegen alles wat hij kende, alles wat hem dierbaar was. Door uw manier van leven en schrijven verlegde u in zekere zin de grens voor vrouwen, u bepleitte dat vrouwen iets te zeggen moesten hebben over hun eigen status en wettelijk onafhankelijk moesten worden. U trotseerde het monopolie dat mannen als hij eeuwenlang hadden gehad. U zei wat niet mocht worden gezegd. U voerde een kleine one-womanrevolutie aan, zou je kunnen zeggen.
NW: En ik al die tijd maar denken dat ik over seks schreef.
EB: Maar dat maakt er toch deel van uit?

Ik loop door mijn aantekeningen en noem een paar van de openlijk erotische gedichten, 'Doorns', 'Maar wachtend', 'Het kussen'. Ik zeg eerlijk tegen haar dat het voor mij niet haar beste gedichten zijn. Ik zeg dat het ze ontbreekt aan nuance en ambiguïteit. Je leest ze alsof ze geschreven zijn met als enige doel te schokken en aanstoot te geven. Ik vind ze polemisch, een boze aanklacht tegen de rol van de geslachten in Afghanistan.

NW: Nou, ik *was* boos. Ik was boos vanwege de opvatting dat ik beschermd moest worden tegen seks. Dat ik beschermd moest worden tegen mijn eigen lichaam. Omdat ik een vrouw was, en vrouwen, dat weet u toch, zijn emotioneel, moreel en

intellectueel onvolwassen. Het ontbreekt ze aan zelfbeheersing, ze zijn gevoelig voor fysieke verleiding. Het zijn hyperseksuele wezens die in bedwang moeten worden gehouden, uit angst dat ze het bed zullen delen met elke Ahmad en Mahmood.
EB: Maar – sorry dat ik het zeg – dat hebt u nu juist gedaan, of niet?
NW: Maar alleen als protest tegen dat idee.

Ze begint verrukkelijk te lachen, als een ondeugende kwajongen. Ze vraagt of ik wil lunchen. Ze zegt dat haar dochter zojuist haar koelkast heeft bijgevuld, en ze bereidt iets wat later een uitstekende sandwich blijkt te zijn, met *jambon fumé*. Ze maakt er maar één. Voor haarzelf ontkurkt ze een nieuwe fles wijn en ze steekt nog een sigaret op. Ze gaat zitten.

NW: Bent u het met me eens, meneer Boustouler, dat we in het belang van dit gesprek de sfeer goed moeten houden?

Ik zeg haar dat ik het daarmee eens ben.

NW: Doe me dan twee pleziertjes. Eet uw sandwich en kijk niet langer voortdurend naar mijn glas.

Het spreekt vanzelf dat deze woorden bij voorbaat elke impuls onderdrukken om iets over haar drankgebruik te vragen, als ik dat al had willen doen.

EB: Wat gebeurde er daarna?
NW: In 1948 werd ik ziek, toen ik bijna negentien was. Het was heel ernstig, daar houd ik het even bij. Mijn vader bracht me naar Delhi, waar ik behandeld werd. Hij bleef zes weken bij me, terwijl doktoren zich om mij bekommerden. Ze hebben me later verteld dat ik dood had kunnen gaan. Misschien was dat beter geweest. Doodgaan kan heel goed zijn voor de carrière van een jonge dichter. Toen we terugkeerden was ik

breekbaar en voelde me geïsoleerd. Ik hield me totaal niet bezig met schrijven. Ik had amper belangstelling voor eten of praten of vertier. Ik wilde geen bezoekers zien. Ik wilde gewoon alle gordijnen dicht en de hele dag slapen. En dat deed ik de meeste tijd ook. Uiteindelijk kwam ik uit bed en hervatte langzaam mijn dagelijkse leven, dat wil zeggen de strikt elementaire dingen die iemand moet doen om te blijven functioneren en enigszins fatsoenlijk te leven. Maar ik voelde me aangetast. Alsof er iets vitaals in India was achtergebleven.
EB: Maakte uw vader zich zorgen?
NW: Integendeel. Hij voelde zich bemoedigd. Hij dacht dat mijn confrontatie met de sterfelijkheid me van mijn onvolwassenheid en mijn grilligheid had verlost. Hij begreep niet dat ik me verloren voelde. Ik heb eens gelezen, meneer Boustouler, dat je, als je door een lawine wordt bedolven en onder al die sneeuw ligt, niet meer weet wat boven en onder is. Je wilt jezelf uitgraven, maar je gaat de verkeerde kant op en je graaft jezelf de dood in. Zo voelde ik me ook, gedesoriënteerd, verward, zonder kompas. Onbeschrijflijk depressief, ook dat. En in die toestand ben je kwetsbaar. Waarschijnlijk heb ik daarom een jaar later, in 1949, ja gezegd toen Suleiman Wahdati mijn vader om mijn hand vroeg.
EB: U was toen twintig.
NW: Maar hij niet.

Ze biedt me nog een sandwich aan, maar die wijs ik af, en een kop koffie, die ik accepteer. Terwijl zij water opzet, vraagt ze me of ik getrouwd ben. Ik zeg van niet, en voeg eraan toe dat ik betwijfel of ik ooit zal trouwen. Ze kijkt me over haar schouder aan, laat haar blik even op me rusten en grijnst.

NW: Meestal heb ik het bij het rechte eind.
EB: Nu niet!
NW: Dat komt misschien door de hersenschudding.

Ze wijst naar de bandana rond haar hoofd.

NW: Dit is geen mode, hoor. Ik ben een paar dagen geleden uitgegleden en gevallen, en daarbij is mijn voorhoofd opengereten. Maar ik had het toch moeten weten. Over u, bedoel ik. Afgaande op mijn ervaring zijn er maar weinig mannen die vrouwen even goed als u lijken te begrijpen en dan toch nog iets met hen te maken willen hebben.

Ze geeft me koffie, steekt een sigaret aan en gaat zitten.

NW: Ik heb een theorie over het huwelijk, meneer Boustouler. Bijna altijd weet je binnen twee weken of het goed uitpakt. Het is verbazingwekkend hoeveel mensen jarenlang, decennialang blijven steken in een permanente, wederzijdse staat van zelfmisleiding en valse hoop, terwijl ze het in feite al in die eerste twee weken wisten. Ik had zelf niet eens twee weken nodig. Mijn echtgenoot was een beschaafde man. Maar hij was gereserveerd, oninteressant en veel te serieus. En hij was ook nog eens verliefd op onze chauffeur.
EB: O. Dat zal dan wel een schok zijn geweest.
NW: Nou ja, het maakte het er allemaal niet makkelijker op.

Ze glimlacht een beetje triest.

NW: Ik vond hem meestal zielig. Zoals hij was geboren, had hij geen ellendiger tijd of plaats kunnen kiezen. Hij overleed aan een beroerte toen onze dochter zes was. Ik had op dat moment in Kabul kunnen blijven. Ik had het huis en de rijkdom van mijn man. Er was een tuinier en de eerdergenoemde chauffeur. Het zou een gerieflijk leventje zijn geweest. Maar ik pakte mijn koffers en verhuisde met Pari naar Frankrijk.
EB: En dat deed u, zoals u eerder zei, omwille van uw dochter.
NW: Alles wat ik heb gedaan, meneer Boustouler, heb ik voor mijn dochter gedaan. Begrijpen doet ze dat niet. En ze kan ook

niet ten volle waardering opbrengen voor wat ik voor haar heb gedaan. Ze kan adembenemend onnadenkend zijn, mijn dochter. Als ze eens wist hoe haar leven eruit had gezien als ik er niet was geweest.

EB: Is uw dochter een teleurstelling voor u?

NW: Meneer Boustouler, ik ben langzaam gaan beseffen dat ze mijn straf is.

❋

Op een dag in 1975 komt Pari thuis in haar nieuwe appartement en vindt ze een pakje op haar bed. Het is een jaar na de avond waarop ze haar moeder van de Spoedeisende Hulp heeft gehaald en negen maanden nadat ze is weggegaan bij Julien. Pari woont nu samen met een verpleegster in opleiding, Zahia, een jonge Algerijnse vrouw met krullend bruin haar en groene ogen. Het is een praktisch meisje met een vrolijk, ongecompliceerd karakter, en ze wonen samen zonder dat er zich problemen voordoen, al is Zahia nu verloofd met haar vriend Sami en trekt ze aan het eind van het semester bij hem in.

Er ligt een opgevouwen stuk papier naast het pakje. *Dit is voor jou gekomen. Ik ben vanavond bij Sami. Ik zie je morgen. Je t'embrasse. Zahia.*

Pari scheurt het pakje open. Er zit een tijdschrift in, en met een paperclip zit daar weer een ander stuk papier aan vast, ditmaal geschreven in een bekend handschrift, bijna vrouwelijk gracieus. *Dit was naar Nila gestuurd en daarna naar het paar dat in Collettes oude appartement woont, en nu is het naar mij doorgestuurd. Je moet je nieuwe adres doorgeven. Lees dit op eigen risico. Met geen van ons gaat het erg goed, vrees ik. Julien.*

Pari gooit het tijdschrift op het bed en maakt een spinaziesalade voor zichzelf met wat couscous. Ze trekt haar pyjama aan en eet terwijl ze naar de televisie kijkt, een klein zwartwittoestel dat ze heeft gehuurd. Afwezig ziet ze beelden van Zuid-Vietnamese vluchtelingen die per luchtbrug op Guam aankomen. Ze denkt aan Collette, die de straat op ging om tegen de oorlog in Vietnam te protesteren, Collette, die een krans van dahlia's en madeliefjes had meegebracht bij de rouwdienst voor maman, Collette, die Pari had vastgehouden en gekust, en die op het podium een van mamans gedichten prachtig had voorgedragen.

Julien was niet bij de dienst aanwezig geweest. Hij had gebeld en halfhartig gezegd dat hij rouwdiensten haatte, hij vond ze deprimerend.

Wie niet, had Pari gezegd.

Ik denk dat het het beste is als ik het mezelf niet aandoe.

Doe wat je wilt, had Pari in de hoorn gezegd, en ze had gedacht: *Maar vrijspreken zal het je niet, als je niet komt. Net zomin als ik vrijgesproken word door wel te gaan. Wat zijn we onvoorzichtig geweest en onverschillig. Mijn god.* Pari had opgehangen in de wetenschap dat haar affaire met Julien voor maman het laatste zetje had betekend. Ze had opgehangen in de wetenschap dat het haar voor de rest van haar leven op willekeurige momenten zou overvallen, het schuldgevoel, de vreselijke wroeging, onverhoeds, en dat het haar tot op het bot zou raken. Ze zou ermee worstelen, nu en alle dagen van haar verdere leven. Het zou een druppelende kraan zijn achter in haar hoofd.

Na het eten neemt ze een bad en kijkt wat aantekeningen door voor een examen dat ze binnenkort moet doen. Ze kijkt nog wat tv, doet de afwas en veegt de keukenvloer aan. Maar het helpt niet. Ze vindt geen afleiding. Het tijdschrift ligt op het bed en lijkt haar naar zich toe te lokken.

Later trekt ze een regenjas over haar pyjama aan en loopt de boulevard de la Chapelle af, een paar straten ten zuiden van haar appartement. Het is kil, regendruppels slaan op het plaveisel en tegen de etalageruiten, maar haar appartement is nu te klein voor haar rusteloosheid. Ze heeft de kou nodig, de vochtige lucht, de open ruimte.

Toen ze jong was, herinnert Pari zich, was ze een en al vraag geweest. *Heb ik neefjes en nichtjes in Kabul, maman? Heb ik ooms en tantes? En grootouders, heb ik een grand-père en een grand-maman? Waarom komen ze nooit bij ons op bezoek? Kunnen we ze een brief schrijven? Alsjeblieft, gaan we bij hen op bezoek?*

De meeste vragen hadden betrekking op haar vader. *Van welke kleur hield hij het meest, maman? Maman, kon hij goed zwemmen? Maakte hij veel grapjes?* Ze herinnert zich dat hij haar in een kamer achternazat. Hij rolde haar over het vloerkleed en kietelde haar voeten en haar buik. Ze herinnert zich de geur van zijn lavendelzeep en de glans op zijn hoge voorhoofd, zijn lange vingers. Zijn ovale blauwe manchetknopen, de vouw in zijn broek. Ze ziet nog het stof dat ze hadden doen opwaaien van het vloerkleed.

Wat Pari altijd van haar moeder had willen krijgen, was de lijm om van al haar losse flarden herinnering een samenhangend verhaal te maken. Maar maman zei nooit veel. De details van haar leven, en van hun leven samen in Kabul, verzweeg ze altijd. Ze hield Pari altijd op afstand van hun gedeelde verleden, en ten slotte was Pari opgehouden met vragen stellen.

En nu blijkt maman aan die schrijver van het tijdschrift, die Etienne Boustouler, meer over zichzelf en haar leven verteld te hebben dan ze ooit aan haar eigen dochter heeft gedaan.

Of niet.

Pari had het stuk driemaal gelezen. En ze weet niet wat ze ervan moet denken, wat ze moet geloven. Er klinken zo veel valse tonen in door. Delen ervan lijken wel een parodie. Een luguber melodrama van geketende schoonheden en gedoemde romances en alomtegenwoordige onderdrukking, allemaal zo spannend, zo levendig verteld.

Pari gaat in westelijke richting naar Pigalle, ze loopt flink door, haar handen diep weggestopt in de zakken van haar regenjas. De lucht wordt snel donker en de regen die haar in het gezicht slaat wordt heviger, glibbert langs ruiten en maakt koplampen vlekkerig. Pari kan zich niet herinneren ooit de man te hebben ontmoet die haar grootvader is, mamans vader, ze kent alleen die ene foto van hem waarop hij aan zijn bureau zit te lezen, maar ze betwijfelt of het de aan zijn snor draaiende boosdoener was die maman van hem heeft gemaakt. Pari vermoedt dat ze het verhaal doorziet. Ze heeft zo haar eigen gedachten. In haar visie is hij een man die terecht bezorgd is over een diep ongelukkige en zelfdestructieve dochter, die een janboel van haar leven maakt. Hij is een man die lijdt onder de vernederingen, onder de herhaaldelijke aantasting van zijn waardigheid, en toch valt hij zijn dochter niet af, gaat met haar naar India als ze ziek is, blijft zes weken bij haar. En wat was er toen eigenlijk aan de hand met maman? Wat hebben ze met haar in India gedaan, vraagt Pari zich af, en ze denkt aan het verticale litteken op mamans buik – Pari had het aan Zahia gevraagd en die had haar verteld dat keizersneden horizontaal werden aangebracht.

En wat maman vertelde over haar echtgenoot, Pari's vader. Was dat lasterpraat? Was het waar dat hij van Nabi hield, de chauffeur? En als dat zo was, waarom zoiets dan nu onthullen, na al die tijd? Het kon alleen maar bedoeld zijn om verwarring te zaaien, te krenken en misschien wel pijn te veroorzaken. En als dat zo was, bij wie dan?

Wat haarzelf betreft, is Pari niet verbaasd over de weinig vleiende manier waarop maman over haar heeft gesproken – niet na Julien – en ze is ook niet verbaasd over mamans selectieve verslag van haar moederschap, waarbij maman haar eigen straatje probeerde schoon te vegen.

Leugens?

Maar toch.

Maman was een getalenteerd schrijfster geweest. Pari heeft elk woord gelezen dat maman in het Frans geschreven heeft, en ook elk gedicht dat ze uit het Farsi heeft vertaald. De kracht en de schoonheid van haar werk waren onmiskenbaar. Maar als het verslag dat maman in dat interview van haar leven had gegeven een leugen was, waar kwamen dan de beelden in haar werk vandaan? Wat was de bron van de woorden die zo eerlijk en prachtig en wreed en triest waren? Was ze niet meer dan een getalenteerde oplichtster? Een goochelaar met een pen als toverstokje, die in staat was een publiek te ontroeren door emoties op te roepen die ze zelf nooit had gekend? Was dat eigenlijk wel mogelijk?

Pari weet het niet. Ze weet het niet. En misschien was dat wel de ware bedoeling van maman, de grond onder de voeten van Pari weg te slaan. Haar opzettelijk aan het wankelen te brengen en te vloeren, haar een vreemde voor zichzelf te laten worden, twijfel in haar geest te zaaien over alles wat Pari dacht van haar leven te weten, haar zich verloren te laten voelen, alsof ze midden in de nacht door een woestijn liep, omgeven door duisternis en het onbekende, een onvatbare waarheid, als een kleine schittering in de verte, trillend, altijd in beweging, altijd wijkend.

Misschien, denkt Pari, is dit mamans vergelding. Niet alleen voor Julien. Maar ook voor de teleurstelling die Pari altijd is geweest. Pari, die misschien het middel had moeten zijn om een eind te maken aan alle drank, de mannen, de verspilde jaren van het wanhopig haken naar geluk. Al die nagejaagde en opgegeven illusies. Elke teleurstelling beschadigde en ontregelde maman nog meer, en het geluk werd steeds onwerkelijker. *Wat was ik, maman*, denkt Pari. *Wat had ik moeten zijn, terwijl ik in je schoot groeide – aangenomen dat het wel jouw schoot was waarin ik werd geconcipieerd? Het zaadje van de hoop? Een ticket om je uit de duisternis te halen? Een pleister op de wonde in je hart? Als dat zo is, dan ben ik niet genoeg geweest. Ik ben lang niet genoeg geweest. Ik was geen balsem voor jouw pijn, maar opnieuw een illusie, weer een last erbij, en je moet dat al heel snel hebben ingezien. Je moet het hebben beseft. Maar wat kon je eraan doen? Je kon niet naar het pandjeshuis om mij te verkopen.*

Misschien was dat interview mamans laatste lach.

Om voor de regen te schuilen gaat Pari onder de luifel van een brasserie staan, een paar straten verwijderd van het ziekenhuis waar Zahia een deel van haar opleiding volgt. Ze steekt een sigaret op. Ze zou Collette moeten bellen, denkt ze. Sinds de rouwdienst hebben ze elkaar nog maar een- of tweemaal gesproken. Toen ze jong waren, kauwden ze zo veel kauwgum dat hun kaken er pijn van deden en zaten ze voor mamans spiegel en borstelden elkaars haar, staken het op. Pari ziet een oude vrouw aan de overkant van de straat die een plastic regenkapje draagt, ze sjokt over het trottoir, voortgetrokken door een kleine, bruine terriër. Niet voor het eerst maakt er zich iets los uit de mist van Pari's geheugen en neemt langzaam de vorm aan van een hond. Niet zo'n schoothondje als van die oude vrouw, maar een groot, armoedig exemplaar, vuil, harig, met een gekortwiekte staart en oren. Pari weet niet zeker of dit een herinnering is of een spookbeeld, of geen van tweeën. Ze had maman ooit gevraagd of ze in Kabul een hond hadden gehad, en maman had gezegd: *Je weet dat ik niet van honden houd. Ze hebben geen zelfrespect. Je geeft ze een schop en ze blijven van je houden. Deprimerend.*

Maman had ook nog iets anders gezegd.

Ik vind mezelf in jou niet terug. Ik weet niet wie jij bent.

Pari gooit haar sigaret weg. Ze besluit dat ze Collette zal opbellen. Afspreken om ergens thee te gaan drinken. Zien hoe het met haar is. Met wie ze omgaat. Etalages gaan bekijken, net als vroeger.

Misschien heeft haar oude vriendin nog steeds zin in dat reisje naar Afghanistan.

❋

Pari ontmoet Collette inderdaad. Ze zien elkaar in een populaire bar met een Marokkaans interieur, paarse gordijnen en oranje kussens, een jongen met krullen die op een klein podium speelt op een *oed*, een Arabische luit. Collette is niet alleen gekomen. Ze heeft een jongeman meegenomen. Zijn naam is Eric Lacombe. Hij geeft toneelles aan de laagste klassen van een lyceum in het achttiende arrondissement. Hij vertelt Pari dat hij haar al eens heeft ontmoet, een paar jaar geleden, bij een studentenprotest tegen de zeehondenjacht. Eerst kan Pari het zich niet herinneren, en dan weet ze plotseling weer dat het de jongen was op wie Collette zo boos was geweest vanwege de lage opkomst, de jongen die ze op zijn borst had getimmerd. Ze gaan op de grond zitten op donzige, mangokleurige kussens en bestellen iets te drinken. Aanvankelijk heeft Pari de indruk dat Collette en Eric een paar zijn, maar Collette blijft Eric maar aanprijzen, en dan pas beseft Pari dat Collette hem heeft meegenomen voor háár. Het ongemak dat ze normaal zou voelen in een dergelijke situatie wordt gespiegeld – en verzacht – door Erics eigen, niet geringe onbehaaglijkheid. Pari vindt de manier waarop hij bloost en verontschuldigend en verlegen zijn hoofd schudt vermakelijk, zelfs ontwapenend. Boven het brood en de tapenade van zwarte olijven werpt Pari telkens een steelse blik op hem. Mooi kun je hem niet noemen. Zijn haar is lang en slap, en hij heeft het in zijn nek met een elastiekje samengebonden. Hij heeft kleine handen en een bleke huid. Zijn neus is te smal en zijn voorhoofd te geprononceerd, hij heeft zowat geen kin, maar hij heeft heldere ogen en een enthousiaste trek om zijn mond, en de gewoonte elke zin te besluiten met een hoopvolle lach, als een blij en onzichtbaar vraagteken. En hoewel zijn gezicht Pari niet zo betovert als dat van Julien vroeger deed, is het een veel vriendelijker gezicht, dat getuigt van de rustige verdraagzaamheid, de voorkomendheid en het niet-aflatend fatsoen die in Eric huizen – zoals Pari weldra zal leren.

Ze trouwen op een kille dag in de lente van 1977, een paar maanden nadat Jimmy Carter aan de andere kant van de oceaan is beëdigd tot president. Tegen de zin van zijn ouders in wil Eric per se een kleine plechtigheid, met niemand anders erbij dan zij tweeën en Collette als getuige. Hij zegt dat een echte bruiloft een uitspatting is die ze zich niet kunnen veroorloven. Zijn vader, een welgestelde bankier, wil wel betalen. Per slot van rekening is Eric enig kind. Hij biedt het geld aan als een geschenk, en daarna als een lening. Maar Eric wijst het af, en hoewel hij het nooit zegt, weet Pari dat hij haar een ceremonie wil besparen waar zij in haar eentje aanwezig zou zijn, zonder familie om haar heen, zonder iemand die haar ten huwelijk zou geven of een traantje van geluk zou wegpinken om haar.

Als ze hem vertelt over haar plannen om naar Afghanistan te gaan, heeft hij daar begrip voor, op een manier waarop Julien dat volgens haar nooit zou hebben gehad. En ook op een manier die ze nooit openlijk tegenover zichzelf heeft toegegeven.

'Je denkt dat je geadopteerd bent,' zegt hij.

'Ga je met me mee?'

Ze besluiten die zomer te gaan, als de school er voor Eric op zit en Pari even vrij is van haar studie. Eric regelt bij een privéleraar, die hij gevonden heeft via de moeder van een van zijn leerlingen, een cursus Farsi voor hen beiden. Pari treft hem vaak aan op de bank met de hoofdtelefoon op en de cassettespeler op zijn borst, zijn ogen geconcentreerd gesloten terwijl hij met een zwaar accent in het Farsi mompelt: 'Dank u wel', 'Hallo' en 'Hoe gaat het'.

Een paar weken voor de zomer, op een moment dat Eric kijkt naar vliegtarieven en hotelaccommodatie, ontdekt Pari dat ze zwanger is.

'We kunnen nog wel gaan,' zegt Eric. 'We moeten gaan.'

Het is Pari die besluit dat het niet doorgaat. 'Het is onverantwoordelijk,' zegt ze. Ze wonen in een studio met een kapotte verwarming, lekkende leidingen, geen airconditioning en meubels van de straat.

'Dit is geen plek voor een baby,' zegt ze.

Eric neemt een bijbaantje als pianoleraar, iets wat hij vroeger een tijdje had willen gaan doen voordat hij zijn zinnen had gezet op toneel, en tegen de tijd dat Isabelle zich aandient – lieve Isabelle met haar lichte huidskleur en haar ogen als gekaramelliseerde suiker – zijn ze verhuisd naar een klein driekamerappartement niet ver van het Jardin de Luxembourg, met financiële steun van Erics vader, die ze deze keer wel accepteren, op voorwaarde dat het een lening is.

Pari neemt drie maanden vrij. Ze besteedt haar dagen aan Isabelle. Bij Isabelle voelt ze zich gewichtloos. Ze voelt dat ze gaat stralen, telkens als Isabelle naar haar kijkt. Als Eric 's avonds van het lyceum thuiskomt, is het eerste wat hij doet zijn tas en zijn jas bij de deur van zich afgooien en zich op de bank laten vallen, hij beweegt zijn vingers en strekt zijn armen uit. 'Geef haar aan mij, Pari. Geef haar aan mij.' Terwijl hij Isabelle op zijn borst laat wippen, brengt Pari hem op de hoogte van alle nieuwtjes van die dag, hoeveel melk Isabelle gedronken heeft, hoeveel slaapjes ze heeft gedaan, waarnaar ze samen hebben gekeken op televisie, de vrolijke spelletjes die ze hebben gespeeld, en de nieuwe geluidjes die ze heeft leren maken. Eric wordt het niet moe ernaar te luisteren.

De reis naar Afghanistan hebben ze uitgesteld. Eigenlijk voelt Pari niet meer de noodzaak naar antwoorden te zoeken en haar roots te vinden. Dat komt door Eric en zijn troostende, kalmerende kameraadschap. En door Isabelle, die de grond onder Pari's voeten heeft verstevigd – al kent die nog gaten en blinde vlekken, alle dingen waarover maman niets wilde loslaten, alle onbeantwoorde vragen. Ze zijn er nog wel; maar Pari hunkert, anders dan vroeger, niet meer zo naar de antwoorden.

En het aloude gevoel dat er een belangrijk iets of iemand in haar leven ontbreekt, is afgezwakt. Het komt af en toe nog wel op – en soms met een kracht die haar onverwachts overvalt – maar minder frequent dan vroeger. Pari is nog nooit zo tevreden geweest, heeft zich nog nooit zo verankerd gevoeld.

In 1981, als Isabelle drie jaar oud is, moet Pari, die een paar maanden in verwachting is van Alain, naar München voor een conferentie. Ze zal er een mede door haar geschreven verhandeling presenteren over het gebruik van modulaire formules buiten de getallentheorie, vooral in de topologie en de theoretische natuurkunde. De presentatie wordt goed ontvangen, en Pari gaat na afloop met een paar andere academici naar een lawaaierige bar voor een biertje, *pretzels* en *weisswurst*. Ze is voor middernacht terug op haar hotelkamer, ze gaat naar bed zonder zich uit te kleden of haar gezicht te wassen. Om halfdrie 's nachts wordt ze gewekt door de telefoon, Eric, die vanuit Parijs belt.

'Het gaat om Isabelle,' zegt hij. Ze heeft koorts. Haar tandvlees is plotseling opgezwollen en rood geworden. Je hoeft het maar aan te raken of het begint hevig te bloeden. 'Ik kan haar tanden amper zien. Pari, ik weet niet wat ik moet doen. Ik heb ergens gelezen dat het wel...'

Ze wil dat hij zwijgt. Ze wil hem zeggen dat hij zijn kop moet houden, dat ze het niet kan aanhoren, maar het is te laat. Ze hoort het woord 'kinderleukemie', en misschien zegt hij 'lymfoom', wat is trouwens het verschil? Pari zit op de rand van het bed, versteend, met een bonzend hoofd, badend in het zweet. Ze is woest op Eric dat hij haar met zoiets verschrikkelijks heeft overvallen, midden in de nacht, terwijl ze zevenhonderd kilometer ver weg zit en niets kan doen. Ze is woest op zichzelf vanwege haar stupiditeit. Dat ze zich, vrijwillig, zo heeft opengesteld voor een leven vol zorgen en angst. Gekkenwerk. Complete waanzin. Een volkomen idioot en ongefundeerd geloof, tegen alle waarschijnlijkheid in, dat een wereld die je niet in de hand hebt niet dat ene van je af zal pakken waarvan je het verlies niet kunt verdragen. Het geloof dat de wereld je niet te gronde zal richten. *Ik heb er de moed niet voor*. Dat zegt ze, fluisterend. 'Ik heb er de moed niet voor.' Op dat moment kan ze zich niets voorstellen dat roekelozer en onlogischer is dan een kind op de wereld te zetten.

En een deel van haar – *God, help me*, denkt ze, *God, vergeef me* – een deel van haar is woedend op Isabelle dat zij haar dit aandoet, dat zij haar zo laat lijden.

'Eric. Eric. *Ecoute moi*. Ik bel je dadelijk terug. Ik moet even ophangen.'

Ze schudt de inhoud van haar tasje op het bed uit en vindt het bruine notitieboekje, waar ze telefoonnummers in heeft genoteerd. Ze draait een nummer in Lyon. Collette woont er nu met haar man Didier, ze is er een klein reisbureau begonnen. Didier studeert medicijnen. Het is Didier die de telefoon opneemt.

'Je weet toch dat ik psychiatrie studeer, Pari?' zegt hij.

'Ja, dat weet ik, dat weet ik. Maar ik dacht...'

Hij stelt een paar vragen. Is er sprake van gewichtsverlies? Nachtelijk zweten, ongewone blauwe plekken, vermoeidheid, aanhoudende koorts?

Ten slotte zegt hij dat Eric de volgende ochtend met haar naar de dokter moet. Maar als hij het zich nog goed herinnert van zijn algemene medische opleiding, klinkt het als acute gingivostomatitis.

Pari omknelt de telefoon zo stevig dat haar pols er pijn van doet. 'Alsjeblieft,' zegt ze geduldig. 'Didier.'

'O, sorry. Wat ik bedoel is dat het ernaar uitziet dat het de eerste symptomen zijn van koortsuitslag.'

'Koortsuitslag.'

Dan voegt hij er de gelukkigste woorden aan toe die Pari ooit in haar leven heeft gehoord. 'Ik denk dat het wel goed komt.'

Pari heeft Didier nog maar tweemaal ontmoet, een keer vóór en een keer ná zijn huwelijk met Collette. Maar op dat moment houdt ze echt van hem. Dat zegt ze hem ook, huilend, ze zegt tegen hem dat ze van hem houdt, een paar keer achterelkaar, en hij lacht en wenst haar een goede nacht. Pari belt Eric, die in de ochtend met Isabelle naar dokter Perrin zal gaan. Daarna zit ze met suizende oren in haar bed te kijken naar het licht van de straatlantaarns, dat door de matgroene houten blinden komt. Ze denkt aan de tijd dat ze met longontsteking naar het ziekenhuis moest, acht jaar oud; maman weigerde naar huis te gaan en wilde per se in de stoel naast haar bed blijven slapen, en ze voelt een nieuwe, onverwachte en late verwantschap met haar moeder. De laatste paar jaren heeft ze haar heel vaak gemist. Op haar huwelijk natuurlijk. Bij de geboorte van Isabelle. En op talloze willekeurige momenten. Maar nooit méér dan in deze vreselijke, rare nacht, in deze hotelkamer in München.

Als ze de volgende dag terug is in Parijs zegt ze tegen Eric dat ze na Alain geen andere kinderen meer moeten nemen. Dat vergroot alleen maar de kans op hartzeer.

In 1985, als Isabelle zeven is en Alain vier en de kleine Thierry twee, neemt Pari een aanbod aan om te gaan doceren aan een vooraanstaande universiteit in Parijs. Ze wordt een tijdje het slachtoffer van het te verwachten kleingeestige ellebogenwerk – niet vreemd als je bedenkt dat zij met haar zesendertig jaar de jongste hoogleraar op haar instituut is, en een van slechts twee vrouwen. Ze slaat zich erdoorheen op een manier waarvan ze denkt dat maman het nooit zo had gekund of gewild. Ze gaat conflicten uit de weg. Ze dient geen klachten in. Ze vleit niet en smeert geen stroop om de mond. Ze behoudt altijd haar scepsis, maar tegen de tijd dat de muur in Berlijn valt, zijn ook de muren in haar academische leven geslecht, en heeft ze heel geleidelijk de meesten van haar collega's voor zich gewonnen door haar verstandige opstelling en haar ontwapenende vriendelijkheid. Ze maakt vrienden op haar instituut en ook op andere instituten, gaat naar universitaire bijeenkomsten, geldinzamelingsacties, en bij gelegenheid ook naar borrels en etentjes. Eric gaat mee naar die avondjes. Hij wil dan als een soort permanente grap altijd dezelfde wollen das en dezelfde corduroy blazer met elleboogstukken dragen. Hij dwaalt door de volle zaal, proeft hier een hapje en nipt daar aan een glaasje wijn, hij ziet er vrolijk verward uit, en af en toe haalt Pari hem weg bij een groepje wiskundigen voordat hij zijn mening geeft over driedimensionale veelvouden of over diofantische approximaties.

Onvermijdelijk komt er op die feestjes een moment dat iemand Pari vraagt naar haar mening over de ontwikkelingen in Afghanistan. Op een avond vraagt een lichtelijk aangeschoten hoogleraar, Chatelard, Pari wat zij denkt dat er met Afghanistan gaat gebeuren als de Sovjets het land eenmaal verlaten. 'Zal uw volk dan vrede vinden, *madame professeur*?'

'Ik zou het niet weten,' zegt ze. 'Ik ben eigenlijk alleen in theorie een Afghaanse.'

'*Non mais, quand même*,' zegt hij. 'Maar niettemin moet u toch enig inzicht hebben.'

Ze glimlacht, terwijl ze probeert het gevoel van ontoereikendheid op afstand te houden dat bij dit soort vragen altijd in haar opkomt. 'Niet meer dan wat ik in *Le Monde* lees. Net als u.'

'Maar u bent daar opgegroeid, *non*?'

'Ik ben er weggegaan toen ik nog heel klein was. Hebt u mijn echtgenoot ook gezien? Het is die man met de elleboogstukken.'

Wat ze zegt is waar. Ze volgt het nieuws wel, leest in de kranten over de oorlog, over het Westen, dat de moedjahedien van wapens voorziet, maar Afghanistan is in haar geest naar de achtergrond gedrongen. Ze heeft thuis genoeg aan haar hoofd, ze woont nu in een leuke vijfkamerwoning in Guyancourt, op zo'n twintig kilometer van het centrum van Parijs. Ze wonen op een kleine heuvel, bij een park met wandelpaden en vijvers. Behalve dat hij lesgeeft, schrijft Eric nu zelf toneelstukken. Een van zijn stukken, een politieke klucht, gaat in de herfst in productie in een theatertje vlak bij het Hôtel de Ville in Parijs, en hij heeft al een opdracht voor een volgend stuk.

Isabelle is een rustig, maar opgewekt en attent pubermeisje geworden. Ze houdt een dagboek bij en leest elke week een roman. Ze houdt van Sinéad O'Connor. Ze heeft mooie, lange vingers en ze neemt celloles. Over een paar weken zal ze Tsjaikovski's *Chanson triste* tijdens een recital ten gehore brengen. Ze had eerst geen zin gehad in cello, en Pari had samen met haar een paar lessen gevolgd, uit solidariteit. Dat bleek onnodig en onuitvoerbaar. Onnodig omdat Isabelle al snel gehecht was aan het instrument, en onuitvoerbaar omdat Pari's handen door de cello pijn begonnen te doen. Al een jaar lang heeft Pari elke ochtend stijve handen en polsen, en het duurt een halfuur, soms wel een uur, voor ze wat soepeler worden. Eric oefent niet langer uitsluitend zachte dwang op haar uit om naar de dokter te gaan, hij wil nu per se dat ze zich laat onderzoeken. 'Je bent nog maar drieënveertig, Pari,' zegt hij. 'Dit is niet normaal.' Pari maakt een afspraak.

Alain, hun middelste kind, is een handig en guitig jongetje. Hij is geobsedeerd door oosterse vechtkunsten. Hij is te vroeg geboren en nog altijd klein voor een jongen van elf, maar wat hij tekortkomt in lengte maakt hij meer dan goed door passie en vindingrijkheid. Zijn tegenstanders vergissen zich altijd in zijn spichtige lijf en dunne beentjes. Ze onderschatten hem. Pari en Eric hebben zich vaak 's avonds in bed liggen verbazen over zijn enorme wilskracht en energie. Pari maakt zich over Isabelle en Alain geen zorgen.

Maar over Thierry is ze wel bezorgd. Thierry voelt misschien in een duistere laag van zijn onderbewustzijn aan dat hij niet bedoeld was, niet verwacht, niet welkom. Thierry is al snel geneigd om gekwetst te zwijgen en gespannen te kijken, om zich zenuwachtig te maken en te gaan zitten friemelen zodra Pari iets aan hem vraagt. Hij daagt haar uit, denkt Pari, alleen omwille van de uitdaging. Op sommige dagen komt er een wolk boven hem hangen. Pari kan het voorspellen. Ze kan het bijna zien. De wolk stapelt zich op, groeit aan, tot hij ten slotte openscheurt en er een woede-uitbarsting volgt die gepaard gaat met trillende wangen en stampende voeten. Pari wordt er altijd weer bang van en Eric knippert met zijn ogen en glimlacht ongelukkig. Pari weet instinctief dat Thierry een levenslange zorg voor haar zal zijn, net als de pijn in haar gewrichten.

Ze vraagt zich vaak af wat voor soort oma haar moeder zou zijn geweest. Vooral voor Thierry. Intuïtief denkt Pari dat maman hem zou hebben kunnen helpen. Ze zou misschien iets van haarzelf in hem hebben teruggevonden – niet biologisch, natuurlijk, daar is Pari sinds enige tijd zeker van. De kinderen weten het, van maman. Vooral Isabelle is nieuwsgierig. Ze heeft veel gedichten van haar gelezen.

'Ik wou dat ik haar gekend had,' zegt ze.

'Ze klinkt betoverend,' zegt ze.

'Ik denk dat we goed met elkaar hadden kunnen opschieten, zij en ik. Denk je niet? We zouden dezelfde boeken lezen. Ik had cello voor haar gespeeld.'

'Dat zou ze prachtig gevonden hebben,' zegt Pari. 'Dat weet ik wel zeker.'

Pari heeft de kinderen niet over de zelfmoord verteld. Daar komen ze op een dag wel achter, waarschijnlijk. Maar van haar zullen ze het niet te horen krijgen. Ze zal niet het zaad in hun geest planten dat een ouder in staat is om haar kinderen in de steek te laten, om tegen hen te zeggen: jij bent niet genoeg. Voor Pari zijn de kinderen en Eric altijd genoeg geweest. En dat zullen ze altijd blijven.

In de zomer van 1994 nemen Pari en Eric de kinderen mee naar Mallorca. Het is Collette die, via haar goedlopende reisbureau, de vakantie voor hen heeft georganiseerd. Collette en Didier ontmoeten hen in Mallorca, en ze verblijven twee weken samen in een huurhuis aan het strand. Collette en Didier hebben geen kinderen, niet om een ongelukkige biologische reden, maar omdat ze het niet willen. Voor Pari komt de vakantie op een goed tijdstip. Haar gewrichtsreuma is op dat moment onder controle. Ze neemt wekelijks een dosis methotrexaat, die ze goed kan verdragen. Gelukkig heeft ze de laatste tijd geen steroïden hoeven te nemen en ze heeft dus geen last gehad van de ermee gepaard gaande slapeloosheid.

'Om nog maar te zwijgen van de gewichtstoename,' zegt ze tegen Collette. 'Als je weet dat je je in Spanje in een badpak moet wurmen?' Ze lacht. 'Ach, ijdelheid!'

Ze rijden overdag op het eiland rond, gaan naar de noordwestelijke kust bij de Serra de Tramuntana en stoppen onderweg om tussen de olijfbomen en in de dennenbossen te dolen. Ze eten *porcella* en een verrukkelijke schotel met zeebaars, *lubina*, en een stoofschotel met aubergines en courgettes, *tumbet*. Thierry wil van geen van de gerechten iets eten, en in elk restaurant moet Pari aan de chef vragen een bord spaghetti te maken met alleen tomatensaus, geen vlees en geen kaas. Op verzoek van Isabelle – ze heeft net de opera ontdekt – gaan ze op een avond naar een opvoering van *Tosca* van Giacomo Puccini. Om de beproeving te doorstaan delen Collette en Pari stiekem een zilveren flacon met goedkope wodka. Midden in het tweede bedrijf raken ze tipsy en zitten als schoolmeisjes te giechelen om het theatrale gedoe van de zanger die de rol van Scarpia vertolkt.

Op een dag pakken Pari, Collette, Isabelle en Thierry hun lunch in om naar het strand te gaan. Didier, Alain en Eric zijn 's ochtends op pad gegaan voor een lange wandeling langs de baai van Sóller. Op weg naar het strand gaan ze een winkel binnen om voor Isabelle een badpak te kopen waarop ze haar oog heeft laten vallen. Als ze de winkel in lopen, vangt Pari een glimp op van haar spiegelbeeld in de glazen ruit. Meestal, en vooral de laatste tijd, komt er als ze voor een spiegel gaat staan automatisch een mentaal proces op gang dat haar erop voorbereidt dat ze haar oudere zelf onder ogen gaat komen.

Het beschermt haar, het vangt de schok op. Maar in de etalageruit van de winkel ziet ze zichzelf in een onbewaakt moment, weerloos voor de werkelijkheid, niet vertekend door zelfmisleiding. Ze ziet een vrouw van middelbare leeftijd in een slonzige bloes en een strandrokje dat de huidplooien bij haar knieën niet voldoende verhult. De zon doet het grijs in haar haren extra uitkomen, en ondanks de eyeliner en de lippenstift die de randen van haar mond benadrukt, heeft ze nu een gezicht waar de blik van een voorbijganger af zou glijden als van een straatnaambordje of een brievenbus. Het moment is kortstondig, amper genoeg voor één hartslag, maar lang genoeg voor haar illusoire zelf om de achterstand in te lopen ten opzichte van de vrouw die haar vanuit de etalageruit aanstaart. Ze is er lichtelijk ondersteboven van. Dit is dus ouder worden, denkt ze, terwijl ze achter Isabelle aan de winkel in loopt, die toevallige, onaangename momenten die je te grazen nemen als je er het minst op voorbereid bent.

Als ze later teruglopen van het strand naar hun huis blijken de mannen er al te zijn.

'Papa wordt oud,' zegt Alain.

Vanachter de bar rolt Eric, die sangria maakt, met zijn ogen en haalt opgewekt zijn schouders op.

'Ik dacht even dat ik je zou moeten dragen, papa.'

'Geef me één jaar. We komen hier volgend jaar terug en dan zal ik eens laten zien wie hier het snelst rond het eiland rent, *mon pote*.'

Ze gaan nooit terug naar Mallorca. Een week na hun terugkeer in Parijs krijgt Eric een hartaanval. Het gebeurt tijdens zijn werk, terwijl hij met de belichtingsman overlegt. Hij overleeft het, maar hij zal de daaropvolgende drie jaar nog tweemaal een hartaanval krijgen, en de laatste zal fataal blijken te zijn. En zo is Pari op achtenveertigjarige leeftijd weduwe, net als maman.

*

Op een dag, vroeg in de lente van 2010, krijgt Pari een telefoontje uit het buitenland. Dat is niet onverwacht. Pari heeft er zich de hele ochtend al op voorbereid. Voorafgaand aan het gesprek heeft Pari ervoor gezorgd dat ze alleen thuis is. Dat betekent dat ze Isabelle heeft gevraagd wat eerder weg te gaan dan ze normaal doet. Isabelle en haar man Albert wonen net ten noorden van Ile Saint-Denis, een paar straten van Pari's tweekamerappartement vandaan. Isabelle komt om de andere dag 's ochtends bij Pari op bezoek, meteen nadat ze haar kinderen naar school heeft gebracht. Ze neemt een baguette voor Pari mee, en wat vers fruit. Pari is nog niet gebonden aan de rolstoel, iets waarop ze zich wel heeft voorbereid. Hoewel haar kwaal haar een jaar eerder heeft gedwongen met vervroegd pensioen te gaan, kan ze nog steeds op eigen kracht naar de markt en dagelijks een wandelingetje maken. Het zijn haar handen, haar lelijke vervormde handen die haar het meest opbreken, handen die op een slechte dag aanvoelen alsof er glasscherven rond de gewrichten knerpen. Als ze de deur uit gaat, draagt Pari altijd handschoenen om haar handen warm te houden, maar vooral omdat ze zich ervoor schaamt, voor die knobbelige knokkels, die afzichtelijke vingers met wat haar dokter 'zwanenhalsmisvorming' noemt, de altijd afstaande linkerpink.

Ach, ijdelheid, zegt ze tegen Collette.

Deze ochtend heeft Isabelle wat vijgen voor haar meegenomen, een paar stukken zeep, tandpasta en een tupperwarebakje met kastanjesoep. Albert denkt erover het aan de restauranteigenaars, bij wie hij souschef is, voor te stellen als een nieuw gerecht op de menukaart. Terwijl ze de tassen uitpakt, vertelt Isabelle Pari over de nieuwe opdracht die ze in de wacht heeft gesleept. Ze schrijft de muziek voor televisieshows en commercials en hoopt ooit filmmuziek te componeren. Ze zegt dat ze nu de muziek gaat schrijven voor een miniserie die op het moment in Madrid wordt opgenomen.

'Ga je ernaartoe,' vraagt Pari, 'naar Madrid?'

'*Non*. Het budget is te klein. Ze betalen mijn reiskosten niet.'

'Jammer. Anders had je bij Alain kunnen logeren.'

'O, hoe haal je het in je hoofd, maman? Arme Alain. Hij heeft nauwelijks ruimte genoeg om zijn benen te strekken.'

Alain is financieel adviseur. Hij woont in een piepklein appartement in Madrid met zijn vrouw Ana en hun vier kinderen. Hij stuurt regelmatig per e-mail foto's en videofilmpjes van de kinderen aan Pari.

Pari vraagt of Isabelle iets heeft gehoord van Thierry, maar Isabelle zegt van niet. Thierry zit in Afrika, in het oosten van Tsjaad, waar hij in een kamp werkt met vluchtelingen uit Darfur. Pari weet dat omdat Thierry heel af en toe contact heeft met Isabelle. Zij is de enige met wie hij spreekt. Zo weet Pari een paar algemene dingen over het leven van Thierry, bijvoorbeeld dat hij enige tijd in Vietnam gezeten heeft. En dat hij op zijn twintigste getrouwd is met een Vietnamese.

Isabelle zet water op om thee te zetten en pakt twee kopjes uit de kast.

'Vanochtend niet, Isabelle. Ik moet je zelfs vragen om nu weg te gaan.'

Isabelle kijkt haar gekrenkt aan en Pari haat zichzelf dat ze het niet beter heeft verwoord. Isabelle is altijd al gevoelig geweest.

'Ik bedoel, ik verwacht een telefoontje en daar heb ik wat privacy voor nodig.'

'Een telefoontje? Van wie?'

'Dat vertel ik je later wel,' zegt Pari.

Isabelle legt haar armen over elkaar en grijnst. 'Heb je een nieuwe minnaar, maman?'

'Een minnaar? Ben je soms blind? Heb je me de laatste tijd wel bekeken?'

'Er is niets mis met jou.'

'Je moet weg. Ik leg het later wel uit, dat beloof ik je.'

'*D'accord, d'accord*.' Isabelle zwaait met haar tasje en pakt haar jas en sleutels. 'Maar ik wil je nog wel even laten weten dat ik behoorlijk nieuwsgierig ben.'

De man die om halftien belt, heet Markos Varvaris. Hij had contact gelegd met Pari via haar Facebookaccount, hij had haar geschreven in het Engels: *Bent u de dochter van de dichteres Nila Wahdati? Als dat zo is, dan wil ik heel graag met u spreken over iets wat u zeer zal interesseren.* Pari had het internet afgezocht op zijn naam en ontdekt dat hij een plastisch chirurg was die voor een non-profitorganisatie in Kabul werkte. Nu, aan de telefoon, begroet hij haar in het Farsi en gaat door in die taal, tot Pari hem moet onderbreken.

'Meneer Varvaris, sorry, maar kunnen we misschien Engels spreken?'

'Maar natuurlijk. Mijn excuses. Ik veronderstelde... Maar het is natuurlijk begrijpelijk, u bent hier weggegaan toen u nog heel jong was, nietwaar?'

'Ja, dat is zo.'

'Ik heb hier Farsi geleerd. Ik mag misschien zeggen dat ik me ermee kan redden. Ik woon hier sinds 2002, sinds de tijd dat de Taliban net waren vertrokken. Optimistische dagen, toentertijd, ja, iedereen wilde heropbouwen en democratie en zo. Nu is het een ander verhaal, we maken ons uiteraard op voor de presidentsverkiezingen, maar dat is inderdaad een ander verhaal. Ik vrees van wel.'

Pari luistert geduldig terwijl Markos Varvaris afdwaalt naar de logistieke uitdaging die de verkiezingen in Afghanistan vormen, verkiezingen die volgens hem gewonnen gaan worden door Karzai, en hij vertelt verder nog wat over de zorgwekkende invallen van de Taliban in het noorden en de toenemende islamitische invloed op de nieuwsmedia, en maakt een of twee terloopse opmerkingen over de overbevolking in Kabul en ten slotte nog over de huisvestingskosten, voordat hij ter zake komt: 'Ik heb nu een aantal jaren in dit huis gewoond. Ik begrijp dat u ook in dit huis hebt gewoond.'

'Pardon?'

'Dit was het huis van uw ouders. Dat is me in elk geval gezegd.'

'Als ik zo vrij mag zijn: wie heeft u dat verteld?'

'De huisbaas. Hij heet Nabi. Hij *heette* Nabi, moet ik zeggen. Hij is helaas overleden, niet zo lang geleden. Herinnert u zich hem?'

De naam roept bij Pari het beeld op van een jong en knap gezicht, bakkebaarden, een volle, hoge kuif van zwart haar, naar achteren gekamd.

'Ja. Vooral zijn naam. Hij was bij ons thuis de kok, en ook de chauffeur.'

'Ja, dat klopt, hij was beide. Hij heeft sinds 1947 in dit huis gewoond. Drieënzestig jaar lang. Bijna niet te geloven, hè? Maar zoals ik al zei, hij is gestorven. Vorige maand. Ik was nogal op hem gesteld. Zoals iedereen.'

'Juist, ja.'

'Nabi heeft me een notitie gegeven,' zegt Markos Varvaris. 'Ik mocht die pas na zijn dood lezen. Toen hij dood was, heb ik de tekst door een Afghaanse collega in het Engels laten vertalen. Die notitie is meer dan een notitie. Het is eigenlijk een brief, en ook nog eens een hoogst opmerkelijke brief. Nabi zegt er het een en ander in. Ik heb u gezocht omdat sommige dingen over u gaan, en ook omdat hij me er onomwonden in heeft gevraagd u te zoeken en u deze brief te geven. Het heeft even wat moeite gekost, maar we hebben u toch kunnen lokaliseren. Dankzij internet.' Hij lacht even.

Iets in Pari wil nu ophangen. Intuïtief is ze er zeker van dat wat die oude man ook te onthullen heeft, die persoon uit een ver verleden, zowat aan de andere kant van de wereld, waar is. Ze weet allang dat haar moeder haar over haar jeugd heeft voorgelogen. Maar zelfs als de bodem van haar leven wankel was door een leugen, wat Pari er sindsdien in heeft geplant is even waar en sterk en onwrikbaar als een reusachtige eik. Eric, haar kinderen, haar kleinkinderen, haar carrière, Collette. Dus wat heeft het voor zin? Na al die tijd? Wat heeft het voor zin? Misschien is het het beste om gewoon de telefoon op de haak te gooien.

Maar dat doet ze niet. Met bonzend hart en bezwete handen zegt ze: 'Wat... wat zegt hij in die notitie, die brief?'

'Wel, in de eerste plaats beweert hij dat hij uw oom is.'

'Mijn oom.'

'De broer van uw stiefmoeder, om precies te zijn. En er is meer. Hij zegt nog veel meer dingen.'

'Meneer Varvaris, hebt u die? Die notitie. Die brief. Of de vertaling. Hebt u die daar bij u?'

'Jazeker.'

'Kunt u die aan me voorlezen? Kunt u die voorlezen?'

'U bedoelt: nu?'

'Als u daar de tijd voor hebt. Ik kan u ook bellen, om u de kosten te besparen.'

'Dat is niet nodig, nee. Maar weet u het zeker?'

'*Oui*,' zegt ze in de hoorn. 'Ik weet het zeker, meneer Varvaris.'

Hij leest hem voor. Hij leest hem helemaal voor. Dat duurt een hele tijd. Als hij klaar is, bedankt zij hem en zegt ze dat ze spoedig contact met hem zal opnemen.

Als ze heeft opgehangen, zet ze de koffiemachine aan en loopt naar het raam. Van daaruit ziet ze de vertrouwde aanblik, het smalle stenen paadje beneden, de apotheek een eindje verderop, het falafelzaakje op de hoek, de brasserie die gerund wordt door een Baskische familie.

Pari's handen trillen. Er gebeurt iets raars met haar. Iets heel opmerkelijks. Het beeld dat in haar geest opdoemt is dat van een bijl die dreunend op de grond neerkomt, waarbij er plotseling dikke, zwarte olie naar de oppervlakte borrelt. Dat gebeurt er in haar, herinneringen die lichtend opkomen vanuit de diepte. Ze staart uit het raam in de richting van de brasserie, maar wat ze ziet is niet de luifel en daaronder de broodmagere kelner met een zwarte schort voor die een tafelkleed uitschudt, maar een kleine rode kar met een krakend wiel, voorthobbelend onder een grijze wolkenlucht, voortbewegend over bergkammen en door droge valleien, okerkleurige heuvels op en af, opdoemend en verdwijnend. Ze ziet her en der groepjes fruitbomen staan, de bries die vat krijgt op de bladeren, rijen wijnstokken met lage huisjes ertussen. Ze ziet waslijnen en hurkende vrouwen bij een rivier en de knarsende touwen van een schommel onder een grote boom en een grote hond die ineenduikt onder de hoon van dorpsjongens, en een man met een haakneus die een sloot graaft en wiens overhemd aan zijn rug vastplakt van het zweet, en een gesluierde vrouw, gebogen over een kookvuur.

Maar ook iets anders, en dat obsedeert haar het meest van al, helemaal aan de rand van haar visioen, een ongrijpbare schim. Een figuur. Zowel zacht als hard. De zachte hand die de hare vasthoudt. Harde knieën waar ze ooit haar wang op had gelegd. Ze zoekt naar zijn gezicht, maar het ontglipt haar, glijdt telkens weg als ze eraan wil denken. Pari voelt hoe er iets in haar opengaat. In haar leven, in haar hele leven is er iets geweest wat er niet was. Op de een of andere manier heeft ze dat altijd geweten.

'Broer,' zegt ze, niet wetend wat ze zegt. Niet wetend dat ze huilt.

Een versregel uit een liedje in het Farsi komt plotseling op haar lippen.

Ik ken een kleine droeve fee
Die 's nachts werd weggeblazen door de wind.

Er is nog een andere versregel, die er misschien aan voorafgaat, maar daar kan ze ook niet opkomen.

Pari gaat zitten. Ze kan niet anders. Ze gelooft niet dat ze nu overeind kan blijven. Ze wacht tot de koffie klaar zal zijn, en ze denkt dat ze als die klaar is een kopje gaat inschenken, en dan misschien een sigaret opsteken, en daarna naar de woonkamer lopen om Collette in Lyon te bellen met de vraag of haar oude vriendin voor haar een reis naar Kabul kan regelen.

Maar voorlopig zit Pari alleen maar. Ze sluit haar ogen terwijl het koffieapparaat begint te pruttelen, en achter haar oogleden ziet ze zacht glooiende heuvels en een hoge blauwe hemel, en de zon die ondergaat achter een windmolen, en altijd, altijd maar nevelige bergen die achter de horizon verdwijnen.

ZEVEN

Zomer 2009

'Je vader is een fantastische man.'

Adel keek op. Het was zijn onderwijzeres, Malalai, die zich voorover had gebogen en hem dat in zijn oor gefluisterd had. Ze was een mollige vrouw van middelbare leeftijd met een paars, met kralen versierd sjaaltje om haar schouders. Ze glimlachte nu met gesloten ogen naar hem.

'En jij boft.'

'Dat weet ik,' fluisterde hij terug.

Mooi, mompelde ze.

Ze stonden op de buitentrap van de nieuwe meisjesschool, een rechthoekig lichtgroen gebouw met een plat dak en grote ramen, terwijl Adels vader, zijn baba jan, een kort gebed uitsprak, gevolgd door een bezielde toespraak. Voor hen stond een grote groep kinderen, ouders en bejaarden, zo'n honderd inwoners van het stadje Shadbagh-e-Nau, Nieuw-Shadbagh. Ze knipperden met hun ogen tegen de felle zon.

'Afghanistan is ons aller moeder,' zei Adels vader, terwijl hij een dikke wijsvinger hief. De zon schitterde op zijn ring, waarin een agaat prijkte. 'Maar het is een zieke moeder, en ze lijdt al een hele tijd. Nu, het is waar dat een moeder haar zonen nodig heeft om te herstellen, ja, maar ze heeft ook haar dochters nodig. Minstens evenveel, zo niet meer!'

Luid applaus was het gevolg, er werd geroepen en goedkeurend geschreeuwd. Adel keek onderzoekend naar de gezichten in de menigte. Ze waren opgetogen, terwijl ze naar zijn vader opkeken, baba jan met zijn zwarte, borstelige wenkbrauwen en zijn volle baard, groot en sterk en breed; zijn schouders leken bijna de hele ingang van de school achter hem te kunnen vullen.

Zijn vader vervolgde zijn verhaal, en Adels ogen hechtten zich aan Kabir, een van de twee lijfwachten van baba jan, die met een kalasjnikov in zijn hand onverstoorbaar aan de andere kant van baba jan stond. Adel zag hoe de mensen weerspiegeld werden in de donkere zonnebril van de bewaker. Kabir was klein, mager, bijna fragiel en hij droeg opzichtig gekleurde pakken, lavendelblauw, turkoois, oranje, maar baba jan zei dat hij een havik was, en als je hem onderschatte was dat een vergissing die je op eigen risico nam.

'Ik wil dit nog tegen jullie zeggen, jonge dochters van Afghanistan,' besloot baba jan, terwijl hij zijn lange, dikke armen spreidde als welkomstgebaar. 'Jullie hebben een belangrijke taak. Leren, je best doen, uitblinken, niet alleen je vaders en moeders met trots vervullen, maar ook de moeder die we allen gemeenschappelijk hebben. Haar toekomst ligt in jullie handen, niet in de mijne. Ik vraag jullie: denk niet dat deze school een geschenk van mij aan jullie is. Het is niet meer dan een gebouw dat het *ware* geschenk huisvest, en dat zijn jullie. Jullie zijn het geschenk, meisjes, niet alleen aan mij, aan de gemeenschap in Shadbagh-e-Nau, maar in de eerste plaats aan Afghanistan zelf! God zegene jullie.'

Er volgde meer applaus. Diverse mensen riepen: 'God zegene u, commandant sahib!' Baba jan stak zijn vuist op en glimlachte breed, en het scheelde maar een haar of Adels ogen waren vochtig geworden van trots.

Onderwijzeres Malalai gaf baba jan een schaar. Er was een rood lint gespannen voor de ingang van de school. De menigte schuifelde naderbij om het allemaal beter te kunnen zien, Kabir gebaarde tegen een paar mensen dat ze op afstand moesten blijven en duwde enkelen van hen weg. In de menigte gingen handen met mobiele telefoontjes de lucht in om het doorknippen van het lint op te nemen. Baba jan nam de schaar, wachtte even, draaide zich toen naar Adel en zei: 'Hier, mijn zoon. Neem jij de honneurs maar waar.' Hij gaf de schaar aan Adel.

Adel knipperde met zijn ogen. 'Ik?'

'Toe maar,' zei baba jan, en hij gaf hem een teken.

Adel knipte het lint door. Er klonk een langdurig applaus op. Adel hoorde een paar camera's klikken, en stemmen riepen: 'Allah u akbar!'

Baba jan stond bij de voordeur terwijl de leerlingen een rij vormden en één voor één de school binnengingen. Het waren jonge meisjes tussen de acht en vijftien jaar oud, allemaal met witte sjaals en in zwart-grijs gestreepte uniformen die baba jan hun gegeven had. Adel keek toe hoe elke leerlinge bij het binnengaan van de school verlegen haar naam noemde tegen baba jan. Baba jan glimlachte hartelijk, gaf een aai over hun hoofd en sprak een paar bemoedigende woorden. 'Veel succes, bibi Mariam. Goed leren, bibi Homaira. Maak ons trots, bibi Ilham.'

Later stond Adel zwetend naast zijn vader bij de zwarte Land Cruiser en zag hem de hand drukken van de plaatselijke bewoners. Baba jan liet zijn vingers langs een gebedssnoer in zijn vrije hand glijden en luisterde geduldig, een beetje voorovergebogen, met gerimpeld voorhoofd, hij knikte aandachtig naar iedereen die hem kwam bedanken en zijn respect kwam betonen, velen van hen namen de gelegenheid te baat om te vragen om een gunst. Een vrouw wier zieke kind geopereerd moest worden in Kabul, een man die geld wilde lenen om een schoenmakerij te beginnen, een monteur die om nieuw gereedschap vroeg.

'Commandant sahib, als u het over uw hart kunt verkrijgen...'

'Ik kan bij niemand anders aankloppen, commandant sahib.'

Buiten zijn directe familie had hij nooit iemand baba jan

anders horen aanspreken dan als 'commandant sahib', ook al waren de Russen al lang geleden vertrokken en had baba jan al in geen tien jaar meer een geweer in handen gehad. Thuis stonden er overal in de woonkamer ingelijste foto's van de jihad-dagen van baba jan. Adel had elke foto goed in zijn hoofd geprent: zijn vader leunend tegen het spatbord van een stoffige oude jeep; hurkend op de geschutkoepel van een verbrande tank, een riem met patronen over zijn borst; trots met zijn mannen poserend naast een helikopter die ze hadden neergeschoten; in een hemd en met een patroongordel om, biddend met zijn voorhoofd op de bodem van de woestijn. Hij was in die tijd veel magerder, Adels vader, en op die foto's zag je achter hem nooit iets anders dan bergen en zand.

Baba jan was tijdens gevechten tweemaal door de Russen neergeschoten. Hij had Adel zijn wonden laten zien, één net links onder zijn ribbenkast – het had hem zijn milt gekost, zei hij – en de andere op een paar centimeter afstand van zijn navel. Welbeschouwd had hij geluk gehad, zei hij. Hij had vrienden die armen, benen of ogen verloren hadden, vrienden met verbrande gezichten. Ze hadden het voor hun land gedaan, zei baba jan, en voor God. Daar draaide het om bij de jihad, zei hij. Opoffering. Je offerde je ledematen op, je gezichtsvermogen, zelfs je leven, en je deed het graag. De jihad leverde je bepaalde rechten en privileges op, zei hij, omdat God ervoor zorgt dat mannen die zich opofferen navenant beloond worden.

Zowel in dit leven als in het volgende, zei baba jan, terwijl hij met zijn dikke vinger eerst omlaag wees en toen omhoog.

Als hij naar de foto's keek, wou Adel dat hij in die avontuurlijke tijden naast zijn vader in de jihad mee had kunnen vechten. Hij stelde zich graag voor hoe hij en baba jan samen op Russische helikopters schoten, tanks opbliezen, geweervuur ontweken, in de bergen leefden en in grotten sliepen. Vader en zoon, oorlogshelden.

Er was ook een grote, ingelijste foto van baba jan, waarop hij naast president Karzai in Arg, het presidentiële paleis in Kabul, stond te glimlachen. Dat was een recentere foto, genomen tijdens een kleine plechtigheid waar baba jan een beloning had gekregen voor zijn humanitaire werk in Shadbagh-e-Nau. Het was een beloning die baba jan meer dan verdiend had. De nieuwe school voor meisjes was enkel zijn laatste project. Adel wist dat vrouwen in de stad vroeger bij een bevalling vaak stierven. Maar dat was nu voorbij, omdat zijn vader een groot ziekenhuis had geopend, dat gerund werd door twee doktoren en drie vroedvrouwen, wier salaris hij uit eigen zak betaalde. Alle mensen in de stad kregen in het ziekenhuis gratis zorg; er was geen kind meer in Shadbagh-e-Nau dat niet ingeënt was. Baba jan had teams eropuit gestuurd om her en der in de stad waterputten te slaan. Het was baba jan geweest die ervoor had gezorgd dat er eindelijk dag en nacht elektriciteit was in Shadbagh-e-Nau. Er waren minstens tien zaken geopend dankzij leningen die door hem waren verstrekt. Adel had van Kabir gehoord dat die zelden werden terugbetaald.

Adel had oprecht gemeend wat hij eerder tegen de onderwijzeres had gezegd. Hij wist wel degelijk dat hij blij mocht zijn dat hij de zoon was van zo'n man.

Toen het handen schudden een einde had genomen, zag Adel een tengere man naar zijn vader toe lopen. Hij droeg een ronde bril met een dun montuur en een grijs baardje, en hij had kleine tanden, die leken op afgebrande luciferskopjes. Er liep een jongen achter hem aan die ongeveer van Adels leeftijd was. De grote tenen van de jongen staken door gaten in zijn gymschoenen. Zijn warrige haren lagen samengeklit op zijn hoofd. Zijn spijkerbroek stond stijf van het vuil en de pijpen ervan waren ook nog eens te kort. Zijn T-shirt hing zowat tot op zijn knieën.

Kabir stelde zich op tussen de oude man en baba jan. 'Ik heb je al gezegd dat dit niet het goede moment is,' zei hij.

'Ik wil heel even met de commandant spreken,' zei de oude man.

Baba jan pakte Adel bij zijn arm en bracht hem naar de achterbank van de Land Cruiser. 'We gaan, zoon. Je moeder wacht op je.' Hij ging naast Adel zitten en trok het portier dicht.

Terwijl de getinte raampjes omhooggingen, zag Adel dat Kabir iets tegen de oude man zei wat hij niet kon verstaan. Daarna liep Kabir om de voorkant van de SUV heen en ging achter het stuur zitten. Zijn kalasjnikov legde hij op de passagiersstoel, voordat hij het contactsleuteltje omdraaide.

'Waar ging dat over?' vroeg Adel.

'Onbelangrijk,' zei Kabir.

Ze draaiden de weg op. Enkele jongens die zojuist nog in de menigte hadden gestaan, renden even achter de Land Cruiser aan totdat die sneller ging rijden. Kabir reed over de drukke hoofdweg die de stad Shadbagh-e-Nau in tweeën deelde en toeterde vaak, terwijl hij de auto door het verkeer wurmde. Iedereen week uit. Sommige mensen zwaaiden. Adel keek naar de trottoirs vol mensen aan beide kanten van de weg, zijn blik hechtte zich kort aan alle vertrouwde dingen, de karkassen die bij de slagers aan haken hingen; de smeden die houten wielen maakten en hun blaasbalg bedienden; de fruitverkopers die vliegen van hun druiven en kersen verjoegen; de straatbarbier op de rieten stoel die zijn scheermes aanzette. Ze kwamen langs thee- en kebabhuizen, een garage, een moskee, en toen draaide Kabir de auto het grote plein van de stad op, waar in het midden een blauwe fontein stond en een drie meter hoge moedjahied van zwarte steen, zijn gezicht naar het oosten gekeerd, met een tulband die elegant om zijn hoofd was gedrapeerd, en een raketwerper op zijn schouder. Baba jan had een beeldhouwer in Kabul persoonlijk opdracht gegeven het beeld te maken.

Ten noorden van de hoofdweg waren een paar huizenblokken met smalle, ongeplaveide straten en kleine woningen met platte daken, die wit of geel of blauw waren geverfd. Op een aantal daken stond een satellietschotel. Een paar ramen waren versierd met de Afghaanse vlag. Baba jan had Adel verteld dat de meeste huizen en bedrijven in Shadbagh-e-Nau de laatste vijftien jaar of daaromtrent waren verrezen. Hij had de hand gehad in de bouw van vele ervan. De meeste mensen die hier woonden beschouwden hem als de stichter van Shadbagh-e-Nau, en Adel wist dat de stadsoudsten hadden voorgesteld om de stad naar hem te noemen, maar baba jan had voor die eer bedankt.

De hoofdweg liep nog drie kilometer naar het noorden door, tot Shadbagh-e-Kohna, Oud-Shadbagh. Adel had het oude dorp nooit gezien zoals het decennia voordien was geweest – tegen de tijd dat baba jan met hem en zijn moeder van Kabul naar Shadbagh was verhuisd, was het oude dorp bijna volledig verdwenen. Alle oude huizen waren weg. Het enige overblijfsel uit het verleden was een oude, vervallen windmolen. In Shadbagh-e-Kohna sloeg Kabir links af, een breed ongeplaveid pad op van zo'n vierhonderd meter, dat de hoofdweg verbond met de compound waar Adel met zijn ouders woonde – die was nu het enige bouwwerk in Shadbagh-e-Kohna, afgezien van de windmolen. Adel kon de vier meter hoge muren om de compound heen zien, nu de SUV hotsend en botsend over het weggetje reed. Boven op de muren was prikkeldraad aangebracht.

Een geüniformeerde bewaker, die altijd bij de hoofdpoort op wacht stond, salueerde en opende de poort. Kabir reed de SUV een grindpad op naar het huis binnen de muren.

Het huis had drie verdiepingen en was geverfd in helder roze en turkooisachtig groen. Het had rijzige pilaren en scherpe, overhangende dakranden en grote glazen ruiten waarin de zon glinsterde. Er waren balustrades, een veranda met fonkelende mozaïeksteentjes, en brede balkons met een rond smeedijzeren hekwerk. Binnen waren er negen slaapkamers en zeven badkamers, en soms, als Adel en baba jan verstoppertje speelden, zwierf Adel er een uur of langer in rond om zijn vader te vinden. Alle oppervlakten in de badkamers en de keuken waren van graniet en lichtgroen marmer. De laatste tijd had baba jan het er vaak over een zwembad te laten aanleggen in de kelder, tot grote vreugde van Adel.

Kabir reed de auto de ronde oprit bij de grote voordeur op. Hij zette de motor af.

'Geef ons één minuut,' zei baba jan.

Kabir knikte en verliet de auto. Adel zag hem via de marmeren trap naar de voordeur lopen en aanbellen. Azmaray, de andere bewaker, een kleine, gedrongen, korzelige vent, deed open. De twee mannen wisselden een paar woorden en staken een sigaret op.

'Moet u echt weg?' zei Adel. Zijn vader vertrok in de ochtend naar het zuiden om zich met zijn katoenvelden in Helmand bezig te houden en arbeiders te spreken in de katoenfabriek die hij daar had gebouwd. Hij zou twee weken wegblijven, een periode die Adel schier onoverkomelijk leek.

Baba jan keek hem aan. Hij nam meer dan de helft van de achterbank in beslag en deed Adel zowat in het niet verdwijnen. 'Ik wou dat het niet hoefde, zoon.'

Adel knikte. 'Ik voelde me vandaag zo trots. Trots op jou.'

Baba jan tilde even zijn zware hand van de knie van Adel. 'Dank je, Adel. Dat waardeer ik zeer. Maar ik neem je mee naar dit soort dingen om je iets bij te brengen, zodat je begrijpt dat het belangrijk is voor rijke mensen, voor mensen zoals wij, om hun verantwoordelijkheid te nemen.'

'Ik zou alleen willen dat u niet altijd weg hoefde.'

'Ik ook, mijn zoon. Ik ook. Maar ik ga morgen pas weg. Ik kom later vanavond weer thuis.'

Adel knikte en sloeg zijn ogen neer.

'Luister,' zei zijn vader zachtjes. 'De mensen in deze stad hebben me nodig, Adel, ze hebben mijn hulp nodig voor een huis en voor werk en voor hun levensonderhoud. Kabul heeft zijn eigen problemen. Het kan de mensen hier niet helpen.

Dus als ik het niet doe, doet niemand het. Dan zouden die mensen veel te verduren hebben.'

'Dat weet ik,' mompelde Adel.

Baba jan kneep zachtjes in zijn knie. 'Ik weet dat je Kabul en je vrienden mist. Het is moeilijk je hier aan te passen, zowel voor jou als voor je moeder. En ik weet dat ik altijd onderweg ben en naar bijeenkomsten moet, en dat heel wat mensen veel van mijn tijd opeisen. Maar... Kijk me aan, jongen.'

Adel keek omhoog, in de ogen van baba jan. Ze glinsterden vriendelijk onder de borstelige wenkbrauwen.

'Niemand hier op aarde is belangrijker voor mij dan jij, Adel. Jij bent mijn zoon. Ik zou dit allemaal graag voor jou opgeven. Ik zou mijn leven geven voor jou, mijn zoon.'

Adel knikte, zijn ogen werden een beetje vochtig. Als baba jan zo tegen hem praatte, voelde Adel zijn hart soms zo uitzetten dat hij nauwelijks nog kon ademhalen.

'Begrijp je me een beetje?'

'Ja, baba jan.'

'Geloof je me ook?'

'Ja.'

'Goed. Geef je vader dan maar een kus.'

Adel legde zijn armen om baba jans nek, en zijn vader hield hem een poos dicht tegen zich aan. Adel herinnerde zich dat hij, toen hij klein was, zijn vader midden in de nacht altijd op zijn schouder tikte als hij schrikkerig uit een nachtmerrie was ontwaakt, en zijn vader schoof zijn deken dan weg en liet hem bij zich in bed klimmen, sloot hem in zijn armen en kuste de kruin op zijn hoofd, totdat Adel ophield met bibberen en weer in slaap viel.

'Misschien breng ik wel iets voor je mee uit Helmand,' zei baba jan.

'Dat hoeft niet,' zei Adel met gesmoorde stem. Hij had al meer speelgoed dan hij nodig had. En er bestond toch geen speelgoed dat de afwezigheid van zijn vader goed kon maken.

*

Later die dag stond Adel halverwege de trap te kijken naar wat zich beneden afspeelde. De deurbel had gerinkeld en Kabir had opengedaan. Kabir stond nu met de armen over elkaar tegen de deurpost geleund en belemmerde de doorgang van de persoon tegen wie hij sprak. Adel zag dat het de man was van eerder die dag, bij de school, de man met de bril en met tanden als afgebrande luciferhoutjes. De jongen met de gaten in zijn schoenen stond nu ook weer naast hem.

De oude man zei: 'Waar is hij naartoe?'

Kabir zei: 'Naar het zuiden, voor zaken.'

'Ik hoorde dat hij morgen pas ging.'

Kabir haalde zijn schouders op.

'Hoe lang blijft hij weg?'

'Twee of drie maanden. Wie zal het zeggen?'

'Ik hoorde wat anders.'

'Je stelt mijn geduld op de proef, oude man,' zei Kabir, terwijl hij zijn armen uit hun gekruiste positie haalde.

'Dan wacht ik wel op hem.'

'Maar niet hier.'

'Ginds bij de weg, bedoel ik.'

Kabir schuifelde ongeduldig met zijn voeten. 'Ga je gang,' zei hij. 'Maar de commandant heeft het altijd druk. Je kunt nooit zeggen wanneer hij terugkomt.'

De oude man knikte en liep samen met de jongen weg.

Kabir sloot de deur.

In de woonkamer schoof Adel het gordijn opzij en zag door het raam de oude man en de jongen weglopen, het pad op dat de compound verbond met de hoofdweg.

'Je hebt tegen hem gelogen,' zei Adel.

'Daar word ik voor betaald. Ik moet je vader beschermen tegen aasgieren.'

'Wat wil hij eigenlijk, zoekt hij werk?'

'Zoiets.'

Kabir liep naar de bank en trok zijn schoenen uit. Hij keek naar Adel en gaf hem een knipoog. Adel mocht Kabir wel, veel meer dan Azmaray, die niet aardig was en zelden een woord tegen hem zei. Kabir speelde kaart met Adel en nodigde hem vaak uit om samen een dvd te bekijken. Kabir was gek op films. Hij had een hele verzameling dvd's, die hij op de zwarte markt had gekocht, en zag tien tot twaalf films per week – Iraanse, Franse, Amerikaanse, natuurlijk films uit Bollywood, het maakte hem niet uit. En als Adels moeder niet in de kamer was en Adel beloofde het niet aan zijn vader te vertellen, haalde Kabir soms het magazijn uit zijn kalasjnikov en mocht Adel hem vasthouden, net als een moedjahied. De kalasjnikov stond nu bij de voordeur tegen de muur.

Kabir lag op de bank en legde zijn voeten op de leuning. Hij bladerde door een krant.

'Zo gevaarlijk zagen ze er niet uit,' zei Adel, die het gordijn liet vallen en zich tot Kabir wendde. Hij zag het voorhoofd van de bewaker boven de krant uit komen.

'Misschien had ik ze dan op de thee moeten uitnodigen,' mompelde Kabir. 'En ze ook cake aanbieden.'

'Je hoeft er niet grappig over te doen.'

'Ze zien er allemaal ongevaarlijk uit.'

'Gaat baba jan ze helpen?'

'Waarschijnlijk wel,' zuchtte Kabir. 'Je vader is voor dat soort mensen een rivier.' Hij liet de krant zakken en glimlachte. 'Waar komt dat uit? Kom op, Adel. Die hebben we vorige maand gezien.'

Adel haalde zijn schouders op. Hij liep de trap op.

'*Lawrence*,' riep Kabir vanaf de bank. '*Lawrence of Arabia*. Anthony Quinn.' En toen Adel net de bovenste trede van de trap had bereikt: 'Het zijn aasgieren, Adel. Trap er niet in. Als ze kunnen, plukken ze je vader kaal.'

*

Een paar dagen nadat zijn vader naar Helmand was vertrokken, liep Adel op een ochtend naar de slaapkamer van zijn ouders. Er klonk dreunende muziek aan de andere kant van de deur. Hij ging naar binnen en trof zijn moeder aan in korte broek en T-shirt, ze stond voor de enorme flatscreen-tv, terwijl ze de bewegingen nadeed van een drietal zwetende blondines op het scherm, een serie huppelpasjes en kniebuigingen en armbewegingen en opdrukoefeningen. Ze zag hem in de grote spiegel van haar kledingkast.

'Doe je mee?' zei ze hijgend, boven de luide muziek uit.

'Ik ga hier gewoon even zitten,' zei hij. Hij liet zich op het vloerkleed zakken en keek naar zijn moeder Aria, die als een kikvors door de kamer sprong.

Adels moeder had zachte handen en voeten, een kleine wipneus en een mooi gezicht, als een actrice uit een van die Bollywoodfilms van Kabir. Ze was mager, lenig en jong – toen ze met baba jan was getrouwd, was ze pas veertien jaar oud geweest. Adel had ook nog een andere moeder, een oudere, en drie oudere halfbroers, maar baba jan had hen gehuisvest in het oosten van het land, in Jalalabad, Adel zag ze slechts eenmaal per maand of zo, als baba jan hem meenam om hen te bezoeken. Anders dan zijn moeder en stiefmoeder, die elkaar niet mochten, konden Adel en zijn halfbroers goed met elkaar opschieten. Als hij bij hen op bezoek was, gingen ze naar parken, bazaars, de bioscoop en buzkashi-wedstrijden. Ze speelden *Resident Evil* met hem en schoten samen de zombies in *Call of Duty* neer, en ze namen hem altijd op in hun ploeg als ze in hun buurt voetbalpartijtjes speelden. Adel wou dolgraag dat ze hier zouden wonen, vlak bij hem.

Adel zag hoe zijn moeder op haar rug lag en haar gestrekte benen optilde en weer liet zakken, waarbij ze een blauwe plastic bal tussen haar enkels geklemd hield.

De waarheid was, dat Adel zich in Shadbagh ondraaglijk verveelde. In de twee jaar dat hij er nu woonde, had hij nog niet één vriendje gemaakt. Hij kon niet naar de stad fietsen, zeker niet in zijn eentje, met die golf van kidnappings overal in de streek – hoewel hij er af en toe weleens kort tussenuit kneep, waarbij hij altijd in de buurt van de compound bleef. Hij had geen klasgenootjes, want hij mocht van baba jan niet naar de plaatselijke school – om veiligheidsredenen zei hij – dus kwam er elke ochtend een privéleraar bij hem thuis. Meestal verdreef Adel de tijd met lezen, of schopte hij in zijn eentje tegen de voetbal aan, of keek hij samen met Kabir naar een film, soms voor de zoveelste keer naar dezelfde. Hij zwierf lusteloos door de brede, hoge gangen van hun enorme huis, door alle grote lege kamers, of hij zat uit het raam te staren van zijn slaapkamer boven. Hij woonde in een kast van een huis, maar in een kleine wereld. Soms vond hij het leven maar een saaie boel.

Hij wist dat ook zijn moeder hier vreselijk eenzaam was. Ze probeerde haar dagen te vullen met routinedingen, gymoefeningen in de ochtend, douchen, dan ontbijten en daarna lezen, tuinieren en 's middags Indiase soaps kijken op tv. Als baba jan weg was, wat vaak voorkwam, had ze in huis altijd grijze sweaters en gympies aan, haar gezicht was dan niet opgemaakt en ze had haar haren achter in haar nek bijeengebonden. Ze opende zelfs maar zelden het juwelenkistje waar ze alle ringen en halskettingen en oorbellen in had zitten die baba jan voor haar uit Dubai had meegebracht. Ze zat soms uren met haar familie in Kabul te praten. Alleen als haar zus en ouders een paar dagen op bezoek waren, zag Adel zijn moeder opleven. Dan droeg ze een lange, bedrukte jurk en schoenen met hoge hakken, en had ze make-up op. Haar ogen glommen en haar lach hoorde je dan door het hele huis. Op die momenten zag Adel een glimp van de persoon die ze misschien vroeger was geweest.

Als baba jan weg was, probeerden Adel en zijn moeder elkaar tot troost te zijn. Ze puzzelden en speelden golf en tennis op Adels Wii. Maar Adels favoriete tijdverdrijf met zijn moeder was een huis bouwen van tandenstokers. Zijn moeder maakte een driedimensionale schets van het huis op een stuk papier, compleet met portiek en dak met puntgevel, en vanbinnen met trappen en met scheidingsmuren tussen de kamers. Ze bouwden eerst het fundament en dan de binnenmuren en de trappen, ze waren uren bezig heel voorzichtig lijm aan te brengen op de tandenstokers en een deel van het huis te laten drogen. Adels moeder zei dat het, voordat ze met Adels vader was getrouwd, haar droom was geweest architect te worden.

Tijdens het bouwen van een wolkenkrabber had ze Adel ooit verteld hoe zij en baba jan getrouwd waren geraakt.

Hij zou eigenlijk met mijn oudere zus trouwen, zei ze.

Tante Nargis?

Ja. Dat was in Kabul. Hij had haar een keer op straat gezien, en toen was hij verloren. Hij moest en zou met haar trouwen. Hij kwam de volgende dag bij ons thuis, hij en vijf van zijn maten. Ze hadden zichzelf min of meer uitgenodigd. Ze hadden allemaal laarzen aan. Ze schudde lachend haar hoofd, alsof het grappig was geweest wat baba jan had gedaan, maar haar lach was anders dan wanneer ze iets echt grappig vond. *Je had moeten zien hoe je opa en oma opkeken.*

Ze hadden in de woonkamer gezeten, baba jan, zijn maten en haar ouders. Zij was in de keuken om thee te maken, terwijl de anderen praatten. Er was een probleem, zei ze, omdat haar zus Nargis al bezet was, ze was beloofd aan een neef die in Amsterdam woonde en techniek studeerde. Hoe kon hij denken dat ze die verloving ongedaan zouden maken, vroegen haar ouders aan baba jan.

En op dat moment kom ik binnen met een serveerblad vol thee en koekjes. Ik schenk in en zet het lekkers op tafel, en je vader ziet mij, en terwijl ik al wil weglopen zegt je vader: Misschien hebt u wel gelijk, meneer. Het is niet eerlijk een verloving af te breken. Maar als u nu gaat zeggen dat dit meisje ook al weggegeven is, dan kan ik – vrees ik – weinig anders denken dan dat u zich niet veel aan mij gelegen laat liggen. En hij begint te lachen. Zo zijn we getrouwd geraakt.

Ze pakt een tube lijm.

Vond je hem leuk?

Zij haalde even haar schouders op. *Om eerlijk te zijn, ik was eerder bang dan wat anders.*

Maar je vindt hem nu toch wel leuk? Je houdt van hem.

Natuurlijk, zei Adels moeder. *Wat een vraag.*

Je hebt er dus geen spijt van dat je met hem bent getrouwd.

Ze legde de tube met lijm neer en wachtte even voor ze antwoordde. *Kijk naar ons leven, Adel*, zei ze langzaam. *Kijk om je heen. Waar zou ik spijt van moeten hebben?* Ze glimlachte en trok zachtjes aan zijn oorlelletje. *En anders had ik jou trouwens niet gehad.*

Adels moeder zette de tv uit, ging hijgend op de vloer zitten en veegde met een handdoek het zweet uit haar nek.

'Waarom doe je vanochtend niet iets voor jezelf?' zei ze, terwijl ze haar rug strekte. 'Ik ga douchen en eten, en ik denk dat ik je opa en oma ga bellen. Ik heb ze al een paar dagen niet gesproken.'

Adel stond zuchtend op.

In zijn kamer, op een lagere verdieping en in een andere vleugel van het huis, pakte hij zijn voetbal en trok het Zidane-shirtje aan dat baba jan hem op zijn laatste verjaardag gegeven had, zijn twaalfde. Beneden trof hij Kabir slapend aan, de krant lag als een sprei over hem heen. Adel pakte een blikje appelsap uit de koelkast en ging naar buiten.

Hij liep over het grindpad naar de hoofdingang van de compound. Het bewakershokje was leeg. Adel wist wanneer de bewaker zijn rondje maakte. Hij opende voorzichtig de poort en sloot hem achter zich. Bijna onmiddellijk kreeg hij het gevoel dat hij aan deze kant van de muur beter kon ademen. Er waren dagen dat de compound veel te veel op een gevangenis leek.

In de lange schaduw van de muur liep hij naar de achterkant van de compound. Daar lag de boomgaard van baba jan, waarop hij erg trots was. Diverse hectaren lange rijen perenbomen, appelbomen, abrikozenbomen, kersenbomen, vijgenbomen en ook Japanse pruimenbomen. Als Adel met zijn vader een lange wandeling door die boomgaard maakte, tilde baba jan hem altijd op zijn schouders en plukte Adel een paar rijpe appels voor hen. Tussen de compound en de boomgaard was een open ruimte, er stond alleen een schuur, waar de tuinmannen hun gereedschap neerzetten. Verder was er alleen nog een vlak afgezaagde stronk van iets wat ooit een reusachtige, oude boom moest zijn geweest. Baba jan had samen met Adel ooit de ringen ervan geteld en was tot de conclusie gekomen dat de boom waarschijnlijk de legertroepen van Djenghis Khan nog voorbij had zien trekken. Hij schudde bedroefd zijn hoofd en zei dat wie die boom had omgehakt gewoon een stommeling was geweest.

Het was een warme dag, de zon schitterde aan een hemel die even smetteloos blauw was als de hemels op de kleurkrijttekeningen die Adel had gemaakt toen hij klein was. Hij zette het blikje appelsap op de boomstronk en begon met zijn voetbal te jongleren. Zijn persoonlijk record was achtenzestig keer de bal op de voet houden zonder dat die de grond raakte. Dat record had hij in de lente gevestigd en nu was het hartje zomer en hij wilde het nog altijd verbeteren. Adel was bij achtentwintig toen hij zich ervan bewust werd dat er iemand naar hem keek. Het was de jongen die bij de oude man was geweest toen die baba jan probeerde aan te spreken bij de opening van de school. Hij zat gehurkt in de schaduw van de stenen schuur.

'Wat moet jij hier?' zei Adel, en hij probeerde even kortaf te zijn als Kabir wanneer die tegen vreemdelingen sprak.

'Even een beetje in de schaduw zitten,' zei de jongen. 'Niet verklikken.'

'Je mag hier helemaal niet zijn.'

'Jij ook niet.'

'Wat?'

De jongen grinnikte. 'Laat maar.' Hij spreidde zijn armen en kwam overeind. Adel probeerde na te gaan of zijn zakken vol zaten. Misschien wilde hij fruit stelen. De jongen liep naar Adel en wipte de bal met één voet omhoog, hield hem een paar keer op en tikte hem toen met zijn hiel naar Adel. Adel ving de bal op en stopte hem onder zijn arm.

'Waar die bullebak van jullie ons liet wachten, daar bij de weg, mijn vader en mij, weet je? Daar is geen schaduw. En er is verdomme geen wolkje in de lucht te bekennen.'

Adel voelde zich genoodzaakt Kabir te verdedigen. 'Hij is geen bullebak.'

'Maar hij zorgde er wel voor dat we zijn kalasjnikov heel goed konden zien, dat kan ik je wel vertellen.' Hij keek Adel aan met een lome, geamuseerde grijns om zijn lippen. Hij spuugde op de grond. 'Jij bent dus een fan van die man van die kopstoot.'

Het duurde even voor Adel doorhad op wie hij doelde. 'Je mag iemand niet beoordelen op één fout,' zei hij. 'Hij was de beste. Hij was geweldig op het middenveld.'

'Ik ken betere.'

'O ja? Wie dan?'

'Maradona.'

'Maradona?' zei Adel verontwaardigd. Hij had er weleens eerder over gediscussieerd, met een van zijn halfbroers in Jalalabad. 'Maradona was een oplichter. De hand van God, weet je nog wel?'

'Iedereen is een oplichter en een leugenaar.'

De jongen gaapte en wilde weglopen. Hij was ongeveer even groot als Adel, misschien iets groter, en waarschijnlijk even oud, dacht Adel. Maar op de een of andere manier leek hij bij het lopen ouder, hij liep zonder enige haast, en met een houding alsof hij alles al had meegemaakt en niets hem nog kon verbazen.

'Ik heet Adel.'

‘Gholam.’ Ze gaven elkaar een hand. Die van Gholam was stevig, droog en vereelt.

‘Hou oud ben je eigenlijk?’

Gholam haalde zijn schouders op. ‘Dertien, denk ik. Misschien ook al wel veertien.’

‘Weet je je eigen leeftijd niet?’

Gholam grijnsde. ‘Ik wil wedden dat jij de jouwe wel kent. Jij houdt de telling vast bij.’

‘Nee,’ zei Adel defensief. ‘Ik bedoel, ik houd geen telling bij.’

‘Ik moet gaan. Mijn vader wacht op me.’

‘Ik dacht dat het je opa was.’

‘Dan heb je het mis.’

‘Zullen we even op goal schieten?’ vroeg Adel.

‘Penalty schieten, bedoel je?’

‘Ieder vijf schoten. De beste wint.’

Gholam spuugde nog eens op de grond, keek even naar de weg en toen weer naar Adel. Adel zag dat zijn kin een beetje klein was voor zijn gezicht en dat hij extra hoektanden had, die over elkaar heen stonden, een ervan was afgebroken en rot. Op zijn linkerwenkbrauw zat in het midden een klein litteken. Hij stonk ook. Maar Adel had al bijna twee jaar niet meer gepraat – laat staan gespeeld – met een jongen van zijn leeftijd, afgezien van zijn maandelijkse bezoekjes aan Jalalabad. Adel was voorbereid op een teleurstelling, maar Gholam trok zijn schouders op en zei: ‘Shit, waarom niet? Maar ík mag beginnen.’

Ze gebruikten twee stenen als doelpalen, zo’n zes meter uit elkaar. Gholam nam zijn vijf penalty’s. Hij scoorde eenmaal, schoot tweemaal naast en Adel kon er twee makkelijk houden. Gholam keepte nog slechter dan dat hij schoot. Adel wist er vier te scoren, hij stuurde hem telkens de verkeerde hoek in, en de ene penalty die hij miste, ging naast.

‘Zak,’ zei Gholam. Hij stond voorovergebogen met zijn handen op zijn knieën.

'Nog een keer?' Adel probeerde zich niet te verkneukelen, maar het was moeilijk. Vanbinnen gloeide hij.

Gholam wilde wel, en het resultaat was nu nog eenzijdiger. Hij schoot er opnieuw één in, en ditmaal verzilverde Adel alle vijf pogingen.

'Ik ben flink afgedroogd,' zei Gholam, terwijl hij zijn armen in de lucht gooide. Hij sjokte naar de boomstronk en ging met een vermoeid gekreun zitten. Adel pakte de bal op en ging naast hem zitten.

'Dit zal wel niet helpen,' zei Gholam en hij viste een pakje sigaretten uit de zak van zijn spijkerbroek. Er zat nog één sigaret in. Hij stak hem aan met één enkele streek van een lucifer, inhaleerde tevreden en bood hem Adel aan. Adel kwam in de verleiding hem aan te nemen, al was het alleen maar om Gholam te imponeren, maar hij deed het niet, want hij was bang dat Kabir of zijn moeder het aan hem zou ruiken.

'Verstandig,' zei Gholam, terwijl hij zijn hoofd achterover liet hangen.

Ze praatten wat over voetbal, en tot Adels aangename verrassing wist Gholam er behoorlijk wat van. Ze praatten over hun favoriete wedstrijd en hun favoriete goals. Ze maakten ieder een lijst met hun vijf beste spelers; de meeste kwamen wel overeen, alleen bedoelde Gholam met Ronaldo de Braziliaan en Adel de Portugees. Onvermijdelijk kwamen ze te spreken over de finale in 2006 en Adels pijnlijke herinnering aan het kopstootincident. Gholam vertelde dat hij met een massa mensen naar de hele wedstrijd had staan kijken voor het raam van een televisiewinkel, niet ver van het kamp.

'Het kamp?'

'Waar ik ben opgegroeid. In Pakistan.'

Hij vertelde Adel dat hij voor het eerst in Afghanistan was. Hij had tot dan toe in Pakistan gewoond, in het vluchtelingenkamp Jalozai, waar hij ook was geboren. Hij zei dat Jalozai net een stad was, een enorme doolhof van tenten en lemen hutjes en huisjes gemaakt van plastic en metalen materiaal, in een labyrint met smalle doorgangen vol rommel en troep. Het was een stad midden in een nog grotere stad. Hij en zijn broers – hij was de oudste, drie jaar ouder dan zijn op een na oudste broer – waren in het kamp opgegroeid. Hij had er in een lemen huisje gewoond met zijn broers, zijn moeder, zijn vader, die Iqbal heette, en zijn oma van vaderskant, Parwana. Hij en zijn broers hadden in de steegjes leren lopen en praten. Ze waren daar naar school geweest. Hij had met stokken en roestige fietswielen gespeeld op de vuile straten en er met andere vluchtelingenkinderen rondgerend tot de zon onderging en zijn oma hem naar huis riep.

'Ik vond het er leuk,' zei hij. 'Ik had er vrienden. Ik kende iedereen. Het ging goed met ons. Ik heb een oom in Amerika, een halfbroer van mijn vader. Oom Abdullah. Ik heb hem nooit ontmoet. Maar hij stuurde ons om de paar maanden geld. Dat hielp. Dat hielp veel.'

'Waarom ben je er weggegaan dan?'

'We moesten wel. De Pakistanen hebben het kamp gesloten. Ze zeiden dat Afghanen in Afghanistan thuishoorden. En er kwam geen geld meer van mijn oom. Dus mijn vader zei dat we net zo goed naar huis konden gaan en opnieuw beginnen, nu de Taliban toch de grens naar Pakistan over gevlucht waren. Hij zei dat we te gast waren in Pakistan en dat we er al langer waren gebleven dan we welkom waren. Ik had daar echt de pest over in. Dit hier,' hij maakte een weids gebaar met zijn hand, 'is een vreemd land voor mij. En de kinderen in het kamp, die ooit in Afghanistan waren geweest? Niemand die er een goed woord voor over had.'

Adel wilde zeggen dat hij wist wat Gholam voelde. Hij wilde hem vertellen hoezeer hij Kabul miste, en zijn halfbroers in Jalalabad. Maar hij had het gevoel dat Gholam hem zou uitlachen. Hij zei dus maar: 'Nou, het ís hier ook behoorlijk saai.'

Gholam lachte toch. 'Ik denk niet dat ze dat bedoelden,' zei hij.

Adel vermoedde vaag dat dat bedoeld was als een berisping.

Gholam nam een trekje van zijn sigaret en blies een serie kringetjes uit. Ze keken samen hoe de kringetjes wegdreven en uit elkaar vielen.

'Mijn vader zei tegen mij en mijn broers, hij zei: "Wacht maar tot jullie de lucht in Shadbagh inademen, jongens, en het water daar proeven." Hij is hier geboren, mijn vader, en hier ook opgegroeid. Hij zei: "Jullie hebben nog nooit zulk koel en lekker water gedronken, jongens." Hij vertelde vaak over Shadbagh, dat waarschijnlijk een klein dorpje was toen hij er woonde. Hij zei dat er een druivensoort was die alleen in Shadbagh groeide, nergens anders op de wereld. Je zou bijna denken dat het het paradijs was.'

Adel vroeg waar hij nu woonde. Gholam gooide het peukje weg en keek met samengeknepen ogen naar de heldere hemel. 'Ken je dat open veldje bij de windmolen?'

'Ja.'

Adel wachtte tot er meer zou volgen, maar er kwam niets meer.

'Woon je op een veldje?'

'Voorlopig,' zei Gholam zacht. 'We hebben een tent.'

'Heb je hier geen familie?'

'Nee. Ze zijn dood of vertrokken. Nou ja, mijn vader heeft een oom in Kabul. Of hij *had* een oom in Kabul. Wie weet leeft die nog wel. Het was de broer van mijn oma en hij werkte er bij een rijke familie. Maar ik denk dat Nabi en mijn oma al heel lang niet meer met elkaar gesproken hebben, vijftig jaar of nog wel meer, denk ik. Ze zijn eigenlijk vreemden voor elkaar. Als het echt zou moeten, dan denk ik wel dat mijn vader naar hem toe zou gaan. Maar hij wil helemaal zelf opnieuw beginnen. Hier. Dit is zijn geboortegrond.'

Ze zaten even heel stil op de boomstronk en zagen de blaadjes bewegen in de warme wind. Adel dacht aan Gholam en zijn familie, die 's nachts in een tent sliepen, terwijl overal om hen heen op het veldje schorpioenen en slangen kropen.

Adel wist niet precies waarom hij Gholam ten slotte uitlegde om welke reden hij en zijn ouders uit Kabul verhuisd waren. Dat wil zeggen, hij kon niet goed bedenken wat de reden was. Hij was er niet zeker van of hij het deed om bij Gholam de indruk weg te nemen dat hij een onbezorgd leventje leidde, gewoon omdat hij in een groot huis woonde. Of uit opschepperij, zoals schooljongens dat doen. Wilde hij een beroep doen op Gholams sympathie? Of deed hij het om de kloof tussen hen beiden te verkleinen? Hij wist het niet. Misschien was het allemaal wel een beetje waar. Adel wist ook niet waarom het zo belangrijk leek dat Gholam hem aardig vond, alleen begreep hij vaag dat de reden ingewikkelder was en niet alleen te maken had met het feit dat hij af en toe eenzaam was en verlangde naar een vriendje.

'We zijn naar Shadbagh verhuisd omdat iemand in Kabul ons probeerde te vermoorden,' zei hij. 'Er stopte op een dag een motor bij ons huis en de bestuurder nam ons huis onder vuur. Hij is nooit gepakt. Maar godzijdank is niemand van ons gewond geraakt.'

Hij wist niet wat voor reactie hij had kunnen verwachten, maar tot zijn verbazing zei Gholam helemaal niets. Nog steeds in de zon turend zei Gholam: 'Ja, dat weet ik.'

'Hoe weet je dat dan?'

'Je vader steekt zijn neus in allerlei dingen en de mensen horen dat.'

Adel zag hoe Gholam het lege pakje sigaretten verkreukelde tot een bal en in de zak van zijn jeans stopte.

'Je vader heeft zo zijn vijanden,' zuchtte Gholam.

Dat wist Adel wel. Baba jan had hem uitgelegd dat sommige mensen die in de jaren tachtig samen met hem tegen de Sovjets hadden gevochten niet alleen machtig geworden waren, maar ook corrupt. Ze waren van het rechte pad af geraakt, zei hij. En omdat hij niet mee wilde doen met hun criminele activiteiten, probeerden ze hem altijd te schaden en zijn naam te schande te maken door valse en grievende geruchten over hem te verspreiden. Dat was de reden waarom baba jan Adel altijd trachtte af te schermen – hij wilde bijvoorbeeld niet dat er kranten in huis kwamen, dat Adel naar het nieuws op de tv keek of op het internet surfte.

Gholam boog voorover en zei: 'Ik heb ook gehoord dat hij een flinke boerderij heeft.'

Adel haalde zijn schouders op. 'Kijk zelf maar. Een paar hectaren boomgaard, dat is alles. Nou ja, en de katoenvelden in Helmand, voor de fabriek.'

Gholam richtte zijn blik op Adel, terwijl er een grijns op zijn gezicht kwam. 'Katoen. Jij bent me een mooie. Ik weet niet wat ik moet zeggen.'

Adel begreep dit niet echt. Hij stond op en stuiterde met de bal. 'Herkansing?'

'Herkansing.'

'Kom.'

'Maar deze keer krijg je er niet één bal in.'

Nu begon Adel te grijnzen. 'Waar spelen we om?'

'Geen probleem. Jouw Zidane-shirtje.'

'En als ik zou winnen? Nee. Wanneer ik dadelijk gewonnen heb?'

'Als ik jou was, zou ik daar niet van uitgaan,' zei Gholam.

Het werd een magnifieke clash. Gholam dook naar links en naar rechts en hield alle schoten van Adel tegen. Toen Adel het shirt uittrok, voelde hij zich dom omdat hij zich had laten afpakken wat hem toebehoorde, misschien wel zijn dierbaarste bezit. Hij reikte het aan. Tot zijn schrik moest hij vechten tegen zijn tranen.

Gholam had in elk geval de tact om het shirt niet in zijn aanwezigheid aan te trekken. Terwijl hij wegliep, zei hij grijnzend over zijn schouder: 'Die vader van je, die is toch niet echt drie maanden weg, hè?'

'We spelen er morgen weer om,' zei Adel. 'Om het shirt.'

'Daar moet ik eerst even over nadenken.'

Gholam liep terug naar de hoofdweg. Halverwege stond hij stil, viste het verkreukelde sigarettenpakje uit zijn zak en gooide het over de muur rond Adels huis.

*

Een week lang pakte Adel elke dag na zijn ochtendlessen zijn bal en verliet hij de compound. Hij wist zijn ontsnapping de eerste paar keer goed af te stemmen op de inspectierondjes van de bewaker. Maar op de derde dag vatte de bewaker hem in de kraag en wilde hem niet laten weggaan. Adel ging het huis in en keerde terug met zijn iPod en een horloge. Vanaf dat moment liet de bewaker Adel stiekem in en uit, als die beloofde zich niet verder te wagen dan tot aan de rand van de boomgaard. Kabir en zijn moeder hadden nauwelijks door dat hij een of twee uur afwezig was. Dat was een van de voordelen van een groot huis.

Adel speelde alleen achter de compound, bij de oude boomstronk in de open ruimte, en hij hoopte elke dag Gholam te zien opdoemen. Hij hield het pad naar de hoofdweg in de gaten, als hij met de bal goochelde, als hij op de boomstronk zat en een gevechtsvliegtuig door de lucht zag schieten, als hij lusteloos steentjes gooide zonder ergens op te mikken. Na een poosje pakte hij de bal op en sjokte terug naar de compound.

Op een dag kwam Gholam opdagen met een papieren zak in zijn hand.

'Waar ben je geweest?'

'Gewerkt,' zei Gholam.

Hij vertelde Adel dat hij en zijn vader een paar dagen waren ingehuurd om bakstenen te maken. Gholam had mortel moeten mengen. Hij sjouwde emmers water heen en weer, en zeulde met zakken cement en metselzand, die zwaarder waren dan hijzelf. Hij legde Adel uit hoe hij cement mengde in de kruiwagen, met een troffel schepte hij het mengsel om met het water, nu eens water en dan weer zand toevoegend, tot het een gladde substantie was zonder klonten. Hij duwde de kruiwagen dan naar de metselaars en draafde terug om opnieuw te beginnen. Hij opende zijn handen en liet Adel zijn blaren zien.

'Wow,' zei Adel. Hij wist dat het stompzinnig klonk, maar hij had zo snel geen ander antwoord paraat. Hij had één keer in zijn leven iets gedaan wat in de buurt kwam van handenarbeid, drie jaar geleden, toen hij op een middag de tuinman had geholpen met het planten van jonge appelboompjes in de achtertuin van hun huis in Kabul.

'Ik heb een verrassing voor je,' zei Gholam. Hij stak zijn hand in de papieren zak en trok er het Zidane-shirt uit.

'Dat begrijp ik niet,' zei Adel verbaasd en enigszins op zijn hoede.

'Ik zag pasgeleden een jongen in de stad het dragen,' zei Gholam. Met zijn vingers gaf hij aan dat hij de bal wilde hebben. Adel tikte de bal naar hem toe en Gholam wipte hem op en deed zijn verhaal: 'Niet te geloven. Ik loop op hem af en zeg: "Hé, dat is het shirt van een maat van me." Hij kijkt me aan. Om een lang verhaal kort te maken: ik heb het even geregeld in een steegje. Op het eind *smeekte* hij me het shirt mee te nemen.' Hij plukte de bal met zijn voet uit de lucht, wham, en grijnsde naar Adel. 'Oké, het kan best zijn dat ik het een paar dagen eerder aan hem had verkocht.'

'Dat is onrechtvaardig. Als je het aan hem hebt verkocht, was het van hem.'

'Wat, wil je het nu niet meer hebben? Na alles wat ik heb gedaan om het voor je terug te krijgen? Het kwam niet allemaal van één kant, weet je. Hij gaf me ook een paar flinke klappen.'

'Dan nog,' zei Adel zachtjes.

'Ik heb jou als eerste een kunstje geflikt, en dat voelde niet goed. Nu krijg je je shirt terug. En wat mij betreft...' Hij wees op zijn schoenen en Adel zag een nieuw paar blauwwitte gympen.

'Is alles goed met die andere jongen?' vroeg Adel.

'Hij overleeft het wel. Gaan we hier een potje staan ruziën of gaan we een potje spelen?'

'Is je vader er ook?'

'Vandaag niet. Hij is naar de rechtbank in Kabul. Kom, we beginnen.'

Ze speelden een tijdje, tikten de bal rennend heen en weer en joegen erachteraan. Later gingen ze een eindje lopen in de boomgaard, waarmee Adel zijn belofte aan de bewaker brak. Ze aten pruimen van de bomen en dronken koude Fanta uit blikjes die Adel stiekem uit de keuken had meegenomen.

Al snel ontmoetten ze elkaar bijna dagelijks. Ze voetbalden en zaten elkaar achterna in de boomgaard, tussen de rechte rijen bomen door. Ze praatten over sport en films, en als ze niets meer te vertellen hadden, keken ze naar Shadbagh-e-Nau, de zacht glooiende heuvels in de verte en de nevelige bergen nog verderop, en dat vonden ze ook prima.

Adel werd nu elke dag wakker in de vurige hoop om Gholam over het pad te zien aankomen, om zijn luide, zelfverzekerde stem te horen. Tijdens de ochtendlessen was hij er vaak niet met zijn hoofd bij, zijn aandacht verslapte als hij dacht aan de spelletjes die ze later zouden spelen en de verhalen die ze elkaar zouden vertellen. Hij was bang dat hij Gholam zou verliezen. Hij was bang dat Gholams vader Iqbal vast werk zou vinden in de stad of een plek om te wonen en dat Gholam dan zou verhuizen naar een andere stad of een ander deel van het land, en Adel probeerde zich voor te bereiden op die mogelijkheid, zich te wapenen tegen het afscheid dat dan zou volgen.

Op een dag zaten ze samen op de boomstronk toen Gholam zei: 'Ben jij ooit samen geweest met een meisje, Adel?'

'Bedoel je...?'

'Ja, dat bedoel ik.'

Adel voelde zijn oren rood worden. Hij overwoog even te

liegen, maar hij wist dat Gholam hem meteen zou doorzien. Hij zei zachtjes: 'Jij wel?'

Gholam stak een sigaret op en bood Adel er een aan. Ditmaal accepteerde Adel hem wel, na even over zijn schouder gekeken te hebben om er zeker van te zijn dat de bewaker niet om de hoek gluurde, of Kabir niet net even buiten de compound was. Hij nam een trekje en begon meteen langdurig te hoesten, zodat Gholam moest gniffelen en hem op de rug klopte.

'Wel of niet dus?' piepte Adel met tranende ogen.

'Een vriend van mij in het kamp,' zei Gholam op samenzweerderige toon, 'was ouder, hij heeft me meegenomen naar een hoerentent in Peshawar.'

Hij deed zijn verhaal. Het smerige kamertje. De oranje gordijnen, de scheuren in de muur, het ene gloeilampje aan het plafond, de rat die hij over de grond had zien wegschieten. Het geluid van riksja's buiten, die over de straat ratelden, de langsrijdende auto's. Het jonge meisje op het matras, dat *biryani* zat te eten en hem uitdrukkingsloos aankeek. Hoe hij zelfs in het schemerlicht kon zien dat ze een mooi gezicht had en dat zij amper ouder was dan hij. Hoe ze de laatste korreltjes rijst met een opgerold stukje naan had gepakt, het bord had weggeschoven, was gaan liggen en haar vingers had afgeveegd aan de broek toen ze die naar beneden stroopte.

Adel luisterde, geboeid, gefascineerd. Hij had nooit zo'n vriend gehad. Gholam wist zelfs meer van de wereld dan zijn halfbroers, die een aantal jaren ouder waren. En Adels vrienden, vroeger in Kabul? Het waren allemaal zoons van technocraten en ambtenaren en ministers. Ze leefden allemaal ongeveer zoals Adel. De vluchtige blikken die Adel mocht werpen in het leven van Gholam verraadden een bestaan vol problemen, onvoorspelbaarheid en ontbering, maar ook avontuur, een leven dat mijlenver af stond van dat van Adel, hoewel het zich afspeelde op een steenworp afstand. Als hij naar Gholams verhalen luisterde, vond Adel zijn eigen leven hopeloos saai.

'Heb je het gedaan?' zei Adel. 'Heb je... heb je hem er bij haar in gestoken?'

'Nee. We hebben een kopje *chai* gedronken en over de gedichten van Rumi gediscussieerd. Ben je wel goed wijs?'

Adel bloosde. 'Hoe voelde het?'

Maar Gholam had het alweer over iets anders. Dat was vaak het patroon van hun gesprekken: Gholam koos het onderwerp waarover ze praatten, begon er enthousiast over, betrok er Adel bij en verloor dan zijn belangstelling en liet het verhaal en Adel bungelen.

In plaats van het verhaal af te maken waaraan hij begonnen was, zei Gholam: 'Mijn oma zegt dat haar man, mijn opa Sahoor, haar ooit een verhaal verteld heeft over deze boom. Dat was lang voordat hij hem omhakte natuurlijk. Mijn opa vertelde het haar toen ze beiden nog kinderen waren. Als je een wens had, moest je voor de boom knielen en de wens fluisterend uitspreken, en als de boom hem uit wilde laten komen, schudde hij precies tien bladeren op je hoofd.'

'Dat heb ik nooit gehoord,' zei Adel.

'Dat kan toch ook niet anders?'

Pas toen besefte Adel wat Gholam echt had gezegd. 'Wacht eens. Jouw opa heeft onze boom omgehakt?'

Gholam keek hem aan. 'Jullie boom? Het is jullie boom niet.'

Adel knipperde met zijn ogen. 'Wat moet dat nu weer betekenen?'

Gholam keek Adel met een nog borender blik aan. Voor het eerst kon Adel geen spoor ontdekken van de gebruikelijke levendigheid van zijn vriend of van zijn handelsmerk, het grijnzen, of van luchthartige plagerij. Zijn gezicht was veranderd, de uitdrukking erop was ernstig, alarmerend volwassen.

'Dit was de boom van mijn familie. Dit was het land van

mijn familie. Het is generaties lang van ons geweest. Jouw vader heeft zijn landhuis op onze grond gebouwd. Toen wij tijdens de oorlog in Pakistan zaten.' Hij wees naar de boomgaard. 'Daar. Daar stonden huizen van mensen. Maar jouw vader heeft ze met de grond gelijkgemaakt. Net zoals hij het huis heeft neergehaald waar mijn vader is geboren, waar hij is opgegroeid.'

Adel knipperde met zijn ogen.

'Hij heeft ons land voor zichzelf opgeëist alsof het van hem was, en hij bouwde dat...' en nu werd zijn toon snerend, terwijl hij met zijn duim naar de compound wees '... dat *ding* ervoor in de plaats.'

Adel voelde zich een beetje misselijk worden en zijn hart bonsde luid. Hij zei: 'Ik dacht dat we vrienden waren. Waarom vertel je deze vreselijke leugens?'

'Weet je nog dat ik je beetnam en je shirt pikte?' zei Gholam terwijl er een blos op zijn wangen kwam. 'Je stond er bijna bij te huilen. Je hoeft het niet te ontkennen, ik heb het gezien. Dat ging over een shirt. Een *shirt*. Bedenk eens hoe mijn familie zich voelde toen ze helemaal uit Pakistan kwamen, uit de bus stapten en op ons land dat *ding* daar aantroffen. En dan die bullebak in zijn paarse uniform. Die ons van ons éígen land af stuurde.'

'Mijn vader is geen dief!' kaatste Adel terug. 'Vraag het maar aan iedereen in Shadbagh-e-Nau, vraag maar wat hij voor deze stad heeft gedaan.' Hij moest denken aan de manier waarop baba jan mensen ontving in de stadsmoskee, op de grond zittend, met een kopje thee voor zich, gebedssnoer in zijn hand. Een indrukwekkende rij mensen voor hem, een rij die zich uitstrekte van zijn voeten tot bij de hoofdingang, mannen met vuile handen, oude vrouwen zonder tanden, jonge weduwen met kinderen, en ieder van hen verkeerde in nood, iedereen wachtte op zijn of haar beurt om te vragen om een gunst, een baan, een kleine lening om een dak te repareren of een irrigatiekanaal, of om flesvoeding te kunnen kopen. Zijn vader aldoor knikkend, eindeloos luisterend, alsof iedere persoon in de rij even belangrijk was als zijn eigen familie.

'O ja? Hoe komt het dan dat mijn vader de eigendomspapieren heeft?' zei Gholam. 'De papieren die hij aan de rechter in de rechtbank heeft gegeven.'

'Ik weet zeker dat als je vader met baba praat...'

'Jouw baba praat niet met hem. Hij zal niet toegeven wat hij heeft gedaan. Hij behandelt ons alsof we zwerfhonden zijn.'

'Jullie zijn geen honden,' zei Adel. Hij moest zijn best doen om zijn stem in bedwang te houden. 'Jullie zijn aasgieren. Net als Kabir zei. Ik had het kunnen weten.'

Gholam stond op, liep een eindje en stopte toen. 'Het is maar dat je het weet,' zei hij, 'maar ik heb niets tegen jou. Jij bent maar een onnozel jongetje. Maar als jouw baba de volgende keer naar Helmand gaat, vraag dan of je mee mag naar die fabriek van hem. En dan moet jij eens goed kijken wat hij daar verbouwt. Ik geef je een tip. Katoen is het niet.'

❋

Later die dag, vóór het avondeten, lag Adel in een bad vol warm water met veel schuim. Hij kon de tv beneden horen, Kabir, die naar een oude piratenfilm zat te kijken. De woede die de hele middag had doorgezeurd, was uit Adel weggestroomd, en nu dacht hij dat hij wat al te ruw tegen Gholam was geweest. Baba jan had hem ooit verteld dat, wat je ook deed, er soms arme mensen waren die slecht over de rijken spraken. Dat deden ze vooral uit teleurstelling over hun eigen leven. Je kon er niets aan doen. Het was zelfs natuurlijk. *En we moeten hun dat niet kwalijk nemen, Adel*, zei hij.

Adel was niet zo naïef dat hij geloofde dat het er in de wereld fundamenteel eerlijk aan toeging; hij hoefde daarvoor maar uit het raam van zijn slaapkamer te kijken. Maar hij dacht dat voor mensen als Gholam de erkenning van die waarheid niet voldoende was. Misschien hadden mensen als Gholam iemand nodig die de schuld moest krijgen, een doelwit van vlees en bloed, iemand naar wie ze gemakkelijk konden wijzen als de veroorzaker van hun ellende, iemand om te veroordelen, te beschuldigen en kwaad op te zijn. En misschien had baba jan gelijk als hij zei dat de juiste reactie daarop was: begrip tonen, niet oordelen, vriendelijk te woord staan zelfs. Adel zag zeepbubbeltjes naar de oppervlakte komen en uit elkaar spatten, en hij dacht aan zijn vader, die scholen en ziekenhuizen bouwde, terwijl hij wist dat er mensen in de stad waren die nare roddels over hem verspreidden.

Toen hij zich aan het afdrogen was, stak zijn moeder haar hoofd om de deur van de badkamer. 'Kom je eten?'

'Ik heb geen honger,' zei hij.

'O.' Ze kwam binnen en pakte een handdoek van het rek. 'Hier. Ga zitten. Ik zal je haar drogen.'

'Dat kan ik zelf wel,' zei Adel.

Ze stond achter hem en keek hem in de spiegel onderzoekend aan. 'Is er iets met je, Adel?'

Hij haalde zijn schouders op. Ze legde een hand op zijn schouder en keek hem aan, alsof ze verwachtte dat hij er met zijn wang tegenaan zou wrijven. Dat deed hij niet.

'Moeder, heb jij ooit de fabriek van baba jan gezien?'

Hij zag hoe zijn moeder even bevroor. 'Natuurlijk,' zei ze. 'Jij toch ook?'

'Ik bedoel niet op een foto. Heb je die fabriek in het echt gezien? Ben je er geweest?'

'Dat kan toch niet?' zei zijn moeder, terwijl ze haar hoofd ophief. 'Helmand is niet veilig. Je vader zou mij of jou nooit in gevaar willen brengen.'

Adel knikte.

Beneden bulderden kanonnen en schreeuwden piraten oorlogskreten.

Drie dagen later was Gholam er weer. Hij liep energiek op Adel af en stopte.

'Ik ben blij dat je er bent,' zei Adel. 'Ik heb iets voor je.' Hij liep naar de boomstronk en pakte daar de jas af die hij elke dag meegenomen had sinds hun ruzie. Die was van bruin leer met een zachte voering van schapenwol, en een capuchon, die eraf geritst kon worden. Hij reikte hem Gholam aan. 'Ik heb hem maar een paar keer gedragen. Hij is beetje te groot voor me. Jou moet hij passen.'

Gholam bleef roerloos staan. 'We zijn gisteren met de bus naar Kabul geweest,' zei hij vlak. 'Niet te geloven wat de rechter ons vertelde. Hij zei dat hij slecht nieuws had. Hij zei dat er een ongeluk was gebeurd. Een kleine brand. De eigendomspapieren van mijn vader zijn in vlammen opgegaan. Weg. Vernietigd.'

De hand van Adel waarmee hij de jas vasthield, ging langzaam omlaag.

'En terwijl hij ons vertelt dat hij nu niets meer kan doen, zonder die papieren, weet je wat hij om zijn pols had? Een splinternieuw gouden horloge, dat hij niet gedragen had toen mijn vader hem de laatste keer zag.'

Adel knipperde met zijn ogen.

Gholam wierp even een blik op de jas. Het was een vlijmscherpe, bestraffende blik, bedoeld om schaamte op te wekken. Het werkte. Adel kromp ineen. In zijn hand voelde hij de jas wegglijden en van een vredesgebaar veranderen in smeergeld.

Gholam draaide zich om en liep resoluut terug naar de weg.

*

Op de avond van de dag dat baba jan terugkeerde, gaf hij thuis een feestje. Adel zat nu naast zijn vader aan het hoofd van het grote kleed dat op de vloer was uitgespreid voor het diner. Baba jan wilde soms liever op de grond zitten en met zijn vingers eten, vooral als hij vrienden uit zijn jihad-jaren zou zien. *Doet me denken aan mijn grotdagen*, grapte hij dan. De vrouwen aten aan de tafel in de eetkamer, met lepels en vorken, en Adels moeder zat er aan het hoofd. Adel kon hun gebabbel horen galmen door de marmeren muren heen. Een van hen, een vrouw met zware heupen en lang, roodgeverfd haar, zou trouwen met een vriend van baba jan. Eerder op de avond had ze op haar digitale camera de foto's laten zien van een bruidswinkel die ze in Dubai hadden bezocht, foto's die gemaakt waren door Adels moeder.

Na het eten vertelde baba jan bij de thee een verhaal over de tijd waarin zijn eenheid een Russische colonne in een hinderlaag had gelokt om te voorkomen dat die een vallei in het noorden zou binnentrekken. Iedereen luisterde aandachtig.

'Toen ze dichtbij waren,' zei baba jan, die zijn hand afwezig over Adels haar liet gaan, 'openden we het vuur. We raakten het eerste voertuig en daarna een paar jeeps. Ik dacht dat ze zich terug zouden trekken of moeizaam verder zouden rijden. Maar die klootzakken stopten, sprongen uit hun voertuigen en begonnen aan een vuurgevecht. Ongelooflijk.'

Er ging gemompel door de kamer. Hoofden werden geschud. Adel wist dat minstens de helft van de mannen in de kamer vroeger moedjahied was geweest.

'We waren met veel meer man, drie tegen een, zoiets, maar ze hadden zwaardere wapens en het duurde niet lang of *zij* vielen *ons* aan! Ze stormden op ons af, wij zaten in een boomgaard. We werden uit elkaar gedreven. We renden voor ons leven. Ik en die vent, Mohammed huppeldepup, zetten het samen op een lopen. We renden naast elkaar over een veld met druivenplanten, niet met draden en palen, maar van die planten die mensen zomaar over de grond laten groeien. De kogels fluiten ons om de oren, we rennen als gekken en plotseling struikelen we allebei en vallen we neer. Ik sta meteen weer overeind, maar ik zie die hele Mohammed niet meer. Ik draai me om en schreeuw: "Opstaan, lul!"

Baba jan pauzeerde even ter wille van het dramatische effect. Hij bracht zijn hand naar zijn mond om een lach te onderdrukken. 'En toen dook hij plotseling op en begon te rennen. En verdomd als het niet waar is, die lul heeft twee armen vol met druiven! In elke arm een hoop trossen!'

Iedereen barstte in lachen uit. Adel lachte ook. Zijn vader wreef met zijn hand over zijn rug en trok hem dichter naar zich toe. Iemand begon aan een ander verhaal, en baba jan pakte de sigaret die naast zijn bord lag. Maar hij kreeg niet de kans hem aan te steken, want plotseling rinkelde er glas ergens in het huis.

Vanuit de eetkamer klonk het geschreeuw van vrouwen. Iets metaalachtigs, misschien een vork of een botermes, kletterde hard op het marmer. De mannen sprongen op. Azmaray en Kabir renden de kamer in, met getrokken pistolen.

'Het kwam van bij de ingang,' zei Kabir, en op het moment dat hij het zei, brak er opnieuw glas.

'Blijf hier wachten, commandant sahib, wij gaan kijken,' zei Azmaray.

'Ik ga verdomme mee,' gromde baba jan, die al wegliep. 'Ik ben geen lafaard onder mijn eigen dak.'

Hij rende naar de hal, gevolgd door Adel, Azmaray, Kabir en alle andere mannen. Onderweg zag Adel hoe Kabir een ijzeren stang meenam die ze in de winter altijd voor de open haard gebruikten. Adel zag ook zijn moeder, die met een bleek en vertrokken gezicht kwam aanrennen. Toen ze de hal bereikten, vloog er een steen door het raam en er kletterden glassplinters op de vloer. De vrouw met het rode haar, de aanstaande bruid, gilde. Buiten schreeuwde er iemand.

'Hoe zijn ze verdomme voorbij de bewaking gekomen?' zei iemand achter Adel.

'Nee, commandant sahib, niet doen!' brulde Kabir. Maar Adels vader had de voordeur al geopend.

Buiten was het schemerig, maar het was zomer en de hemel was nog steeds lichtgeel. In de verte zag Adel de lichtjes van Shadbagh-e-Nau, waar mensen met hun gezinnen aan het eten begonnen. De heuvels aan de horizon waren donker geworden, en de nacht zou spoedig alle dalen vullen. Maar het was niet duister genoeg, nog niet, om de oude man te verbergen die Adel onder aan de stoeptreden bij de voordeur zag staan, met in elke hand een steen.

'Breng hem naar boven,' zei baba jan over zijn schouder tegen Adels moeder. 'Nu!'

Adels moeder pakte Adel bij zijn schouders en liep met hem de trap op, de gang door, naar de grootste slaapkamer die zij met baba jan deelde. Ze sloot de deur, vergrendelde hem, trok de gordijnen dicht en zette de tv aan. Ze nam Adel mee naar het bed, waar ze beiden op gingen zitten. Op het scherm waren twee Arabieren, gekleed in lange *kurta*-hemden en met een gebreid mutsje op, aan het werk op een enorme vrachtwagen.

'Wat gaat hij met die oude man doen?' zei Adel. Hij zat nog steeds te rillen. 'Moeder, wat gaat hij met hem doen?'

Hij keek naar zijn moeder en zag haar gezicht betrekken, en plotseling wist hij, wist hij metéén dat hij wat er nu ook uit haar mond kwam niet zou kunnen vertrouwen.

'Hij gaat met hem praten,' zei ze met bevende stem. 'Hij gaat het gesprek aan met wie daarbuiten is. Zo is je vader nu eenmaal. Hij gaat altijd het gesprek met de mensen aan.'

Adel schudde zijn hoofd. Hij huilde nu snikkend. 'Wat gaat hij doen, moeder? Wat gaat hij met die oude man doen?'

Zijn moeder bleef hetzelfde zeggen, alles zou goed komen, alles zou goed aflopen, iedereen zou er zonder kleerscheuren afkomen. Maar hoe meer ze dat zei, hoe harder hij begon te snikken, tot het hem op zeker moment zo had uitgeput dat hij op de schoot van zijn moeder in slaap viel.

❋

Ex-commandant ontsnapt aan moordaanslag.

Adel las het verhaal in de studeerkamer van zijn vader, op diens computer. In het verhaal werd de aanslag 'wreed' genoemd, en de aanslagpleger een voormalige vluchteling, die werd 'verdacht van banden met de Taliban'. Halverwege het artikel werd Adels vader geciteerd: hij had gezegd dat hij gevreesd had voor de veiligheid van zijn gezin. *Vooral mijn onschuldige kleine jongen*, had hij gezegd. In het artikel werd de naam van de aanslagpleger niet genoemd en er werd niet gezegd wat er met hem was gebeurd.

Adel sloot de computer af. Hij mocht hem eigenlijk niet gebruiken en hij mocht evenmin in de studeerkamer van zijn vader komen. Een maand geleden zou hij geen van beide hebben gedurfd. Hij sloop terug naar zijn kamer, ging op zijn bed liggen en kaatste telkens een tennisbal tegen de muur. *Boem, boem, boem.* Het duurde niet lang of zijn moeder stak haar hoofd om de deur en vroeg hem ermee te stoppen, daarna beval ze het hem, maar hij stopte niet. Ze bleef een tijdje bij de deur staan, tot ze uiteindelijk afdroop.

Boem, boem, boem.

Zo op het oog was er niets veranderd. Een opsomming van Adels dagelijkse activiteiten zou hebben aangetoond dat hij spoedig weer zijn normale ritme aannam. Hij stond nog steeds op hetzelfde tijdstip op, waste zich, ontbeet met zijn ouders en kreeg les van zijn privéleraar. Later at hij zijn lunch en hing de hele middag rond, keek met Kabir naar een film of speelde videospelletjes.

Maar alles was veranderd. Gholam had dan misschien voor hem wel een deur opengestoten, maar baba jan had hem erdoorheen geduwd. Er waren in Adels geest stille motoren geweest die nu waren gaan draaien. Adel had het gevoel alsof hij plotseling een geheel nieuw zintuig gekregen had dat hem in staat stelde dingen te zien die hij nooit had gezien, dingen die zich al jaren onder zijn ogen voltrokken. Hij zag bijvoorbeeld dat zijn moeder geheimen had. Als hij haar aankeek, golfden ze bij wijze van spreken over haar gezicht. Hij zag haar worsteling om alle dingen bij hem vandaan te houden waar zij kennis van had, alle dingen die ze weggestopt hield, afgesloten, zorgvuldig afgeschermd, net zoals zij tweeën in dat grote huis. Voor het eerst zag hij het huis van zijn vader als de monstruositeit, de belediging, het monument van onrechtvaardigheid dat het heimelijk voor ieder ander was. Hij zag in de haast van de mensen om zijn vader te behagen de intimidatie, de angst die de echte basis was van hun eerbied en respect. Hij dacht dat Gholam trots op hem zou zijn vanwege dat inzicht. Voor het eerst werd Adel zich werkelijk bewust van de grotere ontwikkelingen die zijn leven altijd hadden beheerst.

En van de verschrikkelijk tegenstrijdige waarheden in een en dezelfde persoon. Niet alleen in zijn vader of zijn moeder of Kabir.

Maar ook in hemzelf.

Voor Adel was die laatste ontdekking in zekere zin de verrassendste. De ontdekking van wat hij nu wist dat zijn vader had gedaan – eerst in naam van de jihad, en daarna van wat hij de rechtvaardige beloning voor zijn opoffering had genoemd – had Adel doen duizelen. Althans voor even. In de dagen na de avond waarop de stenen door het raam waren gegooid, kromp Adels maag ineen zodra zijn vader de kamer binnenkwam. Hij hoorde hem in zijn mobiele telefoon brullen, of neuriën in bad, en hij voelde zijn ruggengraat verkruimelen en zijn keel pijnlijk droog worden. Zijn vader kuste hem welterusten, en Adel deinsde instinctief terug. Hij had nachtmerries. Hij droomde dat hij aan de rand van de boomgaard stond en zag hoe iemand tussen de bomen afgerammeld werd, hij zag een ijzeren stang omhooggaan en neerdalen, het geluid van ijzer dat op vlees en botten terechtkwam. Hij werd wakker van die dromen en voelde hoe er een janktoon in zijn borst zat. Op onverhoedse momenten gaf hij zich bijna over aan huilbuien.

En toch.

En toch.

Er gebeurde ook iets anders. Het nieuwe bewustzijn was niet uit zijn geest verdwenen, maar het had heel langzaam gezelschap gekregen. Er was nu een andere en tegengestelde bewustzijnsstroom in hem op gang gekomen, een die niet in de plaats kwam van de eerste, maar ruimte ernaast opeiste. Adel voelde hoe dat andere, problematischer deel in hem ontwaakte. Het deel van hem dat in de loop van de tijd langzaam, bijna onmerkbaar de nieuwe identiteit zou accepteren die nu jeukte en prikkelde als een natte wollen trui. Adel zag dat hij uiteindelijk waarschijnlijk de dingen zou accepteren, zoals zijn moeder het had gedaan. Adel was eerst kwaad op haar geweest. Nu was hij vergevingsgezinder. Misschien had zij het allemaal geaccepteerd uit angst voor haar man. Of als de prijs voor het luxeleventje dat ze leidde. Adel vermoedde dat ze het voor het merendeel had geaccepteerd om dezelfde reden als hij het zou doen. Omdat ze wel moest. Wat had ze voor keus? Adel kon net zomin zijn leven ontvluchten als Gholam het zijne. Mensen leerden leven met de meest onvoorstelbare dingen. Hij ook. Dit was zijn leven. Dit was zijn moeder. Dit was zijn vader. En dit was hij, ook al had hij het niet altijd geweten.

Adel wist dat hij niet meer zo van zijn vader zou houden als vroeger, toen hij gelukzalig opgerold lag in de baai van zijn dikke armen. Dat was nu ondenkbaar. Maar hij zou weer van hem leren houden, ook al was die liefde nu anders, verwarder, gecompliceerder. Adel voelde zich bijna over zijn jeugd heen springen. Hij zou spoedig op zijn pootjes terechtkomen als een volwassene. En dan was er geen weg terug, omdat volwassenheid gelijk was aan wat zijn vader ooit had gezegd over het leven als oorlogsheld: als je eenmaal een oorlogsheld bent geworden, zul je ook als oorlogsheld sterven.

Als hij 's nachts in bed lag, dacht Adel dat hij op een dag, misschien de volgende dag wel, of de daaropvolgende, of misschien op een dag van de volgende week, het huis zou verlaten en naar het veldje bij de windmolen zou lopen, waar Gholam hem van had verteld dat zijn familie er hokte. Hij stelde zich voor dat het veldje leeg zou zijn. Hij zou langs de kant van de weg gaan staan en bedenken hoe Gholam en zijn moeder en zijn broers en zijn oma, de hele familie, met hun vuile, bijeengepakte spullen over plattelandswegen zouden zwerven, uitkijkend naar een plek waar ze konden blijven. Gholam was nu het hoofd van de familie. Hij zou moeten werken. Hij zou zijn jeugd doorbrengen met kanalen uitbaggeren, sloten graven, stenen maken en velden maaien. Gholam zou geleidelijk aan veranderen in een van die kromme mannen met gelooide gezichten die Adel altijd achter een ploeg zag lopen.

Adel dacht dat hij daar op het veldje een tijdje zou staan kijken naar de heuvels en de bergen die zich aan de horizon aftekenden. En dan, zo dacht hij, zou hij zijn hand in zijn zak steken om eruit te halen wat hij op een dag had gevonden in de boomgaard, de linkerhelft van een bril die doormidden gebroken was, een spinnenweb van barsten in het glas, en op de poot een korstje geronnen bloed. Hij zou de kapotte bril in een greppel gooien. Adel vermoedde dat als hij zich eenmaal omgedraaid zou hebben en naar huis zou lopen, hij zich vooral opgelucht zou voelen.

ACHT

Najaar 2010

Die avond vind ik bij thuiskomst uit het ziekenhuis een boodschap van Thalia op de vaste telefoon in mijn slaapkamer. Ik luister hem af terwijl ik mijn schoenen uittrek en aan mijn bureau ga zitten. Ze vertelt dat ze een verkoudheid heeft opgelopen, ze weet zeker dat ze is aangestoken door mamá, en dan vraagt ze hoe het met mij gaat en met mijn werk in Kabul. Aan het eind, net voor ze ophangt, zegt ze: *Odie blijft er maar over doorzeuren dat jij niet belt. Dat vertelt ze jou natuurlijk niet. Dan doe ik het dus maar. Markos. In godsnaam. Bel je moeder, sukkel.*

Ik moet erom glimlachen.

Thalia.

Er staat een foto van haar op mijn bureau, al heel wat jaren geleden door mij gemaakt aan het strand van Tinos: Thalia, die op een rots zit met haar rug naar de camera. Ik heb de foto ingelijst, maar als je goed kijkt kun je nog steeds een donkerbruine vlek zien in de linkerbenedenhoek, een hoffelijke daad van een verdwaasd Italiaans meisje dat hem vele jaren geleden heeft proberen te verbranden.

Ik zet mijn laptop aan en begin mijn operatieaantekeningen van de afgelopen dag uit te tikken. Mijn kamer is boven – een van de drie slaapkamers op de tweede verdieping van dit huis waar ik al woon sinds ik in 2002 hier in Kabul aankwam – en mijn bureau staat voor het raam dat over de tuin uitkijkt. Ik heb uitzicht op de pruimenbomen die mijn oude huisbaas,

Nabi, en ik een paar jaar geleden hebben geplant. Ik kan Nabi's oude huisje bij de achtermuur ook zien, het is opnieuw geverfd. Toen hij was overleden, heb ik het aangeboden aan een Nederlandse jongeman die middelbare scholen hier in de stad helpt met hun computers. En rechts achterin staat de Chevrolet uit 1940 van Suleiman Wahdati. Hij is al tientallen jaren niet van zijn plaats gekomen en gehuld in roest als een rots in mos, en nu bedekt door een dun laagje sneeuw die gisteren verrassend vroeg gevallen is, de eerste sneeuw van dit jaar. Toen Nabi overleden was, heb ik er even over gedacht om de auto naar een van Kabuls autokerkhoven te laten brengen, maar dat kon ik niet over mijn hart verkrijgen. Hij leek me een te belangrijk deel van het verleden van het huis, van de geschiedenis ervan.

Ik rond mijn aantekeningen af en kijk op mijn horloge. Het is al halftien. Zeven uur 's avonds in Griekenland.

Bel je moeder, sukkel.

Als ik vanavond mamá wil bellen, kan ik het niet langer uitstellen. Ik herinner me dat Thalia in een van haar e-mails schreef dat mamá steeds vroeger naar bed gaat. Ik adem even diep in en verman me. Ik pak de hoorn op en kies het nummer.

❋

Ik heb Thalia leren kennen in de zomer van 1967, toen ik twaalf jaar oud was. Zij en haar moeder, Madaline, kwamen bij mamá en mij op bezoek, op Tinos. Mamá, die Odelia heet, zei dat het jaren geleden was, vijftien jaar om precies te zijn, dat zij en haar vriendin Madaline elkaar voor het laatst hadden gezien. Madaline had het eiland op haar zeventiende verlaten en was naar Athene gegaan om, althans korte tijd, een actrice te worden met een bescheiden reputatie.

'Ik was niet verbaasd toen ik hoorde van haar toneelcarrière,' zei mamá. 'Dat kwam door haar uiterlijk. Iedereen was altijd weg van Madaline. Dat zul je zelf wel zien als je haar ontmoet.'

Ik vroeg mamá waarom ze nooit over haar had gesproken.

'Heb ik dat nooit gedaan? Weet je dat zeker?'

'Ik weet het zeker.'

'Ik zou zweren van wel.' Toen zei ze: 'Haar dochter, Thalia, met haar moet je een beetje voorzichtig omgaan, ze heeft een ongeluk gehad. Ze is gebeten door een hond. Ze heeft een litteken.'

Meer wou mamá niet zeggen, en ik wist dat het geen zin had om aan te dringen. Maar die onthulling intrigeerde me, veel meer dan Madalines verleden in de film en op het toneel, mijn nieuwsgierigheid werd aangewakkerd door het vermoeden dat het litteken groot en duidelijk moest zijn, anders had het meisje niet hoeven te worden ontzien. Met een ziekelijk soort gretigheid keek ik uit naar het moment dat ik het litteken met eigen ogen kon aanschouwen.

'Madaline en ik hebben elkaar voor het eerst gezien tijdens de mis, toen we klein waren,' zei mamá. Vanaf dat moment, zei ze, waren ze onafscheidelijke vriendinnen geworden. Onder hun tafeltjes in de klas hadden ze elkaars hand vastgehouden, of tijdens de pauzes, en in de kerk, en zwervend door de gerstvelden. Ze hadden gezworen dat ze zussen voor het leven zouden blijven. Ze hadden elkaar beloofd dat ze vlak bij elkaar zouden gaan wonen, zelfs als ze getrouwd zouden zijn wilden ze in elkaars buurt wonen, en als de echtgenoten per se wilde verhuizen, dan zouden zij een scheiding aanvragen. Ik herinner me dat mamá een beetje giechelde toen ze me dit allemaal vertelde, met zelfspot, alsof ze zich wilde distantiëren van die jeugdige geestdrift en dwaasheid, al die onbesuisde, ademloze beloften. Maar op haar gezicht zag ik ook een spoor van onuitgesproken pijn, een tikkeltje teleurstelling, al was mamá veel te trots om dat toe te geven.

Madaline was nu getrouwd met een rijke en veel oudere man, ene Andreas Gianakos, die jaren eerder haar tweede en naar later bleek laatste film had geproduceerd. Hij zat nu in de bouwwereld en had een groot bedrijf in Athene. Madaline en meneer Gianakos lagen sinds kort overhoop met elkaar, ze hadden ruzie. Mamá vertelde er me niets over; ik wist het omdat ik stiekem en gehaast een deel van een brief had gelezen die Madaline aan mamá had gestuurd, waarin ze vertelde dat ze van plan was bij ons op bezoek te komen.

Ik word er zo moe van, echt waar, om bij Andreas en zijn conservatieve vrienden te zijn en de hele tijd hun krijgshaftige muziek te moeten horen. Ik zeg de hele tijd geen woord. Ik zeg niets als ze juichen over die militaire schurken, die een klucht hebben gemaakt van onze democratie. Als ik ook maar even een afwijkende mening zou laten horen, dan weet ik zeker dat ze me aanzien voor een anarchocommunist, en zelfs de invloed van Andreas zou me dan niet kunnen redden van de kerker. Misschien zou hij zelfs geen moeite doen die aan te wenden, ik bedoel zijn invloed. Soms denk ik dat het juist zijn bedoeling is om me te provoceren iets verkeerds te zeggen. Ach, ik mis je, mijn lieve Odie, ik mis je gezelschap zo...

Op de dag dat onze gasten zouden arriveren, was mamá vroeg wakker om schoon te maken. We woonden in een klein huisje op de helling van een heuvel. Zoals zo veel huizen op Tinos was het gebouwd van witgekalkte stenen en had het een plat dak met rode tegels. Het slaapkamertje dat mamá en ik boven deelden, had geen deur – de smalle trap kwam er rechtstreeks in uit – maar er zat wel een waaiervenster in en er was een terrasje met een smeedijzeren balustrade op halve hoogte, vanwaar je kon uitkijken over de daken van andere huizen, over olijfbomen en geiten en kronkelige steegjes en arcades, en natuurlijk over de Egeïsche Zee, blauw en kalm in de ochtend, en met witte schuimkoppen op zomermiddagen, als de meltemiwind uit het noorden kwam.

Toen ze had schoongemaakt, trok mamá iets aan wat moest doorgaan voor haar feestkleding, die ze altijd droeg op 15 augustus, de dag van Maria-Hemelvaart, in de Panagia Evangelistria-kerk, als pelgrims uit het hele Middellandse Zeegebied kwamen bidden bij de beroemde icoon in de kerk. Er bestaat een foto van mijn moeder in die outfit, de lange, slonzige, bruin-gouden jurk met ronde hals, de gekrompen witte trui, de kousen, de lompe zwarte schoenen. Mamá ziet er met haar ernstige gezicht, haar volle wenkbrauwen en haar stompe neus van top tot teen uit als de afstotelijke weduwe, ze staat er stijf bij en ziet er naargeestig vroom uit, alsof ze zelf een pelgrim is. Ik sta ook op die foto, kaarsrecht naast mijn moeders heup. Ik draag een korte broek, een wit overhemd en opgerolde witte kniekousen. Je kunt aan mijn stuurse blik zien dat ik opdracht had gekregen rechtop te staan en niet te glimlachen, dat mijn gezicht flink schoongeschrobd was en dat mijn haar met water was platgemaakt, gekamd tegen mijn wil en met de nodige ophef. Je voelt dat er ongenoegen tussen ons bestaat. Je kunt het zien aan de stugge manier waarop we erbij staan, hoe onze lichamen nauwelijks contact maken.

Of misschien kun je dat ook niet. Maar ik wel, telkens als ik die foto zie, drie jaar geleden voor het laatst. Ik zie wel degelijk de waakzaamheid, het ongeduld, de inspanning. Ik zie wel degelijk twee mensen die bij elkaar staan uit een soort genetisch plichtsgevoel, die gedoemd zijn om elkaar te verwarren en teleur te stellen, om elkaar het leven zuur te maken.

Vanuit het slaapkamerraam boven zag ik mamá vertrekken naar de veerpont in Tinos-Stad. Met een sjaal om haar hoofd die ze onder haar kin had vastgeknoopt, beende mamá vastberaden de zonnige blauwe dag in. Ze was een tengere vrouw met het lichaam van een kind, maar als je haar zag aankomen, deed je een stap opzij om haar voorbij te laten. Ik herinner me dat ze me elke ochtend naar school bracht – mijn moeder is nu gepensioneerd, maar ze was onderwijzeres. Mamá pakte me dan nooit bij de hand. Dat deden de andere moeders wel bij hun kinderen, maar mamá niet. Ze zei dat ze me moest behandelen zoals ze de andere leerlingen behandelde. Ze liep voor me uit, met haar ene hand de kraag van haar trui dichthoudend, en ik probeerde haar bij te houden, broodtrommeltje in mijn hand, schutterig haar voetstappen volgend. In de klas zat ik altijd achterin. Ik herinner me hoe mijn moeder bij het schoolbord stond, ze kon een ongehoorzame leerling tot de orde roepen met één enkele vernietigende oogopslag, als een steen die uit een katapult schoot en met een feilloze precisie doel trof. Ze kon je doormidden klieven met een duistere blik, of door abrupt te zwijgen.

Mamá geloofde boven alles in trouw, ook al betekende dat zelfopoffering. *Vooral* als het zelfopoffering betekende. Ze geloofde ook dat het altijd het beste was de waarheid te vertellen, onverbloemd, zonder ophef, en hoe onaangenamer de waarheid, hoe sneller je die moest vertellen. Ze had geen geduld met mensen zonder ruggengraat. Ze was, ze ís een vrouw die niet van excuses houdt, een vrouw met een enorme wilskracht, en niet iemand met wie je ruzie wilt hebben – hoewel ik er nooit achter ben gekomen, zelfs nu nog niet, of haar temperament door God gegeven was of uit noodzaak aangeleerd, want haar man was amper een jaar na hun bruiloft overleden en ze moest mij in haar eentje opvoeden.

Even nadat mamá vertrokken was, viel ik boven in slaap. Ik schrok later wakker van een hoge, galmende vrouwenstem. Ik ging overeind zitten en daar stond ze, een en al lippenstift en poeder, parfum en ranke welvingen, een wandelende advertentie voor een vliegtuigmaatschappij, en ze keek naar me omlaag door de dunne sluier die van een klein hoedje afhing. Ze stond midden in de kamer in een lichtgroene mini-jurk, leren koffertje aan haar voeten, kastanjebruin haar en lange ledematen, ze glimlachte naar me met een stralend gezicht, en ze praatte met een stem die overliep van vrolijkheid en doortastendheid.

'Dus jij bent Odies kleine Markos! Ze heeft me niet verteld

dat je zo'n knappe jongen was! O, ik herken haar in jou, die ogen, ja, volgens mij heb je dezelfde ogen, dat zal je vast al weleens zijn verteld. Ik wilde je zo graag zien. Je moeder en ik, wij, ach, dat heeft Odie je zeker al verteld, dus je kunt je voorstellen, je kunt je indenken hoe opwindend ik het vind jullie beiden nu te zien en jou te ontmoeten, Markos. Markos Varvaris! Nou. Ik ben Madaline Gianakos, en eerlijk gezegd ben ik opgetogen.'

Ze trok een crèmekleurige satijnen handschoen uit die tot aan haar elleboog reikte en die ik alleen in tijdschriften had gezien, gedragen door elegante dames die naar een soiree gingen, op de brede trappen van een operagebouw rookten of uit een glanzend zwarte auto geholpen werden, terwijl hun gezichten verlicht werden door flitslichten. Ze moest een aantal keren aan elke vingertop trekken om de handschoen uit te krijgen, en toen liet ze één heup lichtjes zakken en reikte me haar hand.

'Aangenaam,' zei ze. Haar hand was zacht en koel, ondanks de handschoen. 'En dit is mijn dochter Thalia. Schatje, zeg eens hallo tegen Markos Varvaris.'

Ze stond in de deuropening van de kamer, naast mijn moeder, en ze keek me uitdrukkingsloos aan, een slungelachtig meisje met een bleke huid en slap krullend haar. Meer dan dat kan ik niet vertellen. Ik kan niet zeggen wat de kleur van de jurk was die ze aanhad, als ze tenminste een jurk aanhad, of wat het model van haar schoenen was, of dat ze sokken droeg, een horloge, een halsketting, een ring, oorbellen. Ik kan het niet zeggen omdat je, als je in een restaurant zou zitten en iemand zich plotseling helemaal zou uitkleden en op een tafel zou springen en met dessertlepels gaan goochelen, er niet alleen naar zou kijken, maar het ook het enige was waarnaar je zou *kunnen* kijken. Het masker dat het onderste gedeelte van het gezicht van het meisje bedekte, was ook zoiets. Het vaagde de mogelijkheid weg om je aandacht op iets anders te richten.

'Thalia, zeg eens hallo, schat. Niet zo onbeleefd doen.'

Ik meende een lichte knik van haar hoofd te zien.

'Hallo,' antwoordde ik met een tong als van schuurpapier. Er ging een lichte beweging door de lucht. Een trilling. Ik voelde hoe ik overspoeld werd door iets wat deels opwinding en deels afgrijzen was, iets wat losbrak en zich in mij nestelde. Ik deed niets anders dan staren en ik wist het en ik kon er niet mee ophouden, ik kon mijn blik niet losmaken van het hemelsblauwe materiaal van het masker, de twee riemen waarmee het op het achterhoofd was vastgebonden, de smalle horizontale spleet voor de mond. Ik wist meteen dat ik het niet zou kunnen verdragen om te zien wat het masker aan het oog onttrok. En dat ik tegelijkertijd niet kon wachten om het wél te zien. Niets in mijn leven kon zijn natuurlijke gang van zaken en ritme en orde terugkrijgen zolang ik niet had gezien wat er zó verschrikkelijk en ontzettend was dat de anderen en ik ervoor in bescherming moesten worden genomen.

De andere mogelijkheid, dat het masker er misschien was om Thalia voor ons af te schermen, ontging me, althans bij de verwarrende kwelling van onze eerste ontmoeting.

Madaline en Thalia bleven boven om uit te pakken, terwijl mamá in de keuken stukjes zeetong door een beslag haalde voor het avondeten. Ze vroeg mij voor Madaline een kopje *elliniko* te maken, wat ik deed, en ze vroeg me het naar haar toe te brengen, wat ik ook deed, op een serveerblad, met daarop ook een bordje *pastelli*.

Het is nu tientallen jaren later, en toch voel ik me nog altijd overvallen door schaamte, als een warme plakkerige vloeistof, wanneer ik terugdenk aan wat er toen gebeurde. Tot op de dag van vandaag kan ik me het tafereel als een foto voor de geest halen. Madaline staat bij het slaapkamerraam te roken en kijkt naar de zee door een zonnebril met grote, ronde glazen, één hand op haar heup, haar ene voet over de andere. Haar hoedje ligt op de toilettafel. Boven de toilettafel hangt een spiegel, en in de spiegel zie ik Thalia op de rand van het bed zitten, met de rug naar me toe. Ze zit voorovergebogen iets te doen, misschien maakt ze haar schoenveters los, en ik zie dat ze haar masker heeft afgedaan. Het ligt naast haar op het bed. Er trekken rillingen over mijn rug, ik probeer die te onderdrukken, maar mijn handen trillen, waardoor het porseleinen kopje op het schoteltje begint te rinkelen, waardoor Madaline haar hoofd naar mij toe draait, waardoor Thalia opkijkt. Ik zie haar gezicht in de spiegel.

Het serveerblad gleed uit mijn handen. Porselein brak in stukken. Warme vloeistof liep weg, en het serveerblad kletterde de trap af. Opeens was er chaos en zat ik op handen en voeten, kokhalzend boven scherven gebroken porselein. Madaline riep: 'O jee, o jee,' en mamá kwam de trap op rennen en schreeuwde: 'Wat is er gebeurd, wat heb je gedaan, Markos?'

Ze is gebeten door een hond, had mamá me bij wijze van waarschuwing verteld. *Ze heeft een litteken.* De hond had niet in het gezicht van Thalia gebeten; hij had het *opgegeten.* Misschien bestonden er wel woorden om te beschrijven wat ik die dag in de spiegel zag, maar 'litteken' hoorde daar niet bij.

Ik weet nog dat mamá's handen me bij mijn schouders pakten, me overeind trokken en me omdraaiden, terwijl ze zei: 'Wat is er met jou aan de hand? Wat is er mis met je?' En ik weet nog dat haar blik omhoogging, over mijn hoofd heen. Haar ogen verstarden. De woorden bleven in haar mond steken. Ze werd lijkbleek. Haar handen vielen van mijn schouders. En toen was ik getuige van iets hoogst uitzonderlijks, iets wat ik even onmogelijk had geacht als de plotselinge verschijning van koning Constantijn aan onze voordeur, verkleed als clown: één enkele traan, die in mijn moeders rechterooghoek opwelde.

*

‘Wat was het voor iemand?’ vraagt mamá.

‘Wie?’

‘Wie? Die Franse vrouw natuurlijk. De nicht van je huisbaas, die hoogleraar in Parijs.’

Ik breng de hoorn naar mijn andere oor. Het verbaast me dat ze zich dat herinnert. Mijn hele leven al heb ik het gevoel dat de woorden die ik tegen mamá spreek in het niets verdwijnen zonder zelfs maar gehoord te zijn, alsof er ruis tussen ons zit, een slechte verbinding. Soms, als ik haar vanuit Kabul bel, zoals nu, krijg ik de indruk dat ze de hoorn stilletjes heeft neergelegd en is weggelopen, dat ik in een intercontinentale leegte praat – al kan ik de aanwezigheid van mijn moeder voelen en haar ademhaling in mijn oor horen. Een andere keer vertel ik haar iets wat ik in het ziekenhuis heb gezien, een bloedende jongen die door zijn vader is binnengebracht bijvoorbeeld, met granaatscherven in zijn wangen, en met een volledig afgescheurd oor, weer een slachtoffer dat op het verkeerde tijdstip op de verkeerde dag in de verkeerde straat speelde, en dan hoor ik zonder enige waarschuwing vooraf een doffe dreun, en mamá’s stem die plotseling uit de verte klinkt, gedempt, in kracht toe- en afnemend, en de echo van voetstappen en van iets wat over de grond wordt gesleept, en ik verstom en wacht tot ze terugkomt, wat ze uiteindelijk doet, altijd een beetje buiten adem, waarna ze uitlegt: *Ik heb haar gezegd dat ik het prettig vond om te staan, ik heb het duidelijk gezegd, ik zei: Thalia, ik wil graag bij het raam staan en naar het water kijken als ik met Markos praat. Maar zij zegt: Daar word je moe van, Odie, je moet erbij gaan zitten. En dan begint ze met de fauteuil te slepen, dat grote leren geval dat ze vorig jaar voor me heeft gekocht, dat sleept ze helemaal naar het raam. Mijn god, ze is zo sterk. Jij kent die fauteuil natuurlijk niet. Nee, natuurlijk niet.* Ze zucht er spottend bij en vraagt mij om door te gaan met mijn verhaal, maar dan ben ik al te veel van mijn à propos gebracht. Het uiteindelijke effect is dat ik het gevoel heb dat ik een standje gekregen heb van haar, en nog erger: dat ik dat verdiend heb, dat ik schuldig ben aan onuitgesproken misstappen, aan overtredingen die me nooit officieel ten laste zijn gelegd. Zelfs als ik wel met mijn verhaal doorga, klinkt het alsof het zijn waarde heeft verloren. Het haalt het niet bij het drama van de fauteuil met Thalia.

'Hoe heette ze ook weer?' vraagt mamá nu. 'Pari, of zoiets?'

Ik heb mamá over Nabi verteld, die een goede vriend voor me was. Ze kent zijn leven alleen in grote lijnen. Ze weet dat hij het huis in Kabul heeft nagelaten aan zijn nichtje, Pari, die is opgegroeid in Frankrijk. Maar ik heb mamá niet verteld over Nila Wahdati, haar vlucht naar Frankrijk na de beroerte van haar man, de decennia dat Nabi voor Suleiman heeft gezorgd. Dat verhaal. Te veel parallellen die als een boemerang werken. Alsof je je eigen aanklacht leest.

'Pari. Ja. Ze was heel aardig,' zeg ik. 'En hartelijk. Zeker voor een academicus.'

'Wat was ze ook weer, chemicus?'

'Wiskundige,' zeg ik, terwijl ik de laptop sluit. Het is weer licht gaan sneeuwen, kleine vlokken die wervelend in het donker tegen mijn raam slaan.

Ik vertel mamá over het bezoek van Pari Wahdati in de late zomer van dit jaar. Ze was echt heel erg aardig. Vriendelijk, slank, grijs haar in een knotje, lange hals met een volle blauwe ader aan elke kant, een warme glimlach, uiteenstaande tanden. Ze leek een beetje broos, ouder dan haar leeftijd. Behoorlijk last van reuma. Vooral in haar knobbelige handen, waarmee ze nog wel dingen kon doen, maar dat duurt niet lang meer, en ze wist het. Ik moest aan mamá denken, en vroeg me af hoe lang *haar* leven nog zou duren.

Pari Wahdati bleef een week bij mij in het huis in Kabul. Ik heb haar er rondgeleid, meteen na haar aankomst uit Parijs. Ze had het huis voor het laatst gezien in 1955, en ze leek verrast door haar levendige herinnering eraan, de indeling, de twee traptreden tussen de woon- en de eetkamer bijvoorbeeld, waar ze halverwege de ochtend altijd in een strook zonlicht een boek zat te lezen. Het trof haar dat het huis veel kleiner was dan ze zich kon herinneren. Toen ik haar mee naar boven nam, wist ze nog waar haar slaapkamer was geweest, hoewel er nu een Duitse collega woont die voor het Wereldvoedselprogramma werkt. Ik herinner me dat ze even haar adem inhield toen ze de kleine kledingkast in de hoek van de slaapkamer herkende – een van de weinige overblijfselen uit haar jeugd; ik herinnerde me die uit de aantekening die Nabi me had gegeven vlak voor zijn dood. Ze ging op haar hurken zitten en liet haar vingers gaan over de afgebladderde gele verf, en over de verbleekte giraffen en apen met een lange staart op de deuren. Toen ze naar me opkeek, zag ik dat haar ogen vochtig waren en ze vroeg me, heel verlegen en verontschuldigend, of het mogelijk zou zijn die te laten verschepen naar Parijs. Zij bood aan om het vervoer te betalen. Het was het enige wat ze uit het huis wilde hebben. Ik zei haar dat het me een genoegen zou zijn dat voor haar te doen.

Afgezien van de kledingkast, die ik een paar dagen na haar vertrek heb laten verschepen, nam Pari Wahdati uiteindelijk bij haar vertrek naar Frankrijk niets anders mee dan de schetsboeken van Suleiman Wahdati, de brief van Nabi en een paar gedichten van haar moeder Nila, die Nabi had bewaard. Het enige wat ze verder van me vroeg tijdens haar verblijf, was of ik een autorit wilde regelen naar Shadbagh, zodat ze het dorp kon zien waar ze was geboren en waar ze haar halfbroer Iqbal hoopte terug te vinden.

'Ik neem aan dat ze het huis gaat verkopen,' zegt mamá, 'nu dat van haar is.'

'Ze heeft me gezegd dat ik er kon blijven wonen zolang ik wilde,' zeg ik.

'Zonder huur te betalen?'

'Ja.'

Ik kan bijna zien hoe mijn moeder haar lippen sceptisch

op elkaar perst. Ze is een eilandbewoner. Ze wantrouwt de motieven van alle vastelandbewoners en beziet hun ogenschijnlijk welwillende daden met achterdocht. Dat was een van de redenen waarom ik als jongen al wist dat ik Tinos zou verlaten zodra ik de kans kreeg. Ik werd altijd door een soort wanhoop overvallen, als ik mensen zo hoorde praten.

'Schiet het al op met de duiventil?' vraag ik, om van gespreksonderwerp te veranderen.

'Dat heb ik even moeten uitstellen. Ik was te uitgeput.'

Zes maanden geleden was mamá bij een neuroloog in Athene geweest; ik had erop aangedrongen dat ze naar hem toe ging nadat Thalia me vertelde dat mamá trilde en dat ze de hele tijd dingen uit haar handen liet vallen. Thalia heeft haar erheen gebracht. Sinds die tocht naar de neuroloog heeft mamá zich geen rust meer gegund. Dat weet ik uit de e-mails die Thalia me stuurt. Het huis verven, de waterleiding repareren, Thalia overhalen om haar te helpen boven een heel nieuw toilet te installeren, en zelfs gebarsten dakspanen vervangen, al had Thalia daar godzijdank een eind aan gemaakt. En nu de duiventil. Ik stel me mamá voor met opgerolde mouwen, een hamer in haar hand en zweetplekken op haar rug, terwijl ze op spijkers slaat en planken schuurt. Een race tegen haar eigen falende zenuwcellen. Ze wil er elke laatste bruikbare druppel uit wringen, nu het nog kan.

'Wanneer kom je naar huis?' zegt mamá.

'Snel,' zeg ik. 'Snel', dat zei ik ook een jaar geleden, toen ze dezelfde vraag stelde. Mijn laatste bezoek aan Tinos dateert van twee jaar geleden.

Even stilte. 'Wacht niet te lang. Ik wil je zien voor ik de ijzeren long in moet.' Ze lacht. Dat is een oude gewoonte van haar, dat soort grappen maken en de clown uithangen als ze met tegenspoed wordt geconfronteerd, die minachting van haar voor zelfs het minste vertoon van zelfmedelijden. Het heeft het paradoxale – en ook bedoelde, zo besef ik – effect dat het tegelijk het ongeluk verkleint en vergroot.

'Kom dan met Kerstmis, als je kunt,' zegt ze. 'In elk geval voor 4 januari. Thalia zegt dat er op die dag een zonsverduistering boven Griekenland is. Dat heeft ze op internet gelezen. Dan kunnen we er samen naar kijken.'

'Ik zal het proberen, mamá,' zeg ik.

*

Het was alsof je op een ochtend ontwaakte en tot de ontdekking kwam dat er een wild beest je huis binnengekomen was. Geen enkele plek voelde meer veilig aan. Ze was overal, ze sloop rond, ze waarde door het huis, altijd met haar zakdoek haar kin deppend om het kwijl te drogen dat voortdurend uit haar mond liep. De kleine afmetingen van ons huis maakten het onmogelijk haar te ontlopen. Ik verafschuwde vooral de maaltijden, als ik het schouwspel moest verdragen dat Thalia het onderste deel van het masker optilde om een lepel met voedsel in haar mond te krijgen. Mijn maag draaide zich om bij het zien en horen ervan. Ze at luidruchtig, stukjes half vermalen voedsel vielen steeds met een natte plets op haar bord of op de tafel of zelfs op de vloer. Ze moest alle vloeistof, zelfs soep, tot zich nemen via een rietje, waarvan haar moeder altijd een voorraad in haar tasje had. Ze slurpte en gorgelde als ze bouillon door het rietje opzoog, en het maakte altijd vlekken op haar masker en het druppelde langs haar kaak in haar nek. De eerste keer dat we samen aten wilde ik me verontschuldigen en weglopen, maar mamá keek me even heel streng aan, en ik oefende mezelf erin om mijn blik af te wenden en niet te luisteren, maar gemakkelijk was het niet. Vaak, wanneer ik de keuken in liep, zat ze daar heel stil, terwijl Madaline zalf op haar wang aanbracht om te voorkomen dat de huid zou gaan irriteren. Ik ging een agenda bijhouden, alsof ik in mijn geest de dagen aftelde van de vier weken die Madaline en Thalia volgens mamá zouden blijven.

Ik wou dat Madaline in haar eentje gekomen was. Ik mocht

Madaline heel graag. We zaten met ons vieren op het kleine vierkante stukje erf bij de voordeur, en zij nipte van haar koffie en rookte de ene sigaret na de andere, en over een deel van haar gezicht viel de schaduw van onze olijfboom en van een gele strohoed, die haar heel raar zou hebben gestaan als ze iemand anders was geweest, mamá bijvoorbeeld. Maar Madaline was een van die mensen bij wie elegantie een vanzelfsprekendheid leek, alsof het een aangeboren eigenschap was, net als de vaardigheid je tong om te krullen tot een koker. Bij Madaline viel er in een gesprek nooit een stilte; de verhalen rolden gewoon uit haar mond. Op een ochtend vertelde ze over haar reizen, naar Ankara bijvoorbeeld, waar ze langs de oever van de Enguri Su had gezworven en groene thee met raki had gedronken, of de keer dat zij en meneer Gianakos naar Kenia waren gegaan en op de rug van olifanten rondjes hadden gemaakt tussen doornige acacia's, en zelfs maïspuree en kokosnootrijst hadden gegeten met de plaatselijke bewoners.

Madalines verhalen rakelden een oude rusteloosheid in me op, een drang die ik altijd had gehad om op de bonnefooi de wereld in te trekken, onverschrokken. Mijn eigen leven in Tinos leek me verpletterend alledaags. Ik zag mijn leven voor me liggen als een eindeloos uitgestrekt niets, en ik ben in mijn jeugdjaren op Tinos altijd op zoek geweest, ik voelde me een stand-in van mezelf, een plaatsvervanger, alsof mijn echte zelf elders woonde en wachtte op de dag dat het verenigd zou worden met dat vagere, hollere deel van zichzelf. Ik voelde me een uitgestotene. Een balling in mijn eigen huis.

Madaline vertelde dat ze in Ankara naar een plek was geweest, Kuğulu Park, waar ze zwanen door het water had zien glijden. Ze zei dat het water oogverblindend was.

'Ik overdrijf altijd,' zei ze lachend.

'Welnee,' zei mamá.

'Dat doe ik altijd. Ik praat te veel. Heb ik altijd gedaan. Weet je nog hoeveel ellende we op school hebben gehad met al dat geklets van me? Het was nooit jouw schuld, Odie. Jij was zo degelijk en leergierig.'

'Je verhalen zijn interessant, je hebt zo'n interessant leven.'

Madaline rolde met haar ogen. 'Je kent de Chinese vervloeking: Moge je in interessante tijden leven.'

'Vond je Afrika leuk?' vroeg mamá aan Thalia.

Thalia drukte de zakdoek op haar wang en antwoordde niet. Ik was er blij om. Ze praatte heel raar. Haar spraak had iets vochtigs, een vreemde mengeling van slissen en gorgelen.

'O, Thalia houdt niet van reizen,' zei Madaline, terwijl ze haar sigaret uitdrukte. Ze zei het alsof het een onbetwistbare waarheid was. Ze keek niet naar Thalia om een bevestiging of een ontkenning te krijgen. 'Ze heeft er geen plezier in.'

'Nou, ik ook niet,' zei mamá tegen Thalia. 'Ik ben graag thuis. Ik heb nooit een dwingende reden gehad om Tinos te verlaten.'

'En ik niet om te blijven,' zei Madaline. 'Behalve jou dan, natuurlijk.' Ze raakte mamá's hand aan. 'Weet je waar ik het bangst voor was toen ik wegging? Wat mijn grootste zorg was? Hoe moet ik verder zonder Odie? Echt waar. Ik versteende al bij de gedachte.'

'Je lijkt je aardig gered te hebben,' zei mamá traag, terwijl ze haar blik afwendde van Thalia.

'Je begrijpt me niet,' zei Madaline, en ik besefte dat ik degene was die het niet begreep, omdat ze mij recht aankeek. 'Ik zou me er niet doorheen geslagen hebben zonder je moeder. Ze heeft me gered.'

'*Nu* overdrijf je pas,' zei mamá.

Thalia keek omhoog. Ze kneep haar ogen halfdicht. Een vliegtuig gaf in de blauwe hemel zijn route aan door middel van een lang rookspoor.

'Odie heeft mij van mijn vader verlost,' zei Madaline. Ik wist niet zeker of ze nog steeds tegen mij sprak. 'Hij was een van de mensen die bij hun geboorte al slecht zijn. Hij had uitpuilende ogen, en zo'n korte, dikke nek met een donkere moedervlek. En vuisten. Vuisten als bakstenen. Hij kwam thuis en hij hoefde niet eens iets te doen, alleen het geluid van die laarzen in de gang al, het gerinkel van zijn sleutels, zijn geneurie, dat was genoeg voor me. Als hij kwaad was, ademde hij altijd zwaar door zijn neus en kneep hij zijn ogen dicht, alsof hij diep in gedachten was, en dan wreef hij over zijn gezicht en zei: *Oké, meisje, oké*, en dan wist je dat het opkwam, de storm, het kwam op en je hield het niet meer tegen. Niemand kon je dan nog helpen. Soms zag ik al grauw als ik hem over zijn gezicht zag wrijven of de zware adem door zijn snor hoorde suizen.

Ik ben mannen als hij vaker tegengekomen. Ik wou dat het niet zo was. Maar het is wel zo. En wat ik geleerd heb is dat als je een beetje graaft ze allemaal hetzelfde zijn, min of meer. Er zijn er die wat beschaafder zijn, oké, ze leggen een beetje charme aan de dag – of veel – en dat kan je misleiden. Maar in werkelijkheid zijn het allemaal ongelukkige jongetjes die met hun eigen woede in hun maag zitten. Ze voelen zich verongelijkt. Ze zijn niet aan hun trekken gekomen. Niemand heeft genoeg van ze gehouden. Natuurlijk verwachten ze van je dat je van hen houdt. Ze willen vastgehouden worden, gewiegd, gerustgesteld, maar je begaat een vergissing als je hun dat geeft. Ze kunnen het niet aan. Ze kunnen juist datgene waaraan ze het meest behoefte hebben niet accepteren. En ten slotte haten ze je erom. En er komt nooit een eind aan, want ze kunnen je niet genoeg haten, er komt nooit een eind aan, aan de ellende, de excuses, de beloften, de ontkenning, de armzaligheid van dat alles. Mijn eerste man was zo.'

Ik was stomverbaasd. Niemand had zich ooit zo duidelijk uitgesproken in mijn aanwezigheid, en zeker mamá niet. Niemand die ik kende was zo openhartig over zijn tegenslag. Ik voelde me in verlegenheid gebracht door Madaline, en tegelijk bewonderde ik haar om haar eerlijkheid.

Toen ze haar eerste man noemde, merkte ik voor het eerst sinds ik haar had ontmoet dat er een schaduw over haar gezicht viel, een kortstondige aanduiding van iets duisters, iets martelends, iets krenkends, iets wat niet te rijmen viel met haar luide lach en haar geflirt en de ruimvallende, pompoenkleurige jurk die ze droeg. Ik herinner me dat ik toentertijd dacht dat ze wel een goede actrice moest zijn, omdat ze gekwetstheid en teleurstelling wist te camoufleren met een vernis van vrolijkheid. Net een masker, dacht ik, en ik was persoonlijk nogal tevreden met die intelligente verbinding.

Later, toen ik ouder was, was het niet meer zo helder voor me. Als ik eraan terugdenk, valt het me op dat er iets kunstmatigs zat in de manier waarop ze even pauzeerde toen ze haar eerste man noemde, het neerslaan van haar ogen, de hapering in haar keel, de lichte trilling van haar lippen, net zoals dat het geval was met haar enorme energie, en haar grappen, en de levendige, al te nadrukkelijke charme, zelfs de manier waarop haar blijken van minachting zachtjes landden aan de parachute van een geruststellende knipoog en een lach. Misschien waren ze beide geveinsd, en misschien ook niet. Het werd voor mij steeds onduidelijker wat toneel was en wat werkelijkheid – waardoor ze voor mij op zijn minst een eindeloos *interessantere* actrice werd.

'Hoe vaak ben ik wel niet naar dit huis gevlucht, Odie?' zei Madaline. Nu weer die glimlach, de aanzwellende lach. 'Die arme ouders van je. Maar dit huis was mijn toevlucht. Mijn heiligdom. Dat was het. Een eilandje op een groter eiland.'

Mamá zei: 'Je was hier altijd welkom.'

'Het was je moeder die een einde heeft gemaakt aan het slaan, Markos. Heeft ze je dat ooit verteld?'

Ik zei van nee.

'Verbaast me niets. Typisch Odelia Varvaris.'

Mamá rolde het puntje van haar schort op haar schoot terug en streek het weer glad, terwijl ze keek alsof ze dagdroomde.

'Op een avond kwam ik hier opnieuw. Mijn tong bloedde, er was een pluk haar bij mijn slaap weggerukt, mijn oor suisde nog na van een klap. Hij had me die keer flink met zijn tengels te pakken gehad. In wat voor toestand ik verkeerde! Wat voor toestand.' Uit de manier waarop Madaline dat zei zou je opmaken dat ze een overvloedige maaltijd beschreef, of een goede roman. 'Je moeder vraagt niets, want ze weet het al. Natuurlijk weet ze het al. Ze kijkt me alleen maar lang aan terwijl ik daar sta te trillen, en ze zegt, ik weet nog steeds, Odie, wat ze zei: *Nou is het wel genoeg geweest.* Ze zegt: *We zullen eens even een bezoekje brengen aan je pa, Maddie.* En ik begon te smeken. Ik was bang dat hij ons beiden zou vermoorden. Maar je weet hoe ze kan zijn, je moeder.'

Ik bevestigde dat, en mamá keek me even van opzij aan.

'Ze luisterde niet naar me. Ze had die blik in haar ogen. Je kent die blik vast wel. Ze loopt naar buiten, maar niet dan nadat ze het jachtgeweer van haar vader heeft gepakt. De hele weg naar mijn huis heb ik haar proberen te stoppen, ik zei haar dat hij me niet zo heel erg pijn had gedaan. Maar ze wilde niet luisteren. We liepen linea recta op de deur af en daar stond mijn vader, op de drempel, en Odie heft het geweer omhoog, duwt het tegen zijn kin en zegt: *Als je dat nog eens waagt, kom ik terug en schiet je met dit geweer dwars door je snufferd.*

Mijn vader knippert met zijn ogen en weet even niets te zeggen. Hij kan geen woord uitbrengen. En het mooiste moet nog komen, Markos. Ik kijk omlaag en ik zie een kringetje, een kringetje... nou ja, je kunt wel raden waarvan, een kringetje dat langzaam groter wordt, op de grond, tussen zijn blote voeten.'

Madaline streek haar haren naar achteren en zei toen de aansteker weer eens opvlamde: 'En dit is echt gebeurd, beste jongen.'

Dat laatste had ze niet hoeven te zeggen. Ik wist dat het echt gebeurd was. Ik herkende er mamá's gigantische vastberadenheid in, haar ongecompliceerde, enorme trouw. Haar impuls, haar behoefte om onrechtvaardigheid te corrigeren, als hoedster van de vertrapte kudde. En dat het echt gebeurd was, kon ik ook opmaken uit het binnensmondse gekreun van mamá bij het laatste detail. Ze keurde het af. Ze vond het waarschijnlijk smakeloos, en niet alleen wegens de voor de hand liggende reden. Naar haar mening verdienden mensen, zelfs als ze zich tijdens hun leven miserabel gedragen hadden, een minimum aan waardigheid als ze dood waren. Vooral familie.

Mamá ging verzitten op haar stoel en zei: 'Maar als je reizen niet leuk vindt, Thalia, wat vind je dan wel leuk?'

Alle ogen richtten zich op Thalia. Madaline had lang gesproken, en ik weet nog dat ik dacht, terwijl we daar op het erf zaten en het zonlicht vlekkerig om ons heen viel, dat het een bewijs was van haar vermogen om de aandacht op te eisen en iedereen mee te sleuren in haar verhaal dat niemand meer aan Thalia dacht. Ik sloot ook niet uit dat ze zich die dynamiek, waarbij de stille dochter in de schaduw werd gesteld door de alle aandacht naar zich toe trekkende, egocentrische moeder, uit noodzaak had eigen gemaakt; dat Madalines narcisme misschien dus wel voortkwam uit consideratie, uit moederlijke bescherming.

Thalia mompelde iets.

'Een beetje harder praten, schat,' suggereerde Madaline.

Thalia schraapte haar keel, een ratelend en slijmerig geluid. 'Wetenschap.'

Ik zag nu voor het eerst de kleur van haar ogen, groen als weidegras, de diepe, donkere kleur van haar dikke haar, en bemerkte dat ze dezelfde smetteloze huid had als haar moeder. Ik vroeg me af of ze ooit mooi was geweest, misschien zelfs prachtig, net als Madaline.

'Vertel ze eens over de zonnewijzer, schat,' zei Madaline.

Thalia haalde haar schouders op.

'Ze heeft zelf een zonnewijzer gemaakt,' zei Madaline. 'In onze achtertuin. Vorig jaar. Zonder enige hulp. Niet van Andreas, en zeker niet van mij.' Ze grinnikte luid.

'Een equatoriale of een horizontale?' vroeg mamá.

Er was even iets als verbazing in Thalia's ogen. Alsof ze het niet goed had gehoord. Zoals iemand die in een buitenlandse stad door een drukke straat loopt en plotseling vlakbij iets in haar eigen taal hoort. 'Horizontaal,' zei ze met die vreemde vochtige stem van haar.

'Wat heb je als gnomon gebruikt?'

Thalia's ogen bleven op mamá gericht. 'Ik heb een ansichtkaart verknipt.'

Het was de eerste keer dat ik zag hoe het kon gaan, tussen hen beiden.

'Toen ze klein was haalde ze haar speelgoed uit elkaar,' zei Madaline. 'Ze hield van mechanisch speelgoed, dingen die vanbinnen een mechaniek hebben. Ze speelde er niet mee, toch, schat? Nee, ze maakte het kapot, al dat dure speelgoed, ze maakte het open zodra we het haar gegeven hadden. Ik raakte dan altijd in alle staten. Maar Andreas, dat moet ik hem nageven, Andreas zei dat ik haar met rust moest laten, dat het een teken was van haar nieuwsgierigheid.'

'Als je wilt kunnen we er samen een maken, een zonnewijzer, bedoel ik,' zei mamá.

'Ik weet al hoe dat moet.'

'Gedraag je even, schat,' zei Madaline, die eerst een been strekte en het toen boog, alsof ze aan een dansfiguur wilde beginnen. 'Tante Odie wil je helpen.'

'Misschien iets anders?' zei mamá. 'We kunnen ook iets anders maken.'

'O! O!' pufte Madaline, terwijl ze gehaast rook uitblies. 'Ongelooflijk dat ik je dit nog niet heb verteld, Odie. Ik heb nieuws. Raad eens.'

Mamá haalde haar schouders op.

'Ik ga weer acteren! In een film! Ik heb een rol aangeboden gekregen, de hoofdrol in een grote productie. Ongelooflijk, hè?'

‘Gefeliciteerd,’ zei mamá vlak.

‘Ik heb het script bij me. Ik laat het je lezen, Odie, maar ik vrees dat je het niet leuk vindt. Is dat erg? Ik zou het verschrikkelijk vinden, dat kan ik je wel zeggen. Ik zou er niet overheen komen. We beginnen in de herfst met de opnamen.’

*

De volgende ochtend na het ontbijt nam mamá me terzijde. ‘Oké, zeg het maar. Wat is er met je aan de hand?’

Ik zei dat ik niet wist waar ze het over had.

‘Hou ermee op, met die stomme vertoning. Die past niet bij je,’ zei ze. Ze kon altijd haar ogen op een bepaalde manier dichtknijpen, waarbij ze haar hoofd een tikkeltje ophief. Tot op de dag van vandaag doet me dat nog steeds iets.

‘Dat kan ik niet, mamá. Dwing me niet.’

‘En waarom dan niet?’

Het kwam eruit voor ik er erg in had: ‘Ze is een monster.’

Mamá kneep haar lippen op elkaar. Ze keek me niet boos aan, maar wel mismoedig, alsof ik al het levenssap uit haar had gezogen. Er zat iets fatalistisch in die blik. Berusting. Als een beeldhouwer die op het laatst beitel en hamer maar opbergt en niet verder wil werken aan een weerspannig brok steen dat nooit de vorm aan zal nemen die hij zich had voorgesteld.

‘Ze is iemand met wie iets verschrikkelijks is gebeurd. Waag het niet haar nog eens zo te noemen. Moet je eens kijken wat er dan gebeurt.’

Een poosje later wandelden Thalia en ik over een stenen paadje tussen twee muren. Ik zorgde ervoor een paar meter voor haar uit te lopen, zodat voorbijgangers – of, wat God verhoede, een van de jongens van mijn school – niet zouden denken dat we bij elkaar hoorden, wat ze natuurlijk toch zouden doen. Iedereen kon het zien. Ik hoopte dat de afstand tussen ons in ieder geval een signaal zou zijn van mijn ongenoegen en weerzin. Tot mijn opluchting deed ze geen poging om me bij te benen. We passeerden gebruinde, vermoeid ogende boeren die van de markt kwamen. Hun ezels sjokten voort met rieten manden vol onverkochte waar op hun rug, waarbij hun hoeven klepperende geluiden maakten op het voetpad. Ik kende de meesten van die boeren, maar ik hield mijn hoofd omlaag en wendde mijn blik af.

Ik bracht Thalia naar het strand. Ik koos een rotsachtig stuk strand, waarvan ik wist dat het er niet zo druk was als sommige van de andere stranden, zoals Agios Romanos. Ik rolde mijn broekspijpen op en sprong van de ene hoekige rots op de ander en koos er een uit vlak bij een plek waar de golven stuksloegen en zich terugtrokken. Ik trok mijn schoenen uit en zette mijn voeten in een ondiepe poel die zich tussen een paar rotsen had gevormd. Een heremietkreeft dribbelde haastig bij mijn tenen weg. Ik zag hoe Thalia rechts van mij ging zitten, op een rots dichtbij.

We zaten er een hele tijd zonder iets te zeggen en zagen de zee op de rotsen beuken. Er woei een frisse wind om mijn oren, die de geur van zout op mijn gezicht achterliet.

Een pelikaan hing met gespreide vleugels boven het groenblauwe water. Twee dames, die hun rok hoog hadden opgetrokken, stonden naast elkaar tot aan hun knieën in het water. Naar het westen had ik uitzicht op het eiland, het overheersende wit van de huizen en windmolens, de groene gerstvelden, de lichtbruine bergen waarvandaan elk jaar water omlaagstroomde. Mijn vader is in een van die bergen gestorven. Hij werkte in een marmergroeve en op een dag – toen mamá zes maanden in verwachting was van mij – gleed hij van een steile rots en viel dertig meter de diepte in. Mamá zei dat hij vergeten had zijn klimgordel om te doen.

'Je moet ermee ophouden,' zei Thalia.

Ik gooide steentjes in een oude zinken emmer en schrok. Ik miste. 'Wat heb jij daarmee te maken?'

'Ik bedoel dat je niet zo'n hoge dunk van jezelf moet hebben. Ik wil dit net zomin als jij.'

De wind waaide haar haren op, en ze hield het masker tegen haar gezicht gedrukt. Ik vroeg me af of ze dagelijks leefde met de angst dat een windvlaag het van haar gezicht zou rukken en zij erachteraan zou moeten, terwijl iedereen dan haar gezicht kon zien. Ik zei niets. Ik gooide weer een steentje en miste opnieuw.

'Je bent een lul,' zei ze.

Even later stond ze op en ik deed alsof ik bleef. Ik keek over mijn schouder, zag haar naar het strand lopen en toen terug naar de weg, dus deed ik mijn schoenen weer aan en volgde haar naar huis.

Toen we thuiskwamen stond mamá in de keuken okra fijn te hakken, en Madaline zat vlak bij haar, ze verzorgde haar nagels en rookte, ze tikte de as af op een schoteltje. Ik kromp van schrik ineen toen ik zag dat het schoteltje onderdeel was van het porseleinen servies dat mamá van haar oma had geërfd. Het was het enig werkelijk waardevolle dat mamá bezat, dat porseleinen servies, en ze pakte het bijna nooit van de hoge plank vlak onder het plafond, waar ze het bewaarde.

Madaline blies op haar nagels, nam intussen trekjes van haar sigaret en praatte over Pattakos, Papadopoulos en Makarezos, de drie kolonels die eerder dat jaar in Athene een militaire coup hadden gepleegd – de 'generaalscoup', zoals die toen bekendstond. Ze zei dat ze een toneelschrijver kende, 'een lieve, lieve man', zoals ze hem omschreef, die was gearresteerd omdat hij ervan werd beschuldigd een subversieve communist te zijn.

'Belachelijk, natuurlijk! Gewoon belachelijk. Weet je wat die lui van de ESA doen met mensen om ze aan de praat te krijgen?' Dit zei ze zachtjes, alsof de militaire politie zich ergens in het huis verborgen hield. 'Ze steken een slang in je achterste en draaien dan de kraan helemaal open. Echt waar, Odie. Ik zweer het. Ze dopen kleren in de smerigste dingen, uitwerpselen, begrijp je, en die stoppen ze dan bij mensen in de mond.'

'Afschuwelijk,' zei mamá vlak.

Ik vroeg me af of ze al genoeg had van Madaline. De stroom luidruchtige politieke meningen, de verhalen over feestjes waar Madaline met haar man was geweest, de dichters en intellectuelen en musici met wie ze champagne had gedronken, de lijst nodeloze en onzinnige uitstapjes naar buitenlandse steden. Ze pakte breed uit met haar visie op kernrampen en overbevolking en milieuvervuiling. Mamá maakte het Madaline naar de zin door met een blik van ironische verbijstering haar verhalen aan te horen, maar ik wist dat ze niet aardig over haar dacht. Ze vond waarschijnlijk dat Madaline te hoog van de toren blies. Ze voelde zich waarschijnlijk bij haar niet op haar gemak.

Dat is wat er wringt, wat mamá's vriendelijkheid, haar steun en haar moedige handelingen bederft: het schuldgevoel dat ze in de schaduw stelt. De eisen en de verplichtingen waarmee ze je opzadelt. De manier waarop ze haar handelingen gebruikt als valuta die ze inruilt voor loyaliteit en trouw. Ik begrijp nu wel waarom Madaline jaren geleden was vertrokken. Het touw dat je uit het stromende water trekt, kan ook een strop om je nek worden. Mensen stelden mamá uiteindelijk altijd teleur, zoals ook ik dat deed. Ze kunnen niet vereffenen wat ze haar schuldig zijn, niet op de manier die mamá van hen verwacht. Mamá's troostprijs is het grimmige genoegen dat ze de overhand heeft, dat ze vrij is om te oordelen vanuit haar hoge, strategisch voordelige positie, aangezien zij altijd degene is wie onrecht is aangedaan.

Het stemt me treurig, om wat het onthult over mamá's eigen noden, over haar vrees, over haar angst voor de eenzaamheid, haar angst vast te lopen en in de steek gelaten te worden. En wat zegt het over mij dat ik dat over mijn moeder weet, dat ik precies weet wat ze nodig heeft, en haar toch opzettelijk en consequent heb genegeerd en ervoor heb gezorgd dat we zijn gescheiden door een oceaan, een continent, en liefst beide, bijna drie decennia lang?

'Ze hebben geen gevoel voor ironie, die junta,' zei Madaline. 'Ze vernietigen mensen. In Griekenland! De geboortegrond van de democratie... Ah, daar zijn jullie. Hoe was het? Wat hebben jullie tweeën gedaan?'

'We hebben op het strand gespeeld,' zei Thalia.

'Was het leuk? Heb je het leuk gehad?'

'We hebben ons kostelijk vermaakt,' zei Thalia.

Mamá's ogen schoten sceptisch heen en weer tussen Thalia en mij, maar Madaline straalde en applaudisseerde stil. 'Mooi! Nu ik me over jullie geen zorgen meer hoef te maken, kunnen Odie en ik samen wat tijd doorbrengen. Wat jij, Odie? We moeten nog zoveel inhalen!'

Mamá glimlachte dapper en pakte een kool.

*

Vanaf dat moment werden Thalia en ik aan ons lot overgelaten. We werden geacht het eiland te verkennen en spelletjes te spelen op het strand, en ons te amuseren zoals van kinderen wordt verwacht. Mamá maakte een sandwich klaar voor ieder van ons en na het ontbijt vertrokken we.

Eenmaal uit zicht scheidden onze wegen zich vaak. Ik ging in zee zwemmen of lag met ontbloot bovenlijf op een rots, terwijl Thalia schelpen ging zoeken of in het water van de ene rots op de andere sprong, wat gevaarlijk was omdat de golven hoog waren. We wandelden over voetpaden, de stoffige weggetjes die zich door wijngaarden en gerstvelden slingerden, en we waren in onze eigen gedachten verzonken en keken omlaag naar onze eigen schaduw. Meestal zwierven we wat rond. In die dagen kwamen er nog maar weinig toeristen naar Tinos. Het was eigenlijk een boereneiland, waar de mensen leefden van hun koeien en geiten en olijfbomen en graan. Na een tijdje verveelden we ons, verorberden stilletjes onze lunch in de schaduw van een boom of een windmolen, en keken tussen twee hapjes door naar de ravijnen, de velden met doornige struiken, de bergen, de zee.

Op een dag dwaalde ik af naar de stad. Wij woonden aan de zuidwestelijke kust van het eiland, en Tinos-Stad was maar een paar kilometer lopen naar het zuiden. Er was daar een rommelwinkeltje, gerund door een weduwnaar met een grof gezicht, meneer Roussos. Je kon er in de etalage altijd van alles en nog wat vinden, van een typemachine uit de jaren veertig tot een paar leren werklaarzen, of een koperen gorilla, windvaantjes, een oude plantenstandaard, enorme waskaarsen, kruisen, en natuurlijk kopieën van de icoon in de Panagia Evangelistria-kerk. Hij was ook amateurfotograaf en beschikte over een provisorische donkere kamer achter in de winkel. Als de pelgrims in augustus naar Tinos kwamen voor de icoon, verkocht meneer Roussos filmrolletjes aan hen en hij ontwikkelde hun foto's tegen betaling in zijn donkere kamer.

Een maand eerder had ik een fototoestel in zijn etalage gezien dat op een oud, roestkleurig etui stond. Om de paar dagen slenterde ik naar de winkel, staarde naar het toestel en stelde me voor hoe ik, met de riem van het etui over mijn schouder gehangen, foto's nam van de rijstvelden en theeplantages in India, die ik in *National Geographic* had gezien. Ik zou de Inca Trail fotograferen. Op de rug van een kameel, te voet of in een van stof vergeven truck zou ik de hitte trotseren tot ik vanaf de voet omhoog zou kunnen kijken naar de Sfinx en de piramides, en ik zou er foto's van maken die gepubliceerd werden in fraai ogende glossy's. Dat was het wat me die ochtend naar de winkel van meneer Roussos dreef – al was de winkel die dag gesloten – om daar te staan dagdromen, met mijn voorhoofd tegen het glas gedrukt.

'Wat voor toestel is het?'

Ik deed een stap terug en zag de weerspiegeling van Thalia in het raam. Ze bette haar linkerwang met haar zakdoek.

'Dat fototoestel.'

Ik haalde mijn schouders op.

'Het lijkt een C3 Argus,' zei ze.

'Hoe weet jij dat nou?'

'Het is de laatste dertig jaar de best verkochte 35 mm ter wereld,' zei ze een beetje afkeurend. 'Geen mooi ding om te zien. Lelijk. Het lijkt wel een baksteen. Dus jij wilt fotograaf worden? Als je groot bent? Je moeder zegt van wel.'

'Mamá heeft je dat verteld?' Ik draaide me om.

'Is dat erg dan?'

Ik haalde mijn schouders op. Ik vond het niet leuk dat mamá hierover met Thalia had gesproken. Ze kon soms op een honend ernstige manier praten over dingen die zij onnozel of verwaand vond. Ze kon je ambities onder je eigen ogen belachelijk maken. *Markos wil de wereld over om die te vangen in zijn lens.*

Thalia zat op de stoep en trok haar rok over haar knieën. Het was een hete dag, de zon beet in je huid alsof hij tanden had. Er was amper iemand op de been, behalve een ouder echtpaar dat koppig voortsjokte. De man, Demis nog-iets, droeg een grijze platte pet en een bruin tweedjasje, dat niet bij het weer paste. Hij had een starre, verbaasde blik op zijn gezicht, herinner ik me, zoals sommige oude mensen hebben, alsof ze permanent in een shock verkeren door de afschuwelijke verrassing van de ouderdom – pas jaren later, tijdens mijn studie geneeskunde, ging ik vermoeden dat hij parkinson had. Ze zwaaiden toen ze ons passeerden, en ik zwaaide terug. Ik zag hen naar Thalia kijken, even de pas inhouden en toen doorlopen.

'Heb jij een fototoestel?' vroeg Thalia.

'Nee.'

'Heb je ooit weleens een foto gemaakt?'

'Nee.'

'En dan wil je fotograaf worden.'

'Vind je dat raar?'

'Wel een beetje.'

'Dus als ik zou zeggen dat ik politieman wil worden, zou je dat ook raar vinden. Want ik heb nog nooit iemand in de boeien geslagen.'

Doordat haar ogen iets zachts kregen, wist ik zeker dat ze zou hebben geglimlacht als ze dat had gekund. 'Je bent een slim baasje,' zei ze. 'Even een goede raad. Begin niet over dat fototoestel als mijn moeder erbij is, anders koopt ze het voor je. Ze doet iemand heel graag een plezier.' De zakdoek ging weer naar haar wang, en terug. 'Maar ik betwijfel of Odelia het goed zou keuren. Ik denk dat je dat intussen wel weet.'

Ik was tegelijk onder de indruk en lichtelijk in de war van wat ze allemaal in zo korte tijd had opgepikt. Misschien lag het wel aan dat masker, dacht ik, het voordeel van de bedekking, de vrijheid om alert te zijn, te observeren en nauwkeurig te kijken.

'Ze zou het je waarschijnlijk terug laten geven.'

Ik zuchtte. Dat was waar. Mamá stond niet toe dat ik zo makkelijk tevreden werd gesteld, en zeker niet als er geld in het spel was.

Thalia stond op en sloeg het stof van de achterkant van haar rok. 'Even een vraagje. Heb jij een doos thuis?'

❋

Madaline zat met mamá in de keuken wijn te drinken, en Thalia en ik waren boven in de weer met zwarte markeerstiften op een schoenendoos. De schoenendoos was van Madaline en er zat een nieuw paar limoenkleurige leren pumps met hoge hakken in, nog in zijdepapier.

'Waar was ze van plan *die* te gaan dragen?' zei ik.

Ik kon Madaline beneden horen praten over een toneelcursus die ze ooit eens had gevolgd, waar haar leraar haar had gevraagd bij wijze van oefening te doen alsof ze een hagedis was die roerloos op een steen zat. Er volgde een uitbarsting van vrolijk gelach, uit haar eigen mond.

We legden de laatste hand aan de tweede deklaag, en Thalia zei dat we nog een derde laag moesten aanbrengen om er zeker van te zijn dat we geen enkel plekje hadden gemist. Het zwart moest overal gelijkmatig zijn aangebracht.

'Dat is alles,' zei ze, 'een fototoestel is een zwarte doos met een gat erin om het licht door te laten en iets om het licht te absorberen. Geef me die naald eens.'

Ik reikte haar een naainaald van mamá aan. Ik was sceptisch over de mogelijkheid dat dit zelfgemaakte fototoestel iets zou kunnen, om het voorzichtig te zeggen – een schoenendoos en een naald? Maar Thalia was met zo veel overtuiging en zelfvertrouwen aan de slag gegaan dat ik er rekening mee moest houden dat het haar weleens zou kunnen lukken. Ze was in staat me te laten denken dat ze meer wist dan ik.

'Ik heb wat berekeningen zitten maken,' zei ze, terwijl ze de naald voorzichtig in de doos stak. 'Zonder een lens kunnen we het gaatje niet op het kleine vlak krijgen, de doos is te lang. Maar de breedte is net goed. Het belangrijkste is om het gaatje net groot genoeg te maken, ik denk 0,6 mm ongeveer. Zo. Nu hebben we een sluiter nodig.'

Beneden was Madalines stem gezakt tot een laag en aanhoudend gemompel. Ik kon niet horen wat ze zei, maar ik wist wel dat ze langzamer praatte dan eerder, goed articulerend, en ik stelde me voor hoe ze vooroverleunde met haar ellebogen op haar knieën en oogcontact zocht zonder met haar ogen te knipperen. In de loop van de jaren heb ik die toon heel goed leren kennen. Als mensen zo praten, zijn ze waarschijnlijk een of andere ramp aan het onthullen of aan het bekennen of aan het bezweren. Het is de Ongevalleninformatiedienst van het ministerie van Defensie die aan de deur klopt, of het zijn advocaten die bij hun cliënt de positieve punten van een regeling met de officier van justitie aanprijzen, echtgenoten die hun vrouw voorliegen, politieagenten om drie uur 's nachts. Hoe vaak heb ik zelf die manier van praten wel niet gebruikt, hier in ziekenhuizen in Kabul? Hoe vaak heb ik hele families niet naar een rustige kamer gebracht en hen gevraagd te gaan zitten, terwijl ik een stoel bijtrok en als een berg opzag tegen het gesprek dat moest volgen, en al mijn wilskracht bij elkaar schraapte om hun het nieuws op die toon te vertellen?

'Ze heeft het over Andreas,' zei Thalia op vlakke toon. 'Dat weet ik zeker. Ze hebben een fikse ruzie gehad. Geef me de plakband en de schaar eens aan.'

'Wat is het voor iemand? Behalve een rijk man, bedoel ik?'

'Wie, Andreas? Hij is oké. Hij reist veel. Als hij thuis is, zijn er altijd mensen. Belangrijke mensen, ministers, generaals, dat soort. Ze zitten bij het haardvuur te drinken en praten de hele avond, meestal over zaken en politiek. Ik kan ze op mijn kamer horen. Als Andreas bezoek heeft, moet ik boven blijven. Ik mag niet naar beneden. Maar hij koopt dingen voor me. Hij betaalt een privéleraar die me thuis lesgeeft. En hij praat erg aardig met me.'

Ze plakte een rechthoekig stuk karton, dat we ook zwart hadden geverfd, over het gaatje.

Het was nu rustig beneden. Ik stelde me de scène voor die zich daar afspeelde. Madaline die geluidloos zat te snikken en afwezig aan een zakdoek friemelde, alsof het een brok speelklei was, mamá die niet veel steun gaf en met een afgeknepen glimlachje toekeek, alsof er iets zuurs onder haar tong lag. Mamá kan het niet verdragen als mensen in haar aanwezigheid huilen. Ze kan nauwelijks kijken naar hun opgezwollen ogen, hun smekende, open gezichten. Huilen beschouwt ze als een teken van zwakte, een opzichtige manier om de aandacht te trekken, en ze komt er niet aan tegemoet. Anderen troosten, dat kan ze niet opbrengen. Toen ik opgroeide, leerde ik dat het niet een van haar sterkste punten was. Verdriet behoort privé te zijn, denkt ze, niet iets waarmee je te koop loopt. Toen ik klein was, vroeg ik of ze gehuild had toen mijn vader bij zijn val de dood had gevonden.

Op de begrafenis, bedoel ik, bij het graf.

Nee.

Was je niet verdrietig dan?

Niemand heeft iets met mijn verdriet te maken.

Zou je huilen als ik dood zou gaan, mamá?

Laten we maar hopen dat we daar nooit achter hoeven te komen, zei ze.

Thalia pakte de doos met fotopapier en zei: 'Neem het flitslicht mee.'

We gingen mamá's kledingkast in, sloten de deur goed af en legden handdoeken onder bij de kier om al het daglicht buiten te sluiten. Toen we in het pikkedonker zaten, vroeg Thalia me om het flitslicht aan te doen, dat we hadden afgedekt met een aantal lagen rood cellofaanpapier. Alles wat ik van Thalia zag in de vage rode gloed waren haar slanke vingers toen ze een stuk fotopapier afknipte en aan de binnenkant van de doos plakte, aan de wand tegenover het gaatje. We hadden dat papier een dag eerder gekocht bij meneer Roussos. Toen we naar de toonbank liepen, staarde meneer Roussos Thalia over zijn bril aan en zei: *Is dit een roofoverval?* Thalia wees met haar wijsvinger naar hem en deed alsof ze met haar duim de haan van een revolver spande.

Thalia deed het deksel op de schoenendoos en bedekte het gaatje met de sluiter. In het donker zei ze: 'Morgen ga je de eerste foto uit je carrière maken.' Ik wist niet of ze het als grap bedoelde.

*

We kozen voor het strand. We zetten de schoenendoos op een platte rots en bonden hem er met een touw stevig aan vast – Thalia zei dat we ons helemaal niet mochten bewegen als de sluiter eenmaal geopend was. Ze kwam naast me staan en keek even over de doos heen, alsof ze door een zoeker keek.

'Een prachtige opname,' zei ze.

'Bijna. We hebben nog iemand nodig die we kunnen fotograferen.'

Ze keek me aan, zag wat ik bedoelde en zei: 'Nee, ik niet.'

We kibbelden er wat over, en ten slotte ging ze akkoord, maar op voorwaarde dat haar gezicht niet zichtbaar was. Ze deed haar schoenen uit en liep over een paar rotsen tot op enkele meters van het fototoestel, waarbij ze met haar armen balanceerde als een koorddanser. Ze ging op een van de rotsen zitten en keek naar het westen, in de richting van Syros en Kynthos. Ze schudde haar hoofd, zodat haar haren over de riempjes op haar achterhoofd vielen die het masker op hun plaats hielden. Ze keek me over haar schouders aan.

'Denk eraan,' riep ze. 'Tot honderdtwintig tellen.'

Ze draaide zich weer naar de zee toe.

Ik boog me voorover en tuurde over de doos naar Thalia's rug, de rotsen om haar heen, de zeewierstengels die er als dode slangen tussen verstrikt zaten, een kleine sleepboot in de verte, het rijzende getij, dat op de rotsige kust sloeg en zich terugtrok. Ik haalde de sluiter weg van het gaatje. En begon te tellen.

Eén. Twee. Drie. Vier. Vijf.

We liggen in bed. Op het televisiescherm duelleren twee accordeonspelers, maar Gianna heeft het geluid afgezet. Het middagzonlicht sijpelt door de jaloezieën, valt in strepen op de restanten van een pizza margherita, die we als lunch hebben besteld bij de roomservice. De pizza werd gebracht door een grote, magere man met onberispelijk strak naar achteren gekamd haar, een wit jasje en een zwarte stropdas. Op het tafeltje dat hij de kamer in reed, stond een hoog glas met een rode roos erin. Hij haalde met een elegante beweging de ronde deksel van de pizza en maakte een zwierig gebaar met zijn hand, als een goochelaar naar zijn publiek als het konijn eenmaal uit de hoge hoed is getoverd.

Om ons heen, op de verkreukelde lakens, liggen de foto's die ik Gianna heb laten zien, foto's van mijn reizen in de laatste anderhalf jaar. Belfast, Montevideo, Tanger, Marseille, Lima, Teheran. Ik toon haar foto's van de commune waarvan ik korte tijd deel had uitgemaakt in Kopenhagen, waar ik samenleefde met Deense beatniks die gescheurde T-shirts en petten droegen en op een vroegere militaire basis een autonome gemeenschap hadden gesticht.

Waar ben jij dan? vraagt Gianna. *Je staat niet op de foto.*

Ik sta liever achter de lens, zeg ik. Dat is conform de waarheid. Ik heb honderden foto's genomen waar ik niet op te zien ben. Ik bestel altijd twee afdrukken van elke foto als ik een filmrolletje laat ontwikkelen. Ik houd een afdruk voor mezelf en stuur de andere naar Thalia.

Gianna vraagt hoe ik mijn reizen bekostig en ik leg uit dat ik ze betaal met geld uit een erfenis. Dat is de halve waarheid, omdat de erfenis van Thalia is, niet van mij. Anders dan Madaline, die om voor de hand liggende redenen geen enkele keer in het testament van Andreas was genoemd, was Thalia dat wel. Ze gaf me de helft van het geld. Ik word geacht met het geld een universitaire studie te volgen.

Acht. Negen. Tien.

Gianna hangt op het bed over me heen, op haar ellebogen, haar kleine borsten strijken over mijn huid. Ze pakt haar sigaretten en steekt er een op. Ik heb haar de dag tevoren ontmoet op de Piazza di Spagna. Ik zat op de stenen trappen die het plein beneden verbinden met de kerk op de heuvel. Ze beklom de trappen en zei iets tegen mij in het Italiaans. Ze leek een van de vele mooie meisjes die ik schijnbaar doelloos had zien ronddwalen in de kerken en op de pleinen van Rome. Ze rookten, praatten luid en lachten veel. Ik schudde mijn hoofd en zei: *Sorry*. Ze glimlachte, zuchtte en zei toen in een Engels met zwaar accent: *Aansteker? Sigaret*. Ik schudde mijn hoofd en zei in mijn eigen Engels, ook met zwaar accent, dat ik niet rookte. Ze glimlachte. Ze had heldere, levendige ogen. De late ochtendzon zorgde voor een nimbus om haar ruitvormige gezicht.

Ik doezel even weg en word wakker doordat ze me in mijn zij port.

La tua ragazza? zegt ze. Ze heeft de foto van Thalia op het strand gevonden, de foto die ik jaren eerder had genomen met ons zelfgemaakte fototoestel. *Je vriendin?*

Nee, zeg ik.

Je zus?

Nee.

La tua cugina? Je nicht, si?

Ik schud mijn hoofd.

Ze kijkt heel goed naar de foto, terwijl ze snel achterelkaar aan haar sigaret trekt. *Nee*, zegt ze scherp, tot mijn verrassing, zelfs boos. *Questa è la tua ragazza! Je vriendin. Ik denk dat je een leugenaar bent!* En ongelooflijk genoeg knipt ze haar aansteker aan en houdt ze de foto boven de vlam.

Veertien. Vijftien. Zestien. Zeventien.

Ongeveer halverwege onze terugtocht naar de bushalte besef ik dat ik de foto kwijt ben. Ik vertel ze dat ik terug moet. Er is geen keuze. Ik moet terug. Alfonso, een grimmige, gesloten *huaso*, die achter ons loopt als onze officieuze Chileense gids, kijkt vragend naar Gary. Gary is een Amerikaan. Hij is de leider van ons trio. Hij heeft vuil blond haar en acnelittekens op zijn wangen. Zijn gezicht draagt de sporen van een hard bestaan. Gary is in een slechte bui, die nog verergerd wordt door zijn honger, de afwezigheid van alcohol, en de lelijke schaafwond op zijn rechterkuit die hij een dag eerder heeft opgelopen toen hij langs een *litre*-struik schuurde. Ik had hen beiden ontmoet in een drukke bar in Santiago, waar Alfonso na zo'n vijf rondjes *piscola's* het idee had geopperd om een voettocht te maken naar de watervallen van Saltos de Apoquindo, waar zijn vader hem altijd mee naartoe had genomen toen hij nog een jongetje was. We hadden de tocht de volgende dag ondernomen en de nacht doorgebracht bij de waterval. We hadden drugs gerookt, terwijl het water in onze oren brulde en er een weidse hemel vol sterren boven ons stond. We sjokten nu terug naar San Carlos de Apoquindo om daar de bus te nemen.

Gary schuift zijn leren hoed naar achteren en veegt zijn voorhoofd af met een zakdoek. *Dan moet je drie uur teruglopen, Markos*, zegt hij.

¿Tres horas, hágale comprende? echoot Alfonso.

Weet ik.

En toch wil je dat?

Ja.

¿Para una foto? zegt Alfonso.

Ik knik. Ik blijf rustig omdat ze het toch niet zouden begrijpen. Ik weet niet eens of ik het zelf wel begrijp.

Je gaat vast en zeker verdwalen, zegt Gary.

Waarschijnlijk.

Dan maar veel succes, amigo, zegt Gary, en hij geeft me een hand.

Es un griego loco, zegt Alfonso.

Ik lach. Het is niet de eerste keer dat ik voor gekke Griek word uitgemaakt. We geven elkaar de hand. Gary doet de riemen van zijn rugzak goed en de twee vervolgen hun weg over de plooien van de berg; Gary zwaait nog eenmaal zonder om te kijken, vlak voor ze om een haarspeldbocht verdwijnen. Ik loop de weg terug die we gekomen zijn. Het kost me in werkelijkheid vier uur, omdat ik inderdaad verdwaal, zoals Gary al had voorspeld. Ik ben uitgeput tegen de tijd dat ik aankom op de plek waar we hebben gekampeerd. Ik zoek overal, schop tegen de takken van struiken, kijk tussen de rotsen, en raak steeds meer in paniek als ik almaar niets vind. En net op het moment dat ik alle hoop heb opgegeven, ontdek ik iets wits in een groepje struiken op een kleine helling. De foto is vast komen te zitten in de wirwar van doornige takken. Ik ruk hem los en veeg het stof eraf, terwijl mijn ogen zich vullen met tranen van opluchting.

Drieëntwintig. Vierentwintig. Vijfentwintig.

In Caracas slaap ik onder een brug. In Brussel in een jeugdherberg. Soms veroorloof ik me een uitspatting en huur een kamer in een mooi hotel, neem lange warme douches, scheer me en geniet van een maaltijd, gekleed in kamerjas. Ik kijk kleurentelevisie. De steden, de straten, de landschappen, de mensen die ik ontmoet, ze beginnen allemaal te vervagen. Ik vertel mezelf dat ik naar iets zoek. Maar ik krijg steeds meer het gevoel dat ik maar wat ronddool en intussen wacht tot er iets met mij zal gebeuren, iets wat alles zal veranderen, iets waar mijn hele leven naartoe leidt.

Vierendertig. Vijfendertig. Zesendertig.

Mijn vierde dag in India. Ik strompel over een vuile weg, om me heen zwerft allerlei vee, de aarde onder me kantelt voortdurend. Ik heb de hele dag al lopen overgeven. Mijn huid is geel als een sari en ik heb het gevoel dat onzichtbare handen me rauw villen. Als ik niet meer tot lopen in staat ben, ga ik aan de kant van de weg liggen. Een oude man aan de overkant van de straat roert iets in een grote ijzeren pot. Naast hem staat een kooi met daarin een papegaai met blauwe en rode veren. Een donkergekleurde verkoper loopt langs me heen, hij duwt een kar vol lege groene flessen voort. Dat is het laatste wat ik me herinner.

Eenenveertig. Tweeënveertig.

Ik word wakker in een grote kamer. De lucht is zwaar van de hitte en van iets wat naar een rottende meloen ruikt. Ik lig in een ijzeren tweepersoonsbed, waarvan de harde, veringloze bodem verzacht wordt door een matras dat niet dikker is dan een paperback. De kamer staat vol met bedden als het mijne. Ik zie uitgemergelde armen over de zijkanten hangen, donkere, graatmagere benen die uit vuile lakens steken, open monden met slechte gebitten. Niet functionerende ventilatoren aan het plafond. Muren die her en der vol schimmel zitten. Door het raam naast me komt een warme, broeierige lucht binnen, en zonlicht dat pijn aan de ogen doet. De verpleger, een potige, norse moslim die Gul heet, zegt tegen me dat ik weleens zou kunnen doodgaan aan hepatitis.

Vijfenvijftig. Zesenvijftig. Zevenenvijftig.

Ik vraag om mijn rugzak. *Wat voor rugzak*, zegt Gul onverschillig. Al mijn spullen zijn weg, mijn kleren, mijn geld, mijn boeken, mijn fototoestel. *Dat is alles wat de dief heeft achtergelaten*, zegt Gul in zijn rollende Engels, en hij wijst naar de vensterbank. Het is de foto. Ik pak hem. Thalia, haar haren wapperend in de wind, het water dat om haar heen schuimt, haar blote voeten op de rots, de klotsende Egeïsche Zee voor haar. Er komt een brok in mijn keel. Ik wil hier niet doodgaan, tussen deze vreemdelingen, zo ver van haar vandaan. Ik schuif de foto in een kier tussen het glas en het kozijn.

Zesenzestig. Zevenenzestig. Achtenzestig.

De jongen in het bed naast mij heeft het gezicht van een oude man, afgetobd, ingevallen, doorgroefd. Zijn onderbuik is opgezwollen door een tumor zo groot als een bowlingbal. Als een verpleger hem daar aanraakt, knijpt hij zijn ogen dicht en ontsnapt er een zacht en pijnlijk gekreun aan zijn mond. Vanochtend probeert een van de verplegers, niet Gul, hem pillen te laten slikken, maar de jongen wendt telkens zijn hoofd af, waarbij zijn keel een geluid maakt alsof er op hout gekrast wordt. Uiteindelijk wrikt de verpleger zijn mond open en duwt de pillen naar binnen. Als hij weggaat, draait de jongen zijn hoofd langzaam naar mij toe. We kijken elkaar aan over de leegte tussen onze bedden heen. Er rolt een traan over zijn wang.

Vijfenzeventig. Zesenzeventig. Zevenenzeventig.

Het lijden, de wanhoop hier, is als een golf. Het rolt uit elk bed aan, slaat tegen de beschimmelde muren en stort zich weer op je. Je kunt erin verzuipen. Ik slaap heel veel. Als ik het niet doe, lig ik me de hele tijd te krabben. Ik slik de pillen die ze me geven, en val opnieuw in slaap. Voor de rest kijk ik naar beneden, naar de jachtige straat buiten de slaapzaal, naar het zonlicht dat over de overdekte bazaars en de theebarretjes glijdt. Ik kijk naar de knikkerende jongens op de stoep, die geleidelijk overgaat in een modderige greppel, de oude vrouwen die in hun deur zitten, de straatverkopers in *dhoti's*, hurkend op hun matjes, die kokosnoten afschrapen en slingers van gele bloemen aan de man brengen. Aan de andere kant van de kamer gilt iemand hartverscheurend.

Drieëntachtig. Vierentachtig. Vijfentachtig.

De jongen heet Manaar. Dat betekent: Leidster. Zijn moeder was prostituee, zijn vader dief. Hij woonde bij zijn oom en tante, die hem sloegen. Niemand weet precies waaraan hij aan het sterven is, alleen dat hij dat doet. Niemand komt bij hem op bezoek, en als hij sterft, binnen een week, een maand, hoogstens twee maanden, zal niemand hem komen ophalen. Niemand zal om hem treuren. Niemand zal zich hem herinneren. Hij zal sterven waar hij heeft geleefd, in de scheuren en barsten van het bestaan. Als hij slaapt, kijk ik soms onwillekeurig naar hem, naar zijn holle slapen, het hoofd dat te groot is voor zijn schouders, het verkleurde litteken op zijn onderlip, waar de pooier van zijn moeder volgens Gul zijn sigaret altijd uitdrukte. Ik probeer met hem in het Engels te praten, daarna met de weinige Urduwoorden die ik ken, maar hij knippert alleen vermoeid met zijn ogen. Soms maak ik met mijn handen schaduwdieren op de muur om hem te laten glimlachen.

Zevenentachtig. Achtentachtig. Negenentachtig.

Op een dag wijst Manaar naar iets buiten het raam. Ik volg zijn vinger, hef mijn hoofd, maar ik zie alleen het stukje blauwe hemel tussen de wolken, kinderen die beneden met water spelen dat uit een straatpomp stroomt, een bus die uitlaatgassen braakt. Dan besef ik dat hij naar de foto van Thalia wijst. Ik pak de foto van de vensterbank en geef die aan hem. Hij pakt hem bij het verbrande hoekje vast en houdt hem vlak voor zijn gezicht, en hij staart er lang naar. Ik vraag me af of het de zee is die hem aantrekt. Ik vraag me af of hij ooit zout water heeft geproefd, of duizelig geworden is op het moment dat hij het water zich rond zijn voeten zag terugtrekken. Of misschien voelt hij, hoewel hij haar gezicht niet kan zien, verwantschap met Thalia, iemand die weet hoe pijn voelt. Hij geeft me de foto terug. Ik schud mijn hoofd. *Hou maar bij je*, zeg ik. Er trekt een vleugje wantrouwen over zijn gezicht. Ik glimlach. En ik weet het niet zeker, maar hij lijkt terug te glimlachen.

Tweeënnegentig. Drieënnegentig. Vierennegentig.

Ik kom de hepatitis te boven. Vreemd, maar ik zou niet kunnen zeggen of Gul blij of teleurgesteld is over het feit dat ik zijn ongelijk bewezen heb. Maar ik weet wel dat ik hem compleet verras als ik vraag of ik kan blijven, als vrijwilliger. Hij heft zijn hoofd en fronst zijn voorhoofd. Het slot van het liedje is dat ik met een van de hoofdverplegers moet praten.

Zevenennegentig. Achtennegentig. Negenennegentig.

De doucheruimte stinkt naar urine en zwavel. Elke ochtend loop ik er met het naakte lichaam van Manaar in mijn armen naartoe, ervoor zorgend dat het niet te schokkerig gaat – ik had eerder gezien hoe een van de verplegers hem erheen droeg, over zijn schouder, alsof hij een zak rijst was. Ik laat hem zachtjes op de bank zakken en wacht tot hij op adem gekomen is. Ik spoel zijn kleine, broze lichaam af met warm water. Manaar zit er altijd rustig bij, geduldig met de handen op zijn knieën en zijn hoofd op zijn borst. Hij is als een bange, stakerige oude man. Ik laat de spons met zeep over zijn ribbenkast gaan, de knobbels van zijn ruggengraat, zijn schouderbladen, die als haaienvinnen uitsteken. Ik draag hem terug naar zijn bed en geef hem zijn pillen. Hij vindt het lekker als zijn voeten en kuiten gemasseerd worden, dus dat doe ik voor hem en ik neem er de tijd voor. Als hij slaapt, ligt de foto van Thalia altijd half verborgen onder zijn kussen.

Honderdéén. Honderdtwee. Honderddrie.

Ik maak lange en doelloze wandelingen door de stad, al was het alleen maar om weg te zijn uit het ziekenhuis, weg van de collectieve ademhaling van zieken en stervenden. In een stoffige zonsondergang loop ik door straten met aan weerszijden muren vol graffiti, kom langs stalletjes met een tinnen dak, die dicht tegen elkaar aan staan, passeer kleine meisjes die manden vol mest op hun hoofd dragen, zwart beroete vrouwen die vodden koken in enorme aluminium vaten. Ik denk veel aan Manaar terwijl ik door een labyrint van smalle steegjes meander, Manaar die op zijn dood ligt te wachten in die kamer vol kapotte mensen zoals hij. Ik denk veel aan Thalia, die op een rots zit en naar de zee kijkt. Ik voel diep vanbinnen iets wat aan me trekt en rukt, als een onderstroom. Ik wil eraan toegeven, erdoor meegesleurd worden. Ik wil de spanning die ik voel kwijt, ik wil wegglijden uit wie ik ben, zoals een slang zijn oude huid afwerpt.

Ik zeg niet dat Manaar alles veranderd heeft. Dat is niet zo. Ik dool nog een jaar over de aarde voordat ik, aan een bureau in een hoek van een bibliotheek in Athene, een inschrijfformulier van de medische faculteit invul. Tussen Manaar en het inschrijfformulier liggen onder andere de twee weken die ik in Damascus heb doorgebracht, waar ik praktisch geen andere herinnering aan heb dan de grijnzende gezichten van twee vrouwen met zwaar opgemaakte ogen en ieder een gouden tand. Of de drie maanden in Caïro, in de kelder van een bouwvallig pand, gerund door een huisbaas die verslaafd is aan hasjiesj en in een vorig leven tandarts is geweest. Ik maak Thalia's geld op aan busritten op IJsland en het volgen van een punkband in München. In 1977 breek ik een elleboog in Bilbao, tijdens een demonstratie tegen atoomwapens.

Maar op stille momenten, tijdens lange ritten achter in een bus of op de laadbak van een truck, gaan mijn gedachten altijd terug naar Manaar. Als ik aan hem denk, aan zijn lijden tijdens zijn laatste dagen, en aan mijn eigen hulpeloosheid toen, lijkt alles wat ik heb gedaan en alles wat ik nog wil doen even onbeduidend als de kleine dingen die je jezelf belooft bij het slapengaan en die je al vergeten bent als je wakker wordt.

Honderdnegentien. Honderdtwintig.
Ik laat de sluiter zakken.

*

Op een avond aan het eind van die zomer hoorde ik dat Madaline naar Athene vertrok en Thalia bij ons achterliet, althans voor een tijdje.

'Voor een paar weken maar,' zei ze.

We zaten met ons vieren te eten, een bord wittebonensoep die mamá en Madaline samen hadden gemaakt. Ik keek even snel naar Thalia aan de andere kant van de tafel, om te zien of ik de enige was die door Madalines mededeling werd overvallen. Dat leek wel zo. Thalia lepelde rustig haar soep naar binnen, bij elke hap tilde ze haar masker een beetje op. In die dagen hielden haar spraak en haar manier van eten me niet meer bezig, althans niet méér dan wanneer ik een bejaarde met een slecht zittend kunstgebit zag eten, zoals mamá jaren later deed.

Madaline zei dat ze Thalia zou laten overkomen als haar film klaar was, iets wat volgens haar ruim voor Kerstmis het geval moest zijn.

'Trouwens, ik haal jullie allemaal naar Athene,' zei ze, met de gebruikelijk lach op haar gezicht. 'En we gaan samen naar de première! Dat zou toch prachtig zijn, Markos? Wij met ons vieren, mooi uitgedost, terwijl we in stijl de bioscoop binnen schrijden.'

Ik bevestigde dat, hoewel ik de nodige moeite had me mamá in een avondjapon voor te stellen, of wat dan ook binnen schrijdend.

Madaline legde uit hoe alles op zijn pootjes terecht zou komen, hoe Thalia haar studie kon hervatten zodra de school over een paar weken de deuren weer zou openen, thuis uiteraard, bij mamá. Ze zei dat ze ons kaarten zou sturen, en brieven, en foto's van de filmopnamen. Ze zei nog meer, maar er drong niet veel tot me door. Ik voelde een enorme opluchting en een onmiskenbare duizeling. Ik had opgezien tegen het eind van de zomer, het was als een knoop in mijn buik die vaster kwam te zitten met elke dag die er verstreek, en ik hardde me tegen het naderende afscheid. Ik werd nu elke ochtend wakker met het verlangen om Thalia aan de ontbijttafel te zien en het bizarre geluid van haar stem te horen. We aten amper voor we naar buiten gingen om in bomen te klimmen of elkaar achterna te zitten op de gerstvelden, we worstelden ons door de halmen heen en slaakten oorlogskreten, terwijl de hagedissen voor onze voeten wegvluchtten. We verstopten zogenaamde schatten in grotten en vonden op het eiland plekken met de beste en luidste echo's. We namen met ons zelfgemaakte fototoestel foto's van windmolens en duiventillen en brachten ze naar meneer Roussos, die ze voor ons ontwikkelde. We mochten zelfs zijn donkere kamer zien en hij leerde ons allerlei dingen over ontwikkelaars, fixers en stopbaden.

De avond van Madalines aankondiging dronken mamá en zij een fles wijn leeg in de keuken, waarbij Madaline het meeste dronk, terwijl Thalia en ik boven een spelletje *tavli* zaten te spelen. Thalia had de *mana*-positie en had de helft van haar schijven al op haar bord weten te krijgen.

'Zij heeft een minnaar,' zei Thalia, terwijl ze de dobbelsteen gooide.

Ik schrok op. 'Wie?'

'Wie, zegt hij. Wie denk je?'

Ik had in de loop van de zomer geleerd om Thalia's gezichtsuitdrukkingen via haar ogen te interpreteren, en ze keek me nu aan alsof ik aan het strand stond en vroeg waar het water was. Ik probeerde me snel te herstellen. 'Ik weet wie,' zei ik met rode konen. 'Ik bedoel wie is dan de... je weet wat ik bedoel.' Ik was twaalf. Mijn vocabulaire bevatte geen woorden als 'minnaar'.

'Kun je dat niet raden dan? De regisseur.'

'Dat wilde ik net zeggen.'

'Elias. Wat een type. Hij pommadeert zijn haar, alsof we nog in de jaren twintig leven. Hij heeft ook zo'n dun snorretje. Ik denk dat hij gelooft dat hij er dan vlot uitziet. Hij is lachwekkend. Natuurlijk denkt hij dat hij een geweldige artiest is. Dat denkt moeder ook. Je zou haar eens in zijn buurt moeten zien, een en al schuchterheid en onderdanigheid, alsof zij voor hem moet buigen en hem in alles zijn zin moet geven vanwege zijn genie. Ik begrijp niet dat ze het zelf niet doorheeft.'

'Gaat tante Madaline met hem trouwen?'

Thalia haalde haar schouders op. 'Ze heeft een heel slechte smaak als het om mannen gaat. Verschrikkelijk slecht.' Ze schudde de dobbelsteen in haar handen en leek haar woorden te willen herroepen. 'Behalve in het geval van Andreas, denk ik. Hij is aardig. Aardig genoeg. Maar ze laat hem natuurlijk in de steek. Ze valt altijd voor schoften.'

'Je bedoelt zoals je vader.'

Ze fronste haar voorhoofd enigszins. 'Mijn vader was een vreemdeling die ze toevallig ontmoette toen ze op weg was naar Amsterdam. Op een treinstation, tijdens een storm. Ze zijn één middag samen geweest. Ik heb geen idee wie hij is. En zij ook niet.'

'O. Ik herinner me dat ze iets over haar eerste man zei. Ze zei dat hij dronk. Dat dacht ik.'

'Nou, dat zal Dorian geweest zijn,' zei Thalia. 'Nog zo'n type.' Ze haalde weer een schijf naar zich toe. 'Hij sloeg haar altijd. Hij kon aardig en prettig zijn en dan ineens woest worden. Net als het weer, dat in een mum van tijd omslaat. Zo was hij. Hij dronk bijna de hele dag en hing maar een beetje in huis rond. Als hij dronk, werd hij vergeetachtig. Hij liet bijvoorbeeld de kraan aanstaan en dan stroomde het hele huis onder. Ik weet nog dat hij ooit vergeten was het fornuis uit te zetten en het had niet veel gescheeld of alles was afgebrand.'

Ze maakte een torentje met wat fiches. Rustig zette ze het goed recht.

'Het enige waar Dorian echt dol op was, was Apollo. Alle kinderen in de buurt waren bang voor hem, voor Apollo, bedoel ik. En bijna niemand had hem zelfs maar gezien, ze hadden alleen zijn geblaf gehoord. Dat was al genoeg. Dorian hield hem achter in de tuin aan de ketting. En gaf hem grote plakken lamsvlees.'

Meer vertelde Thalia niet. Maar het was gemakkelijk genoeg voor mij om de rest erbij te bedenken. Dorian ging dood, de hond werd vergeten en zwierf in de tuin rond. Een open deur.

'Hoe oud was je toen?' vroeg ik zachtjes.

'Vijf.'

Toen stelde ik de vraag die al vanaf het begin van de zomer in mijn hoofd rondspookte. 'Is er niet iets wat... Ik bedoel, kunnen ze niet...'

Thalia keek plotseling een andere kant op. 'Vraag dat alsjeblieft niet,' zei ze moeizaam, met iets van wat ik dacht dat veel pijn was. 'Ik heb er schoon genoeg van.'

'Sorry,' zei ik.

'Ik zal het je ooit weleens vertellen.'

En dat deed ze, later. De mislukte operatie; de rampzalige wondinfectie na de operatie, die septisch bleek, tastte haar nieren en haar lever flink aan en vrat zich door het nieuwe chirurgisch aangebrachte weefsel heen en dwong de chirurgen niet alleen om het weefsel te verwijderen, maar nog meer van wat er van haar linkerwang en haar kaakbeen was overgebleven. Door de complicaties moest ze bijna drie maanden in het ziekenhuis blijven. Ze was bijna doodgegaan. Ze had dood moeten gaan. Daarna mochten ze van haar niet meer aan haar zitten.

'Thalia,' zei ik. 'Het spijt me ook wat er gebeurde toen we elkaar ontmoetten.'

Ze richtte haar ogen op mij. De oude, speelse glans was

terug. 'Dat is je geraden ook. Maar ik wist het, nog voor je brakend op de vloer zakte.'

'Wat wist je?'

'Dat je een lul was.'

*

Madaline vertrok twee dagen voor de school begon. Ze droeg een botergele jurk zonder mouwen, die strak om haar slanke lichaam zat, een donkere zonnebril met een hoornen montuur, en een stevig vastgeknoopte witte zijden sjaal om haar haren op hun plaats te houden. Ze had zich gekleed alsof ze bezorgd was dat er delen van haar lichaam zouden kunnen afvallen – alsof ze letterlijk zichzelf bij elkaar hield. In de haven van Tinos, waar de veerboot lag, omhelsde ze ons allemaal. Thalia hield ze het innigst en het langst vast, ze drukte haar lippen op de kruin van Thalia's hoofd in een lange, onafgebroken kus. Ze deed haar zonnebril niet af.

'Knuffel mij ook eens,' hoorde ik haar fluisteren.

Thalia gehoorzaamde houterig.

Toen de veerboot begon te grommen en stampend vertrok, waarbij hij een spoor van kolkend water achterliet, had ik verwacht dat Madaline op de achterplecht zou staan en naar ons zou zwaaien en kushandjes onze kant uit zou blazen. Maar ze liep meteen naar de boeg en ging daar zitten. Ze keek niet meer naar ons.

Toen we thuiskwamen, vroeg mamá ons te gaan zitten. Ze ging voor ons staan en zei: 'Thalia, ik wil dat je weet dat je dat ding in dit huis niet meer hoeft te dragen. Niet wat mij betreft. En niet wat hem betreft. Doe het alleen als het jou uitkomt. Verder heb ik er niets aan toe te voegen.'

Op dat moment drong opeens in volle duidelijkheid iets tot me door wat mamá allang had gezien. Dat Thalia het masker droeg omwille van Madaline. Om *haar* gêne en schaamte te besparen.

Een hele tijd bleef Thalia roerloos zitten, zonder iets te zeggen. Toen gingen haar handen langzaam omhoog en maakte ze de riemen op haar achterhoofd los. Ze liet het masker zakken. Ik keek haar recht in het gezicht. Instinctmatig voelde ik de behoefte terug te deinzen, zoals je doet bij een onverwacht, enorm kabaal. Maar ik deed het niet. Ik bleef naar haar kijken. En ik zorgde ervoor niet met mijn ogen te knipperen.

Mamá zei dat ze me thuis les zou geven tot Madaline terugkwam, dan hoefde Thalia niet alleen in huis te blijven. Ze gaf ons 's avonds na het eten les en droeg ons huiswerk op dat we de volgende ochtend, als zij naar school ging, moesten maken. Dat klonk redelijk, althans in theorie.

Maar studeren, vooral als mamá er niet was, bleek bijna onmogelijk. Het nieuws over Thalia's mismaaktheid had zich over het eiland verspreid, en er bleven maar nieuwsgierige mensen op de deur kloppen. Je zou denken dat het eiland plotseling zonder meel zat, of knoflook, of zelfs zout, en dat ons huis de enige plek was waar je het nog kon krijgen. Ze deden amper moeite hun bedoeling te verbergen. Bij de deur keken ze over mijn schouder altijd meteen naar binnen. Ze rekten hun halzen en stonden op hun tenen. De meesten van hen waren zelfs geen buren. Ze hadden kilometers gelopen om een kopje suiker. Ik liet ze uiteraard nooit binnen. Het gaf me een zekere voldoening de deur voor hun neus dicht te slaan. Maar ik voelde me ook somber en ontmoedigd, en ik werd me ervan bewust dat mijn leven, als ik op het eiland zou blijven, te veel door die mensen zou worden beheerst. Uiteindelijk zou ik net zo worden als zij.

De kinderen waren het ergst, en verreweg het brutaalst. Ik zag er elke dag wel een rondhangen en tegen onze muur op klauteren. Als wij zaten te werken, tikte Thalia me dan met haar potlood op mijn schouder en tipte haar kin aan, en dan draaide ik me om en zag een gezicht achter het glas, en soms meer dan een. Het werd zo erg dat we naar boven moesten gaan en alle gordijnen sluiten. Op een dag maakte ik de deur open voor een jongen die ik van school kende, Petros, en drie van zijn vrienden. Hij bood me een handjevol munten aan om even te mogen gluren. Ik zei: Nee, waar denk je wel niet dat je bent, in een circus?

Ten slotte moest ik het wel vertellen aan mamá. Toen ze het hoorde, kwam er een dieprode blos op haar wangen. Ze knarsetandde.

De volgende ochtend lagen onze boeken en twee boterhammen klaar op tafel. Thalia begreep het eerder dan ik, en ze kromp in elkaar als een blad. Haar protesten begonnen toen het tijd was om te gaan.

'Nee, tante Odie.'

'Geef me een hand.'

'Nee. Alstublieft.'

'Kom op. Geef me je hand.'

'Ik wil niet.'

'We komen anders te laat.'

'Niet doen, tante Odie.'

Mamá trok Thalia met haar handen van de stoel, boog voorover en keek haar aan met een blik die ik maar al te goed kende. Niets ter wereld kon haar nu afbrengen van wat ze wilde. 'Thalia,' zei ze, terwijl ze erin slaagde zowel zacht als ferm te klinken, 'ik schaam me niet voor je.'

We gingen met ons drieën op weg, mamá met samengeperste lippen, lopend alsof ze moest optorsen tegen een harde wind, ze zette ongebruikelijk kleine, snelle stappen. Ik stelde me voor hoe mamá op dezelfde vastberaden manier met het geweer in de hand naar het huis van Madalines vader was gelopen, vele jaren eerder.

Mensen bleven staan gapen en naar lucht happen, toen wij in een fiks tempo over de kronkelige voetpaden liepen. Sommigen wezen met hun vinger. Ik probeerde niet te kijken. Vanuit mijn ooghoeken zag ik een schimmige massa bleke gezichten en open monden.

Op het schoolplein weken kinderen uiteen om ons door te laten. Ik hoorde een paar meisjes gillen. Mamá schoot tussen hen door als een bowlingbal tussen de kegels, Thalia met zich meesleurend. Ze baande zich een weg naar een hoek van het plein waar een bank stond. Ze klom op de bank, hielp Thalia erop en blies toen driemaal op haar fluitje. Er viel een diepe stilte over het plein.

'Dit is Thalia Gianakos,' riep mamá. 'Vanaf vandaag...' Ze pauzeerde even. 'Iets naroepen is van nu af aan afgelopen, anders zal ik jullie leren. Vanaf vandaag is Thalia leerling op deze school. Ik verwacht van ieder van jullie dat je haar fatsoenlijk en beleefd behandelt. Als ik hoor dat er de spot met haar wordt gedreven, zal ik je vinden en zul je ervan lusten. Jullie kennen me. Verder heb ik er niets aan toe te voegen.'

Ze kwam van de bank af en liep met Thalia aan haar hand de school binnen.

Vanaf die dag heeft Thalia het masker nooit meer gedragen, noch thuis noch in het openbaar.

*

Dat jaar kregen we een paar weken voor Kerstmis een brief van Madaline. De opnames waren onverwacht uitgelopen. Eerst was de regisseur van een verhoging gevallen en had zijn arm op drie plaatsen gebroken. En daarna was het slechte weer spelbreker geweest bij opnamen op locatie.

We lopen dus achter op het schema, zoals dat heet. Dat is niet echt heel erg, want het geeft ons de tijd om wat plooien in het script glad te strijken, maar het betekent wel dat we elkaar niet zo snel zullen zien als ik had gehoopt. Ik vind het vreselijk, lieverds. Ik mis jullie allemaal heel erg, vooral mijn lieve Thalia. Ik tel de dagen tot later deze lente, als de opnamen voorbij zijn en wij weer bij elkaar zullen zijn. Ik draag jullie elke minuut van de dag alle drie in mijn hart mee.

'Ze komt niet meer terug,' zei Thalia op vlakke toon, terwijl ze de brief teruggaf aan mamá.

'Natuurlijk wel!' zei ik stomverbaasd. Ik draaide me om naar mamá en verwachtte dat zij ook iets zou zeggen, op zijn minst iets opbeurends. Maar mamá vouwde de brief op en zette snel water op voor koffie, en ik weet nog dat ik dacht hoe onattent het van haar was niet iets troostends tegen Thalia te zeggen, zelfs als ze het met haar eens was dat Madaline niet zou terugkomen. Maar ik wist toen nog niet dat ze elkaar al heel goed begrepen, misschien beter dan ik hen begreep. Mamá respecteerde Thalia te veel om haar te vertroetelen. Ze wilde Thalia niet beledigen door haar valse beloften te doen.

De lente kwam met al haar overvloedige groen, en ging over in de zomer. We kregen van Madaline een briefkaart en iets wat op een inderhaast geschreven brief leek, waarin ze ons ervan op de hoogte bracht dat er meer problemen op de set waren, die ditmaal te maken hadden met financiers die vanwege alle vertragingen dreigden hun geld terug te eisen. Anders dan in haar vorige brief, gaf ze ditmaal niet aan wanneer ze terug zou komen.

Op een warme middag vroeg in de zomer – het moet 1968 zijn geweest – gingen Thalia en ik naar het strand met een meisje dat Dori heette. Thalia woonde al een jaar bij ons op Tinos, en haar verminking was geen aanleiding meer tot gefluister en lange, starende blikken. Er werd nog wel, en dat zou altijd zo blijven, nieuwsgierig naar haar gekeken, maar zelfs dat werd minder. Ze had nu haar eigen vriendinnen – onder wie Dori – die niet meer schrokken van haar verschijning, vriendinnen met wie ze tussen de middag at, roddelde, na school speelde en leerde. Wonderlijk genoeg was ze bijna gewoon geworden, en ik moest met een zekere bewondering toegeven dat de eilanders haar als een van hen hadden geaccepteerd.

Die middag wilden we met ons drieën gaan zwemmen,

maar het water was nog te koud en we gingen op de rotsen wat liggen luieren. Toen Thalia en ik thuiskwamen, troffen we mamá in de keuken aan, ze was wortelen aan het schillen. Op de tafel lag een ongeopende brief.

'Die is van je stiefvader,' zei mamá.

Thalia pakte de brief en ging naar boven. Het duurde een hele poos voor ze naar beneden kwam. Ze legde het vel papier op tafel, ging zitten en pakte een mes en een wortel.

'Hij wil dat ik naar huis kom.'

'O,' zei mamá. Ik meende enige onrust in haar stem te horen.

'Dat wil zeggen, niet naar huis. Hij zegt dat hij contact heeft opgenomen met een particuliere school in Engeland. Ik kan er in het najaar naartoe. Hij betaalt, zegt hij.'

'En tante Madaline?' vroeg ik

'Zij is vertrokken. Met Elias. Ze zijn ervandoor gegaan.'

'En de film dan?'

Mamá en Thalia wisselden een blik en keken toen allebei naar mij, en ik zag wat zij al heel lang wisten.

*

Op een ochtend in 2002, meer dan dertig jaar later, als ik me erop voorbereid van Athene naar Kabul te verhuizen, stuit ik in de krant op een in memoriam over Madaline. Haar achternaam is nu Kouris, maar ik herken in het gezicht van de oude vrouw een vertrouwde, alerte glimlach. Het tekstje eronder vertelt dat ze vroeger korte tijd actrice was geweest, voordat ze aan het begin van de jaren tachtig een eigen toneelgezelschap oprichtte. Haar gezelschap had lof geoogst voor diverse producties, vooral voor *Long Day's Journey into Night* van Eugene O'Neill, in het midden van de jaren negentig, *De meeuw* van Anton Tsjechov en *Engagement* van Dimitrios Mpogris. In het in memoriam staat te lezen dat ze in Atheense kunstkringen bekendstond om haar geestigheid, haar liefdadigheidswerk, haar gevoel voor stijl, haar exuberante feestjes en haar bereidheid om onbekende, beginnende toneelschrijvers een kans te geven. Het artikel vermeldt dat ze is overleden na een lange strijd tegen longemfyseem, maar maakt geen gewag van echtgenoot of kinderen. Wat me ook verbijstert, is de mededeling dat ze ruim twee decennia lang in Athene heeft gewoond, in een woning amper zes straten van mijn huis in Kolonaki vandaan.

Ik leg de krant neer. Tot mijn verbazing voel ik een lichte ergernis ten aanzien van deze dode vrouw die ik ruim dertig jaar niet heb gezien. Een opwelling van verzet, nu ik lees hoe het haar in het leven is vergaan. Ik had altijd gedacht dat ze een tumultueus en onvoorspelbaar leven leidde, moeilijke jaren vol tegenspoed, grillen en buien, inzinkingen, spijt en wanhopige, onbezonnen liefdesaffaires. Ik had me altijd voorgesteld dat ze zichzelf te gronde had gericht, dat ze zich waarschijnlijk al snel dood had gedronken, iets wat mensen altijd 'tragisch' noemen. Iets in mij had zelfs geloofd dat Madaline het zelf had geweten en dat ze daarom Thalia naar Tinos had gebracht, om haar te ontzien en haar de rampen te besparen waaraan ze haar dochter anders onvermijdelijk zou blootstellen. Maar nu stel ik me Madaline voor zoals mamá het altijd moet hebben gedaan, Madaline, de kille, strategische cartograaf, die rustig de plattegrond van haar toekomst zit uit te tekenen en haar dochter, die haar tot last is, er rigoureus uit verbant. En ze was geslaagd, op een opzienbarende manier, althans volgens dat in memoriam en het korte verslag van een stijlvol leven, rijk aan succes, goedheid en eerbetoon en goede daden.

Ik kan het niet accepteren. Het succes, waarmee ze wegkomt. Het is pervers. Waar is de tol gebleven, waar haar verdiende loon?

En toch begint er twijfel aan me te knagen als ik de krant opvouw. Een vaag gevoel dat ik Madaline te hard ben gevallen, dat wij eigenlijk niet zoveel verschilden, zij en ik.

Hadden we niet beiden gehunkerd naar ontsnapping, naar een herontdekking van onszelf, naar een nieuwe identiteit? Hadden wij beiden onszelf uiteindelijk niet bevrijd door de ankers waaraan we vastzaten, los te snijden? Ik lach mezelf erom uit, zeg bij mezelf dat we helemaal niet op elkaar lijken, zelfs al vermoed ik dat de boosheid die ik jegens haar voel misschien wel een masker is om mijn jaloezie te verbergen, omdat ze misschien in dat alles beter geslaagd is dan ik.

Ik gooi de krant weg. Als Thalia het te weten komt, dan in elk geval niet van mij.

❋

Mamá schoof de schillen van de wortels met een mes van de tafel in een schaal. Ze verafschuwde het als mensen voedsel verspilden. Van de schillen maakte zij altijd jam.

'Je staat voor een belangrijke beslissing, Thalia,' zei ze.

Thalia verbaasde me door zich naar me toe te draaien en te vragen: 'Wat zou jij doen, Markos?'

'O, ik weet wel wat *hij* zou doen,' zei mamá snel.

'Ik zou gaan,' antwoordde ik, ik keek mamá aan en vond er voldoening in de opstandige zoon te spelen die mamá in mij zag. Natuurlijk meende ik het ook nog. Ik kon me niet voorstellen dat Thalia ook maar even zou twijfelen. Ik had de kans meteen met beide handen aangegrepen. Een particuliere school. In Londen.

'Je moet er goed over nadenken,' zei mamá.

'Dat heb ik al gedaan,' zei Thalia aarzelend. Toen hief ze haar ogen op naar mamá en zei nog aarzelender: 'Maar ik wil het aanbod niet aannemen.'

Mamá legde haar mes neer. Ik hoorde haar iets luider dan normaal uitademen. Had ze haar adem met angst en beven ingehouden? Als dat zo was, dan verried haar stoïcijnse gezicht geen teken van opluchting. 'Het antwoord is ja. Natuurlijk is het ja.'

Thalia reikte met haar hand over de tafel heen en raakte mamá's pols aan. 'Dank u, tante Odie.'

'Ik ga dit maar één keer zeggen,' zei ik. 'Dit is een vergissing. Jullie maken beiden een vergissing.'

Ze draaiden zich naar mij toe.

'Wil je dat ik hier wegga, Markos?' vroeg Thalia.

'Ja,' zei ik. 'Ik zal je heel erg missen, en dat weet je. Maar je mag de kans op een opleiding op een particuliere school niet laten schieten. Daarna ga je naar de universiteit. Je kunt een wetenschapper worden, een onderzoeker, een uitvinder, een hoogleraar. Dat wil je toch graag? Jij bent de intelligentste persoon die ik ken. Jij kunt alles worden wat je wilt.'

Ik hield op met praten.

'Nee, Markos,' zei Thalia met een zware stem. 'Nee, dat kan ik niet.'

Ze zei het zo beslist dat het alle mogelijkheden voor een tegenwerping uitsloot.

Ze had gelijk, uiteraard.

Vele jaren later, toen ik aan mijn opleiding plastische chirurgie begon, begreep ik wat ik op die dag in de keuken niet begrepen had, toen ik ervoor pleitte dat Thalia Tinos zou verlaten om naar de kostschool te gaan. Ik leerde dat de wereld je innerlijk niet kon zien, dat de wereld zich geen donder interesseert voor de hoop en het verdriet en de dromen die aan het oog worden onttrokken door huid en botten. Zo simpel en absurd en wreed was het. Mijn patiënten wisten dat. Zij zagen dat veel van wat ze waren of zouden zijn of konden zijn afhankelijk was van de juiste proporties van hun bottenstelsel, de ruimte tussen hun ogen, de lengte van hun kin, de richting van hun neus, de ideale hoek van neus en voorhoofd.

Schoonheid is een kolossaal, onverdiend geschenk, lukraak uitgedeeld, stompzinnig.

En zo koos ik ervoor me te specialiseren in plastische chirurgie, om de kansen voor mensen als Thalia in evenwicht te brengen, te verbeteren, om met elke snede van mijn scalpel een grillige onrechtvaardigheid te corrigeren, om een beetje in opstand te komen tegen een wereldorde die ik schandalig vond, een orde waarin de beet van een hond een klein meisje kon beroven van haar toekomst en van haar een verworpene kon maken, een doelwit van minachting.

Dat is tenminste wat ik mezelf wijsmaak. Ik veronderstel dat er andere oorzaken waren waarom ik plastische chirurgie koos. Geld bijvoorbeeld, prestige, sociale status. Als ik zeg dat ik die studie alleen gekozen heb vanwege Thalia, dan is dat te simpel en, hoe sympathiek het ook klinkt, een beetje te keurig en evenwichtig. Als ik in Kabul iets geleerd heb, dan is het wel dat menselijk gedrag chaotisch en onvoorspelbaar is en zich niets aantrekt van het gepaste evenwicht. Maar ik vind troost in het idee dat er een patroon is, een verhaal waarin mijn leven vorm krijgt, als een foto in een donkere kamer, een verhaal dat langzaam opdoemt en het goede bevestigt dat ik altijd in mezelf heb willen zien. Dat verhaal houdt me overeind.

De helft van mijn praktijkjaren heb ik doorgebracht in Athene, waar ik wenkbrauwen optrok, wanstaltige neuzen een nieuwe vorm gaf en rimpels weghaalde. De andere helft heb ik besteed aan dingen die ik *echt* wilde, de hele wereld rondvliegen, naar Midden-Amerika, Sub-Saharisch Afrika, het Verre Oosten, en kinderen opereren, hazenlippen en gespleten gehemelten herstellen, gezichtstumoren verwijderen, gelaatsverwondingen genezen. Het werk in Athene was lang zo dankbaar niet, maar het werd goed betaald en het verschafte me de luxe dat ik weken en maanden vrij kon nemen voor mijn vrijwilligerswerk.

Begin 2002 kreeg ik op mijn kantoor een telefoontje van een vrouw die ik kende. Haar naam was Amra Ademovic. Ze was een verpleegster uit Bosnië. We hadden elkaar een paar jaar eerder ontmoet op een conferentie in Londen en hadden één weekend lang iets prettigs met elkaar, waar we geen van beiden consequenties aan verbonden, hoewel we contact bleven houden en elkaar bij sommige gelegenheden zagen. Ze zei dat ze nu in Kabul werkte voor een organisatie zonder winstoogmerk die een plastisch chirurg zocht om kinderen te opereren; hazenlippen, gezichtsverwondingen door granaatscherven en kogels, dat soort dingen. Ik ging er meteen op in. Ik was van plan om er drie maanden te blijven. Aan het eind van de lente in 2002 vertrok ik uit Athene. Ik ben nooit meer teruggekeerd.

*

Thalia komt me van de veerboot halen. Ze heeft een groene wollen das om en draagt een dikke, oudroze jas over een gebreid vestje en een spijkerbroek. Ze heeft nu lang haar, dat losjes over haar schouders hangt, met een scheiding in het midden. Het is dat aspect – het witte haar, niet het verminkte onderste gedeelte van haar gezicht – dat me schokt en me terugvoert naar vroeger. Niet dat het me verbaast; Thalia begon al grijs te worden toen ze midden dertig was, en tien jaar later waren haar haren spierwit. Ik weet ook wel dat ik veranderd ben, het koppig aanwassende buikje, de onverbiddelijk wijkende haarlijn, maar het verval van je eigen lichaam voltrekt zich geleidelijk, bijna even onwaarneembaar als geniepig. Het zien van Thalia's witte haar is het schokkende bewijs van haar onafgebroken, onvermijdelijke gang naar de ouderdom – en daardoor ook die van mijzelf.

'Je zult het koud krijgen,' zegt Thalia, terwijl ze de das steviger om haar hals trekt. Het is januari, laat in de ochtend, de hemel is grijs en bewolkt. Een kille bries doet de verdorde blaadjes ritselen in de bomen.

'Als je het koud wilt hebben, moet je naar Kabul komen,' zeg ik. Ik pak mijn koffer op.

'U moet het zelf weten, dokter. Per bus of te voet? Aan u de keuze.'

'Laten we gaan lopen,' zeg ik.

We gaan in noordelijke richting. We lopen door Tinos-Stad. De zeilboten en jachten liggen aangemeerd in de binnenhaven. De kiosken verkopen ansichtkaarten en T-shirts. Mensen zitten koffie te drinken aan de kleine ronde tafeltjes voor cafés, ze schaken of lezen de krant. Kelners leggen tafelzilver klaar voor de lunch. Over een of twee uur zal de geur van gebakken vis uit de keukens komen.

Thalia steekt energiek van wal met een verhaal over een aantal nieuwe, witgekalkte bungalows die projectontwikkelaars aan de zuidkant van de stad aan het bouwen zijn, met uitzicht op Mykonos en de Egeïsche Zee. Ze zijn hoofdzakelijk bedoeld voor toeristen of welgestelde mensen die er de hele zomer blijven en al vanaf de jaren negentig naar Tinos komen. Ze zegt dat de bungalows een zwembad hebben en een fitnesscentrum.

Ze stuurt me al jaren e-mails waarin ze verslag doet van de veranderingen die Tinos een nieuw aanzien geven. De strandhotels met hun satellietschotels en internetverbinding, de nachtclubs en bars en kroegen, de restaurants en winkels die zich op toeristen richten, de taxi's, de bussen, de drommen mensen, de buitenlandse vrouwen die topless aan het strand liggen. De boeren rijden nu in pick-ups in plaats van op ezels, althans de boeren die zijn gebleven. De meeste boeren zijn lang geleden al vertrokken, al komt een enkeling terug naar het eiland om er zijn oude dag door te brengen.

'Odie is er niet blij mee,' zegt Thalia, doelend op de metamorfose. Daar heeft ze me ook over geschreven, het wantrouwen van de oude inwoners jegens de nieuwkomers en de veranderingen die ze invoeren.

'Jij schijnt die verandering niet erg te vinden,' zeg ik.

'Het heeft geen zin je op te winden over het onvermijdelijke,' zegt ze. Dan voegt ze eraan toe: 'Odie zegt: Ja, wat een kunst, Thalia, dat jij dat zegt. Jij bent hier niet geboren.' Ze lacht even, luid en hartelijk. 'Je zou toch denken dat ik na vierenveertig jaar Tinos enig recht van spreken heb. En dan krijg je dat.'

Thalia is ook veranderd. Ondanks de dikke winterjas die ze draagt, kan ik zien dat ze rond haar heupen dikker is geworden, gezet – geen slap vlees, maar gespierd. Er is een sympathiek soort ondeugendheid over haar gekomen, ze levert op een plagerige manier commentaar op dingen die ik doe en die zij vermoedelijk maar raar vindt. Die heldere ogen, die nieuwe hartelijke lach, de aanhoudende blos op haar wangen; de algehele indruk die ze maakt is die van een boerenvrouw. Een vrouw van het type zout der aarde, wier robuuste vriendelijkheid wijst op een montere hardheid en autoriteit die je maar beter niet in twijfel kunt trekken.

'Hoe gaan de zaken?' vraag ik. 'Heb je nog werk?'

'Nu en dan,' zegt Thalia. 'De tijden zijn moeilijk.' We schudden beiden ons hoofd. In Kabul had ik het nieuws gevolgd over de ene na de andere bezuinigingsronde. Ik had op CNN jonge gemaskerde Grieken bij het parlement stenen zien gooien naar de politie, agenten traangas zien afvuren en met hun wapenstokken zwaaien.

Thalia heeft niet een bedrijf in de gewone zin van het woord. Vóór het digitale tijdperk was ze in wezen een klusjesvrouw. Ze ging naar de mensen thuis en soldeerde halfgeleiders in hun televisietoestel, verving signaalcondensators in oude buizenradio's. Ze werd gebeld om kapotte thermostaten in koelkasten te repareren en lekkend sanitair af te dichten. Mensen betaalden haar voor zover ze konden, en als ze niet konden betalen, deed ze het werk toch. *Ik heb het geld niet echt nodig*, zei ze tegen mij. *Ik doe het voor mijn plezier. Ik vind het nog steeds opwindend dingen open te maken en te kijken hoe ze vanbinnen werken.* Nu lijkt ze meer een zelfstandig eenmanscomputerbedrijf. Alles wat ze weet, heeft ze zichzelf geleerd. Ze vraagt normale bedragen voor het oplossen van computerproblemen die mensen hebben, het veranderen van hun IP-instellingen, het herstellen van hun vastgelopen bestanden, van traag functionerende computers, upgrades en opstartfouten. Ik heb haar meer dan eens vanuit Kabul gebeld, als ik wanhopig hulp zocht voor mijn vastgelopen IBM.

Als we bij het huis van mijn moeder aankomen, blijven we even buiten staan, op het erf naast de oude olijfboom. Ik zie de bewijzen van de recente werkdrift van mijn moeder, de nieuw geverfde muren, de half afgebouwde duiventil, een hamer en een geopend doosje met spijkers op een stuk hout.

'Hoe gaat het met haar?' vraag ik.

'O, lastig als altijd. Daarom heb ik dat ding laten aanleggen.' Ze wijst naar een satellietschotel op het dak. 'We kijken naar buitenlandse soaps. De Arabische zijn het best, of het slechtst, wat ongeveer op hetzelfde neerkomt. We proberen de plot bij elkaar te fantaseren. Dan blijft ze tenminste met haar klauwen van mij af.' Ze beent door de voordeur naar binnen. 'Welkom thuis. Ik zal iets te eten voor je maken.'

*

Vreemd om weer thuis te zijn. Ik zie een paar onbekende dingen, zoals de grijsleren leunstoel in de woonkamer en een rieten bijzettafeltje naast de televisie. Maar voor de rest is alles min of meer als vroeger. De keukentafel waar nu een vinyl kleedje op ligt met een patroon van aubergines en peren; de bamboestoelen met rechte rug; de glazen olielamp met de rieten houder en de schelpvormige schoorsteen met roetvlekken; de foto van mamá en mij – ik in het witte overhemd, mamá in haar beste jurk – die nog steeds boven de schoorsteenmantel in de woonkamer hangt; mamá's porseleinen servies, nog steeds op de bovenste plank.

En toch heb ik, als ik mijn koffer neerzet, het gevoel dat er midden in dit alles een gapend gat zit. De tientallen jaren van mijn moeder samen met Thalia, dat is duister terrein voor mij. Ik was er niet bij. Ik was niet bij de maaltijden die

Thalia en mamá hebben gedeeld aan deze tafel, bij de ruzies, de verveling, de geintjes, de ziektes, de lange reeks simpele rituelen waaruit een leven bestaat. Het huis van mijn jeugd binnengaan is lichtelijk verwarrend, alsof ik het einde van een roman lees waar ik lang geleden eens aan begonnen ben.

'Wil je eieren?' vraagt Thalia, die een lange, katoenen schort voordoet en olie in een koekenpan giet. Ze loopt zelfbewust heen en weer door de keuken, alsof ze de eigenaar is.

'Lekker. Waar is mamá?'

'Ze slaapt. Ze heeft een slechte nacht gehad.'

'Ik ga even snel bij haar kijken.'

Thalia vist een garde uit de kast. 'Maakt u haar maar wakker en vertelt u me dan maar wat eraan scheelt, dokter.'

Ik loop op mijn tenen de trap op. De kamer is donker. Eén enkele lange, smalle reep licht valt door de gesloten gordijnen en splijt mamá's bed in tweeën. De lucht is zwaar van ziekte. Het is niet zozeer een geur als wel een fysieke aanwezigheid. Elke dokter kent dat. Ziekte verspreidt zich in een kamer als stoom. Ik sta even in de deur en geef mijn ogen de tijd om te wennen. De duisternis wordt verbroken door een rechthoek van wisselende kleuren op de commode, aan wat Thalia's kant van het bed moet zijn, vermoed ik, de kant waar ik vroeger lag. Het is zo'n digitale fotolijst. Een rijstveld en houten huizen met grijze daken maken plaats voor een drukke bazaar met gevilde geiten die aan haken hangen, en die maakt weer plaats voor een donkere man die op zijn hurken bij een modderige rivier zit en met zijn vingers zijn tanden poetst.

Ik pak een stoel en ga aan de kant zitten waar mamá ligt. Nu mijn ogen aan het duister gewend zijn, zie ik haar beter en lijkt het wel of er iets in me wegzakt. Ik ben verbijsterd te zien hoe mijn moeder verschrompeld is. Nu al. De gebloemde pyjama hangt los om haar schouders, over de platte borst. Ik hou niet van de manier waarop ze slaapt, met haar mond open en het hoofd naar beneden alsof ze een akelige droom heeft. Ik vind het akelig om te zien dat haar kunstgebit in haar slaap is verzakt. Haar oogleden bewegen een beetje. Ik zit een poosje te kijken. Ik vraag mezelf af wat ik eigenlijk had verwacht, en ik luister naar het tikken van de klok aan de muur en naar het geluid van de spatel waarmee Thalia beneden over de bodem van de koekenpan schraapt. Ik neem de alledaagse details van mamá's leven in deze kamer in me op. De flatscreen-tv aan de muur, de pc in de hoek; een nog niet afgemaakte sudoku op het nachtkastje, de bladzijde van het boek waarop de leesbril ligt; de afstandsbediening van de televisie; de oogdruppels; een tube huidcrème; een tube kunstgebitkleefpasta; een flesje pillen; en op de vloer oesterkleurige wollen pantoffels. Die zou ze vroeger nooit gedragen hebben. Ernaast staat een open zak met luierbroekjes. Die dingen horen voor mijn gevoel niet bij mijn moeder. Ik verzet me ertegen. Het lijken dingen van iemand die ik niet ken. Een willoze en onschuldige persoon. Iemand op wie je nooit boos zou kunnen zijn.

Aan de andere kant van het bed verandert het beeld op de digitale fotolijst weer. Ik volg er een paar. Dan dringt het tot me door. Ik ken die foto's. Ik heb ze zelf genomen. Lang geleden toen ik... wat? Over de wereld reisde, denk ik. Ik liet altijd twee afdrukken maken en stuurde er een naar Thalia. En zij heeft ze bewaard. Al die jaren. Thalia. Er sijpelt liefde door me heen, zoet als honing. Ze is al die tijd mijn ware zus geweest, mijn ware Manaar.

Ze roept mijn naam van beneden.

Ik sta rustig op. Bij het verlaten van de kamer valt me plotseling iets op. Iets wat ingelijst is en hoog aan de muur hangt, onder de klok. Ik kan het in het donker niet precies onderscheiden. Ik open mijn mobieltje en bekijk het in de zilveren gloed. Het is een verhaal van Associated Press over de nonprofitorganisatie waarvoor ik in Kabul werk. Ik herinner me het interview. De journalist was een aardige Koreaans-Amerikaanse man, die een beetje stotterde. We hadden een bord *qabuli* gedeeld, Afghaanse pilav met bruine rijst, rozijnen en lamsvlees. In het hart van het artikel staat een groepsfoto. Een paar kinderen en ik, en op de achtergrond Nabi, kaarsrecht, handen op zijn rug. Nabi ziet er tegelijkertijd beangstigend, verlegen en waardig uit, zoals Afghanen dat vaak op foto's doen. Amra is er ook, met haar geadopteerde dochter Roshi. Alle kinderen glimlachen.

'Markos.'

Ik klap mijn mobieltje dicht en ga naar beneden.

Thalia zet een glas melk en een dampend bord met eieren en tomaten voor me neer. 'Geen zorg. Ik heb al suiker in de melk gedaan.'

'Dat weet je dus nog.'

Ze pakt een stoel zonder haar schort eerst af te doen. Ze leunt met haar ellebogen op tafel en kijkt toe terwijl ik eet, waarbij ze nu en dan haar linkerwang bet met een zakdoek.

Ik herinner me al de keren dat ik haar heb geprobeerd over te halen haar gezicht door mij te laten behandelen. Ik heb haar verteld dat de chirurgische technieken er sinds de jaren zestig erg op vooruit zijn gegaan en dat ik er zeker van was dat ik haar misvorming misschien niet geheel kon wegwerken, maar in elk geval wel behoorlijk verbeteren. Thalia weigerde, tot mijn verbijstering. *Dit is wie ik ben*, zei ze tegen me. Een slap en onbevredigend antwoord, dacht ik toen. Wat betekende het trouwens? Ik begreep het niet. Ik had hardvochtige gedachten, over gevangenen, levenslang gestraften die bang waren om vrij te komen, doodsbenauwd voor een voorwaardelijke invrijheidstelling, voor verandering, voor een nieuw leven aan de andere kant van het prikkeldraad en de wachttorens.

Mijn aanbod aan Thalia geldt nog steeds. Ik weet dat ze het niet zal accepteren. Maar nu begrijp ik het wel. Omdat ze gelijk had, dit *is* wie zij is. Ik zou niet durven beweren dat ik weet hoe het moet zijn geweest, elke dag naar dat gezicht in de spiegel kijken, de balans opmaken van de jammerlijke resten, en jezelf dwingen het te accepteren. De gigantische druk, de inspanning, het geduld. Haar acceptatie die langzaam, met de jaren, vorm aannam, als rotsen op een klif aan zee, die bewerkt worden door het beukende water. De hond had maar een paar minuten nodig om Thalia haar gezicht te geven, en zij een heel leven om het te kneden tot een identiteit. Ze wilde het niet ongedaan laten maken door mij met mijn scalpel. Het zou zijn alsof er een nieuwe wond op de oude werd aangebracht.

Ik begin te eten omdat ik haar er een plezier mee doe, maar veel honger heb ik niet. 'Lekker, Thalia.'

'Dus je hebt er zin in?'

'Hoe bedoel je?'

Ze draait zich om en opent een la van de keukenkast. Ze haalt een donkere zonnebril met rechthoekige glazen tevoorschijn. Het duurt even voor ik het doorheb. Dan weet ik het weer. De zonsverduistering.

'Ach, natuurlijk.'

'Ik had eerst het idee om er gewoon door een speldengaatje naar te kijken. Maar toen zei Odie dat jij zou komen, en toen zei ik: Nou, dan doen we het meteen ook in stijl.'

We praten wat over de zonsverduistering die de volgende dag moet plaatsvinden. Thalia zegt dat de verduistering 's ochtends begint en rond het middaguur compleet moet zijn. Ze heeft de weersvoorspelling bijgehouden en is opgelucht dat het eiland geen bewolkte dag te wachten staat. Ze vraagt of ik meer eieren wil, en ik zeg ja, en ze vertelt over een nieuw internetcafé dat is geopend op de plek waar vroeger de rommelwinkel van meneer Roussos zat.

'Ik heb de foto's gezien,' zeg ik. 'Boven. En ook het artikel.'

Ze veegt mijn broodkruimels met haar hand van de tafel en gooit ze zonder te kijken over haar schouders in de gootsteen. 'O, dat was gemakkelijk. Nou ja, het scannen en uploaden dan. Het ordenen ervan naar landen was wel een hele klus. Ik moest het allemaal uitzoeken, want je stuurde nooit verklarende notities mee, alleen de foto's. Ze was daar heel stellig in, het ordenen naar land. Ze wilde het alleen maar op die manier. Ze stond erop.'

'Wie?'

Ze slaakt een diepe zucht. 'Wie, zegt hij dan. Odie. Wie anders?'

'Het was haar idee?'

'Het artikel ook. Zij heeft het op internet gevonden.'

'Mamá heeft me gezocht?' zeg ik.

'Ik had het haar nooit moeten leren. Nu kan ze er niet meer mee stoppen.' Ze grinnikt even. 'Ze checkt je naam elke dag. Echt waar. Je hebt een cyberspacestalker, Markos Varvaris.'

*

Vroeg in de middag komt mamá naar beneden. Ze draagt een donkerblauwe badjas en de wollen pantoffels die ik al eerder heb verafschuwd. Het lijkt of ze haar haren gekamd heeft. Ik voel me opgelucht als ik zie dat ze zich schijnbaar normaal beweegt als ze de trap af komt en haar armen voor me opent, slaperig glimlachend.

We gaan aan tafel zitten om koffie te drinken.

'Waar is Thalia?' zegt ze, en ze blaast in haar kopje.

'Ze is wat lekkers gaan halen. Voor morgen. Is die van jou, mamá?' Ik wijs naar een stok die tegen de muur staat achter de nieuwe leunstoel. Die heb ik niet zien staan toen ik binnenkwam.

'O, dat ding gebruik ik nauwelijks. Alleen op mindere dagen. En voor lange wandelingen. En zelfs dan alleen maar voor mijn gemoedsrust,' zegt ze wat al te nonchalant, waardoor ik meteen weet dat ze er veel afhankelijker van is dan ze wil toegeven. 'Ik maak me veel meer zorgen over jou. Het nieuws uit dat vreselijke land. Thalia wil niet dat ik ernaar luister. Ze zegt dat ik er onrustig van word.'

'Er zijn weleens incidenten,' zeg ik, 'maar de meeste mensen leven gewoon hun leventje. En ik pas altijd goed op, mamá.' Natuurlijk vertel ik haar niet over de schietpartij in het pension aan de overkant van de straat, of de recente reeks aanslagen op buitenlandse hulpverleners, of dat ik met 'goed oppassen' bedoel dat ik een 9 mm bij me heb als ik met de auto door de stad rijd, wat ik waarschijnlijk sowieso eigenlijk niet moet doen.

Mamá neemt een slokje koffie en huivert even. Ze dringt niet aan. Ik weet niet of dat een goed teken is. Ik weet niet zeker of ze afgedwaald is, in zichzelf verzonken, zoals oude mensen vaak zijn, of dat het een tactiek is om me niet in het nauw te drijven, om me niet te laten liegen of me dingen te laten vertellen die haar alleen maar van streek zouden maken.

'We hebben je met Kerstmis gemist,' zegt ze.

'Ik kon niet weg, mamá.'

Ze knikt. 'Je bent er nu. Dat is het belangrijkste.'

Ik neem nu zelf een slokje koffie. Ik weet nog dat mamá en ik toen ik klein was elke ochtend aan deze tafel zaten te ontbijten, rustig, bijna ernstig, voor we samen naar school liepen. We zeiden weinig tegen elkaar.

'Weet je, mamá, ik maak me over jou ook zorgen.'

'Niet nodig. Ik zorg goed voor mezelf.' Een flits van haar oude, uitdagende trots, als een vage schittering in de mist.

'Maar hoe lang houd je dat nog vol?'

'Zo lang als ik kan.'

'En als je het niet meer kunt? Wat dan?' Ik wil haar niet provoceren. Ik vraag het omdat ik het niet weet. Ik weet niet wat dan mijn eigen rol zal zijn, en of ik er eigenlijk wel een zal spelen.

Ze kijkt me kalm aan. Dan schept ze nog een lepeltje suiker in haar koffie en roert er langzaam in. 'Grappig, Markos, maar de meeste mensen zitten er helemaal naast. Ze denken dat hun leven wordt bepaald door wat ze willen. Maar in feite worden ze geleid door waar ze bang voor zijn. Wat ze *niet* willen.'

'Ik kan dit even niet volgen, mamá.'

'Nou, neem jou bijvoorbeeld. Dat jij hier bent weggegaan. Het leven dat je voor jezelf hebt gecreëerd. Je was bang dat je hier opgesloten zou blijven. Met mij. Je was bang dat ik je hier zou houden. Of neem Thalia. Ze is gebleven omdat ze niet langer aldoor aangestaard wilde worden.'

Ik kijk toe als ze haar koffie proeft en er nog een lepeltje suiker in doet. Ik herinner me hoe ik me diep vanbinnen als jongen voelde, wanneer ik haar probeerde tegen te spreken. Ze praatte op een manier die geen ruimte liet voor een weerwoord, ze verpletterde me met de waarheid, die ze altijd meteen vertelde, ronduit, zonder omwegen. Ik was al verslagen nog voor ik een woord kon zeggen. Het leek altijd een oneerlijke strijd.

'En jij, mamá?' vraag ik. 'Waar ben jij bang voor? Wat wil jij niet?'

'Ik wil niemand tot last zijn.'

'Dat zul je ook niet.'

'Daar heb je gelijk in, Markos.'

Ik word onrustig van dat cryptische antwoord. Ik moet plotseling denken aan de brief die Nabi mij in Kabul gegeven heeft, zijn postume bekentenis. Het pact dat Suleiman Wahdati met hem gesloten had. Onwillekeurig vraag ik me af of mamá ook zo'n pact heeft gesloten met Thalia, of zij Thalia heeft uitgekozen om haar te verlossen als de tijd gekomen is. Ik weet dat Thalia ertoe in staat is. Ze is nu sterk. Ze zou mamá bevrijden.

Mamá kijkt me onderzoekend aan. 'Jij hebt je eigen leven en je eigen werk, Markos,' zegt ze. Ze praat zachter nu en geeft een nieuwe wending aan het gesprek, alsof ze in mijn hersens heeft gekeken en gezien heeft dat ik me zorgen maak. Het kunstgebit, de luiers, de wollen pantoffels, door die dingen heb ik haar even onderschat. Ze is mij nog altijd de baas. Dat zal altijd zo blijven. 'Ik wil je niet belasten.'

Uiteindelijk dan toch een leugen, die laatste zin van haar,

maar een aardige leugen. Ik ben niet degene die zij zou belasten. Ze weet dat even goed als ik. Ik ben hier niet, ik zit hier duizenden kilometers vandaan. De last, de eentonigheid, het werk, het zou allemaal op de schouders drukken van Thalia. Maar mamá sluit mij niet buiten, ze geeft me iets wat ik niet heb verdiend en ook niet geprobeerd heb te verdienen.

'Zo zou ik het niet ervaren,' zeg ik zwakjes.

Mamá glimlacht. 'Wat je werk betreft, ik denk dat je weet dat ik nu niet bepaald enthousiast was toen je besloot naar dat land te gaan.'

'Zoiets had ik al vermoed, ja.'

'Ik begreep niet waarom je dat wilde. Waarom alles opgeven, je geld, je praktijk, je huis in Athene, alles waarvoor je had gewerkt, en je opsluiten in zo'n gewelddadige stad?'

'Daar had ik zo mijn redenen voor.'

'Dat weet ik.' Ze brengt haar kopje naar haar mond en laat het dan weer zakken, zonder te drinken. 'Ik ben hier zo allejezus slecht in,' zegt ze langzaam, bijna verlegen, 'maar wat ik je wil zeggen is dat je het goed hebt gedaan. Ik ben trots op je, Markos.'

Ik kijk naar mijn handen. Ik voel hoe haar woorden mij diep raken. Ze heeft me geschokt. Ik was niet voorbereid op wat ze zei, of op de zachte glans in haar ogen toen ze het zei. Ik weet niet wat ik moet antwoorden.

'Dank je, mamá,' weet ik nog net te mompelen.

Ik kan niets meer zeggen, en we blijven een tijdje stilzitten. De sfeer is ongemakkelijk, we zijn ons bewust van alle tijd die verloren is gegaan, van de mogelijkheden die we hebben verspild.

'Ik was al heel lang van plan je iets te vragen,' zegt mamá.

'En dat is?'

'James Parkinson, George Huntington, Robert Graves, John Down. En nu die Lou Gehrig, dat sclerosemaatje van mij. Waarom eisen mannen nu ook nog al die namen van ziektes op?'

Ik knipoog naar haar en zij knipoogt terug, en dan begint ze te lachen, en ik ook, zelfs al breekt mijn hart.

*

De volgende ochtend liggen we buiten op makkelijke stoelen. Mamá draagt een dikke das en een grijze parka, en over haar benen ligt een fleecedeken tegen de venijnige kou. We slurpen koffie en knabbelen aan gebakken, met kaneel gekruide kweepeer, die Thalia voor de gelegenheid heeft gekocht. We hebben onze verduisteringsbrillen op en kijken naar de hemel. Er is al een hapje weg uit de zon, aan de bovenkant, en hij ziet er nu een beetje uit als het logo op de Apple-laptop die Thalia telkens opent om opmerkingen te maken op een online forum. Overal zijn mensen op de trottoirs en op de daken gaan zitten om het spektakel te bekijken. Sommigen hebben hun gezin meegenomen naar de andere kant van het eiland, waar het Hellinistisch Astronomisch Genootschap telescopen heeft opgesteld.

'Hoe laat is het hoogtepunt?' vraag ik.

'Halfelf ongeveer,' zegt Thalia. Ze schuift haar bril omhoog en kijkt op haar horloge. 'Nog een uur.' Ze wrijft opgewonden in haar handen en tikt iets in op het toetsenbord.

Ik kijk naar hen tweeën, mamá met haar donkere bril, haar blauwgeaderde handen die ineengevlochten op haar borst liggen, Thalia die furieus op de toetsen hamert, haar witte haar dat onder haar pet uit steekt.

Je hebt het goed gedaan.

De avond tevoren lag ik op de bank na te denken over wat mamá had gezegd, en mijn gedachten waren afgedwaald naar Madaline. Ik herinner me hoe ik me als jongen zorgen maakte over alle dingen die mamá niet deed en andere moeders wel. Mijn hand vasthouden als we wandelden. Me een nachtzoen geven, me op schoot nemen, me voor het slapengaan verhaaltjes voorlezen. Dat was allemaal waar. Maar al die jaren was ik blind geweest voor een grotere waarheid, die ik nooit had erkend en gewaardeerd en die diep begraven had gelegen onder mijn wrok. Die waarheid was deze: mijn moeder zou me nooit in de steek laten. Dat was haar geschenk aan mij, de onwrikbare wetenschap dat ze mij nooit zou aandoen wat Madaline Thalia had aangedaan. Zij was mijn moeder en ze zou me niet in de steek laten. Dat had ik gewoon geaccepteerd, ik had niet anders verwacht. Ik had haar er niet voor bedankt, evenmin als ik de zon bedankte voor het feit dat hij scheen.

'Kijk!' roept Thalia.

Plotseling verschijnen er overal om ons heen, op de grond, op de muren, op onze kleren, kleine glinsterende lichtsikkels. De halvemaanvormige zon die door de bladeren van onze olijfboom schijnt. Ik zie er één glanzen op de koffie in mijn mok. Een andere danst op mijn schoenveter.

'Geef je handen eens, Odie,' zegt Thalia. 'Snel.'

Mamá opent haar handen, met de palm naar boven. Thalia haalt een stukje glas uit haar zak. Ze houdt het boven mamá's handen. Plotseling trillen er halvemaanvormige regenboogjes op de gerimpelde huid van mijn moeders handen. Ze is stomverbaasd.

'Moet je nou zien, Markos!' zegt mamá, breed glimlachend, verrukt, als een schoolmeisje. Ik heb haar nooit eerder zo oprecht, zo argeloos zien glimlachen.

We zitten met ons drieën te kijken naar de trillende regenboogjes op mijn moeders handen, en ik voel verdriet, en een oude pijn, als klauwen in mijn nek.

Je hebt het goed gedaan.

Ik ben trots op je, Markos.

Ik ben vijfenvijftig jaar. Ik heb mijn hele leven erop gewacht die woorden te horen. Is het daar nu te laat voor, voor ons? Hebben we te lang te veel verknoeid, mamá en ik? Er is iets in me wat denkt dat het beter is op de oude voet door te gaan, te doen alsof we niet weten hoe slecht we altijd bij elkaar hebben gepast. Op die manier is het minder pijnlijk. Misschien beter dan deze late poging. Dat broze, trillende glimpje van hoe het tussen ons had kunnen zijn. Alles wat het zal veroorzaken is spijt, zeg ik bij mezelf, en waar is spijt goed voor? Het haalt niets terug. Wat we verloren hebben, is onherroepelijk.

En toch, als mijn moeder zegt: 'Is het niet prachtig, Markos?' zeg ik tegen haar: 'Ja, mamá, het is prachtig,' en terwijl er iets in mij openbreekt, strek ik mijn hand uit en neem mijn moeders hand in de mijne.

NEGEN

Winter 2010

Toen ik een klein meisje was, hadden we elke avond een ritueel, mijn vader en ik. Als ik mijn eenentwintig bismillah's had gezegd en hij me in bed had gestopt, ging hij naast me zitten en plukte met zijn duim en wijsvinger nare dromen uit mijn hoofd. Zijn vingers huppelden van mijn voorhoofd naar mijn slapen, zochten geduldig achter mijn oren, op mijn achterhoofd, en hij maakte een plopgeluid – zoals een fles die wordt ontkurkt – bij elke nachtmerrie die hij uit mijn hersens weghaalde. Hij stopte de dromen één voor één in een onzichtbare zak op zijn schoot en bond de zak met een touw stevig dicht. Daarna zocht hij de lucht af op zoek naar gelukkige dromen, ter vervanging van de dromen die hij had verwijderd. Ik keek toe als hij zijn hoofd een beetje hief en zijn voorhoofd fronste, terwijl zijn ogen rondzwierven, alsof hij zich inspande verre muziek te horen. Ik hield mijn adem in en wachtte op het moment dat het gezicht van mijn vader in een glimlach veranderde en hij zangerig zei: *Ah, hier heb ik er een*, en van zijn hand een kom maakte waarin hij de droom opving, als een bloemblaadje dat loom van een boom dwarrelt. Voorzichtig, heel voorzichtig – mijn vader zei dat alle goede dingen in het leven broos zijn en makkelijk verloren gaan – legde hij zijn handen rond mijn gezicht, wreef over mijn voorhoofd, en bracht daarmee geluk in mijn geest.

Waar ga ik vannacht over dromen, baba? vroeg ik.

Ah, vannacht, nou vannacht is heel bijzonder, zei hij altijd, voordat hij me een verhaal ging vertellen. Hij bedacht dat altijd ter plekke. In een van de dromen die hij me gaf, was ik de beroemdste schilder ter wereld geworden. In een andere droom was ik de koningin van een betoverd eiland en had ik een vliegende troon. Hij gaf me er zelfs een over mijn favoriete nagerecht, Jell-O. Ik bezat de macht om met één zwaai van mijn toverstokje alles in Jell-O te veranderen – een schoolbus, het Empire State Building, de hele Stille Oceaan als ik wilde. Meer dan eens redde ik de planeet van de ondergang door met mijn toverstokje te zwaaien naar een aanstormende meteoor. Mijn vader, die zelden over zijn eigen vader praatte, zei dat hij de kunst van het vertellen van hem had geërfd. Hij zei dat toen hij een jongen was zijn vader hem soms bij zich liet zitten – als hij ervoor in de stemming was, wat niet vaak gebeurde – en verhalen vertelde vol djinns en elfen en demonen.

Er waren ook avonden dat ik de rollen omdraaide. Dan sloot baba zijn ogen en gleed ik met mijn handen over zijn gezicht, beginnend bij zijn voorhoofd, over de prikkende stoppelbaard op zijn wangen naar de stekelige haartjes van zijn snor.

En wat wordt mijn droom vannacht? fluisterde hij dan en hij pakte mijn handen. En dan verscheen er een glimlach op zijn gezicht. Want hij wist al wat voor droom ik hem zou geven. Het was altijd dezelfde. De droom over hem en zijn zusje, terwijl ze onder een bloeiende appelboom liggen en wegzakken in een middagslaapje. De zon verwarmt hun wangen en accentueert met zijn stralen de bladeren en het gras en de uitbundige bloesems erboven.

Ik was enig kind, en vaak eenzaam. Nadat ik geboren was, hadden mijn ouders, die elkaar in Pakistan hadden ontmoet toen ze beiden rond de veertig waren, besloten om het lot niet nogmaals te tarten. Ik weet nog hoe jaloers ik keek naar alle kinderen in onze buurt en op mijn school die een broertje of zusje hadden. Hoe verbijsterd ik was door de manier waarop sommigen elkaar behandelden, zich er niet van bewust hoe ze boften. Ze gedroegen zich als wilde honden. Ze knepen, sloegen, duwden en verraadden elkaar op elke denkbare manier. En ze lachten er ook nog om. Ze spraken niet met elkaar. Ik begreep het niet. In mijn vroege kinderjaren heb ik aldoor gehunkerd naar een broertje of zusje. Wat ik *echt* wilde was een tweelingbroer of tweelingzus, iemand die naast mij in de wieg zou huilen en slapen, en samen met mij gevoed zou worden aan moeders borst. Iemand om weerloos en totaal van te houden, en in wiens gezicht ik altijd het mijne terug kon vinden.

En zo was baba's zusje Pari mijn geheime metgezel, onzichtbaar voor iedereen behalve voor mij. Zij was *mijn* zus, de zus van wie ik altijd had gehoopt dat mijn ouders haar mij zouden geven. Ik zag haar in de spiegel in de badkamer als we 's ochtends naast elkaar onze tanden poetsten. We kleedden ons samen aan. Ze volgde me naar school en zat vlak bij me in de klas – als ik recht vooruit naar het bord keek, zag ik in de hoeken van mijn ogen altijd haar haren en haar witte profiel. Ik nam haar tijdens de pauzes mee naar de speelplaats en voelde haar aanwezigheid achter me als ik over de glijbaan naar beneden suisde of slingerend aan het klimrek hing. Als ik na schooltijd aan de keukentafel zat te tekenen, zat zij rustig naast mij op haar papier te kriebelen, of ze keek uit het raam, tot ik klaar was en we naar buiten konden rennen om touwtje te springen, waarbij onze tweelingschaduwen op en neer huppelden op het beton.

Niemand wist van mijn spelletjes met Pari. Zelfs mijn vader niet. Zij was mijn geheim.

Soms, als er niemand in de buurt was, aten we druiven en babbelden aan één stuk door, over speelgoed, welke cornflakes het lekkerste smaakten, strips die we leuk vonden, schoolkinderen die we niet leuk vonden, welke onderwijzers gemeen waren. We deelden dezelfde favoriete kleur (geel), hetzelfde favoriete ijs (kersen) en hetzelfde televisieprogramma (*Alf*), en wilden allebei kunstenaar worden als we groot zouden zijn. Natuurlijk fantaseerde ik dat we als twee druppels water op elkaar zouden lijken, want per slot van rekening waren we een tweeling. Soms kon ik haar bijna zien – ik bedoel echt *zien* – in mijn ooghoeken. Ik probeerde haar te tekenen, en ik gaf haar telkens dezelfde, net niet gelijke lichtgroene ogen als de mijne, dezelfde donkere krulharen, dezelfde lange, scherp getekende wenkbrauwen die elkaar bijna raakten. Als iemand ernaar vroeg, zei ik dat ik mezelf had getekend.

Het verhaal over de manier waarop mijn vader zijn zus had verloren was me even bekend als de verhalen die mijn moeder mij vertelde over de Profeet, verhalen die ik later weer zou horen toen mijn ouders me hadden ingeschreven op de zondagsschool van de moskee in Hayward. Maar hoe goed ik het verhaal ook kende, ik vroeg elke avond of ik het verhaal van Pari opnieuw kon horen, omdat het zo indrukwekkend was. Misschien kwam het gewoon doordat we dezelfde naam hadden. Misschien voelde ik daardoor een band tussen ons, een mysterieuze en niettemin reële band. Maar het was meer dan alleen dat. Ik voelde me *geraakt* door haar, zoals ik ook getekend was door wat er met haar was gebeurd. Ik had het idee dat onze levens met elkaar verbonden waren door een onzichtbare ordening, op manieren die ik niet helemaal kon begrijpen, sterker verbonden dan alleen door namen of familiebanden, alsof we met elkaar een puzzel compleet maakten.

Ik wist zeker dat ik, als ik maar intens genoeg naar haar verhaal luisterde, iets zou ontdekken wat iets over mezelf onthulde.

Denk je dat je vader verdrietig was? Dat hij haar verkocht had?

Er zijn mensen die hun verdriet heel goed kunnen verbergen, Pari. Dat deed hij ook. Als je naar hem keek, zag je niets. Hij was een harde man. Maar ik denk wel, ja, ik denk wel dat hij vanbinnen verdrietig was.

En jij?

Mijn vader zei glimlachend: *Waarom zou ik dat zijn zolang ik jou heb?* maar zelfs op die leeftijd wist ik wel beter. Het verdriet lag als een moedervlek op zijn gezicht.

Als we zo met elkaar praatten, speelde er de hele tijd een fantasietje door mijn hoofd. Ik zou al mijn geld sparen, geen dollar uitgeven aan snoep of stickers, en als mijn spaarvarken vol was – al was het dan helemaal geen varken, maar een zeemeermin op een rots – zou ik het openbreken en al mijn geld in mijn zak stoppen, en ik zou eropuit trekken om het zusje van mijn vader te vinden, waar ze ook was, en als ik haar eenmaal gevonden had, zou ik haar terugkopen en haar mee terugnemen naar huis, naar baba. Ik zou mijn vader gelukkig maken. Er was niets op aarde wat ik liever wilde: ik wou degene zijn die zijn verdriet wegnam.

Wat is dan mijn droom vannacht? vroeg baba.

Dat weet je al.

Nog een glimlach. *Ja, ik weet het al.*

Baba?

Mmm.

Was het een aardig zusje?

Ze was fantastisch.

Hij kuste me dan op mijn wang en trok de deken op tot onder mijn kin. Bij de deur, vlak nadat hij het licht had uitgedaan, bleef hij even staan.

Ze was fantastisch, zei hij dan, *net als jij.*

Ik wachtte altijd tot hij de deur gesloten had, glipte dan uit bed en haalde een extra kussen, dat ik naast het mijne legde. Ik viel elke avond in slaap terwijl ik tweelingharten in mijn borst voelde kloppen.

⁂

Ik kijk op mijn horloge als ik de snelweg op rijd via de oprit Old Oakland Road. Het is al halfeen. Ik heb zeker veertig minuten nodig om het vliegveld van San Francisco te bereiken, maar dan mogen er geen ongelukken gebeurd zijn of werkzaamheden plaatsvinden op de 101. Aan de andere kant, het is een internationale vlucht, dus ze moet door de douane, en dat levert mij weer wat tijd op. Ik ga naar de linkerrijstrook en druk het gaspedaal van de Lexus in tot bijna honderdtwintig kilometer.

Ik herinner me een wonderlijke conversatie met baba, zo'n maand geleden. We wisselden wat woorden en een kort moment leek hij zijn oude zelf, het gesprek was als een luchtbel onder op de diepe, donkere, koude bodem van de oceaan. Ik was te laat met zijn lunch, hij lag in zijn leunstoel en draaide zijn hoofd naar mij toe, en zei met een klein vleugje kritiek in zijn stem dat ik genetisch geprogrammeerd was, ik kon niet op tijd komen. *Net als je moeder, God hebbe haar ziel.*

Maar ja, zei hij glimlachend alsof hij me wilde geruststellen, *iedereen heeft wel een zwakke plek.*

En dan is dit dus de symbolische zwakke plek waarmee God me heeft opgescheept? zei ik, terwijl ik het bord rijst met bonen op zijn schoot zette. *Te laat zijn als gewoonte?*

En dat heeft Hij met heel veel weerzin gedaan, zou ik eraan willen toevoegen. Baba pakte mijn handen. *Hij heeft met jou zowat de volmaaktheid bereikt.*

Nou, als je wilt, kan ik je nog wel een paar zwakheden vertellen.

Je hebt ze dan zeker goed verborgen, hè?

O, massa's. Klaar om ze de vrije loop te laten. Voor als je oud en hulpeloos bent.

Ik ben oud en hulpeloos.

Nu wil je zeker dat ik medelijden met je heb.

Ik draai aan de radio en ga van gepraat naar country naar jazz naar nog meer gepraat. Ik zet hem af. Ik ben rusteloos en nerveus. Ik pak mijn mobiele telefoon op de passagiersstoel. Ik bel naar huis en leg de telefoon opengeklapt op mijn schoot.

'Hallo?'

'Salaam, baba. Ik ben het.'

'Pari?'

'Ja, baba. Is alles daar bij jullie in orde, met jou en Hector?'

'Ja. Hij is een ontzettend aardige jongeman. Hij heeft eieren voor ons gemaakt. Met toast. Waar ben je nu?'

'In de auto,' zeg ik.

'Naar het restaurant? Je hoeft toch niet te werken vandaag?'

'Nee, ik ben onderweg naar het vliegveld, baba. Ik moet iemand ophalen.'

'Oké. Ik zal je moeder vragen om een lunch voor ons te maken,' zegt hij. 'Ze kan iets uit het restaurant meenemen.'

'Goed, baba.'

Tot mijn opluchting noemt hij haar niet nog eens. Er zijn dagen dat hij er niet mee op kan houden. *Waarom vertel je me niet waar ze is, Pari? Moet ze geopereerd worden? Lieg niet! Waarom liegt iedereen tegen me? Is ze weggegaan? Is ze in Afghanistan? Dan ga ik er ook heen! Ik ga naar Kabul en jij kunt me niet tegenhouden.* Zo gaat het de hele tijd, baba als gangmaker, in de war, en ik die hem met leugens voed, waarna ik hem probeer af te leiden met doe-het-zelffolders of iets op televisie. Soms werkt dat, maar vaak is hij niet gevoelig voor mijn trucjes. Hij maakt zich zorgen, tot hij in tranen is, aan de rand van een zenuwtoeval. Hij slaat zich tegen zijn hoofd en wiebelt heen en weer op zijn stoel, hij zit te snikken en zijn benen trillen, en dan moet ik hem een lorazepam geven. Ik wacht tot zijn ogen dichtvallen, en dan plof ik uitgeput neer op de bank, amechtig, zelf bijna in tranen. Ik kijk verlangend naar de voordeur en de open ruimte erachter, en ik wil gaan lopen, door blijven lopen, en dan kreunt baba in zijn slaap en keer ik met een schok terug in de werkelijkheid en voel me vreselijk schuldig.

'Mag ik Hector even spreken, baba?'

Ik hoor hoe hij de hoorn doorgeeft. Op de achtergrond het

geluid van kreunende en vervolgens applaudisserende toeschouwers bij een spelprogramma.

'Hé, meid.'

Hector Juarez woont aan de overkant van de straat. We zijn al vele jaren buren, en de laatste jaren bevriend geraakt. Hij komt een paar keer per week op bezoek, en hij en ik eten dan junkfood en kijken tot heel laat waardeloze tv-programma's, meestal realityshows. We kauwen op koude pizza en schudden ons hoofd met een ongezond soort fascinatie voor de fratsen en driftbuien op het scherm. Hector is marinier geweest, hij was gelegerd in het zuiden van Afghanistan. Een paar jaar geleden raakte hij ernstig gewond bij een bomexplosie. Iedereen uit de buurt was aanwezig toen hij ten slotte uit het militair hospitaal kwam. Zijn ouders hadden een groot spandoek opgehangen op hun voorerf, met ballonnen en een hoop bloemen, *Welkom thuis, Hector.* Iedereen applaudisseerde toen zijn ouders bij het huis stopten. Een aantal buren hadden taart gebakken. Mensen bedankten hem voor zijn dienstbaarheid aan de goede zaak. Ze zeiden: *Wees sterk. God helpe je.* Hectors vader, Cesar, kwam een paar dagen later naar ons toe, en hij en ik maakten dezelfde rolstoelhelling als Cesar bij zijn eigen huis had aangebracht; die leidde naar de voordeur, waarboven de Amerikaanse vlag hing. Ik weet nog dat ik tijdens ons werk aan de helling de behoefte voelde om me tegenover Cesar te excuseren voor wat er met Hector was gebeurd in het geboorteland van mijn vader.

'Hé,' zeg ik. 'Ik dacht ik zal eens even bellen.'

'Hier is alles goed,' zegt Hector. 'We hebben net gegeten. We hebben naar *The Price is Right* gekeken. We beleven nu plezier aan *Wheel*. En daarna nog *Feud*.'

'Ai. Sorry.'

'Nergens voor nodig, *mija*. We vermaken ons best. Toch, Abe?'

'Dank je wel dat je eieren voor hem hebt gemaakt,' zeg ik.

Hector praat iets zachter. 'Het waren eigenlijk pannenkoeken. En raad eens? Hij vond ze lekker. Hij heeft er vier gegeten.'

'Ik ben je erg dankbaar.'

'Ik vind dat nieuwe schilderij echt mooi, meid. Dat joch met die grappige pet op. Abe heeft het me laten zien. Hij was zo trots als een pauw. Ik dacht: jezus! Daar mag je trots op zijn, man.'

Ik glimlach terwijl ik van rijstrook verander om een bumperklever te laten passeren. 'Misschien weet ik nu wat ik je voor kerst kan geven.'

'Kun je me nog eens vertellen waarom je niet met mij wilt trouwen?' zegt Hector. Ik hoor baba op de achtergrond protesteren, en Hector lacht, maar duidelijk met de hoorn op een afstand. 'Grapje, Abe. Rustig aan met me, hè? Ik ben gehandicapt, hoor.' Daarna tegen mij: 'Ik geloof dat je vader even de Pashtun in hem wilde tonen.'

Ik herinner hem eraan baba zijn middagpillen te geven en hang op.

*

Het is net als met een foto van een radiopresentator: hij lijkt nooit op het beeld dat jij je van hem hebt gevormd op grond van de stem die je in je auto hoort. Ze is oud, om daar maar mee te beginnen. Of behoorlijk oud. Natuurlijk wist ik dat wel. Ik had wat rekenwerk verricht met als uitkomst dat ze begin zestig moest zijn. Uiteraard is het moeilijk in deze slanke, grijsharige vrouw het jonge meisje te herkennen dat mij altijd voor ogen heeft gestaan, een driejarige met donker krulhaar en lange wenkbrauwen die elkaar bijna raken, net als bij mij. En ze is groter dan ik had gedacht; dat zie ik zelfs als ik haar zittend op een bankje bij een broodjeszaak aantref, waar ze timide om zich heen kijkt, alsof ze verdwaald is. Ze heeft smalle schouders en een fijn gevormd en prettig gezicht, haar haren zijn strak naar achteren gekamd, en worden bijeengehouden door een gehaakte hoofdband. Ze heeft jaden oorbellen in en draagt een vale spijkerbroek, een lange, zalmkleurige trui en een gele sjaal, die met nonchalante, Europese elegantie om haar hals is gedrapeerd. In haar laatste e-mail had ze me verteld dat ze die sjaal zou dragen, zodat ik haar meteen zou herkennen.

Ze heeft mij nog niet gezien, en ik wacht even tussen de passagiers die hun bagagewagentjes naar de terminal duwen en de chauffeurs die bordjes ophouden met de naam erop van degene die ze komen afhalen. Mijn hart gaat in mijn ribbenkast tekeer, ik zeg bij mezelf: *Dat is ze. Dat is ze. Dat is ze echt.* Dan maken onze ogen contact en er gaat een golf van herkenning over haar gezicht. Ze zwaait.

We ontmoeten elkaar bij de bank. Ze glimlacht breed, en mijn knieën knikken. Ze heeft precies dezelfde scheve glimlach als baba – behalve de opening tussen haar boventanden, ter grootte van een rijstkorrel – een glimlach die over haar gezicht naar boven kruipt en haar ogen zowat dichtdrukt, en ze houdt haar hoofd licht omhoog, ook op dezelfde manier als hij. Ze staat op en ik zie haar handen, de knobbelige gewrichten, de vingers die vanaf de eerste knokkel afgebogen staan van de duim, de knobbels op haar pols, zo groot als kikkererwten. Mijn maag draait zich even om, het ziet er zo pijnlijk uit.

We omarmen elkaar en zij kust mij op mijn wangen. Haar huid is zacht als vilt. Als we elkaar loslaten, houdt ze me even op een afstand door haar handen op mijn schouders te leggen, en ze kijkt naar mijn gezicht alsof ze een schilderij taxeert. Er hangt een vochtig waas voor haar ogen. Ze twinkelen van geluk.

'Sorry dat ik te laat ben.'

'Niet erg,' zegt ze. 'Eindelijk ben ik bij jullie! Ik ben zo blij.' Haar Franse accent is, nu ik haar in levenden lijve ontmoet, nog sterker dan aan de telefoon.

'Ik ben ook heel blij,' zeg ik. 'Hoe was de vlucht?'

'Ik heb een pilletje genomen, anders kan ik niet slapen. Dan blijf ik de hele tijd wakker. Want dan ben ik te gelukkig en te opgewonden.' Ze blijft me stralend aanstaren – alsof ze bang is dat ze de betovering zal verbreken als ze ergens anders naar kijkt – totdat een stem uit de luidspreker passagiers aanraadt melding te maken van bagage die onbeheerd is achtergelaten, en dan ontspant haar gezicht zich een beetje.

'Weet Abdullah al dat ik kom?'

'Ik heb hem verteld dat ik een gast meebreng,' zeg ik.

Als we later in de auto stappen, kijk ik stiekem naar haar. Het is zo vreemd. Ik kan bijna niet geloven dat Pari Wahdati in mijn auto zit, een paar centimeter bij me vandaan. Het ene moment zie ik haar zonneklaar – de gele sjaal om haar hals, de dunne haartjes bij haar haargrens, de koffiekleurige moedervlek onder haar linkeroor – en het volgende moment zijn haar trekken gehuld in een soort mist, alsof ik door wazige glazen tuur. Ik voel me even duizelig worden.

'Gaat het wel?' zegt ze, terwijl ze me aankijkt en haar veiligheidsgordel vastmaakt.

'Ik denk aldoor maar dat u gaat verdwijnen.'

'Sorry?'

'Het is... bijna niet te geloven,' zeg ik, nerveus lachend. 'Dat u echt bestaat. Dat u hier echt bent.'

Ze knikt glimlachend. 'Dat geldt ook voor mij. Het is voor mij ook vreemd. Ik heb mijn hele leven nog nooit iemand ontmoet die dezelfde naam heeft als ikzelf.'

'Ik ook niet.' Ik draai het contactsleuteltje om. 'Vertel eens iets over uw kinderen.'

Terwijl ik de parkeerplaats af rijd, vertelt ze alles over hen, ze gebruikt hun namen alsof ik ze al hun hele leven ken, alsof haar kinderen en ik samen zijn opgegroeid, samen naar familiepicknicks zijn gegaan, samen hebben gekampeerd, zomervakanties aan het strand hebben doorgebracht, waar we halskettingen van schelpen hebben gemaakt en elkaar onder het zand hebben begraven.

Was dat maar zo geweest.

Ze vertelt me daar haar zoon Alain – 'en jouw neef,' voegt ze eraan toe – en zijn vrouw Ana hun vijfde kind gekregen hebben, een meisje, en dat ze naar Valencia zijn verhuisd, waar ze een huis gekocht hebben. '*Finalement* wonen ze niet meer in dat afschuwelijke huis in Madrid!' Haar oudste dochter Isabelle, die muziek schrijft voor de televisie, heeft haar eerste opdracht binnen voor het componeren van muziek voor een grote film. En Isabelles echtgenoot, Albert, is nu chef-kok van een gerenommeerd restaurant in Parijs.

'Jij had toch ook een restaurant?' vraagt ze. 'Dat schreef je geloof ik in een e-mail.'

'Nou, mijn ouders. Mijn vader wilde altijd al graag een restaurant hebben. Ik heb hen geholpen bij het runnen ervan. Maar ik heb het een paar jaar geleden moeten verkopen. Toen mijn moeder gestorven was, en baba... het niet meer kon.'

'O. Dat spijt me.'

'Dat hoeft niet. Ik was niet geknipt voor het werk in een restaurant.'

'Dat denk ik ook niet. Je bent een kunstenaar.'

De eerste keer dat we elkaar spraken had ik haar, toen ze vroeg wat ik deed, terloops verteld dat ik ervan droomde ooit nog eens naar een kunstacademie te gaan.

'Ik ben eigenlijk een *transcriptionist*, zo heet dat hier in Amerika.'

Ze luistert aandachtig als ik uitleg dat ik werk voor een bedrijf dat data verwerkt van grote ondernemingen die in de *Fortune 500* voorkomen. 'Ik vul formulieren in. Folders, ontvangstbewijzen, mailinglists, klantenlijsten, dat soort dingen. Het belangrijkste is eigenlijk dat je goed kunt typen. En het betaalt redelijk.'

'Oké,' zegt zij. Ze denkt na en zegt dan: 'Vind je dat werk interessant?'

Op onze weg naar het zuiden passeren we Redwood City. Ik reik langs haar heen en wijs door het zijraampje aan haar kant: 'Ziet u dat grote gebouw met dat blauwe bord?'

'Ja.'

'Daar ben ik geboren.'

'*Ah bon?*' Ze draait haar hoofd mee om ernaar te kunnen blijven kijken terwijl wij er voorbijrijden. 'Je hebt geluk gehad.'

'Hoezo?'

'Jij weet waar je vandaan komt.'

'Daar heb ik eigenlijk nog nooit over nagedacht.'

'*Bah*, natuurlijk niet. Maar het is belangrijk dat te weten, je roots te kennen. Te weten waar je als mens vandaan komt. Als dat niet zo is, dan lijkt je eigen leven onwezenlijk voor je. Als een puzzel. *Vous comprenez?* Alsof je het begin van een verhaal hebt gemist, en nu zit je midden in het verhaal en probeer je het te begrijpen.'

Ik stel me voor dat baba zich nu zo voelt. Een leven vol hiaten. Elke dag een mysterieuze intrige, een raadsel waar hij zich doorheen moet zien te worstelen.

We rijden een paar kilometer zonder iets te zeggen.

'Of ik mijn werk interessant vind?' zeg ik. 'Ik kwam op een dag thuis en het water kletterde in de gootsteen. Er lagen glasscherven op de grond en het gasfornuis stond nog aan. Dat was het moment dat ik besefte dat ik hem niet langer alleen thuis kon laten. En omdat ik me geen inwonende thuishulp kon veroorloven, ben ik werk gaan zoeken dat ik thuis kon doen. Of ik dat werk interessant vond, was in dat verband niet relevant.'

'En de kunstacademie kan wachten.'

'Dat moet wel.'

Ik ben even bang dat ze nu gaat zeggen dat baba maar geluk heeft met een dochter als ik, maar tot mijn opluchting en mijn dankbaarheid knikt ze alleen maar, terwijl haar blik langs de verkeersborden glijdt. Andere mensen, vooral

Afghanen, zeggen altijd dat baba zijn handen mag dichtknijpen, dat ik een zegen ben. Ze spreken bewonderend over mij. Ze schilderen me af als een heilige, de dochter die heldhaftig afzag van een schitterend en onbekommerd leven en er de voorkeur aan gaf thuis te blijven om voor haar vader te zorgen. *En eerst nog de moeder*, zeggen ze dan met een stem die galmt van sympathie, zo stel ik me voor. *Al die jaren waarin ze haar heeft verzorgd. Wat een verschrikking. En nu haar vader. Ze is nooit een schoonheid geweest, dat niet, maar ze had wel een vrijer. Een Amerikaan, die man van de zonne-energie. Ze had met hem kunnen trouwen. Maar dat deed ze niet. Om hen. De dingen die ze ervoor opgeofferd heeft. Ah, elke vader of moeder zou zo'n dochter moeten hebben.* Ze geven me een complimentje vanwege mijn goede humeur. Ze verbazen zich over mijn dapperheid en edelmoedigheid, zoals mensen doen als het gaat over personen die een fysieke misvorming hebben overwonnen, of iets als een ernstig spraakgebrek.

Maar ik herken me niet in die versie van het verhaal. Op sommige ochtenden zie ik baba bijvoorbeeld op de rand van zijn bed zitten, terwijl hij me aankijkt met zijn vochtige blik, ongeduldig op me wachtend omdat hij sokken aan zijn uitgedroogde, vlekkerige voeten wil, hij gromt mijn naam en trekt een infantiel gezicht, hij rimpelt zijn neus waardoor hij eruitziet als een nat en angstig knaagdiertje, en dan stoor ik me aan zijn gezicht. Ik stoor me aan hoe hij is. Ik stoor me aan hem vanwege de beperkingen die hij aan mijn bestaan oplegt, vanwege het feit dat mijn beste jaren wegvloeien. Er zijn dagen dat ik maar één ding wil: verlost zijn van hem, van zijn slechte humeur, van zijn afhankelijkheid van mij. Ik ben allesbehalve een heilige.

Ik neem de afslag Thirteenth Street. Nog een paar kilometer en ik rijd onze oprit aan de Beaver Creek Court op en zet de motor af.

Pari kijkt door het venster naar onze bungalow, naar de

garagedeur die nodig geschilderd moet worden, het olijfkleurige houtwerk van de ramen, de haveloze stenen leeuwen die als wakers aan beide kanten van de voordeur staan – ik heb de moed niet kunnen opbrengen ze weg te halen, omdat baba erop gesteld is, al waag ik het te betwijfelen of hij het verschil zou merken. We hebben sinds 1989 in dit huis gewoond, toen ik zeven was, eerst huurden we het, maar baba heeft het in 1993 van de eigenaar gekocht. Moeder is in dit huis overleden op de ochtend voor Kerstmis, in een ziekenhuisbed dat ik in de logeerkamer had gezet, waar ze de laatste drie maanden van haar leven heeft gelegen. Ze had me gevraagd haar in die kamer onder te brengen, vanwege het uitzicht. Ze zei dat ze er opkikkerde. Ze lag in het ziekenhuisbed, met gezwollen, grauwe benen, en keek de hele dag naar de doodlopende straat, de voortuin met de border van Japanse esdoorns die ze jaren eerder had geplant, het bloemperk in de vorm van een ster, het gazon waar een smal pad met kiezelstenen doorheen liep, en de heuvels in de verte, die midden op de dag een diepgouden gloed kregen als het zonlicht er vol op scheen.

'Ik ben doodnerveus,' zegt Pari heel kalm.

'Begrijpelijk,' zeg ik. 'Het is achtenvijftig jaar geleden.'

Ze kijkt naar haar handen, die verstrengeld in haar schoot liggen. 'Ik kan me bijna niets van hem herinneren. Wat ik me herinner, is niet zijn gezicht en ook niet zijn stem. Alleen dat er aan mijn leven altijd iets heeft ontbroken. Iets goeds. Iets... ach, ik weet niet wat ik moet zeggen. Dat is alles.'

Ik knik. Ik denk dat het beter is haar niet te zeggen dat ik het maar al te goed begrijp. Ik sta op het punt om haar te vragen of ze ooit enig vermoeden heeft gehad van mijn bestaan.

Ze speelt met het rafelige eind van haar sjaal. 'Denk je dat het mogelijk is dat hij nog weet wie ik ben?'

'Wilt u de waarheid horen?'

Ze kijkt me onderzoekend aan. 'Ja, natuurlijk.'

'Het is misschien beter dat hij het niet weet.' Ik denk aan

wat dokter Bashiri heeft gezegd, al heel lang de huisarts van mijn ouders, die later dit jaar met pensioen zal gaan. Hij zei dat baba een regelmatig leven nodig had met zo min mogelijk verrassingen. *Een gevoel van voorspelbaarheid.*

Ik open het portier aan mijn kant. 'Zou u het erg vinden als u nog heel even in de auto wacht? Dan stuur ik mijn vriend naar huis en dan kunt u baba ontmoeten.'

Ze legt een hand over haar ogen, en ik wacht niet om te zien of ze gaat huilen.

*

Toen ik elf was, gingen alle achtstegroepers van mijn basisschool voor een tweedaagse excursie naar het Monterey Bay Aquarium. De hele week die aan die vrijdag voorafging bespraken mijn klasgenoten, in de bibliotheek, of bij een spelletje tijdens de pauze, hoeveel pret ze wel niet zouden hebben als het aquarium 's avonds eenmaal voor de gewone bezoekers was gesloten en zij alle vrijheid hadden om in hun pyjama rond te rennen door de collectie, tussen de hamerhaaien, de roggen, de grote rafelvissen en de inktvissen. Onze onderwijzeres, juffrouw Gillespie, vertelde dat er overal in het aquarium eetstalletjes zouden worden opgesteld, waar de leerlingen konden kiezen uit macaroni met kaas of sandwiches met jam en pindakaas. *Als dessert kun je brownies of vanille-ijs nemen*, zei ze. De leerlingen zouden 's avonds in hun slaapzak kruipen en de onderwijzeressen zouden verhalen voorlezen, en ze zouden inslapen tussen de zeepaardjes en de sardines en de luipaardhaaien die tussen grote varenbladen van waaiend bruinwier door gleden. Op donderdag was de sfeer in het klaslokaal er een van grote opwinding. Zelfs de herrieschoppers zetten hun beste beentje voor, uit angst dat wangedrag hun het uitstapje naar het aquarium zou kosten.

Voor mij was het alsof ik keek naar een spannende film

waarvan het geluid was afgezet. Ik voelde me geen onderdeel van de vrolijkheid en de algehele feeststemming – zoals dat ook altijd in december het geval was, als mijn klasgenoten naar huis gingen in Douglas Firs, naar kousen die bungelden boven open haarden en naar stapels cadeaus. Ik vertelde juffrouw Gillespie dat ik niet meeging. Toen ze vroeg waarom, zei ik dat de excursie op een islamitische feestdag viel. Ik wist niet zeker of ze me geloofde.

Op de avond van de excursie bleef ik thuis bij mijn ouders en keken we naar *Murder, She Wrote*. Ik probeerde me op het programma te concentreren en niet te denken aan de excursie, maar mijn geest bleef maar afdwalen. Ik stelde me voor hoe mijn klasgenoten in hun pyjama's en met zaklantaarns in hun hand hun voorhoofd tegen het glas van de enorme reservoirs met aal drukten. Ik voelde me benauwd, en schoof heen en weer op de bank. Baba, die op de andere bank hing, gooide een pinda in zijn mond en grinnikte om iets wat Angela Lansbury zei. Naast me zag ik moeder peinzend naar mij kijken, met een zorgelijke trek op haar gezicht, maar toen onze blikken elkaar ontmoetten, glimlachte ze snel, het was een steelse, vertrouwelijke glimlach, en ik kromp inwendig ineen en dwong me terug te glimlachen. Die nacht droomde ik dat ik ergens aan een kust was en tot aan mijn middel in de oceaan stond, het water had duizenden schakeringen groen en blauw, de kleuren van jade, saffier en turkoois, en deinde zachtjes tegen mijn heupen. Rond mijn voeten gleden allerlei vissen, alsof de oceaan mijn eigen privéaquarium was. Ze streken langs mijn tenen en kietelden mijn kuiten, duizenden glinsterende kleurvlekken, die door elkaar heen schoten tegen de ondergrond van het witte zand.

Die zondag had baba een verrassing voor me. Hij sloot die dag het restaurant – iets wat hij bijna nooit deed – en we reden met ons tweeën naar het aquarium in Monterey. Baba was de hele weg opgewonden aan het woord. Hoeveel plezier we zouden beleven. Hoe hij vooral uitzag naar al die haaien.

Wat zouden we voor de lunch nemen? Terwijl hij praatte, dacht ik aan de tijd dat ik nog klein was en hij me meenam naar de kinderboerderij in Kelley Park, en naar de Japanse tuinen ernaast om naar de koikarpers te gaan kijken, en hoe we alle vissen namen gaven, en hoe ik zijn hand vasthield en bij mezelf zei dat ik voor de rest van mijn leven nooit iemand anders meer nodig had.

In het aquarium bewoog ik me manmoedig tussen de tentoongestelde objecten door en deed ik mijn best baba's vragen te beantwoorden over de verschillende vissoorten die ik herkende. Maar het was er te druk en te rumoerig, en bij de mooiste bezienswaardigheden stonden te veel mensen. Het leek in niets op de voorstelling die ik me had gemaakt van de excursie. Het was vermoeiend. Ik raakte doodop van mijn pogingen om te doen alsof ik me vermaakte. Ik voelde maagpijn opkomen, en na een paar uur slenteren gingen we weg. Op de terugweg bleef baba met een gekwelde blik naar mij kijken, alsof hij op het punt stond iets te zeggen. Ik voelde hoe zijn ogen op mij gericht waren. Ik deed alsof ik sliep.

In de eerste klas van de high school, het jaar daarop, hadden meisjes van mijn leeftijd oogschaduw en lipgloss op. Ze gingen naar concerten van Boys II Men, schoolfuiven, en in groepsverband naar Great America, waar ze samen zaten te gillen bij de ijzingwekkende scènes in *The Demon.* Klasgenoten wedijverden met elkaar om te mogen meedoen aan basketbal en cheerleading. Het meisje dat bij Spaans achter me zat, een bleek meisje met sproeten dat enthousiast aan zwemmen deed, suggereerde me terloops toen we vlak na de bel onze spullen van ons tafeltje pakten dat ik het ook eens moest proberen. Ze begreep het niet. Mijn ouders zouden het verschrikkelijk vinden als ik in het openbaar een badpak zou dragen. Niet dat ik dat van plan was. Ik voelde me heel ongemakkelijk over mijn lichaam. Mijn bovenlijf was slank, maar onder mijn middel waren de proporties zoek, mijn onderlijf was opvallend dik, alsof de zwaartekracht al mijn gewicht naar beneden getrokken had. Ik zag eruit alsof ik in elkaar was gezet door een kind dat bezig was geweest met zo'n spel waarbij je delen van het lichaam kunt verwisselen en aanpassen, of beter: niet aanpassen, zodat iedereen eens goed kan lachen. Moeder zei dat ik zware botten had. Ze zei dat haar moeder dezelfde bouw had gehad. Uiteindelijk hield ze ermee op, omdat ze denk ik wel doorkreeg dat een meisje liever niet te horen krijgt dat ze zware botten heeft.

Ik drong er bij baba op aan me naar volleybal te laten gaan, maar hij nam me in zijn armen en legde zijn handen zachtjes om mijn hoofd. Wie zou me naar de training brengen, zei hij. Wie zou me naar de wedstrijden rijden? *O, ik zou willen dat we de luxe hadden, Pari, net als de ouders van je vriendinnen, maar wij moeten hard werken, je moeder en ik. Ik wil niet weer de bijstand in. Begrijp je, liefje? Ja, je begrijpt het vast wel.*

Hoewel hij hard moest werken om in ons onderhoud te voorzien, vond baba wel tijd om me naar Campbell te rijden voor lessen Farsi. Elke dinsdagmiddag volgde ik na de gewone school Farsi en, net als een vis die stroomopwaarts moet zwemmen, probeerde ik tegen mijn natuur in de pen van rechts naar links over het papier te bewegen. Ik smeekte baba me van de cursus Farsi te halen, maar hij weigerde. Hij zei dat ik later het geschenk dat hij me gaf zou waarderen. Hij zei dat als cultuur een huis was, taal de sleutel was van de voordeur en van alle kamers. Zonder die taal, zei hij, zou je losgeslagen zijn, zonder een eigen thuis of een echte identiteit.

Dan waren er de zondagen, als ik een witte sjaal omdeed en hij me afzette bij de moskee in Hayward, om Koranles te volgen. Het vertrek waar we les kregen, een tiental Afghaanse meisjes en ik, was klein, had geen airconditioning en stonk naar ongewassen kleren. De ramen waren smal en zaten hoog, zoals de ramen van gevangenissen in een film. De vrouw die ons lesgaf, was de echtgenote van een kruidenier in Fremont. Ik vond haar het aardigst als ze verhalen vertelde over het leven van de Profeet, ik was geboeid door hoe hij in zijn kinderjaren in de woestijn had geleefd, hoe de engel Gabriel in een grot aan hem verschenen was en hem had opgedragen verzen op te zeggen, hoe iedereen die hem ontmoette werd getroffen door zijn vriendelijke en open gezicht. Maar de meeste tijd werkte zij een lange lijst af met waarschuwingen voor alle dingen die we als jonge moslimmeisjes koste wat kost moesten vermijden, zodat we niet zouden worden gecorrumpeerd door de westerse cultuur: eerst en vooral jongens, natuurlijk, maar ook rapmuziek, spek, varkensworst, Madonna, alcohol, *Melrose Place*, dansen, shorts, zwemmen in het openbaar, cheerleading, hamburgers die niet halal waren, en heel veel andere dingen. Ik zat op de vloer, zwetend van de hitte, mijn voeten sliepen, en ik wilde dat ik mijn hoofddoek af kon doen, maar dat ging natuurlijk niet in een moskee. Ik keek omhoog naar de ramen, maar daar zag je alleen maar een dun streepje hemel. Ik verlangde naar het moment dat ik de moskee kon verlaten, dat de frisse lucht me in het gezicht zou slaan, en ik voelde dan altijd hoe ik ruimer kon ademen, alsof er een akelige knoop in mijn borst werd ontward.

Maar tot dat moment aanbrak, kon ik alleen ontsnappen door mijn geest de vrije teugel te geven. Van tijd tot tijd dacht ik aan Jeremy Warwick, van de wiskundeles. Jeremy had laconieke blauwe ogen en een blond afrokapsel. Hij was zwijgzaam en zwartgallig. Hij speelde gitaar in een garagehouseband – bij de jaarlijkse talentenjacht op school bracht hij een rauwe versie van 'House of the Rising Sun' ten gehore. In de klas zat ik links achter Jeremy. Soms stelde ik me voor dat we elkaar kusten, zijn handen in mijn nek, zijn gezicht zo vlak bij het mijne dat de hele wereld onzichtbaar werd. Er ging dan een sensatie door me heen als van een warme veer, die zachtjes over mijn buik streek, over mijn ledematen. Natuurlijk zou het nooit gebeuren. *Wij* zouden nooit gebeuren, Jeremy en ik.

Als hij ook maar het flauwste vermoeden van mijn bestaan had gehad, had hij dat nooit laten merken. Wat ook maar het beste was. Zo kon ik doen alsof de enige reden was dat we niet bij elkaar konden zijn dat hij me niet aardig vond.

In de zomer werkte ik in het restaurant van mijn ouders. Toen ik jonger was, vond ik het prachtig tafels schoon te maken en ze van borden en bestek te voorzien, papieren servetjes te vouwen, en een rode gerbera te plaatsen in het ronde vaasje dat midden op elke tafel stond. Ik deed alsof ik onmisbaar was voor het familiebedrijfje, alsof het restaurant het niet zou redden als ik er niet zou zijn om de peper-en-zoutstelletjes te vullen.

Toen ik naar de high school ging, werden de dagen in Abe's Kabob House tergend lang en warm. Veel van de glans die de dingen in het restaurant voor mij in mijn kinderjaren hadden gehad, was verdwenen. De zoemende frisdankautomaat in de hoek, de vinyltafelkleden, de vuile plastic kopjes, de smakeloze namen op de gelamineerde menukaarten (Karavaan Kebab, Khyber Pas Pilav, Zijderoute Kip), de slordig ingelijste poster van het Afghaanse meisje uit de *National Geographic*, die met die ogen. Alsof er een instructie was geweest dat elk Afghaans restaurant die ogen aan de muur moest hebben. Ernaast had baba een olieverfschilderij opgehangen dat ik op school had gemaakt, van de grote minaretten in Herat. Ik herinner me hoe trots ik me had gevoeld toen hij het voor het eerst ophing en ik bezoekers onder mijn kunstwerk hun lamskebab zag eten.

Tijdens de lunchtijd, als moeder en ik heen en weer renden van de gekruide rook in de keuken naar de tafels waar we kantoorpersoneel en politieagenten en gemeenteambtenaren bedienden, werkte baba bij de kassa, baba met zijn vetvlekken op zijn witte overhemd, de wilde grijze borstharen die boven het bovenste open knoopje uit kwamen, zijn dikke, harige bovenarmen. Baba die straalde en vrolijk zwaaide naar iedere bezoeker die binnenkwam. *Hallo, meneer! Hallo mevrouw! Welkom in Abe's Kabob House! Ik ben Abe. Wat wilt u eten?* Ik voelde me ineenkrimpen bij zijn gebrek aan besef dat hij klonk als een malle vent uit het Midden-Oosten in een slechte tv-serie. En verder was er bij elk gerecht dat ik opdiende het toneelstukje van baba: hij luidde de oude koperen bel. Dat was als een grap begonnen, denk ik, de bel die baba had bevestigd aan de muur achter de kassa. En nu werd elk gerecht dat ergens op een tafel werd opgediend, begroet met een fikse galm van de koperen bel. De stamgasten waren eraan gewend – ze hoorden het amper meer – en nieuwkomers zagen het als de excentrieke charme van het restaurant, al waren er nu en dan klachten over.

Jij wilt die bel niet meer horen, zei baba op een avond. Het was het voorjaarssemester van mijn laatste jaar op high school. We zaten in de auto bij het restaurant na sluitingstijd te wachten op moeder, die haar medicijnen had vergeten en was teruggehold om ze te halen. Baba keek treurig. Hij was de hele dag al in een sombere stemming geweest. Er viel een fijne motregen in het winkelcentrum. Het was al laat en het terrein was leeg, op een paar auto's na bij de drive-in van de Kentucky Fried Chicken en een pick-up die bij een stomerij stond, met twee mannen erin, uit de raampjes kringelde sigarettenrook omhoog.

Ik vond het leuker toen ik het niet leuk hoefde te vinden, zei ik.

Dat is altijd wel zo, denk ik. Hij zuchtte diep.

Ik herinnerde me hoe fantastisch ik het als klein meisje vond als baba me aan mijn armen optilde en ik de bel mocht luiden. Als hij me weer neerzette, straalde mijn gezicht van geluk en trots.

Baba zette de verwarming aan in de auto en legde zijn armen over elkaar.

Baltimore is wel heel ver weg.

Je kunt op elk moment het vliegtuig nemen om me te bezoeken, zei ik opgewekt.

Op elk moment het vliegtuig nemen, herhaalde hij enigszins spottend. *Ik maak kebab om brood op de plank te krijgen, Pari.*

Dan kom ik wel bij jullie op bezoek.

Baba keek me vermoeid aan. Zijn melancholie was als de duisternis die zich vanbuiten tegen de autoraampjes perste.

Ik had al een maand lang elke dag op onze brievenbus gelet, en elke keer als de postbode zijn auto stilzette bij de stoep ging mijn hart sneller slaan. Ik haalde de post op, deed binnen mijn ogen dicht en dacht: *dit kan het zijn*. Ik opende mijn ogen en doorzocht de rekeningen en de lotto- en totoaanbiedingen. Toen, op de dinsdag van de week ervoor, had ik een envelop opengescheurd en de woorden gevonden waar ik op had gewacht: *Tot onze vreugde kunnen we u meedelen...*

Ik sprong overeind. Ik gilde. Eigenlijk was het meer een schor gejank, waar de tranen me van in de ogen schoten. Bijna tegelijkertijd schoot er een beeld door mijn hoofd. Openingsavond van een galerie, ik gekleed in iets simpels, zwart en elegant, omringd door mecenassen en gefronste critici, ik glimlachend en hun vragen beantwoordend, terwijl bewonderaars samenklonteren voor mijn doeken en kelners met witte handschoenen her en der in de galerie wijn schenken, kleine vierkante hapjes met zalm en dille presenteren, of asperges in bladerdeeg. Ik beleefde een van die plotselinge uitbarstingen van euforie, als je vreemdelingen wel wilt zoenen en wild met ze wilt dansen.

Ik maak me zorgen om je moeder, zei baba.

Ik bel elke avond. Dat beloof ik. Je weet dat ik dat zal doen.

Baba knikte. De bladeren van de esdoorns bij de ingang van het winkelcentrum zwiepten heen en weer door een plotselinge windvlaag.

Heb je nog nagedacht over wat we besproken hebben, zei hij.

Je bedoelt de hogeschool?

Voor één jaar maar, of voor twee. Gewoon om haar te laten wennen aan het idee. Daarna kun je je opnieuw inschrijven.

Er ging een golf van woede door me heen. *Baba. Die mensen hebben mijn toetsen en mijn kopieën beoordeeld, ze hebben mijn portfolio bekeken, en ze vonden mijn werk zo goed dat ze me niet alleen aangenomen hebben, maar me ook een beurs hebben aangeboden. Dit is een van de beste kunstacademies in het hele land. Dit is geen school om nee tegen te zeggen. Zo'n kans krijg ik nooit meer.*

Dat is waar, zei hij, terwijl hij zich in zijn stoel oprichtte. Hij maakte een kom van zijn handen en blies er warme lucht in. *Natuurlijk begrijp ik dat. Natuurlijk ben ik blij voor je.* Ik kon op zijn gezicht zien hoe moeilijk hij het ermee had. En hoe bang hij was. Niet alleen bang *om* mij, omdat ik vierduizend kilometer van huis zou zijn. Maar ook bang *voor* mij. Bang om mij te verliezen. En bang voor de macht die ik juist door mijn afwezigheid zou hebben om hem ongelukkig te maken, om zijn open, kwetsbare hart te maltraiteren als ik dat wilde, als een dobermannpincher die zich uitleeft op een kat.

Toen moest ik aan zijn zus denken. Op dat moment was mijn contact met Pari – wier aanwezigheid ik ooit diep in mijzelf had gevoeld, als het bonzen van mijn eigen hart – al lange tijd aan het tanen. Ik dacht slechts af en toe aan haar. Met het verstrijken van de jaren was ik haar ontgroeid, zoals ik mijn lievelingspyjama's en mijn favoriete knuffelbeesten was ontgroeid. Maar nu dacht ik weer aan haar en aan de banden die we gemeenschappelijk hadden. Als dat wat er met haar was gebeurd een golf was die ver van de kust was gebroken, dan was het de terugslag van die golf die nu om mijn enkels kabbelde en terugweek van mijn voeten.

Baba schraapte zijn keel en keek uit het raam, naar de donkere hemel en de maan waar wolken langs dreven, en zijn ogen waren vochtig van de emotie.

Alles zal me aan jou herinneren.

Het was de zachte, licht paniekerige manier waarop hij sprak, waardoor ik wist dat mijn vader een gekwetste man was, dat zijn liefde voor mij even oprecht en groot en blijvend was als de hemel, en dat die altijd op me zou drukken. Het was het soort liefde dat je vroeg of laat tot een keuze dwong: je ervan losscheuren, of blijven en de kracht ervan weerstaan, zelfs als die je inperkte.

Vanaf de donkere achterbank raakte ik met mijn hand zijn gezicht aan. Hij legde zijn wang op mijn hand.

Waarom duurt het zo lang, mompelde hij.

Ze doet net de deur op slot, zei ik. Ik voelde me uitgeput. Ik zag hoe moeder naar de auto rende. De motregen was overgegaan in een stortbui.

Een maand later, een paar weken voor ik naar het oosten van het land zou vliegen om een kennismakingsbezoekje aan de campus te brengen, ging moeder naar dokter Bashiri om hem te vertellen dat de pillen tegen de maagpijn niet hielpen. Hij liet een echo maken. Er werd een tumor gevonden aan de linkereierstok ter grootte van een walnoot.

*

'Baba?'

Hij ligt in zijn leunstoel, roerloos, in elkaar gezakt. Hij heeft zijn joggingbroek aan, zijn onderbenen zijn bedekt met een geruite deken. Hij draagt het gebreide bruine vest dat ik een jaar eerder voor hem heb gekocht, over een flanellen overhemd dat hij helemaal tot bovenaan heeft dichtgeknoopt. Zo wil hij de laatste tijd zijn overhemden dragen, wat hem iets jongensachtigs geeft maar ook iets breekbaars, alsof hij berust in zijn ouderdom. Zijn gezicht lijkt vandaag een beetje gezwollen, en er vallen slierten van zijn ongekamde witte haar over zijn voorhoofd. Hij kijkt met een duistere, onthutste blik naar *Who Wants to Be a Millionaire*. Als ik zijn naam zeg, blijft zijn blik nog even op het scherm gericht, alsof hij me niet heeft gehoord, voordat hij verstoord opkijkt. Hij heeft een strontje onder zijn linkeroog. Hij is aan een scheerbeurt toe.

'Baba, mag ik het geluid van de tv even afzetten?'

'Maar ik zit te kijken,' zegt hij.

'Dat weet ik. Maar er is bezoek.' Ik heb hem gisteren al verteld over het bezoek van Pari Wahdati, en vanochtend opnieuw. Ik vraag hem niet of hij het zich herinnert. Dat heb ik al snel geleerd: ik moet hem niet onverwachts ergens mee confronteren. Dat brengt hem in de war en het maakt hem afwerend, en soms grof.

Ik pak de afstandsbediening van de leuning van de stoel en zet het geluid af. Ik ben voorbereid op een woede-uitbarsting. De eerste keer dat hij die had, was ik ervan overtuigd dat het toneelspel was, dat hij maar deed alsof. Gelukkig gaat baba's protest niet verder dan een lange zucht door de neus.

Ik wenk Pari naderbij, die in de hal bij de deur van de woonkamer staat te wachten, en zij loopt langzaam naar ons toe. Ik zet een stoel vlak bij de leunstoel van baba. Ik zie dat ze verschrikkelijk zenuwachtig is. Ze zit rechtovereind, bleek, op het randje van de stoel, knieën tegen elkaar aangedrukt, handen verkrampt in elkaar, en ze glimlacht zo strak dat haar lippen er wit van worden. Haar ogen kijken baba strak aan, alsof ze maar een paar seconden heeft om zich zijn gezicht in te prenten.

'Baba, dit is de vriendin over wie ik je heb verteld.'

Hij neemt de grijsharige vrouw tegenover zich op. Hij heeft tegenwoordig een zenuwslopende manier van kijken naar mensen, zelfs als hij ze recht in de ogen staart: een lege blik. Hij lijkt dan in zichzelf gekeerd, afwezig, alsof hij ergens anders naar wilde kijken, maar zijn blik toevallig op hen bleef hangen.

Pari schraapt haar keel. Maar ondanks dat trilt haar stem als ze begint te praten: 'Hallo, Abdullah. Mijn naam is Pari.

Ik vind het fantastisch je te zien.'

Hij knikt langzaam. Ik kan de verwarring en de onzekerheid praktisch over zijn gezicht zien gaan, als een kramp. Zijn ogen gaan heen en weer tussen mijn gezicht en dat van Pari. Hij opent zijn mond tot een verwrongen halve glimlach, zoals altijd wanneer hij denkt dat er een grap met hem wordt uitgehaald.

'U hebt een accent,' zegt hij ten slotte.

'Zij woont in Frankrijk,' zeg ik. 'En jij moet Engels spreken, baba. Ze verstaat geen Farsi.'

Baba knikt. 'Dus u woont in Londen?' zegt hij tegen Pari.

'Baba.'

'Wat?' Hij wendt zich op scherpe toon tot mij. Dan begrijpt hij het en lacht even ongemakkelijk voor hij van het Farsi overgaat op het Engels. 'Woont u in Londen?'

'Eigenlijk in Parijs,' zegt Pari. 'Ik woon in een klein appartement in Parijs.' Ze blijft hem onafgebroken aankijken.

'Ik heb altijd met mijn vrouw naar Parijs gewild. Sultana. Zo heette ze. God hebbe haar ziel. Ze zei altijd: Abdullah, neem me mee naar Parijs. Wanneer neem je me nu eens mee naar Parijs?'

Moeder hield eigenlijk niet van reizen. Ze zag nooit in waarom ze het gemak en de vertrouwdheid van haar eigen huis zou moeten opgeven voor de beproeving van het vliegen en het gesjouw met bagage. Ze had geen belangstelling voor culinaire avonturen – haar idee van exotisch voedsel beperkte zich tot de pekingeend bij de afhaalchinees in Taylor Street. Het is wonderlijk hoe griezelig nauwkeurig baba haar soms voor de geest kan roepen – hij herinnert zich bijvoorbeeld dat ze haar eten zoutte door de zoutkorrels vanuit de palm van haar hand te strooien, of hoe ze mensen aan de telefoon onderbrak, terwijl ze dat nooit vis-à-vis deed – en hoe hij er andere keren zo verschrikkelijk naast kan zitten. Ik denk dat moeder voor hem aan het vervagen is, haar gezicht wordt steeds schimmiger, de herinnering aan haar neemt met de dag af, als zand dat uit je hand stroomt. Ze wordt een spookachtig silhouet, een lege huls die hij zich genoodzaakt voelt te vullen met onechte details en verzonnen karaktertrekken, alsof valse herinneringen beter zijn dan helemaal geen.

'Het is een prachtige stad,' zegt Pari.

'Misschien neem ik haar er nog eens mee naartoe. Maar ze heeft nu kanker. Die vrouwenkanker, hoe heet het...'

'Eierstokkanker,' zeg ik.

Pari knikt, ze kijkt even snel naar mij en dan weer terug naar baba.

'Ze wil vooral de Eiffeltoren beklimmen. Hebt u die ooit gezien?' zegt baba.

'De Eiffeltoren?' Pari Wahdati lacht. 'O ja. Elke dag. Ik kan er eigenlijk niet aan voorbij kijken.'

'Hebt u hem weleens beklommen? Helemaal tot bovenin?'

'Ja. Het is heel mooi daarboven. Maar ik heb een beetje hoogtevrees, dus het is niet altijd even prettig voor me. Bovenin kun je op een zonnige dag wel zestig kilometer ver kijken. Maar er zijn natuurlijk heel wat dagen in Parijs dat het weer niet zo goed en zo zonnig is.'

Baba gromt iets. Daardoor aangemoedigd, gaat Pari door met haar verhaal over de toren, hoeveel jaar het heeft gekost om hem te bouwen, hoe hij eigenlijk zou worden afgebroken na de Wereldtentoonstelling van 1889, maar zij kan baba's ogen niet lezen zoals ik. Zijn gezichtsuitdrukking is vervlakt. Ze beseft niet dat ze hem kwijt is, dat zijn gedachten al een andere richting hebben genomen, als bladeren in de wind. Pari schuift op haar stoel dichter naar hem toe. 'Wist je, Abdullah,' zegt ze, 'dat ze de toren om de zeven jaar moeten verven?'

'Wat was uw naam ook weer?' zegt baba.

'Pari.'

'Dat is de naam van mijn dochter.'

'Ja, dat weet ik.'

'U hebt dezelfde naam,' zegt baba. 'Jullie twee, jullie hebben dezelfde naam. Dat is ook toevallig.' Hij hoest en plukt afwezig aan een scheurtje in het leer van de armleuning.

'Mag ik je een vraag stellen, Abdullah?'

Baba haalt zijn schouders op.

Pari kijkt naar mij, alsof ze om toestemming wil vragen. Ik knik naar haar. Ze buigt zich voorover. 'Waarom heb je die naam voor je dochter gekozen?'

Baba verplaatst zijn blik naar het raam, de nagel van zijn vinger schraapt nog steeds over het scheurtje in de armleuning.

'Weet je dat nog, Abdullah? Waarom die naam?'

Hij schudt zijn hoofd. Met zijn vuist rukt hij aan zijn vest en klemt hem bovenaan om zijn hals. Zijn lippen bewegen amper als hij zachtjes begint te neuriën, een ritmisch gemompel waartoe hij zijn toevlucht neemt zodra hij wordt belaagd door angst en geen antwoord weet op een vraag, zodra alles wazig is geworden en hij in de war is door een stroom onsamenhangende gedachten en wanhopig wacht tot de duisternis opklaart.

'Abdullah? Wat is dat?' zegt Pari.

'Niets,' bromt hij.

'Nee, dat liedje dat je daar zingt. Wat is dat voor lied?'

Hij wendt zich hulpeloos tot mij. Hij weet het niet.

'Het is een soort kinderversje,' zeg ik. 'Weet je nog, baba? Je zei dat je het geleerd hebt toen je nog een jongen was. Je zei dat je het van je moeder had geleerd.'

'Oké.'

'Kun je het voor me zingen?' zegt Pari volhardend, met een hapering in haar stem. 'Alsjeblieft, Abdullah, kun je het voor me zingen?'

Hij laat zijn hoofd zakken en schudt langzaam van nee.

'Toe maar, baba,' zeg ik zachtjes. Ik leg mijn hand op zijn knokige schouder. 'Het is oké.'

Aarzelend zingt baba hoog en bevend, zonder op te kijken, een paar keer dezelfde twee regels:

Ik vond een kleine droeve fee
In de schaduw van een boom.

'Hij zei altijd dat er nog een tweede zin bij hoorde,' zeg ik tegen Pari, 'maar die is hij vergeten.'

Pari Wahdati laat een plotselinge lach ontsnappen die klinkt als een kreet die diep uit de keel komt, en ze bedekt haar mond. '*Ah, mon Dieu*,' fluistert ze. Ze haalt haar hand weg. In het Farsi zingt ze:

Ik ken een kleine droeve fee
Die 's nachts werd weggeblazen door de wind.

Er komen rimpels op baba's voorhoofd. Eén moment lang denk ik dat ik een lichtflits in zijn ogen zie. Maar dan is het alweer voorbij, en zijn gezicht is opnieuw onbewogen. Hij schudt zijn hoofd. 'Nee. Nee, ik geloof niet dat het zo gaat.'

'O, Abdullah,' zegt Pari.

Glimlachend, haar ogen vol tranen, neemt Pari baba's handen in de hare. Ze kust de rug van beide handen en drukt ze tegen haar wangen. Baba glimlacht breed, en ook zijn ogen worden vochtig. Pari kijkt naar mij en knippert tranen van geluk weg, en ik zie dat ze gelooft dat ze een doorbraak heeft bereikt, dat ze haar verloren broer teruggehaald heeft met dat toverlied, als een djinn uit een sprookje. Ze denkt dat hij haar nu duidelijk herkent. Ze zal weldra begrijpen dat hij alleen reageert op haar warme aanraking en haar blijk van affectie. Het is gewoon een dierlijk instinct. Niets anders. Dat weet ik pijnlijk zeker.

*

Een paar maanden voordat dokter Bashiri me het telefoonnummer doorgaf van een hospice, maakten mijn moeder en ik een reisje naar de Santa Cruz Mountains en logeerden een weekend in een hotel. Moeder hield niet van lange reizen, maar zij en ik maakten af en toe wel uitstapjes voordat ze ernstig ziek werd. Baba zorgde dan voor het restaurant en ik reed met moeder naar Bodega Bay of Sausalito of San Francisco, waar we altijd logeerden in een hotel bij Union Square. We installeerden ons op onze kamer en lieten eten en drinken komen, en we keken naar films op tv. Later gingen we naar de Wharf – moeder werd altijd het slachtoffer van de afzetters die het op toeristen gemunt hadden –, kochten *gelato* en keken naar de zeeleeuwen die op het water bij de pier dobberen. We gooiden muntgeld in de doosjes van de straatgitaristen en mimespelers en van de robotmannen die zich met een spray hadden ondergespoten. We brachten altijd een bezoek aan het Museum of Modern Art, en met mijn arm om haar heen geslagen liet ik haar de werken zien van Rivera, Kahlo, Matisse, Pollock. Of we gingen naar een middagvoorstelling, waar moeder dol op was, en we zagen twee of drie films en kwamen naar buiten als het al donker was, en onze oren tuitten, onze blik wazig was en onze vingers naar popcorn roken.

Met moeder was het makkelijker, en dat was altijd al zo geweest, minder gecompliceerd, minder gevaarlijk. Ik hoefde niet zo op mijn hoede te zijn. Ik hoefde niet voortdurend te letten op wat ik zei, uit vrees haar te kwetsen. Met haar alleen zijn tijdens zo'n uitstapje was alsof ik me behaaglijk oprolde in een zachte wolk, en een paar dagen lang vielen alle zorgen van me af, werden ze onbelangrijk, alsof ze mijlenver weg waren.

We vierden het einde van alweer een chemokuur – die ook haar laatste bleek te zijn. Het hotel was prachtig, het stond op een plek ver van de rest van de wereld. Ze hadden er een minerale bron, een fitnesscentrum, een speelzaal met een groot televisiescherm en een biljarttafel. Ons appartement was een houten huis met een veranda, waar we uitzicht hadden op het zwembad, het restaurant en hele groepen Californische sequoia's, die tot in de wolken reikten. Sommige van die bomen stonden zo dichtbij dat je de fijne kleurschakeringen op de vacht van een eekhoorn kon onderscheiden als hij langs de stam omhoogsnelde. Op onze eerste ochtend daar kwam moeder me wekken en zei: *Snel, Pari, dit moet je zien.* Er stond een hert te peuzelen aan een struik vlak bij ons raam.

Ik duwde haar rolstoel door het park. *Ik zie er niet uit*, zei moeder. We gingen naar de fontein en ik zat op een bankje bij haar, de zon verwarmde onze gezichten en we keken naar de kolibries die tussen de bloemen heen en weer schoten, tot zij in slaap viel en ik haar naar ons houten huisje terugreed.

Op zondagmiddag namen we thee en croissants in de open serre van het restaurant, een ruimte met een kathedraalachtig dak, met boekenplanken, een dromenvanger aan een van de wanden, en een heuse stenen haard. Op een wat lagergelegen terras speelden een man met het gezicht van een derwisj en een meisje met slap blond haar een sloom potje pingpong.

We moeten iets doen aan die wenkbrauwen van me, zei moeder. Ze droeg een winterjas over een trui en de kastanjebruine wollen muts die ze anderhalf jaar eerder zelf gebreid had, toen, zoals ze het uitdrukte, het hele feest begonnen was.

Ik verf ze er wel weer op, zei ik.

Maar dan wel opvallend.

Als Elizabeth Taylor in Cleopatra*?*

Ze glimlachte zwakjes. *Waarom niet?* Ze nam een slokje van haar thee. Een glimlach accentueerde alle nieuwe rimpels in haar gezicht. *Toen ik Abdullah ontmoette, verkocht ik kleren aan de kant van de weg in Peshawar. Hij zei dat ik prachtige wenkbrauwen had.*

De pingpongers gooiden de batjes neer. Ze leunden nu tegen de houten balustrade, deelden een sigaret en keken omhoog naar de lucht, die licht en helder was, op een paar rafelwolken na. Het meisje had lange, knokige armen.

Ik heb in de krant gelezen dat er vandaag een kunstnijverheidsbeurs in Capitola is, zei ik. *Als je zin hebt, kunnen we ernaartoe rijden en een kijkje nemen. We kunnen er ook wel eten, als je wilt.*

Pari?

Ja.

Ik wil je iets zeggen.

Oké.

Abdullah heeft een broer in Pakistan, zei moeder. *Een halfbroer.*

Ik draaide me bruusk naar haar toe.

Hij heet Iqbal. Hij heeft zonen en ook kleinzonen. Hij woont in een vluchtelingenkamp bij Peshawar.

Ik zette mijn kopje neer en wou iets zeggen, maar zij onderbrak me.

Ik zeg het je nu toch? Dat is het enige wat ertoe doet. Je vader heeft er zijn redenen voor. Als je even de tijd neemt om erover na te denken, kun je je het wel voorstellen. Het belangrijkste is dat hij een halfbroer heeft, en hij stuurt hem geld om hem te helpen.

Ze vertelde me hoe baba al jaren elke drie maanden duizend dollar stuurde aan deze Iqbal – mijn halfoom, besefte ik opeens –, hij ging naar Western Union en maakte het geld over naar een bank in Peshawar.

Waarom vertel je me dat nu? vroeg ik.

Omdat ik vind dat je het moet weten, ook al vindt hij misschien van niet. Je moet de financiële administratie bovendien binnenkort overnemen, en dan zou je het toch ontdekken.

Ik wendde mijn blik af en keek naar een kat, die met haar staart rechtovereind naar het pingpongstel sloop. Het meisje wilde haar strelen, de kat werd zenuwachtig, maar schurkte zich toen tegen de balustrade aan en liet het meisje met haar hand over haar oren en rug gaan. Het duizelde me. Ik had familie buiten de vs.

Je zult nog heel lang de boekhouding kunnen bijhouden, moeder, zei ik. Ik deed mijn best te verdoezelen dat mijn stem trilde.

Er viel een gespannen stilte. Toen ze weer begon te spreken, was het op een lagere en langzamere toon, net als toen ik klein was en we naar de moskee gingen voor een begrafenis, zij hurkte dan van tevoren bij me neer en legde geduldig uit dat ik mijn schoenen moest uittrekken bij de ingang, dat ik me rustig moest houden tijdens de gebeden en niet moest gaan zitten wiebelen en draaien, niet gaan zeuren, en dat ik nu naar de wc moest, zodat ik later niet meer hoefde.

Nee, zei ze. *En denk maar niet dat het wel zo is. De tijd is gekomen dat je er klaar voor moet zijn.*

Ik ademde diep uit, er zat iets hards vast in mijn keel. Ergens begon er een kettingzaag te ronken en het aanzwellende gejank was een gewelddadige verbreking van de stilte in het bos.

Je vader is net een kind. Doodsbang om alleen achter te blijven. Zonder jou zou hij verloren zijn, Pari, en hij zou er nooit meer bovenop komen.

Ik dwong mezelf naar de bomen te kijken, het zonlicht deinde op de veervormige bladeren en de ruwe bast van de stammen. Ik duwde mijn tong tussen mijn snijtanden en beet hard toe. Mijn ogen traanden en de koperachtige smaak van bloed vulde mijn mond.

Een broer, zei ik.

Ja.

Ik heb een heleboel vragen.

Stel die vanavond maar. Als ik niet zo moe ben. Ik zal je alles vertellen wat ik weet.

Ik knikte. Ik sloeg de rest van mijn thee, die koud geworden was, achterover. Op een tafeltje vlak bij ons ruilden een man en een vrouw van middelbare leeftijd bladzijden van de krant. De vrouw, die rood haar had en een open gezicht, keek ons rustig aan over de krant, haar ogen gingen van mij naar mijn moeder met haar grauwe gezicht en haar muts en haar handen met blauwe plekken en haar verzonken ogen en haar skeletachtige glimlach. Toen onze blikken elkaar ontmoetten, glimlachte de vrouw heel licht, alsof we een geheim deelden, en ik wist dat zij dit ook had meegemaakt.

Wat denk je, moeder. Heb je zin in die beurs?

Moeders blik bleef op mij gericht. Haar ogen leken te groot voor haar hoofd en haar hoofd te groot voor haar schouders.

Ik kan wel een nieuwe hoed gebruiken, zei ze.

Ik gooide mijn servet neer, schoof mijn stoel naar achteren en liep naar de andere kant van het tafeltje. Ik haalde de rem van de rolstoel en duwde de rolstoel weg van het tafeltje.

Pari, zei moeder.

Ja?

Ze draaide haar hoofd helemaal naar achteren om naar me op te kunnen kijken. Het zonlicht viel als speldenprikken door de bladeren van de bomen op haar gezicht. *Heb je er eigenlijk wel een idee van hoe sterk God jou heeft gemaakt?* zei ze. *Hoe sterk en goed Hij jou heeft gemaakt?*

Het is onverklaarbaar hoe de geest werkt. Neem nu dit. Van de duizenden en duizenden momenten die mijn moeder en ik met elkaar hebben gedeeld, al die jaren lang, is dit het moment dat het helderst schittert, het moment dat de sterkste trilling en het sterkste gezoem achter in mijn geest veroorzaakt: mijn moeder die over haar schouder heen naar mij opkijkt, haar gezicht ondersteboven, al die verbijsterende lichtpuntjes die op haar huid glinsteren, moeder die vraagt of ik weet hoe goed en sterk God mij heeft gemaakt.

❋

Als baba in de leunstoel in slaap is gevallen, ritst Pari voorzichtig zijn vest dicht en trekt de deken op om zijn borst te bedekken. Ze legt een losse sliert haar achter zijn oor en blijft een poosje naar hem staan kijken terwijl hij slaapt. Ik kijk ook graag naar hem als hij slaapt, want dan kun je niet aan hem zien dat er iets mis is. Als hij zijn ogen gesloten heeft, is de leegte even weg, en zijn doffe, afwezige blik ook, en lijkt baba vertrouwder. Als hij slaapt, lijkt hij alerter en levendiger, alsof er iets van zijn oude zelf in hem is teruggekeerd. Ik vraag me af of Pari, die naar zijn gezicht op het kussen kijkt, zich kan voorstellen hoe hij vroeger was, hoe hij vroeger altijd lachte.

We gaan van de woonkamer naar de keuken. Ik pak een ketel uit de kast en vul die aan het aanrecht met water.

'Ik wil je er hier een paar van laten zien,' zegt Pari met iets van opwinding in haar stem. Ze zit aan tafel en bladert druk in een fotoalbum dat ze kort tevoren uit haar koffer heeft gehaald.

'Ik vrees dat de koffie hier niet is wat jullie in Parijs gewend zijn,' zeg ik over mijn schouder, terwijl ik water in het koffieapparaat giet.

'Ga er maar van uit dat ik geen koffiesnob ben.' Ze heeft de gele sjaal afgedaan en een leesbril opgezet, en kijkt naar de foto's.

Als het koffieapparaat begint te pruttelen, ga ik naast Pari aan de keukentafel zitten. '*Ah oui. Voilà.* Hier heb ik hem,' zegt ze. Ze draait het album om en duwt het in mijn richting. Ze tikt op de foto. 'Dit is de plek. Waar je vader en ik zijn geboren. En onze broer Iqbal ook.'

Toen ze me voor het eerst vanuit Parijs belde, noemde ze de naam van Iqbal, misschien als een bewijs, om me ervan te overtuigen dat ze niet loog over haar identiteit. Maar ik wist al dat ze de waarheid sprak. Ik wist het op het moment dat ik de hoorn oppakte en zij mijn vaders naam noemde en vroeg of hij te bereiken was onder dit nummer, en ik zei: *Ja, met wie spreek ik?* en zij zei: *Ik ben zijn zus*. Mijn hart ging als een gek tekeer. Ik tastte naar een stoel om me op neer te laten vallen en alles om me heen werd oorverdovend stil. Het was een schok, ja, zoiets wat onverwacht gebeurt in het derde bedrijf van een toneelstuk, en mensen in het echte leven zelden overkomt. Maar op een ander niveau – brozer, een niveau dat elke rationalisatie trotseert, een niveau waarvan de essentie zou versplinteren als ik die zelfs maar uit zou spreken – was ik niet verbaasd dat ze belde. Alsof ik mijn hele leven al had verwacht dat door een of andere voorbeschikking, of door een verbijsterende gril van het lot, of het toeval, of de omstandigheden, of wat voor etiket je er ook op wilde plakken, we elkaar zouden vinden, zij en ik.

Ik nam de telefoon mee naar de achtertuin en ging op een stoel zitten bij de kleine moestuin, waar ik de paprika's en gigantische pompoenen was blijven kweken waar moeder ooit mee begonnen was. De zon scheen warm in mijn nek terwijl ik met trillende handen een sigaret opstak.

Ik weet wie u bent, zei ik. *Ik heb het mijn hele leven geweten.*

Er viel een stilte aan de andere kant van de lijn, maar ik had de indruk dat ze huilde, zonder enig geluid te maken, en dat ze daarom haar hoofd had weggedraaid van de hoorn.

We spraken bijna een uur met elkaar. Ik vertelde haar dat ik wist wat er met haar gebeurd was, hoe ik mijn vader het verhaal telkens weer had laten vertellen als ik naar bed ging. Pari zei dat ze haar levensverhaal zelf niet had gekend en waarschijnlijk zonder enige kennis ervan overleden was als er niet die brief was geweest die was achtergelaten door haar stiefoom, Nabi, voor diens dood in Kabul, waarin hij onder andere gedetailleerd de gebeurtenissen uit haar kinderjaren had verteld. De brief was toevertrouwd aan iemand die Markos Varvaris heette, een chirurg die in Kabul werkte, die vervolgens gezocht had naar Pari en haar in Frankrijk had gevonden. Die zomer was Pari naar Kabul gevlogen en had Markos Varvaris ontmoet, die voor haar een bezoek aan Shadbagh had geregeld.

Tegen het eind van het gesprek voelde ik hoe ze al haar moed bij elkaar schraapte, voor ze ten slotte zei: *Ik denk dat ik er klaar voor ben. Kan ik nu met hem spreken?*

Toen moest ik het haar wel vertellen.

Ik trek het fotoalbum dichter naar me toe en bekijk de foto waar Pari naar wijst. Ik zie een herenhuis achter hoge, glinsterend witte muren met prikkeldraad erop, of liever: iemands jammerlijk misplaatste idee van een herenhuis, drie verdiepingen, roze, groen, geel, wit, met balustrades en torentjes en puntige overhangende dakranden en mozaïeken en spiegelglas zoals bij wolkenkrabbers. Een monument van jammerlijk foute kitsch.

'Mijn god,' hijg ik.

'*C'est affreux, non?*' zegt Pari. 'Het is afschuwelijk. De Afghanen noemen dit soort huizen drugspaleizen. Dit hier is het huis van een bekende oorlogsmisdadiger.'

'Dit is alles wat er van Shadbagh is overgebleven?'

'Van het oude dorp wel. Dit en vele hectaren met vruchtbomen, hoe heet het... *Des vergers.*'

'Boomgaarden.'

'Ja.' Ze gaat met haar vingers over de foto van het herenhuis. 'Ik wou dat ik precies wist waar het oude huis heeft gestaan, ik bedoel ten opzichte van dit drugspaleis. Ik zou erg blij zijn als ik de exacte plek zou weten.'

Ze vertelt over het nieuwe Shadbagh – feitelijk een stad, met scholen, een ziekenhuis, een winkelcentrum en zelfs een hotelletje – dat is gebouwd op zo'n drie kilometer van de plek waar het oude dorp zich bevond. Zij en haar tolk hadden in de stad naar haar halfbroer gezocht. Dat had ik allemaal gehoord in de loop van dat eerste, lange telefoongesprek met Pari – hoe niemand Iqbal scheen te kennen, tot Pari een man tegen het lijf was gelopen die hem wel gekend had, een oude jeugdvriend van Iqbal, die hem en zijn gezin had gezien op een kaal veldje bij de oude windmolen, waar ze zich ophielden. Iqbal had die oude vriend verteld dat hij, toen hij in Pakistan was, regelmatig geld gekregen had van zijn oudere broer, die in het noorden van Californië woonde.

Ik vroeg hem, zei Pari door de telefoon, *ik vroeg hem of Iqbal de naam van die broer had genoemd, en de oude man zei: Ja, Abdullah, en toen, alors, daarna was de rest niet moeilijk meer. Ik bedoel: het was niet moeilijk meer om jou en je vader te vinden.*

Ik vroeg Iqbals vriend waar Iqbal nu was, zei Pari. *Ik vroeg wat er met hem was gebeurd en de oude man zei dat hij dat niet wist. Maar hij leek erg zenuwachtig en hij keek me niet aan toen hij dat zei, en ik denk, Pari, ik vrees dat er iets ergs met Iqbal is gebeurd.*

Ze bladert nu weer door het album en laat me foto's van haar kinderen zien, Alain, Isabelle en Thierry, kiekjes van haar kleinkinderen op verjaardagsfeestjes, poserend in zwembroeken aan de rand van een zwembad. Haar appartement in Parijs, de pastelblauwe muren en witte rolgordijnen, neergelaten tot op de vensterbanken, de boekenplanken. Haar rommelige werkkamer op de universiteit, waar ze wiskunde doceerde tot de reumatiek haar gedwongen had met pensioen te gaan.

Ik blijf de bladzijden van het album maar omslaan, terwijl zij de kiekjes van een toelichting voorziet, haar oude vriendin Collette, Isabelles echtgenoot Albert, Pari's eigen man Eric, een toneelschrijver, die in 1997 aan een hartaanval was overleden. Ik sta even stil bij een foto van hen beiden, onwaarschijnlijk jong, naast elkaar gezeten op oranje kussens in iets wat op een restaurant lijkt, zij in een witte bloes, hij in een T-shirt, met lang, slap haar, samengebonden in een paardenstaart.

'Dat was de avond waarop we elkaar voor het eerst hebben ontmoet,' zegt Pari. 'Het was doorgestoken kaart.'

'Hij heeft een vriendelijk gezicht.'

Pari knikt. 'Ja. Toen we trouwden dacht ik: o, we blijven lang bij elkaar. Ik dacht bij mezelf: minstens dertig jaar, misschien wel veertig, met een beetje geluk vijftig. Waarom niet?' Ze staart naar de foto en maakt even een verloren indruk, maar dan glimlacht ze weer. 'Maar tijd is net zoiets als charme. Je hebt er nooit zoveel van als je denkt.' Ze schuift iets van me vandaan en drinkt haar koffie. 'En jij? Ben jij nooit getrouwd?'

Ik haal mijn schouders op en draai een bladzijde om. 'Op het nippertje niet.'

'Pardon, op het nippertje niet?'

'Ik bedoel: bijna wel. Maar we hebben het stadium van de ringen nooit bereikt.'

Dat is niet waar. Het was pijnlijk en verwarrend. Zelfs nu is de herinnering eraan als een zachte pijn achter mijn borstbeen.

Ze buigt haar hoofd. 'Sorry. Ik ben erg ongemanierd.'

'Nee, het is oké. Hij vond iemand die mooier was en minder... belast, denk ik. Over mooi gesproken, wie is dit?'

Ik wijs op een opvallende vrouw met lang zwart haar en grote ogen. Op de foto houdt ze een sigaret vast alsof ze verveeld is, ze drukt haar elleboog in haar zij en heeft haar hoofd onverschillig geheven, maar haar blik is doordringend, uitdagend.

'Dat is maman. Mijn moeder, Nila Wahdati. Of beter: ik dacht dat ze mijn moeder was. Begrijp je.'

'Een prachtige vrouw,' zeg ik.

'Dat was ze ook. Ze heeft zelfmoord gepleegd. In 1974.'

'Wat erg.'

'*Non, non*. Het is oké.' Ze wrijft met de zijkant van haar duim afwezig over de foto. 'Maman was elegant en getalenteerd. Ze las boeken en nam krachtige standpunten in, die ze altijd aan mensen kwijt wilde. Maar er zat ook een diep verdriet in haar. Haar hele leven lang heeft ze me almaar een spade gegeven en gezegd: Vul die gaten in me op, Pari.'

Ik knik. Ik meen er iets van te begrijpen.

'Maar dat kon ik niet. En later wilde ik het niet meer. Ik heb zorgeloos dingen gedaan. Roekeloos.' Ze leunt achterover in haar stoel, haar schouders zakken weg, ze legt haar magere witte handen in haar schoot. Ze denkt even na voor ze zegt: '*J'aurais dû être plus gentille*. Ik had aardiger moeten zijn. Dat is iets waar je nooit spijt van krijgt. Als je oud bent zeg je nooit bij jezelf: ach, ik wou dat ik die persoon slecht behandeld had. Dat denk je nooit.' Even ziet haar gezicht er aangeslagen uit. Ze lijkt op een hulpeloos schoolmeisje. 'Dat zou niet zo moeilijk zijn geweest,' zegt ze vermoeid. 'Ik had aardiger moeten zijn. Ik had meer iemand moeten zijn als jij.'

Ze zucht diep en sluit het fotoalbum. Na een korte stilte zegt ze opgewekt: '*Ah, bon*. Nu dan. Ik wil je iets vragen.'

'Natuurlijk.'

'Wil je me wat schilderijen van je laten zien?'

We glimlachen naar elkaar.

*

Pari blijft een maand bij baba en mij. 's Ochtends ontbijten we samen in de keuken. Zwarte koffie en toast voor Pari, yoghurt voor mij, en voor baba gebakken eieren met brood, iets wat hij het laatste jaar lekker is gaan vinden. Ik was bang dat het zijn cholesterol zou verhogen, al die eieren, en ik vroeg er dokter Bashiri naar tijdens een van baba's afspraken. Dokter Bashiri glimlachte op zijn bekende manier, met gesloten mond, en zei: *Daar zou ik me geen zorgen over maken*. En dat stelde me gerust – althans tot een tijdje later, toen ik baba in zijn veiligheidsgordel hielp en ik me realiseerde dat dokter Bashiri in werkelijkheid had bedoeld: *Daar is het toch te laat voor*.

Na het ontbijt trek ik me terug in mijn werkkamer, ook wel mijn slaapkamer genoemd, en Pari houdt baba intussen gezelschap. Op haar verzoek heb ik een schema gemaakt van de televisieprogramma's waar hij graag naar kijkt, van de tijden waarop hij zijn pillen moet slikken, van de tussendoortjes waar hij van houdt en de momenten dat hij daar meestal om vraagt. Het was haar idee om dat allemaal op te schrijven.

Je kunt gewoon bij mij binnenkomen en het vragen.

Ik wil je niet storen, zei ze. *En ik wil het weten. Ik wil hem leren kennen.*

Ik vertel haar niet dat ze hem nooit zal leren kennen op de manier waarnaar zij verlangt. Maar ik maak haar wel deelgenoot van enkele kneepjes van het vak. Zo leg ik bijvoorbeeld uit hoe ik, als baba geagiteerd raakt, hem gewoonlijk, zij het niet altijd, kan kalmeren – om redenen waar ik nog steeds versteld van sta – door hem snel een postordercatalogus of een folder van een meubelzaak in handen te stoppen. Ik heb van beide een vaste voorraad.

Als je hem een dutje wilt laten doen, zet dan het weerskanaal aan, of een of ander programma over golf. En laat hem nooit naar kookprogramma's kijken.

Waarom niet?

Om de een of andere reden windt hij zich dan op.

Na de lunch gaan we met ons drieën een wandelingetje maken. We houden het kort, vanwege hen allebei – baba wordt snel moe en Pari heeft haar artritis. Baba's ogen staan wantrouwig als hij tussen Pari en mij angstvallig over het trottoir schuifelt. Hij draagt een oude pet, zijn gebreide vest en gewatteerde mocassins. Er is een middelbare school om de hoek met een slecht onderhouden voetbalveld, en daartegenover is een kleine speelplaats waar ik baba vaak mee naartoe neem. We treffen er altijd wel een of twee jonge moeders met een wandelwagentje, een peuter die in de zandbak waggelt, nu en dan een paar spijbelende tieners, die lui rondhangen en roken. Ze kijken zelden naar baba, die tieners, en als ze het wel doen dan is het met kille onverschilligheid of zelfs een beetje minachtend, alsof mijn vader beter had moeten weten dan oud te worden en in verval te raken.

Op een dag onderbreek ik mijn werk even en ga naar de keuken om een vers kopje koffie te halen, als ik hen voor de televisie aantref, waar ze samen naar een film kijken. Baba zit in de leunstoel, zijn mocassins steken onder de deken uit, zijn hoofd is voorovergebogen en zijn mond staat iets open, hij heeft zijn wenkbrauwen gefronst, uit verwarring of uit concentratie. Pari zit naast hem, haar handen in haar schoot, voeten over elkaar gekruist.

'Wie is dat?' zegt baba.

'Dat is Latika.'

'Wie?'

'Latika, het kleine meisje uit de krottenwijk. Het meisje dat niet op de trein kon springen.'

'Ze ziet er niet klein uit.'

'Ja, maar er zijn ook al heel wat jaren verstreken,' zegt Pari. 'Ze is nu ouder.'

Toen we een week eerder met ons drieën op een bankje in het park bij de speelplaats zaten, zei Pari: *Abdullah, weet je nog dat je een klein zusje had toen je jong was?*

Ze had haar zin nog niet afgemaakt of baba begon te huilen. Pari drukte zijn hoofd tegen haar borst aan en zei: *Sorry, sorry*, steeds weer, paniekerig, en ze veegde zijn wangen met haar handen af, maar baba bleef maar snikken, zo erg dat hij naar adem snakte.

'En weet je wie dit is, Abdullah?'

Baba bromt iets.

'Dat is Jamal. De jongen van dat spelletjesprogramma.'

'Niet waar,' zegt Baba ruw.

'Denk je van niet?'

'Hij serveert thee!'

'Ja, maar dat was... hoe zeg je dat... dat was in het verleden. Dat was vroeger. Het was een...'

Flashback, mompel ik in mijn koffie.

'Dat spelletjesprogramma is nu, Abdullah, en dat thee serveren, dat was vroeger.'

Baba knippert afwezig met zijn ogen. Op het scherm zitten Jamal en Salim op een hoog gebouw in Mumbai, hun voeten bungelen over de rand.

Pari kijkt naar hem, alsof ze wacht op het moment dat er in

zijn ogen iets open zal gaan. 'Ik wil je iets vragen, Abdullah,' zegt ze. 'Als jij op een dag één miljoen dollar zou winnen, wat zou jij dan doen?'

Baba vertrekt zijn gezicht en gaat verzitten, hij zakt verder onderuit in de leunstoel.

'Ik weet wel wat ik zou doen,' zegt Pari.

Baba kijkt haar wezenloos aan.

'Als ik een miljoen dollar win, zou ik hier in deze straat een huis kopen. Dan zijn we buren, jij en ik, en dan zou ik elke dag hier komen en dan zouden we samen televisiekijken.'

Baba glimlacht.

Maar slechts een paar minuten later, als ik terug ben in mijn kamer en met mijn koptelefoon op aan het typen ben, hoor ik een luid gerinkel en baba die iets in het Farsi schreeuwt. Ik ruk mijn koptelefoon af en ren naar de keuken. Pari staat met de rug tegen de muur met de magnetron, haar handen beschermend samengebracht onder haar kin, terwijl baba haar woest aankijkt en met zijn stok op haar schouders slaat. Aan hun voeten glinsteren de scherven van een gebroken glas.

'Eruit!' schreeuw baba, als hij me ziet. 'Dat mens moet mijn huis uit!'

'Baba!'

Pari's wangen zijn bleek geworden. Er stromen tranen over haar wangen.

'Leg die stok neer, baba, in godsnaam. En niet lopen. Dan trap je in het glas.'

Ik ruk de stok uit zijn handen, maar dat lukt me pas na een flink gevecht.

'Ik wil dat die vrouw weggaat! Zij is een dief!'

'Wat zegt hij toch allemaal?' zegt Pari, diep ongelukkig.

'Ze heeft mijn pillen gestolen!'

'Dat zijn háár pillen, baba,' zeg ik. Ik leg een arm om zijn schouder en ga met hem de keuken uit. Ik voel zijn lichaam beven onder mijn hand. Als we Pari passeren, valt hij haar bijna weer aan en moet ik hem in bedwang houden. 'Nu is het wel genoeg, baba. Dat zijn háár pillen, niet die van jou. Ze moet die nemen voor haar handen.' Op weg naar zijn leunstoel graai ik een winkelcatalogus mee van het salontafeltje.

'Ik vertrouw die vrouw voor geen cent,' zegt baba, als hij zich in de leunstoel laat vallen. 'Jij weet dat niet. Maar ik wel. Ik herken een dief meteen!' Hij hijgt als hij de catalogus uit mijn hand trekt en verwoed begint te bladeren. Hij gooit hem op zijn schoot en kijkt met opgetrokken wenkbrauwen omhoog naar mij. 'En ook nog eens een verdomde leugenaar. Weet je wat ze tegen me zei, die vrouw? Dat ze mijn zus was! Mijn zus! Wacht maar eens tot Sultana dat te horen krijgt.'

'Oké, baba. We gaan het haar samen vertellen.'

'Geschift mens.'

'We gaan het aan moeder vertellen en dan lachen we met ons drieën dat geschifte mens zo de deur uit. Nu even rustig worden, baba. Alles is in orde. Kijk.'

Ik zap naar het weerkanaal en ga naast hem zitten en aai hem over zijn schouder, tot hij niet langer beeft en zijn ademhaling rustiger wordt. Nog geen vijf minuten later sluimert hij in.

In de keuken zit Pari in elkaar gezakt op de grond, met haar rug tegen de vaatwasser. Ze ziet er geschokt uit. Ze dept haar ogen met een papieren servet.

'Ik vind het heel erg,' zegt ze. 'Dat was niet verstandig van me.'

'Het gaat alweer,' zeg ik, terwijl ik van onder het aanrecht stoffer en blik pak. Ik vind roze en oranje pilletjes tussen de glasscherven. Ik raap ze één voor één op en veeg het glas van het linoleum.

'*Je suis une imbécile*. Ik wilde hem zoveel vertellen. Ik dacht dat wanneer ik de waarheid zou zeggen hij misschien... Ik weet niet wat ik dacht.'

Ik gooi het gebroken glas in de vuilnisemmer. Ik kniel neer

en trek de kraag van Pari's bloes open om haar schouder te bekijken, waar baba haar heeft geslagen. 'Dat wordt een blauwe plek. En ik spreek uit ervaring.' Ik ga op de vloer naast haar zitten.

Ze opent haar hand en ik laat de pillen erin vallen. 'Is hij vaak zo?'

'Hij moet af en toe zijn gal kwijt.'

'Denk je weleens aan professionele hulp?'

Ik zucht en knik. Ik heb de laatste tijd vaak gedacht aan de onvermijdelijke ochtend dat ik wakker zal worden in een leeg huis, terwijl baba in een hem onbekend bed ligt en tegen een serveerblad met ontbijt aankijkt, dat door een vreemde is binnengebracht. Baba, ineengezakt sluimerend achter een tafel in een of andere activiteitenzaal.

'Ik weet het,' zeg ik. 'Maar zover is het nog niet. Ik wil zo lang als ik kan voor hem blijven zorgen.'

Pari glimlacht en snuit haar neus. 'Dat begrijp ik.'

Ik weet niet of dat zo is. Ik vertel haar de andere reden niet. Ik kan er zelfs tegenover mezelf amper eerlijk over zijn. Die reden is namelijk dat ik bang ben om vrij te zijn, hoe vaak ik er ook naar verlang. Bang voor wat er met me gaat gebeuren, wat ik met mezelf ga doen als baba weg is. Mijn hele leven al leef ik als een vis in een aquarium, in een veilige glazen bak, achter een wand die even ondoordringbaar als transparant is. Ik ben vrij om naar de schimmige wereld aan de andere kant te kijken, om mezelf erin voor te stellen als ik dat wil. Maar ik ben altijd opgesloten geweest, omringd door de harde, onwrikbare grenzen van het bestaan die baba voor me heeft afgebakend, willens en wetens toen ik jong was, en zonder opzet nu hij met de dag meer aan het verdwijnen is. Ik denk dat ik gewend geraakt ben aan het glas, en nu ben ik doodsbang dat wanneer het breekt, ik zal wegstromen in het grote onbekende, en hulpeloos, verloren en snakkend naar adem zal rondspartelen.

De waarheid die ik zelden beken, is dat ik altijd de last van baba op mijn schouders nodig heb gehad.

Waarom had ik anders zo bereidwillig mijn droom van een kunstopleiding opgegeven en nauwelijks verzet geboden toen baba me vroeg niet naar Baltimore te gaan? Waarom had ik anders Neil verlaten, de man met wie ik een paar jaar eerder was verloofd? Hij was eigenaar van een klein installatiebedrijf voor zonnepanelen. Hij had een gerimpeld, vierkant gezicht dat ik aantrekkelijk vond zodra ik hem in Abe's Kabob House voor het eerst zag, toen ik zijn bestelling opnam en hij glimlachend opkeek van de menukaart. Hij was geduldig en vriendelijk en gelijkmoedig. Wat ik Pari over hem verteld heb, is niet waar. Neil heeft me niet in de steek gelaten omwille van een vrouw die mooier was. Ik stak voortdurend spaken in het wiel. Zelfs toen hij beloofde zich tot de islam te bekeren en een cursus Farsi te gaan volgen, vond ik weer andere fouten, andere excuses. Ik raakte uiteindelijk in paniek en vluchtte terug naar de vertrouwde veilige plekjes en hoekjes en gaatjes van mijn leven thuis.

Naast mij komt Pari overeind. Ik zie hoe ze haar gekreukelde jurk gladstrijkt, en word opnieuw getroffen door het wonder dat ze hier is, op een paar centimeter afstand van mij.

'Ik wil je iets laten zien,' zeg ik.

Ik kom ook overeind en ga naar mijn kamer. Een van de eigenaardigheden van altijd in je ouderlijk huis blijven wonen, is dat niemand je oude kamer opruimt of je speelgoed verkoopt op een vrijmarkt; niemand geeft de kleren weg waar je uit bent gegroeid. Ik weet dat ik als vrouw van bijna dertig te veel dingen van vroeger om me heen heb, de meeste zitten opgeborgen in een grote kist aan het voeteneinde van mijn bed, waarvan ik nu de deksel openmaak – oude poppen, de roze pony die ik kreeg samen met een manenkam, de prentenboeken, alle vrolijke verjaardags- en valentijnskaarten die ik op de lagere school voor mijn ouders had gemaakt, versierd met kievietsbonen en glitter en kleine fonkelende sterretjes. De laatste keer dat Neil en ik elkaar spraken, toen ik onze verkering verbrak, zei hij: *Ik kan niet op je gaan wachten, Pari. Ik kan niet wachten tot je groot geworden bent.*

Ik sluit de deksel en loop terug naar de woonkamer, waar Pari op de bank tegenover baba heeft plaatsgenomen. Ik ga naast haar zitten.

'Kijk,' zeg ik, terwijl ik haar een stapeltje ansichtkaarten geef.

Ze pakt haar leesbril van het bijzettafeltje en verwijdert het elastiek dat om de ansichtkaarten heen zit. Ze fronst haar wenkbrauwen als ze de eerste ziet. Het is een foto van Las Vegas, van Caesars Palace bij avond, een en al schittering en licht. Ze draait hem om en leest de tekst hardop voor.

21 juli 1992
Lieve Pari,
Je kunt niet geloven hoe warm het hier is. Vandaag liep baba een blaar op toen hij zijn hand op de motorkap van onze huurauto legde! Moeder moest er tandpasta op doen. In Caesars Palace hebben ze Romeinse soldaten met zwaarden en helmen en rode capes. Baba bleef maar proberen moeder over te halen samen met hen op de foto te gaan, maar ze wilde niet. Maar ik wel! Ik zal ze je laten zien als ik weer thuis ben. Dat is het voor nu. Ik mis je. Ik wou dat je hier was.
Pari
P.S. Ik smul van een fantastische ijscoupe terwijl ik dit aan het schrijven ben.

Ze pakt de volgende kaart. Hearst Castle. Ze leest de tekst nu fluisterend. *Had zijn eigen dierentuin! Is dat niet geweldig? Kangoeroes, zebra's, antilopen, huiskamelen (die met twee bulten!).* Een kaart van Disneyland, Mickey in de hoed van de tovenaar, zwaaiend met een toverstokje. *Moeder begon te gillen toen de opgehangen man van het plafond viel! Je had haar moeten horen!* La Jolla Cove. Seventeen Mile Drive. Big Sur. Muir Woods. Lake Tahoe. *Ik mis je. Je had het hier zeker heel leuk gevonden. Ik wou dat je hier was.*

Ik wou dat je hier was.

Ik wou dat je hier was.

Pari zet haar bril af. 'Heb je die kaarten aan jezelf geschreven?'

Ik schud mijn hoofd. 'Aan jou.' Ik lach. 'Dit is gênant.'

Pari legt de kaarten op het bijzettafeltje en schuift dichter naar mij toe. 'Vertel eens.'

Ik kijk naar mijn handen en draai mijn horloge om mijn pols heen en weer. 'Ik deed vroeger altijd alsof wij tweelingzussen waren, jij en ik. Niemand kon jou zien, alleen ik. Ik vertelde alles aan je. Al mijn geheimen. Je was heel werkelijk voor me, altijd heel dichtbij. Ik voelde me minder eenzaam door jou. Alsof we *doppelgänger* waren. Ken je dat woord?'

Ze glimlacht. 'Ja.'

Ik stelde me altijd voor dat we twee blaadjes waren die door de wind kilometers ver uit elkaar waren gedreven, maar die toch verbonden waren door de onontwarbaar vervlochten wortels van de boom waarvan we beiden gevallen waren.

'Voor mij was het het tegendeel,' zegt Pari. 'Je zegt dat je een aanwezigheid voelde, maar ik voelde alleen maar afwezigheid. Een vage pijn, zonder oorzaak. Ik was als de patiënt die de dokter niet kan vertellen waar het pijn doet. Alleen dát het pijn doet.' Ze legt haar hand op de mijne en geen van ons zegt iets.

Uit de leunstoel klinkt gegrom van baba, hij gaat verzitten.

'Ik vind het heel erg,' zeg ik.

'Wat vind je heel erg?'

'Dat jullie elkaar te laat gevonden hebben.'

'Maar we hebben elkaar in elk geval gevonden, toch?' zegt ze hees van emotie. 'En hij is zoals hij nu is. Het is goed zo. Ik voel me gelukkig. Ik heb een deel van mezelf teruggevonden dat ik kwijt was.' Ze knijpt in mijn hand. 'En ik heb jou gevonden, Pari.'

Haar woorden rakelen de verlangens uit mijn jeugd weer op. Ik herinner me hoe ik haar naam – *onze* naam – fluisterde, als ik me eenzaam voelde, wachtend op een echo, in de overtuiging dat die ooit zou komen. Nu ik haar mijn naam hoor uitspreken, in deze woonkamer, is het alsof alle jaren die ons gescheiden hebben gehouden snel op elkaar gelegd worden, één voor één, en de tijd zich als een accordeon samenvouwt tot niet meer dan de dikte van een foto of een ansichtkaart, en me het mooiste aandenken uit mijn jeugd brengt, door hier naast me te zitten, mijn hand vast te houden en mijn naam uit te spreken. Onze naam. Ik voel iets kantelen, iets wat op zijn plaats valt. Iets wat lang geleden is losgescheurd, wordt weer aaneengesmeed. Ik voel een zachte beweging in mijn borst, het gedempte bonzen van een andere hartslag – die opnieuw begint, naast die van mezelf.

In de leunstoel duwt baba zich op zijn ellebogen omhoog. Hij wrijft in zijn ogen en kijkt naar ons. 'Wat zitten jullie te bekokstoven, meiden?'

Hij grijnst.

⁂

Nog een kinderversje. Dit keer over de brug in Avignon.

Pari neuriet het voor mij en citeert de zinnen:

Sur le pont d'Avignon
L'on y danse, l'on y danse
Sur le pont d'Avignon
L'on y danse tout en rond.

'Maman heeft het me geleerd toen ik klein was,' zegt ze, terwijl ze haar sjaal vaster om haar hals knoopt tegen een vlaag koude wind. Het is een kille dag, maar de lucht is blauw en de zon schijnt. Het zonlicht valt van opzij op de grijskleurige Rhône en breekt op het oppervlak uiteen in kleine, schitterende scherven. 'Ieder Frans kind kent dat liedje.'

We zitten op een houten bank en kijken naar het water. Terwijl zij de woorden vertaalt, kijk ik verwonderd naar de stad aan de overkant van de rivier. Ik heb onlangs mijn eigen geschiedenis ontdekt, en bevind me nu vol ontzag op een plek die tjokvol geschiedenis zit, en alles is gedocumenteerd en bewaard. Het is wonderbaarlijk. Alles in deze stad is wonderbaarlijk. Ik voel verwondering over de heldere lucht, de wind die over de rivier vaagt, waardoor het water tegen de stenen oevers slaat, over hoe vol en rijk het licht is en hoe het uit alle richtingen lijkt te komen. Vanaf de bank kan ik de oude vestingmuren om het oude stadscentrum zien, en de wirwar aan nauwe kronkelige straatjes, de westelijke toren van de kathedraal, het vergulde standbeeld van de Maagd Maria dat daarboven staat te glinsteren.

Pari vertelt de geschiedenis van de brug, over de jonge schaapherder in de twaalfde eeuw die beweerde dat engelen hem hadden gezegd dat hij een brug over de rivier moest bouwen en die de geldigheid van zijn bewering demonstreerde door een enorme rots op te tillen en in het water te gooien. Ze vertelt me over de vlettermannen op de Rhône die de brug beklommen om hun patroonheilige Sint-Nicolaas te vereren, en over alle overstromingen door de eeuwen heen, die de brugbogen aantastten zodat ze instortten. Ze praat met dezelfde snelle, nerveuze energie als eerder op de dag, toen ze me rondleidde door het gotische Palais des Papes – waarbij ze regelmatig haar koptelefoon optilde om naar een fresco te wijzen, of mijn elleboog aanraakte om mijn aandacht te vestigen op een interessante houtsnede, een gebrandschilderd glas, de kruisspanten boven ons hoofd.

Buiten het pauselijk paleis was ze bijna onafgebroken aan het woord, de namen van alle heiligen en pausen en kardinalen rolden uit haar mond terwijl we over het plein bij de kathedraal dwaalden midden tussen de zwerm duiven, de toeristen, de Afrikaanse verkopers in fleurige gewaden die armbanden en imitatiehorloges verkochten, de jonge gebrilde musicus die op een appelkistje zat en 'Bohemian Rhapsody' speelde op zijn akoestische gitaar. Ik kan me niet herinneren dat ze in de Verenigde Staten zo welbespraakt was, en voor mijn gevoel is het een vertragingstactiek, alsof we om iets heen draaien wat ze werkelijk wil doen – wat wij willen doen – en al die woorden op zichzelf een soort brug zijn.

'Maar je zult straks een echte brug zien,' zegt ze. 'We gaan samen naar de Pont du Gard. Ken je die? Nee? *O là là. C'est vraiment merveilleux*. De Romeinen hebben die in de eerste eeuw gebouwd om water te vervoeren van Uzès naar Nîmes. Vijftig kilometer! Het is een bouwkundig meesterwerk, Pari.'

Ik ben vier dagen in Frankrijk, twee dagen in Avignon. Pari en ik hebben de TGV genomen in een bewolkt en kil Parijs, en we stapten uit onder een heldere lucht, in een warme wind, en onder begeleiding van een koor van cicaden in elke boom. Op het station volgde een krankzinnig geduw en getrek om mijn bagage uit de trein te krijgen, en het was me bijna niet gelukt; ik sprong uit de trein toen de deuren zich al sissend achter mij sloten. Ik neem me voor om aan baba te vertellen dat ik in Marseille zou zijn beland als ik drie seconden later was geweest.

Hoe gaat het met hem? vroeg Pari in de taxi van Charles de Gaulle naar haar appartement in Parijs.

Bergafwaarts, zei ik.

Baba woont nu in een verzorgingstehuis. Toen ik voor het eerst de instelling ging bekijken en de directrice, Penny, een grote, frêle vrouw met rood krulhaar, me rondleidde, dacht ik dat het zo slecht nog niet was.

En toen zei ik het: *Dit is niet zo slecht*.

Het was er schoon, de ramen keken uit op een tuin waar volgens Penny elke woensdag om halfvijf een theepartijtje werd gehouden. De hal rook een beetje naar kaneel en ananas. Het personeel, waarvan ik nu iedereen bij de voornaam ken, leek voorkomend, geduldig en competent. In mijn fantasie had ik oude vrouwtjes zien zitten met vervallen gezichten en haren op hun kin, kwijlend, in zichzelf pratend, niet van hun televisietoestel weg te slaan. Maar de meeste bewoners die ik zag, waren niet zo oud. Velen zaten niet eens in een rolstoel.

Ik had iets veel ergers verwacht, zei ik.

O *ja?* zei Penny, en ze stuurde een sympathiek, professioneel lachje mijn kant op.

Dat was kwetsend. Sorry.

Nee, hoor. We zijn ons volledig bewust van het beeld dat de meeste mensen hebben van een plek als deze. Natuurlijk, voegde ze er over haar schouder aan toe, waarbij er in haar nuchtere toon een waarschuwing doorklonk, *is dit de stimuleringsruimte van ons tehuis. Als ik afga op wat u over uw vader hebt verteld, weet ik niet zeker of hij hier op zijn plaats zou zijn. Ik vermoed dat de gesloten unit beter voor hem is. Hier is het.*

Ze gebruikte een pasje om binnen te komen. De gesloten afdeling rook niet naar kaneel of ananas. Mijn ingewanden speelden op en ik wilde instinctief meteen omkeren en weggaan. Penny pakte me bij mijn arm en kneep erin. Ze keek me met grote zachtheid aan. Ik worstelde me door de rest van de rondleiding heen, overmand door een enorm schuldgevoel.

Op de ochtend voor ik naar Europa vertrok, ging ik bij baba op bezoek. Ik liep door de hal en zwaaide naar Carmen, een vrouw uit Guatemala die de telefoon aanneemt. Ik liep de gemeenschappelijke ruimte door, waar ouderen luisterden naar een strijkkwartet, uitgevoerd door middelbare scholieren in formele kleding, kwam door de multifunctionele ruimte met computers en boekenplanken en dominospelletjes, en liep langs het mededelingenbord met een hele reeks tips en aankondigingen. *Wist u dat soja uw cholesterol verlaagt?*

Vergeet dinsdag om 11.00 uur het puzzel- en bezinningsuurtje niet!

Ik ging met mijn pasje de gesloten afdeling binnen. Aan deze kant van de deur hebben ze geen theepartijtjes, geen bingo. Niemand begint hier de dag met tai chi. Ik liep naar baba's kamer, maar hij was er niet. Zijn bed was opgemaakt, de televisie was uit, en er stond een halfvol glas water op zijn nachtkastje. Ik was lichtelijk opgelucht. Ik vind het vreselijk baba in het ziekenhuisbed aan te treffen, met zijn handen onder de dekens weggestopt, terwijl zijn verzonken ogen me wezenloos aanstaren.

Ik trof baba aan in de recreatieruimte, weggezakt in een rolstoel bij het raam dat uitkijkt op de tuin. Hij droeg een flanellen pyjama en zijn pet. Op zijn schoot lag wat Penny een 'frummelschort' noemde. Er zitten touwtjes aan waarmee hij kan vlechten, en knopen die hij open en dicht kan doen. Penny zegt dat dat zijn vingers soepel houdt.

Ik kuste hem op zijn wang en trok een stoel bij. Iemand had hem geschoren en zijn haar natgemaakt en gekamd. Zijn gezicht rook naar zeep.

Morgen is de grote dag, zei ik. *Ik vlieg naar Parijs om Pari te bezoeken. Weet je nog dat ik je verteld heb dat ik naar haar toe zou gaan?*

Baba knipperde met zijn ogen. Ook voor de beroerte was hij zich al gaan terugtrekken, verviel hij in lange stiltes en leek hij ontroostbaar. Sinds zijn beroerte is zijn gezicht een masker geworden, zijn mond hangt voortdurend scheef, alsof hij beleefd glimlacht, alleen bereikt die glimlach nooit zijn ogen. Hij heeft sinds de beroerte geen woord meer gesproken. Soms gaan zijn lippen uit elkaar en brengt hij een schorre ademstoot uit, iets als *aaaah*, met een ophaal aan het eind waardoor het een geluid lijkt dat verrassing uitdrukt, alsof wat ik heb gezegd in hem een kleine opleving heeft veroorzaakt.

We ontmoeten elkaar in Parijs en nemen dan de trein naar

Avignon. Dat is een stad in het zuiden van Frankrijk. Daar leefden de pausen in de veertiende eeuw. We gaan er bezienswaardigheden bekijken. Maar belangrijker is dat Pari al haar kinderen over mijn bezoek heeft verteld en dat zij ook allemaal naar ons toe komen.

Baba bleef glimlachen, zoals hij deed toen Hector een week eerder langskwam, zoals hij deed toen ik hem mijn inschrijving liet zien aan de San Francisco State University.

Je nicht Isabelle en haar man Albert hebben een vakantiehuis in de Provence, vlak bij een stad die Les Baux heet. Ik heb het online opgezocht, baba. De stad ziet er fantastisch uit. Ze is gebouwd op een van die kalksteentoppen in de Alpilles. Je kunt er de ruïnes bezoeken van een oud middeleeuws kasteel en vandaar uitkijken over de vlakten en de boomgaarden. Ik zal een hele hoop foto's maken en je die laten zien als ik terug ben.

Vlakbij schoof een oude vrouw in een badjas tevreden de stukjes van een legpuzzel heen en weer. Aan de tafel ernaast probeerde een andere vrouw met donzig wit haar vorken en lepels en messen in een bestekla te rangschikken. Op het grote beeldscherm in de hoek maakten Ricky en Lucy, die met een handboei aan elkaar vastzaten, ruzie.

Baba zei: *Aaaah.*

Alain, dat is je neef, en zijn vrouw Ana komen uit Spanje over met al hun vijf kinderen. Ik ken al hun namen niet, maar die zal ik vast wel leren. En wat Pari heel gelukkig maakt, is dat je andere neef, haar jongste zoon, Thierry, ook komt. Ze heeft hem al jaren niet gezien. Ze hebben al die tijd geen contact met elkaar gehad. Hij heeft verlof genomen van zijn baan in Afrika. Het wordt dus een grote familiereünie.

Ik kus hem weer op zijn wang, als ik opsta om te vertrekken. Ik laat mijn gezicht even tegen het zijne rusten en herinner me hoe hij me altijd uit de kleuterschool haalde en we naar Denny's reden om moeder van haar werk op te pikken. We gingen dan bij een stalletje zitten om op moeder te wachten, en ik at dan het bakje ijs dat de eigenaar me altijd gaf en liet baba de tekeningen zien die ik die dag had gemaakt. Hij bekeek ze allemaal geduldig en nauwkeurig, en knikte ernstig.

Baba glimlachte.

Ah. Dat was ik bijna vergeten.

Ik bukte me en voerde ons gebruikelijke totziensritueel uit, ik ging met mijn vingertoppen over zijn wangen omhoog naar zijn gerimpelde voorhoofd en zijn slapen, over zijn uitdunnende grijze haar en de korstjes van zijn ruw geworden schedel naar een plek achter zijn oren, terwijl ik onderweg al zijn nare dromen van zijn hoofd plukte. Ik opende de onzichtbare zak voor hem, liet de nachtmerries erin vallen en trok het touw dicht.

Weg.

Terwijl ik wegliep, had ik het vage gevoel dat baba me nakeek, maar toen ik me omdraaide om te zien of dat zo was, hing zijn hoofd naar beneden en speelde hij met een knoop op zijn frummelschort.

Pari praat nu over het huis van Isabelle en Albert. Ze heeft me er foto's van laten zien. Het is een prachtige, gerestaureerde Provençaalse boerderij, opgetrokken uit steen, in de heuvels van de Luberon, vruchtbomen buiten, een prieel bij de voordeur, terracotta tegels en balken binnen.

'Je kon het niet zien op de foto die ik je toonde, maar het heeft een fantastisch uitzicht op de bergen van de Vaucluse.'

'Passen we er wel in met zijn allen? Het zijn heel wat mensen voor een boerderij.'

'*Plus on est de fous, plus on rit*,' zegt ze. 'Hoe vertaal je dat? Hoe meer zielen hoe meer geluk?'

'Hoe meer vreugd.'

'*Ah voilà. C'est ça.*'

'En de kinderen? Waar gaan zij...'

'Pari?'

Ik kijk haar aan. 'Ja?'

Ze laat een diepe zucht aan haar borst ontsnappen. 'Je kunt het me nu wel geven.'

Ik knik. Ik ga met mijn hand in de tas die tussen mijn voeten staat.

Ik had het eigenlijk maanden eerder al gevonden moeten hebben, toen ik baba naar het verzorgingstehuis verhuisde. Maar toen ik baba's spullen inpakte, haalde ik uit de kast in de hal de bovenste koffer van een stapel van drie, en ik slaagde erin al baba's kleren daarin te krijgen. Later wist ik eindelijk genoeg moed te verzamelen om de slaapkamer van mijn ouders op te ruimen. Ik trok het oude behang eraf en verfde de muren. Ik haalde het queensizebed en het dressoir van mijn moeder met de ovale spiegel weg, leegde de kasten met vaders pakken, moeders bloezen en jurken die in plastic hoezen zaten. Ik stapelde de kleren in de garage op voor een of twee ritjes naar de tweedehandskledingwinkel. Ik verhuisde mijn werktafel naar hun slaapkamer, die ik nu als mijn kantoor gebruik en straks, als de colleges in de herfst beginnen, als mijn studeerkamer. Ik heb de kist aan het voeteneind van mijn bed ook leeggemaakt. Al mijn oude speelgoed, mijn kinderkleren, al mijn afgetrapte sandalen en gymschoenen heb ik in een vuilniszak gegooid. Ik kon het niet verdragen om nog langer te kijken naar de felicitatie- en vader- en moederdagkaarten die ik voor mijn ouders had gemaakt. Ik kon 's nachts niet slapen als ik wist dat ze er nog waren, daar aan mijn voeten. Het was te pijnlijk.

Toen ik de kast in de hal opruimde, trok ik er de twee resterende koffers uit om ze naar de garage te brengen. In een ervan voelde ik iets verschuiven. Ik ritste de koffer open en trof er een pakje in aan, in bruin pakpapier. Er zat een envelop op geplakt. Daar stond op geschreven, in het Engels: *Voor mijn zus Pari.* Ik herkende meteen baba's handschrift, nog uit de tijd dat ik in Abe's Kabob House werkte, als ik de bestellingen ophaalde die hij bij de kassa had genoteerd.

Ik geef het pakje nu aan Pari, ongeopend.

Ze kijkt ernaar terwijl het op haar schoot ligt en haar handen gaan over de woorden die op de envelop gekriebeld zijn. Aan de overkant van de rivier beginnen kerkklokken te luiden. Op een rotsblok aan de rand van het water trekt een vogel aan de ingewanden van een dode vis.

Pari rommelt in haar tasje. '*J'ai oublié mes lunettes*,' zegt ze. 'Ik heb mijn leesbril vergeten.'

'Moet ik het voorlezen?'

Ze probeert de envelop van het pakje te scheuren, maar het is vandaag geen goede dag voor haar handen, en na een korte worsteling geeft ze het pakje aan mij. Ik trek de envelop los en open hem. Ik vouw het briefje open dat erin zit.

'Hij heeft het in het Farsi geschreven.'

'Maar jij kunt dat toch lezen?' zegt Pari, terwijl ze haar wenkbrauwen bezorgd fronst. 'Je kunt het vertalen.'

'Ja,' zeg ik, en ik voel een lichte glimlach in me, dankbaar, zij het verlaat, voor alle dinsdagmiddagen dat baba me naar Campbell gereden heeft voor de lessen Farsi. Ik denk nu aan hem, zoals hij haveloos en verloren door een woestijn strompelt, het pad achter hem bezaaid met alle glimmende kleine stukjes die het leven hem heeft afgepakt.

Ik houd het briefje stevig vast vanwege de sterke wind. Ik lees Pari de vier neergekrabbelde zinnen voor.

Ze zeggen tegen me dat ik in wateren moet waden waarin ik spoedig zal verdrinken. Voor ik erin loop, wil ik op de oever dit voor je achterlaten. Ik bid dat je het zult vinden, zus, opdat je weet wat er in mijn hart leefde toen ik onderging.

Ik vouw het papier dicht, maar maak het meteen weer open. Er staat een datum op. Augustus 2007. 'Augustus 2007,' zeg ik. 'Dat is de maand waarin voor het eerst de diagnose werd gesteld.' Drie jaar voordat ik zelfs maar had gehoord van Pari.

Pari knikt en veegt haar ogen af met de muis van haar hand. Een jong stelletje fietst langs op een tandem, het meisje aan het stuur, blond, roze gezicht, slank, de jongen heeft dreadlocks en een koffiekleurige huid. Een paar meter bij ons vandaan zit een pubermeisje in een korte, zwartleren rok te praten in een mobiele telefoon, terwijl ze de lijn van een kleine zwarte terriër vasthoudt.

Pari geeft me het pakje aan. Ik scheur het voor haar open. Er zit een oud tinnen theeblik in, en op de deksel staat een verbleekte afbeelding van een Indiase man met baard die een lang, rood gewaad draagt. Hij houdt een dampend kopje thee omhoog, als een offergave. De damp is bijna helemaal verdwenen en het rood van het gewaad is voor het grootste deel roze geworden. Ik open het haakje van het slotje en til de deksel op. Binnenin liggen veren in allerlei kleuren en vormen. Korte, diepgroene veren; lange gemberkleurige veren met een zwarte schacht; een veer met de kleur van perzik, mogelijk van een wilde eend met een lichtpaarse tint; bruine veren met donkere vlekken; een groene pauwenveer met een groot oog aan het eind.

Ik draai me naar Pari toe. 'Weet jij wat dit betekent?'

Pari schudt langzaam haar hoofd, haar kin trilt. Ze neemt het blik van mij aan en tuurt erin. 'Nee,' zegt ze. 'Alleen dat toen we elkaar verloren, Abdullah en ik, het hem veel meer pijn heeft gedaan dan mij. Ik heb geluk gehad, ik was te jong. *Je pouvais oublier*. Ik had nog de luxe om te kunnen vergeten. Hij niet.' Ze tilt een veer op en strijkt ermee over haar pols, ze kijkt ernaar alsof ze hoopt dat hij tot leven zal komen en weg zal vliegen. 'Ik weet niet wat deze veer te betekenen heeft, het verhaal erachter. Maar ik weet dat het betekende dat hij aan mij dacht. Al die jaren lang. Hij heeft zich mij herinnerd.'

Ik leg een arm om haar schouder, terwijl zij stilletjes huilt. Ik kijk naar de rivier, de bomen die in de zon baden, het water dat voor ons langs stroomt, onder de brug door – de Pont Saint-Bénezet – waar dat kinderliedje over gaat. Het is eigenlijk maar een halve brug, omdat slechts vier van de oorspronkelijke bogen behouden zijn gebleven. Hij eindigt midden in de rivier. Alsof hij zich uitstrekte, zich met de overzijde probeerde te herenigen, en het niet heeft gehaald.

Die nacht lig ik in het hotel wakker in bed en kijk naar de wolken die zachtjes tegen de grote, opgezwollen maan stoten die voor ons raam hangt. Beneden klikken er hakken op de straatstenen. Gelach en gebabbel. Brommers die langs knetteren. Van het restaurant aan de overkant van de straat komt het gerinkel van glazen op een serveerblad. Het getingel van een piano slingert zich omhoog, door het raam, mijn oren in.

Ik draai me om en zie hoe Pari geluidloos naast me slaapt. Haar gezicht is bleek in het maanlicht. Ik zie baba in haar gezicht, een jeugdige, optimistische baba, gelukkig, zoals hij vroeger was, en ik weet dat ik hem altijd zal zien als ik naar Pari kijk. Zij is mijn vlees en bloed. En ik zal spoedig haar kinderen en kleinkinderen ontmoeten, en mijn bloed stroomt ook door hen. Ik ben niet alleen. Ik word onverhoeds bevangen door geluk. Ik voel het in me stromen, en mijn ogen worden vochtig van dankbaarheid en hoop.

Terwijl ik Pari zie slapen, denk ik aan het spelletje dat baba en ik speelden als ik naar bed moest. Het weghalen van nare dromen, het schenken van gelukkige. Ik denk aan de droom die ik hem vaak gaf. Voorzichtig, om haar niet te wekken, ga ik met mijn hand naar Pari's gezicht en leg hem zachtjes op haar voorhoofd. Ik sluit mijn ogen.

Het is een zonovergoten middag. Ze zijn weer kinderen, broer en zus, jong, energiek, hun ogen staan helder. Ze liggen in het hoge gras in de schaduw van een bloeiende appelboom die in lichterlaaie staat van de bloesems. Hun rug is warm van het gras en hun gezicht is warm van de zon, die door de uitbundige bloesems boven hen flikkert. Ze liggen slaperig, tevreden, zij aan zij, zijn hoofd rust tegen een dikke boomwortel, het hare op de jas die hij voor haar heeft opgevouwen. Door haar halfgeloken oogleden ziet ze een merel die op een tak vol trompetvormige bloemen is neergestreken.

Een stroom koele lucht waait door de bladeren naar beneden.

Ze draait haar gezicht naar hem toe en kijkt naar hem, haar grote broer, haar bondgenoot in alles, maar zijn gezicht is te dichtbij, en ze kan het niet helemaal zien. Alleen de boog van zijn wenkbrauw, de rug van zijn neus, de welving van zijn wimpers. Maar dat vindt ze niet erg. Ze is gelukkig dat ze dicht bij hem is, bij hem, haar broer, en wanneer een sluimering haar stilletjes meeneemt, voelt ze zich overspoeld door een golf van volmaakte rust. Ze sluit haar ogen. Drijft weg, zorgeloos, alles helder en stralend, en alles tegelijk.

DANKWOORD

Even een paar technische zaken voordat ik mensen bedank. Het dorp Shadbagh is verzonnen, al is het mogelijk dat er ergens in Afghanistan een dorp met die naam bestaat. Als dat zo is – ik ben er nooit geweest. Het kinderversje van Abdullah en Pari, vooral de verwijzing naar een 'kleine droeve fee', is geïnspireerd op een gedicht van wijlen Forough Farrokhzad, de grote Perzische dichteres. Ten slotte is de titel van het boek deels geïnspireerd op William Blakes prachtige gedicht 'Nurse's Song'.

Ik wil graag Bob Barnett en Deneen Howell danken dat ze zulke geweldige raadgevers en pleitbezorgers van dit boek zijn geweest. Dank aan Helen Heller, David Grossman, Jody Hotchkiss. Dank aan Chandler Crawford voor haar enthousiasme, haar geduld en adviezen. Veel dank aan een heel stel vrienden bij Riverhead Books: Jynne Martin, Kate Stark, Sarah Stein, Leslie Schwartz, Craig D. Burke, Helen Yentus, en vele anderen die ik niet noem maar die ik veel dank verschuldigd ben voor het feit dat ze dit boek bij de lezers weten te krijgen.

Ik dank mijn geweldige bureauredacteur Tony Davis, die veel meer doet dan zijn plicht hem opdraagt.

Speciale dank gaat uit naar mijn redacteur, de zeer getalenteerde Sarah McGrath, voor haar inzichten en visie, haar zachtmoedige begeleiding, en voor haar hulp dit boek vorm te geven, een hulp die veel groter was dan ik hier kan vermelden. Ik heb nog nooit zo van het redactionele proces genoten, Sarah.

Ten slotte dank ik Susan Petersen Kennedy en Geoffrey Kloske voor hun vertrouwen en onwrikbare geloof in mij en mijn schrijven.

Dank en *tashakor* aan al mijn vrienden en familieleden, die altijd achter mij staan en me geduldig, enthousiast en vriendelijk steunen. Zoals altijd dank ik mijn bewonderenswaardige vrouw Roya, niet alleen voor het lezen en redigeren van de vele versies van dit boek, maar ook voor het op orde houden van ons dagelijkse leven, zonder een spoor van protest, zodat ik kon schrijven. Zonder jou, Roya, zou dit boek al ergens in de eerste alinea van het eerste hoofdstuk zijn gesneefd. Ik hou van je.